醒世姻缘传

·下册·

·经典书香·
中国古典世情小说丛书

[清]西周生 著

团结出版社

图书在版编目（CIP）数据

醒世姻缘传／（清）西周生著．—北京：团结出版社，2016.9（2025.7 重印）

ISBN 978－7－5126－4416－8

Ⅰ．①醒… Ⅱ．①西… Ⅲ．①章回小说－中国－清代 Ⅳ．①I242.4

中国版本图书馆 CIP 数据核字（2016）第 202565 号

出　版：团结出版社

（北京市东城区东皇城根南街 84 号　邮编：100006）

电　话：（010）65228880　65244790（传真）

网　址：www.tjpress.com

E－mail：zb65244790@vip.163.com

经　销：全国新华书店

印　刷：三河市明华印务有限公司

开　本：150mm＊217mm　1/16

印　张：77.5

字　数：902 千字

版　次：2017 年 1 月第 1 版

印　次：2025 年 7 月第 3 次印刷

书　号：ISBN 978－7－5126－4416－8

定　价：189.00 元

第五十一回
程犯人釜鱼漏网　施囚妇狡兔投罗

天地寥寥阔，江湖荡荡空。乾坤广大尽包容，定盘打算，只不漏奸雄。　　杀人番脱底，渔色巧成凶。安排凡事听天公，要分孽镜，情法果曾同？

右调《南柯子》

再说武城县里有一人，姓程，名谟，排行第三，原是市井人氏，弟兄六个，程大、程二俱早年亡故，止剩弟兄四人。独程谟身长八尺，面大身肥，洗补网巾为业，兼做些鼠窃狗盗的营生，为人甚有义气。他那窃取人家物件，也不甚么瞒人。人有可惜他的，不与他一般见识。有怕他凶恶的，又不敢触他的凶锋。大酒块肉，遇着有钱就买，没钱就赊，赊买不来就白白的忍饥。邻舍家，倒是那大人家喜他，只是那同班辈的小户甚是憎恶。

紧邻有个厨子，名唤刘恭，也有八尺身躯，不甚胖壮，一面惨白胡须。三个儿子：大的叫是刘智海，第二的是刘智江，第三的是刘智河。这个刘恭素性原是个歪人，又恃了有三个恶子，硬的妒，软的欺，富的嫉忌，贫的笑话，尖嘴薄舌，谈论人的是非，数说人的家务，造言生事，眼内无人，手段又甚是不济。人家凡经他做过一遭的，以后再叫别的厨子，别人也不敢去。他就说人抢他的主顾，领了儿子，截打一个臭死。最可恶的，与人家做活，上完了菜，他必定要到席上同宾客上坐。一个蔡逢春中了举，请众乡宦举人吃酒。他完了道数，秃了头，止戴了一顶网巾，穿了一件小褂，走到席前，朝了上面拱一拱手，道："列位请了！这菜做的何如？也还吃得么？"众客甚是惊诧。内中有一位孟乡宦，为人甚是洒落，见他这个举动，问说："你是厨长呀？这菜做的极好。请坐吃三钟，何如？"刘恭道："这个使的么？"孟乡宦道："这有何伤？咱都是乡亲，怕怎么的？"他便自己拉了一把椅子，照席坐下。众人愕然。孟乡宦道："管家，拿副钟箸儿与厨长。"他便坦然竟吃。恨的蔡举人牙顶生疼。客人散了酒席，一个帖子送到武城县，二十个大板，一面大枷枷在十字街上，足足的枷了二十个日头，从此才把他这坐席的旧规坏了。

他的儿子都是另住，他与他的老婆另在一个路东朝西的门面房内，与程谟紧紧间壁。这个老婆天生天化，与刘恭放在天平秤兑，一些也没有重轻。两口子妄自尊大，把那一条巷里的人家，他不论大家小户，看得都是他的子辈孙辈。他门前路西墙根底下，扫除了一搭子净地，每日日西时分，放了一张矮桌，两根脚凳，设在上下，精精致致的两碟小菜，两碗熟菜，鲜红绿豆水饭，雪白的面饼，两双乌木箸，两口子对坐了享用。临晚，又是两碟小菜，或是肉鲊，或是鲞鱼，或是咸鸭蛋，一壶烧酒，二人对饮，日以为常。夏月的衣服，还也照常。惟是冬年的时候，他戴一顶绒帽，一顶狐狸皮帽套，一领插青布蓝布里棉道袍，一双皂靴，撞了人，趾高气扬，作揖拱手，绝无上下。所以但是晓得他的，见了他的，再没有一个不厌恶痛绝。

这程谟做些不明白的事件，他对了人败坏他行止。人家不见些甚么，本等不与程谟相干，那失盗之人也不疑到程谟身上，偏他对人对众倡说，必定是程谟偷盗。程谟一时没有饭吃，要赊取些米面，不是汉子，就是老婆，只除他两口子不见就罢，教他看见，他必定要千方百计破了开去。

一日，一个粜米豆的过来，程谟叫住，与他讲定了价钱，说过次日取钱。那粜粮的人已是应允。程谟往里面取升。这刘恭的老婆对了那粜粮的人把嘴扭两扭，把眼睛挤一挤，悄悄说："他惯赊人的东西，不肯还人的钱价，要得紧了，还要打人。"程谟取出升来，那粜米豆的人变了卦，挑了担子一溜风走了。程谟晓得是他破去，已是怀恨在心。

过了半日，又有一个卖面的过来，程谟叫住，又与他讲过要赊。那卖面的满口应承。程谟进房取秤，又喜刘恭两口子都又不在跟前，满望赊成了面，要烙饼充饥。谁知那刘恭好好屋里坐着，听见程谟赊面，走出门前，正在那里指手画脚的破败，程谟取秤出来，撞了个满面。卖面的挑了担就走，程谟叫他转来，他说："小本生意，自来不赊。"头也不回的去了。

程谟向刘恭说道："你这两个老畜生也可恶之极！我合你往日无仇，今世无冤，我合你是隔着一墙的紧邻，我没生意，一日不得饭吃，你升合不肯借我也自罢了，我向人赊升米吃，你老婆破了。我等了半日，再向人赊斤面吃，你这贼老忘八羔子又破了我的！"

看官听说，你想这刘恭两个雌雄大虫，岂是叫人数落、受人骂老忘八羔子的人？遂说："没廉耻的强贼！有本事的吃饭，为甚么要赊人的东西，又不还人的钱价？叫人上门上户的嚷叫，搅扰我紧邻没有体面！是我明白叫他不赊与你，你敢咬了我的鸡巴！我还要撵了你去，不许你在我左边居住哩！"程谟不忿，揑起盆大的拳头照着刘恭带眼睛鼻子只一拳。谁知这刘恭甚不禁打，把个鼻子打偏在一边，一只眼睛乌珠打出吊在地上，鲜血迸流。刘恭的老婆上前救护，被程谟在胯子上一脚，拐的跌了够一丈多远，睡在地上哼哼。程谟把刘恭像拖狗的一般拉到路西墙根底下，拾起一块棒椎样的瓮边，劈头乱打，打得脑盖五花迸裂、骨髓横流。众街坊一来惧程谟的凶势，实是喜欢这两个歪人一个打死、一个偿命，清静了这条街道。

程谟见刘恭死停当了，对着众人说道："列位高邻，我程谟偿了刘恭的命。刘恭被我送了命，一霎时替列位除了这两害，何如？"众人说道："你既一时性气做了这事，你放心打官司。你的盘缠、我程嫂子的过活，你都别管，都在俺街里身上。"程谟爬倒地，替众人磕了顿头，佯长①跟了地方总甲去了。众人感他除了这刘恭的大害，审录解审，每次都是街里上与他攒钱使用。还有常送东西与他监里吃的。他的媳妇子虽是丑陋，却不曾嫁人，亦不曾养汉，与人家看磨做活，受穷苦过。程谟驳了三招，问了死罪，坐在监中，成了监霸，倒比做光棍的时候好过。

一年，巡按按临东昌，武城县将监内重犯佥了长解，押往东昌审录。别个囚犯的长解偏偏都好，只有这程谟的长解叫是张云、一个赵禄，在路上把这程谟千方百计的凌辱，一日五六顿吃饭，遇酒就饮，遇肉就吃，都叫程谟认钱。晚间宿下，把程谟绳缠索绑，脚链手扭，不肯放松。程谟说道："我又不是反贼强盗，不过是打杀了人，问了抵偿，我待逃走不成？你一路吃酒吃肉，雇头口，认宿钱，我绝不吝惜，你二位还待如何？只这般凌虐？我程谟遇文王施礼乐，遇桀纣动干戈，你休要赶尽杀绝了！"张云、赵禄说道："俺就将你赶尽杀绝，你敢怎么样的？"程谟说道："谁敢怎么样的？只是合二位没有仇，为甚么二位合我做对的紧？"张云对赵禄道："且别与他说话，等审了录回来，路上合他算账。'鼻涕往上流'，倒发落起咱来了！"

---

① 佯长——扬长，大模大样。

到了东昌，按院挂了牌，定了日子审录。张云、赵禄把程谟带到察院前伺候。程谟当着众人就要脱了裤子阿屎。众人说："好不省事！这是甚么所在？你就这里阿屎！叫人怎么存站？"程谟说："你看爷们，我没的不是个人么？这二位公差，他不依我往背净处解手，我可怎么样的？"别的解子们都说张云、赵禄的不是："这是人命的犯人，你没的不叫他阿屎？这叫他阿在这里，甚么道理？"张云见众人不然，同了赵禄押了程谟到一个空阔所在解手。程谟看得旁边没有别人，止有二人在侧，央张云解了裤，墩①下阿完了屎，又央张云与他结裤带，他将长枷梢望着张云鼻梁上尽力一砍，砍深二寸，鲜血上流，昏倒在地。赵禄上前扯他的铁锁，程谟就势赶上，将手扭在赵禄太阳穴上一捣，捣了个碗大的窟窿，晕倒在地。程谟在牌坊石座上将扭磕开，褪出手来，将脚上的铁镣拧成两截，提起扭来望着张云、赵禄头上每人狠力一下，脑髓流了一地，魂也没还一还，竟洒手佯长往酆都去了。程谟手里拿着磕下来的手扭做了兵器，又把那断了的脚镣开了出来，放开脚飞跑出城。

有人见两个公差打死在地，一片长板丢弃在旁，报知了武城知县。差人察验，知是走了程谟，四下差人跟捉，那有程谟的踪影？只得禀知了按院，勒了严限拿人，番役都上了比较，搜捕万分严紧。

有人说程谟的那个老婆在刑房书手张瑞风家管碾子，只怕他知情也未见得。三四个公人寻到那里。其实张瑞风家把程谟的老婆叫将来，众人见了这个蓝缕丑鬼的模样，自然罢了。谁知合该有事，天意巧于弄人。张瑞风家抵死赖说没有程谟的老婆在家。

① 墩——同"蹲"。

这些差人越发疑心起来。又兼这张瑞风衙门里起他的绰号叫是“臭虫”，人人都恼他的。众人齐声说道：“这是奉上司明文，怕他做甚？到他里面翻去！”倒不曾搜着程谟的老婆，不端不正刚刚撞见一个三十以下的妇人，恰原来是那一年女监里烧杀的小珍哥。众人看见，你看我，我看你，都说：“这不是晁源的小老婆小珍哥是谁？没的咱见鬼了！”小珍哥一头钻进屋去，甚么是肯出来。众人围住了房门说道：“刚才进去的那位嫂子，俺好面善，请出来俺见一见。”张瑞风的老婆在帘子里面说道：“这是俺家的二房，临清娶的，谁家的少女嫩妇许你这们些汉子看？你拿程谟，没的叫你看人家老婆来么？”众人道：“这说话的是张嫂子呀？俺刚才见的那妇人，是监里晁监生的娘子，众人都认的是真。你叫他出来，俺再仔细认认，要果然不是他，等张师傅来家，俺众人替他磕头陪礼。他要再不饶，俺凭他禀了大爷，俺情愿甘罪。你必欲不叫他出来，俺别的这里守着，俺着一个去禀了大爷来要他。”张瑞风娘子道：“小珍哥托生了这八九年哩，如今又从新钻出他来了？你列位好没要紧！你不过说当家的没在家，得空子看人家老婆呀！”众人说：“这意思不好！私下干不的！俺这里守着，着一个禀大爷去。”

果然着了一个姓于名桂的番役，跑到县里禀说：“小的们打听得程谟的老婆在刑房书办张寿山家支使，小的们扑到那里，张书办没在家。他家回说：程谟的老婆没在他家。小的们竟到他里边翻去，没翻见程谟，只见一个媳妇子，通似那一年监里烧杀的施氏。小的们待认他认，他钻在房里，必不肯出来。张书办媳妇子发话，说小的们因他汉子不在家，乘空子看他老婆哩。”县公问说：“这施氏是怎么的？”于桂禀说：“这施氏是个娼妇，名叫小珍哥，从良嫁了晁乡宦的公子晁监生。诬枉他嫡妻与僧道有奸，逼的嫡妻吊死了，问成绞罪。九年前女监里失火，说是烧死了，如今撞见了这妇人通是他。小的们一个错认罢了，没的小的们四五个人都眼离[1]了不成？”县公问说：“那时烧死了有尸没有？”于桂说：“有尸。”县公说：“尸放了几日才领出去？只怕尸领得早，到外边又活了。”于桂道：“若是那个尸，没有活的理，烧得通成灰了。”县官问：“尸后来怎么下落了？”于桂说：“晁乡宦家领出去埋了。”县官说：“晁乡宦家见烧得这等，也不认得了。叫张寿山来！”同房说：“他今日不曾来。”县官拔了两枝签，差了两名快手，从院里娼妇家寻得他来。快手也只说县官叫他，不曾说因此事。张瑞风来到，县官问说：“晁监生的妾小珍哥说是烧死了，如何见在你家？”张瑞风神色俱变，语言恍惚，左看右看，问说：“小珍哥烧杀了九年多了，没的鬼在小的家里？”县官说：“奴才！你莫强辩！”差了于桂，叫拿了他来。叫张寿山跪在一傍伺候。

待不多一会，将珍哥拿到。县官问说：“这果然是小珍哥么？”小珍哥不答应，只管看张寿山。张寿山说：“这是小的临清娶的妾，姓李，怎是小珍哥？这人模样相似的也多，就果真是小珍哥，这又过了九年，没的还没改了模样？就认得这们真？”于桂等众人说道：“就只老相了些，模样一些也没改。”县官教拿夹棍夹起。珍哥说：“你夹我怎么呀？我说就是了。那年烧杀的不是我，是另一个老婆。我趁着失火，我就出去了。”县官说：“你怎么样就得出去？”珍哥指着张瑞风道：“你只问他就是了。”这县官是个有见识的，只在珍哥口里取了口辞，岂不真切？果被他哄了。叫上张瑞风审问，他支吾不说，套上夹棍，招称：“九年

[1] 眼离——眼花。

前一个季典史，叫是季逢春，每日下监，见珍哥标致，叫出他一个门馆先生沈相公到监里与小珍哥宿歇，又叫出一个家人媳妇到监伏事。一日，女监里失了火，那家人媳妇烧杀了，小珍哥趁着救火人乱，季典史就乘空把他转出去了。那烧杀的家人媳妇就顶了小珍哥的尸首，尸亲领出去埋了。后来季典史没了官回家，小珍哥不肯同去，留下小的家里。这是实情。”小珍哥绰了张瑞风的口气，跟了回话，再不倒口。

县官据了口辞，申了合干上司，行文到季典史原籍陕西宝鸡县提取季典史并沈相公、烧死媳妇子的本夫。这季典史家事极贫，年也甚老。那有甚么沈相公、家人娘子的夫主？本处官府追求不出，只得将季典史解到山东。季典史极力辩洗，经了多少问官，后经了一个本府军厅同知，才问出真情，方与这季典史申了冤枉。审得张瑞风自从珍哥进监，他倚恃刑房书办，垂涎珍哥姿色，便要谋奸。只因晁源见在，一惧晁源势力，不敢下手；一因晁源馈送甚厚，不好负心。后晁源已死，又因晁源家人晁住时常进监与珍哥奸宿，张瑞风将晁住挟制殴打，将珍哥上柙凌虐，珍哥随与张瑞风通奸情厚。珍哥在监内，晁源在日，原有两个丫头并晁住媳妇在监服事。晁源死了，晁源母晁宜人将丫头媳妇俱叫出监去。张瑞风遂买了一个算卦的程捉鳖老婆在内与珍哥支使，买通了监里的禁子刘思长、吴季、何鲸，哄的程捉鳖老婆吃醉了酒，睡熟在珍哥炕上，放起火来，将程捉鳖老婆烧死在内。珍哥戴了帽子，穿了坐马，着了快鞋，张瑞风合三个禁子做了一路，羽翼了珍哥，趁着救火走出，藏在张瑞风家内。张瑞风要瞒人耳目，故意往临清走了一遭，只说娶了一个妾。报了珍哥烧死，尸亲领出葬埋。天网不疏，致被捉获。申明了上司。

季典史完得官司，因年老辛苦，又缺盘费，又少人服事，衣食不敷，得病身死。还亏了几个旧时衙役，攒了几两银子与他盛殓，送了他棺木还乡。张瑞风问了斩罪，三个禁子都问了徒罪，程捉鳖坐了知情①，也问了绞罪，由县解府，由府解道。张瑞风合珍哥各人六十板，程捉鳖合三个禁子每人四十板。过了两日，张瑞风棒血攻心死了。又过了一日，程捉鳖也死了。那日珍哥打得止剩了一口由气，万无生理，谁知他过了一月，复旧如初。

晁夫人闻知此事，不胜骇异，也绝没人去管他。有人叫晁夫人把程捉鳖的老婆掘了出来。晁夫人道："人家多有舍义冢舍棺木的，既是埋了，况又不在自己地内，掘他怎么？"

珍哥这事传了开去，做了山东的一件奇闻。珍哥此番入监，晁家断了供给，张瑞风又被打死，只得仰给囚粮，苟延残命，衣服蓝缕，形容枯槁。谁知这八百两银子聘的美人狼籍得也只合寻常囚犯一般！

第二年，按院按监本县，报了文册，临期送审，珍哥身边一文也无，又没有了往时的姿色可以动人怜爱，这路上的饭食、头口何以支持？审录必定要打，打了如何将养？把一个生龙活虎倚了家主欺凌嫡室的心性也消磨得尽净。无计可施，只得央了一个禁子走到晁家门上，寻见了晁凤，叫他转央晁夫人，看晁源的情分，着个人照管审录。晁夫人道："我也只说这块臭肉，天老爷已是消灭了，谁想过了这们几年，从新又钻出来臭这世界！我不往家里揽这堆臭屎！我已是给他出过殡埋过他了，他又出世待怎么！谁去照管他！晁凤，你要房钱去，凑二两银子你送给他，叫他拿着来回盘缠，你再问他：'这往后也过不出好日子来了，还活着指望甚么呢？趁着有奶奶，只怕还有人妆裹你。若再没了奶

① 坐了知情——犯了知情不报罪。

奶，谁还认的你哩？这去审录，说甚么不打四五十板子，这是活着好么？'"

晁凤问住房子的人家要了二两银，到了监里，见了珍哥。穿着一条半新不旧的蓝布裤，白布膝裤子，像地皮似的，两根泥条裹脚，青布鞋，上穿着一领蓝补丁小布衫，黄瘦的脸，蓬着头，见了晁凤，哭的不知怎么样的，说："我待怎么，可也看死的你大爷分上！奶奶就下的这们狠，通也就不理我一理儿！"晁凤说："你别怪奶奶，你干出甚么好事替奶奶挂牌扁哩，指望奶奶理你？那年烧杀的说是你，奶奶买的杉木合的材，买的坟地，请了僧人念的经，二叔还持服领斋。谁想便宜了别人！后来又钻出这们等的！这是二两银子，奶奶叫送与你来回盘缠。奶奶说：往后的日子也没有甚么好过的了，叫你自己想哩。"珍哥接了银子只是哭，又问："晁住这贼忘恩负义的强人在那里哩？"晁凤说："管坟上庄子的不是他么？吃的像个肥贼是的！"珍哥哭着骂道："我待不见那忘八羔子哩！事到其间，我也不昧阴①了。你大爷在日，我就合他好。如今就一点情分儿也没了，影儿也不来傍傍，怕牢瘟染上他呀？"晁凤道："你可别怪他。从那一年惹了祸出来，奶奶说过，他再到这监里来，奶奶待拧折他腿哩！"珍哥说："他就这们听奶奶说？奶奶就每日的跟着他哩？你替我上覆奶奶：你说我只没的甚么补报奶奶，明日不发解，后日准起解呀！要是审录打不杀回来，这天渐渐的冷上来了，是百的望奶奶扎刮扎刮我的衣裳，好歹只看着你大爷分上罢！"晁凤长吁口气道："我说可只是你也看看大爷的分上才好哩！"珍哥说："我怎么不看大爷的分上？"晁凤说："你坐监牢的已是不看分上了，又在监里养汉，又

① 昧阴——隐瞒、欺瞒。

弄出这们事来！你亲口说养着晁住哩！这是你看分上呀？”珍哥道：“这倒无伤。谁家娶娼的有不养汉的来？”

晁凤到家回了前后的话。果然次日武城县将监内重囚逐名解出。小珍哥有了这二两银子，再搭上这随身的宝货，轻省到了东昌，伺候按院审录。长解与他算计，把查盘推官的皂隶都使了银子，批打时，好叫他用情。不料按院审到珍哥跟前，二目暴睁，双眉直竖，把几根黄须扎煞①起来，用惊堂木在案上拍了两下，怪声叫道：“怎么天下有这等尤物！还要留他！”拔下八枝签，拿到丹墀下面，鸳鸯大板共是四十，打得皮开肉绽，鲜血汪洋，止剩一口微气。原差背了出来，与他贴了膏药，雇了人夫，使门板抬了他回去。离县还有五里，珍哥恶血攻心，发昏致命，顷刻身亡。差人禀了县官，差捕衙相验明白，取了无碍回文，准令尸亲领葬。晁夫人闻知，差了晁凤、晁书依还抬到真空寺里，仍借了僧房，与他做衣裳，合棺木，念经发送，埋在程捉鳖老婆身傍。

却说珍哥自从晁源买到家中，前后里外整整作业了一十四年，方才这块臭痞割得干净。可见为人切忌不可娶那娼妇，不止丧了家私，还要污了名节，遗害无穷！晁源只知道挺了脚不管去了，还亏不尽送在这等一个严密所在，还作的那业，无所不为，若不是天公收捕了他去，还不知作出甚么希奇古怪事来！真正：

丑是家中宝，俊的惹烦恼；

再要娶娼根，必定做八老②！

这晁源与珍哥的公案至此方休，后面再无别说。

---

① 扎煞——抖动。

② 八老——王八，乌龟。

第五十二回

名御史旌贤风世　悍妒妇怙恶乖伦

芝草何尝有种？甘泉从古无源。
灵秀偏生白屋，凶顽多出朱轩。
名曰妇姑夫妇，实为寇敌仇冤。
请看薛家素姐，再观张氏双媛。

再说狄希陈自从与孙兰姬相会之后，将丢吊之相思从新拾起。若是少年夫妇，琴瑟调和，女貌郎才，如鱼得水，那孙兰姬就镇日矗在面前，也未免日疏日远。争奈那薛素姐虽有观音之貌，一团罗刹之心。狄希陈虽有丈夫之名，时怀鬼见阎王之惧，遇着孙兰姬这等一个窈窕佳人，留连爱惜，怎怪得他不挂肚牵肠？将他送的那双眠鞋，叫裁缝做了一个小小白绫面月白绢里包袱，将鞋包了，每日或放在袖内，或藏在腰间，但遇闲暇之时，无人之所，就拿出来再三把玩，必定就要短叹长吁，再略紧紧，就要腮边落泪。

那孙兰姬送的汗巾合那挑牙，狄希陈每日袖着。一日，素姐看见，说道："你这是谁的汗巾？拿来我看！"狄希陈连忙把汗巾藏放袖内，说道："脱不了是我每日使的个旧汗巾，你看他则甚？"素姐说："怎么？我看你一块子去了么？我只是要看！"狄希陈没可奈何，只得从袖中取将出来。素姐接到手内，把汗巾展开，将那金挑牙也拿在手内看了一看，说道："你实说，这是谁的？你要拿瞎话支吾，我搅乱的你狄家九祖不得升天！我情知合你活不成！”狄希陈唬的那脸蜡滓似的焦黄，战战的打牙巴骨，回不上话来。素姐见他这等腔巴骨子①，动了疑心，越发逼拷。狄希陈回说：“我的汗巾放在娘的屋里，娘把我的不见了，这是咱娘的汗巾，赔了我的，你查考待怎么？”素姐说：“你多咱不见汗巾？多咱赔你的？我怎么就不知道？你怎么就不合我说？你这瞎话哄我！”把那汗巾卷了一卷，就待往火炉里丢。狄希陈说道：“这是娘的汗巾子，等寻着了我的，还要换回去哩，你别要烧了！”向素姐手内去夺。素姐伸出那尖刀兽爪，在狄希陈脖子上挝了三道二分深五寸长的血口，鲜血淋漓。狄希陈忍了疼，幸得把那汗巾夺到手内。素姐将狄希陈扭肩膊、拧大腿、掐胳膊、打嘴巴，七十二般非刑，般般演试，拷逼得狄希陈叫菩萨、叫亲娘。

哄动了老狄婆子，听得甚详，知得甚切，料透了其中情节，外边叫道：“小陈哥，你拿我的汗巾子来！我叫你不见了汗巾子，拿了我的去，叫人胡说白道的！”素姐屋里说道：“好！该替他承认！我没见娘母子的汗巾送给儿做表记！”狄婆子道：“你休要撒骚放屁的寻我第二顿鞭子！”狄婆子发起狠来。这素姐虽是口里还强，说到那鞭子的跟前，追想那遭的滋味，也未免软了一半。这狄希陈亏不尽母亲出了一股救兵，不致陷在柳州城里②。

谁知狄希陈脱了天雷，又遭霹雳。老狄婆子悄悄的背后审问他的真情。他只伸着个头，甚么是答应。气的老狄婆子说道：“这们皮贼是的，怎么怪的媳妇子打！”狠的把手在狄希陈脸上指了两指，说道：“这要是你爹这们‘乜谢地宁头③’，我也要打！”

① 腔巴骨子——形态、表情。

② 柳州城里——指死亡。

③ 乜谢地宁头——即呆头倔脑、不灵活。

狄希陈站了会子，始终没说，去了。素姐在屋里家反宅乱的鬼吵。

狄希陈又要收拾上京坐监，置办衣裳，整顿行李。狄员外不放心教他自去，要自己同他上京。选定了日子，要同狄希陈往关帝君庙许一愿心，望路上往回保护。狄员外起来梳洗已毕，去唤狄希陈；还正在南柯做梦，听见父亲唤他，想起要到庙中许愿，匆匆起来，连忙穿衣梳洗，跟了父亲同往关庙，许了愿心。忽然想起孙兰姬的眠鞋，因起来忙迫，遗在床里边褥子底下，不曾带在身边，恐怕被素姐简搜得着，这与那汗巾又不相同，无可推托，其祸不小。面上失了颜色，身上吊了魂灵，两步趱成一步，撇了父亲，一头奔到房内。

谁知素姐到还不曾搜得，正在那里洗脸。狄希陈止该相机而行，待时而动，等他或是回头，或是转背，有多少的东西弄不到腰里？谁知那心慌胆怯了的人另是一个张智①。人都不晓得这个诀窍，只说那番子手惯会拿贼，却不知那番子手拿贼的声名久闻于外，那贼一见了他，自己先失魂丧智，举止獐徨，这有甚么难认？那狄希陈心里先有了这件亏心的事，日夜怀着鬼胎，惟恐素姐得了真赃，祸机不测。他就合那“失了元宝在冯商客店里”的一般，没魂失措，也不管素姐见与不见，跑进房来，走到床上，从床里褥子底下见了那个白绫小包依旧还在，就如得了命的一般，也不管素姐停住了洗脸，呆呆的站住了看他，他却将那包儿填在裤裆里面，夺门而出。素姐拦住房门，举起右手，望着狄希陈左边腮颊尽力一掌，打了呼饼似的一个扭紫带青的伤痕，又将左手在狄希陈脖子上一叉，把狄希陈仰面朝天，叉了个“东床坦

① 张智——神态，举止。

腹”，口里还说：“你是甚么？你敢不与我看！我敢这一会子立劈了你！”狄希陈还待支吾，素姐跑到跟前，从腰间抽开他的裤子，掏出那个包来。素姐手里捏了两捏，说道：“古怪！这软骨农的是甚么东西？”旋即解将开来，却是一件物事。有首《西江月》单道这件东西：

绛色红绸作面，里加白段为帮。绒毡裁底软如棉，锁口翠蓝丝线。

猛看莲弯窄短，细观笋末尖纤。嫦娥换着晚登坛，阁在吴刚肩上。

素姐紫涨了面皮，睁圆了怪眼，称说：“怪道你撞见了番子手似的！原来又把你娘的睡鞋拿得来了！这要你娘知道，说甚么？不合那汗巾子似的，又说是他的！小玉兰，你把这鞋拿给他的娘看去，你说：‘你多咱不见了他的鞋，又赔了他这鞋了？’你要不这们说，我打歪你那嘴！”小玉兰道：“我这们说，奶奶打我可哩。”素姐叫唤着说道：“他为甚么就打你？他使了几个钱买的你，他打你！”小玉兰说：“姑娘哄我哩，奶奶没打姑娘呀？”

素姐自己拿着那鞋，挠着头，叉着裤，走到狄婆子门口，把鞋往屋里一撩，口里说道：“这又是你赔他的鞋！这不是？你看！一定是合汗巾子一日赔的！”狄婆子叫丫头拾起来，接在手里，仔细看了看，说道：“这不知是那个养汉老婆的鞋，你叫他休胡说！”素姐道：“汗巾子说是你的，鞋又是养汉老婆的了！一件虚，百件虚；一件实，百件实！是养汉老婆的，都是养汉老婆的；是你的，都是你的！这鞋又不认了！”

素姐这高声发落，虽是隔着一个院落，狄老婆子句句听得甚真。他又口里骂着婆婆，比较那狄希陈，就像禁子临晚点贼的一般，逼拷的鬼哭狼号。狄婆子听见，疼的那柔肠像刀搅一样，说道："小陈哥，他没的捆着你哩？你夺门跑不出来么？"狄希陈说："娘来看看不的么？我怎么跑呀？"狄员外道："你看他看去，把个孩子怎么样处制着哩。有这们混账孩子！死心塌地的受他折堕哩！"老狄婆子悄悄说道："你知不道：我也就数是天下第一第二的老婆了，天下没有该我怕的。我只见了他，口里妆做好汉，强着说话，这身上不由的寒毛支煞，心里怯怯的。"

正说着，又听见狄希陈怪叫唤说："娘！你不快来救我么？"老狄婆子只得走进房去，只见一根桃红鸾带，一头拴着床脚，一头拴着狄希陈的腿；素姐拿着两个纳鞋底的大针，望着狄希陈审问一会，使针扎刺一会，叫他招称。狄婆子见了，望着狄希陈脸上使唾沫啐了一口，说道："呸！见世报忘八羔子！做了强盗么？受人这们逼拷！嫖来！是养汉老婆的鞋！汉子嫖老婆，犯法么？"一边拿过桌上的剪子，把那根鸾带拦腰剪断，往外推着狄希陈说道："没帐！咱还有几顷地哩，我卖两顷你嫖，问不出这针跺①的罪来！"素姐指着狄希陈道："你只敢出去！你要挪一步儿，我改了姓薛，不是薛振桶下②来的闺女！"狄希陈站着，甚么是敢动，气的狄婆子挣挣的，掐着脖子，往外只一搡。素姐还连声说道："你敢去！你敢去，你就再不消进来！"狄希陈虽被他娘推在房门之外，靠了门框，就如使了定身法的一般，敢移一步么？狄婆子拉着他的手说道：你去！由他！破着我的老命合他对了！活到一百待杀肉吃哩！"

这狄希陈走一步，回一回头，恋恋不舍，甚么是肯与他娘争点气儿。素姐见狄希陈教他娘拉的去了，也不免的"张天师忘了

---

① 跺——扎、刺。

② 桶下——捅下。

咒——符也不灵了”，骂道：“这样有老子生没老子管的东西，我待不见哩！一个孩子，任着他养女吊妇的，弄的那鬼，说那踢天弄井待怎么！又没瞎了眼，又没聋着耳朵，凭着他，不管一管儿。别人看拉不上，管管儿，还说不是！要是那会做大的们的，还该说：‘这儿大不由爷的种子，亏不尽得了这媳妇子的济。这要不是他，谁是管得他的？’说这们句公道话，人也甘心。是不是护在头里，生生的拿着养汉老婆的汗巾子，我查考查考，认了说是他的，连个养汉老婆也就情愿认在自家身上哩！这要不是双小鞋，他要只穿的下大拇指头去，他待不说是他的哩么？儿干的这歪营生，都揽在身上。到明日，闺女屋里拿出孤老来，待不也说是自家哩？‘槽头买马看母子’，这们娘母子也生的出好东西来哩？‘我还有好几顷地哩，卖两顷给他嫖！’你能有几顷地？能卖几个两顷？只怕没的卖了，这两把老骨拾还叫他撒了哩！小冬子要不早娶了巧妮子去，只怕卖了妹子嫖了也是不可知的！你夺了他去呀怎么？日子树叶儿似的多哩，只别撞在我手里！我可不还零碎使针跺他哩，我可一下子是一下子的。我没见天下饿杀了多少寡妇老婆，我还不守他娘那屄寡哩！”

素姐这大发小发，老狄婆子那一句不曾听见？气的像癞哈蟆一般，咕咕儿的咽气，只说：“我要这命换盐吃么？我合他对了罢！”狄员外只说：“你‘好鞋不踏臭屎’，你只当他心风了，你理他做甚么？亏了李姑子亲口对着你说的，这要对着别人说，你也不信。你气的这们等的，咱可怎么样？”狄婆子道：“咱千万是为孩子。看来这孩子在他手里像后娘似的也逃不出命来！”狄员外道：“这眼下待不往京去哩？且教他躲一日是一日的，打哩天老爷可怜见小陈哥，还完了他那些棒债，他好了也不可知的。”

从此一日狄希陈就没敢往他屋里去，都在他娘的外间里睡，只恐怕素姐还像那一遭似的暗来放火，爷儿三个轮替着醒了防他。还怕他等爷儿们去了有甚恶意，狄员外又到关帝庙里求了一签。那签上说道：

忆昔兰房分半钗，而今忽把信音乖；

痴心指望成连理，到底谁知事不谐。

狄员外虽是求了圣签，又解不出是甚意味，好生按捺不下。素姐又在屋里不住口的咒念，狄员外两口子只推不曾听见，收拾行李停妥，单等吉日起身。薛教授先两日前治了肴馔，摆了桌盒，同了两个儿子来与狄员外爷儿两个送行。素姐知道，就骂他爹，说他爹是老忘八，老烧骨拾的，把个女儿推在火坑里，瞎了眼，寻这们个女婿，还亏他有脸往这里来。狄员外又只推听不见，慌忙叫人扫地，摆桌子，定菜接待。薛教授爷儿三个吃过茶，薛如兼进去后边见了丈母，都没往后边去看素姐，外边上了坐，坐到掌灯时分，散了。

次日，狄员外还叫狄希陈去辞他丈母、丈人。狄希陈到了薛家，薛教授会里去了，止见了薛夫人，叫薛如卞弟兄两个留狄希陈吃饭。狄希陈把汗巾睡鞋的事从头对着两个舅子告诉，把素姐打骂的事情也对两个舅子说了。薛如卞说："这是你前生遭际，没奈何，忍受罢了。昨日送盒子的去，说他连爹都骂了，这不待中心风么？不然，俺为甚么不到后头看看？"你说我应的，吃了酒饭。

狄希陈辞了回家。过了一宿，清早起来，吃了饭，备完了行李，同了狄员外，辞了家堂合老狄婆子，待要起身。狄员外叫狄希陈："进屋里与你媳妇儿说声。"狄希陈果然往屋里对素姐作了一个揖，说道："我合爹起身哩。"素姐身也没动，说道："你这是辞了路，再不回头了！要是撞见强人，割了一千块子，你必的托个连梦与我，我好穿着大红嫁人家！”狄希陈听他咒骂，眉也没敢皱一皱，出来了。却好薛教授爷儿们都来看送起身，又送了三两赆仪，作别起身。同去的是狄宾梁、狄希陈、狄周、尤厨子四个。

不说狄希陈上京坐监。却说薛夫人次日要接素姐回家。薛教授道：“你接这祸害来家待怎么？”薛夫人道：“你好平心！既知他是祸害，只该教别人受他的么？女婿又没在家里，接了他回来好。”薛教授道：“你教他回来，只别教他见我！”龙氏听见，骂说：“贼老狠天杀的！我待不看他哩！”薛教授问说：“姓龙的说甚么？”薛夫人道：“他没说甚么。”混过去了，差了薛三槐娘子接了素姐，跟了小玉兰回家。到了背地里，小玉兰把狄希陈那汗巾子合鞋的事从头告诉，又说素姐拿着纳底的针浑身跺他姑夫，拿带子拴着腿，又不许他跑了。又说俺奶奶到明日闺女屋里拿出孤老来也认是自家的。薛夫人听的气的要死火势，只不教薛教授知道。

过了两日，薛夫人因狄员外合女婿不在，治了酒席，去看望狄婆子，只自己去了，也没教素姐同去。两亲家婆合巧姐，请了妹子崔近塘娘子来陪，倒喜欢说笑了一日。狄婆子也没对着提素姐一个字，管待的薛夫人去了。崔近塘娘子没往家去。

再说这明水村里有一个老学究，号是张养冲，两个儿子，两房媳妇，家中也聊且过的，儿子合媳妇都肯孝顺，乡里中也甚是称扬。张养冲得病卧床，两个儿子外边迎医问卜，许愿求神，两个媳妇在家煎茶熬药，递饭烹汤，服事了两三个月，绝无抱怨之心。张养冲死了，尽了贫家的力量，备了丧仪，出过了殡，这两个儿子，一个在家中照管个客店，一个在田中照管几亩庄田，单着两个媳妇在家管顾婆婆。若是这妯娌两个也像别人家唆汉子篡舌头①，搅家合气，你就每日三牲五鼎，锦绣绫罗，供养那婆婆，那老人家心里不自在，说那衣裳齐整，饮食丰腴，成何事干？偏是这妯娌两个，一个叫是杨四姑，一个叫是王三姐。本是两家异姓，偶合起来，说那一奶同胞的姊妹，更是不同，你恭我敬，戮力同心，立纪把家，守苦做活，已是叫公婆甚为欢喜。再兼之儿子孝顺，这公婆岂不就是神仙？因公公亡故，婆婆剩下孤身，这两房媳妇轮流在婆婆房中作伴，每人十日，周而复始。冬里与婆婆烘被窝、烤衣服、篦头修脚、拿虱子、捉臭虫，走动②搀扶，坐卧看视。夏里抹席扫床，驱蚊打扇，曲尽其诚。自己也有二亩多的稻地，遇着收成，一年也有二石大米。两个媳妇自己上碾，碾得那米极其精细，单与翁婆食用。稻池有鱼，每年圈里也养三四个猪，冬里做了腌腊。自己腌的鸭蛋，抱的鸡雏。两个老人家虽是贫生夫妇，竟是文王手下食肉的耆③民。凡遇磨麦，先将上好的白面留起来，另与公婆食用。妯娌两个，每人偷了工夫喂蚕，每年或伙织生绢三匹，或各织两匹，穿着得公婆虽无纱罗绸缎穿在身上，又通似文王手里衣帛的老人。后来两个媳妇侍奉婆婆，更是用心加意。后来婆婆得了老病，不能动履，穿衣喂饭，缠脚洗脸，梳头解手，通是这两个媳妇料理婴儿的一般。婆婆的老病渐次沉重，饭食减少，妯娌两个商议，说要割股疗亲，可以回生起死。妯娌两个吃了素，祷告了天地，许了冬月穿单，长斋念佛，每人俱在左股上割下一块肉来，合拢作了一碗羹汤，瞒了婆婆，只说是猪肉。婆婆吃在肚内，觉得鲜美有味，开了胃口，渐渐吃得饭下；虽然不能起床，从新又活了一年零八个月，直到

① 簒舌头——搬舌头，挑拔。

② 走动——指大、小便。

③ 耆（qí）——耆，六十岁以上的人。

七十八岁身亡。这儿子媳妇倒不像婆婆是寿命考终，恰像是谁屈死了他的一般，哭得个发昏致命。

一个按院姓冯名礼会，巡历将完，例应保举那孝子、顺孙、义夫、节妇。他说这四样人原是天地间的灵根正气，复命表扬，原为扶植纲常，振起名教，鼓舞庸愚。近来世道没有了清议，人心没有了是非，把这四样真人都被那些无非无刺的乡愿、有钱有力的势要、作奸犯法的衙胥、骂街撒泼的口拉占定了朝廷的懿典，玷辱了朝廷的名器。他行了文书下去，他说："这四样人不要在势宦富贵之家寻觅：一来，这富贵的人，凡百俱求无不得，只少一个美名，极力夤缘①，不难幸致。第二件，这富贵之家，孝顺节义，处在这等顺境，这四件是他应为之事，行得这四件方才叫得是人，这四件事做不来，便不是人了。惟是那耳目不曾闻见诗书，处的俱是那穷愁拂郁的逆境，不为习俗所移，不为贫穷所诎，出乎其类，拔乎其萃，有能孝亲顺祖，易色殉夫，这方是真正孝子、顺孙、义夫、节妇，方可上疏举他。"既是一个按院要着实举行，这诸司也不敢不奉行惟力，节次行将下来。当不得那末流之会，也无甚奇节异行之人。

这张大、张二也将就当得起个孝子，这杨氏、王氏也庶几称得起个孝妇。街邻公举，里约咸推，开报了上去。考察了下来，再那里还有出其右者？县里具文回府，府里具文回道，学道详了按台，按台上了本。旨意下了礼部。礼部覆过了疏，奉了旨，将张大名唤张其猷，并妻杨氏，张二名唤张其美，并妻王氏，俱着抚按建坊旌表，每人岁给谷三石，布二匹，绵花六斤为常，直待终身而后已。

---

① 夤（yín）缘——比喻拉拢关系，向上巴结。

按院奉了旨意勘合，行到绣江县来，依了旨意，原该建两个牌坊才是。县里说张其猷、张其美原是同胞兄弟，这杨氏、王氏又是嫡亲妯娌，希图省事，只盖一座牌坊，列了男妇四个的名字。不料按院郑重其事，复行该县，务要遵旨各自建坊，兴工动土，竖柱上梁，俱要县官自己亲临，不得止令衙役苟且完事。于是县官仰承上司的美意，在通衢闹市所在，选择了地基，备办砖石，采取木料，鸠拨匠人，择了吉日起工，县官亲来破土，又亲自上梁。这明水离县治四十里路，一个县官亲临其地，就如天神下降一般，轰动了阖镇士夫，奔走尽满村百姓，地方除道搭棚，乡约铺毡结彩。明水镇住的乡绅、举监、秀才、耆老都穿了吉服衣巾，先在兴工处所迎接陪奉县官。张其猷、张其美都奉旨给了孝子衣巾，儒巾皂服，甚是轩昂。

须臾，县官将到，鼓乐齐鸣，彩旗扬拽。县官下了轿，就了拜毡，礼生赞拜行礼。礼毕，移就棚内，与众绅衿士民相见。张其猷兄弟庭参致谢，县官相待殊优。此日不特本镇的男女倾国而观，就是一二十里邻庄妇女，没有一个不瘸瘸歪歪、短短长长，都来聚观盛事。真是致得那些汉子老婆，有平日不孝、忤逆父母、顶触公婆的，鼓动善心，立心更要学好。就是有那不听父母教训、私妻向子的顽民，不知公姑名分、殴公骂婆的悍妇，再没有不思痛改前非，立心学好。所以这做官的人要百姓移风易俗，去恶归良，合在那鼓舞感化。

薛教授那日，虽是个流寓乡宦，也穿了吉服，俱在有事之中，看得这般盛举，又见没有不来看的妇人，且是这建坊的所在，正是相栋宇的门前，连忙差薛三省回家，叫请薛夫人同了素姐同薛如卞娘子连氏，都到相家看那建坊的齐整。薛夫人道："这人家盖座牌坊，有甚好看？却教带了少女嫩妇的往人家去呢！

盖什么牌坊，轰动得这们等的?”薛三省说：“是张相公的两个儿举了孝子，两个媳妇为他婆婆病割股救治，都举了孝妇，奉了朝廷旨意，叫官与他盖造牌坊哩。”薛夫人会得薛教授的主意，遂改口说道：“素姐，你快收拾。咱娘儿三个都看看来。”素姐说：“你两个去，我是不去的。”薛夫人道：“你爹敬意教人来接咱，咱为甚么不去?”素姐说：“这意思来混我么！我伶俐多着哩！我也做不成那孝妇，我也看不的那牌坊，我就有肉，情知割给狗吃。我也做不成那股汤！精扯燥淡!”佯佯不理，走开去了。

薛教授回家，问那不去的缘故，薛夫人把素姐的话学了一遍。薛教授长叹一声，点了两点头，往屋里去了。龙氏在傍说道：“这没要紧的话，不对他学也罢了，紧仔睃拉①他不上，又挑头子。”薛夫人道：“这怎么是挑头子？睃拉他不上，谁怎么他来？怪不的说你教坏了孩子呢!”薛教授正没好气，瞪着一双眼，走出房来。龙氏抬头看了一看，见不是风犯②，低着头，趄着肩膀，往厨屋只一钻。薛教授瞪了一会子眼，说道：“便宜这私窠子！踢顿脚给他好来!”

如此看将起来，素姐明知故为，逆姑殴婿，显是前生冤业。只怕后来还不止此，且等别回再说。

---

① 睃（suō）拉——看。

② 见不是风犯——见情况不好。

第五十三回

欺绝户本妇盗财　逞英雄遭人捆打

凶德几多般，更是悭贪，欺人寡妇夺田园。谁料水来汤里去，典了河滩。　　跨上宝雕鞍，追赶戎蛮。被他骡上采将翻，手脚用绳齐缚住，打得蹒跚。

右调《浪淘沙》

再说这晁家七个族人，单只有一个晁近仁为人还忠厚，行事也还有些良心，当初众人打抢晁夫人的家事时候，惟他不甚作业。无奈众人强他上道，他只得也跟了众人一同乱哄，后来便不能洗出青红皂白，被徐县公拿到街上也与众人一般重责了三十。为这件事，人多有替他称屈，议论这徐县公这样一个好官，也有问屈了事的。

看官听说，若当日众人要去打抢的时候，这晁近仁能拿出一段天理人心的议论，止住了众人的邪谋，这是第一等好人了。约料说他不听，任凭他们去做，你静坐在家，看他们像螃蟹一般的横跑，这是第二等好人了。再其次，你看他们鹬蚌相持，争得来时，怕没有了你的一分么？这虽不是甚么好人，也还强如众人毒狠。既众人去打，你也跟在里头，众人去抢，你也都在事内，你虽口里不曾说甚主谋，心里也还有些忸怩。县官只见你同在那里抢劫，焉得不与众人同打？这教是县官屈打了他？这样没主意，随波逐浪的人，不打他便打那个？只是他另有一段好处：那七个族人，晁夫人都分了五十亩地、五两银子、五石粮食。那六个人起初乍闻了，也未免有些感激，渐渐过了些时，看得就如他应得的一般，再过几时，那蛆心狡肚，嫉妒肺肠，依然不改。那魏三出名冒认，岂曰无因？恨不得晁夫人家生出甚么事来，幸灾乐祸，冷眼溜冰。但只这些歪憋心肠，晁近仁一些也没有，但是晁夫人托他做些事件，竭力尽心，绝不肯有甚苟且。那一年托他煮粥粜米，赈济贫人，他没有一毫欺瞒夹帐。若数晁家的好人，也便只有他一个。

他原起自己也有十来亩地，衣食也是不缺的，这样一个小主，怎禁得这五十亩地的接济？若止有了五十亩地，没有本钱去种，这也是拿了银碗讨饭。晁夫人除了这地土以外，要工钱有了五两的银，要吃饭有了五石粮食。那为人又是好些的，老天又肯暗中保护，地亩都有收成，这几年来成了一个小小的富家，收拾了一所不大的洁净房，紧用的家生什物都也粗备。虽然粗布，却也丰衣；虽不罗列，却也足食。只是年过四十，膝下却无男女。一日，对他老婆说道：“咱当初也生过几个孩儿，因你无有乳食，不过三朝都把与人家养活，如今都也长成。咱看人家有了儿子的，将咱的儿子要回一个来罢。”老婆接道：“你就说的不是了。人家从三朝养活起来，费了多少辛勤哩。你白白夺来，心上也过去的么？我想给你娶个妾也罢。”晁近仁道：“娶妾可是容易的事？一来恐怕言差语错，伤了咱夫妻和气。二来咱老了，丢下少女嫩妇哩，谁照管他？不如将兄弟晁为仁的儿子过继一个罢。犹子比儿，这能差甚么？”定了这个主意，把那娶妾生子的事都撩在一边去了。

谁知好人不长寿，这晁近仁刚刚到四十九岁，得了个暴病身亡。那晁为仁是他的嫡堂之弟，平素也不是甚么好人，撒刁放泼，也算得个无所不为。晁近仁生前说要过他的儿子，岂不是名正言顺的事？谁知晁思才合晁无晏这两个歪人，他也不合你论支派的远近，也不合你论事的应该，晁无晏依恃了自己的泼恶，仗托了晁思才是个族尊，如狼负狈，倡言晁近仁没有儿子，遗下的产业应该合族均分。晁为仁到了这个田地，小歪人怕了大歪人，便也不敢在晁无晏、晁思才的手里展爪，请了晁夫人来到。晁夫人主意要将晁为仁第二的儿子小长住过嗣与晁近仁为子。晁无晏唆挑晁思才出来嚷闹，不许小长住过继，必要分他的绝产，狠命与晁夫人顶触。

晁夫人道："老七，论此时，你是晁家的叔，我不是晁家的大娘婶子么？事只许你主，不许我主么？这晁近仁的家事是谁家的？我的地与晁近仁，若晁近仁活着，晁近仁承管；晁近仁死了，没有儿，我与晁近仁的老婆种。既是你们不教晁近仁的老婆种了，我该收了这地回去。你们凭着甚么分得这地？就使这地不干我事，都是晁近仁自己的地，放着晁为仁亲叔伯兄弟，你们'山核桃差着一格子'哩！老七，我再问你，你今年七十多的人了，你有几个儿，你有几个闺女？你是个有意思的人，见了这们的事，该回头，该赞叹，可该拿出那做大的体段来给人干好事，才是你做族长的道理，没要紧听人挑，挑出来做硬挣子①待怎么？依着我说，你只保守着没人分你的就好了，再别要指望分别人的！"晁思才听说完了，痛哭起来："嫂子说的好话。我真扯淡！我是为儿，是为女，干这们营生，替人做鼻子头？列位，我待家去哩。这晁近仁的家当，您待分与不分，嗣过与不过，我从此不管，再别要向着我提一个字。"又望着晁夫人作了两个揖，说道："嫂子在上，多谢良言教诲！我晁思才如梦初醒。"说完，抽身

① 硬挣子——硬汉子。

回去。

这其余的族人见晁思才去了，“稍瓜打驴——去了半截”，十分里头，败了九分九厘的高兴。晁无晏起初还是挑出晁思才来做恶人，他于中取事。今晁思才叫晁夫人一顿“楚歌”吹得去了，众人没了晁思才，也就行不将去了，陆续溜抽了①开交。晁无晏只得拿出自己的本领，单刀直入，千里独行，明说不许过继。若必欲过嗣，也要把自己的一个独子小琏哥同小长住并过；若止过小长住，叫把晁近仁的地与他二十亩，城里的住房都腾出与他，翻江搅海的作乱。晁思才已是去了，其余的族人都退了邪神。晁为仁也不敢把儿子出嗣。独自鳖了晁近仁的二十五亩地，占住了两座房，抢了许多家伙，洋洋得意，添了地土，多打了粮食，鲜衣美馔。他看得那八洞神仙也不似他守妻抱子的快活。

那晁近仁的老婆，一个寡妇，种那三十多亩地，便是有人照管，没人琐碎，这过日子也是难的。这晁为仁平素原不是个轻财好义之士，一些也不曾得了晁近仁的利路②，为甚么还肯替他照管？一来怕晁无晏计较，不敢替他照管；二来晁无晏也不许他去照管；要坐看晁近仁娘子守寡不住，望他嫁人，希图全得他的家产。合他紧邻了地段，耕种的时候，把晁近仁的地土一步一步的侵占了开去。遇凡有水，把他的地掘了沟，把水放将过去。遇着旱，把自己的地掘了沟，把水引将过来。遇着蝗虫，俱赶在他的地内。自己地内的古路都挑掘断了，改在晁近仁地内行走。又将自己地内凡是晁近仁必由之处，或密种了树，或深掘了壕，叫他远远的绕转；通同了里老书手，与他增上钱粮，佥拨马户，审派收头。别要说这寡妇，就是铜头铁脑，虎眼金睛，也当不起这八

① 溜抽——溜走。

② 利路——好处。

卦炉中的煅炼。今日二亩，明日三亩，或是几斗杂粮，高抬时价；或是几钱银子，多算了利钱。不上二年，把一个晁寡妇弄得精光。亏了一个好人，起先原养活晁近仁的儿子，后来自己又生两个儿子，此时怜念晁寡妇孤苦无依，遂养活了这个老者。

这晁无晏在顺风顺水的所在，扯了满篷，行得如飞的一般快跑。家中有个绝大的犍牛，正在那里耕地，倒下不肯起来，打了几鞭，当时绝气。抬到家中，剥了皮，煮熟了肉，家里也吃，外边也卖。别个吃肉的都也不见利害，偏他的媳妇孙氏左手心里长起一个疔疮，百方救治，刚得三日，呜呼尚飨了。草草的出了殡，刚过了三七，另娶了一个郭氏。

这郭氏年纪三十以上，是一个京军奚笃的老婆。汉子上班赴京，死在京里。这郭氏领了九岁的一个儿子小葛条，一个七岁女儿小娇姐，还夹了一个屁股，搭拉着两个腌奶头，嫁了晁无晏。这晁无晏只见他东瓜似的搽了一脸土粉，抹了一嘴红土胭脂，漓漓拉拉的使了一头棉种油，散披倒挂的梳了个雁尾，使青棉花线撩着。缠了一双长长大大小脚儿，扭着一个摇摇颤颤的狗骨颅。晁无晏饿眼见了瓜皮，扑着就啃。眼看着晁无晏上眼皮不离了下眼皮打盹瞌睡，渐渐的加上打呵欠，又渐加上颜色青黄，再渐加上形容黑瘦，加上吐痰，加上咳嗽，渐渐的痰变为血，嗽变成喘，起先好坐怕走，渐渐的好睡怕坐，后来睡了不肯起来，起初怕见吃饭，只好吃药，后来连药也怕见吃了，秧秧跄跄①的也还待了几个月，一交放倒，睡在床上，从此便再扶不起，吃药不效，祷告无灵。阎王差人下了速贴，又差人邀了一遭，他料得这席酒辞他不脱，打点了要去赴席。这时小琏哥才待八岁，晓得甚

① 秧秧跄跄——形容久病不愈的样子。

么事体？

这郭氏见了晁无晏，故意的把眼揉两揉，揉得两眼通红，说道："天地间的人谁就没个病痛？时来暂去，自然是没事的。但我疼爱的你紧，不由的这心里只是害怕。"晁无晏道："瘫劳气蛊噎，阎王请到的客，这劳疾甚么指望有好的日子？只怕一时间挝挠不及，甚么衣裳之类，你替我怎么算计，甚么木头，也该替我预备，你别要忽略了。我活了四十多年纪，一生也没有受冻受饿的事；这二年得了晁近仁的这些产业，越发手里方便，过的是自在日子，又娶了你一表的人才的个人，没得多受用几年，气他不过。最放不下的七爷，七八十了，待得几时老头子伸了腿，他那家事，十停得的八停子给我，我要没了，这股财帛是瞎了的。你孤儿寡妇的，谁还作你？只是可惜了的！我合你做夫妇虽是不久，那恩爱比几十年的还自不同。我这病也生生是爱你爱出来的。咱虽无千万贯的家财，你要肯守着吃，也还够你娘儿四五个吃的哩。你看着我平日的恩情，你将这几个孩子过罢，也不消另嫁人了。我还有句话合你说，不知你听我不听。"郭氏道："你休说是嘱付的话我没有不听的，你就是放下个屁在这里，我也使手掰着你的。你但说我听。"晁无晏道："我一生只有这点子儿，你是自然看顾他的，我是不消嘱付。我意思待把小娇姐与小琏哥做了媳妇，你娘儿们一窝儿一块的好过，我也放心。不知你意下如何？"郭氏道："这事极好。人家多有做的，我就依你这们做。小琏哥今年不八岁了？只等他交了十六岁，我就叫小娇姐合他圆房。小葛条打发他回奚家去。"晁无晏道："你说的是甚么话？你的儿就是我的儿，我的儿就是你的儿。咱养活养多少哩，休叫他回去，替他娶亲守着你住，没有多了的。"

郭氏道：“哎！说那里话！他小，我没奈何的带了他来。他是咱晁家甚么人？叫他在晁家住着。咱晁家的人也不是好惹的。”晁无晏道：“这倒没帐。老七虽是有些扎手，这七十六七岁的老头子，也‘老和尚丢了拐——能说不能行’了。我倒还有句话嘱付你，若老七还待得几年，这小琏哥不又大些了？我的儿也不赖的，他自然会去抢东西，分绝产，这是不消说了。要是老七死的早，小琏哥还小，你可将着他到那里，抢就合他们抢，分就合他们分，打就合他们打。这族里头一个数我，第二个才数老七。没了我合老七，别的那几个残溜汉子老婆都是几个偎浓咂血的攮包，不消怕他的。其次就是宅里三奶奶，这不也往八十里数的人了？要见老人家没了，这也是咱的一大股子买卖；只是他丈人姜乡宦扎手。就是姜乡宦没了，他那两个儿也不是好惹的；这个你别要冒失，见景生情的。晁邦邦那一年借了赵平阳的二十两银子，本利都已完了，我是中人，文书我收着在皮匣子里头哩。他问我要，我说：‘赵平阳把你的文书不见了。’我另教人写了个收贴给他，没给他文书。待我没了，你先去和晁邦邦说。你说：‘赵平阳着人来，说你取了他二十两本钱，这六七年本利没还一个，说俺是中人，他待告状哩。你要肯给俺几两银子，俺到官只推不知。你要不给俺几两银子，俺就证着，说取银子是实，俺汉子是中人，他为俺汉子没了，要赖他的。’晁邦邦是个小胆的，他一定害怕，极少也给咱十来两银。若是晁邦邦唬他不动，你可到赵平阳家，你说：‘晁邦邦那年取银子的文书，俺家收着哩，你有本事问他要的出来，俺和你平使，四六也罢。’你休要忘了。”晁无晏正说着，把手推了两下子床，说道：“老天，老天！只叫我晁二再活五年，还干多少的要紧事，替小琏哥还挣好些家当！天老爷不肯看顾眼儿，罢了，罢了！”郭氏道：“你有话再陆续说罢，看使着①你。你说的话，我牢牢的记着，要违背了一点儿，只叫碗口大的冰雹打破脑袋！”晁无晏果然也就不说了。过了一宿，睡到天明，就哑了喉咙，一日甚于一日，后来说的一个字也听不出了。

睡了几日，阎王又差了人来敦请，晁无晏像牛似的吽了几声，跟的差人去了。郭氏也免不的号叫了一场。与他穿了几件随身的粗布衣裳，新做了一件紫花布道袍，月白布棉裤，蓝梭布袄，都不曾与他装裹。使了二两一钱银买了二块松木，使了五百工钱包做了一口薄薄棺材。放了三日，穿心杠子抬到坟上葬埋。合族的男妇都因晁夫人自来送殡，别人都不好不来。

晁思才见得出殡甚是苟简，棺木甚是不堪，抱了不平，说道：“小二官也为了一场人，家里也尽成个家事，连十来两银的棺材也买不起，一个经也不念，纸幡也不做几首，鼓吹也不叫几名，拉死狗的一般！这姓郭的奴才安着甚么心肠？好不好，我挦顿毛给你！俺孙子儿没了，连说也不合众人说声，顶门子就出，有这等的事！我就滴溜脚子卖这奴才！小琏哥我养活着他！”在坟上发的像酱块似的。这郭氏不慌不忙走向前来，对着众人问道：“这发话的老头子是咱家甚么人？”众人说道：“是七爷，咱户里的族长。”郭氏道：“我嫁了晁二也将及一年，我也没见这位七爷往俺家来，我也没见俺往七爷家去，我自来没听见有甚么七爷、七奶奶的！嫌材不好，这是死才活着可自己买的！嫌出的殡不齐整，穷人家手里没钱！我也知不道咱户族里还有这几位，也不知是大爷、叔叔、哥哥、兄弟的，我只当就止一位三奶奶来送了一两银子，我换了钱揽缠的抬出材来！我也早知道咱户里还有

① 使着——累着。

七爷这几位，我不排门去告助？也像三奶奶似的，一家一两，总上来七八两银子，甚么殡出不的？甚么经念不的？我肯把汉子这们等的拉出来了么？”晁思才说：“你这话也没理！你家死人，教俺助你？”郭氏道：“俺家死人罢呀，累着你那腿哩，你奴才长奴才短的骂我？你凭着甚么提溜着腿卖？你一个低钱没有济助的，一张纸也割舍不的烧给那孙子，责备出的殡不齐整哩，又是不念经哩，撒骚放屁的不羞么？我劝你差不多罢，俺那个没了，没人帮着你咬人，人也待中不怕你了！你别嫌俺的殡不齐整，只怕你明日还不如俺哩！”晁思才气的暴跳，说道：“气杀我，气杀我！我从几时受过人的这们气？他说我明日出殡不如他，我高低要强似他！”郭氏道：“你怎么得强似俺呀？你会做跺塑像拿泥捏出俺这们个八九岁的儿来么？”晁思才道：“你说我没儿呀？我用不着儿！我自己打下坟，合下棺材，做下纸扎！”郭氏道：“你打下坟，合下材，可也得人抬到你这里头。你没的死了还会自己爬？”晁思才道：“怎么？没的俺那老婆就不抬我抬罢？”郭氏道：“看你糊涂么！你拿着生死簿子哩？打哩你那老婆先没了，可这不闪下你了？就算着你先没了，你这一生惯好打抢人家的绝产，卖人家的老婆，那会子，你那老婆不是叫人提溜着卖了，就是叫人抢绝产唬的走了，他还敢抬你哩！”晁思才道：“这是怎么说？没要紧扯闲淡！可是齐整不齐整，该我腿事么？惹的这老婆撒骚放屁的骂我这们一顿！”望着众人道：“咱都散了，不消这里管他，我待不见老婆有本事哩么？”又走到晁夫人轿前说道：“既送到坟上了，嫂子也请回去罢。”晁夫人道：“你们先走着，我也就走了。”晁思才就替晁夫人雇了轿夫，郭氏将着小琏哥到轿前谢了晁夫人，然后晁夫人起轿前行。晁梁同着族人，三个家人跟着，步行了走进城内。止有郭氏在坟看着与晁无晏下葬完了，同了小琏哥回家。

郭氏将晁无晏的衣裳，单夹的叠起放在箱中，棉衣拆了絮套一同收起。粮食留够吃的，其余的都粜了银钱，贬在腰里。锡器化成锭块，桌椅木器之类，只说家中没的搅用，都变卖了钱来收起。还说家无食用，把乡间的地每亩一两银，典了五十亩与人，将银扣在手内。过了几时，又说没有饭吃，将城里房子又作了五十两银典与别人居住。刷括得家中干干净净，串通了个媒婆，两下说合，嫁了一个卖葛布的江西客人，挟了银子，卷了衣裳，也有三百金之数，一道风走了。

小琏哥哄出外去，及至回家，止剩了几件破床、破桌、破瓮、破瓶，小葛条、小娇姐、郭氏，绝无影响。小琏哥等到日落时分，不见郭氏娘儿三个回来，走到门口盼望，只是悲啼。间壁一个开胭脂粉铺的老朱，问其所以，知道郭氏已经跟人逃走，与了小琏哥些饭吃，合小琏哥到了家中，前后看了一遍，一无所有，冷灶清锅，好不凄惨。老朱问他："你户族里合谁人相近？我与你看了家，你可到那里报他知道，教他与你寻人，又好照管你。"小琏哥说："我不晓得合谁相近，我只时常往俺老三奶奶家去。"老朱问说："是大宅里老三奶奶么？"小琏哥回说："就是。"老朱说："我着俺小木槿子送你去。看你迷糊了。"将了小琏哥到宅里，见了晁夫人，他也知道与晁夫人磕了两个头，哭的一泪千行，告诉说，他娘将小葛条、小娇姐去的没影了。晁夫人问道："他没有拿甚东西去么？"小琏哥哭说："拿的净净的，还有甚么哩！"晁夫人又问他："你往那里去了？他走，你就不知道？"小琏哥说："他说：'你到隅头①上看看去。有卖桃的，你叫了来，咱买几个钱的吃。'我看了会子，没有卖桃的，我就往

① 隅头——街角。

家去，他就不见了。”晁夫人说：“这天多咱①了，那有卖桃的？这是好哄孩子去呆呆的看着，他可好慢慢的收拾了走。我看你那老婆斩眉梭眼的，像个杀人的刽子手一般，那日在坟上，那一荡说，说的老七这个主子还说不过他，投降书降表跑了。这可怎么处？还得去请了老七来怎么算计。”一边差了晁鸾去请晁思才来商议，一边叫晁书娘子拿点甚么子来与小琏哥吃。

不多时，晁鸾请晁思才来到。晁思才见了晁夫人，没作揖，说道：“晁无晏的老婆跟的人走了？”晁夫人道：“据小琏哥子说，像走了的一般。”晁思才道：“这贼老婆！狗受不得的气，我受了他的！他走了，只怕他走到天上，我晁老七有本事拿他回来！放心，没帐，都在我身上！说是跟了个卖葛布的蛮子去了。别说是一个蛮子，就是十个蛮子到的我那里！嫂子，你叫人把咱那黄骒骡鞴上我骑骑，我连夜赶他去；你再把咱的那链给我，我伴怕②好走。”晁夫人都打发给他。晁思才又问晁凤借了银顶大帽子插盛，合坐马子穿上，系着鞓带，跨着链，骑着骡，一直去了。赶到五更天气，约有八十里路，只见一伙江西客人，都骑着长骡，郭氏戴着幅巾，穿着白毡套袜、乌青布大棉袄、蓝梭布裙，骡上坐着一个大搭连，小葛条、小娇姐共坐着一个驮篓，一个骡子驮着。晁思才从二三十步以外看得真切，吆喝一声，说道：“拐带了人的老婆那走！”郭氏说道：“俺家晁老七来了。”这些江西人知是郭氏夫家有人赶来，一齐大喊，叫：“地方保甲救人，有响马截劫！”把晁思才团团围在当中。那旷野之间，那有甚么地方保甲，反把晁思才拿下骡来，打了个七八将死，解下骡上的缰

---

① 咱（zan）——北方方言，“早晚”的含音。

② 伴怕——壮胆、撑腰。

绳，捆缚了手脚，叫他睡在地下。骡子也绊了四足，合那插盛铁链，都放在他的身旁。拾起一块石灰，在那路旁大石板上写道："响马劫人，已被拿获。赶路匆忙，不暇送官正法，姑量责捆缚示众。"写完，撩下晁思才，众人加鞭飞奔去了。把个晁老七打的哼哼的像狗噬黄一般，又捆缚的手脚不能动惮。那骡又只来嗅他的脸合鼻子嘴，偏偏的又再没个行人来往，可以望他解救。直捆缚到日出时候，只见几个行客经过，见他捆缚在地，向前问他，说其所以。那些人见了墙上的粉字，说道："你别要说瞎话！他说你是响马，只怕倒是真。"晁思才道："响马，响马，没的是响骡不成？"内中有的说道："这是混账人，做甚么响马？替他解开罢。咱待不往县里去哩么？"方都下了头口，替他解了绳，也把骡腿解开，扶他上了骡子，同了众人同来到了县前，让那些解放他的人到酒饭店款待他们。正吃酒中间，两个人也进店吃酒，原与晁思才相识，拱了拱手，晁思才让他同坐。那两人道："老七，你昨日日西骑着骡子，跨着链，带着插盛，走的那凶势，你今日怎么来这们秧秧跄跄的？"晁思才道："休说，说了笑话！要不亏了这几位朋友，如今还捆着哩！"那几个人听他说这话，又知他实是武城县人，方才信他不是个响马，吃完散去。

晁思才依旧骑了骡子，回到晁夫人家内，诉说了前事。晁夫人道："你每常说会拳棒，十来个人到不得你跟前，我当是真来，谁知几个蛮子就被他打得这们等的。早知道你是瞎话，我不叫几个小厮合你去。快暖上酒，外头看坐。快往书房里请你二叔去来，给你七爷暖痛。"晁思才道："我不好多着哩，不消去请学生。嫂子有酒，你叫人送瓶我家去吃罢。这老婆的事，咱也改日商量，我断乎不饶他。他就再走十日，咱有本事拿他回来！"晁书娘子旁边插口道："七爷拿他，可捎把刀去。"晁思才道：

“捎刀去是怎么说?”晁书娘子道:“拿着把刀,要再捆着,好割断了绳起来跑。”晁思才合晁夫人都笑。晁夫人道:“臭老婆!七爷着人打的雌牙扭嘴的,你可不奚落他怎么?快装一大瓶酒,叫人送给你七爷去。”这晁无晏的下落还未说尽,且看后回,或有结局。

第五十四回

狄生客中遇贤主　天爷秋里殛[1]凶人

吉人合与吉人逢，千里崎岖路不穷；地隔燕齐称异域，谁知佳客遇贤东。　　天不爽，鬼神公，分疏报善与遭凶。尤厨恃恶无人问，霆击头颅顷刻中。

右调《鹧鸪天》

再说狄希陈跟了狄员外，带了狄周、尤厨子，四个上京，一路平安。到了北京，进了沙窝门，在一庙中暂住，以便找寻下处。寻到国子监东边路北里一个所在，进去一座三间北房，两间东房，一面西房，两间南房，一间过道，每月三两房钱。床凳桌椅器皿之类，凡物俱全。西房南头一个小角门通着房主住宅。那房主姓童，排行第七，京师通称，都叫他是"童七爷"，年纪还在三十以下，守着一妻，十岁的个女儿叫是寄姐，四岁的个儿子叫是虎哥，使着丫头叫是玉儿。

这童七在顺城门外与陈内官合伙开着乌银铺，家中甚是过的。狄员外交了一个月房钱，着人把行李搬到童家房内。童七的媳妇，人都称为"童奶奶"。那童奶奶使玉儿两杯茶来，朱红小盘，细磁茶钟，乌银茶匙，羊尾笋夹核桃仁茶果。狄员外父子吃过茶，玉儿接下钟去，又送过两钟茶来与狄周、尤厨子吃。童奶奶在前，寄姐在后，半开着西边角门，倚着门框站着。

---

① 殛（jí）——杀死。

狄宾梁见那童奶奶戴着金线七梁鬏髻，勒着镜面乌绫包头，穿着明油绿对襟潞绸夹袄，白细花松绫裙子，玄色段扣雪花白绫高底弓鞋，白绫挑绣膝裤，不高不矮身材，不白不黑的颜色，不丑不俊的仪容，不村不俗的态度。那个女儿寄姐，生得眉清目秀，齿白唇红，穿着红裙绿袄，青段女靴。

这童奶奶见了狄员外，问道："这是狄爷么？"狄员外道："不敢。这一定是童奶奶，请作揖。诸凡仗赖，只是搅扰不安。"童奶奶道："狄爷好说。既来下顾，我们就是自家人一般。今日不知爷到，我们家爷就没得伺侯，只得改日与爷温居哩。听见说还有大相公，在那里哩？请来见见儿。"狄员外叫出狄希陈来作揖。童奶奶问说："这是爷第几的相公？"狄员外道："就只这一个小儿，今年十九岁了。"童奶奶道："好位齐整相公，就是大奶奶生的么？"狄员外笑道："也止有一个贱累。"童奶奶道："这好，足见爷的盛德。这一窝一块省多少口面哩。我家的爷只是待要娶个，只是说没人服事，怕做活使着我。叫我说：'你是少儿呀，少女呀，你堕这个业？有活我情愿自己做，使的慌，不使的慌，你别要管我。'狄爷，你这们便家也只一位奶奶，可见我妇女人家说的不是么？"狄员外问道："童奶奶有几位姑娘，几位公子？"童奶奶指着寄姐道："这是小女，今年十岁了。快过来拜拜狄爷。"寄姐走过门来，端端正正的拜了两拜。狄员外道："好位齐整姑娘，有了婆婆家不曾？"童奶奶道："还没有接茶①哩。算命的只说她婚姻迟着些好，不要急了。"狄员外道："守着皇帝爷的脚底下，这们个姑娘，怕选不中贵妃皇后么？公子今年几岁了？"童奶奶道："四岁了。才往姥姥家去，在家里可不叫他见狄

① 接茶——许婚。

爷么?”又说:“但用的甚么家伙，都问声儿。但是家里有的，就取过来使，没有的，再买不迟。要是出去做甚么，没有人，过那边说声，我叫人闩过门去。”站着合狄员外家长里短说了个不耐烦，方大家散了。

将晚，童七爷从铺子里回来。童奶奶说:“咱东院里的房子有人住了，是山东绣江县人，姓狄，来送他儿子坐监的。爷儿两个，跟着一个管家，一个厨子。老爷子有六十岁年纪了。小相公才十九，好不标致。我刚才合他说了半日话，好不和气的人。咱说了三两房钱，他一分也不下①咱的就送了一个月的房钱过来。”童七道:“这天忒晚了，我爽利明日早起来过去拜他罢。”

童七睡过了夜，起来梳洗完了，换上朗素帽子，天蓝绉纱道袍，绫袜毡鞋，过来拜狄宾梁父子，相见甚是亲热。待过了茶，送出大门。

这童七没到家，就往铺子里去了。狄宾梁将着儿子过去回拜。玉儿出来回说:“俺爷拜了狄爷，没回到家就往铺子里去了。”狄宾梁说:“我还到厅请奶奶见。”玉儿进去说了，将狄宾梁父子请进客位坐下。待了一会，童奶奶另换了一身衣裳出来与狄宾梁父子相见，分宾主坐下，吃了两道茶，说了许多家常话，送到大门里边，作别而散。

狄宾梁料童七必定还要接风，又见童奶奶甚是亲热，随收拾了自已织的一匹绵绸，一斤棉花线，四条五柳堂出的大花手巾，刘伶桥出的十副细棉线带子，四瓶绣江县自已做的羊羔酒，差狄周送了过去。童奶奶甚是喜欢，叫进狄周去，说:“只怕没有这理。狄爷来到我家，一钟水也不曾致敬，倒先收狄爷的这们厚

① 下——降。

礼。只怕不好收。我暂留下，等我们爷来再商议。”狄周道：“不消等童爷回来，童奶奶就收了罢。这不过是自己家里的土产，成甚么礼?”童奶奶然后把礼收了，赏了狄周八十文成化钱，千谢万谢的说了许多话。

过了两日，童七送了一大方肉，两只汤鸡，一盒澄沙馅蒸饼，一盒蒸糕，一锡瓶薏酒，说：“这几日合老公算账，不得点空儿，太迟了又不安，先送了这些小嗄饭，孝敬狄爷合狄大叔，略待两日，再专请狄爷合狄大叔吃饭哩。”狄宾梁也赏了来人八十文钱，再三说了。算计要添些别样蔬菜叫尤厨子做了，晚上等童七回家，请来同坐。把肉做了四样，鸡做了两样，又叫狄周买了两尾鱼，六个螃蟹，面筋、片笋之类，也够二十碗，请过童七来坐。又送了六碗菜，一碟甑糕蒸饼，一瓶羊羔酒与童奶奶。

从此两家相处，真是至亲一般。狄宾梁合狄希陈浆衣服、缀带子，都是童奶奶照管。寄姐合虎哥时常过这边来顽耍。寄姐看的好纸牌，常与狄希陈看牌耍子，有时赌栗子，或时赢钱，或时赢打瓜子，待半日家不过去。童奶奶自己来到角门口叫他。童七又在家中治了肴馔，请待狄宾梁父子，童奶奶也出来陪着吃酒，通像了童奶奶的兄弟一般。渐渐的狄希陈专常往他家去，让到他的卧房炕上，童奶奶合寄姐三个看牌，又教给狄希陈看骨牌、下别棋，指着寄姐叫狄希陈是“你哥哥”，指着狄希陈叫寄姐是“你妹妹”，自己合狄希陈说话“咱娘儿们”。就是童七来家，也绝不嗔怪。间或狄宾梁去，也让到后边去坐，通不像待那外人。房钱等不到日子，狄宾梁都预先送了过去，每次俱还尽让，说道：“狄爷离家又远，只怕别处用银子使，忙忙的待怎么？俺又且没处使银子哩。”

日子甚快，狄希陈坐监看看将满，打点收拾回家。且按下这边，再说厨子尤聪履历。

这尤聪原是盐院承差尤一聘的个小厮，从小使大，与他娶了媳妇。禁不得那媳妇原是人家的使女，用了五两财礼，两抬食盒，娶到家来。那新媳妇自然也有三日勤，又未免穿件新衣缠缚脚手，少不得也洗洗脸，搽些胭粉，也未免使些油梳个光头。尤聪看了已说道是个观音，就是主父主母见了这乍来的光景，也都道是个成材。谁知一日两，两日三，渐渐的露出那做丫头的材料。女人“七出”之条，第一是“盗”，他就犯了这第一件的条款。若是止在厨房里面撩锅里的肉，攒盆头的米合面，偷烧哺剂，切鸡藏起大腿，这都是那些管家娘子旧规，人人如此，个个一般，何足为异？惟独这尤聪令正，他除那旧规的勾当干尽了不算，常把囤里的粮食，不拘大米，小麦，绿豆，秫黍，黄豆，白豆，得空就偷，得偷就是一二斗，偷去换簪换针，换糕换饼，换铜钱，卖银子，日以为常。整腿的腊肉，整坛的糟鱼，整几十个的腌蛋，整斤的虾米，他偷盗如探囊取寄。遇着布绢就偷，偷不着就是衣裳也偷几件。衣裳防备的紧了，就是摆褶也扯你两幅，裙褶也扯你两条。没有真赃，尤聪只是不信，说他媳妇是个天下第一的好人，无奈众人做弄，致他抱屈无伸。及至屡次有了真赃，再也没得展辩，尤聪说他媳妇不愿在里边做家人娘子，殴作出去，因我不肯，故意这般作孽，希图赶他出门。尤一聘的夫妇说道：“既是如此存心，还留何用？枉做恶人，不如好好发送他出去。”

那时尤聪积攒得几两银子在手，绝不留恋，领了媳妇欣然长往，赁了人家两间房子，每月二百房钱。八钱银买了一盘旱磨，一两二钱银买了一头草驴，九钱银买了一石白麦，一钱银张了两面绢罗，一百二十文钱买了个孛篓，三十五文钱买了个簸箕，二十五文钱做了个罗床，十八文钱买了个驴套，一百六十文钱买了两个箢①子，四十文钱买了副铁勾担仗，三十六文钱钉了一连盘秤，银钱合算，共用了三两五钱四分本钱。一日磨麦二斗，尤聪挑了上街，除撰吃了黑面，每斗还撰银三分，还撰麸子。若是两口子一心做去，岂不是个养家过活的营生？不料卖到第三日上，尤聪的老婆便渐渐拿出手段，拣那头拦的白面才偷，市价一分一斤，只做了半分就卖。尤聪卖到后边，不惟不撰了钱，越发反折了本，听得折了二钱原价，卖了那盘旱磨，另买了一副筐担，改了行卖大米豆汁，那老婆就偷大米、绿豆。禁不起这漏卮，待不得几日，又改了行卖凉粉棋子，那老婆又偷那凉粉的材料与那切就的棋子。三日以后，只得又要改行往那官盐店里顿了盐来用袋装盛，背在肩上，串长街，过短巷，死声嗃气，吆喝盐哩，卖到临了，原数半斤，只有六两，莫说撰钱，大是折本，又只得改行卖炭。

这卖炭的本主从山里驮炭上城，用十七两秤秤了炭，个半钱买的，使那十五两秤零卖出去，卖两个半钱，岂不也是个撰钱生意？况又不比那麦面大米可以自己做吃，又可卖与别人，这又是个不怕穿窬②的宝货。谁知天下没有弃物，贼星照命的自有飞计。左邻住着个裁缝生熨斗，买的都是这老婆的贱炭。那对门住的打烧饼老梁都是他受炭的窝主。十七两秤总秤的二百斤，十五两秤合来少了许多，算起本钱，还差四五十个。

这尤聪不说是老婆抵盗，只说是自己命运不好。柴不见烧就了，米不见吃就无，掠剩使不离他的门户神，偏会吞他的东西。每日怨天骂地，说："天爷没眼！某人又怎么过的？某人又怎么

① 箢（yuān）子——竹编器具。
② 窬（yú）——爬墙过去。

撰钱？某人做生意又怎么顺利？偏老天爷不肯看顾俺两口子一眼，左做左不着，右做右不着，空放着这们个勤力俭用能干家的婆娘，只是强不过命，傲不过天！天老爷你看顾我一眼，只教我堵堵主人家的嘴，这也不枉了赌气将出老婆来一场！这如今弄的精手摩诃萨受穷罢了，甚么脸见主人家！”再要改行，没了资本，往衙门里与人替差使做倒包，也没有工钱，也不管饭食，只靠了自己的造化，诈骗得着，就是工钱。

这尤聪倒也不是不肯诈骗的人。只是初入其内，拿不住卯窍①，却往那里去撰钱？把自己的一件青布夹袄当了二百五十文钱，家里籴米自己盘缠，不惟捞不上本钱到手，失误了掌桥，唤到堂上，十五大敲，也还扎挣着行动。次日又失误了公馆里铺设，疮腿上又是十五，便就没本事扎挣。当夹袄的钱又使得没了，家中籴了一斗米，老婆又偷粜了三升，只得又当了衣裳，在家养病。坐食了一月，衣服将次典完，再无门路可走，两口子雇与人家种园，吃了主人家的饭，每年还共有三石杂粮。

这老婆偷惯了的手，没得甚么可偷，换东西吃惯了的嘴，没得东西可换，手闲嘴空，怎坐得过？随背了尤聪与那同班种园的寮友干那不可教人知道的丑事，不图重价，或是几文钱，或是些微吃食，就奉让成交，也多有赊去不还账的。尤聪也都晓得，只是要做家翁的人，妆聋妆痴罢了。

一日，五更起来浇水，尤聪在北头开沟，老婆在南头汲水，那黑暗的时节，一个相知的朋友乘着那桔槔起落的身势，两个无所不为。忽然又来了两个，彼此相争起来，打成一块，惊动了主人，轰动了邻舍。尤聪做人不过，只得卖了老婆，离了这个去

---

① 卯窍——窍门。

处，与人做短工生活。龙山镇上与一个胡举人割麦，一连割了四日。

一日天雨，尤聪就在胡春元车房避雨。胡春元因请了先生教儿子读书，要寻一个人在书房做饭，要动得手起，又要工钱减省，只是个半瓶醋厨子的光景就罢了。尤聪一向跟随尤一聘经南过北，所以这煮饭做菜之事也有几分通路，所以卖凉粉、切棋子，都是他的所长。他自已学那毛遂，又学那伊尹要汤，说合的人遂把他荐到那胡春元门下，试了试手段，煎豆腐也有滋味，赶薄饼也能圆泛，做水饭、插粘粥、烙火烧，都也通路。讲过每年四石工粮，专管书房做饭答应。虽说人是旧的好，不知那新人乍到，他也要卖精神，显手段，立行止，固根基，便也不肯就使出那旧日心性，被他骗了个虚名。天下的事大约只在起头时节若立就了一个好名，你连连不好，将来这个“好”字也便卒急去不了的。若起初出了一个不好的名，你就连连改得好了，这个“好”字也便急卒来不到的。况且他拿了别人的物料，演习自己的手段，酸咸苦辣，试停当了滋味，便也可以将就。又是只在书房鬼混，在上的只管有饭吃就罢了，在下的和光同尘，成群打伙，他就有甚么不好，狐兔相为，怎得吹到主人耳朵?

一连待了三年，胡举人中了进士，选了河南杞县知县，挈家赶任，带了尤聪同往任所。到了官衙里，里边有了奶奶当家，米面肉菜都有奶奶掌管，谁该吃，谁不吃，都有奶奶主意，不许撒泼了东西，不许狼藉了米面，不许做坏了饭食。他不说是奶奶正经，他怨奶奶琐碎。不说他在书房答应时节放肆是他的侥幸，他说是主人如今改常。做的菜嫌他淡了，他再来不管长短，加上大把的盐，教人猛可的误吃一口，哮喘半日。说他咸了，以后不拘甚物，一些盐也不着，淡得你恶心。

一日，叫他煮腿腊肉，他预先泡了三日，泡得那腊肉一些咸味也没有了。说他腊肉煮得不好，他再来不泡便已好了，他又加上一大把盐。煮豆腐自然该加盐的，他却一些盐也不加。问他所以，他说："昨日腊肉里加了些盐，嫌说不好，如今豆腐里不曾加盐，又说不是，这也甚难服事！"

最可恨的：不论猪肉、羊肉、鸡肉、鸭肉，一应鲜菜干菜，都要使滚汤炸过，去了原汤，把来浸在冷水里面，就是鲜鱼、鲜笋，都是如此。若不是见了本形，只论口中的味道，凭你是谁，你也辨不出口中的滋味是甚么东西。且是与主人拗别，分付叫白煮，他必定就是醋烧。叫他烧，他却是白煮。

还有最可恨的，定要使那囫囵花椒，叫人吃在口内，麻辣得喉咙半日出不出气来。把海参汤做得扭黑，嫌他的不好，他说黑海参如何不黑。把腌肉煮成烰炭，把鸭子煮成了糨粘。常常的把大锅子的饭捣了锅底倾在灶内，成盆的剩饭倒在泔水瓮里。养活的鸡鸭，也不请问主人，任意宰杀。干笋成四五斤泡在水缸里面，吃不了的，都臭烂丢掉。背了人传桶里偷买酒吃，吃得稀醉。他私定了一连前重后轻的秤，与外边买办的通同作弊。衙里几个小童，他个个打转。买办簿上一日一斤香油，支派买到厨房，他一些也不与众人食用，自己调菜炸火烧、煎豆腐，不胜受用，再有多的，夜间点了灯与人赌博。春月买得韭菜来，将那韭菜上截白头尽数切下，用麻汁香油加上蒜醋，自己受享，止将那韭叶定小菜馪豆腐。每顿三四升的落米，从传桶里边央那把衙门的人卖钱换酒。

一日，有个同年王知县经过，要来回拜时，在衙内书房留他一饭，与尤聪算计治办，约得荤素二十器，两道汤饭。尤聪问道："这王爷是个官么？"胡知县道："这就是中牟县王大爷。怎么不是个官？”尤聪道：“这个我定是耽误了。”胡知县问他怎说。“旧规，官酒每一桌必用厨子八名。止我一个，如何做的来？只得不留他罢了。”

胡知县素性好吃羊肉，送的就收，没有就买，交与尤聪去做。他绝不管天热天冷，成了旧规，头一日先煮一滚，撩将出来泡在冷水盆内，次日然后下锅，直待晌午方才与吃。他那拗性歪憋，说的话又甚是可恶，胡知县受他不得，打发他出来，腰里缠着十数两银子，搭连里装着许多衣裳，预先剋落的腊肉、海参、燕窝、鱼翅、虾米之类，累累许多。行了数程，走到高唐地方，四顾无人，撞见了两个响马，拽满了弓，搭上箭，斜跨在那马上，做出那强盗的威势来，吓得那尤聪跳下驴来，跪在地上，口口声声只叫“大王爷饶命”。全副行李搭上腰里的银钱，上盖衣裳，都剥脱了精光。响马得了财物去了。尤聪弄得囊空身罄，只得乞丐回家。到了明水，也还东奔西撞的讨饭，适值狄员外家请了程乐宇教书，馆中要个厨子答应，仍讲了每年四石杂粮，专在书房指使。

这尤聪素性原是个至可恶的歪人，又兼之在胡家养惯了骄性，通忘了那外边日子难过，比在胡家更甚作恶，开口就说：“我在胡进士家许多年，没人敢说我一句不好。你这不过庄农小户，晓得吃甚东西？吃在口中，也辨不出甚么好歹！”眯了眼的抛米撒面，作的那孽罄竹难书。年前两次跟了师生们到省城，听他做得那茶饭撒拉溜侈，淘了他多少的气。只因狄员外是个盛德的人，不肯轻意与人绝交，因陪儿子坐监，只得又带了他上京。途中这样贵饭，他把整碗的面退还店家，恐怕便宜了主人的钱钞，哄得狄周回头转背，成两三碗的整面，整盘的肉包，都倾吊在泔水桶内。店中有看见的人，没有一个不诧异赞叹。及至到了京师，这米珠薪桂之地，数米秤柴，还怕支持不起，他没有老狄婆子跟前查考，通像心风了的一般，狠命撒泼。连那奢侈惯了的童奶奶也时常的劝他，说他碎米不该播吊，嫩黄牙菜边不该劈坏，饭该够数做，剩饭不可倒在沟中。他不惟不听，声声的在背后骂那童奶奶是个淡屄。因狄周不管他的闲帐，不说他的短长，只是狄周是个好人，二人甚为相厚。

狄员外因一向尝扰童家，又因监满在即，又因九月重阳，要叫尤聪治酒一桌抬过童家厅上，好同童奶奶合家小坐，一来回席，二来作别，三来过节。预先与童七夫妇说了，叫狄周买办了鸡、鱼、肉、菜之类。尤聪大烹小割，正做中间，只见西北起了一朵扭黑的乌云，白云拢了乌云的四面，云里边一声霹雳，把那朵乌云震开，满天扭黑，连打了几声雷，亮了几个闪，连雨夹雹倾将下来。那雷就似天崩地裂，做了一声的响。闪电就似几千根火把的烁亮，围住了那间厨房不散。尤聪他还说道："这样混账的天！谁家一个九月将好立冬的时节打这们大雷，下这们冰雹！"狄周也说："真是反常，往时过了秋分，再那里还有打雷的事！"二人说论，那雷电越发紧将上来。只听得天塌的一声响，狄宾梁合狄希陈震得昏去，苏醒转来，只见院子里被雷击死了一个人，上下无衣，浑身扭黑，须发俱焦，身上一行朱字，上书"欺主凌人，暴殄天物"。仔细辨认，知是尤聪被雷击死。进到厨房里面，只见狄周也烧得扭黑卧在地上，还在那里掇气，身上也有四个朱字："助恶庇凶。"狄员外见狄周不曾断气，将带的"琥珀镇心丸"研了一服，温水灌下，慢慢的醒了转来，问他所以，他说："只见一个尖嘴像鬼的人，两个大翅飞进厨房，将尤聪揕出门外，我也便不知人事。"方知尤聪因他欺心胆大，撒泼米面，所以干天之怒，特遣雷部诛他。

狄周只该凡事救正，岂可与这样凶人结了一党，凡事与他遮盖？所以也与尤聪同遭雷殛。但毕竟也有首从，所以只教他震倒房中，聊以示儆，还许他活转。这天老爷处治，岂不甚是公平？

狄员外只得报了兵马司，转申了察院，题知了本，下了旨意，相验明白，方才买了棺材，抬出义冢上埋了。这日酒也不曾吃得。童七夫妇都过来慰唁，把这事都传布了京城。那闲的们把本来都刊刻了，在棋盘街上货买，吆喝叫道："九月重阳，国子监门口，冰雹霹雳劈死抛撒米面厨子尤聪的报儿哩！"走路的听得这异事，两个钱买一本，倒教人做了一个月极好的生意。这正是那两句成语合得着：

万事劝人休碌碌，举头三尺有神明。

再续两句道：

请观作孽尤厨子，九月雷诛不顺情。

第五十五回

狄员外饔飧[1]食店　童奶奶怂恿庖人

凡事非容易，尤称行路难。
严霜凋客鬓，苦雨湿征鞍。
野饭如冰冷，村醪若醋酸。
店婆凶万状，过卖恶千端。
泥灯浑是垢，漆箸尽成瘢。
臭虫沿榻走，毒蝎绕墙盘。
若逢佳馆主，逆旅作家看。

尤厨子作恶欺人，暴殄天物，被那天雷殛死。狄周瞒了主人，反与歹人合成一股，撒泼主人的东西，也被天雷震的七死八活，虽然救得回头，还是发昏致命。

这狄员外父子，一连五六日都是童奶奶那边请过去吃饭。狄员外甚是不安，每日晌午同狄希陈多往食店铺里吃饭。童奶奶道："狄爷这们多计较。能费甚么大事哩，只不肯来家吃饭？这食店里的东西岂是干净的？离家在外的人，万一屈持在心，这当顽的哩！况又待不的一个月就好满了监起身哩。"狄员外道："时来暂去的就罢了，怎好扯长的扰起来？况且童奶奶你家里也没有人，凡事也都是童奶奶你自己下手，叫我心里何安？算着也还是一个多月的住，不然，还仗赖童爷替俺且寻个做饭的罢。"童奶奶道："我听见大相

① 饔飧（yōngsūn）——早饭、晚饭。

公说，家里也没有甚么人做活，听说大婶是不上厨房的，有些甚么事件，也还都是狄奶奶上前。狄爷，你寻个全灶罢。”狄员外道：“怎么叫是全灶？”童奶奶道：“就是人家会做菜的丫头。像狄爷你这们人家极该寻一个。好客的人常好留人吃饭，就是差不多的两三席酒，都将就拿掇的出来了，省了叫厨子，咱早晚那样方便哩。”狄员外道：“买了来家，可怎么方略他？”童奶奶道：“狄爷，你自己照管着更好，要不，配给个家人，当家人娘子支使也好。只是这个不大稳当，一个全灶使好些银子哩，拐的走了，可惜了银子。”狄员外道：“也大约得多少银可以买的？”童奶奶道：“要是手段拿的出去，能摆上两三席酒来，再有几分颜色，得三十两往下二十五两往上的数儿。若只做出家常饭来，再人材不济，十两十二三两就买一个。”狄员外道：“不然没人做饭，咱寻他一个罢，只是没得合家里商议商议。”童奶奶道：“这却我不得晓的，狄爷你自己掬量着。要是狄奶奶难说话，快着别要做，好叫狄奶奶骂我么？”

狄员外道：“这骂倒是不敢的，只是怎么童奶奶你家不买一个？”童奶奶道：“我家有来，刚子赶狄爷到半月前边，叫我打发了。十八两银子寻的，使了八年，今年二十六岁了。人材儿也不丑，脚也不甚么大，生的也白净，像留爷坐这们寻常的一桌酒儿都也摆出来。那几年好不老实的个孩子，如今，一来这臭肉的年纪也忒大了，二来也禁不的我们爷和他挤眉弄眼的。我看拉不上，那一日赶着他往铺子里去，做了八两银子，嫁与个屠子去了。我们爷后晌从铺子里回来，叫我也没合他说。我们小姑娘端了酒菜来。他爹说：‘灶上的那里去了？叫姑娘端菜哩！’我说：‘灶上的跟了个宰猪的走了。’我们爷说：‘有这等的事！怎么不早合我铺子里说去？’叫我说：‘人已去了，合你说待怎么？’我们爷说：‘没拐甚么去么？’我说：‘没拐甚么。那屠子倒撩下八两银子去了。’我们爷说：‘呵！你可不说卖了？叫我还瞎乱。其实留着指使也罢了。’叫我说：‘一个丫头指使到二十六岁，你待指使他到老么？’他说：‘我有甚么指使？只怕没人替你上灶。’叫我说：‘你别要管，我情愿做，不难。’虽这们说，可不也忙手忙脚的，我家也还要寻一个哩。狄爷，你寻一个，且别要动手，等到家里可，狄奶奶许了，你就收他。要是狄奶奶不许，使他七八年，寻个汉子给他，也折不多钱。那尤厨子也是雇的么？”狄员外道：“可不是雇的？一年四石粮哩。那几年粮食贱，四石粮食值二两银子罢了。这二年，四石粮食值五六两银子哩，这还是小事。这一年受他的那气，叫他洒泼的那东西，虽是雷劈了他，咱容他这们等的，也是咱的罪过。看不见狄周么？与他甚么相干？只为他合尤厨子拧成一股，看他洒泼不管他，也就差一点没劈杀了哩！”童奶奶道：“可又来！狄爷，你听我主张，买一个不差。你只原封不动的交付与狄奶奶，那狄奶奶赏赐了，这是天恩，要不赏赐，别要只管絮絮叨叨的胡缠，这便一点帐也没有。我们爷要不是眉来眼去，兴的那心不好，我也舍不的卖他。好不替手垫脚的个丫头哩么！”狄员外道：“主意定了罢，仰仗童奶奶就速着些寻，好叫他做饭吃。”童奶奶道：“只怕做媒的马嫂儿待来呀，要不来，我着人叫他去。狄爷，你寻个中等的罢。”狄员外说：“要寻人，爽利寻个好的罢，要叫他做菜哩。若齷齷齪齪的，走到跟前，看了那脏模样，也吃不下他那东西去。”

童奶奶正站在角门口合狄员外说话，寄姐走来说：“妈妈呀，俺舅舅来了。”童奶奶随关过门去，与他哥哥骆校尉说了会话，又吃了些点心，别得去了。童奶奶说：“忘了一件要紧的事。玉儿，你快着赶上舅爷，你说住房子的马嫂儿，叫他快来，你说俺奶奶待他说说甚么哩。多上覆舅爷，千万别要忘了。”玉儿跑到外头，正好骆校尉没曾去远，还合一个人站着说话哩。小玉儿一一的说了，骆校尉道：“你上覆奶奶，你说道舅爷知道了，到家就叫他来。”

事有凑巧，骆校尉转了条胡同，恰好马嫂儿骑着个驴子过来，看见骆校尉，连忙跳下驴来，说道：“爷，往那里走？怎么不骑马，自家步行。”骆校尉道：“我从姑奶奶那里来。不远，走走罢。你来的正好，姑奶奶有要紧事合你说，叫你就去哩。”马嫂儿道：“我且不到家，先往姑奶奶家去罢。”骆校尉道：“这好。”替他打发了两个驴钱，叫他还骑上那驴，改路竟到童家，见了说道：“舅爷说姑奶奶叫我，是与姑娘提亲哩？”童奶奶道：“不是价，另有话说。我待叫你还寻两个灶上的丫头，要好的，那□辣脏丫头不消提。”马嫂儿道：“姑奶奶，你要好的，只怕卒急寻不着。你怎么又要两个呀？”童奶奶道：“我自家要一个，你山东狄爷也要一个。”马嫂儿道：“狄爷还没去哩么？他有带的厨子，怎么又寻上灶的？这是待两当一房里指使么？”童奶奶道：“你只管替他寻灶上的，他房里不房里，咱别管他。他那里尤厨子昨日九月九下那雹子，叫雷劈杀了，如今通没人做饭。我这里管待他，又嫌不方便。”马嫂儿道：“哎哟！这九月里的雷还劈杀人？我听见人说，只当是说谎来，原是真个么！雷劈的身上有红字，写他那行的罪恶，这尤厨子可是为甚么，就雷诛了？”童奶奶道：“可不有红字怎么？我还过那边看了看，烧的像个乌木鬼儿似的，雌着一口白牙，好不怪疢的！那批的字说他抛米洒面，作贱主人家的东西。”马嫂儿道：“可惜了的，好个活动人儿！那日我从这边过去看看，狄爷合相公都没在家，锅里熬着京米粥儿。叫我说：‘怎么荒的年成这们等的了，大锅里熬着粥儿，也不让人让儿？’他说：‘要不嫌，可任凭请用，没吃了我的。’拿过个碗来，没好吃，足足的吃了他五碗；我说：‘可吃的叫你们不够了？’他说：‘你只顾吃，由他，多着哩！’”童奶奶道：“只这就不是个好人，怎么拿着主人家的贵米，多多的做下粥，给不相干的人吃？你说他那低心，天爷为甚么不劈他？”马嫂儿道：

"好奶奶，他这不是积福么?"童奶奶道："我只说这是堕孽！要把自家的米粮口里挪、肚里攒的，舍些儿给那看看饿杀的人吃，这才叫是积福哩！他明是蛆心狡肚，故意的要洒泼主人家东西哩！你快听我说，好好的替你狄爷寻个好灶上的，补报他那几碗粥，要不然，这叫是'无功受禄'，你就那世里也要填还哩!"马嫂儿道："我这就往门外头去，只怕那里有，我就去罢。"童奶奶道："这天多咱了，你去？等着吃晌午饭。"

马嫂儿果然等吃了饭，去了，到日西时分回来说："我到了门外头，周嫂儿那老蹄子又出去了。他媳妇儿那淫妇，通是个傻瓜，问着他，连东南西北也不晓的！问说：'你妈哩?'他说：'俺妈不知往那里去了。'叫我呆呆的坐着等他，等到那咱晚才来，说有几个哩，他明日清早叫我在家里等他罢。我趁明快往家去，明日来回姑奶奶的话。"童奶奶道："你替狄爷打听要紧。他又不肯来咱家吃饭，只买饭吃，岂是常远的么？我且有要没紧，慢慢的仔细寻罢了。"

马嫂儿去了。明日晌午，同了周嫂儿来到。童奶奶问说："寻的有了?"周嫂儿道："有两三个哩。一个是海岱门里头卖布的冉家，一个是金猪蹄子家的，还一个是留守卫李镇抚家的。"童奶奶问说："这三家子的，那家子的出色?"周嫂儿说道："这手段，咱可知不道他的好歹；要只据着他口里说，他谁肯说手段不济？要看中了，只得要试他。"童奶奶道："这手段要好，是不消说第一件了。可也还要快性，又要干净。要空做的中吃，半日做不出一样子来，诓的客们冷板凳上坐着，这也是做哩？再要不龌哩龌龊的，这也叫是做哩?"周嫂儿道："奶奶说的可是哩。但这个毕竟是咱守着看见的孩子们才好。这生帐子①货，咱可不知

① 生帐子——指不熟悉，不了解其脾气习性。

他的手段快性不快性。他既叫咱发脱，岂有个不梳梳头、不洗洗脸的？也定不住他是齷龊不齷龊来。难为这三家子都不是俺两个的主顾？”童奶奶道：“这三个，你两个都见过了没？”马嫂儿道：“我都没见。周嫂儿都见来。”周嫂儿道：“要看外相儿倒都不丑。冉家的那个还算是俊模样子，脚也不是那十分大脚，还小如我的好些，白净，细皮薄肉儿的。他说是十七，像十八九二十的年纪。要图人才，单讲这一个罢。”童奶奶道：“还是看本事要紧。咱光选人材，娶看娘子哩么？咱要成，务必领了他来，待我看看，留他两日，叫他做菜做饭试试，交银子不迟。”周嫂儿道：“待我合他说去，只怕他说丫头大了，不教领出来也不可知的。”童奶奶数了二十个黄钱，催他快去，来回骑了驴来。周嫂儿飞也似去了，马嫂儿没去，在这里等他。周嫂儿去不多时，领了那丫头来到，还有一个老妈妈子跟着。那丫头怎生样的？有《西江月》一首：

厚脸丰颐塌鼻，浓眉阔口粗腰。脚穿高底甚妖娆，青褂蓝裙颇俏。

前看胸间乳大，后观腿上臀高。力强气猛耐劬劳，正好登厨上灶。

童奶奶看那丫头粗粗蠢蠢，到不是雕儿豹儿的人，说道：“这孩子倒茁壮，有十几了？”那丫头说：“今年十八了。”童奶奶问说：“这寻你专是为炒菜做饭，你都去的么？”那丫头道：“小人家的饭食，我到都做过来，只怕大人家的食性不同，又大人家的事多，一顿摆上许多菜，我只怕掛挠不上来。”童奶奶道：“不是我要，是山东的一个狄爷同他大相公来坐监，带着个厨子，昨日九月九下雹子的那一日叫雷劈死了，急忙里要寻个人做饭，要回到家时，或是留客吃饭，或是一两席酒，这值不的叫厨子的事，都要叫你做做。自己掐量，可做的来做不来？”那丫头道：“我刚才不说过了？一两席酒，我自己也曾做来，可只是人家有大小不等，看将就不将就哩。就是一碗肉罢，也有几样的做，也有几样的吃哩。”童奶奶道：“你这前后的话，说的倒都是哩，你住两日儿，主人家试试你的手段，你也试试主人家的性格，看那缘法对与不对。”那跟的老妈妈子道：“住两日只管住，这倒不碍哩。要说做甚么，这位姐姐可是去的，家里有这们四个哩，都是调理着卖这个的。家里奶奶子说：‘老爷子，你要留下指使就留下，既不留下，就趁早儿给了人家，耽误了人家待怎么？’打发了这一个，还要打发两个出去哩。”童奶奶道：“那两个比这个哩？”老妈妈子道：“那三个里头，有一个的模样比这个好，白净，脚也小，要论手段，都不如这一个。”童奶奶道：“这说，要多少银子？”老妈妈子说：“要三十两银子哩。”童奶奶道：“你说的就是那顶尖全灶的价了，手段还且不知道，他这人才，已就不是那全灶的人才。待两日试得果然是那全灶的本事，也不肯少与你，足足的兑上二十四两老银。若本事不济，再往下讲。玉儿，你到那边看看狄爷合狄大叔在家，请过来，你说奶奶请狄爷合狄大叔说话哩。”

玉儿开了门，请过狄员外爷儿两个过来。作了揖，童奶奶道：“清早我们爷出门的时节，就分付伺候爷吃饭，叫我紧着出去，爷合大叔已是吃过饭了。”狄员外道：“这每日扰奶奶已是不安，又劳奶奶自己下厨房，这怎么当的起？”童奶奶道：“这是刚才领来的一个孩子，爷，你看看好么？咱留下他试他两日，合他讲钱成事。”狄员外上下看了两眼，说道：“倒也是个壮实孩子。童奶奶看中了可，咱留下他罢。这马嫂儿我认的，这二位媒妈妈高姓呀？”童奶奶指着说：“这一个是媒人，姓周。那一个老妈妈是跟这孩子来的，我也还没问姓甚么哩。”那老妈妈说：“奶奶，我姓吕。”狄员外道：“就是老吕，你们都到我那边去。”童奶奶说：“你们说停当了，都过这边来吃饭。”狄员外说：“童奶奶，你不费心罢。我叫人买几个子儿火烧，买几块豆腐，就试试这孩子的本事。要是煴①的豆腐好，可这就有了八分的手段了。咱这小人家儿勾当，待逐日吃肉哩?”说着，三个妈妈子合那丫头都过去了。狄员外道：“童奶奶也到那边坐会子去，咱好大家合他说。”童奶奶道：“爷先请着，我就过去。”

狄员外叫人拾的火烧，买的豆腐合熟肉，黄牙白菜。那丫头没等分付，进到厨房，卷起胳膊，刷了吊锅，煴上豆腐合黄牙白菜，切切那肉，共盛了六塾浅②，两盘火烧，搬到厨房炕矮桌上，与众人吃。又盛了一塾浅豆腐，一塾浅黄牙菜，一碟子四个火烧，端到上房与狄员外、狄希陈吃。狄员外尝那做的菜，咸淡的滋味，甚是可口，又叫他切碗肉来，又切的甚是方正。刚吃着，童奶奶过来了，笑道：“由咱试手段了。”看着那肉说道：“这孩子到动的手，我只见他这切的肉就看出好几分来了。”媒婆们吃了饭，每人与了二十四个驴钱，叫他后日来定夺。众人辞的去了。狄员外合童奶奶说了一会子话，起来回去。狄员外叫那丫头：“你跟童奶奶过去。”丫头果然跟过去了。童奶奶又合他说了前后的话，又问说：“你那家子曾收用过了不曾?”丫头道：“收过久了。”童奶奶问：“没生下甚么?”丫头说：“也只稀哩麻哩的勾当，生下甚么!”

狄员外叫狄周买办肴品，要试全灶的手段，摆酒请童爷、童奶奶。那丫头说着，写了单帐，买了物件。那丫头不慌不忙一顿割切停当，该煴的煴，该炒的炒，到了晌午，置办的一切完备。从铺子里请了童七回家，将酒席搬到童家那院，按道数上来，只见做的颜色鲜明，滋味甚美。狄员外那心里极喜。童七合童奶奶都齐称赞。童奶奶道：“这手段倒也罢了，还没试试家常饭的手

---

① 煴（yūn）——微火。

② 塾浅——指高脚浅口的碟子。

段哩。”童七道：“家常饭只比酒席少做了几样，有两样么？”童七、童奶奶、狄员外、狄希陈、寄姐五个围着八仙方桌，传杯弄盏，吃至一更多天，方从角门散的去了。

次日起来，叫那丫头做了早饭，接连做了午夜两餐，又甚爽快，又极洁净。这狄员外定了主意要寻。

第三日清早，马嫂儿、周嫂儿齐来讨下落，童奶奶一口价许定二十四两。周嫂儿道：“奶奶，你许的这是中等的价钱。这孩子可是上等的手段哩。”童奶奶道：“你合狄爷这们说罢了，你这话合我说哩？再要手段不济，可拿着这们些银子，是买他人才哩，是买他的真女儿哩？”周嫂儿道：“奶奶，你主张个二十七两银子罢。要是二十四两，这丫头成不下来。”童奶奶道：“一分银子添不上去。我的性儿你是知道的，我是合你磨牙费嘴的人么？”周嫂儿道：“我的奶奶呀，定你就这们执古性儿，就真个一口价儿？俺两个的媒钱，奶奶，你可赏俺多少哩？”童奶奶道：“你两个我也不少，圆成了，我叫狄爷共称一两细丝银子给你。”周嫂儿道：“走，咱拿着银子合他说着去。合谁去哩？”童奶奶道：“狄爷，你就拿着银子自己去。”狄员外走过自己那边，兑足了二十四两文银，又封了一两媒钱，雇了四个驴，合狄周骑着。

周嫂儿见狄员外要的外甜①，故意说道：“你老人家只怕还是空走这遭，童奶奶许了这一口价儿，分文不肯添，他老人家性儿乔乔的，俺们又不敢合他多说话，只得来了，那家子定是不依。”狄员外道：“仔么不依？我不知道你京里的浅深罢了，你童奶奶甚么是不晓的，肯少还了你们价儿？你要掏量着，这事成不的，我就不消去了，别说那瞎诓着我空走一遭的话。你要就是这们成了，我分外你每人再加二钱银子，你两个吃酒。要是不成，这驴

① 外甜——殷切。

钱我认。你休想干那岐瞒夹帐的营生!”两个媒人道:“爷哟,怪道童奶奶合爷说的上话来,都是一样性儿!”说着,将次走到。狄员外下了驴,说道:“你两个先去,说妥了,来叫我。要不妥,我好往家走。若进他家里,要说不上来,羞羞的不好出来。我在这香铺里坐坐,等着你。”马、周两个媒人道:“你老人家怕到了那家子当面不好阻却的,又叫你老人家添银子的意思?”狄员外道:“神猜!就是为这个。我在这里等着你,叫他写了文书,定了银子数儿。看了,我才到那里交银子哩。”马、周两个道:“爷呀,人还说我们京师人乖哩,这把京师人当炒豆儿罢了。”笑的去了,通常说了前后的话。

原来两个媒婆已是先与冉家讲定了是二十四两,分外多少的,都是两个媒人的偏手。这童奶奶还了个一定的价钱,再还那里腾挪?若是跳蹬①去了,卖与本地的人,也是不过如此,还没人肯出这们些媒钱。所以也就不做张智,写了二十四两的文书,拿到间壁狄员外看了,狄员外方辞了香铺,同到冉家布铺后边。三间齐整客舍,摆设的当的着实华丽。献过了茶,问了些来历,取出天秤,足足的兑了二十四两财礼,双手交将过去。那冉老头把文书画了押,叫两个媒人都画了“十”字,交付狄员外收了。狄员外取出一两银来,又叫狄周数上四钱银子的黄钱,与了两个媒人。那个端茶的管家,爬倒地替狄员外磕了头。狄员外知是讨赏之情,忙叫狄周数上二钱银子的黄钱与管家买酒。冉老头再三要留坐,狄员外苦辞,方肯送了出门。

狄员外袖了文书,同狄周回到下处,往那院里谢了童奶奶费心。又叫过那丫头替童奶奶磕了头,又与狄员外、狄希陈都磕头相见。童奶奶道:“爷还替他起个名字,好叫他。”狄员外说:

---

① 跳蹬——没办成。

“你家里叫你甚么?”他说:“我家里叫是调羹。”童奶奶笑道:“这到也名称其实的哩。”狄员外道:“这调羹就好,不消又另起名字。”狄员外又与他扎刮衣裳,到故衣铺内与他买了一付没大旧的布铺陈,问童七换了一付乌银耳坠、四个乌银戒指。把狄周移在北房西间宿卧,将厨房挪与调羹居住。

京中妇人是少不得要人照管的,况调羹又是经主人照管过的,到了这边,狄员外不曾奉过内旨,怎敢矫诏胡行。这调羹虽是有童奶奶开说得明白,说过“老爷子是个数一数二的元帅,断是不敢欺心,直待回家,毕竟奶奶许了,方敢合你成事。你也不可冒失,休说在千里之外奶奶不晓的,但是做女人的那心窍极灵,不消私行,也不消叫番子手踹访,凡汉子们有甚么亏心的事,一拿一个着。休要大家没了主意,叫狄奶奶怨我。”又背地里嘱付狄希陈道:“狄大叔,我有件事合你说。这灶上的调羹,是狄爷算计要留着房里使用的,你却不可合他凄凄离离的。”狄希陈雌着牙笑。童奶奶道:“我说的是好话,你可不笑甚么?”说的调羹心里甚是明白,虽是孤栖冷净,枕冷衾寒,但有了盼头,却也死心蹋地的做饭。

自从有了调羹,这狄员外下处饮食甚是方便,比那尤厨子的时节,受他那拗东别西的狨气①甚觉不同。住的坐满了监,辞了童奶奶,跟了狄员外要回山东。童奶奶又教导了他许多服事主母的道理,说道:“你要肯听我的话,你自有好处。”说完话,方才大家作别。童七又吃了几盏上马杯,拱手而散。调羹后来结局、狄员外到家怎么光景,再等后回接说。

---

① 狨气——窝囊气。

第五十六回

狄员外纳妾代庖　薛素姐殴夫生气

妒妇寻常行处有，狠毒同狮吼。击残溺器碎揉花，即使恁般奇绝，不如他。　　此是蛾眉争爱宠，不觉心情懂。最奇吃醋到公房，抵死怕添丁分产，狠分张。

右调《虞美人》

狄员外陪着狄希陈坐完了监，看定了日子起身。童七家预先摆酒送行，借了调羹做菜。狄员外将前后房钱都一一找算清结，将合用的家伙，借用的，都一一交还，并无失损。将自己买添的并多余的煤米，都送了童奶奶用。童七回送了三两赆仪，两匹京绿布，一封沉速香，二百个角子肥皂，四斤福建饴糖。狄员外返璧了那赆仪，止收了那四样的礼。狄员外又与了玉儿二钱银子，一条半大的手巾。狄希陈梯己①送了寄姐一对玉瓶花，两个丝绸汗巾。寄姐回送了狄希陈一枝乌银古折簪。童奶奶赏了狄周三钱银，赏了调羹一双红段子裤腿，三尺青布鞋面。

狄员外雇了四个长骡。那时太平年景，北京到绣江明水镇止九百八十里路，那骡子的脚价每头不过八钱。路上饭食，白日的饭，是照数打发，不过一分银吃的响饱，晚间至贵不过二分。夜住晓行，绝无阻滞。若是短盘驴子，长天时节，多不过六日就到。因是长生口，所以走了十日方才到家。

---

① 梯己——私下特意。

狄员外合狄希陈在前，调羹在后，狄周还在外边看卸行李。进到中门里边，不见老狄婆子的模样，只有狄周媳妇接着出来。狄员外爷儿两个一齐问说："娘哩?"狄周媳妇回说："在屋里哩。"狄员外心里想道："不好，这是知道调羹的事了。"口里问道："怎么在屋里？身上不自在么?"一边随即进去，只见老狄婆子也没梳头，围着被在床上坐的，说道："来了罢？盼望杀人！路上不十分冷么?"狄员外朝着床作了个揖，狄希陈磕了头，然后调羹叩见。狄员外说："这是咱买的个做饭的，叫是调羹。"老狄婆子把脸沉了一沉，旋即就喜欢了。狄员外问说："你是怎么身上不自在？从几时没起来?"狄婆子道："我没有甚么不自在，就只这边的胳膊合腿动不的。"狄员外说："这是受了气了。为甚么不早捎个信去？京里还有明医，好问他求方，或是请了他来。这可怎么处哩?"狄婆子道："你躁他怎么？只怕待些时好了。"狄员外坐在床沿上，说不了的家长里短。狄希陈到了自己那院，见门是锁的，知道素姐往娘家去了。恰好狄周媳妇走过，狄希陈问道："你大嫂从多咱家去了?"狄周媳妇道："从你起身的那一日就接了家去，到今九个多月，就只来住了一夜半日，把娘气的风瘫了就回去，再也没来。"狄希陈跺了两跺脚，叫了两声"皇天"，又仍往狄婆子屋里去了。

狄周收了行李，也进屋里与主母磕了头。狄婆子问说："尤厨子怎么不见他哩?"爷儿两个齐把那九月九下雹子雷劈的事，说了一遍。狄婆子诧异的极了，说道："天老爷，这小人们知道甚么好歹，合他一般见识？有多少那大人物，该劈不劈的哩。叫我这心里想，有个尤厨子做饭吃罢，又买个老婆待怎么？原来有这们的古怪事！雷劈的身上有字，他有字没有?"狄员外说："有八个大红字。陈儿，你念念与你娘听。"狄希陈道："尤厨子的字是‘欺主凌人，暴殄天物’，狄周的字是‘助恶庇凶’。”狄婆子惊问道：“怎么狄周的身上也有字哩？”狄员外说：“狄周也着雷劈杀了，是还省过来的。尤厨子劈在天井里，狄周劈在厨屋里。”狄婆子说：“你把他那字讲讲我听。”狄希陈道：“欺主凌人，是因他欺主人家，又眼里没有别人。暴殄天物，是说他作贱东西，抛撒米面。狄周的字是说他助着尤厨子为恶，合他一溜子，庇护他。”狄婆子说：“这天矮矮的，唬杀我了！”狄员外和狄希陈到家不提。

再说素姐自从狄希陈上京那日，薛夫人怕他在家合婆婆呕气，接了他回家。薛教授因他不听教训，也甚是不喜欢他。他自从梦中被人换了心去，虽在自己家中，爹娘身上，比那做女儿的时节着实那强头别脑，甚是不同，吃鸡蛋，攮烧酒，也绝不像个少年美妇的家风。

明水镇东头有三官大帝的庙宇，往时遇着上中下三元①的日子，不过是各庄的男子打醮祭赛，享福受胙②而已。近来有了两个邪说诬民的村妇，一个叫是侯老道，一个叫是张老道。这两个老□辣专一哄骗人家妇女上庙烧香，吃斋念佛，他在里边赖佛穿衣，指佛吃饭，乘机还干那不公不法的营生。除了几家有正经的宅眷禁绝了不许他上门，他便也无计可施。其余那混账妇人，瞒了公婆，背了汉子，偷粮食作斋粮，损簪环作布施。渐哄得那些混账妇人聚了人成群合队，认娘女，拜姊妹，举国若狂。这七月十五日是中元圣节，地官大帝的生辰，这老侯、老张又敛了人家布施，除克落了剩的，在那三官庙里打三昼夜兰盆大醮。十五日

① 上中下三元——即道教的正月十五，七月十五，十月十五为三元节。

② 胙（zuò）——祭祀时供的肉。

夜里，在白云湖内放一千盏河灯。不惟哄得那本村的妇女个个出头露面，就是那一二十里外的邻庄，都挈男拖女来观胜会。

素姐住在娘家，那侯道、张道怕那薛教授的执板，倒也不敢上门去寻他，他却反要来寻那二位老道，狠命的缠薛夫人，要往三官庙里看会、白云湖里看放河灯。薛夫人道："这些上庙看会的，都不是那守闺门有正经的妇人。况你一个年小女人，岂可轻往庙里去？"素姐说："娘陪了我去，怕怎么的？"薛夫人道："我虽是七八十的老婆子，我害羞，我是不去的！再要撞见你婆婆，叫他说道：'好呀！接了闺女家去是图好上庙么？'你婆婆那嘴，可是说不出来的人？"素姐说："娘不合我去，罢，我自己合俺爹说去。"薛夫人道："你说去，且看你爹叫你去呀不。就是你爹叫你去，我也说他老没正经，不许你去！"素姐撅着那嘴好拴驴的一般。姓龙的说道："怕怎么的？孩子闷的慌，叫他出去散散心。在婆婆家又行动不的，来到娘家又不叫他动惮，你别①死他罢！那人山人海的女人，不知多少乡宦人家的奶奶，官儿人家的小姐哩。走走没帐，待我合他说去。"薛夫人道："极好！只怕你说，他就叫他去也不可知的。"龙氏叫小玉兰："你到铺子里请爷进来。"玉兰出去说道："后头请爷哩。"薛教授只道是薛夫人说甚么要紧的话，慌忙进来问薛夫人："你待说甚么？"薛夫人道："我没请你。谁请你去来？"玉兰道："俺龙姨待合爷说句话。"薛夫人晓得是说这个，口里没曾言语。薛教授道："他待说甚么？他有甚么好话说！"薛夫人道："他打哩有好话说可哩，你到后头看他说甚么。"薛教授走到后边，龙氏不慌不忙从厨房里迎将出来，笑容可掬的说道："我有句话合你说，素姐姐这几日通吃不

① 别——同"憋"。

动饭，你可也寻个人看他看。他嫌闷的慌，他待往三官庙里看看打醮的哩。你叫他去走走罢。”薛教授道：“你娘必定不合他去，可叫谁合他去哩？”龙氏道：“叫两个媳妇子跟了他去。你要不放心，我合他去也罢。”薛教授道：“还是你合他去好。”龙氏喜得那心里不由的抓抓耳朵、挠挠腮的。素姐在后门外逼着听，也甚是喜欢。薛教授说龙氏道：“你看，那脸上的灰也不擦擦。”龙氏拿着袖子擦那脸上。薛教授说：“你靠这些，我替你擦擦。”龙氏得意的把头摇了两摇，仰着脸走向前来等着擦灰。薛教授就着势，迎着脸括辣一个巴掌，一连又是两个，骂说：“我把你这个贼臭奴才，甚么不是你鼓令①的！小女嫩妇的，你挑唆他上庙，你合他去罢！”龙氏道：“你不叫去，罢呀！打我怎么？娘叫我合你说，我待合你说来么。”薛教授道：“贼嘴的奴才！该说的，你娘岂有不说，叫你来说哩！”

薛夫人听见后头嚷乱，走到后边。薛教授道：“这贼嘴臭奴才，他待合小素姐往庙里看打醮的，说是你叫他合我说来！”薛夫人道：“是我叫他合你说来。素姐合我说，待往庙里去，我没许他。素姐待自家合你说去。我说：你爹老没正经许你去，我也不许你去！姓龙的说：‘走走没帐，待我合他说去！’我说：‘极好！只怕你说，他就叫他去也不可知的事。’他就支使小玉兰往外头叫你去了。你听不听罢了，打他做甚么？他也好大的年纪了，为这孩子，开手打过三遭了。可也没见你这们个老婆，一点道理不知，又不知道甚么眉眼高低，还站着不往后去哩！”素姐见打了龙氏，知道往庙里去不成的，眉头一蹙，计上心来，说道：“俺爹睃拉我不上，我也没脸在家住着，我待回去看看俺婆

① 鼓令——怂恿、撺掇。

婆哩。”薛夫人道：“你听他哩！他可不是想婆婆的人，怎么？这到家不知算计待作甚么孽哩！别要叫他家去。”薛教授道：“他说出这们冠冕的题目来，怎么好拦他？也只是待跟了他婆婆往庙里去。他到了他家，叫去不叫去，咱可别要管他。”叫了薛三省娘子送到家中。薛三省娘子再三撺掇着到了婆婆屋里，使性蹦气的磕了两个头，回自己的房里来了，吃了晚饭，睡了一夜。

明日起来，正是七月十五，素姐梳洗已毕，吃了早饭，打扮的甚是风流。叫玉兰跟着，顺路一边走，一边使玉兰对狄婆子道：“俺姑待往三官庙里去看打醮哩。”狄婆子说：“少女嫩妇的，无此理，别要去。”素姐扬扬不采，竟自出门，同玉兰步行而往。又叫狄周媳妇赶上拦阻他。不惟不肯回来，且说：“你叫他休要扯淡，情管替他儿生不下私孩子！”狄周媳妇回来说了，把狄婆子已是气的发昏。他在庙里寻见了侯、张二位老道，送了些布施，夹在那些柴头棒仗的老婆队里，坐着春凳，靠着条桌，吃着麻花、馓枝、卷煎馍馍，喝着那川芎茶，掏着那没影子的话。无千大万的丑老婆队里，突有一个妖娆佳丽的女娘在内，引惹的那人就似蚁羊一般。他旁若无人，直到后晌，又跟了那伙婆娘，前边导引了无数的和尚道士，鼓钹喧天，往湖里看灯，约有二更天气，一直竟回娘家，还说：“你们不许我去，我怎么也自己去了！”

狄婆子、薛教授两下里气的一齐中痰，两家各自乱哄，灌救转来，都风瘫了左边的手腿。薛教授与狄婆子同是七月十五日起，半夜得病，从此都不起床。婆婆因他气成了瘫症，他也从不曾回去看婆婆。只有薛夫人和两个管家娘子时常往来问候。直至狄希陈这日从京中回家，薛夫人使了薛三省媳妇送他来到，好歹劝着见了见狄员外合狄婆子。也不问声安否，也不说句家常话，竟回自家房内。狄希陈就像戏铁石引针的一般，跟到房中。久别乍逢，狄希陈不胜绻恋。素姐虽还不照往时严声厉色，却也毫无软款温柔。狄希陈尽把京中买了来的连裙绣袄、乌绫首帕、蒙纱膝裤、玉结玉花、珠子宝石、扣线皮金、京针京剪，摆在素姐跟前进贡。素姐着尽收了，也并不曾有个温旨，只是这一晚上不曾赶逐，好好的容在房中睡了。狄希陈也并不敢提问娘是因甚得病。

薛教授是不能起床，薛夫人是个不戴巾的汉子，薛如卞又是个少年老成，媳妇连氏又甚是驯顺，龙氏也不甚跳梁，薛三省合薛三槐两个也都还有良心，布铺的货又都是直头布袋，倒也还不十分觉苦。只是狄员外是个庄户人家，别人又无甚生意，间壁的客店不过戏而已矣。狄希陈是个不知世务的顽童，这当家理纪、随人待客、做庄农，把家事都靠定了这狄婆子是个泰山，狄员外倒做了个上八洞的纯阳仙子。这狄婆子睡在床上，动惮不得，就如塌了天的一般。

狄周是尤厨子的合伙，教天雷劈死的人，岂是个忠臣？他那娘子虽也凡百倚他，但不知其妇者视其夫，这等一个狄周“刑于①”出甚么好妻子来？只是当初有这样一个雷厉风行的主母，他还不敢妄为，如今主母行动不得，他还怕惧何人？幸得这个调羹绝不像那京师妇人的常态，第一不馋，第二不盗，第三不淫，第四爱惜物件，第五勤事主母，第六不说舌头，第七不里应外合，第八不倚势作娇，第九不偷闲懒惰，第十不百拙无能。起先初到的时节，狄婆子也不免有些拈酸吃醋之情，虽是勉强，心里终是不大快活，密问狄希陈，知道狄员外与他一毫没帐，又闻得

① 刑于——歇后语，即刑于寡妻。

童奶奶许多的好言，又因他有这十件好处。起先这狄婆子病了，上前伏事，都是巧姐应承，自从有了调羹，就替了巧姐一半。除做了大家的饭食，这狄婆子的茶水，都是调羹照管。狄婆子故意试他，把那银钱付托与他收管，过十朝半月，算那总撒①，分文不差。故意寻他不是，伤筋动骨的骂他，他也绝无使性。这等寒夜深更，半宿的伺候，夜间起来一两次的点灯扶着解手，顿茶煎药，与巧姐争着向前，也绝不抱怨。狄婆子不止一日，屡屡试得他是真心，主意要狄员外收他为妾。狄员外略略的谦了一谦，也再拜登受。狄婆子叫人在重里间与他收拾卧房，打了煤火热炕，另做了铺陈，新制了红绢袄裤，又做了大红上盖衣裳，择了吉日，上头成亲。

狄希陈倒也似有如无的不理，只是素姐放下脸来，发作说道："没廉耻老儿无德！鬓毛也都白了，干这样老无廉耻的事！爷儿两个伙着买了个老婆乱穿靴，这们几个月，从新又自己占护着做小老婆！桶下个孩子来，我看怎么认！要是俺的孩子，分俺的家事，这也还气的过，就是老没廉耻的也还可说。只怕还是狄周的哩！"这话都句句的听在狄员外耳朵，狄员外只叫别使狄婆子知道，恐他生气着恼。又亏不尽调羹有个大人的度量，只当是耳边风一般。狄周娘子故意把话激他，他说："凭他，有气力只管说，理他做甚么？你知道有孩子没有孩子？待桶下孩子来再辨也不迟。"

只素姐惟恐调羹生了儿子，夺了他的家私，昼夜只是算计，几次乘公公睡着时，暗自拿了刀要把公公的鸡巴割了，叫他绝了欲，不生儿子，免夺他的产业，又好做了内官，再挣家事与他。

① 总撒——总账。

亏得天不从人，狄员外每次都有救星，不得下手。又千方百计处置调羹。狄员外惟恐家丑外扬，千万只有一个独子，屈心忍耐。

这狄婆子平日性子真是雷厉风行、斩钉截铁的果断，叫他得了这们动惮不得的病，连自己溺泡尿、阿泡屎，都非人不行。狄员外不曾回来的时节，嫌那丫头不中用，巧姐又还身小人薄，狄周媳妇，一来又要抱怨，二来又要回避他，怕他对了汉子败坏，媳妇素姐这通是不消提起的了，所以也甚是苦恼。自从有了这调羹进门，这些一应服侍，全倶倚仗他。他起五更睡半夜，与主母梳头、缠脚、洗面、穿衣、端茶、掇饭，再也没些怨声，说道："娘，你身上又没甚别的病，不过是这半边的手脚不能动惮，我当面明间安了一把醉翁椅，上面厚铺了褥子。"每日替他光梳净洗，穿着了上盖衣裳。他的身量又大，气力又强，清晨后晌，轻轻的就似抱孩子一般。三顿吃饭，把桌子凑在椅前，就像常时一样，与狄员外、狄希陈同吃。外边的事，狄婆子也可以管得着，也可以看得见，去了许多闷气，便就添了许多饭食。狄婆子说："千亏万亏，亏不尽寻了这个人，只怕也还可以活得几年。若不是这等体贴，就生生的叫人别变①死了！"

又待了许久，狄婆子见的调羹至诚忠厚，可以相托，随把家事与房中箱柜的钥匙尽数都交付他掌管。他虽也不能如主母一了百当，却也不甚决裂。凡事倶先到主母前禀过了命，他依了商议行去，也算妥贴。且是薛如兼一过新年，与巧姐倶交十六岁，薛夫人恐怕巧姐跟着素姐学了不好，狄婆子又因自己有病，一家要急着娶亲，一家要紧着嫁女，狄婆子自己不能动手，全付都是调羹料理。

---

① 别变——逼迫、威逼。

家中有了这等一个得用的人，狄婆子也不甚觉苦，狄员外也不甚着极。只是素姐气得腹胀如鼓，每日间，奴才老婆即是称呼，□辣淫妇只当平话，且说："把我的家财都抵盗贴了汉子。"又说："公公宠爱了他纵容他，把我个强盗般的婆婆，生生被他气成瘫痪，与我百世之仇，我不是将他杀害，我定是将他药死！"又说："他挑唆那病老婆把家财都赔嫁了那个小淫妇，到后来养活发送，我都要与那小窠子均出，偏了一些，我也不依！"与巧姐做的八步大床，描金衣柜，雕花斗桌，都用强将自己赔嫁的旧物换了他新的。狄员外都瞒了婆子，只得与巧姐另做。因那大床无处另买，别了二十两银子，问他回了出来。

一日，调羹在房里与狄员外商议，说他夺换巧姐的妆奁："如今要打首饰、做衣裳，他若都夺得去了，一来力量不能另制，二则日期也迫，不如悄悄合娘说声，或在相家舅舅那边，或在崔姨娘那里，托他置办停当。等辅床的吉日，不消取到里边，就在外边摆设了去。"狄员外道："这也却好。不然，那得这许多淘气。"不料房中密语，窗外有人。句句都被他听得去了，不消等得转背，就在窗外发作起来，骂说："扯屄淡的臭淫妇！臭□辣骨私窠子！不知那里拾了个坐崖豆顶棚子的滥货来家，'野鸡戴皮帽儿充鹰'哩！我换不换，累着那臭窠子的大屄事！你挑唆拿到别处去做去，你就拿到甚么相家、骆驼家，我就跑不将去拿了来么？我倒一个眼睁着，一个眼闭着，容过你去罢了，你到来寻我！我要看体面，等着老没廉耻的挺了脚，我卖你这淫妇！我要不看体面，我如今提留着脚叫个花子来赏了他去！"

狄员外合狄婆子，一个气的说不出话来，一个气得抬不起头来。这调羹欢喜乐笑的道："这娘不是没要紧，生那闲气做甚么？这风子的话也入得人耳朵么？为甚么合风子一般见识？有爹有娘的，这嫁妆还说是换。你公母两个气的没了，可说连换也不消换了。”狄婆子听了调羹这话，倒也消了许多的气。素姐在窗外站着，大骂小骂，站的害腿疼了，回到自己屋里，坐在椅上，数落着找零。

却说狄希陈真是个不识眉眼高低、不知避凶趋吉的呆货。那母虎正在那里剪尾发威张爪扑人的时候，你躲藏着还怕他寻着你哩，他却自家寻进房内。一只腿刚刚跨进房门，这素姐起的身，一个搜风巴掌打在狄希陈脸上，外边的人都道是天上打了个霹雳，都仰着脸看天；听见素姐骂说：“你这贼杂种羔子！你就实说，你或是拾或是买的？或是从觅汉短工罗的？你就实说，我就安分罢了，你要不实说，我不依！”狄希陈忍着疼，擦着眼，逼在那门后头墙上，听着素姐骂，一声也不敢言语。素姐又一连两个巴掌，骂说：“我把你这秦贼忘八羔子，苘[①]疙瘩堵住你嗓子了？问着你不言语！你要是自已桶答下来的，拿着你就当个儿，拿着我就当个媳妇儿。为甚么倒把家事不交给你，倒交与个杂毛贼淫妇掌管，叫他妆人？你那种子不真正罢了，可为甚么骗了好人家的闺女来做老婆？俺薛家那些儿辱没你？你没娶过我门来，俺兄弟就送了你儿的一个秀才。你那儿戴着头巾，穿着蓝衫，摇摆着支架子，可也该寻思寻思，这荣耀从那里来的！如今倒恩将仇报，我换件把嫁妆，我就有不是了？我听说寻个秀才分上得二百两银子哩！贼忘八羔子！你就好好的问你爹要二百两银子给我才罢！要不，照着小巧妮子的嫁妆，有一件也给我一件！再不，叫你爹也给俺小再冬子个秀才，我就罢了！”狄希陈越趄[②]着脚才待往外走。素姐说：“贼忘八羔子！你敢往那去！”狄希陈揉着眼

---

① 苘（qǐng）——即苘麻。

② 趑趄（zījū）——想前进又不敢前进的样子。

道："我可问爹要银子给你去。"素姐说："你且站着！我气还没出尽哩！等我消了气，你就把二百两银子交到我跟前，少我个字脚儿，我合你到学道跟前讲讲！"

却说素姐的言语，又不是轻低言悄语说的，那一句不到狄员外两口子的耳内？就是泥塑木雕的人也要有些显应。况且要好的人家，有气只是暗忍，不肯外扬。狄老头也就将次生病，狄婆子越发添灾。后来还不知怎生结局，再看后来衍说。

第五十七回

孤儿将死遇恩人　凶老祷神逢恶报

善恶从来显报真，影随身，鬼无亲，来今去往直捷不因循。巧令足恭愚耳目，天有眼，暗生嗔。　　众生造孽彻苍明，祸相侵，自有神，谁教侪类手斧拨同根？剩得身亡财复散，妻落莫，妾逃奔。

右调《江神子》

再说晁思才是晁家第一个的歪人。第一件可恶处，凡是那族人中有死了去的，也不论自己是近枝远枝，也不论那人有子无子，倚了自己的泼恶，平白地要强分人的东西。那人家善善的肯分与他便罢，若稍有些作难，他便拿了把刀要与人斫杀拚命。若遇着那不怕拚命的人，他又有一个妙计，把自己的老婆厚厚的涂了一脸蚌粉，使墨浓浓的画了两道眉，把那红土阔阔的搽了两片嘴，穿了那片长片短的衫裙，背了一面破烂的琵琶，自己也就扮了个盖老①的模样，领了老婆在闹市街头撞来撞去，胡唱讨钱。自己称说是晁某的或叔或祖，不能度日，只得将着老婆干这营生。那族里人恐怕坏了自己的体面，没奈何只得分几亩地或是分两间房与他。后来又有了晁无晏这个歪货拧成了一股，彼此都有了羽翼，但凡族里没有儿子的人家，连那分之一字也不提了，只是霸住了不许你讲甚么过嗣，两个全得了才罢。所以这晁思才与

① 盖老——孤老。

晁无晏都有许些的家事。晁近仁无子，他明白有堂侄应该继嗣。两个利他的家产，不许他过继侄儿，将他的庄田房舍都叫晁无晏掐了个精光，逼得个半伙子老婆从新嫁了人去。晁无晏并吞了晁近仁的家财，正当快活得意的时节，那晓得钻出一个奚笃的老婆郭氏来，不惟抵盗的他财物精光，且把个性命拐得了去，这真是“螳螂捕蝉，黄雀随后”。

这晁思才若是个有些知识的人，看了这等的报应，岂不该把这没天理的心肠快忙改过，把这贪黩的算计一旦冰冷才是？谁知那糊涂心性，就如那做强盗响马的一样，你割头只管割头，我做贼只管做贼，那得有些悔悟。那日赶郭氏不转，被那蛮子捆打了回来，到家呷了晁夫人送的一大瓶酒，烧了个热炕，烙了一夜，次早仍到晁夫人家说道：“天地间的人只该行些好事，做个好人，天老爷自然看顾看顾。这小二官子半世地里，嫂子，你想想他干了那点好事？怎么不积剥得这们等的！一个老婆跟的人走了，家里的些东西拐的没了，这老天爷往下看着，分明是为晁近仁的现报。我那日若不是听了嫂子的好话，几乎叫他鼓令的没了主意，却不也就伤了天理？”

看官，你听他这些话，若是心口如一，这晁思才却不是个好人？谁知道口里只管是这般说，他心里另是一副肚肠。因晁无晏城里的房子，乡里的地土，虽被郭氏典了与人，不过半价，或找或卖，还有许多所入。故捏出这片瞎话，好哄骗晁夫人，不料晁夫人就信以为真，回说：“老七，你终是有年纪老练的人，可不这天爷近来更矮，汤汤儿①就是现报。”晁思才道：“这小琏哥，得一个可托的人抚养他成立，照管他那房产，庶不绝了小二官这

① 汤汤儿——碰一碰。

一枝。嫂子一像避不得这劳苦似的。”晁夫人道：“我这往八十里数的人了，小和尚自己还得别人照管哩，怎么不照管？”晁思才道：“哎哟！哎哟！这晁无逸两口儿，没的嫂子你知不道他为人？两口子都成个人么？这孩子到他手里，不消一个月，打的像鬼似的，再待一个月，情管周了生！典出去的几亩地，几间房子，找上二两银子扁在腰里。这小二官儿可只是孤魂坛享祭去了。没奈何，只得做我不着，这义气的事，除了我别人不肯做，还得我领了这孩子去照管。我到也不专为小二官儿，千万只是为咱晁家人少，将帮起一个来是一个的。”晁夫人道：“你养活他也罢，况且你又没个孩子，叫这孩子合你做伴也极好，你叫了晁无逸来，同着他交付给你将了去。”晁思才道：“我不好叫他，这事该是他赶着我的。嫂子，你差个人叫他声罢。”晁夫人说：“我待使人叫他去。”随即差了晁鸾去。

不多时，把晁无逸请了来到，大家把那照管小琏哥的事与他说知。他说：“俺自己几口子还把牙叉骨吊得高高的打梆子哩！招呼他家去，可也算计与他甚么吃？”晁夫人道：“他几个哩么？脱不过一个五六岁的孩子。城里放着房，乡里放着地，待干吃你的哩？”晁无逸道：“三奶奶，你不知道么？他那里还有甚么地，还有甚么房哩！叫那贼老婆都卖了钱，扁在腰里走了！”晁夫人道：“他也没卖，是半价子典了。乡里也还有三十多亩没典出去的地哩。”晁无逸说：“他有地没地，我不敢招架他，第二的那是个好人？他的儿有好的么？养活一造子，落出个好来哩？三奶奶，你养活着他罢。”晁夫人道：“你是他叔伯大爷，不养活他，叫我养活哩！”晁思才道：“嫂子，我说的何如？这尚义气的事，还是我晁老七，别人干不的！小琏哥，过来，跟了我家去！”晁无逸道：“七爷，你待养活他极好，你可把他的房子合地可也同着俺众人立个帖儿，待孩子大了，或是怎么交给他才是。这等不明不白的就罢了？”晁思才道：“你看么！你说他没一指地，没一间房，你不养活他，及至我看拉不上，将了他去，你又说他有地有房了！”晁夫人说：“有合没，待瞒得住谁哩？老七，你且将了他去，看怎么的同着众人立个字儿也不差。”那小琏哥听见晁思才待将了他去，扯着晁夫人叫唤，他说：“只跟着老三奶奶罢，我不往老七爷家去，他恶眉恶眼的，我害怕他！”越发抱住了晁夫人的腿，甚么是肯走。晁夫人说：“你且叫他这里住些时再去，可怜人拉拉的，你看他的腔儿！”晁思才说：“孩子这里住着罢了，他那地土、房子可该趁早合人说说明白，或是转换了咱的文书。既说是孩子我养活，这就以我为主了。况我又是咱家的个族长。嫂子在上，没的我说得不是？”晁夫人道：“是不是我管不的，你们自己讲去。孩子叫他待几日，慢慢的哄着叫他去，守着他那地合房子去。”留晁思才、晁无逸两个都吃了饭。

晁思才回到家中，老婆子问说：“事体怎样的了？”晁思才道：“小琏哥甚么是肯来，抱着他老三奶奶的腿乔叫唤；他说我恶模恶样的害怕。”老婆子说：“可也没见你这老砍头的！你既是要哄那孩子来家，你可别要瞪着那个屄窟窿好哩！这孩子不肯来，咱可拿甚么名色承揽他的房产？”晁思才道：“房子合地，我已是都揽来了。三嫂合晁无逸都说同着众人立个字儿，王皮我不理他，立甚么字儿！”老婆说：“不是家，你养活着孩子，承受他的产业，这可有名。如今孩子叫别人家养活，他的地土，你可揽了来？晁无逸可是个说不出话来的主子？你就是个爷爷人家，也要不越过‘理’字才好。”晁思才道：“你说的是呀！我过两日再去叫他，他来便罢，他要不来，我门口趄着，等他出来，我拉着他就跑。”老婆子说：“休惯了他，投信打己他两个巴掌，叫他有怕惧。”晁思才果然一连去晁夫人门上等了好几日。

一日，小琏哥恰好走到外边，看见晁思才，撩着蹶子往后飞跑，说道：“那日瞪着眼的那恶人又来了！”晁夫人道：“是那个瞪着眼的人？”琏哥说：“他那日没待将了我去么？”晁夫人道：“呵！是你老七爷么？他来罢呀，你唬的这们等的是怎么？”琏哥说：“他瞪着眼往前凑呀凑的，是待拉我的火势哩。”晁夫人道：“你往后见了他，你可别要害怕，他还待养活你哩。”琏哥说：“我在老三奶奶这里罢，我不叫他养活。”

又过了几日，忽然一伙说因果的和尚敲着鼓钹击子经过。晁思才料得琏哥必定要出来看，故意躲过一边。只见小琏哥果然跑在门外，把一双小眼东一张、西一望，没见晁思才在跟前，放开心走在街上，正待听那和尚衍说，只见晁思才从背后掐着琏哥的脖子就走。琏哥回头，见是他那个有仁有义的老七爷，倒下就打滚，那里肯跟着走？晁思才狠狠的在脊梁上几个巴掌，提留着顶搭①飞跑。小琏哥似杀狼地动的叫唤，走路撞见的，都道是老子管教儿哩，说道：“多大点孩子，看提留吊了他的顶脖揪！”不由分说，采到家里，叫他跪着。小琏哥唬的像鬼呀似的跪在地下。晁思才说：“我把这不识抬举、不上芦苇的忘八羔子！你那老子挺了脚，你妈跟的人走了，我倒看拉不上，将了你来养活，你扯般不来，说我恶眉恶眼的，我恶杀了你娘老子来？”那老婆子道：“哎！可是个不知好歹没造化的孩子羔子！你还摸不着哩，叫着还不肯来！也罢，我说个分上，叫他起来罢。他要再不知好歹，可凭你怎么打，我一劝也不劝。”晁思才道：“既是你老七奶奶说，我且饶你起去。”琏哥眼里噙着泪，口里又不敢哭，起来站

① 顶搭——婴孩剃发时，留在头顶上的一撮头发。

着。晁思才老婆说：“你不该与老七爷磕头么？就起去了？过来磕头！”琏哥也只得过来与晁思才磕了两个头。晁思才吆喝道：“怎么？不该与老七奶奶磕头么？”琏哥又跪下磕头。这时可怜小琏哥：

本是娇生惯养子，做了奴颜婢膝人！

日间直等吃剩的饭与他两碗，也不管甚么冷热。晚间叫他在厨房炕上睡觉，也没床被盖。六七岁的个孩子，叫他大块的扫地，提夜壶，倒尿盆子，牵了个驴子沿了城墙放驴，作贱的三分似人、七分似鬼，打骂的肚里有了积气。晁思才把他那房子合乡间典出去的地都向典主找了银子，将那不曾典的地都卖吊了与人，把银子都扣在手内。两口子齐心算计，要把小琏哥致死，叫是“斩草除根”，免得后来说话。

再说晁思才那日揪把了小琏哥来家，晁夫人绝不晓得。不见了小琏哥到家，人只知道他出来看那些和尚就不曾回去，大家都说那和尚必定是放花打细泊的①，看得孩子伶俐，拐的去了。晁书、晁凤、晁奉山、晁鸾又叫了许多住房的佃房，四散开寻那些僧人。寻到次日，方才寻见，逼住了问他们要人。哄了地方总甲，拿出绳来，正要拴锁。毕竟晁凤有些主意的人，说道：“事还没见的实，且休卒急。但这孩子看你说因果，人所共见，今不见了，你岂不知？”那些和尚道：“那日我们曾见一个孩子，约有七八岁的模样，穿着对衿白布褂子，蓝单裤，白趿鞋，正在那里站着，有一个长长大大六十多岁的个老头子，掐着脖子，往东行走。那孩子喊叫，地下打滚。那老头儿提留着那孩子的顶脖，揪去了。”众人问说：“那老头子怎么个模样？穿甚么衣裳”？那些

---

① 放花打细泊的——即拐骗孩子的人贩子。

和尚道："那人惨白胡须，打着辫子，寡骨瘦脸，凸暴着两个眼，一个眼是瞎的，穿着海蓝布挂肩，白毡帽，破快鞋。"晁凤道："说的这不像七爷么？您在这里守着，我到那里看看去。"

晁凤跑到那里，正见晁思才手拿着一根条子，喝神断鬼的看着小琏哥拔那天井里的草。晁凤道："七爷将了他来，可也说声！叫俺那里没寻！要不是我拦着，地方把那些说因果的和尚拿到县里问他要人，这不是屈杀人的事么！"小琏哥认得晁凤，跟着晁凤就跑。晁思才将小琏哥拉夺回去，把手里拿的条子劈头劈脸的乱打，打的那小琏哥待往地下钻的火势。晁凤将那条子劈手夺下，说道："多大的孩子，这们下狠的打他！你待叫他住下，还是哄着他；打的他害怕，越发不肯住了。"

晁凤跑到那里，掣回了众人，对晁夫人说了，又说那晁思才将小琏哥怎么打，说的晁夫人眼中落泪。后来晁思才两口子消不的半年期程，你一顿，我一顿，作祟的孩子看看至死，止有一口油气，又提留着个痞包肚子。

大凡人该死不该死，都有个天命主宰，绝不在人算计。若那命不该死，他自然神差鬼使，必有救星。小琏哥已是将死的时候，晁思才两口子还撵他在门外街上看着摊晒烧酒的酵子，恰好晁梁往他大舅子的连衿家吊孝回来，骑着马，跟着晁奉山两三个人。小琏哥这个模样，晁梁合晁奉山也都认不得了；他却认得晁梁，唤道："二爷呀！你往那里去？"晁梁勒住马，认了一认，说："你是小琏哥么？你怎么这等模样了？"小琏哥痛哭。晁梁叫晁奉山数五十个钱给他，好买甚么吃。他说："我不要钱，我心里只怪想老三奶奶的，我只待看看老三奶奶去。"晁梁说："你原来想老三奶奶么？这有甚么难，你就跟了我去。晁奉山，你合七爷说声。"晁奉山道："待去就合他去罢，说他怎么！他将了来时，他也没合咱说!”晁梁道：“你将着他慢慢的走，不消跟着马。看他没本事跟。”

晁梁先到家，合晁夫人说了。小琏哥待他不多一会，也就进去，看见晁夫人怪哭。晁夫人不由的甚是恓惶①，说：“我儿，你怎么来?”小琏哥只说：“老三奶奶，你藏着我罢，再别叫我往他家去了。”晁夫人道：“怪孩子，我叫你去来么？谁叫你专一往街上跑，叫他撩着②了？你肚子大大的是有病么？你这央央跄跄的是怎么?”他说：“也是为病，也是饿的。”晁夫人说：“你拿肚子来我摸摸。”晁夫人摸他的肚子，说道：“可不是积气怎么！亏了还不动惮，还好治哩。”晁梁娘子道：“俺那头有极好的狗皮膏药，要一贴来与他贴上，情管好了。”晁夫人叫晁书娘子说：“你看着去替他洗刮洗刮。”又叫春莺说：“你去寻寻，还有许他二爷小时家穿的裤子合布衫子，寻件给他换上。”晁书娘子看着他洗了澡，替他梳了头，换上了晁梁穿旧的一条青布单裤，一件大襟蓝布衫。晁书娘子又把他自已儿子小二存的一双鞋，叫他穿上，登时把个小琏哥改换得又似七分人了。晚间也叫他在厨房炕上睡卧，只是有得铺盖，又有上宿的管家娘子照管。

次日，姜小姐叫人家去要狗皮膏药。姜乡宦与了膏药一个，又与丸药一丸，名为“烂积丸”，是个海藏里边的神方，用：

芦荟一钱五分，天竹黄三钱，穿山甲面炒黄三钱，白砒七分，巴豆霜去油六钱，硼砂一钱，真番硇一钱，共为细末。明净黄蜡一两四钱，化开，将药末投入蜡内，搅匀作一大块，油纸包裹。用时为丸，绿豆大。每服五丸，温烧酒送下。忌葱韭，发物不食。

---

① 恓惶——惊慌烦恼。

② 撩着——抓住。

晁夫人看着，叫人与他将肚子使皮硝水洗了，用生姜擦过，然后将膏药贴上，每日又服那“烂积丸”。不上五日，肚腹渐次消软，脸上的颜色也都变得没了青黄。又过了几时，发变得红白烂绽的个学生，送到学堂读书，十八岁上，还低低进了学，靠了晁梁过日。此是后事，不必说他。

且说那日，晁思才叫小琏哥在街上看那晒的酒酵，不料他跟得晁梁去了。晁思才偶然出来，只见许多叫化子在那里把酵糖一边吃一边装。晁思才气了个挣，一顿喝打的去了，回进家里前后找寻小琏哥，那有踪影？老婆子说：“这一定倒在那里睡觉，被人把酵子都拿将去了。寻着他老实打他几下，也叫他知有怕惧。”两口子齐寻，只寻他不见。晁思才说：“一定跑到他老三嫂嫂家去了。”老婆道：“他不认的路，断乎不去。他若去时，三嫂见他待死像鬼一般，也定是不留他的。”晁思才道：“只怕他不认得路，去不的。若是他能到那里，三嫂不嫌他，还拿药治他哩。我说紧紧儿断送了罢，只这么歇淡留下这条根，后来叫他说话。待我往那里看他看去。”一直跑到晁夫人家内。

那小琏哥已是洗面梳头，换了衣服鞋脚，另是一个模样了。晁思才狠命的要领他回去，说：“管教得才收了些心，不要叫他再放荡了。”晁夫人道：“这孩子脱不了一肚子痞，也活不久，教他在这里住几日罢，可怜人拉拉的。”晁夫人拿定了主意，凭晁思才怎说，只是不与他将了回去。晁思才只得回家去了。后来打听得小琏哥病都好了，人也胖了，晁思才把这条肠子越发吊紧，日日来门前想等，还要指望他出来，捉他回去。谁料小琏哥自己也再不敢出门外。晁夫人又送他到了书房，都从仪门里便门出入。晁思才急的那一个眼越发凸暴出来，几次家叫人魇镇，又绝无灵验。

一日，六月初一早，去城隍庙内烧纸祷告，若把小琏哥拿得死了，许下猪羊还愿。出得庙门，刚到文庙门首，扑的绊了一交，即时直蹬了眼，口中说不出话来。有熟人说与他老婆知道。那老婆来到跟前，见他挺在地上流沫，搀扶不起，雇了一个花子，拉狗的一般，背在家内，灌滚水，棰脊梁，使鸡翎子往喉咙里探，那得一些转头，哮喘得如吴牛向日的一般。明间安了一叶门板，挺放了三四日，断气呜呼！

一个小老婆，乘着人乱，卷了些衣裳，并卖小琏哥的地价，一溜烟走了。这几家族人，恨他在世的时节专要绝人的嗣，分人的房产，只因他是个无赖的族长，敢怒而不敢言，乍闻得他死了，都说："我们今日也到他家分分绝产！"大家男男女女，都蜂拥一般赶去，将他家中的衣裳器皿，分抢一空，只剩了停他的一叶门板，一个六十多岁的老婆。

大暑天气，看看的那尸首发变起来。众人分了东西，各自散去，也没人替他料理个棺木。老婆子待要把那住房当了与人，人都知他是个绝户老婆，他那些族人不可轻惹，没人来揽帐。渐渐的那尸首臭街烂巷，走路的人合那四邻八舍，薰得恶心掩鼻，无般不咒骂的。后来直待传到晁夫人耳内，叫晁凤与他三两二钱银，买了一个松板棺材，里外都替他灰布得坚固，叫人替他入了殓，挂了桶门幡，叫了六个和尚念了一日经，停放了三日，仍邀了合族的人与他送殡。那抬材掘墓，上下使用，都是晁夫人，也大约费了七两银子。出殡回来，众人又要分他的房屋地土，议将晁夫人原先的五十亩地仍归还晁夫人管业，将晁思才自己置添的地与那城里宅都卖了，众人均分，还坐那出殡买材的七两银子补还晁夫人原数。晁夫人道："你们都分的净了，这个老婆子放在那里安插？"众人齐说："老七在世，专好主张卖人的老婆。晁近仁的媳妇子也是半世的人了，也逼着他改嫁。虽是晁无晏顶了缸，那个不是他的主意？他又没有儿女，又没有自己的亲人，就使有地有房，也是不能守的，叫他寻一个老头子跟了人去。”晁思才老婆道：“我今年六七十的人，两根毛也都白了。谁家少人发送，叫我去挡凶哩？你众人既是分了我的房产，说不的众人轮流养活着我。”晁夫人道：“这们个待死的老婆子，谁肯寻他？你们叫他嫁人！你们既是分了他的房业，说不的要轮流替着养活。”晁无逸道：“俺众人分了他这点子，就要养活他，他得了晁无晏的全分家事，一个六七岁的孩子，他还要摆制杀他哩！这养活他还是小事，谁家挪不出两碗稀饭与他吃？这们个搅家不良，挑三豁四，丈二长的舌头，谁家着的他罢？三奶奶，你是个极好的善人，人都说你是成佛作祖的，再有待族人厚的似你老人家么？你说你敢招架他不？家有贤妻，男儿不遭横祸哩。汉子们外头干那伤天害理的事，做家里老婆的人清早后晌的劝着些，难说道不听？老七还没等怎么样的，挑唆到头里！可说我也不是个好人，亏不尽俺那老婆肯苦口的劝我。那会子听着也难受，过后寻思着，有意思多着哩。这养活的话，在别人跟前说，我是断不依的！”晁夫人笑道：“打仔你媳妇儿教你养活他可哩，你没的也不听？”晁无逸道：“他劝的有理才听，要没有理，可难道也听他罢？”

后来，晁思才这老婆无处投奔，人人都不敢招架他。晁夫人想那晁无逸评论的一点不差，若叫他到家，不消几日便搬挑的叫你嫡庶不和，母子相怨，上下离心，家翻宅乱。又不忍教他恁般流落，只得叫看雍山庄的吴学颜与他收拾了一坐独院的房，每月与他一斗五升米、五升绿豆、一斗麦子，按月支给，园里的菜，场里的柴火，任他足用。吴学颜一一遵命，不敢怠慢。晁夫人合该少欠他的恩债，足足的养了十二年。他还对着雍山庄上的人说道，他的地土连晁夫人也分了他的五十亩，他吃的都是他自己的东西。后来老病善终，晁梁都遵了母命以礼殡埋，开了晁思才的坟茔合葬。

这许多年来方结局了晁无晏的孽帐，族人已觉得有好几分清静安宁，谁知待不多时又有晁思才朝露①之庆。

当是晁家应转运，天教族蠹②一时亡。

① 朝露——早晨的露水，喻人生短暂，此指死亡。

② 蠹（dù）——咬器物的虫子。

第五十八回

多心妇属垣着耳　淡嘴汉圈眼游营

南园红瘦绿肥时，风乍暖，晚霞垂。鱼鲜蟹熟酒初酾，招剧饮，把尊移。　　传杯直到醉如泥，相浪谑，怕谁知？不料美人窗外听，来梦里，画双眉。

右调《醉红妆》

再说薛家小冬哥看定了日子，要娶狄家巧姐过门。狄员外紧着制办妆奁散碎物件。巧姐自己也会动手，调羹又极是体贴，老狄婆子不过是使口而已，倒也不甚操心。其余衣服首饰之类，听了调羹的条陈，俱托了舅舅相栋宇家打造裁制。相栋宇的夫人又都是大有意思的人，免了狄员外许多的照管。

一日，相栋宇使了儿子相于廷来与他姑娘商量事体，又因薛素姐合了两场大气，每日吵闹不止，狄婆子不由得别着暗恼，手脚一日重如一日。相于廷因此也要来看望姑娘。来到，见了狄员外夫妇，说完了正经的话，相于廷要别了回去。狄员外道："你且别去。你哥，我指使做甚么去了，也待回来的时节。今日咱家烧新烧酒哩，我今又买了几个螃蟹，又买了两个新到的活络鱼，咱再叫他掐椿芽，畦里寻蒜薹去，再着人去请了你爹来，咱爷儿四个在葡萄架底下尝酒。再把你姑娘也抬了他去，叫他听着咱说话，看着咱可吃酒。"相于廷说："俺爹还等着我回话哩，我到家再来罢。"老狄婆子道："你姑夫留你，住下罢，你爹待不来哩么？"相于廷便就住下。狄希陈也回来了。狄员外叫他到园内葡萄架下看着叫人收拾，又叫调羹做鱼炒蟹，理料晌饭；又着人去请相栋宇。

将次近午，调羹的鱼也做完，螃蟹都剁成了块，使油酱豆粉拌拿了①。等吃时现炒。又剁了馅子等着烙盒子饼，煮了绿豆撩水饭。诸事完备，小菜果碟都已摆在石桌上面，只单等相栋宇不来，一连请了好几遍。狄周回说："大舅家里陪着学里门子吃酒哩，打发门子去了才来。"相于廷说："门子下来是有甚事？待我回家看看去。"狄员外道："不消去，情管是往那里做甚么，顺路访访你，好扰你的酒饭。要有甚要紧的事，愁你爹不来叫你？"

直待了晌午大转，相栋宇吃的脸红馥馥的从外来了，见了老狄婆子，说了话，才到后边园内合狄员外、狄希陈相见了。相于廷问说："门子来做甚？"栋宇道："门子来说，廪缺出来了，叫你明日到学哩。"相于廷道："这一定是沈太宇的缺，但这缺该算着是薛大哥补，还到不的我跟前哩。"相栋宇道："门子说不是沈太宇的缺，沈太宇的缺已是薛大哥补了，文书也待中下来。这又另是个飞缺，他说是谁的来，我就想不起来了，是荆甚么的缺。"相于廷道："阿，是了，是荆在鄗②保举了。"狄员外问说："沈太宇是怎么出了缺？"相栋宇道："沈太宇贡了。"狄员外道："他多咱贡了？我通不晓的，失了他的礼。昨日陈哥进了学，他出了人情，还自家又另贺。这失节了是什么道理？小陈哥想着些儿，别要再忘了。"

说着，一边斟酒上菜。头一道端上活络鱼来。狄婆子坐在旁边一把学士椅上，另放着一张半桌，也上了一块鱼尝新。都说是几年的新活络，通不似往年的肉松，甜淡好吃，新到的就苦咸，

---

① 拌拿了——拌调和。

② 鄗（hào）——古县名，在今河北省。

肉就实拍拍的，通不像似新鱼。狄婆子道：“我村，我吃不惯这海鱼，我只说咱这湖里的鲜鱼中吃。”狄员外道：“人是这们羊性，他那里看着咱这里的湖鱼，也是一般希罕。”第二道端上炒螃蟹来。相栋宇说：“咱每日吃那炉的①螃蟹，乍吃这炒的，怪中吃。我叫家里也这们炒，只是不好。”狄员外道：“这炒螃蟹只是他京里人炒的得法，咱这里人说他京里还把螃蟹外头的那壳儿都剥去了，全全的一个囫囵螃蟹肉，连小腿儿都有，做汤吃，一碗两个。”相栋宇道：“这可是怎么剥？他刘姐也不会？”狄员外道：“怕不也会哩，叫人往厨房里看还有蟹没，要有，叫他做两个来。”丫头子说道：“没有蟹了，他刚才说炒还不够哩。”狄员外说：“想着买了蟹，可叫他做给你舅看。”

接连着都吃了饭，狄婆子先着人抬得前边房里去了。又吃了一会子酒，相栋宇辞了回去，狄员外也在前边住下了。狄希陈又说：“大舅合爹都去了，咱可没拘没束的顽会子。”狄希陈又说：“昨日打涿州过来，叫我背着爹买了一大些炮仗，放了一年下没放了，还剩下有好几个哩，咱拿来放了罢。”相于廷说：“极好！你取了来咱放。”狄希陈取出那炮仗来，有一札长，小鸡蛋子粗，扎着头子，放的就似铳那一般怪响。狄希陈说：“咱把这炮仗绑在那狗头上，拿着他点上，可放了他去，响了，可不知怎么样着？”相于廷道：“咱试试，咱可拣一个可恶的狗来叫他试，要是好狗，万一震杀了可惜的。”狄希陈说：“有理，咱叫了那灰色母狗来，极可恶，他只看见我就咬。”相于廷道：“这咬主人家的狗，极该叫他试，就是震杀了也不亏他。没的雷不该劈他么？”随叫觅汉哄了那灰色狗来，先拿了一根带子，把他嘴来捆住，然

① 炉的——蒸的。

后拣了一个大炮仗，缚在那狗头上，用火点上信子，猛可里将狗放了开去，跑不上几步，砰的一声，把个狗震的四脚拉叉，倒在地下。二人拍手大笑，替他解了嘴上的带子。那狗死过去了半日，蹬歪蹬歪的，渐渐的还性①过来，趴起一䘕②一跌的走了。相于廷道："我夜来拿了个老鸹，捆着翅子哩，咱拿了来，头上也绑个炮仗，点上撒了他去，看震得怎么样的。"狄希陈喜道："极妙！在那里放着哩？叫觅汉取去。"相于廷嘱付那差去的觅汉道："你到家寻着小随童问他要。"

觅汉去不一会，从外边拿着一个扭黑傻大的铁嘴老鸹往后来。狄希陈道："好大东西！你怎么拿住了？"相于廷道："他可恶多着哩！在那树上清早后晌的对着我那书房窗户，乔声怪气的叫唤。叫小随童撵的去了，待不的一屁，脂拉子③又来了。叫我弄了个番弓下上，快多着哩，当时就拿住了。"觅汉使两只手掐着他的身子，狄希陈拿着头，相于廷绑炮仗，用火点上药线，把手往上一撒，老鸹飞在半空，就如霹雳一声，震的那老鸹从空坠地，看那脑袋，震的两半个，脑子也都空了。那老鸹大不如那灰色狗有些耐性。相于廷说："谁知这炮仗这们利害！我想嫂子这们不贤惠，搅家不良的，咱拿个炮仗，绑在他头上，点了药线，与他一下子，看他还敢不敢！"狄希陈道："你说不该么？只是咱不敢轻意惹他。狗合老鸹不会回椎④，只怕他会回椎哩。倒是他婶子仔本⑤，咱把他绑上个炮仗，震他下子试试，看怎么着。"相

---

① 还性——苏醒。

② 䘕（chōng）——动。

③ 脂拉子——指扑飞的声音。

④ 回椎——报复。

⑤ 仔本——合适。

于廷道："为甚么？他又不气婆婆，又不打汉子，又温柔，又标致，我割舍不的震他。"狄希陈道："你割舍不的，敢仔我也割舍不的。"相于廷道："你割舍不的震俺嫂子，我也割舍不得气俺姑娘，打俺表兄哩。"狄希陈道："你嫂子倒也是个没毒的，不大计恨人。我要有甚么惹着他，我到了黑夜陪陪礼，他就罢了。他就只是翻脸的快，脑后帐又倒沫起来。"相于廷说："这怎么是脑后帐？这叫是'抽了鸡巴变脸'。我教你一个妙法，你就完了事，你也别拿出来，只是放着。他浑深且不变脸哩。"狄希陈道："不由的睡着了，就要吊出来。"相于廷道："你搂着脖子，鳔的腿紧紧的，再也吊不出来。不止于他不变脸，你还可乘机变脸哩。还有个风流报复的妙法，只怕你没这们的本事，可惜了瞎头子传己你。"狄希陈说："我有本事哩。你传己我罢。"相于廷道："他倒沫寻趁你，你白日里躲着些儿，别大往屋里去，像那死蛇似的缠腿。你要在家，他着丫头叫你，你不敢不来。你只别要在家，往那头寻我去不的么？后晌来家，到姑娘屋里挨摸会子，拇量着，中睡觉的时节才进屋里去，看那风犯儿的紧慢。要不大紧，他没大发恶，流水的脱了衣裳，进到被窝子里头去。要是他发恶的紧了，这就等不的上床，按在床沿上，流水炕起腿来，挺硬的攮进去，且堵住了他的嗓子，叫他且骂不的，再流水的从根拔稍一二十扯，且叫他软了手打下的。他只口合手先动不的了，你可投信给他一顿。你一边干着，一边替他脱了衣裳，剥吊了裤，解了膝裤子，换上睡鞋，他还下的来哩？要再治的他丢两遭，叫他软瘫热化，像死狗似的。你这一宿没的还怕他哩？岂不睡一夜平安觉？"狄希陈道："这法倒也好。只是天长地久的日子，怎么是长法？"相于廷说："怎么不是长法？这苦着你甚么来？这白日就躲，黑夜就干，他还有点空儿哩？"狄希陈说："这法也不好。我听说女人的身子比金子还贵哩，丢一遭，待好些时保养不过来。会丢的女人，那脸是焦黄的，劳病了，极是难治哩。叫他一宿丢两遭，他万一死了，怎么样着?”相于廷道：“我说你干不的么！这们不贤惠的人，你留着他做甚么？不丢死他呀！”狄希陈说：“这法只是不好，罢么。就不为他，可没的咱每日黑夜淘碌，死不了人么?”相于廷道：“看俺这混账哥么！你可过的是甚么日子？恋着你那疼你的老婆哩！你可说怕死，这下地狱似的，早死了早托生，不俐亮么?”狄希陈笑说：“砍头的！我碍着你吃屎来？你送我这们绝命丹!”

相于廷道：“要不，我再与哥画一策。嫂子鸡猫狗不是的，无非只为你不听说，你以后顺脑顺头的，不要扭别的，你凡事都顺从着，别要违悖了他的意旨。他说待上庙，你就替他收拾轿，或是备下马。待叫你跟着，你就随着旅旅道道的走。待不用你跟着，你就墩着屁股，家里坐着等。他待那庙里住下，你就别要催他家来。他待说那个和尚好，你就别要强惴给他道士。他待爱那个道士，你就别要强惴给他和尚。你叫他凡事都遂了心，你看他喜你不。”狄希陈笑道：“你合他婶子这么好，原来都有这等的妙法！我就不能如此，所以致的你嫂子不自在。”相于廷笑道：“是呀，你兄弟媳妇儿待怎么样着就怎么样着，我敢扭别一点儿么?头年七月十五，待往三官庙看打醮，我就依着他往三官庙去，跟着老侯婆合老张婆子坐着连椅，靠着条桌，吃着那杂油炸的果子，一栏面的馍馍，对着那人千人万的，扑答①那没影子的瞎话，气的你在旁里低着头飞跑，气的俺娘合俺丈人都风瘫了，我再不生一点气。到了后晌，又待看放河灯哩，前头道士、和尚领着，后头无千带万的汉子追着，那脚又小，跟着一大些瘸瞎的婆娘歪

① 扑答——胡说。

呀歪的。这们许多婆娘们，就只俺媳妇儿又年少、又脚小、又标致，万人称赞，千人喝彩。”狄希陈笑道：“你说的狗屁！”相于廷笑道：“咱这寡烧酒怎么吃？我兼着说书你听，倒不好来？”狄希陈笑道：“那么，你只造化，没撞着哩，可不叫你说嘴说舌的怎么？你要撞见这们个辣拐子，你还不似我哩。”相于廷笑道：“是实，我不如你有好性子，会挨。”狄希陈道：“好生吃酒，另说别的罢，再不许提这个了。咱行个令吃，堵住你的那口。再提这个，拿酒罚你。”相于廷道：“咱就行个令，咱今日不都吃个醉不许家去。”狄希陈说：“这新烧酒利害，咱打黄酒吃罢。”相于廷道：“吃酒不论烧、黄才是量哩，咱既吃了这半日的烧酒，又吃黄酒，风搅雪不好，爽俐吃烧酒到底罢。”

狄希陈催着相于廷行令。相于廷道：“脱不了咱两个人，怎么行令？咱‘打虎①’罢。我说你打，你说我打，咱一递一个家说。我先说起：‘遍游净土访阇黎’，常言四字。”狄希陈道：“你说的这番语，我先不省的，可怎么打？”相于廷道：“凡庵观寺院俱是‘净土’，‘土’字念‘度’字，‘阇黎’就是‘和尚’，‘遍游’是各处都要游到。”狄希陈说：“这是‘串寺寻僧’。”相于廷道：“就是只四个字，该你出，我打你的。”狄希陈道：“‘鸡屁股拴线’，常言两字打。”相于廷笑道：“这有甚难解？是‘扯淡’二字。我再出你打：‘惧内掌团营’，人物七字打。”狄希陈想了一会，说道：“我没处去打，我吃钟，你说了罢。”相于廷道：“是‘怕老婆的都元帅’。”狄希陈笑说：“我也出与你打：‘孩子跑到哥前面’，《四书》五字打。”相于廷道：“这是‘幼而不逊弟’。”狄希陈说：“我不合你‘打虎’，你哨②起我来了！我

① 打虎——即猜灯谜。

② 哨——讥嘲。

合你'顶真绩麻'，顶不上来的一钟。"相于廷道："这也好，你就先说。"狄希陈道："你是客，你还先说。"相于廷道："我就起：'两好合一好。'"狄希陈道："好教贤圣打。"相于廷说："打翁骂婆。"狄希陈道："胡诌！甚么'打翁骂婆'，这是你杜撰的！何不说'打爷骂娘'？"相于廷道："你没打爷骂娘，我为甚么屈说你？"狄希陈说："不准，罚一钟，另说。"相于廷吃了一杯酒，另说道："打了牙，肚里咽。"狄希陈说："验实放行。"相于廷说："念出路引来了！这不是那个'咽'字。该罚一杯。"狄希陈道："咱说过也许续麻，音同字不同的，也算罢了。"相于廷道："阿，咱就算了。我也说个：'刑于寡妻。'"狄希陈道："妻贤夫祸少。"相于廷道："正是！哥知道就好讲话了。"狄希陈道："你行动就是哨我，我也不合你做这个，咱一递一个说笑话儿，咱使一个钟儿轮着吃。"相于廷道："就依着哥说，咱就说笑话儿。我就先说。咱这绣江县里有几个惧内的人，要随一道会，算计要足十个人，已是有了九个，只少一个，再寻不着，只得往各乡里去寻。寻到咱明水地方，只见一个二十岁年纪的人，拿着一双女人的裹脚，一双膝裤子，在湖边上洗。那人说：'这人肯替老婆洗裹脚合裤腿子的，必定惧内，何不请他入会，以足十人之数？'向前说道：'俺城中齐了一道怕老婆的会，得十个人，已是有了九人，单少一个，今见老兄替令正洗裹脚，必定是惧内，敬请老哥入会，以足十人之数。'那人说：'我不往城里去。我为甚不在明水做第一个惧内的，倒往城里去做第十的？'"狄希陈道："我说你没有好话，果不然！咱只夯吃，不许多话。我合你说，你嫂子惯会背地里听人，这天黑了，只怕他来偷听。万一被他听见了，这是惹天祸。你么跑了，可拿着我受罪哩。"相于廷道："那么，跑一步的也不是人！咱拿出陈阁老打高夫人的手段来，替哥教诲教诲，兜奶一椎，抠腚两脚，脊梁一顿拳头，我要不治的他赶着我叫亲亲的不饶他！”

狄希陈道：“小爷，你住了嘴，不狂气罢。这他是待中出来的时候了。”相于廷道：“你唬虎谁哩？我是你么？谁家嫂子也降伏小叔儿来？他不出来寻我，是他造化；他要造化低，叫他……”这句话没说了，只见素姐一大瓢泔水，猛可的走来，照着相于廷劈头劈脸一泼，泼的个相于廷没头没脸的那泔水往下淌。相于廷把脸抹了一抹，蹬开椅子，往外就赶。素姐撩着蹶子就跑。相于廷直赶到素姐天井门口，素姐把门砰的声闩了进去。相于廷方才站住，说道：“好汉子，你出来么！我没的似俺哥，你掐把我？”素姐说：“小砍头的！我叫你这一日嘴相没了皮的一般，一些正经话也不说，只讲说的是我！你有这们本事，家去管自家老婆不的？这天多咱了？还不家去，在人家攮血刀子叨瞎话！我不合你这小砍头的说话！我只合你哥算账！”相于廷道：“你撵我，我偏不去，我吃到明日，明日又吃到后晌，只是说你，我得空子赶上，浑深与你个没体面！你只开门试试！我这里除着一木掀屎等着你哩！”狄希陈说：“他已是关上门了，你待怎么？你到后头脱了这湿衣裳，擦刮擦刮，吃咱那酒去罢。”

二人从新又到后边吃酒。狄希陈说：“何如？我说你再不听，这当面领过教了。你道是替我降祸，我要吃了亏，你看我背地里咒你呀不。”相于廷道：“他要难为你，你快去请我，等我与你出气。那安南国一伙回子往北京，进了一个大象。那象行至半路，口吐人言，说：‘我是个象王；我不愿往京里去，只待在这里叫土人替我建祠立庙，我能叫风调雨顺，扶善罚恶。’土人们见他能说话，知他不是个凡物，果然攒了钱，替他盖了极齐整的大庙，人山人海的都来进香。果然是好人就有好处，恶人就拿着、就教他自己通说。一日，有夫妻二人同来进香。这个女人，谁知他平日异常的凌虐丈夫，开手就打，绝不留情。刚才进的殿门，只见那女人唇青脸白，通说他平日打汉子的过恶，捆得像四马攒蹄一般。他汉子再三与他祷告，方才放他回来。他汉子说道："你刚才不着我再三哀恳，你必定是死，你以后再不可打我，你若再要打我，我就叫象爷哩。'"狄希陈笑着，在相于廷胳膊上扭了两把。说说笑笑，二人不觉吃的烂醉，就倒在葡萄架下芦席上面。相于廷枕着个盒盖，狄希陈枕着相于廷的腿，呼呼的睡熟，如泥块一般。

素姐待了一更多时候，不听见后边动静，又开出门来，悄悄的乘着月色走来张探，只见二人都睡倒席上，细听鼻息如雷。又走到跟前，低下头细看了详细，知道不是假妆睡着。回到房内，将狄希陈的砚池浓浓的磨了些墨。又拿了一盏胭脂，翻回走到那里。先在相于廷脸上左眼污了个黑圈，右眼将胭脂涂了个红圈，又把他头发取将开来，分为两股，打了两个髻子，插了两面白纸小旗。也在狄希陈面上一般图画。都把他各人的衫襟扯起来，替他盖了面孔，然后悄悄的自己回去，闩上房门睡了。

相于廷睡到黎明时候，方才醒转，知道昨晚酒醉不曾回去，恐被爹娘嗔怪，趁天未大明，连忙起来，回家梳洗。狄家此时已经开了前门，相于廷出门家去，路上也还不大有人行走，就有一二人撞见的，扬起头来看着笑，一面就过去了。相于廷走回家内，恰好爹娘已经开了房门，正要梳洗，猛然看见，着实唬了一惊。相于廷见了父母惊惶，自也不知所以。相栋宇道："因甚将脸涂得这等模样？亏你怎在街上走得回家？"相于廷连忙取镜来照，也只道是狄希陈捉弄。

再说狄希陈醒了转来，天已大亮，不见了相于廷，知道他已回家去，恰好园里又再无别人经过，自己天井门口门尚未开，要且往爹娘房去，撞见调羹出来，又见狄周媳妇走过，二人拍手大笑。狄希陈挣挣的不知二人大笑是何缘故。狄员外听见窗外喧嚷，也慌忙跑了出来，见了狄希陈这个形状，不胜诧异。

狄希陈取出他娘的镜来照了一照。说道："再不必提，这一定是相于廷干的勾当，涂抹了我的脸，偷走回家去了。"狄婆子道："是甚么东西抹的？你近前来，待我看看。"狄希陈走到面前，狄婆子道："瞎话！这黑的是墨，红的是胭脂，相于廷在后边园内，那讨有这两件东西？"狄希陈道："他吃酒不肯家去，是待算计捉弄我了，家中预先带了来的。"狄婆子道："这也或者有的，亏了没往外去，若叫外人撞见，成甚么模样！这孩子这等刁钻可恶！"狄员外道："昨日我合他大舅散了，弟兄两个吃到那咱晚，我倒怪喜欢的。这们顽起来了，虽是也不该，可也顽的聪明，好笑人的。"狄婆子道："把人的脸抹的神头鬼脸是聪明？还好笑哩！我只说是小孩儿捉掐，你看等他来我说他不！"

狄希陈吃过饭，只见相于廷从外边走来，刚作完揖，对狄婆子道："姑娘，你看俺哥干的好事，哄得我醉，睡着了，替我污了红眼黑眼，把头发握了两个鹭髻，插上两杆白纸旗，叫我不知道往家里跑，街上人看着我乱笑，到家把爹合娘都唬的不认得我，这们促掐。姑夫合姑娘不说他说么？"狄希陈说："亏了爹合娘看着，我还没得合你说话哩，他倒给人个翻戴网子。你是个人！嗔道你突突抹抹的不家去，是待哄我睡着了干这个！"相于廷道："干甚么？你说的是那里话？"狄婆子道："你哥污的两眼，神头鬼脑的，打着两个纂，插着白纸旗，是你干的营生，你还敢说哩？"相于廷道："姑娘，是真个么？"狄婆子道："可不是真个怎么？我正待要上落你哩！"相于廷道："这不消说，必定是俺嫂子干的营生。”把昨日后晌泼水赶打的事详细说了。狄员外只是笑，狄婆子说：“你爹合你姑夫来了，你两个这们作了一顿业，我这前头似作梦的一般。”素姐门外头说道：“不干我事，我没污你两个的眼，是天为你两个欺心，待污了眼，插上旗。伺候着叫雷劈哩！还敢再欺心么？”二人方知真是素姐所为，笑了一阵开手。这虽也没甚要紧，也是素姐小试行道之端。至于大行得志之事，再看后回续说。

第五十九回

孝女于归全四德　悍妻逞毒害双亲

醒世姻缘传

男子生当室，娇娃合有家。惟愿三从贤淑女，频蘩[1]瓜瓞[2]始堪夸。钟鼓乐无涯。　　恃色狮嚎揹采，骄顽雌唱稚挞。岂若内官荣且乐，守甚么豺虎凶蛇。赌气割鸡巴。

右调《破阵子》

再说薛教授家择了四月初三日过聘，五月十二日娶亲。狄家择于五月初十日铺床。一切床、桌、厨、柜，粗苴器皿，都在本家收拾停当。至于衣裳、首饰、锡器之类，都在相栋宇家安排。狄员外夫妇只愁铺床的吉日，恐怕素姐跑将出来，行出些歪憋的事，说出些不省事的话，便不吉利，正在愁烦。

可说薛夫人在家要着人接了素姐回去，看着铺床。薛教授道："虽是咱家闺女，却是他家的媳妇。他家一个小姑儿今日铺床，做嫂子正该忙的时候，如何反接他回家？"薛夫人道："你也是病的糊涂，忘了闺女的为人！他那里铺床图个吉庆，叫他在那里不省事起来，亲家婆病病的，恼的越发不好；不如接他来家，自己家里，凭他不省事罢了。"薛教授道："你说的极是。快叫个媳妇子接他去！"

薛夫人随叫了薛三槐娘子先见狄婆子、狄员外。狄婆子道："你家今日正忙哩，怎还有工夫到这里？"薛三槐娘子道："俺娘

① 频蘩——喻女子的美德。

② 瓜瓞（dié）——喻子孙昌盛。

多拜上狄大娘，叫接姐姐家去哩。”狄员外道：“他不给他小姑儿铺床么?”薛三槐娘子走到狄婆子跟前，悄悄说道：“俺娘说，今日是这里姐姐的喜事，恐怕他韶韶摆摆①的不省事，叫接他且往家去。”狄婆子道：“你叫他收拾了去，脱不了这里也没有他的事。”

薛三槐媳妇看着素姐收拾，梳了头，换了鞋脚，一脚蹬在尿盆子里头，把一只大红高底鞋，一只白纱洒线裤腿，一根漂白布裹脚，都着臭尿泡的精湿，躁得青了个面孔。正在发极，狄希陈一脚跨进门去，素姐骂道：“你是瞎眼呀，是折了手呀?清早起来，这尿盆子不该就顺着手捎出去么?这弄我一脚，可怎样的?倒不如你叫强人卸割了，我做了寡妇，就没的指望！你又好矗在我的跟前!”薛三槐娘子道：“姐姐，你怎么来?姐夫越发该替你端起尿盆子来了?”只见小玉兰走进房来，薛三槐娘子道：“小臭肉！姑的尿盆子，你不该端出去?放到这咱，叫姑踹这们一脚！你看我到家说了，奶奶打你不!”素姐道：“我叫他把个丫头撵出外头睡来么?既是撵出了丫头去了，这丫头的活路就该他做。”薛三槐娘子道：“什么好人！叫他在屋里睡，是图他到外头好扬名哩!”素姐抖搜着尿裹脚发恨。狄希陈唬的个脸蜡渣黄，逼在墙上。薛三槐娘子道：“姐夫，你且替我出去，叫姐姐看着你生气待怎么?这里姐姐待不眼下就过门了?要这们降罚二哥，我看你疼不疼。”素姐道：“那么，要是小巧妮子敢像我似的降俺兄弟，他不休了他，我也替他休了!”薛三槐娘子道：“极好！谁似俺姐姐这等公道!”

狄希陈得了这薛三槐娘子的话，拿眼看着素姐的脸色，慢慢

① 韶韶摆摆——不服管，不听话。

的往外溜了出去，擦眼沫泪的进到他娘屋里。老狄婆子说道：“俺小老子，你一定又惹下祸了！今日是妹妹的喜事，你躲着他些怎么？”狄希陈道：“谁敢惹他来？他自家一脚插在尿盆子里，嗔我不端出去，骂我瞎眼折手哩。”狄员外道：“你可也是个不肯动手的人，两口子论的甚么？你问娘，我不知替他端了多少溺盆子哩。你要早替他端端，为甚么惹他咒这们一顿？”正说着，薛三槐媳妇说道：“姐姐待往家去哩，爽利等娶过这里姐姐可来罢。”又问：“今日去那头铺床的都是谁们？”狄婆子道：“相家他妗子，崔家他姨，相家他嫂子，算计着是你姐姐共四位，如今你家姐姐去了，正愁单着一位哩。算计请他程师娘，他不知去呀不。”薛三槐娘子道：“狄大娘不去么？”狄婆子道：“我动的倒去了，这怎么去？”薛三槐媳妇道：“狄大娘，你还自家去走走，这是姐姐的喜事，还有甚么大起这个的哩。叫刘姐替狄大娘梳了头，穿上衣裳，坐着椅子轿儿，抬到那里，也不消行礼。一来看着与这里姐姐铺床，一来也走走散闷。怕怎么的？是别人家么？”狄婆子道：“什么模样？往那椅子上拉把抬着，街上游营似的，亲家不笑话，俺那媳妇儿也笑话。”素姐在门外说道：“你去，由他！我不招你做女婿，我不笑话！”

狄婆子也没理论，打发薛素姐们去了。薛三槐娘子把那几位客合与狄婆子说的话都对着薛夫人说了。薛夫人道：“你说的极是。你流水快着回去，好歹请了狄大娘来走走。”

薛三槐娘子复回身去再三恳请，狄婆子再三推辞，只见请程师娘的人回来说道：“程师娘说：‘多拜上哩，家里有要紧的事，脱不的身，要早说还好腾挪，这促忙促急的，可怎么样着？’叫另请人罢。”薛三槐娘子道：“这不是程师娘又不得来？还是狄大娘你自家去好。铺床是大事，狄大娘，你不去，就是那头妗子和姨去，狄大娘你不自家经经眼，不怕闷的慌么？”狄婆子见程师娘又请不来，薛三槐娘子又请的恳切，转过念来也便允了同去。喜的薛三槐娘子飞跑的回话去了。从厨房里叫将调羹来到，狄婆子说：“你扎括我起来，我也待往你姐姐家铺床去哩。”调羹说：“真个么，是哄我哩？”狄婆子道：“可不真个？请程师娘又不来，亲家那头又请的紧，我又想趁着我还有口气儿，到那里看看。”调羹说道：“娘说的极是，我替娘收拾，头上也不消多戴甚么，就只戴一对鬓钗，两对簪子。也不消戴环子，就是家常带的丁香罢。也不消穿大袖衫子，寻出那月白合天蓝冰纱小袖衫子来，配着蜜合罗裙子。”狄婆子道：“这就好。”调羹又问：“是坐轿去么？”狄婆子道：“薛三槐媳妇儿也说来，我就坐了椅子去罢。至那里，抽了杠，就着那椅子往里抬，省的又拉把造子。”

正算计着，相大妗子、崔三姨、相于廷娘子都一齐的到了，都问说：“外甥娘子哩？”狄婆子说：“家里接回去了。”相于廷娘子道：“不在这头做嫂子去铺床，可往那头充大姑子做陪客哩！”崔三姨说：“这单着一位，怎么样着？”调羹说：“俺娘也待去哩。”众人都说：“该去走走，怕怎么的？这们一场大事，你自家不到那里看看，你不冤屈么？”又问：“巧姐呢？怎么没见他？”狄婆子说：“怪孩子多着哩！这两三日饭也不吃，头也没梳，只是哭，恐怕他去了，没人守着我，又怕我受他嫂子的气。叫我说，你守着我待一辈子罢？你守着我，你嫂子就没的怕我，不叫我受气了？”他姨说：“这是孝顺孩子不放心的意思。在他屋里哩？俺去看他看去。”相于廷娘子道：“我也去看看巧姑，回来合刘姐替姑娘扎括。”三人都往巧姐屋里去了。调羹替狄婆子梳头、穿衣，收拾齐整。若不是手脚不能动惮，倒也还是个茁实婆娘。

狄员外合相栋宇、相于廷、狄希陈爷儿四个，在外边收拾妆旮。将近晌午，一切完备，鼓乐引导，前往薛宅铺床，狄婆子合四位堂客都也坐轿随行。惟有狄婆子抬到街上，那孩子与那婆娘们有叫大娘的，有叫婶子的，都大惊小怪的道："嗳呀！怎么坐着明轿哩！"

薛家请的是连春元夫人、连赵完娘子。薛夫人、薛如卞娘子、连氏并素姐共五位，迎接堂客进去。薛三槐媳妇、狄周娘子接过狄婆子的轿来往里就抬。狄婆子道："这五积六受①的甚么模样？可是叫亲家笑话。"众人都说："狄亲家说的是甚么话！这贵恙只是怜恤的，敢有笑话亲家的理？"薛三槐娘子就要把狄婆子抬到当中，狄婆子说："休，休！你抬到我靠一边去，这里还要行礼哩。"薛夫人道："这里就好，背胳拉子②待亲家的。"狄婆子对薛三槐娘子道："你们休要躁我，下边行礼，我像个泥佛似的，上头猴着，好看么？"崔三姨说："是呀，你依着狄大娘，临坐再抬不迟。"然后抬到东山墙下，朝西坐着。

众人都行过礼，就着狄婆子东边暂坐吃茶，等着巧姐屋里支完了床，然后大家进房摆设。惟连夫人不曾进去，陪着狄婆子在外边坐的。收拾完了，然后抬了狄婆子进房一看。收拾停妥，方待递酒上座，众人又都要请龙氏相见。薛夫人道："只怕他使着手哩，少衣没裳的，怎么见人？你去叫他出来么。"众人且不递酒，待了一会，龙氏穿着油绿绉纱衫，月白湖罗裙，白纱花膝裤，沙蓝绸扣的满面花弯弓似的鞋，从里边羞羞涩涩的走出来与众人相会。薛夫人又叫他走到狄亲家跟前叙了些寒温。然后大家告坐上席，俱让狄婆子首坐。他因身上有病，又说客都是为他来的，让了相栋宇娘子一席，崔三姨二席，狄婆子三席，连春元夫

① 五积六受——窝窝囊囊。

② 胳拉子——角落，偏僻。

人四席，相于廷媳妇、连赵完娘子都是旁坐。相于廷的媳妇、连赵完的娘子、薛如卞的娘子都与婆婆告坐，相于廷娘子又先与狄、崔两个姑娘告坐。惟素姐直拍拍的站着，薛夫人逼着，方与狄婆子合他大妗子、三姨磕了几个头。俱都坐下，龙氏告辞，说后边没人照管，遍拜了几拜，去了。

上完三四道汤饭，素姐起来往后边去，相于廷娘子也即起来跟着素姐同走。素姐说："我害坐的慌，进来走走，你也跟的我来了！"相于廷娘子道："你害坐的慌，我就不害坐的慌么？又没的话说，坐的只打盹。"素姐说："咱往新人屋里坐会子罢。"两个把着手，在那新支的床沿上坐下。素姐坐在左首，相于廷娘子把他挤到右边，说道："我是客，我该在左手坐。"坐下说道："快取交巡酒来吃。"素姐说："嗔道你挤过我来，你待占这点子便宜哩。"相于廷娘子道："这床明日过一日，后日就有人睡觉了。"素姐坐着，把床使屁股晃了一晃，说道："我看这床响呀不，我好来听帮声。"相于廷娘子道："你听他待怎么？你与其好听人，你家去干不的么？谁管着你哩？"素姐说："我是你么？只想着干！"相于廷娘子道："我好干，你是不好干的？"素姐道："我实是不好干。我只见了他，那气不知从那里来，有甚么闲心想着这个！"相于廷娘子道："可是我正没个空儿问你。你合狄大哥像乌眼鸡似的是怎么？说他又极疼你，又极爱你，你只睃拉他不上，却是怎么？一个女人，在家靠爷娘，嫁了靠夫主哩。就是俺姑娘，我见他也绝不琐碎，俺姑夫是不消说的了，你也都合不来？"素姐说："这却连我也自己不省的。其实俺公公、婆婆极不琐碎，且极疼我，就是他也极不敢冲犯着我，饶我这般难为了他，他也绝没有丝毫怨我之意。我也极知道公婆是该孝顺的，丈夫是该爱敬的，但我不知怎样，一见了他，不由自己就像不是我一般，一似他们就合我有世仇一般，恨不得不与他们俱生的虎势。即是刚才人家的媳妇都与婆婆告坐，我那时心里竟不知道是我婆婆。他如今不在跟前，我却明白又悔，再三发恨要改，及至见了，依旧又还如此。我想必定前世里与他家有甚冤仇，所以神差鬼使，也由不得我自己。”相于廷娘子道：“只怕是那娶的日子不好，触犯了甚么凶星。人家多有如此的，看了吉日，从新另娶。再不叫个阴阳生回背回背。若只管参辰卯酉的，成甚么模样？”素姐说：“我娶的那一日，明白梦见一个人把我胸膛开剥了，把我的心提溜出来，另换了一个心在内，我从此自己的心就做不的主了。要论我这一时，心里极明白，知道是公婆丈夫的，只绰见他的影儿，即时就迷糊了。”相于廷娘子道：“狄大哥合你有仇罢了，你小叔儿合你怎么来？你污了他的眼，叫他大街上游营，你是个人？”素姐笑说：“我倒忘了，亏你自家想着。你是个人？惯的个汉子那嘴就像扇车似的，像汗鳖似的胡铺搭①，叫他甚么言语没纂着我。纂作的还说不够，编虎儿，编笑话儿，这不可恶么？我待对着你学学，我嫌口痰，说不出来。”相于廷娘子道：“你小叔儿对着我学来，也没说错了你甚么。”素姐说：“他胡说罢么！我见他说的可恶极了，叫我舀了一瓢臭泔水劈脸一泼，他夺门就赶，不是我跑的快，闩了门，他不知待怎么的我哩。”相于廷娘子道：“我没问他么？我说：‘你待赶上，你敢把嫂子怎么样的？’他说：‘我要赶上，我照着他奶膀结结实实的挺顿拳头给他。”素姐说：“你当是瞎话么？他要赶上，实干出来，你没见他那一日的凶势哩！”相于廷娘子道：“我还问你，他巧姑不是你兄弟媳妇儿么？你见了他，也像有仇的一般，换他的妆

① 铺搭——即扑答，胡说。

奁，千般的琐碎，这是怎么主意？”素姐说：“也是胡涂意思。我来到家里，我就想起他是俺兄弟媳妇。我在那头，也是看见他就生气。”妯娌二人说话中间，薛夫人差人请他们入席。素姐正喜喜欢欢的，只看见狄婆子就把脸瓜搭往下一放。

稍坐了一会，狄婆子不能久坐，要先起席，薛夫人苦留。崔家三姨合相大妗子都撺掇叫狄婆子仍坐了椅子抬回家。又约说在家等他两个明日助忙，后日又要伴送巧姐。两人都允了，说：“去呀，去呀。”

狄婆子抬回家内，脱不迭的衣裳，调羹抱他在马桶上溺了一大泡尿，方才摘鬏髻，卸簪环，与狄员外说铺床、酒席的事件。不久，相大妗子、崔三姨已都回了，相于廷娘子竟回他自己家中去讫。

十二日打发巧姐出门，这些婚娶礼节脱不过是依风俗常规，不必烦琐。

起初巧姐不曾过门之先，薛家的人都恐怕他学了素姐的好样，来到婆婆家作业。不料这巧姐在家极是孝顺，母亲的教诲，声说声听。又兼素性极是温柔，举止又甚端正，凭那嫂子恁般欺侮，绝不合他一般见识，又怕母亲生气，都瞒了不使母知。及至过了门，事奉翁姑，即如自己的父母。待那妯娌，即如待自己的嫂嫂一般。夫妻和睦，真是“如鼓瑟琴”。薛教授夫妻娶了连氏过来，叫自己的女儿素姐形容的甚是贤惠，已是喜不自胜。今又得巧姐恁般贤淑，好生快乐。

大凡人家兄弟从一个娘的肚里分将开来，岂有不亲爱的？无奈先是那妯娌不和，枕边架说了瞎话，以致做男子的妻子为重，兄弟为轻，变脸伤情。做父母的看了，断没有个喜欢的光景。连氏虽也是个贤妇，起先还未免恃了父亲是个举人，又自恃了是个长嫂，也还有些作态，禁不起那巧姐为人贤良得异样，感化得连氏待那小婶竟成了嫡亲姊妹一般。外面弟兄们有些口过，当不得各人的妻子也在枕头这一顿劝解，凭你甚么的气恼也都消了。

这薛教授两老夫妻，倒真是佳儿佳妇。薛夫人又甚是体贴巧姐的心，三日两头叫他回来看母。薛如兼也甚驯顺，尽那半子的职分。

狄员外与婆子两个见巧姐能尽妇道，又是良公善婆，纯良佳婿，倒也放吊了这片心肠。只是儿妇薛素姐年纪渐渐长了，胆也愈渐渐的大了，日子渐渐久了，恶也愈渐渐的多了，日甚一日，无恶不作。往时狄婆子不病，人虽是怕虎，那虎也不免怕人。如今狄婆子不能动履，他便毫无拘束，目中绝不知有公婆，大放肆、无忌惮的横行。晓得婆婆这病最怕的是那气恼，他愈要使那婆婆生气，口出乱言，故意当面的胡说。身又乱动，故意当面的胡行。那狄婆子起初病了，还该有几年活的时候，自己也有主意，凭他作业，只是不恼。旁人把好话劝他，一说就听。他合该晦气上来，那素姐的歪憋，别人还没听见，偏偏的先钻到他的耳朵。别人还没看见，偏偏的先钻到他的眼孔。没要紧自己勃勃动生气，有人解劝，越发加恼，一气一个发昏，旧病日加沉重。素姐甚是得计，反说调羹恃了公公的宠爱，凌辱他的婆婆，气得他婆婆病重。算计要等他婆婆死了，务要调羹偿命。又说调羹将他婆婆柜内的银钱首饰都估倒与了狄周媳妇。调羹平日也还算有涵养，被人赶到极头田地，便觉也就难受，背地里也不免得珠泪偷弹。

狄希陈一日在房檐底下，看见调羹揉的眼红红的，从那里走来。狄希陈道："刘姐，你又怎么来？你凡事都只看爹娘合我的面上，那风老婆，你理他做甚？往时还有巧妹妹在家，如今单只仗赖你照管我娘，你要冤屈得身上不好，叫我娘倚靠何人？他的不是，我只与刘姐陪礼。”调羹道：“这也是二年多的光景，何尝我与他一般见识？他如今说我估倒东西与狄周媳妇，这个舌头，难道压不死人么？这话听到娘的耳朵，信不与信，都是生气的。”狄希陈道：“咱只不教娘知道便了。”

谁知他二人立在檐下说话，人来人往，那个不曾看见？却有甚么私情？不料素姐正待出来，看见二人站着说话，随即缩住了脚，看他们动静。说了许久，狄周媳妇走来，问调羹量米，三个又接合着说了些话。素姐走到跟前，唬的众人都各自走开。素姐发作道：“两个老婆守着一个汉子，也争扯得过来么？没廉耻的忘八淫妇！在白日里没个廉耻！狄周媳妇子，替我即时往外去，再不许进来！这贱淫妇，快着提溜脚子卖了！我眼里着不得沙子的人，您要我的汉子！”狄希陈见不是话，撒开脚就往外跑。素姐震天的一声喊道：“你只敢出去！跟我往屋里来！”狄希陈停住脚，唬得脸上没了人色，左顾右盼，谁是他的个救星？只得像猪羊见了屠子，又不敢不跟他进去。

素姐先将狄希陈的方巾一把揪将下来，扯得粉碎，骂道：“我自来不曾见那禽兽也敢戴方巾！你快快的实说！那两个婆娘，那个在先，那个在后？你实就了便罢，你若隐瞒了半个字，合你赌一个你死我生！”可恨这个狄希陈，你就分辩几句，他便怎么置你死地？他却使那扁担也压不出他屁来，被他拿过一把铁钳，拧得那通身上下就是生了无数扭紫葡萄，哭叫“救人”，令人不忍闻之于耳。

这般声势，怎瞒得住那狄婆子？狄婆子听得狄希陈号啕叫唤，对狄员外道：“陈儿断乎被这恶妇打死，你还不快去救他一救！”狄员外道：“一个儿媳妇房内，我怎好去得？待我往他门外叫他出来罢。”及至狄员外走到那里呼唤，狄希陈道：“他不分付，我敢出去么？”狄员外道：“我又不好进屋里拉你，干疼杀我了！”只得跑去回狄婆子的话。狄婆子不由的发起躁来，嚷道：“我好容易的儿还有第二个不成！你们快抬我往他屋里去！”两个丫头把狄婆子坐了椅轿，抬到素姐房中。狄婆子道：“你别要打他，你宁可打我罢！”素姐见婆婆进到房中，一边说：“我放着年少力壮的不打，我打你这死不残的！”一边将狄希陈东一钳、西一钳，一下一个紫泡。狄婆子看见，只叫唤了一声：“罢了！我儿！”再也没说第二句，直瞪了眼，扭青了嘴唇，呼呼的痰壅上来。素姐到这其间，还把狄希陈拧了两下。抬轿的丫头飞也似报与狄员外知道。狄员外也顾不得嫌疑，跑进屋去，看了狄婆子这个模样，只是双脚齐跳，说道：“好媳妇！好媳妇！可杀了俺一家子了！”煎了姜汤，研了牛黄丸，那牙关紧闭，那里灌得下一些？流水①差人往薛家去唤巧姐，刚还未曾进门，狄婆子已即完事。巧姐拉了素姐撞头，只说：“你还我娘的命来！我今日务不与你俱生！”素姐还把巧姐一推一搡的说道：“自有替他偿命的，没我的帐！”他绝没一些慌獐。

薛教授听见素姐拷打丈夫、气死了婆婆，刚对了薛夫人说道：“这个冤孽，可惹下了弥天大罪，这凌迟是脱不过的！只怕还连累娘家不少哩！”往上翻了翻眼，不消一个时辰，赶上亲家婆，都往阴司去了。薛如兼正在丈母那里奔丧，听说父亲死了，飞似跑了回家。素姐乘着人乱，一溜烟走回娘家。薛夫人看见，哭着骂道：“作孽万刮的禽兽！一霎时致死了婆婆，又致死了亲父！只怕你也活不成了！”龙氏道：“没帐！一命填一命。小素姐

① 流水——迅速，马上。

要偿了婆婆的命，小巧姐也说不的替公公偿命!”薛夫人正皇天爷娘的哭着，望着龙氏啰了一口，道：“呸！小巧姐打婆骂翁的来？叫他替公公偿命!”龙氏道：“这是咱的个拿手，没的真个叫孩子偿了命罢?”薛夫人道：“你就不叫他偿命，可也情讲，难道合人歪缠？缠的人动了气才不好哩！累不着娘家罢了，要累着娘家，我只把你一盘献出去!”素姐到了这个地位，方才略略有些怕惧。各家都忙忙的置办后事，狄员外催着女儿巧姐回家与公公奔丧，薛夫人也再三催逼了素姐回去。至于丧间素姐怎生踢蹬，相家怎生说话，事体怎样消缴，再听后回接说。

第六十回

相妗子痛打甥妇　薛素姐监禁夫君

琴瑟静，藁砧柔，三生石上，一笑定河洲。此言契洽两相投。姻缘不偶，恩爱总成仇。　　心似虎，性如牛。春山两叶，一蹙有吴钩。杀机枕上冷飕飕。才郎囚系，令正做牢头。

右调《苏幕遮》

狄员外将狄婆子抬回正寝，一面合材入殓，一面收拾丧仪。狄希陈被薛素姐用铁钳拧得通身肿痛，不能走动，里外只有一个狄员外奔驰。调羹披了头，嚎啕痛哭，只叫"闪杀人的亲娘"。相家大舅合大妗子、相于廷娘子都一齐来到，痛哭了场。相大妗子问说："巧外甥没来么？外甥媳妇都往那去了？"调羹道："巧姐姐刚才往他家去了，他公公也是今日没了。他爹催他家去奔丧。"大妗子说："可也奇怪！怎么也就是这一会子没了？"调羹说："也是为他闺女，听说他闺女气杀了婆婆，只说了两句话，就直瞪了眼，再没还魂。"相大妗子说："怎么？咱家的闺女知道奔他公公的丧，他就不知道与婆婆奔丧么？见婆婆倒下头，倒跑的家去了！"小随童此时已经长成，起名"相旺"。相大妗子叫到跟前，分付说道："你到薛家，你就说是我说，薛大爷没了，俺连忙打发姐姐家去奔丧，怎么把俺大嫂拦在家里，不叫回来与俺姑主丧？薛大娘怎么空活这们大年纪，不省的一分事！叫他即忙打发回来！"

相旺出门走不上数步，恰好素姐被他母亲催赶的来了，此时头上还戴着花朵，身上还穿着色衣。进的门看见相大妗子，也不由的跪下磕了两个头。相大妗子骂道："不吃人饭的畜生！你就不为婆婆，可也为你的爹！还亏你戴着一头花，穿着上下色衣！你合你家那小老婆不省事罢了，你那娘母子眼看往八十里数的人了，也还不省事？你这贼野婆娘！你还我大姑子的命来！我不叫你上了木驴，戴上长板，我也不算！叫小陈哥来，脱了衣裳我看！我把你这狠奴才，我要不替狄家除了这一害，你那软脓匝血的公公、汉子，他也没本事处治你！"素姐说："大妗子，你好没要紧！各人家里的事，累着你老人家的腿慌哩！没的是我打杀俺婆婆了，用着我戴长板，上木驴？他冤有头，债有主的，他放着屋里小老婆争风吃醋的生气，你不寻着他替你大姑子报仇雪恨的，来寻着我！我可不是那鼓楼上小雀，耐惊耐怕的哩！脱不了你是待倒俺婆婆的几件妆奁，已是叫那贼老婆估倒的净了，剩下点子，大妗子你要，可尽着拿了去！俺待希罕哩么！"相大妗子道："你看这贼臭老婆！我倒看外甥分上，且不打你罢了，你倒拿这话来压伏我！你婆婆放着大儿大女的，我来倒妆奁！我只问你，俺家人头里还好好的，怎么没多会子就会死在你的屋里？"素姐说："大妗子，你也是那没要紧扯淡！谁家婆婆是不到媳妇儿屋里的？没的是我打杀他来？你告到官，叫仵作①行刷洗了，你检检尸不的么？"相大妗子道："我把你这贼佞嘴小私窠子，人家的婆婆都像活跳的进去，当时直挺挺的抬出来么？我不叫人检你婆婆，我只叫人验验你汉子的伤！"素姐说："没的扯那精臭淡！俺两口子争锋打仗，累的那做妗子的腿疼么？可说我让你骂了好几句了，你再骂，我不依了！半截汉子不做，你待逼的人反

① 仵（wǔ）作——旧时官府中检验命案死尸的人。

了是好么?”相大妗子道:“我岂止骂你!我还待打你哩!”一把手采了他的鬏髻,握过头发来,腰里拿出一个预备的棒椎就打。相于廷娘子合相旺媳妇见相大妗子有些招架不住,假说解劝,上前封住了素姐的手。相大妗子拿着棒椎,从上往下的打个不数。素姐起初还强,渐次的嘴软,后来叫那妗子像救月儿一般;自从进门这几年也并不知唤那公婆一声,直待此时被相大妗子打的极了,满口叫道:“爹,快来救我!刘姐,你快来拉拉!狄周媳妇儿,你是好嫂子人家,你来劝劝!妗子,你不认的我了么?我是你亲亲的外甥媳妇儿,我是你外甥闺女的大姑子。妗子,你忘了么?”又叫狄希陈道:“你好狠人呀!你过来跪着咱妗子罢!”又对着相于廷娘子道:“你婶子,咱妯娌两个可好来,你就这们狠么?”素姐口里一边叫救,相大妗子一边打,也足足打够二百多棒椎,打的两条胳膊肿的瓦罐般粗,抬也抬不起来。这当家子那一个不恨他,痛如蛇蝎。从天降下这们一个妗子,不惟报了大姑子的仇,且兼泄了众人的恨。

见打的够了,狄员外远远的站着,说:“你妗子看我的分上,你且饶他罢。”狄希陈又久已跪在跟前,声声只说:“妗子,你只可怜见我罢!俺娘只我一个儿,妗子也只我一个外甥。妗子去了,我这只是死了!”相大妗子道:“没帐!我还待叫他活哩么!我也不合他到官,叫他丢你们的丑。我只自家一顿儿打杀他!他娘家不说话便罢,但要说句话,我把他这打翁骂婆、非刑拷打汉子、治杀了婆婆合他自己的爹,我叫他娘母子合两个兄弟都一体连坐哩!”狄员外合狄希陈又再三讨饶;相于廷娘子见他打的够了,方才也妆说分上。相大妗子也便说道:“贼小私窠子!你说我是不打了么?我是胳膊使酸了,抬不起来。我到你婆婆的一七,我拿到你婆婆的灵前,又是这们一顿,出出俺大姑子的气!

你说往你娘家躲着，你薛家有几个人？俺相家人多多着哩！我杖把扫帚的领上二三十个老婆寻上你门去，我把那姓龙的贼臭小妇也打个肯心！”素姐见住了手，那嘴又哓哓的①硬将上来，说道：“我从来听见人说：打杀人偿命，气杀人不偿命。我就算着是气杀了婆婆，也到不得偿命的田地。只怕你平白的打杀我，你替我偿命哩！”相大妗子道：“他既是叫我偿命，我为甚么叫他自家好死？我不如一顿打杀他，合他对了不好么？”提了棒椎，又待赶去挦采。相于廷娘子推着素姐说：“嫂子，你还不往屋里去哩？”他才喃喃喏喏的口里啯哝，喇喇叭叭②的腿里走着，走到房里，使了小玉兰来叫狄希陈往房里去。

狄希陈听见来叫，就似牵瘸驴上窟窿桥一般，甚么是敢动？相大妗子道：“还敢不省事！他不在外头守灵，往屋里守着你罢！不许进去！谁敢来叫！小奴才快走！我拧你的狗腿！”玉兰回去，素姐也只得敢怒而不敢言。狄员外合家大小没有一个不感激相大妗子替他家降妖捉怪。相大妗子理料着，调羹收拾衣衾与狄婆子装裹，狄员外同相栋宇外边看着合材，相于廷陪着狄希陈守灵回礼。直乱到四更天气，方才将狄婆子入在材内。相大妗子婆媳大哭了一场，回去自己家内，约道明日绝早再来；又再三的嘱付狄希陈，叫他别进自己房去，防备素姐报仇。

再说素姐被他妗母痛打了一顿，回到自己房中，这样恶人凶性，岂有肯自家懊悔？又岂是肯甘心忍受？原算计叫狄希陈进去，把那一肚皮的恶气尽数倾泄在他身上。不料得了妗母的大力，救了这一个难星。待要自己赶来擒捉，一来也被打得着实有

① 哓（xiāo）哓的——乱听乱嚷。

② 喇喇叭叭——形容两脚劈开、行动软软的。

些狼狈，二来也被这个母大虫打得猥①了。他虽前世是个狐精转化，那狐狸毕竟也还怕那老虎。但只那狐狸的凶性，岂是肯甘吃人亏的？见那狄希陈叫不进去，自己且又不敢出来，差了小玉兰回家，要吊了龙氏统领了薛三槐、薛三省两个的娘子，并薛如卞媳妇连氏，齐来与相栋宇婆子报仇；若再得薛夫人肯来，将那老命图赖，更是得胜的善策。

玉兰回家了，不敢对了薛夫人直道，悄悄的与龙氏说了。龙氏知道相栋宇的婆子把素姐下狠的打了一顿棒椎，且不去哭那薛教授，狠命的强逼薛夫人，又催促薛如卞媳妇并两个家人娘子，连自己五人，都要拿了柴头棒杖，赶来狄家回打相栋宇娘子。薛夫人道："要去，你们自去，我是断不去的！我怕巧姐看了样，呕气杀我，我还没个娘家的兄弟媳妇与我出气哩！平白地当时气死了婆婆，又搭上自家一个老子，叫他一些无事，只怕也没有这般天理！打顿儿也畅快人心！"龙氏道："娘既不去，我四个自去，好歹我替闺女报了仇来。"薛夫人道："极好，极好，我不拦你。"

龙氏当真叫连氏点起丫头仆妇，就此兴兵。连氏道："我这不敢从命，公公热丧在身，不便出门。别说娘不去，就是娘去，我也是要拦的。"龙氏道："你不去，罢！我希罕你去！你那摇头扭脑、扭扭捏捏的，也只好充数罢了！薛三槐媳妇子合薛三省媳妇子，咱三个去！你弟兄三个跟着我同走。"薛三省娘子道："龙姨，你自己去罢，俺两个势力不济，打不起那相大娘。要是相大娘中打可，俺素姐姐一定也就自己回过椎了，还等着你哩？"

龙氏哭道："你好苦呀！婆婆家人合你为冤结仇，连娘家的

---

① 猥——害怕。

人也都恨不的叫你吃了亏！你可怎么来？只怕你抱了人家孩子掠在井里了!”嚎天震地的哭了一阵，噙着泪缩嗒着向着薛如卞、薛如兼道：“你两个看你爹的分上，你跟着我，咱到那里合他说三句话。你一个一奶同胞的姐姐叫人打这们一顿，你没的体面好看么？我一个老婆家待怎么？我全是为你两个怕人笑话。一个姐姐叫人打得恁样的，你要不出头说两句话，你到明日还有脸往学里去见人么？”薛如卞道：“他要不是我的姐姐，他把我一个旺跳的爹两场气气杀了，我没的就不该打他么？这是俺不好打他，天教别人打他哩!”龙氏道：“哎哟！你小人儿家只这们悖晦哩！你爹八十的人了，你待叫他活到多咱？开口只说是他气杀了他；要不气杀他，没的就活到一百？”薛如兼道：“你这们望俺爹死，亏他气杀了。他要不气杀爹，你也一定就烧个笊篱头子了!”龙氏见央人不动，只得又大哭起来，哭道：“不睁眼的皇天！为甚么把孩子们都投在我那肚子里头？叫人冷眼溜宾①的！我又是个女流之辈，三绺梳头，两截穿衣的，能说不能行了！皇天呀！我要是个人家的正头妻，可放出个屁来也是香的，谁敢违悖我！皇天呀!”哭个不了。

再说薛夫人合薛如卞弟兄三个并家中一切上下的人，各人忙乱正经的事，凭那龙氏数黄道黑的嚎丧。小玉兰等得龙氏住了喉咙，问道：“怎么样着？去呀不去？我来了这们一日，去的迟了，俺姑又打我呀。”龙氏道：“你去罢，合你姑说，你说娘家的人俱死绝了，没有个人肯出出头的，叫他死心塌地别要指望了。”小玉兰回家，他前后的话通长学了，给了素姐一个闭气。挣挣的待了半会子，骂道：“他们既死绝，不来罢了。没的你也使钉子钉

---

① 宾——即冰。

住了，待这们一日？我拿着你这淫妇出出气罢！”跳起来，那身上害疼，怎么行动。扎挣着去取鞭子，那两只胳膊甚么是抬得起来，只得发恨了一造罢了。那小玉兰没口的只替相老娘念佛。

素姐心里还指望狄希陈晚上进房，寻思不能动手打他，那牙口还是好的，借他的皮肉咬他两口，权当那相大妗子的心肝。不料狄员外同了他在那里守灵，连相于廷也不曾家去，陪伴宿歇。等到灯后，不见狄希陈进房，使了小玉兰出来叫他。狄希陈道：“我在此守灵哩。爷爷与相大叔俱在这里，我怎好去的？等有点空儿，我就进去。”玉兰回去学说了。素姐骂道：“我叫你这没用淫妇总里死在我手！难道我的胳膊就整辈子抬不起了！你拉了他来不的么？”小玉兰道：“俺爷爷合相大叔都在那里，我敢拉他么？”素姐说：“我叫你由他！我只叫你死不难！”随自己出去，悄悄叫道：“你来，我合你说甚么。”狄希陈听得是素姐来叫，即刻去了三魂，软化了，动惮不得。相于廷黑地里摸将出来，对了素姐的脸，悄悄说道：“孝子是不敢进房的，你自己往屋里挨疼去罢。”素姐方知不是狄希陈，骂了几句“砍头的”，去了。

次日清早，相大妗子合相于廷娘子又都早来奔丧。相大妗子问狄希陈道：“你媳妇儿怎么不来接我？嗔我打他么？着人叫他去！”狄周媳妇连忙答应，说是：“害身上疼，还没起来哩。”相大妗子混混着也就罢了。相于廷娘子悄悄问他婆婆说：“我只说娘不知道，往屋里偷看他看去？”相大妗子答应了。

相于廷娘子进到房里，望着素姐道：“怎么还不起来？打的伤了么？”素姐说：“你是好人么！叫人这们打我，你拉也不拉拉儿！”相于廷娘子说：“我拉你做甚么？累你气杀俺姑娘的好情哩？”素姐说：“连你也糊涂了！他屋里放着小老婆，他每日争风生气的，你不寻他，拿着我顶缸！你们也把那淫妇打给他这们一顿，我也不恼。”相于廷娘子道：“那么，他只没敢气着俺姑娘哩。他要欺心，怕他腥么？不打他！嫂子，你别怪我说，你作的业忒大，你该知感俺娘打你几下子给你消灾，要不，天雷必定要劈。”素姐道：“狗！天雷劈杀了几个呀？你见劈的怎么模样？”相于廷娘子道：“你说没有劈的，咱家的尤厨子是怎么来？”素姐说：“你知道他是劈来没？只怕是爷儿们把他打杀了，怕他家要人，只说是雷劈了，也不可知的事哩！”相于廷娘子道：“你说的是甚么话！他合他有仇么？打杀他！亏了没有巡视的在跟前！”素姐说：“怎么？巡视的在跟前才好哩，叫他替尤厨子偿了命，我才喜欢哩！”相于廷娘子道：“你休胡说！扎挣着起来替娘陪个礼，我劝着娘万事俱休的。姑娘已是没了，打造子没的还会活哩？”素姐伸出胳膊，露出腿来，打的像紫茄子一般，肿的滴溜着，说道：“你看，可怜杀人的，这怎么起的去？”相于廷娘子道：“罢呀！你就起不去哩！像狄大哥叫你使铁钳子拧的遍身的血铺潦，他怎么受来？”素姐道：“你见来么？”相于廷娘子道：“我没见，你小叔儿没见么？”素姐说：“好贼欺心大胆砍头的！从几时敢给人看来！我这真是势败奴欺主的！罢呀怎么！浑深我还死不的，等我起来看手段！”相于廷娘子也只当顽，说了这几句，原来替狄希陈降了无穷的大祸。那一遭被素姐使鞭子打的，浑身紫肿，脱与他娘看了一看，素姐知道了，夜间又另打了够三百，发放过，再要叫人看见伤痕，许说要从新另打。

却说狄希陈自从娶了这素姐的难星进宫，生出个吉凶的先兆，屡试屡应，分毫不爽。若是素姐一两日喜欢，寻衅不到他身上，他便浑身通畅。若是无故心惊，浑身肉跳，再没二话，多则一日，少则当时，就是拳头种火，再没有不着手的。一日，身上不觉怎么，止觉膝盖上的肉战，果不然，一错二误的把素姐的脚踹了一下，嘴像念豆儿佛的一样告饶，方才饶了打，罚跪了一宿。恰好这一日身上的肉倒不跳，止那右眼梭梭的跳得有二指高，他心里害怕，说道："这只贼眼这们的跳，没的是待抠眼不成！"怀着鬼胎害怕。到了黄昏，灵前上过了供，烧过了纸，又同他父亲、表弟睡了。相大妗子娘媳两个已早回去了。狄希陈心中暗喜，说道："阿弥陀佛！侥幸过了一日！怎么得脱的过，叫这眼跳的不灵也罢。"

次早三日，请了和尚念经。各门亲戚都陆续到来。狄希陈收着几尺白素杭绸，要与和尚裁制魂幡，只得自己往房中去取。素姐一见汉子进去，通似饥虎扑食一般，抓到怀里，口咬牙撕了一顿，幸得身子还甚狼狈，加不得猛力。他那床头边有半步宽的个空处，叫狄希陈进到那个所在，门口横拦了一根线带，挂了一幅门帘，骂道："我只道一世的死在外边，永世不进房来了！谁知你还也脱离不得这条路！这却是你自己进来，我又不曾使丫头去请，我又不曾自己叫你，这却是天理报应！我今把你监在里边，你只敢出我绳界，我有本事叫你立刻即死！打的有伤痕，你好给你表弟看，这坐监坐牢的，又坐不出伤来！"狄希陈条条贴贴的坐在地上，就如被天师的符咒禁住了的一般，气也不敢声喘。狄员外等他拿不出绢去，自己走到门外催取，直着喉咙相叫，狄希陈声也不应，狄员外只得嚷将起来。素姐说："不消再指望他出去，我送他监里头去了。"狄员外随即抽身回去，心里致疑道："陈儿却往何处去了？这等唤他不应？媳妇又说把他送在监里去了，那里有甚么监？这话也令人难解。"一面将自己收的白绢取出来用了，也且把那送监的话丢在一边。

住了一大会，和尚们请孝子去榜上佥押、佛前参见，那里寻得见那孝子？又歇了一会，亲戚街邻络绎的都来吊孝，要那孝子回礼，那里有那孝子的踪影？到他房里找寻，并不见有去向。狄员外着起极来，又叫人去问，素姐回说道："我已说过，不消指望他去，我已送他到监里了。只管来皮缠则甚？"

狄员外纳闷不已，等到天晚，僧人散了，掌灯已后，亦不见狄希陈出来烧纸哭临。相家一户人等都已回家去讫。

且莫说狄员外儿子不知下落，这一晚眼也不合，足足的醒了一宵。却说狄希陈在那监里坐了一日，素姐将他那吃剩的饭叫小玉兰送进两碗与他吃了。那原是他放马桶的所在，那狄希陈的拉屎溺尿倒是有处去的。到了临睡的时节，狄希陈问说："这天已夜深了，放我出去睡罢！"素姐骂道："作死的囚徒！你曾见监里的犯人，夜间有出去睡的么？我还要将你上柙哩！"叫小玉兰掇了一根凳子进去，叫狄希陈仰面睡在上头，将两只手反背抄了，用麻绳线带胸前腰里脚上三道绳带连凳捆住。狄希陈蚊虫声也不敢做，凭他像缚死猪的一般，缚得坚坚固固的。然后叫玉兰暖了一坐壶烧酒，厨房里要了一碗稀烂白顿猪蹄，大嚼了一顿，然后脱衣就寝。狄希陈这一夜虽比不得那当真的柙床，在这根窄凳上捆得住住的，也甚是苦楚了一夜。到第二日清早，方才放了他起来。恰好相大舅、相于廷、相大妗子、相于廷媳妇并崔家三姨都接次来到。

狄员外说不见了狄希陈，个个惊异，人人乱猜。相于廷道："他既说送在监中，就问他监在那里。这有甚难处的事？待我去问他。我又不是大伯，他的房里，我又是进得去的。"相于廷凶凶的走到他房门口连叫道："狄大哥哩？"不见答应，又进到他房中，素姐还挠着头，叉着裤。相于廷问说："俺哥在那里？没见他的影儿。"素姐说："贼砍头的！你昨日后晌唬我这们一跳，我还没合你算账，你哥合你一处守灵，倒来问我要人？"相于廷道：

“你说是送他在监，那监在那里？外边急等他做甚么哩，监在何处，快快的放他出来。”素姐说：“他监与不监，你管他做甚？你也要陪他坐监么？你娘打了我，你又来上门寻事！我揉不得东瓜，揉你这马勃罢！”看了一看，旁里绰过一根门栓，举起来就抿①。唬的相于廷连声说道：“好嫂子，你怎么来，这们等的？”唬的脸焦黄的去了，对着众人学他那凶势，众人又嗔又笑。

相大妗子道：“‘船不漏针’，一个男子人，地神就会吞了？拚我不着，恶人做到底罢！等我问他要去！”仍带着相于廷娘子、相旺媳妇走进素姐房内向他问道：“你把我的外甥弄到那里去了？快叫他出来！你不奔你婆婆丧罢了，你又把他的个孝子藏了！”素姐说：“你老人家可是没的家扯淡！你的外甥亲，如俺两口子亲么？他肚子底下两条腿，他东跑西跑的，我知他往那里去了，你问我要！”相大妗子说：“你自己对着你公公说，已是把他送在监里了。你就快说，是甚么监？是那里的监？”素姐说：“他只来这屋里寻，我说：‘我监着他哩！’这是句堵气的话，没的是真么？”相大妗子道：“怎么不是真？人都看着他进屋里来，都没见他出去，就不见了，他可往那里去？你们别要当顽，莫不他把这孩子弄把杀了，藏在那床底下柜里也不可知的！”将那床身的三个大抽斗扯出来，抽斗里没有。床底点灯照着，又没看见。开了他四个大柜里边，又没影响。相于廷娘子取笑道：“只怕狄大哥在这里头坐马子哩！我掀开帘子看看。”揭起帘来，恰好一个端端正正的狄希陈，弄得乌毛黑嘴的坐在地上。相于廷娘子劈面撞见了姑表大伯，羞的满面通红，也没做声，抽身出房去了。相大妗子晓的狄希陈在这里面，掀帘见了，相大妗子点头不住，长叹

① 抿——打。

数声，连说：“前生！前生！”又说：“天底下怎么就生这们个恶妇，又生这们个五脓①！”又照着狄希陈脸上啰了一口，道：“他就似阎王，你就是小鬼，你可也要弹挣弹挣！怎么就这们等的？你如今还不出来，等甚么哩？”相大妗子见他不动，说道：“怎么？你是等他发放呀？”扯着他手往外拉，他扳着床头往里挣。相大妗子喝道：“你出来！由他！他要再处制你，我合他对了！”狄希陈说：“大妗子且消停着，他没分付哩。”相大妗子没理他，拉着往外去讫。气的个素姐挣挣的，一声也没言语。这也是古今天地的奇闻，出于这般恶妇，只当寻常的小事。以后不知还多少希奇，再看后回演说。

① 五脓——指废物。

第六十一回

狄希陈飞星算命　邓蒲风设计诓财

崔生抱虎却安眠，人类于归反不贤。日里怒时挥玉臂，夜间恼处跺金莲。　呼父母，叫皇天，可怜鸡肋饱尊拳。谁知法术全无济，受苦依然枉费钱！

右调《鹧鸪天》

却说相大妗子把狄希陈拉着往外拖，狄希陈回头看着素姐，把身子往后褪。素姐到此也便不敢怎么，只说得几声："你去，你去！浑深你的妗子管不得你一生，你将来还落在我手里！"

相大妗子毕竟把狄希陈拉出来了。狄员外是不消说得。相大舅终是老成，见了狄希陈也只是把头来点了几点，叹息了几声。惟有相于廷取笑不了，一见便说："哥好？恭喜？恭喜！几时出了狱门？是热审恩例，还是恤刑减等？哥，你真是个良民，如今这样年成，儿子不怕爹娘，百姓不怕官府的时候，亏你心悦诚服的坐在监里，狱也不反一反！我昨日进去寻你的时候，你在那监里分明听见，何不乘我的势力，里应外合起来，我在外面救援，岂不就打出来了？为甚却多受这一夜的苦？"狄希陈道："毕竟我还老成有主意，若换了第二个没主意的人，见你进去，仗了你的势，动一动身，反又反不出狱来，这死倒是稳的！看你那嘴巴骨，策应①得别人，没曾等人拿起门栓，脚后跟打着屁股飞跑，

① 策应——救助、配合。

口里叫不迭的‘嫂子’。这样的本事，还要替别人做主哩!”二人正斗嘴顽耍，灵前因成服行礼，方才歇了口。

素姐自此也晓得这几日相大妗子日日要来，碍他帮手，也便放松了，不来搜索。过了一七，又做了一个道场，落了幡，闭丧在家。薛教授平日的遗言，叫说待他故后，不要将丧久停，也不要呼僧唤道的念经，买一块平阳高敞的地，就把材来抬出葬了。薛如卞兄弟遵了父命，托连春元合狄员外两个寻了几亩地，看了吉日出丧。狄员外与狄希陈俱一一的致敬尽礼，不必细说。

出丧第三日，狄希陈也同了薛如卞他们早往坟上“复三”。烧了纸回家，从那龙王庙门口经过。那庙门口揭一张招子道：

新到江右邓蒲风，飞星演禽，寓本庙东廊即是。

狄希陈心里想道：“人生在世，虽是父母兄弟叫是天亲，但有多少事情，对那父母兄弟说不得、见不得的事，只有那夫妇之间可以不消避讳，岂不是夫妇是最亲爱的?如何偏是我的妻房，我又不敢拗别触了他的性子，胡做犯了他的条教，懒惰误了他的使令，吝惜缺了他的衣食，贪睡误了他的欢娱?我影影绰绰的记得《论语》里有两句说道：‘我竭力耕田，供为子职而已矣。父母之不我爱，于我何哉?’如此看将起来，这分明是前生注定，命合使然。这既是江右的高人，我烦他与我推算一推算，若是命宫注定如此，我只得顺受罢了，连背地里抱怨也是不该的了。”于是要邀了薛如卞兄弟同进庙去算命，说道：“我们这里打路庄板的先生真是瞎帐，这是江右来的，必定是有些意思的高人。我曾听说禽堂五星，又且极准。我们大家叫他推算了一推算。”薛如卞起先已是应允了同去，转了念说道：“我还早到家去打点拜帖，好早出去谢纸。你自去叫他算罢。”果然作别散了。

薛如兼在路上说道：“我们死了父亲，遭了这般大故，倒也该叫他算算休咎，哥哥，你又不算，来了。”薛如卞道：“我初念原要叫他算算。我忽然想道，那外方的术士必定有些意思的人，算出他妻宫这些恶状，我们当面听了，甚么好看？所以我就转念回来。”

狄希陈见薛如卞两个回去，只得自己进去，寻见了邓蒲风，让坐了吃茶。邓蒲风请问八字，狄希陈说：“是壬申正月二十日亥时生，男命。”邓蒲风铺了纸，从申上定了库、贯、文、福、禄、紫、虚、贵、印、寿、空、红，又从子午卯酉上定了仗、异、毛、刃，本生月上安了刑、姚、哭三星。壬属阳，身宫从杖上逆起，初一安在巳上。命宫从杖上起，本生时顺数至卯时安于辰宫。然后把这财帛、兄弟、田宅、男女、奴仆、妻妾、疾厄、迁移、官禄、福德、相貌，都照宫安得停当。又定了大限、小限。邓蒲风方才逐宫讲说：“你这命宫里边，禄星入了庙，只吃亏了没有三台凤阁、八座龙楼的好星扶佐，有官不大，不过是佐二首领而已。财帛宫库星入垣，又别无凶星打搅。书上说道：‘库曜单行命定丰’。兄弟宫天虚不得地，兄弟寡招。田宅宫贵星入垣，田宅即是父母，主父母成家，立守祖业。男女宫印星不入垣，天异作祟，子孙庶出。奴仆宫寿星得旺地，大得婢仆之力。夫妻宫天空失陷，天毛、天姚会合，主妻妾当权，夫纲失坠。书上说道：‘夫妻宫里落天空，静户清门起女戎；再合天姚并毛宿，打夫搅舍骂公公。’据这书内的言语，这尊夫人倒是着实难讲。疾厄宫红鸾失陷，一生常有泡肿溃烂之灾。迁移宫内紫微旺相，八座龙楼辅佐，宜于出外。这也是书上有的：‘行走宫中遇紫微，喜事相逢恶事稀。祸患灾星皆退舍，暂时亮翅贴天飞。’这十二宫里边，第一是这迁移宫好。你这一身的枷锁，着骨的疔疮，‘吊在灰窝里的豆腐’，缠缚的你动也动不得。你只一出了外，你那枷锁就似遇着那救八难的观音，立时教你枷开锁解。那着骨的疔疮就似遇着那华陀神医，手到病除，刮骨去毒。那豆腐上的灰土就似遇着仙风佛气，吹洗的洁白如故。这一宫妙得紧。官禄宫贯星失陷，幸得有三台星在旁，官虽不显，不愁不是朝廷的命官。福德宫文星得乐地，一生安足，只吃了天哭作祟。书上也有四句：'天哭遇文昌，强徒入绣房。福禄难消受，平空有祸殃。'外人只见你穿的是鲜衣，吃的是美食，住的是华屋，乘的是骏马，倒像你似神仙一般。谁知你这衣食房屋都被那天哭星浓浓的煎了几十瓮的黄柏水泡过，叫你自苦自知的，可惜了这文昌得地！相貌宫福星居旺地，这眉清目秀是不必说的。从这小限起月令，今年止有此月晦气，尊制一定是新丧了，丁的是内艰么？"狄希陈不晓得甚么叫是内艰，睁了眼答应不来。邓蒲风问道："这持的服是令堂的么？"狄希陈方才省的，答应说："是。"邓蒲风又算道："古怪！怎么当了这样大故，又有牢狱之灾？亏不尽有解神在宫，对宫又有龙德相临，遇过了，如今难星出度。"说得狄希陈毛骨悚然，一声也不敢强辩，只说道："还有个女命，并烦与他算算。"邓蒲风道："一定是令夫人的了。说来，待我仔细与你合一合。"狄希陈说道："也是壬申，二月十六日，丑时。"

邓蒲风也照常安了宫分从头解说："命宫天贵星入垣，这是不消说有娘家的造化。财帛宫印星居旺，千斛金珠。兄弟宫寿星得旺，随肩兄弟多招。田宅宫天空失陷，父母不得欢心。男女宫红鸾失陷，子女艰难。奴仆宫天刃失垣，主仆离心。夫主宫贯星失地，杖星、天毛、天姚俱聚在一处，原来天生地设的降老公的尊造。据在下看，这个星宫，贯星是天上的贯索，就是人间的牢狱。算相公的尊造有几日的牢狱之灾，我心里也不信，这等一位青年富贵的人，怎会到得牢狱里边？一定是被令夫人监禁了几日。这是有的么?”狄希陈红了脸,不肯招认。邓蒲风说道:“相公不要瞒我,杖星儿又不曾入庙,只怕这打两下儿,这是常常有的,脱他不过。毛、姚两个孽星合了一处,平地风波,你就‘闭口深藏舌’,叫你‘祸从天上来’,好不利害哩!疾厄宫文昌居旺,一生无病,健饭有力,好一段降汉子的精神!迁移宫天异失陷,不利出行,路逢贼盗或遇恶人。官禄、福德两宫都也不平稳。相貌宫天虚入庙,主先美后陋,还有残疾。”狄希陈道:“据老丈这等说起来,在下的妻妾宫合该惧内,荆人的夫主宫应合欺夫,难道是天意凑合的?也偕得老么?”邓蒲风道:“如胶似漆,拆也是拆不开的。祸害一千年,正斯守哩。”狄希陈道:“我可以逃得去么?”邓蒲风道:“天生天合的一对,五百年撞着的冤家,饶你走到焰摩天,他也脚下腾云须赶上。”狄希陈道:“这飞星如此,不知俺两个八字合与不合?'

邓蒲风掐算了一会,说道:“你二人俱是金命,这五行里面,只喜相生,不喜相克。这虽然都是金命,二命相同,必然相妒。即如一个槽上拴两个叫驴,都是一般的驴子,便该和好才是,他却要相踢相咬。他那两雄就便较个强弱,或是平和了便罢。你是一雄一雌的相斗,天下自人及物,那有个雌败雄胜的理?所以自然是你吃亏。相公,你听我劝你:你的五星已注定,是该惧内的。今看两个的八字,又是个元帅的职分,你安分守命,别要再生妄想了。”狄希陈道:“老丈原说是禽堂五星,烦你再与我两人看看,禽是甚么?只怕禽还合的上来,也不可知。”邓蒲风又掐指寻文了一会,说道:“了不得,了不得!这你二人的禽星更自利害!你这男命,倒是个‘井木犴’。这‘井木犴’是个野狗,那性儿狠的异常,入山擒虎豹,下海吃蛟龙,所以如今这监牢都叫是‘犴狴’。你是个恶毒的主禽,凭你是甚么别的龙、虎、狼、虫，尽都是怕你的。谁想你这个令正，不当不正，偏生是一个‘心月狐’。这“井木犴”正在那里咆哮作威，只消‘心月狐’放一个屁，那‘井木犴’俯伏在地，骨软肉酥，夹着尾巴淋醋的一般溺尿，唬这们一遭，淹头搭脑，没魂少识的，待四五日还过不来。请问是这等不是？若是这等的，这八字时辰便不差了。若不如此，便是时辰不正，待我另算。”

狄希陈也不答应，只是点头自叹而已。邓蒲风道：“何必嗟叹？这是前生造就，腾挪不得的。除非只是休了，打了光棍，这便爽利。”狄希陈道：“我几番受不过，也要如此。只是他又甚是标致，他与我好的时候也甚是有情，只是好过便改换了，所以又舍不得休他。”邓蒲风道：“你又舍不得休他，又不能受这苦恼，只有‘回背’的一法，便好夫妻和睦，再没有变脸的事了。”狄希陈道：“怎么叫是‘回背’？既有这法，何不做他一做？但不知那里有会这法术的？”邓蒲风道：“在下就会。只是烦难费事，要用许多银钱，住许多日子，方才做得这个法灵。在下所以不敢轻许。”狄希陈道：“这约得多少日子，若干银两，便可做得？”邓蒲风道：“这事烦难多着哩，做不来的。”狄希陈道：“老丈，你试说一说我听，万一我的力量做得来也不可知。”邓蒲风道：“这第一件最要避人，防人漏泄，相公自己忖度得能与不能？第二要个洁静严密的处所，你有么？第三得六七十金之费还不止，你有么？第四得令正我见一见，好寻替身演法，你能令我见么？第五要你两人的头发，体里大小衣裳，你能弄得出来么？第六我见过了令正，要寻这样一个仿佛的女人来做替身，你那里去寻？”

狄希陈想了一歇，说道：“别的我倒也都不为难，只这个女人的替身，这却那里去寻？谁家的女人肯往这里来依你行法？”邓蒲风道：“这几件事惟独这女替身的事容易，只消包一个妓者就是了。只是适间说令正生得标致，这便得一个标致替身，务必要聘那名妓了，这包钱便用多了。若是那丑货的人，便能用得多少？倒只有一件至难的事，是得六十日工夫，这却万万不能的。”狄希陈道：“这六十日不过两个月期程，怎么倒不容易？”邓蒲风道：“我一个单身人，又不曾跟得小价，同一个女人静坐了行法，却是谁与我饭吃？拚着饿了六日罢了，六十日怎么饿得过？”狄希陈道：“这饭食不难，要肯做时，在下自然供备了。”邓蒲风道：“我一个行术的人，逐日要寻银钱养家，一日或撰一两二两、五钱七钱，阴雨风晴，截长补短的算来，每日一两是稳稳有的。若静坐这六十日，我倒有饭吃了，家中妻妾子女、父母兄弟，吸这六十日风，不饿杀了？”狄希陈说：“这个我只欲按了日子包你的罢了。”邓蒲风道：“若果能如此，这法便好做了。只是这包我的银子却要预先三日一送，不可爽约。那妓者的包钱，你自己支与他，这我却不管。”狄希陈俱一一应允，商议道：“就是你住的这个去处，又是个独院，住持的刘道士，我又与他相知，就借他的这房，不知可住得么？”邓蒲风道：“只要把门关闭的严密，也便罢了。”狄希陈道：“既是有了所在，别的挨次了做去便是。妓者这本镇上也有好的，寻也容易。要看荆人的时节，我等他回娘家去，约你去乘便一看。别的合用之物，你细细的开出单来，我好预备。”

狄希陈就邀了邓蒲风回家待饭，吃完了，仍回下处，开出要用的物件，写道：“计开新巾一顶，新网巾一顶并金圈，小白布衫一件，大白布衫一件，紫花布道袍一件，绰蓝布单裤一腰，白布裙一腰，夹布袜一双，厢履一双，线带一副，红布棉被一床，青布棉褥、红毡各一床，新枕一个，新铜面盆一个，新手巾一条，新梳栊一副，抿刷全，贝母人参黄连各四两，明净朱砂八两。每日三餐酒肉，足用。其余易得之物，随取随应，不可有误。”狄希陈俱一一应承。

次日，恰好素姐要回家去，狄希陈预先来与邓蒲风说了，约邓蒲风先在总截路口等候。邓蒲风果然从头至尾看了个透彻。邓蒲风肚中喝采，暗说：“怎么如此一个美人，藏蓄恁般的狠恶?”看过，回了下处，适值狄希陈也来问信。邓蒲风道：“令正我倒看过了。只是这般一个美女，务必也要寻个像些模样的替身才好。这明水镇上，那有这样人?”狄希陈说：“这斜街上有一个魁姐，生的人才有八九分姿色，我去合他讲一讲，包他两个月。只不可说是用他演法，只合他讲包宿钱罢了。”大家都商议停当，狄希陈照单备完了衣巾等物，用十八两银子、两套衣服，包了魁姐两个月。邓蒲风择看了“天德合”的吉日，结坛行法，七七四十九日，圆满法成。豫先送魁姐到坛与邓蒲风扮演夫妇替身。邓蒲风的包钱，狄希陈十日一送。教狄希陈托了事故不回家中，每七日一到房内，晚入早出，入则就寝，起即外出。若素姐有时性起，只是忍受，切不可硬嘴触犯，便一七和如一七，七七则和睦美好。狄希陈一一听信。

恰好庄间狄员外大兴土木，创起两座三起高楼。狄希陈托了管理为名，陪伴父亲在庄居住。依了邓蒲风的指教，七日一回看望。庄上离家十五里路，每次等至日色将落的时候，方才起身，到家之时，已是一更天气。素姐虽然凶暴，毕竟是个少妇，到了七日不见男子，也未免就有人欲之思。况且素姐每与狄希陈行事之时，也照依似常人一般好的，只是有那“用人靠前、不用人靠后”的僻性，这是与人相殊的去处。又且庄上有的是那鸡蛋，多的是那烧酒，每次回家，狄希陈必定白煮十数个鸡蛋，携带一大瓶浓醨的烧酒。进到房中，看见素姐，一个丘头大惹，两只眼睛涎瞪将起来，乜乜屑屑的在跟前献那殷勤，把那鸡子一个个自己亲手剥去了外边的硬皮，就如那粉团玉块一般，盛在那碗碟之内，豫先叫小玉兰筛热了烧酒，拿到跟前。素姐被那酒香触鼻，欲火攻心，明知与狄希陈是前世冤仇，到此田地，不得不用他一用。既要用他，便也只得假他个颜色，吃完了酒，解衣宽带，素姐露出七日久渴的情怀，狄希陈使尽七日养蓄的本事，一夜之间，大约三次。这夜间快活，也还没有工夫，那有闲空且与狄希陈寻闹？黎明起来，素姐方待放下脸来，狄希陈已是抽头出去。狄希陈不知内中诀窍，只道当真法术灵奇，敬得那邓蒲风即如重生父母、再长爷娘。

再说这个邓蒲风生得人物颇颇清秀，白脸黄须，一双好手，又穿着了狄家的一套新制的衣巾，打扮的更加清楚。那个魁姐在风尘之中，怎得这样标致帮衬的孤老？每日三钱宿钱，衣服在外，饮食丰腴，有甚不足？又兼邓蒲风走方上的人，有两个上好奇妙的春方。一个膏药方：

用蛇床子、草麻仁、谷精草、肉苁容、兔丝子、川山甲、大附子、紫稍花、麦门冬、肉桂、厚朴、木鳖、白芍药、白芷、杜仲、当归、玄参、生地、续断、黄芪、杏仁、防风、远志、虎骨、熟地、天门冬、地龙、鹿茸、马兰花，以上二十九味各五钱；甘草一两，真香油二斤，黄蜡六钱，赤石脂醋淬、龙骨煅、倭硫煅、阴起石煅各三钱，明雄黄四钱水飞，共一处为细末；沉鱼、木香、母丁香各五钱共为末；乳香去油、没药去油、血竭各五钱共为末；蟾酥乳浸、鸦片乳浸各三钱，射香三钱，共为末；飞净黄丹一斤，用惯手老医熬炼得法。地埋七月，每用七钱，摊于大红段上，命门、肾俞各一贴，如觉痒，用花椒煎汤洗之，不可强忍。每两个月一换，此药增清和血，固肾壮阳，助神力，强筋骨，暖腰膝，润肌肤，华颜色，乌须发，扶衰老；治梦遗滑精，白浊白淋，手足瘘痈，气结不开，隔食吞酸，风湿麻木，腰膝疼痛，妇人赤白带下，经脉不调，无不奇效。

还有一个龟头搽的秘实奇方：

急性子一钱二分，红仁栀子六分，蟾酥一钱用人乳浸三日，以上陈老葱白劈破包固，漫灰火煨七次。真正鸦片一钱，制法与蟾酥同，当门射五分。先将前药四味研极细如尘，用醇黄油半茶钟调匀，以重汤煮成为膏，方加射香于内，丸如黍米大，金箔为衣。先半日将龟头洗净，用唾津研涂龟热，以温水洗去入炉，少停，俟药力通彻，然后行事。行止任意，不必用解。一药可耐三日。

魁姐模样算得标致，却是个十分的淫货，明水镇上若大若少的人物，没有管起他一遭快活的。邓蒲风恃了这两件兵器，又兼没一些正经事干，在这空庙里与魁姐日夜干弄，把个魁姐制伏得即如孟获被孔明七擒七纵，倒心贴服。

邓蒲风想得七七四十九日，渐次将满，又恐狄希陈的父亲知觉，与魁姐商议停妥，雇了两个驴儿，即如李靖携了红拂，一溜烟走了。走到王家营黄河崖上，恰好遇着他的江西乡里邹太常的三只大座船，搭在船里。忘八同了狄周空赶了一路，明知邓蒲风在那船上，问也不敢问一声，干看了一歇，回来了。忘八要兴词告状，只问狄希陈要人。张扬开去，传到狄员外耳中。一镇上的人只有向狄员外的，那有向忘八的？讲说着，狄员外赔了他一百二十两银子，打发忘八去了。幸得还瞒过了素姐，不使他知。

狄希陈也还妄想素姐还要似那几日绸缪，也不枉丢了许多银子。谁知素姐淫兴已阑，欲火已灭，仍旧拿出那平日的威风，使出那习成的手段，竖了两道双舞剑的蛾眉，突了两只张翼德的暴眼，伸出那巨毋霸[1]的拳头，变成那卢丞相[2]的面色，依然打骂得狄希陈仍旧受罪。狄希陈又恼又悔。

后来邓蒲风游到四川省城，却好狄希陈正署县印，街上适然撞见，差人捉拿，邓蒲风脱命逃走，遗下了些行李，差人交到，当官打开验看，不想这两个秘方用一锦囊包裹。狄希陈起先再三求他不与，一旦得入手中，甚是庆幸。方内药料俱是川中所有，依方修制，大有奇效。

再说狄婆子临死头一年，分给了狄希陈十封银子，共五百两。狄希陈央邓蒲风行“回背法”，不算打发忘八的一百二十两，自己偷用过了一百五十两之数。狄希陈虽是个富家子弟，但不曾掌管银钱，那有这许多银子使用？却是倾了锡锭，将他母亲所分的银子，每封拆开，抵换了出来，封得如旧，素姐也不曾看出。但事终无不败之理。再听后回衍说。

---

① 巨毋霸——王莽时人，身高一丈，腰大十围，力大无比。

② 卢丞相——唐朝卢杞，有张蓝脸，极丑。

第六十二回

狄希陈诳语辱身 张茂实信嘲殴妇

群居戏谑总非宜，弄假成真动杀机。捏造诳言图得胜，几教夫妻蛇影殒娇姿！ 话入耳中应细想，再三沉潜据理好寻思。多少仓皇为孟浪，酿成一天奇祸悔难追！

右调《定风波》

天地间的恶物，若没有制伏他的东西，这恶兽逼人，岂还成个世界？猛恶莫如虎豹，谁知天生一种六驳出来。那六驳生的不大，相亦不凶，偏是那虎豹正在那里剪尾作威，一听见了他的声音，唬得俯伏在地，垂头闭眼，抿耳攒蹄，直待那六驳劈开胸脯，取出心肝嚼吃。那龙蛇蛟蜃，只略略翻一翻身，那几千百顷的高岸，登时成了江湖，几千百万人家，葬于鱼鳖。他只见了寸把长的蜈蚣，就如那蛐蟮见了鸡群的一样。那赖象就如山大的一般凶物，撞着不可意的人，把鼻子伸将开来一卷，往上一丢，跌成肉酱。偏是那小小的老鼠，惯会制他，从他那鼻孔中走到他脑袋里面，叨吃他的脑髓。于是凡见了地上有个小小窟窿，把那蹄来踏住了窟窿，动也不敢一动。蝎子是至毒的东西，那蝎虎在他身边周围走过一圈，那蝎子走到圈边，即忙退缩回去，登时就枯干得成了空壳。坚硬如铁的磁石，被那米星大的金刚钻，钻得飕飕的风响。天下那不怕天不怕地的汉子，朝廷的法度丢在脑门后边，父母的深恩撇在九霄云外，那公论清议只当耳边之风，雷电鬼神等于弁髦之弃，惟独一个二不棱登①的妇人，制伏得你狗鬼

① 二不棱登——形容缺心眼儿，傻乎乎。

听提①，先意承志，百顺百从。待要指出几个证来，挂一漏万，说不尽这许多，且只说一两个大来历的。

汉高祖是个皇帝老官，那样的英雄豪杰，在芒砀山中，连一个“白帝子”都拦腰斩断。那个老婆吕雉，便有多大的神通，在他手内，就如齐天大圣在如来手掌之中，千百个跟斗只是打不出去。像这样的皇帝，车载斗量，也不止汉高祖一个。

我朝戚太师②降得那南倭北敌望影惊魂，任凭他几千几万来犯边，只远远听见他的炮声，遥望见他的传风号带③，便即抱头鼠窜，远走高飞。真是个杀人不迷眼的魔王！怎样只见了一个言不出众、貌不惊人的令正就魂也不附体了？像这样的大将军，也不止戚太师一个。

有一个高谷相公往省城去科举，从一个村中经过，天色已晚，要寻一个下处，再四没处可寻。只见那合村男妇忙劫的不了，问其所以，都说：“这村中有一个乌大王的庙。这乌大王极有灵圣，每年今月今日，要合村的人选一个美貌女子，穿着的甚是齐整，用笙箫细乐、彩轿花红，送到庙里，与那乌大王为妻。那时正是乌大王成亲的吉日，所以合村之人，是男是女，俱要到庙中供应，所以没有工夫下客。”这相公闻知此事，说道：“待我也到庙中观看。”背了行李，走进庙中，只见庙中灯烛辉煌，酒筵齐备，一个十六七岁的美貌佳人先在那庙中伺候。大约有一更时候，乌大王将到的时节，众人俱渐渐的回避尽了，高相公自已一个走进廊下睡卧，且看果然有甚么乌大王走来。

须臾，鼓打三更，只听得飒飒风响，自远至近，渐到庙来，

① 听提——顺服、服从。
② 戚太师——明代名将戚继光。
③ 号带——号旗。

只见前边摆列着许多头踏①，又有许多火把纱灯；临后方是那乌大王，坐着八轿，穿着红袍玉带，戴着金幞头，由中门而入，大声说道："怎得庙中有生人气？必有奸细潜藏，与我细加搜简！"只见一个鬼怪，一脚跨进廊内，旋即缩退出来，禀道："有相公在内。"乌大王佯然不睬，竟到殿上。高相公也随即走到堂中，说："高某一介贫儒，赴省科举，路由于此。知大王今夕成亲，愿效宾相之力，以成佳礼。"那乌大王喜道："既是文人，愿藉为礼。"高相公将那赞拜、合卺、牵红、撒帐之仪，甚是闲雅。

礼成之后，乌大王与新夫人次序坐定，便让高相公隅坐俯觞。酒至半酣，高相公道："小生携有鹿脯，可以下酒，愿献之大王。"乌大王喜允。高相公从廊下取出鹿脯，携了匕首，席上大刀阔斧，将鹿脯披切开来，与乌大王随切随吃。高相公用心得久，眼看得专，趁乌大王取脯之时，将那匕首照着乌大王的手尽力使那匕首一刺，正中右手。乌大王嗡得一声，一阵狂风，不知所往。

高相公见乌大王与那班群妖诸怪绝无踪影，挑明了灯烛，将那余剩的杯盘从新的大嚼，一面问那女子的来历。他说是邻村庄户人家，一来也是轮该到他身上合做乌大王的夫人，二则也因是继母贪图众家的六十两财礼，情愿卖到死地，"今得相公救了性命，真是重生再长，感激不尽"！

高相公吃到五更将尽，只见合庄的男子妇人，都顶了香烛纸马，来与乌大王庆贺新婚。进得殿上，那还有甚么乌大王？单只有一个乌大王的夫人坐在上面，高相公坐在旁边。那新夫人的父母亲戚也都在内，问那乌大王的去向。那新夫人备细将那夜来之

---

① 头踏——指官吏出行时走在前面的仪仗队。

事告诉了众人。众人都一齐抱怨起来，说道：“这乌大王是我这几庄的福德正神，保护我们庄上风调雨顺，国泰民安。你怎将我们的尊神杀害？”且是那新夫人的父母埋怨道：“我的女儿已是嫁了乌大王，这乌大王即是我的女婿，你如何将我女婿杀了？况且这六十两聘礼，我已使去许多，那里得来赔补？”

众人都要打。那高相公道：“你这些愚人，我且不与你讲理。你们汹汹的要来打我，你们试想一想，那个乌大王，你们怕他如虎，情愿一年一个把自己的女儿都送了与他。我连一个乌大王都把他拿来杀了，叫他把这个女子都不敢领去，我岂是怕你们这些人的？你们快快的收了兵，不要惹我性起！我们大家跟了这条血迹去寻那乌大王，看他死与不曾。死了便罢，不曾死，爽利结果了他！”内中有几个省事的老人家说道：“这乌大王在我们这几个村中，轮流了每年要一个夫人，也有了十多年了。看来也不是个正神，必定是个妖怪。只是我们奈何不得他，只得受他的罢了。今得这位相公替地方除了这害，你们倒不知感，还要无礼起来，却是何道理？况且看这血迹，想是也伤得重了，我们作急的各人持了兵器，跟了这位相公，顺了血迹，自然寻着他的所在。”

那新夫人的爹叫是郎德新，母亲暴氏，一齐说道：“你们要寻乌大王，与我女儿同去。如乌大王尚在，还把女儿送了与他，这六十两财礼，是不必提了。如没有了乌大王，等我另自嫁了女儿，接了财礼，尽多尽少，任凭你们拿去，千万不可逼我赔你们的银子。”又是那几个老人家，一个叫是任通，一个叫是曾学礼，一个叫是倪于仕，三个都说那新夫人父母的不是，说道：“你收了六十两银子，卖那女儿，你原也不是人了。幸得你女儿不曾被乌大王拿得去，你该千欢万喜才是。你倒狠命的还要把女儿送到妖精手里，你也不叫是郎德新，你真是‘狼的心’了？”但这个婆子古怪得紧，人间做母亲，再没有不疼女儿的；怎么这个狠婆娘，只是挑唆汉子卖弃了儿女，是何主意？那新夫人郎氏一边啼哭，一边对众人哭道：“他若是我的亲娘，你们便与他六百两、六千两，他也舍不得卖我到妖精手里。他是我的个后娘，恨不得叫我死了，省了他的陪送，他如何肯不撺掇？”众人道：“原来如此！真真是有了后母就有了后父！”任通等道：“你女儿不消同去，你只管使那六十两银子，这女儿，我们另自有处，叫他得所。但与你恩断义绝，你两口子不要再来闲管！如今且不可误了正事，我们都去寻那大王，再作计较。”

众人也不下千数多人，都拿了长枪朴刀、朽弓败箭、短棍长镰、双叉扁斧。高相公寄放了行李，手执了匕刃。行了二十多里，寻到一座山上，深洞之中，里边睡着一个极大的雄猪，正在那里鼾鼾的掇气，见了一群人赶到，并了力猛然扑将出来。终是受伤太重，力量不加，被人一顿刺斫，登时死在地上。众人进他洞内搜寻，只是人骨如山，髑髅堆积。那连年取去的夫人，并无影响。那红袍是一领红草蓑衣，金幞头是一顶黄叶箬帽，白玉带是一条白草粗绳。

众人放了一把火，烧了他的妖洞，把那口死乌大王八个人抬回庄上，用扛称足足称了三百六十斤，剥了皮，把肉来煮得稀烂，攒出钱来，沽了许多酒，做的馍馍，请高相公坐了首位。倪于仕先开口说道：“郎德新受了银子，这女子已不姓郎，是姓‘猪’了。高相公从猪手里夺了回来，这女子也不姓‘猪’，却姓高了。我们主张众人做媒，就与高相公作妾何如？”众人都说：“极是！”那郎氏随即倒身下拜，称说：“若得相公收留，感恩不尽！”高相公说道：“我一贫如洗，尚无妻室，且说那纳妾的话？这不过是我无意中救人，何足挂意！”众人又再三撺掇，女子又再三不肯回他家去，高相公又不便带他同行。倪于仕家有寡母，将郎氏寄养倪于仕家，高相公中举回来，带了郎氏回去，成了夫妻。

谁知这郎氏见了乌大王，唬得魂不附体，见了高相公，就如阎王降小鬼一样。高相公当了乌大王，偏会一刀刺死，当了那乌大王降伏的夫人，抖搜成一块，唬得只溺醋不溺尿。若不是后来撞见了一个吃生铁的陈循阁老，替高相公把那夫人教诲了一顿，高相公几乎绝了血祀。但这样惧内的相公也比比皆是，不止高相公一人。从贵至贱，从上至下，可见天下那些红头野人，别再无人可伏，只有个老婆可以相制。

却说那狄希陈的为人也刁钻古怪的异样，顽皮挑仛①的倍常。若不是这个老婆的金箍儿拘系，只怕比孙行者还要成精。饶你这般管教他，真是没有一刻的闲空工夫，没有一些快乐的肠肚，他还要忙里偷闲，苦中作乐，使促掐，弄低心，无所不至。观他做小学生时节，连先生还要捉弄他跌在茅坑，这旧性怎生改得？年纪渐渐大了，越发机械变诈，无所不为。做秀才的时候，同了学官出到五里铺上迎接宗师，都在一个大寺等候，他悄地的把教官的马一蹬一蹬的牵到那极高的一座钟楼上面。宗师将近，教官正待乘马前迎，再四找寻，不见了那马。门斗寻到钟楼之上，那马正好站在那里。谁知那马上楼还见易，下楼却难，只得费了许多的事，雇了许多的人，方才把那匹马捆缚了四脚，扛抬得下来。那马又捆得麻木了四足，不能即时行动，宗师又来得至近，教官只得步行了数里。遍查不着这个牵马的人，谁知是这狄希陈的作用。

---

① 挑仛（tà）——即佻仛，轻薄放恣。

一日，往学里去，撞见一个人拿了一篮鸡蛋卖，他叫住，商定了价钱，要把那鸡蛋见一个清数，没处可放；他叫那卖蛋的人把两只手臂抄了一个圈，安在马台石顶上，他自己把那鸡蛋从篮中一五一十的数出在那人手抄的圈内，他却说道："你在此略等一等，我进去取一个篮来盛在里面，就取钱出来还你。"他却从东边学门进去，由西边棂星门出来，一直回到家中。哄得那卖鸡蛋的人蹲在那里，坐又坐不下，起又起不得，手又不敢开，叫那些孩子们你拿一个飞跑，我拿一个飞跑，渐渐的引得那教花子都来抢夺。只待得有一个好人走来，方替他拾到篮内。

城里边有一座极大的高桥，一个半老的人，挑了一担黄呼呼稀流薄荡的一担大粪，要过桥来。他走到跟前，一把手将那挑粪的人扯住，再三叫他放了粪担，说道："我见你也有年纪了，怎挑得这重担，过得这等的陡桥？你扯出担子来，我与你逐头抬了过去。"那人道："相公真是个好心的人，甚是难为。但我这桥上是寻常行走的，不劳相公垂念。"狄希陈说："我不遇见就罢了，我既是遇见了，我这不忍之心，怎生过得去？若不遂了我这个心，我觉也是睡不着的。'老者安之'，我与你抬一抬，有何妨碍？"不由那人不肯，替他扯出扁担，安在筐上。那人只得合他抬了一筐过那桥去。他却说道："你在此略等一时，我做一点小事便来。"抽身而去。哄得那人久候不至，弄得两筐大粪，一在桥南，一在桥北，这样臭货，别又没人肯抬，只得来回七八里路，叫了他的婆子来抬过那一筐去，方才挑了回家。

夏月间，一个走路乏了的人睡在他门口的树下。他见那人睡得浓酣，轻轻的使那小棒抹了稠稠的人屎，塞在那人的鼻内。那人从梦中被那大粪熏醒转来，东看西看，南嗅北嗅，愈抽愈臭，那晓得人屎却在他鼻孔之中。

学里先生鼻尖上生了个石疖，肿痛难忍。他看见说道：“这鼻上的疖子有一样草药，捣烂了，敷在上面，立刻取效的，如何不治他一治？”学师道：“草药是甚名字？好叫人寻来。”他说：“门生家极多，门生就合了送来。”走回家去，把那凤仙花，恐怕那红的令他致疑，故意寻那白的，加了些白矾在内，捣烂了叫他敷在上头，就如那做弄程乐宇故智，染得个学师的鼻子紫胀得那像个准头，通似人腰间的卵头一样，晓得是被他将凤仙花来哄了。学师差了门斗与他说道：“狄相公送的敷药敷上，甚是清凉得紧，肿也消了十分之七，疼也止了。还求些须，爽利除了根，设酒总谢相公哩。”狄希陈口里答应，手里捣那凤仙花，心里想道：“人说凤仙花不论红白，俱能染上红色，原来却是瞎话。”捣完，交付门头去了。次日，学师又差了门斗说道：“第二剂药贴上，即时全愈，师爷甚是知感，特备了一个小酌，请相公过去一坐。”狄希陈心中暗道：“虽然不曾捉弄得他，吃他一席酒，又得了这个单方，也不枉费心一场。”那门斗的“请”字儿刚才出声，狄希陈的“去”字儿连忙答应。换了一件新衣，即随了门斗前去。到了明伦堂上，门子说道：“相公在此略候一候，待我传请师爷出来。”

须臾，门子从里出去，又叫两三个门子进来，把仪门两角门都紧紧的关了。狄希陈也便有些疑心，问道：“如何大白日里关了门则甚？”门子道：“师爷的席面是看得见的东西，再要来一个撞席的，便就‘僧多粥薄’，相公就吃不够了。”说话中间，学师从里面走将出来，狄希陈看见那学师的脸上血红的一个鼻子，情知这番捉弄不着，惹出事来了。学师道：“你这禽兽畜生！一个师长是你戏弄的？你却拿凤仙花染红了我的鼻子，我却如何出去见人？你生生的断送了我的官，我务要与你对命！”叫门子抬过凳来，按翻凳上，时在初秋天气，还穿夏裤的时候，二十五个毛竹大板，即如打光屁股一般。打完，分咐书办，做文书申报学道。狄希陈方才害怕，苦死央求。学师只是不允。直待狄员外备了一分极厚的重礼，自己跪央，方才歇手。虽然使肥皂擦洗，胰子退磨，也还告了两个多月的假，不敢出门。既是吃了这们一场大亏，也该把那捉弄人的旧性改了才是。谁知那山难改、性难移，“外甥点灯，还是照舅”。

却说狄希陈有一个同窗叫是张茂实，素日与狄希陈彼此相戏。张茂实的妻家与狄希陈是往来相厚的邻居，没有丈人，止有丈母。张茂实的媳妇叫是智姐，狄希陈从小原是见过的。张茂实不曾娶智姐过门的时候，狄希陈时常与张茂实取笑，说与智姐常常苟且。虽是相戏，也未免说得张茂实将信将疑。及至智姐过了门，成亲之夜，确然处子，张茂实倒也解了这狐疑。

一日，夜间大雨，清早开门，智姐的母亲在大门上，看了人疏通阳沟，狄希陈也站在自家门口，相对了智姐的母亲说话，彼此说起夜间的大雨。智姐的母亲说道：“后晌还是晴天，半夜里骤然下这等大雨，下得满屋里上边又漏，下边又有水流进来。闺女接在家中，漏得睡觉的所在也没有，只得在一合糜案①上边睡了，上边与他打了一把雨伞，过了半夜。方才送他回家去了。”狄希陈听在肚里，恰好风波将起，事有因由，天晴了，狄希陈往园里去，劈头撞见张茂实走过，两个相唤了，也说下了这般骤雨。狄希陈随口应道：“正是，我与你媳妇刚刚睡下，还不曾完事，上面漏将下来，下边水又流到床下。你丈母替我们支了一合糜案，上边张了一把雨伞，权睡了半夜，送得你媳妇去了。”张

① 糜案——做粘米面饽饽用的案板。

茂实想道："媳妇果然是昨日娘家接去，今早送回，一定是他看见了，故意取笑。"也不放在心上。及至回去，智姐张牙暴口的呵欠，张茂实道："你夜间难道不曾睡着？这样的磕睡困倦。"智姐道："谁睡觉来？上面又漏，下边流进满地的水来，娘只得支了一合糜案，上边打了一把雨伞，蹲踞了半夜，谁再合眼来？"

张茂实这个蠢材，你却也该忖一忖量，妻子平日果否是这样人，再备问个详悉，动粗也不迟。他却不察来由，只听见这上漏下水、糜案打伞，合着了狄希陈的瞎话，不由分说，采将翻，拳舂脚踢，声声只叫他招承。

这智姐从小娇生惯养，嫁与张茂实，拿着当刘瑾的帽顶一般看待，一霎间，这等摧残起来，张茂实惟恐当真做了忘八，看看打成人命。张茂实的母亲说道："'拿贼拿赃，拿奸拿双。'你又不曾捉住他的孤老，你活活的打杀了媳妇，这是要偿命的！"张茂实把狄希陈与智姐两个的话告诉得分明，智姐方晓得是这个缘故。张茂实母亲道："既然事有实据，你越不消打了，快着人去唤了你丈母来，三对六面的审问，叫他没有话说。"

张茂实方才歇手，哄了智姐的母亲来到。跨进门来，看见智姐打得三分似人、七分是鬼，皇天爷娘的叫唤起来。张茂实骂道："老没廉耻！老囗拉！你叫闺女养汉挣钱，你也替他盖间房屋，收拾个床铺，却如何上边打着伞，下边支着糜案就要接客？孤老也尽多，怎么偏要接我的同窗？"那丈母照着张茂实的脸"唠"的一声，吐了一口道："见鬼的小忘八羔子！这一定是狄家小陈子的枉口嚼舌！这是我清早看着人通阳沟，他在他门口站着，我对他告诉的，他就绰了这个口气来起这风波！你且消停，我合那短命的算了账，再来与你说话不迟！我叫你这贼杂种一家子与我女儿偿命不过！"他连忙回到家中，寻下了一根不大不小又坚又硬的榆棍，安在手边，叫人只说是要与人成一宗地，央狄相公过去看看文书。狄希陈原是平日走惯的，绝不想到这里。

这小智姐的母亲把狄希陈让到里面，关了中门，埋伏下女兵，棒椎一响，伏兵齐出，一边省问，一边捶楚。狄希陈自知罪过，满口求饶，打得“不亦乐乎”，方才放了他回去。狄员外问他所以，他回说：“我与同窗张茂实顽了两句，他护他的女婿，他把我哄到他家，一大些老婆齐上，打得我甚是狼狈。”狄员外虽是疼护儿子，想道：“断乎有因，待我自已到他家里问他个始末根由。”方到门口，只见张茂实的丈母怒狠狠的出来，要往女婿家去相打，见了狄员外站住，一一告诉。狄员外只是满口求情，并没有护短之意。

却说智姐的母亲复翻身跑到张家，扯住张茂实，碰头磕脑，挝脸挠腮，要扯他同到狄家对命。当不得张茂实的母亲贤惠，满口说他儿子的不是，再三向了亲家母面前伏礼，智姐的娘也便纳住了气，同了张茂实来到狄家。狄员外恐怕张茂实又来相打，藏住了狄希陈不叫出来，只是自家认罪。张茂实道：“我与狄大哥相好的同窗，原是顽戏惯的，只是他说的甚有的据，媳妇无心说出话来，又一一相同。你只叫出狄大哥来，同了我丈母叫他自已说是怎的。”

狄员外只得把狄希陈叫得出来，张茂实见狄希陈被他丈母打得鼻青眼肿，手折腿瘸，从里口拉着走将出来。见了张茂实，骂道：“你这痰杭杭子！你无般不识的雌着牙好与人顽，人也合你顽顽，你就做弄我捱这一顿打！你不是个人！”张茂实道：“我倒做弄你？你几乎做弄我打死媳妇，这人命也还定不得是有是无哩！”狄员外道：“你这畜生！合人顽也要差不多的就罢，岂可顽得这般着相？你既说得甚有凭据，张大嫂无意中说得与你的话又相投，怎怪得张大哥疑心？只是张大哥该察一个详细，不该冒冒失失的就行起凶来。这再没有别说，只是我与林嫂子再三陪礼，央林嫂子转劝令爱，不要着恼。陈儿也被林嫂子打了这等一顿，也偿得令爱的恨了。趁我在此，张大哥过来，你也与令岳母陪个礼，大家和好如初，别要芥蒂。”

张茂实果然与他丈母磕头礼拜了一顿。他的丈母倒也罢了，只是智姐嚎天痛哭，上吊抹头，饭也不吃。自己的母亲与婆婆再三劝解，同张茂实三个轮流昼夜看守，直足足的奈何了二十多日，方才渐渐的转头。张茂实还齐整摆了酒与他丈母媳妇递酒赔话。亏不尽打的那日，张茂实的母亲只是说儿子的孟浪不是，并不曾挑唆起事，所以智姐也还可忍耐。但吃了狄希陈这场大亏，后来曾否报复，且再看后回结束。

第六十三回

智姐假手报冤仇　如卞托鹰惩悍泼

世路原宽，恶趣偏逢狭道，无那伤心图必报。谁知轵里①人来到，借他刚剑，洒却吾怀抱。　　正得意徜徉，灾星突照，刑具备尝仍比较。幸有旁人相借箸，得脱解囹圄，有绣房飞鹞。

右调《锦缠头》

狄希陈被智姐的母亲林嫂子痛打了一顿，头一日还扎挣得起，到了第二三日，那被伤的所在发起肿来，甚是苦楚，不能行动。素姐着实畅快，说道："这伙尖嘴薄舌专好讲人闺门是非的汉子，怎得俱撞着这样一个林嫂子见教一场才好！相于廷专好使嘴使舌的说我，不知几时着了我手，也是这般一顿，方才解我积恨！"于是狄希陈睡在床，素姐不惟不为看顾，那打骂也还时常不断。智姐也被张茂实打得狼狈，卧床不起。幸有张茂实再三认错，满口赔礼，加意奉承，用心将养，智姐倒只有三分恼那老公，却有十二分狠狄希陈的做弄，千刀万剐，咒死骂生，茶饭中不住口，睡梦中不歇声，咒得那狄希陈满身肉跳，整日心惊，面热耳红，不住涕喷，那知都是智姐作念。过了几时，智姐当不起那丈夫自怨自艾，请罪负荆，渐渐消了积怒。世人曾有四句口号说得好：

夫妻没有隔宿怨，只因腰带金刚钻。

① 轵（zhǐ）里——战国时聂政的故乡。

走到身上三扑辣，杀人冤仇解一半。

所以夫妻和睦如初。狄希陈也久已平复，与张茂实两个依旧相好。

再说张茂实读书不成，收拾了本钱，要做生意。见得有一个亲眷，叫是宋明吾，原是卖水笔宋结巴的儿子。穷得度日不过，宋明吾的媳妇却卖了与人为妾。买他媳妇的那人，姓孟，号赵吾，邻邦新泰县人，是个纳级①的指挥使。这宋明吾挟制那孟指挥是个有禄人员，等他娶过门去，晚间孟指挥正待成亲，这明吾骑了孟指挥的大门，一片声的村骂。这孟指挥若是个有见识的人，为甚么拿了钱娶这活汉妻做妾？既是前边失了主意，待他来骂的时候，舍吊了这几两财礼，把这个老婆白叫他将了回去，这也就消弭了祸端。不意又被那宋明吾的一班伙党作刚作柔的撮合，故意讲和，又与了他四两银子。刚刚睡得两夜，十六日放告的日子，叫他在巡道手里尖尖的告上一状，说他奸霸良人妇女。巡道准了状，批在县里。那县官甚是明白，审出真情，把宋明吾问了招回徒罪，解道覆审。

这孟指挥晦气已来，宋明吾邪运将到。孟赵吾自己是个指挥，又道是供明无罪之人，戴着罗帽，穿了屯绢摆衣，着了皂靴。那巡道是个少年甲科，散馆的给事中转外，正是一团火烈的性子，见了这样妆扮，怒发冲冠，叫人扯毁衣裳，剥脱靴帽，把一部扭黑的胡子挦的干净，问了先奸后娶。除断还了那老婆，又断了三十两的宿钱给主，问革了指挥，重责了四十大板，登时弄得身败名灭，家破人亡，仅能不死。

宋明吾把老婆叫人睡了几日，通常得了三十八两老银，依然

---

① 纳级——指用钱捐官。

还得了个残生的淫妇。把这断来的银两拿了，竟到南京顿了几件漆盒、台盘、铜镜、铁锁、头绳、线带、徽扇、苏壶、相思套、角先生之类，出了滩，摆在那不用房钱的城门底下。这样南京的杂货原是没有行款的东西，一倍两倍，若是撞见一个利巴①，就是三倍也是不可知的。又兼他财乡兴旺的时候，不上几年，在西门里开了一座南京大店，赚得钱来，买房置地，好不兴喧。

这张茂实每日在那镇中闲坐，百物的行情都被看在眼内，所以也要做这一行生理。收拾了几百银子，独上南京，回来开张贸易，不必细言。

且只说南京有一个姓顾的人家，挑绣的那洒线颜色极是鲜明，针黹甚是细密，比别人家卖的东西着实起眼。张茂实托了在行的店主买了一套鲜明出色的裙衫，带了回家进奉那细君，做远回的人事，寻了善手裁缝做制精洁。次年元宵佳节，智姐穿了那套得意的衣裳，在那莲花庵烧香，恰好素姐不因不由的也到庵中。因是紧邻之女，又是契友之妻，都认识的熟，二人欢喜相见。住持的白姑子让二人方丈吃茶。

素姐看见智姐的顾绣衫裙，甚是羡慕。智姐想起去年被狄希陈做弄，打了一顿，怀恨在心，正苦无路可报，眉头一蹙，计上心来，说道："狄大嫂，你的衫裙做出不曾？怎还不见穿着？"素姐道："这一定是张大哥自己到南京定做的。我那得有这等的衣服！"智姐道："我家又素不出门，那晓得有这华丽的衣服？这还是狄大哥说起南京有这新兴的顾绣，与了八两银子，叫我家与他捎了一套，与这是一样花头，一般颜色。到家之时，把这两套裙衫都送与狄大哥验看，这是狄大哥拣剩的。狄大嫂，你如何说是

---

① 利巴——即"力巴"，外行。

没有?”素姐不听便罢，听得这话，真是“怒从心上起，恶向胆边生”，不肯久坐，辞了智姐回家。智姐知他中计，也便辞了白姑子回去，只是“眼观旌捷旗，耳听好消息”。

却说素姐回到房中，叫小玉兰各处寻那狄希陈不着。素姐自己走到他的书房，翻箱倒柜，无所不搜，幸得不曾搜出甚么细密东西。只拿了几封湖笔，要去画样描鞋。又将那大部的《太平广记》拿了几本，算计插针夹线。房中寻下一切刑具，专候一个受苦受难的陈哥到家，便要三推六问。狄希陈正从外面回来，浑身肉颤，两眼如梭，刚刚跨进大门，一个铁嘴老鸹飞在上面，连叫数声，一泡大屎拉在头上，淋漓了一巾。进到自己院内，一个蜘蛛大网，不端不正罩在面上，他也晓得是要晦气临头。及至进房，那个女阎王已是在那里磨拳擦掌，专等施行。狄希陈看见娘子的气色不善，三魂去了六魂，五魄去了十魄。素姐说道：“你南京捎来的顾绣衣裳，放在何处？你不与我，更与何人？你快快拿出来便罢！可是孙行者说的有理：‘你若牙崩半个不字，我叫你立刻化为脓血！’”

狄希陈虽是生长富家，却是三家村的农户，除了银钱，晓得甚么叫是顾绣，三头不辨两，说得像个挣头鸭子一般。素姐将狄希陈肩膊上两三棍，骂道：“你还不快快的与我？还要故意妆这忘八腔儿！”狄希陈道：“甚么叫是顾绣？可是甚么东西？你详细说个来历，好叫我照了路分寻思。你这凭空打个霹雳，我还不知是那里响哩！”素姐着实又是几下，骂说：“你蛇钻的窟窿蛇知道，叫我说个来历！你那八两银子可是原与了何人，你央何人买来，两套之内你拣的那一套，你或见放在何处，或是与了你娘，或是与了你那个奶奶，或是姑姑、妹妹、姐姐、姨姨、大娘、婶子，你可也说个下落。像个秦贼似的，没的我就罢了？你要不说，我还使铁钳子拧下你的肉来！你一日不拿出来，我监你一日！你十日不拿出来，我监你十日！你那妗子又一时到不得跟前，没人救你。”狄希陈道：“你是奶奶人家，你只可怜见，明白的说了，我照样买给你罢。”素姐道：“我只要那南京捎来的原物，我不要另买的！”一边把那书房里拿来的湖笔，拣了五枝厚管的，用火箸烧红，钻了上下的眼，穿上一根绳做成拶指，把狄希陈的双手拶上叫他供招，拶得狄希陈乔声怪气的叫唤。又使界尺把拶子两边敲将起来。狄希陈道：“是我买得来了，我放在一个所在，你放了我，待我自己去取来与你。”素姐道：“你是哄我放你？你说在那里，我叫玉兰去取。如果见在，我放你不迟。你若是谎话，我又另用刑法。”

狄希陈本等不曾买甚么顾绣，你叫他从那里说来？可怜诸般的刑具受过，无可招成，果然晚间依旧送在那前日的监内，晚夜捆在那凳上，权当柙床。那正月中旬的天气，尚在七九的时节，寒冷是不消说的。前次尚半饥六饿的与他饭吃，这番连牢食也断了他的。狄员外只是极得碰头磕脑的空躁，外边嚷叫，他只当是不闻。这般一个泼妇，又不敢进他房去。调羹是他降怕了的败将，只看见他就夹了尾巴飞跑。这素姐又甚是恶毒，一日一比，也就打得身无完肤。狄员外着了极，只得去央薛夫人来解救。薛夫人听见诧异，不敢深信，只得自来狄家看望。进他房去，果然狄希陈蓬了头、垢了面，真像个死罪重囚一般。薛夫人见了好生不忍，连忙叫狄希陈出来。谁知这个软监，虽没有甚么虎头门，谁知比那虎头门更自严谨，不奉了这个女禁子素姐的监牌，一步也是不敢动的。

先是薛夫人也还壮健，又有薛教授这个老板，他还有些怕惧。如今薛夫人老憋的①话也说不明白，又没了薛教授，那龙氏

---

① 老憋的——形容非常衰老。

亦因没了薛教授的禁持，信口的把个女儿教道，教得个女儿如虎添翼一般，那里听薛夫人的解劝，还拿那言语冲撞薛夫人，说道："人家两口子的事，那要做丈母的闲管！早是你这般护他，何不当初你嫁了他不好！"把个薛夫人气的只要昏去，使性回家对了薛如卞兄弟并龙氏三个告诉素姐这些恶行。薛如卞与薛如兼只是低了头不应。只有龙氏哓哓的说道："他小两口合气，你老人家原不该管他。使十来两家银子捎了衣裳来，不给媳妇儿，给了别人，这还怪媳妇儿打么？"薛夫人瞅了他两眼，也没理他罢了。

却说薛如卞低了个头，在他那房门口走来走去的不住，像心里想甚么的一般。原来素姐从小只怕鹞鹰，但凡行走，必定先要在那头上看得四下里没有鹞鹰飞过，方敢走动；如正走中间，猛然一个鹞鹰飞过，便就双睛暴痛，满体骨苏，就要大病几日。薛如卞密密的寻了一只极大的苍鹰，悄悄拿到狄家，背地后交与狄周媳妇，叫他不要与人看见，只等素姐与玉兰不在房里将这鹞鹰暗自放在他的房中，不可令人知道。狄周媳妇岂是喜他的人，果然，将那鹞鹰藏过，也与调羹说了，只不晓得薛如卞是何作为。

等了一会，素姐果然叫玉兰拿着草纸跟了去上茅厕，狄周媳妇慌忙将那鹞鹰使衣服遮了，走到素姐门口，只见门是掩的，狄周媳妇把他房门推了一条缝，将衣裳遮的鹞鹰从门缝里放在他那房内，仍旧把房门与他关得严紧，真是神鬼不知。须臾，素姐解手回来，小玉兰推进门去，只见一个簸箕大的鹞鹰在房里乱飞。玉兰才叫得一声"哎哟"，素姐也刚跨进门去，那鹞鹰照着素姐劈脸一翅，飞出门去，唬的素姐锥的一声酥倒在地，去了三魂，散了九魄，一些不省人事。

玉兰喊叫起来，狄周媳妇合调羹都连忙跑来，见素姐焦黄了脸，睡在地上，做声不出，问是怎么缘故。玉兰说："我跟了姑茅厕回来，一个鹞鹰在屋里乱跳，我唬得叫唤了一声。俺姑才待进去，那鹞鹰照着俺姑的脸一翅子，飞出去了。"狄周媳妇道："鹞鹰见开着门，屋里没有人，是待进屋里偷东西吃。怕他怎么？就唬的这们样着！"玉兰道："那里开着门来，关得紧紧的。"狄周媳妇道："你回时这门还是关紧的么？"玉兰道："可不这门还是关的哩。"狄周媳妇合调羹道："这也古怪！若是个小雀儿，或者是打窗户棂子或是门槛子底下进去的。这鹞鹰比鹅还大，可是从那里进去的哩？就是个鹞鹰罢呀，怕他怎的？"玉兰道："俺姑极怕鹞鹰，只见他一遭，眼珠子疼好几日，身上也不好一大场哩。"正乱哄着，素姐才还省过来。狄周媳妇扶他上在床上，只是叫头疼眼痛，身上酥麻。到了这等乱轰，狄希陈坐在那床头的监里，声也不敢做，张也不敢探出头来张一张。

次日，素姐越发病得沉重，卧房里边平日害怕的一个鹞鹰飞出，也自觉甚是害怕。狄家叫人去请薛夫人来看他。薛夫人道："我还少欠他的顶撞，再自家寻上门去？任他怎病，我是再不上他门的！"龙氏道："既是娘不肯去，我去看他看罢。"薛夫人道："小老婆上亲家门去，你不怕人轻慢，只管请行，我不管你！"龙氏喃喃呐呐的道："怎么？大老婆头上有角，肚下有鳞么？脱不了小老婆长着个屄，没的那大老婆另长的是吊！开口就是小老婆长小老婆短的哩！不叫我去，罢！我叫他弟兄们去看他！"着人唤了薛如卞三弟兄来到，说叫他去看素姐。薛如卞道："甚么贤惠姐姐！公爱婆怜，丈夫尊敬，我们做兄弟的走到那里，大家都见了欢喜，我们去了也有光彩。如今把一个丈夫囚禁在房，致得那公公在愁城里边过活，我是没有面目去的！"薛夫人道："你们小伙子的脸厚，怕怎么的？你们看他看去。"

薛如卞依了母命，走到素姐房中，只见素姐奄奄一息，病卧床中，问素姐道："姐姐是因怎的就害起病来？"素姐把那房中飞鸮鹰劈脸打了一翅的事告诉了一遍。薛如卞大惊诧异道："怎便有如此等事！"着实嗟叹起来，意要流出几点眼泪，方可感动得他，心生一计，把他父亲想了想，不觉伤痛悲酸。素姐问道："你听见鸮鹰飞进房来，就这样换惶，是为怎么？"薛如卞道："我不为怎么。"口里说道，眼里还流痛泪。素姐说："你一定有话说，你好歹与我说了便罢。"

薛如卞只是待言不言的，薛素姐又只管催逼。薛如卞道："我不忍合姐姐说。我只见古本正传上说：'凡鸮鹰进房，俱是家亲引领外鬼，要来捉人魂灵，不出一月，便有死亡。'我因此痛忍不过，所以心酸。"素姐害怕道："那书上曾说也还可救么？"薛如卞道："那书上记的极多，只有一个唐肃宗的皇后，叫是张良娣，曾有鸮鹰飞进他宫去。叫钦天监占验是何吉凶，那钦天监奏道：'这是先皇合皇太后因娘娘欺凌皇上，不孝祖宗，所以带领急脚鹰神，来取娘娘的魂魄。'张娘娘着实悔过，追思从前的过恶，在宫中佛阁前观音大士脚下忏悔罪愆，再也不敢欺凌夫主，许诵一万卷《药师佛经》。当晚得了一梦，说这欺凌丈夫合这不孝的大罪终不可赦，姑念改悔自新，彻回急脚鹰神，姑迟十年，再差内臣李显忠行刑显戮。就只这张娘娘还活了十年，别再没有活的之理。"素姐道："虽是你姐夫，我管教的略也严些，也还不算甚么难为他。就是公公婆婆，我骂几句也是有的，我也并没曾动手。倒是俺婆婆还打了我一顿鞭子，我不过咒了他些，我连手也没敢回。似我这样的媳妇儿也就罢了，没的就叫是堕业？"薛如卞道："那神灵看的真，咱自家做的不觉。姐姐，你快快祷告忏悔，务要挽回过来！咱姐弟四个人，若姐姐有些好歹，叫俺们怎么过？"素姐说："俺公公是不敢惹我的，我倒合他平似交儿。俺婆婆又没了，这是越发清净的。只是你姐夫，我不知怎么，只是恼他！”薛如卞故意说道：“俺姐夫已不是人了，你只合他一般见识，是待怎么？这鹞鹰飞进卧房，我曾合他在书房里看那书上，他岂不知是极凶极怪的事？你是个人，可也该急速祈祷才是。怎么姐姐这们病着，他连守也不守，竟往别处去顽？这还有人气哩！姐姐，你只管合他一般见识哩！”素姐道：“他倒也没往别处去顽，我监着他哩。”薛如卞道：“怎么监着他？监在那里？”素姐道：“我这床脚头帘子里不是监么？”薛如卞一边说道：“瞎话！待我看看。”一手揭开门帘，只见狄希陈蓬头垢面，真像个活囚相似，坐在地下。

薛如卞认了一歇，道：“呀！原来果真是俺姐夫！怎么这般模样？”叫他出来。他那里敢动，使手只指素姐。薛如卞问素姐道：“这是怎么话说？”素姐说：“这就是我监禁他的牢。也罢，既是神灵替你做主，你且出来罢。”狄陈希得了这句分付，方才敢从床脚后挪出帘来，到了亮处。薛如卞看了甚是惨人，又见他双眼血红，问说：“是害眼么？”狄希陈不敢答应。素姐说：“是我使烟薰的。”薛如卞问道：“夜间还放出来睡觉么？”素姐说：“你见那监里的犯人放出家里去睡觉来？我每夜把他上在柙上。”薛如卞问说：“柙在那里？”素姐说：“就是这天井里那条板凳，叫他仰在上面，把手反绑在板凳底下，再用三道绳子紧紧的捆住。他还敢动得哩！”薛如卞问说：“他却怎么吃饭？”素姐说：“每日给他两碗饭吃，搭拉着他的命儿。”薛如卞问说：“却怎么解手？”素姐说：“递个破盆子与他，叫小玉兰替他端。”薛如卞问说：“这监够几日了？”素姐道：“怕不也有十来个日子。”薛如卞又问：“狄大叔就不寻他么？”素姐说：“他只好干疼罢了，他也不敢来我这太岁头上动土。”

薛如卞想到狄希陈这等受苦的田地，不由得当真哭道："姐姐没怪。我看你如此狠恶，天地鬼神都是震怒，特遣鹰神拿你，这断然忏悔不得的了！我合你姊弟分离只在目下。疼死我也！"素姐道："好贤弟！我与你同父一母所生，你千万寻法救我！我自此以后，我也不骂公公，我也不再凌虐丈夫，你只是与我忏悔。"薛如卞道："这只得请了三官庙陈道士来，叫他替姐念《药师经》，再三祈祷，央姐夫也替姐姐告饶。"素姐道："三官庙陈道士一个男人家，我怎好自己参佛拜忏的？咱请了莲华庵白姑子来。一个女僧，我好守着他念经，倒甚方便。"薛如卞道："白姑子不知会念《药师经》不会？"素姐道："这《药师经》是他久惯念的，他怎么不会。"薛如卞道："既是白姑子会念，倒也甚便。"素姐道："兄弟，你就合他去讲讲，得多少日子？用甚么供献？咱好预备。"薛如卞道："姐姐，你另叫人合他说罢，我合白姑子极划不来①。年时，我往他庵里走走，他往外撵我，叫我臭骂了一顿，到如今，我见了他连话也不合他说句。"素姐道："你不去？罢，我着薛三省媳妇子请他去，你到家就叫他来。"一边叫小玉兰舀水来与狄希陈洗脸，又叫他梳头，戴了巾帻，穿了道袍，穿着齐整，从新与薛如卞作揖。

素姐又告诉狄希陈偷叫人往南京捎买顾绣衣裳，不拿到家来，不知与了谁去："我倒也不图穿那件花皮，只怕他养女吊妇的，不成了人，所以只得管教他过来。那里知道偏心的神灵爷，倒说我有不是了。像这们使十来两银子，不给自己媳妇穿，给了婊子，就不是我这们性子，换了别人，就是监不成，只怕也要打几下子哩。"薛如卞勉强为救狄希陈，合素姐说了些不由衷的假

---

① 刬不来——合不来。

话。调羹合狄周媳妇方知薛如卞叫他送鹞鹰进去，原是为这个缘故。见果然放了狄希陈出监，又要请姑子念经忏悔，说报与狄员外知道。狄员外感之不尽，谢之有余，叫厨房快整杯盘留薛如卞吃酒待饭，搬到素姐卧床桌上，狄希陈主席陪座。

狄希陈见素姐与了一二分温柔颜色，就如当初安禄山在杨贵妃宫中洗儿的一般的荣耀，不惟绝无愁怨之言，且并无惨沮之色。这岂不是前生应受的灾愆？薛如卞口中不言，心里想道："一个男子，到这等没志气的田地，真也是顽顿无耻！死狗扶不到墙上的人，怎怪得那老婆恁般凌辱！"倒替他坐卧不安，勉强吃了些酒饭，辞了素姐起身。狄希陈送他出来，请见了狄员外，狄员外谢那薛如卞千万不尽。见了狄希陈，狄员外就如重生再见的一般欢喜，狄希陈却恬不介意。薛如卞仍到客位里坐了一会，献过了茶，方与狄员外作别回家。果然叫了薛三省媳妇来见，素姐叫去莲花庵请白师傅到家，有要紧事与他商量。薛三省娘子不敢怠慢，随即到了莲华庵中，恰好白姑子不在家里，往杨乡宦宅里宣卷去了。

薛三省娘子来家回话，素姐见白姑子不曾请来，发了一顿暴躁，说薛三省娘子没用，该到杨家请他，赌气的叫狄希陈自去敦请。狄希陈道："他在杨家内宅里边宣卷，我如何好进得去？我又合他家不甚熟识，这天已将晚，不如等他晚上回庵的时节，我自去请他来罢。"素姐大怒，一谷碌爬将起来，掐着狄希陈的脖子，就往那床脚后监里边推，骂道："我要你这囊包杂种做甚！你不如还往监里坐着，免得我像眼中丁一般生气！"薛三省娘子道："姐姐！快休如此！你想请姑子念经，是为甚么来？你还是这般性子！"素姐听说，方渐渐的消下气去，免了狄希陈坐监。看天色也将次晚上来了，薛三省娘子仍往莲华庵去请那白尼姑。至于来与不来、如何念经、如何忏悔，素姐果否改恶从善，俱在下回再为接说。

第六十四回

薛素姐延僧忏罪　白姑子造孽渔财

恶人造孽眼无天，贯满灾生法网悬。展转脱身逃不去，馈央乡宦许多钱。屈作直，白为玄，是非淆混倒成颠。竿牍一函才递进，问官情面自周旋。菩萨持公道，阎王秉大权。虚灵正直无私曲，那个奸僧敢乱传？若使牒文通得到，发断阿犁一万鞭！

薛三省娘子复到莲华庵中，待了不多一会，只见白姑子领着徒弟冰轮合杨家一个觅汉，挟着一大篮馍馍、蒸饼，同到庵中。见了薛三省娘子，打问讯行礼。薛三省娘子道了来意，白姑子道："若说狄大嫂请我，我极该就去。前向同张大嫂来庵里与菩萨烧香，好个活动的人，见了人又喜洽，又谦和，可是一位好善的女人。但他的兄弟薛相公，我合他有个嫌疑，只怕到那里撞见，不好意思。你到家问声，有甚么分咐，差人来庵里说罢。"薛三省娘子道："这是俺姐姐请你，各门另户的，有甚么碍处？你只管去不妨。俺家有三位哥哥，不知是那一个得罪与你？是为甚么起的？"

白姑子道："是你家的大相公，还合一位朋友，到我庵中，我正叫了个待诏剃头，我流水叫徒弟看茶与他吃了。我才剃完头，叫那剃头的与我取取耳。正取着，他一声骂那剃头的：'贼光棍！贼奴才！这们可恶！你快快的住了饶打！'把个剃头的骂的挣挣的说：'我怎么得罪来，相公就这们破口的骂我？'他说：'可恶！你还强嘴！我平生最恼的是那按着葫芦抠子儿的人，你为甚么拿着把小杓子掏那葫芦？'叫我又是那笑，又是那恼，说：'该他甚么事？我为这两个耳朵聋聋的，叫他替我掏掏，又是按着葫芦抠子儿哩！'我就只说了这两句，没说完，他就秃淫秃歪的掘了我一顿好的。亏不尽那位同来的相公劝得他去了。从这一遭，他再也没来。我路上撞见，通常没合他作揖。"薛三省娘子道："原来为这没要紧的事！你只管到那头，由他。他不往那头去，撞不见，就撞见，可这本乡本土的人，说开了话罢，这是甚么深仇么？咱同走罢。"

白姑子道："我本待不去，难为你这等请得紧。你先去着，我等明早自家到那里合狄大嫂说话罢。"薛三省娘子道："这能几步子地哩？咱如今去走遭罢。"白姑子道："好嫂子！这天多咱了？你俗人家黑晚的街上走就罢了，像俺这出家的女僧，夜晚还在街上，叫那光棍挟制着，不说是养和尚，就说养道士，降着，依了他，还挤你个精光哩！如今咱这明水镇上还成个世界哩！"薛三省娘子道："不怕！你跟着我走，没帐，没帐！撞见光棍，有我照着他哩。我要不使的他发昏致命、软瘫热化的不算！"白姑子被薛三省媳妇缠绕不过，只得叫徒弟看了家，两人同往狄家前进。来到门口，将好掌灯时候，进到素姐房中，见素姐云鬓蓬松，香腮消减，伏枕卧床，不能强起。相见让坐，不必细说。

白姑子开口先问："狄大嫂呼唤的恁紧，有甚么分付？"素姐说："有一件事，我待问你一声，看人说的是真是假。要是有人家卧房里头，又没见怎么进去，开开门，从里边飞出个鹞鹰来，这是吉是凶？"白姑子惊异道："好天爷！是谁家有这般事？"素姐道："这事不远，咱这镇上就有。"白姑子道："是咱们的亲戚么？"素姐道："不是亲戚，只是他认得的。"白姑子道："'鹞鹰进人房，流水抬灵床；不出三十日，就去见阎王。'那佛经上说道：‘阴司阳世原无二理。’阳间有甚么三司、两院、府县、都司，那阴间有阎王、小鬼、马面、牛头。那阳间的人或是被人告发，或是被官访拿，看那事的重轻：如系些微小事，不过差一个青夫甲皂。再稍大些的事，差那民壮快手。再大的事，差那探马。如遇那强盗响马，便就点差应捕番役，私下拷打的伏了，方才见官，问那凌迟砍剁的大罪。那阴司的阎王，如遇那阳世间有等忠臣孝子、义夫烈妇、尚义有德的好人，敬差金童玉女，持了幢幡宝盖，沙泥铺路，金玉打桥，就如阳世间府县正官备了官衔名启，自己登门请那有德的大宾赴那乡饮酒礼的一样。拘那无善无恶的平人，不过差个阳间过阴的无常到他家叫他一声，他自然依限来见，不消费力。如拘唤那等差不多的恶人，便要使那牛头马面，如阳间差探马的一般。若是那一样打爷骂娘的逆子，打翁骂婆的恶妇，欺君盗国的奸臣，凌虐丈夫的妻妾，忘恩背主的奴婢，恃宠欺嫡的小老婆，倚官害民的衙役，使凉水拔①肉菜的厨子，这几样人，阴间看他就如阳世间的响马强盗一样，方才差了神鹰急脚，带了本家的家亲，下了天罗地网，取了本宅的宅神土地甘结，预先着落停当，再行年月日时功曹，复将他恶迹申报，方才拿到酆都，碓捣磨研，油炸锯解，遍下十八层地狱，永世不得人身。所以这神鹰急脚，不到那一万分恶贯满盈，不轻易差遣。这是人世间几可里②没有的事。咱明水镇这家子，却是怎么来，就致的阎王这们大怒哩？”

素姐听说，把这样一个曹操般的恶物，唬得溺了一被褥的骚尿，问说：“不知犯了这们大罪，尚有甚么本事可以救的？”白姑子道：“这除非是观音菩萨的力量，将了药师王佛的宝经，与阎

① 拔——用水泡。

② 几可里——平常、平时。

王面前极力的申救，或者也还可救度。但只要那本人在菩萨面前，着实的忏悔，虔诚立誓，改革前非，自己料得是那一件得罪，便在那一件上痛改，以后再不要重犯，这才做得那忏罪消灾的功德哩。”

白姑子一边说，一边要起来回去。素姐道：“你且请坐，还有话哩。你头里说的那些罪恶，不知也有轻重么？难道都是一样的？”白姑子道：“我说的那许多罪恶，原不是说一个人身上的。若是一个人身上犯这们些天条，还等到如今哩。像那为子的单重在那打爹骂娘，为媳妇的单重在打翁骂婆，为妻的单重在凌虐丈夫，为臣的单重在欺君盗国，只犯此一件，那阴司便不相饶。”素姐又问：“人犯了这等大罪，必定要差神鹰，却是怎说？”白姑子道：“那阳间的强贼恶盗，必定差那应捕番役，却是那应捕番役惯能降那强贼恶盗。那强贼恶盗到了应捕番役的手里，他使那铁棍，一顿把那强贼恶盗的两个臂膀打却折了，方才叫他动不得手，然后拷问。这强魂恶鬼，那牛头见了他，那牛头跪着，只递降书。那马面见了他，那马面倒头就递降表。因那牛头马面不敢拿他，所以专差那神鹰急脚擒拿。那神鹰急脚只在那强魂恶鬼的头上旋绕着飞，得空先把那强眼用那鹰嘴啄瞎，临时叫他一点不能看见，方叫那牛头马面一齐上前，套枷上肘，才得拿他到阴司受罪。情管那家子必定有一个人害眼疼的，这拿的就是他。但只是咱这地方没有这们恶人。狄大嫂，你实合我说，是谁家？”

素姐唬得战兢兢的道：“实不敢相瞒，就是俺这家里。昨日清早，我到后边解手，门已关了，及至回来，开进门去，从房里一个大们子鹞鹰，照着我劈面一翅膀，飞了出去，我如今这两个眼珠子就像被人挖去的一般疼。白师父，你好歹快寻门路救我，我恩有重报。”白姑子道：“好俺嫂子！你不早合我说，哄的我把话都说尽了，可是叫你见怪。这事也不一律，若是大嫂，情管没帐。久闻的狄大嫂甚是贤德，孝顺翁婆，爱敬丈夫，和睦乡里，怎么得遭这们显报？只怕还为别人。”素姐说道：“我自己忖量，也不该遭这等的事，我又没甚么不孝顺公婆。那咱俺婆婆殁了，瞒不的你，我没替他戴白鬏髻、穿孝衣么？就是在汉子身上有些差池，也不过是管教他管教，这没的就是甚么大罪不成？既是天老爷没眼偏心，可是说那庙里没有屈死的鬼哩？白师父，你只是寻法救我便是。”白姑子道：“你既是叫我救你，我也不敢虚套子哄你。你这罪过犯的较重大些，光止念经拜忏，当不的甚么事。就像阳间的人犯下那死罪不赦的天条，那差不多的分上，按捺不下来，务必要寻那当道显要的分上才好。你这个得请十位女僧，七昼夜捧诵药师佛老爷的宝经一万卷。你自己心里一些的恶念不生，斋戒沐浴，不住声昼夜七日念‘救苦救难观世音菩萨’，念一声佛，磕一个头。完了七昼夜功德，还得请下观音奶奶来面问他讨个下落，阎王依与不依，再好安插。”

素姐说：“就依白师父所说。可在那里设坛？”白姑子道：“只得就在咱家设坛才好，或在前边厅房里边，或就在这天井里搭棚也可，却早起后晌吃斋吃茶，添香点烛的多也方便。”素姐说：“在我家里倒也便易，只是俺公公那老獾叨的咕咕哝哝，我受不的他琐碎。不然，就在你那莲花庵倒也方便。就在佛爷殿上，那样省事。”白姑子道：“这也可以。你再自己算计。我且回庵去，明日再来合你商量建醮的日子、请的师父、定的经数。”说着，作别起身。素姐仍叫薛三省媳妇跟了白姑子，又叫了个觅汉点着火把，狄希陈也同着送了白姑子家去。

白姑子夜间一宿不曾合眼，碌碌动算计起发骗钱。次早起来，净洗了面，细细的搽了粉，用靛花擦了头，绵胭脂擦了嘴，戴了一顶青纬罗瓢帽，穿了一件栗色春罗道袍，天蓝纻丝趿鞋，白绒袜，跟了徒弟冰轮，早来到素姐房内。素姐叫厨房预备斋饭管待。白师父师徒一面同素姐合狄希陈打算建醮，算计是白姑子合冰轮，水月庵秦姑子超凡、傅姑子妙莲，观音堂任姑子水云、惠姑子尧仁、祁姑子善瑞、刘姑子白水，地藏庵楚姑子阳台、管姑子玉僧，共是十位尼姑。就在莲华庵殿上启建道场，一连七个昼夜，齐诵一万一千遍《药师王佛真经》。

素姐说："怎么又添一千卷？有这个零头，却是怎说？"白姑子道："你昨日对着我骂了你公公一声'老獾叨的'，这一句，不得一千卷经，怎么忏悔得过来？"素姐说："爷哟！这是我的口头语儿，没的也是罪过么？"白姑子道："这个我不强你，你要自己打得过心去，不消念得一千卷也就罢了。"素姐说："我是这般问声，怎么不念。"白姑子道："这经钱要是论经数也可，或是包日子也可。斋是你管，忏钱、灯斗、供献、香、烛、茶、酒，拜忏一条新手巾、一条新红毡，撇钹六尺新布，画字的礼儿，发七遍文书的利市，迎佛送佛的喜钱，取回佛旨的谢礼，这都在外。"

素姐道："这先明后不争的，极好。论经数是怎么算，包日子是怎么包，你先说说我听。"白姑子道："这《药师经》可长，同不得《心经》短，一个人尽力诵，一日诵不得十卷，诵这一卷，要一分五厘，十卷一钱五分，一百卷一两五钱，一千卷十五两，一万卷一百五十两银，又是一千卷，共该经钱一百六十五两。别项使用，就只取回佛旨来的谢礼，得四两也罢，五两更好看些。别的都厚薄随人，没有一定的数儿。狄大嫂，没的你是别人？这几位师父们没的是世人么？他们也不好按着数儿要的，我住持着，每卷只做一分。俺师徒两个替狄大嫂赠二千卷不敢领经钱，这不又去了二十两？叫他们把那一千卷零头儿搭上别要算钱，这不又去了十两？共是八十两银子的经钱够了。”

素姐道：“这八十两银子也不打紧，俺婆婆死后留下几两银子，我且拿出来买命，我留下待怎么？只是你师徒二人，怎好叫你干念了经的理？我也还照数送上。就是那一千卷也仍要算钱。”白姑子道：“俺师徒两个断不可算上，就没个厚薄了？”素姐道：“你只虔诚建醮，救了我的命，我愁没钱使么？俺公公六七十的人了，能待几日，只天老爷看一眼儿，叫他早挺些时脚，那个不是我的？要是我不得这命，就是俺婆婆留下的这几两银子，我不豁撒①他个精光，我待开交哩？”白姑子道：“狄大嫂，你说的极是。你这们好心，其实也不必念经，佛爷也是该保护你的。但请的这几位师父，他各人家都顶着火烟，靠着身子养家的。既是要建七昼夜道场，可就要占住了他们的身子哩。他们家里都有徒弟合支使的人，却也都要吃饭。把这经资先与他们一半，好叫他们籴米买柴的安了家，才好一盼心的念经。这日用的斋供，可是家里做了送去？可就在庵里叫人做罢？要是叫人在庵里做，倒也方便。有庵里使熟的个女厨老翟就好，他又不肯拨撒人家的东西。”

素姐问道：“就是咱这明水人家么？”白姑子道：“可不怎么？这就是翟福的媳妇子。”素姐道：“原来是他！他常往俺家做菜。他娘姓强，俺只叫他是‘强婆子’，他又吃斋，又叫他‘老强道’。要是他倒也罢了，我每日供备着，那里做斋方便。得那庵里没有闲杂人才好，我好在那里住的。”白姑子道：“我那坐禅的屋里，那咱你没合张大嫂在里头吃茶么？那里头甚么闲人进得去？常年永智寺的和尚天空，俺这尼僧们不会写字，只得央他替俺写写榜合吊挂子，如今有了观音堂任师父会写了字，这男僧们

① 豁撒——挥霍、糟蹋。

影也不上门了。”素姐道：“得似这般清净，我在那里住着，也极稳便。我如今先付你银五十两，每位师父且先付银五两安了家，好择日建醮。我这里收拾着往那里运米面食物。”

素姐开了箱，将他婆婆留下的银子，取了一封出来，说是五十两，交付白姑子收去。白姑子道：“也待我打开这封，当了狄大嫂的面看一看。这是众人众事的事，万一有甚差池，他众人们只说我里头有甚么欺瞒夹帐的勾当。”一边将封拆开见数，是十个锞子，内中明白显着有四个黑锭，与那六锭迥然不同。素姐自幼不曾大见过甚么银子，倒没曾理论。这白姑子串百家门见得多、知得广，单单的拿起一锭黑的来看，平扑扑扭黑的面子，死纣纣①没个蜂眼的底儿。白姑子放在牙上啃了一啃，啃着软呼呼的，说道：“这不是银子，像锡镴似的。”素姐挣挣的说道：“你再看别的何如。”拣了六锭真银，四个锡锞。素姐倒也还疑是老狄婆子放上的。谁知这狄希陈是被唬破胆的人，白姑子只说了一句是锡镴，素姐只接过手来看一看，他就焦黄了个脸，通没了人色，从裤裆里漓漓拉拉的流尿，打的那牙巴骨瓜搭瓜搭的怪响。素姐看了他一眼，说道：“了不得！这情管又是你这忘八羔子干的营生！我再看看别的，要是都换了假的，我还念你娘那屄经哩！”怒狠狠的又取了两封出来，一连拆开了封皮，每封里边都是四个锡锭。再把那七封取出，照例一般，那有二样！

狄希陈不及防备，被素姐飕的一个漏风巴掌，兜定一脚，踢了一个嘴抢地。白姑子手里流水拉扯，口里连忙念着佛道：“阿弥陀佛！不当家，狄大嫂，快休如此。你今请僧建醮，却是为何？银钱小事，夫者，妇之天哩！打夫就是打天一般。原来你是

① 死纣纣——死板板的。

如此利害，所以动了天王怒哩。乡里人家多有倾下的白铁锞子。防那歹人的打劫，这只怕是常时收拾下的，老施主不曾知道，当了真的留下也不可知，怎么就知道是狄大哥干的事？”素姐道：“这要不是他干的营生，他为甚么唬的那尿？分明是贼人胆虚。这闷气，我受不的！我要不打他几下子，这暗气就鳖杀我了！白师父，你且暂回庵去，待我发落了这事，消消气，我再使人请你去。”

白姑子就待走，狄希陈望着白姑子挤眼扭嘴，叫他别要回去，劝解素姐，替他做个救命星君。白姑子会意，道：“狄大哥，这银子或者是你不是你，你可也说说是怎么。你这们涎不痴的①，别说狄大嫂是个快性人，受不的这们顿碌②，就是我也受不的。饶我那咱拿着汉子，像吸铁石一般，要似这们个像生③，我也打他几下子。”素姐道：“有话只该合明白人说，叫人心里自在。这不是白师父你亲眼看着？你不相干的人也说是受不的，也说是该打。只有旁边的人说这们几句公道话，咱本等有气，也就消了许多。常时但是合他合合气，他本人倒还没怎么的，那旁里的人有多少说长道短，扯那臭屄淡的！我本等待要少打，激得我偏打得多了。”白姑子道：“正是如此。人没得合他有仇，好意打他么？那银子其实不干狄大哥事，但只为甚么妆这腔儿？倒像是狄大嫂平日不知怎么利害，唬的人这们等的。狄大嫂，你当着我在这里把话说开，你也再休絮叨，把这银子的事丢开手罢。”

素姐叫那白姑子顺着毛一顿扑撒，渐渐回嗔作喜。狄希陈也渐渐转魄还魂。素姐拣了十个雪白银锞，用纸包了，交付白姑子

---

① 涎不痴的——木木呆呆、吞吞吐吐的样子。
② 顿碌——慢慢腾腾。
③ 像生——扎的纸人。

拿去散与众人，作一半经资。这白姑子把这五十两经钱拿回庵去，那里分与甚么众人，拣了个建醮的良辰，请了那别庵的八位秃妇，连自已师徒共是十人，启建法事。素姐动用米面柴薪送去庵内。

狄员外明知是薛如卞要使那神道设教，劝化那姐姐回心，与白姑子先说通了主意，做成圈套，想说："倘得因此果得回心转意，便得清门净户，宅安家稳，儿子不受折磨，老身有了倚靠。"这等有钱之家，使得几两银子，有甚希罕。闻知素姐要建醮忏悔，甚是喜欢，叫狄周媳妇与素姐说道：凡是道场所用之物，都问狄员外要，俱当一一应承。又与了三十两银子，叫他做经钱。又说：如要自到庵中，可请薛亲家婆合薛如卞娘子连氏、薛如谦娘子巧姐同去相陪。素姐自从进了狄家的门这们几年，没得他一口好气，止有这遭搔着他的痒处，笑了一面，说了一声"难为爹"的良心好话。狄员外就差了狄希陈往薛家请他丈母合连氏巧姐先到家中，同了素姐好到庵去。薛夫人因是狄员外专意相请，也要指望这遭叫女儿改行从善，满口应承。

至期，娘儿三个先到了狄家，吃了早饭，四人同到莲花庵中，还有狄周媳妇合小玉兰、薛三省薛三槐两个的娘子跟随。外面薛如卞兄弟三个，狄希陈又请了相于廷，共是五人，同在庵中监醮。另叫了厨子在那里整备素筵。一连七日，薛夫人合素姐四位，每日早去拈香，晚上辞佛回家。薛如卞合相于廷都每晚各回家中宿歇。惟狄希陈恐怕素姐见怪，只说晚间替素姐佛前拜忏，不回家去。

众姑子们每日掌灯时分，关闭了庵门，故意把那响器敲动，鼓钹齐鸣，梵咒经声，彻于远近，却一面在那白姑子的禅房里面置备了荤品，沽了醇醪，整了精洁的饭食，轮流着几个在佛殿宣经，着几个洞房花烛，逐日周而复始、始而复周。狄希陈虽是个精壮后生，也禁不起群羊攒虎，应接不暇，未免弄得个嘴脸丰韵全消，骨高肉减。白姑子对着素姐说道："常言说得好：'满堂儿女，当不得半席夫妻。'这一连几夜，倒是我们也还有轮替打盹的时节。这狄大哥真是那至诚君子，从晚跪在佛前磕头礼拜，不肯住一住儿，真是夫妻情重！若是人间子女为父母的肯是如此，这也真是大舜复生，闵、曾再出。如今把人也累得憔悴不堪观了！"素姐道："他若果真如此，这也还不像个畜生。"心里也未免暂时有些喜悦。

到第七日道场圆满，设了一个监牢，把素姐洗换了浓妆，脱了艳服，妆了一个囚犯坐在牢中。白姑子穿了五彩袈裟，戴了毗卢九莲僧帽，执了意旨疏文，在佛前伏章上表。疏曰：

南赡部洲大明国山东布政使司济南府绣江县明水镇莲花庵奉佛秉教沙门，伏以乾坤肇位，分剂健顺之仪；夫妇宜家，允著刚柔之匹。惟兹妇德无愆，方见夫纲莫斁。今为狄门薛氏，本以儒宗之女，傧为胄监之妻。河洲原是好逑，鸾占有素；葡架本非恶趣，狮吼无声。恃娇挟宠，未尝乏衾枕之缘；怙恶逞凶，讵真有刀俎之毒。纵干妇人反目之条，宁犯神明杀身之律？不谓六庚妄报，兼之三尸谬陈。触天廷之峻怒，丑鬼奉符；冥室之严威，神鹰受敕。追悔何从？愿茹灰而湔胃。省愆曷既，徒饮泣以摧心。切思苦海茫茫，殊难挽救；仰仗慈航泛泛，犹易援拯。敢用敬求佛力，于焉普度人天。牒文到日，如敕奉行。

白姑子伏俯在地，过了半日，故妆醒了转来，望着素姐问讯，说道："施主万千大喜！适间章奏天廷，俯候许久，不见天旨颁行。又过了一时，只见值日功曹，押着重大的一杠，两个黄巾力士，还扛抬那杠不动。取开看时，都是下界诸神报你那忤逆公婆、监打丈夫的过恶，叠成文卷，满满的积有一箱。注该十八重地狱，重重游遍，满日托生猪、狗、骡、驴，轮回。然已今奉佛旨救度，已准暂彻神鹰，听从省改。如再不悛，仍行擒捉。”众尼僧都穿了法衣，拿了法器，从狱中将素姐迎将出来，从新打扮得浓妆艳抹、锦袄绣裙，众尼作乐称贺，名为“报喜”。素姐取出五两纹银相谢。这个当面送的，白姑子又不好打得夹帐，每人足分五钱，一会众人各甚欢喜。

法事已定，白姑子等送佛烧榜，两边条桌摆开，盛筵打散。先送得薛夫人娘儿四个回去，又次打发薛相公四个先回。狄希陈托名看人收拾，落在后面与众尼姑吃酒取笑。原来这个醮事，白姑子在素姐面前只说是请僧建醮、计卷还钱。他在那众姑子面前，只说是包做道场七昼夜，完日讲送经资十两。先拿回来那五十两银，从里边称出八金，除了他师徒二位，其余的八众尼僧，每人一两，俱先分散。后来这六十两俱已一一收完，只不令众人知道。

这一件事白姑子净净的得了一百两花银，米、面、柴、炭、酱、醋、油、盐，不计其数。却也着实感激薛如卞的作成，买了两匹加长重大秋罗，两匹新兴金甲绫机，使毡包端了，去谢薛如卞。原来白姑子骗他这许多银子，素姐是着实瞒人，再三嘱咐白姑子，叫声“千万不可与人知道”！所以这白姑子放手大骗，绝无忌惮。倒也还亏他稍有良心，买了这四匹尺头作谢薛如卞。薛如卞也还不肯收他，白姑子再三苦让，止收了他一匹天蓝秋罗。

但素姐费了这许多银物，对了佛前发了这如许的大咒，不知果然回转心来孝顺公婆、爱敬丈夫不曾。白姑子得了这许多横财，不知能安稳飧用与否。只怕又有别的事生出来，且看后回接说。

第六十五回

狄生遭打又陪钱　张子报仇兼射利

雪恨不烦刀剑，翻冤何用戈矛？欢洽尊前称好会，剸胸①不觉中吴钩，妙计可封留。　比较监牢不算，延僧建醮钱丢。一顿门栓相毒打，再三下气苦央求，三倍价高酬。

右调《破阵子》

却说素姐自从鹰神下降、白尼姑建斋忏悔之后，待那丈夫狄希陈果然就好了十分三四，一时间性气起来，或是瞪起眼睛，或是抬起手脚，有时自己忽然想起那鹰神的利害，或是狄希陈微微的说道："你忘记了那莲花庵打醮了么？"素姐便也渐渐的按下火去，缩转了手脚，丢下了棍子，止于臭骂几句，便也罢了。这狄希陈毕竟是有根器的人，不等素姐与他几分颜色，便就要染大红，时时如临深渊，刻刻如履薄冰，听于无声，视于无形，先意承志，依旧奉承。

一日，素姐见狄希陈坐在房中，素姐说道："我看你这个东西，待要说你不是个人，你又斩眉多梭眼的说话吃饭，穿着件人皮妆人。待要说你是个人，你又一点儿心眼也都没了。似这几日，我看菩萨的面上，不合你一般见识。谁想娇生惯养了，你通常不像样了。这顾绣衣裳，你要是没曾与人，还在那里放着，你就该流水的取了来与我。你要是与了婊子去了，你是个有怕惧

① 剸（tuán）——割，截断。

的，你就该钻头觅缝的另寻一套与我。我这几日，我说我不言语，看你怎么样的。你把个贼头缩着，妆那忘八腔儿，我依么？两好合一好，你要似这们等的，我管那甚么鹞鹰野鹊的，我还拿出那本事来罢！”狄希陈听见这素姐的发作，唬得三魂去了六魂，说道：“这顾绣衣裳，我实不曾叫人去买。我连这顾绣两个字听也不曾听见。你只说是那里见来，或是听见谁说，我好到那里刨着根子，就使一百千钱，我高低买一套与你。”素姐说：“你‘蛇钻的窟窿蛇知道’，你叫我说？我限你三日就要！”

狄希陈戴了这顶愁帽，只是没有头发的璺①儿，却往那里钻研？再三向狄周媳妇合调羹手里打听。调羹说道：“我们每日见他打你，恨不得替你钻到那地缝里去！若是我们知道甚么风信，岂有不替你遮瞒的？他自正月十六日莲花庵里回来就合你闹起，情管是那里受的病根。你还到那里仔细打听。”狄希陈道：“我若果真叫人买甚么顾绣，我可往那根子上去安插。我影儿也没有，我可往那里去打听？”调羹道：“他既是从莲花庵回家就发作起头，这事白姑子一定晓的就里的始末，你还到他那里刨黄②。”狄希陈道：“刘姐，你指教的极是，待我到他那里问他的详细。”

狄希陈穿了道袍，走到莲花庵外，两扇庵门牢牢的紧闭。敲了半日，走出一个半老的妇人来开了门，认得是狄希陈，让进庵内坐地。狄希陈问说：“白师傅何在？我要请见，问他句说话。”那妇人道：“白师傅是我的妹子，我是他的寡妇姐姐，久在这庵中帮他们做饭。白师傅从今日五更，因有点官事，合他徒弟冰轮都上城去了。”狄希陈道：“一个出家的女僧，有甚么官司口舌，却师徒都上城去？”那妇人人都称他是“老白”，那老白道：“因

① 璺（wèn）——裂痕。

② 刨黄——寻根问底。

庵里失了些盗，往捕衙递呈哩。”

原来这白姑子与素姐建这忏悔道场，磕了一百多银子的拐①。天下的事，“若要人不知，除非己不为”。况且那小器量的人，一旦得了横财，那样趾高气扬的态度，自己不觉，旁边的人看得甚是分明。因此轰动了镇上的一个偷儿，醮完第三日的晚上，拿出飞墙走壁的本事，进到庵中，正见白姑子与徒弟冰轮在禅房里上下两张床上睡觉，老白自己在厨房炕上安歇。那偷儿取出两枝安息香来，在佛前琉璃灯上点着，一枝插在厨房，一枝插在白姑子卧房里面。这香原是蒙汗药做的，人的鼻孔内闻了这个气味即便鼾鼾睡去，手脚难抬，口眼紧闭。偷儿又在佛前琉璃灯内点起烛来，只见香案上安着一个课筒。那偷儿即在观音菩萨前跪下，叩了四叩，祝赞：“僧家的财物，本等不该偷盗他的；但他只该谨守菩萨的戒行，不该起这等的贪心。人家夫妇不和，你用智慧与他调停和睦，些微得他些经忏银钱便是，如何乘机设智，骗他这如许的资财？路见不平，旁人许踹。弟子起心不平，今日要来偷他的回去。如果弟子该偷他的，望菩萨赐一上上之课；如果不该偷他的财物，只许他骗害平人，赐弟子一个下下之课。”把课筒在香案上薰了两薰，拿在手中晃了几晃，倒出那三个钱来，铺在桌上，一看课簿，真真“上上”两个大字。

偷儿喜不自胜，又磕了四个狗头相谢，走进房内，翻砖倒瓦。两个姑子睡着烂熟如泥，一个老白睡得像个醉猪死狗。揭开他的箱子，止有衣裳、鞋、袜、汗巾、手帕之类，并没有那诓骗的百两多银。偷儿先把那精美的物件卷了一包，又在房内遍寻那银子不见，放出那两只贼眼的神光，在白姑子床上席背后揭开一

① 磕……拐——同“打偏手”、“做夹帐”、“落背弓”，都是“从中克落”的意思。

看，只见墙上三个抽斗，都用小镀银锁锁住，外用床席遮严。偷儿喜道："这个秃窠子，倒也收藏的妙！"扭开第一个抽斗，里面止有千把散钱。偷儿又把第二个抽斗扭开，却好端端正正那百十银子，还有别的小包，也不下二三十两。偷儿叫了声"惭愧"，尽数拿将出来。衣架上搭着一条月白丝绸搭膊，扯将下来，将那银子尽情装在里面。又将那第三个抽斗扭开，里面两三根"明角先生"，又有两三根"广东人事"，两块"陈妈妈"，一个白绫合包，扯开里面盛着一个大指顶样的缅铃，余无别物。

偷儿将那先生、人事丢下，把缅铃藏在袖中。又见山墙下桌上放着一个雪白的锡尊，揭开，喷鼻的陈酒馨香。偷儿动了馋兴，扯开抽斗，桌子里面大碗的盛着通红的腊肉。偷儿暗道："这等美酒佳肴，若不受用一番，却也被那观音老母笑话。"只怕药气将尽，醒将转来，不当稳便，再取出两枝香来，从新点上。走到厨房，通开煤火炉子，暖上了那一尊陈酒，又寻出几个冷饼烤在炉口，就着腊肉，吃得酒醉饭饱。心内却又想道："佛家戒的是酒、色、财、气。如今我既得了'财'，吃了'酒'，有了财酒，便可以不消生'气'，所少的是'色'。白姑子虽然日逐家装乔作媚，毕竟有了年纪，那老白更是不消提起；何不将那小尼姑冰轮幸他一幸，完了这四件的前程？"将冰轮的被子揭起，拿烛照了一照，只见两个盆大的奶头，黑墨般的个大屁股，偷儿看了不能起兴。再把白姑子验看一番，奶头不甚饱满，身上倒还白胖。半老佳人可共，何必要那年少的冰轮？

偷儿抖那强盗的威风，脱了裤子，爬在白姑子身上，二十四解之中，卖了个"老汉推车"之解。完事下来，把那壁上抽斗内的角先生拣那第一号的取了三根，先把白姑子的腿拍开，把一个先生塞在里面，又把冰轮与老白都叫开了产门，每家俱荐一先生在内处馆。然后卷了细软，大踏步从容而出。

到了五更天气，三人俱各醒来，家中都有一个先生在内，都寻思不出是谁荐来的。白姑子疑是冰轮干的勾当，冰轮又道是白姑子做的营生，老白猜不出是那里的症候。白姑子扳倒席摸那个先生抽屉，锁已无存，内中恰少了三个，师父又摸了那盛银子抽斗，里边空空如也。心里慌道："徒弟！你醒了不曾？床头边的抽斗是谁开了？"冰轮梦中答道："这再没有别人！师傅捉弄我，还要问人！"白姑子道："你是几时干的营生？我梦中也微有知觉，只是睡得太浓，动弹不得。那猛骨，你拿在那边去了？"冰轮道："我不曾动甚么猛骨。师傅，你倒估精，反来问我！"白姑子道："我估精甚么来？这角先生是你放在我那里面的。"冰轮道："师傅，你又来了，你倒把角先生放在我的里头，倒还问我！"白姑子道："倒是好话，不是与你作耍。"冰轮道："我也是好话，何尝作耍？"把那角先生在床边磕得梆梆的响，说道："师傅，你听！这是甚么东西响？天空只两宿不来，你就极的成精作怪的！"白姑子道："谁合你且在这里雌牙扮齿！猛骨你收过了么？"冰轮道："你好好的放着罢了，我为甚又另收他？"白姑子道："抽斗上的锁已没了，内中空空的没了银子，待我再摸摸那盛钱的抽斗，看是如何。呀！这抽斗也没锁了，内中钱还不曾失去。你快起来点灯照看！"

冰轮一谷碌爬起，穿了衣裳，登上裤子，佛前琉璃灯上点着了火，在厨房门口经过。老白问道："你又点灯做甚？你进来，我合你算账！"说道："你年纪小会浪，要不着和尚就要角先生。我半世的老人家，守了这几年的真寡，亏你拿这东西来戏弄我！这一定是你这小窠子干这促掐短命的事！难道你师父，是我妹子，好来做这个事不成？"冰轮说道："师姨，你说是甚话？我何尝敢合师姨顽来？我合师傅的被里边都有这件物事。床里边那几两银子都扯开抽斗没了，我来点灯照看哩。”老白怪道：“有这等的事！”一边也就起来房中照看，见两只箱子都把箱盖靠在墙上，内中凡是起眼的东西，尽情没了。又见炉台上面放着盛酒的空尊，吃剩的腊肉皮骨。佛前的烛台也没了，方才知是被盗。又各面面相觑，想那角先生怎生放在里面，三个人没有一个觉得的。白姑子又说睡中明明觉道有人云雨，也觉得甚是快活，只是困倦不能醒来。三个人拿了灯，前后照看，并无踪迹，门户照旧关严，不曾开动。这白姑子费了多少心思，得了这些外物，把他一棒敲得干净，岂有轻饶宽放之理？所以师徒两人同进城去，在捕衙递呈。后来呈虽递准，这贼始终不曾拿住。

白姑子凑处那应捕的盘缠，管待那番役的饭食，伺候那捕衙的比较，足足的忙乱了两个月。当不起这拖累，只得苦央了连春元的分上，与了①典史，方才把番捕掣了回去。直待偷儿三四年后别案事发，方知偷儿姓梁名尚仁。他才把当日的事情细细对人告诉。那日狄希陈去莲花庵寻他说话，他所以果然不曾在家。老白也只大概说了个失盗的纲领，不曾说到其中旨趣之妙。

狄希陈因白姑子不曾在家，遂与老白叙说闲话，因问老白从几时到庵，老白回说：“自因夫亡守寡，与白姑子同胞姊妹，三年前来到庵中，与他管家做饭。”这些烦言碎语，不必细叨。狄希陈知老白不是时来暂去的人，这素姐正月十六日来庵中烧香，曾撞见何人，事中的原故，他或者一定晓得，遂问他道：“昨日正月十六日，我家里的那一个曾来这庵中烧香，你可记得么？”老白道：“这能几日，就不记得了？那日还有西街上张大嫂哩。”

---

① 与了——托了。

狄希陈道："那个张大嫂？南头是张茂实家，北头是张子虚家，这张大嫂却是谁的娘子？"老白道："我也不知他男人的名号，是新开南京铺的。"

狄希陈晓得是张茂实娘子智姐，心里也明白，晓得是中他的毒了。又故意问道："你怎知他开南京铺？"老白道："我听见狄大嫂问他身上穿的洒线衣裳怎有这般做手，花样又佳，尺头又好，他说丈夫往南京买货捎来的新兴顾绣。所以知他是开南京铺的。"狄希陈道："苦哉！'狭路相逢，冤家路窄！'原来吃的是这里亏！若不是老白透露消息，就是纯阳老祖也参不透这个玄机。只是这个歪拉骨也恶毒得紧，我不过带口之言顽得一顽，你丈夫虽把你打了几下，你的母亲已即时齐齐整整把我回了一席，你却又这等盛设先施，我却那里寻个母亲与我报冤泄恨？况且正在这里比较衣裳，后患还不知有多少！前思后想，没奈何只得还去求他，问他回得这般一套衣裳，家中挡得限过，便是祖宗保护，先母有灵了。但不知他还有多余不曾？若没有副余，止他老婆的一件，好问他回买，他故意要我受苦，断是不肯回与我的，我却何处去寻这个盗狐白裘的穿窬，偷了他老婆的那件衣服来才好？但只怎能到手？无可奈何，只得到他那里淘一淘金。"竟到他那铺中，可可的张茂实又不在铺内，止有他的伙计李旺在那里管店，让狄希陈店前凳上坐了。

狄希陈问说："张大哥怎不在店中做生意，却往何处去了？"李旺道："适才往家中去取货物，想也不久就来，你寻他说甚么？"狄希陈道："我要问他买套顾绣衣裳。"李旺道："那讨顾绣来？这顾家的洒线是如今的时兴，每套比寻常的洒线衣服贵着二两多银哩。用了这贵贵的本钱，拿到这里卖给老鬼么？"狄希陈道："若是好货，难道没人买？"李旺道："咱这明水镇上的人肯拿着七八两银子买套衣裳穿在身上？要是大红的，就是十两来出头的银子哩。只这十来年，咱这里人们还知道穿件嚣绢①片子。当时像杨尚书老爷做到宫保，还只穿着领漂白布衫。几个挑货郎担子的，就是希奇物了，那有甚么开南京铺的？到有仇家洒线，也合顾家比个差不多。用甚么颜色，你要一套罢，价钱少着二两银子哩。”狄希陈道：“只得差不多才好，要是身分相去悬绝了，入不得眼。”李旺道：“你只不要合顾家的生活比看，这也就好。你要是拿着比看，那就差远着哩。就是地子的身分颜色，也与寻常的不同。”狄希陈道：“这顾绣衣裳只怕你有捎来自己用的，凭你要多少银回一套与我，你买货再捎不迟。”李旺道：“这东西那得来？昨日张大哥定做了两套，是天蓝绉纱地子，淘了多少气，费了多少事，还为这个多住了好几日，才得了两套。别再那得有来？”狄希陈道：“既是张大哥有两套，你叫他回一套给我，我多与他些银子。”李旺道：“他为合他婆子合了气，敬意寻了这两套衣裳与他婆子赔礼的，只怕他不回给你。你拿两套仇家的洒线往家里看去，女人知道甚么仇家、顾家？你只说是顾家？谁合你招对么？”狄希陈道：“也罢，你拣两套好的，我拿到家且挡一水去。”李旺拣了一件天蓝绉纱圈金衫，白秋罗洒线裙，一件天蓝秋罗地洒线衫，白绫连裙，用纸包裹。狄希陈拿了这两套衣裳往家行走，心中一则以喜，一则以惧。喜是有了这套衣服拿到家中，但得看验中意，完了一天大事，是诚可喜。惧是素姐一双贼眼，就如水晶琥珀一样，凡百物件，经了他眼中一过，你就千年古代，休想混得他过，若是被他认出假的，这场晦气怎生吃受？一边袖着行走，一边心中千回万转，就如赴枉死愁城一般。

---

① 嚣绢——质次的绢。

却好路口一个先生，正在那里出了地摊，挂了一副关圣的画像，与人在那里起课。狄希陈挨在人丛里面，央烦占验目下的灾祥。那先生占得狄希陈主有阴人作祟，灾祸只在目前。狄希陈唬得面无人色，说道："这灾祸可有路逃躲么?"先生道："没处逃躲。就如有根绳子将你的腿脚拴住了的一般，任你绕圈走十万八千里路，也只好走个对头。"狄希陈道："你既能起课，说我目下就有灾祸，你一定也就知那逃避之方。"那先生又替他起了一课，掐指寻文了一会，说："这课像似你在那女人身上要做一件瞒心昧己的勾当，必定瞒他不过，还要吃场好亏。要是你不要瞒他，虽然这祸也是脱不过的，还觉轻些。"狄希陈袖中取出二十文钱来，还了课资，怀着一肚子鬼胎家去。进入房门，素姐正怒狠狠的坐在那里。狄希陈从袖中取出那两套衣服，两只眼睛看了素姐眊眊稍稍的说道："我寻了许多去处，方才寻得这两套洒线衣裳，他说是真真顾绣，每套九两银，分文不肯短少。"一边将纸解开，双手递将过去。素姐何消细看，只把两只眼睛略略的瞟了一瞟，说道："你的双眼珠子已是滴在地下，看不出好歹，我还有两个好好的清白眼睛，认的好歹！你把捎来的好货送了你前世的娘，故意寻这粗恶的东西来哄我！"拿起那衣裳，照着狄希陈的脸摔将过来，旁边靠着一根窗栓，跳起身，绰在手里，说道："甚么鹰神狗神！我那怕即时就拘了我去，我且出出我心里的怒气！"手里使那窗栓，肩臂上煞实乱打。

可怪这狄希陈，且莫说大杖则走，就是在严父跟前尚且如此。他却牢实实的站定，等他打得手酸。亏不尽狄周媳妇听得房中声势凶恶，赶了进去，只见素姐手中栓如雨下。狄周媳妇把头一低，从素姐手下钻将过去，双关把素姐抱住，说道："大嫂，你才忏悔了几日，像打世人的一般狠毒！你嫌不好，叫大哥与你另买就是，何必恁样的?”又说狄希陈道：“这大哥可也怪人不得，你岂不知道大嫂的性子？你就使一百银子，典二十亩地，也与他寻一件应心的与他。他却这‘撩蜂吃螫’，干挨了打，又当不得甚事！还不快快的拿了这个去问他换好的来哩!”素姐说：“他叫南京捎了顾家的洒线送了他亲娘，他不知那里拾了人家丢吊的东西拿来给我！我合你们说，往后再别要提那打醮忏悔的旧账，我如今正悔哩！过这们不出气的日子，活一百年待怎么？我且‘有尺水行尺船’，等甚么鹰神再来，我再做道理。寒号虫①还说是‘得过且过’哩。”狄周媳妇撺掇着叫狄希陈拿了看不中意的衣裳快去换那真正的顾家绣作。狄希陈见素姐渐渐的消下怒去，方敢慢慢的挪出房门。

素姐与狄周媳妇说道：“刚才若不是你抱住了我，我不打他个八分死不算!”狄周媳妇道：“你打他个八分死，你就不耽心么?”素姐说：“我耽那心待怎么？我要耽心，我倒不打他了!”狄周媳妇道：“你打杀了他，没的有不偿命么？他爹不言语，他妗子也合你说三句话。”素姐道：“说起他爹来，我倒不作他。说他妗子，我还有二三分的惧怯。”狄周媳妇劝了素姐，自往厨房去了。

狄希陈拿了这两件看过的衣服去寻李旺。张茂实来店中走了一遭，仍旧回家去了。那素姐勒问狄希陈要顾绣的缘故，李旺不曾晓得，见了张茂实，把狄希陈来访问的详细一一对张茂实说了。张茂实心里喜道：“妙哉此人！回他的话正合我心。”留下话与李旺：“如他要了这拿去的，一天的事便罢了。若拿回来还了，必定要买顾绣，你可这等这等，如何如何，将话来随机应变的答对。”

---

① 寒号虫——明陶宗仪《辍耕录》：“五台山有鸟名寒号虫，四足，有肉翅，不能飞。当盛暑，文采绚烂，乃自鸣曰：‘凤凰不如我。’比冬严寒，毛脱如壳，遂自鸣曰：‘得过且过。’”

狄希陈店中坐下，拿出取去的衣裙，说：“家中看不中意，央说务必即回一套真正顾绣裙衫。”李旺见狄希陈满面愁容，泪痕在眼，知是吃了亏的。正在白话，只见张茂实从家中走来，见了狄希陈作了揖，说道：“狄大哥好贵步，怎得来小铺闲坐?”狄希陈道：“每日忙乱的不知是甚事，算计邀了薛家弟兄合相家表弟，再约几位相厚的同窗来与哥暖铺，一日一日的蹉跎过了。容日，容日。”张茂实道：“我不才，读书无成，做了生意，若得有同窗光降，我也不敢辞，只求狄大哥预先说声，我预备根小菜，叫两个娼妇陪酒。”李旺道：“张大哥，你前日南京捎的那两套顾绣，你都做穿了不曾?”张茂实道：“荆人早先已做回一套，还有一套没做哩。”李旺道：“有一个相厚的弟兄要问你回一套，你要不回一套与他，叫他给咱的原价。咱待几日不往南京买货去哩?咱另捎新的家来。”张茂实道：“这留下的一套，是待与舍弟下聘的衣裳。不然，为甚么捎一样的?好叫妯娌们穿出去一般颜色，一般花样哩。”李旺道：“令弟下礼，也还早哩，咱再捎也还不迟。这是咱的至厚弟兄，济他的急，也是好事。”张茂实道：“要是相厚的人，才是不好与他的，这二十多两银子的东西，咱好合他争么？咱只说没有，回绝了他罢。”李旺道：“张大哥，你说是谁？就是狄大哥。为回这衣裳，一连来了两遭，你没在铺里。”张茂实道：“咱铺里有时兴仇家洒线，比顾家的更强，拿几套家里拣去。”李旺道：“要仇家的倒好了，看不中，狄大嫂只待要顾家的哩。”张茂实道：“狄大嫂曾见过顾家的么?”狄希陈道：“我不知他见与不见，他只说这仇家的生活地子不好，拿上手就看出来了。”张茂实道：“狄大嫂好眼力，我甚伏①他。既是狄大嫂

① 伏——同“服”。

要，这是别人么？休说还有一套整的，就是荆人做起的，狄大嫂要，也就奉承，狄大哥，你略坐坐，我即时家去取来与你。”

张茂实家去取衣，狄希陈向李旺请问价钱。李旺说：“这是他自己的银子买的，我不晓的多少，听见他说，一衫一裙足要二十一两五钱银子哩。他这里有原来使用的底账，待我查出你看。”从柜里边取出一本旧纸帐簿，掀开寻看，上面一行写道：“顾绣二套，银四十三两。”狄希陈只愿有了就好，那还敢论甚么贵贱。

待了一会，张茂实取了这套衣裳在柜上，取开来看，拿出那仇家的洒线相比，就似天渊一般。狄希陈得了这套衣裳，就如拾了万锭元宝，再三问张茂实请价。张茂实道：“狄大哥，你说是那里话，这套衣裳，能值几两银子，我就送不起？只谆谆的讲钱，这通不像同窗兄弟，倒与世人一般。要是世人，就与我一百两银子，我也不回与他去。”狄希陈道：“哥若不肯说价，我又不好拿去，我又实用得紧，你这倒不是爱我了。哥只济我这一时之急，我给哥银子，另捎来还哥，这就是莫大之恩。”李旺又在旁说道：“若狄大哥不上门来回，你知不道，送狄大哥就罢了。狄大哥寻上门来，你不收价，狄大哥怎好意思的？你依我说，你送另送，这个你还说了原价，好叫狄大哥安心的用。”张茂实道：“这其实一个同窗家，没点情分，些微的东西就收钱，甚么道理？也罢，我也不记的真了，两套只四十一二两银子的光景，有上的帐来，不知这一时放在那里。你只管拿去，不拘怎么的罢了。”李旺道：“原帐在柜里不是？刚才我给狄大哥看来，两套共是四十三两银子，敢是二十一两五钱一套。”狄希陈道：“我即如数奉上，不敢久迟。”千恩万谢，拿到家中，有了真货，胆就略觉壮些，取出献与素姐。

素姐接到手略瞧得一瞧，笑了一面道：“人是苦虫！要不给他两下子，他肯善便拿出来么？我猜你这衣裳情管是放在张茂实家，我若要的不大上紧，你一定就与了别人。论起这情来，也甚恼人，我还看菩萨分上罢了。你看个好日子，叫裁缝与我做了，我穿着好赶四月八上奶奶庙去。”狄希陈只因作戏捉弄智姐打了一顿，却自己受了无限的苦楚，丢坏了许多的银钱，到此还不知可以结束得这段报应否。其余别事，再演后回。

第六十六回

尖嘴监打还伤臂　狠心赔酒又捱椎

事凡已甚，便不可为；可为已甚，仲尼其谁？
希陈已甚，明苦暗亏；茂实已甚，一顿棒椎。
事凡已甚，故不可为；必为已甚，后悔难追。

却说狄希陈得了那套顾绣衣裳，献与素姐，看得中意，严厉中寓着温旨。狄希陈就如奉了钦奖，也没有这般荣耀，感激那张茂实不啻重生父母，再养爷娘，心里想道："张茂实娘子智姐真真的天下也没有这样好人！前日吃了我的捉弄，受了一场横亏，没奈何往他手里饭店回葱，若是换了第二个不好的人，乘着这个机会正好报仇个不了，他却一些也不记恨，将自己捎来下礼的衣裳慨然回了与我。这段高情真是感深肺腑！"火急般粜了十六石绝细的稻米，得了三十二两银子，足数足色，高高的兑了二十二两纹银，用纸包了，自己拿到张茂实南京铺内。张茂实和李旺都作了揖，让狄希陈在店前凳上坐了。

张茂实问道："前日那套衣服中得狄大嫂意么？狄大嫂性儿可是有些难招架哩！"狄希陈道："说不尽！得了张大哥的玉成，李哥的撺掇，完了这件事，可是感激不尽！若不是以心相照的兄弟，谁肯把这千乡百里自己紧用的衣服回了与我？李哥，你把天平取过来我使使。"李旺端过天平。狄希陈将二十两合二两的两个法马放在天平一头，从袖中取出那封银来，解开，放在天平一头，将天平两头稳了一稳，用小牛角椎敲了两敲，高高的银比法马还偏的一针，将银倒在纸上，双手递到张茂实跟前。张茂实道："狄大哥，你原来为人这们小气，这能有多大点子东西，我就送不起这套衣裳与大嫂穿么？那里放着我收这银子？你就要还我，迟十朝半月何妨，为甚么这们忙劫劫还不及的？这银子也还多着五钱哩。我收了原价也还不该哩，没的好收利钱么？"狄希陈道："这衣裳会自家走？不用盘缠么？这五钱银只当是加上的盘缠。"李旺道："相厚的弟兄，那论的这个？若要丁一卯二的算计起来，这二十一两多的本儿，待了这两个月，走了这二千里路，极少也撰他八九两银子哩，没的这也好合狄大哥说？"狄希陈道："是呀！我就没想到这里，我还补上。"张茂实道："你别听李哥的话，这原本我还不肯收哩，再讲利钱！"李旺道："狄大哥，他也不消再补利钱，看来张大哥也不好收。张大哥正拿银子籴不出大米来哩，狄大哥府上极细的大米，也照着下来的数儿，粜几石与张大哥，就彼此都有情了。"狄希陈道："李哥说的有理。我就奉送。"

三人说了一大会话，狄希陈辞了回家，果然送了大斗两石细米驮到张茂实家。张茂实称了三两六钱银子，虚点了一枪，狄希陈再三不受，止说的一声"多谢，容补"，罢了。张茂实合李旺做了一路，将五六两的一套裙衫，多得了三四倍的利息，你不感激他，倒骂了许多"呆屄养的"。

再说素姐忏悔了鹰神以后，又得了一套心满意足的衣裳，果然看待那狄希陈十分里面好了有一二分的光景，平日间那许多的非刑也都不大用了。这狄希陈若从此自己拿出那做男子的体段，不要在他面前放僻邪侈，却不也就渐次收了他的野心。争奈这样混账戴绿头巾的汉子，没等那老婆与他一点好气，便就在他面前争妍取怜，外边行事渐次就要放肆。

张茂实将一套衣裳用计多卖了二十两银，他又为这件衣裳吃了无限的大亏，其实也该将就他罢了。只为他令正吃了亏，报怨不了，在那白云湖岸亭子里边设了一席齐整酒肴，请狄希陈吃酒，说是为他送了大米，谢他的厚情，叫了一个美妓小娇春陪酒。这狄希陈若是知回背的人，晓的自己娘子的心性，凡在人家吃酒，惟恐有妓女引诱他的丈夫，把那跟随的人问了又问，还要不信，毕竟还差了那小玉兰假说送衣裳、要钥匙，连看一两次方罢。你看见有妓女在坐，你只该慌忙领他两杯，托了事故走得回家。他若不肯放你，你得空子逃席也是该的。谁知这狄希陈的流和心性，一见个油木梳红裙粉面的东西，就如蚂蝗见血相似，甚么是肯开交？张茂实合李旺更又有心捉弄，把小娇春故意的让在上面，与狄希陈并肩坐了。狄希陈不知张茂实用的是计，合小娇春手舞足蹈，不亦乐乎。

饮到酣畅时节，素姐晓得酒在湖亭，张茂实平素又是个风飘子弟，必定席上有妓。差了小玉兰，只说家中寻衣厨的钥匙不见，叫他去寻。小玉兰走到席间，正见狄希陈在那里与小娇春猜拳赌酒。狄希陈抬起头来，看见小玉兰来到，就似那贼徒见了番快，也不必如此着忙，不由得迎出席前问道："你因甚事寻到这里？"小玉兰道："姑娘紧要开那衣厨，寻不见了钥匙，特差我来要哩。"狄希陈道："总里钥匙都在一个包内，放在抽斗里边，你回去说知就是。"又把小玉兰拉到个背净去处，再三嘱付："你到家中，对了姑娘切忌不可说这里有个女人！你如不说，我任凭你做下甚么不是，我自己也不打你，我也不合你姑娘说，我分付狄周媳妇厨房与你肉菜吃。你长大出嫁的时节，我与你打簪环，做铺盖，买梳头匣子，我当自家闺女一般，接三换九。养活下孩子，我当自家外甥似的疼他，与你送粥米，替你孩子做毛衫。你要不听我说，学的叫你姑娘知道，他要打我一下子，我背地里必定打你两下。我死，你也活不成！我就叫你姑一顿打杀了，还有你爷爷问你讨命哩！再不，我合那头薛奶奶说。你忘了那一遭为你说舌头差一点儿没打杀呀？”

狄希陈合小玉兰说话，不妨张茂实逼在墙角里听，猛可的说道：“狄大哥，你既叫这孩子替你瞒藏，你陪个软儿央及他才是，你可降着唬虎他！”又说：“你到家对你姑说，这是我的婊子，与你姑夫不相干，休要叫你姑吃醋。”狄希陈道：“你张大爷哄你哩。你到家连你张大爷的这话也别说。”又自己到席上取了些果子点心，放在玉兰袖内。

小素姐的家法，只是狄希陈没有耳性，好了创口，忘了疼的。那小玉兰是领熟了他大教的，敢在他手里支吾么？你就响许他万两黄金，他也只是性命要紧。你就唬他，背后要打他，也只怕那现打不赊，落得骗了些果子吃在肚里，且又做了行财买免的供招。进的门，见了素姐，学说：“我到了那里，亭子上摆着一桌酒，张大爷还合一个大高鼻梁的汉子，我不认的他。又有一个穿水红衫子老婆，合俺姑夫在上面一溜家坐着，合姑夫猜枚。姑夫见我进去，问我是做甚么。我说：‘俺姑待开衣厨，寻不见钥匙，叫我来要哩。’姑夫说：‘钥匙包子在抽斗里，不是么？’把我叫到背地里嘱付，叫别合姑说有老婆。”将那狄希陈分付的话学了个通前彻后，一字不留。把个素姐气的挝耳挠腮，椎胸跺脚，发放小玉兰，叫他疾忙回去，叫狄希陈即刻流水回来：“若稍迟一刻的工夫，我自己跑到那里砸了家伙，掀了桌子不算，我把一伙子忘八淫妇，我叫他都活不成！”

小玉兰哭丧着脸，走到湖亭席上。狄希陈唬得魂飞天外，张茂实以为中计欢欣。小玉兰说：“抽斗没有钥匙，叫姑夫快往家里自已寻去哩。”狄希陈唬的个脸弹子莹白的通长没了人色，忘了作别，披着衣裳，往外飞跑。张茂实赶上，死拖活拽的说道：“好狄大哥，怎么就上门子怪人？虽是做的菜不中吃，酒又不好，可也是小弟的一点敬心。粗饭也没上了，这粗妓也还没奉陪一陪。”李旺又在旁着实挽留。狄希陈在外一边挣，一边说道：“二位哥体量我，到家就来。要扯了谎，就是个禽兽畜生！”张茂实只是扯住不放。狄希陈道：“张大哥，你请我是好，你这不是安心害我哩？”惹的那妓者小娇春呱呱的大笑，说道：“你二位叫我都不省的，那客极的这们等的，放他去也罢了，主人家只是不放。其实主人家既是这们苦留，做客的就住下再吃三钟，这都没有妨碍。不知怎么客只待去，主人家只待留，这就叫我不省的了。”

小玉兰见张茂实只是拉着狄希陈不放，就擦眼抹泪的哭道：“你放了俺姑夫去罢，是你的便宜。俺姑说来，要去的迟了，俺姑要自己来哩，打了家伙，掀了桌子，还叫你淫妇忘八都活不成哩！”狄希陈听见这话，越发往外死挣，口里只说：“你是张叔！张大爷！张爷爷！张祖宗！可怜见，你只当放生罢！你就不怕伤阴骘么？”张茂实还扯着胳膊不放。狄希陈看见旁里一个割草的小厮，腰里插着一把镰，拱倒腰，绰在手里，口里说：“罢，罢！我卸下这只胳膊给你，我去罢！”拿起来只一割。亏不尽穿着一领白绸褂子，袖子虚空着，没蹭着肉，止割破了袖子，胳膊割了一道深口，没曾卸的下来，从袖中鲜血直流，张茂实方才放手。

狄希陈及至到家，浑身上下通是染了个血人。素姐见了这等形状，也未免把那算计酷打的心肠去了一半。小玉兰又把那狄希陈这样往外挣，张茂实怎样拉着不放，狄希陈着极夺镰砍胳膊说了一遍。素姐不听便罢，听了“怒从心上起，恶向胆边生”，拉过一条裙子穿上，腰里拽着①个棒椎，就往外跑，小玉兰后头跟着也跑。调羹从厨房里看见素姐凶凶的往外去，正不知是何头路，急着人寻了狄员外来家，说知素姐飞奔往外去了，不知何故。又到狄希陈房里，见狄希陈使血染了个红人，知是胳膊受伤，慌乱着寻陈石灰合柳絮、明府骨头，与他搽敷。

再说张茂实放的狄希陈去了，合李旺、小娇春笑说："这计何如？尖嘴小厮，做弄的我差一点儿也没把俺婆子一顿打杀，叫我丈母当日打了一顿。做弄叫他婆子打了第二顿，坐软牢，丢了百五十两银子不算，这会说书，浑深又是一顿好打。"小娇春道："嗔道叫我说，怎么来，极的他这们等的，你只是不放。原来是用的计么？"张茂实道："不是为计，我舍钱请他哩！且叫他这会子家里受罪，咱三个且这里自在吃酒。"

正在得意之际，只见一个二十岁上下的少妇，穿着家常衣服，雄赳赳的走进亭来。众人也不料就是素姐，各人彼此相看。素姐走到跟前，把桌子一掀，连碗掀在地上，跌得稀泥烂酱，一只手扯住张茂实的裤腰，从自己腰里扯出那拽着的棒椎，照张茂实身上，你看那雨点儿似的打。张茂实使手招了一招，劈指头一下，打的五个指头即时肿的像了鼓椎。张茂实道："了不的！通没王法了！你是谁家的老婆，平白来这里打人？"素姐再不答应，只是轮椎。李旺起先还向前来劝，后来说道："这不是别人，一定就是狄大嫂。"素姐才说："忘八淫妇们！你早认的我好来！你攒谋杀了我汉子，还敢在这里吃酒！俺汉子已是断了气了！"张茂实死挣不脱。

李旺合小娇春听见狄希陈死了，只道是当真，夺门就跑。素

① 拽着——掖着。

姐拦着门，说：“忘八淫妇！谋杀了人，你往那去！我待饶那一个哩！”李旺空大着个鼻子，雄赳赳的个歪人，见了素姐这们个丢丢秀秀的美妇，李旺，李旺，把那平日的旺气不知往那里去了。东看西看，无门可出，只有亭后一个开窗，得了个空子，猛可的一跳，金命水命，就跳在湖中，踏猛子①赴水逃走。小娇春也只得跳在湖里逃命，可只不会赴水，汩没得像个凫雏一般。

张茂实挨着打，口里只管说道：“好狄大嫂！你怎么来？你打世人哩么，打的没点情分？”素姐说：“贼砍头的！我合你不是世人是甚么？”张茂实道：“好狄大嫂！咱倒的同不的世人，我千山万水捎的心爱衣裳，狄大哥说声嫂子要，我双手就送；我将酒请人，并无恶意；这小娇春是我相处的，你那里放着只管打我？我合狄大哥是同窗，我大起他，还是你大伯人家哩。”张茂实口里似救月一般，素姐那里肯放。张茂实左架右招，素姐东打西椎。幸得李旺赴水上崖，湿的身子就如个冒雨寒鸡，跑到张茂实家怪叫喊的道：“张大嫂，你还不快着去哩！狄大官娘子待中把张大哥使棒椎打杀呀！我赴水逃命来了！”

智姐听说丈夫被人使棒椎痛打，还那里顾的甚么体面，飞奔也似的奔到湖亭，正见素姐行凶，张茂实受痛。智姐骂道：“贼砍头的！我说的话你白当不听！我这们再三的说，凡事别要太过，已是够他的了，你拿着我的话当狗臭屁，可吃他们这场亏！这可是为甚么，使了钱又受疼呀？没的一个老婆，你就招架不住他么？叫他像拿鸡似的！”智姐往素姐手里夺那棒椎，那里夺的下。拍他那扯着裤腰的手，那里拍得开。智姐极了，把张茂实的一条白绸单裤尽力往下一顿，从腰扯将下来，露出那根三寸长、

① 踏猛子——扎猛子。

虎口粗、软丢珰一根大屌，东摇西摆。素姐只得放了手，用袖遮了脸，一直的才出湖亭去了。

张茂实见素姐去的渐远，方敢骂道；“你看这恶私窠子浪淫妇么！打我这们一顿！这不是你这妙计，我还挨他的哩。”智姐说道：“该！该！你往后我凡说甚么，你还敢不听么？”替张茂实戴上巾帽，穿了衣裳。叫人抬了打毁存剩的器皿，央央跄跄的同智姐走了回去。

素姐到家，只见狄希陈正上完了刀创药，用绢帕裹着，肿的一只胳膊瓦罐般红紫。素姐自己把汉子拷贼的一般毒打，他就罢了；见了别人把他的胳膊致得这样，心中也有些疼痛。家下的都料得他猛熊一般，出去打骂了别人，将这一肚皮恶气必定要出在狄希陈身上。谁知他便也不曾敲打，只骂道：“你这污脓头忘八羔子！有本事养老婆，就别要这们害怕，你就来家，我有长锅呼吃了不成？为甚么对着人自家砍自家的胳膊？你是待形容我那恶处，你做春梦哩！我薛老素不怕人败坏，我不图盖甚么贤孝牌坊！你问声，那年张家盖牌坊，老婆汉子的挤着看，我眼角儿也不看他！你背着我养老婆，天也不容你，神差鬼使的叫你自家砍那手！”

素姐每日咽哝带骂絮叨个不了，狄希陈疮口发的又昼夜叫唤。狄员外寻人看视，百不见好，有人说府城西门外有个艾回子，是极好有名的外科。狄员外封了三两白金，差人牵了骡子，径上济南接他。

艾回子推着一把拉着一把的骑着骡子来了，看的狄希陈是房事冲坏了疮，外头不收口，只往里套①，务要将外边死皮用药蚀

① 套——烂。

去，然后再上细药生肌。要不早治，这只胳膊都要烂吊。“你没听府里南门上杨参将家一个家人媳妇，原是黄举人家的丫头。黄举人的娘子，病的临终嘱付：‘这丫头服侍了这几年，好生替我寻主嫁他。’黄举人依他嘱付，许了杨参将的家人，收了他五两财礼，倒赔送了十两多银子的东西。他嗔黄举人不留他在房里，来到杨家，百口良舌，咒骂旧主人家。忽然长起蝼蛄疮来，消不的两个月，长对了头，只是往里蚀。请我去看。我认的是报应疮，治不好的，我没下药来。果不其然，不消十日，齐割扎的把个头来烂吊一边。

“西门里头马义斋长了对口，也是请我去治。我看了看，我说：‘这声势大难治呀！我只是破着治治，好了，你是另拾的命；你要不好，也别怨我，另托生托生新鲜。’旁边火盆上顿着翻滚的水，使筷子夹着棉花，把滚水往上撩，他觉也没觉。我日夜陪着他，费了有一百日的工夫，已是待中长平口了。那一日家中有件要紧事，我待到家走走。我千万的嘱付，我说：‘这疮只待的半个月就通好了。我的功劳已是有了九分九厘，再得一厘，就是十全的大事完了。我去后，千万不可行房。要是发了，这疮就是神仙也救不活了。’我刚只来后，家里支使着一群大磐头丫头，搽胭抹粉，就是一伙子妖精，见我来了，书房里没了别人，没事到那里晃三回，不送茶也去送茶，不送水也去送水，在那跟前乜乜斜斜的引逗他。一个少年人，一百多日没有闲事，又是疮的火气助着，把我嘱付的话忘在九霄云外去了，合一个丫头小玉杏在床沿上正干，谁知一个小迎春就是一个刘六刘七的老婆，把那帏屏使簪子扎了个眼，看了个真实不虚，猛可丁的吆喝了一声：‘小玉杏！娘叫你来与爹送茶，叫你来要爹哩么？’马义斋没由分说，上前一手把小迎春拉到床沿上，复翻身又是一下子。那消一大会子，当时气喘咳嗽，即时黑了疮口，到点灯的时候，长的嫩肉都化了清水，唬的可一替两替的使人寻我。我那日偏偏的又吃两杯酒。我只听见说了一声叫我，跺了跺脚，说：‘可罢了！’正一头酒的人着了这唬，酒都唬的醒了。流水跑到那里看了一看，疮口像螃蟹似的往外让沫①哩。裂着瓢那大嘴怪哭：‘艾哥，你好生救我！我恩有重报！’叫我说：‘别说我艾前川手段不济，只怕就是吕洞宾也要皱眉。我救不得你了，你快着叫人替你预备后事罢！’我只刚到家，他那里张了张口，完事了。我别说费了多少的药材，只这陪着你待了一百多日，把四下里的主顾都耽误了。他那没天理的老婆，不说自己管家不严，叫丫头送了汉子的命，倒说是我勒掯要钱，不与他汉子下药，耽误了他汉子的命了。将着一家大小，穿着孝，往我的铺子门首震天震地的哭，一日三遍到铺子门口烧纸送浆水。你说，这恼不杀人么？你的这疮明白是刀砍的，敷上刀疮药，这们少年血气旺的人，破着一个月，长得好好的，谁叫你自不谨慎，行了房把疮弄得顽了，这要不费百日工夫，这条胳膊就是不姓狄了！”

狄员外听说，甚是耽心，送了一两开箱喜钱。那艾前川将疮用水洗净，说：“要上加蚀药，将丁皮腐肉尽数蚀去，方可另上细药，才好生肌。这败肉得四五日的工夫方可蚀尽，可是要忍些疼儿。我今日住下，晚上替你敷上蚀药，再留下两帖膏药与你。我明日起早，你着人且送我家去。我安一安家，收拾些药。这药都是贵物，还得到家折损些甚么才好修合哩。”狄员外道：“这往返一百四五十里地哩，好辛苦走路呀。该用什么药，你开出单来，咱叫人府里买去。家里我也叫人送粮米去安家。”艾前川道：

① 让沫——吐沫。

"这必定还得自己到家。一应珍珠、冰片、牛黄、狗宝、朝脑、射香，都是我自己收着，没教别人经手。这升轻粉、打灵药、切人参、蒸天麻，都要一副应用的器具哩，这都要费措处。我自己不到家，怎么成得？脱不了这蚀败肉还得四五日的工夫。这四五日里边，我到家不都俱各完了？"

狄员外留他不住，只得许他次早家去。明早起来，打发他吃了饭，鞴了骡子，叫了觅汉跟着，称了三两银子，叫他自家随便买药。他又不肯直捷收去，说道："不消银子。这药就只珍珠是贵药，我家里有收着的。新近一个贩珍珠的客人来，我换了他有半斤，都是豌豆大滚圆的珠子。这药使不的二两多银就够了。冰片，咱家里也有。除了这两件，别的甚么黄芪、甘草、芍药、当归，那能使几个钱？咱是一家人，何必论这个？"狄员外道："虽是家里有，可也要使钱买，把这银子收了倒好。"这艾前川口里说着推辞的话，已是把银子袖到袖中去了。狄员外送他上了头口，说道："第四日准准的望你来到。"千叮万嘱而别。

狄希陈那日临睡的时节，艾前川与他洗净了疮上了蚀药，贴了五虎膏。睡到五更，这疮一步步疼得紧将上来。狄希陈叫他父亲与艾前川说知，艾前川道："这要蚀去败肉，怎得不疼？我昨日已是说了，这坏了的疮，叫他起死回生哩。要一点苦也不受，你倒肯呀？"及至艾前川行后，这疮一时疼似一时，一刻难挨一刻，疼的发昏致命，恶心眼花，只是愿死，再不求生。再要问他声所以，那里得个艾前川撧到跟前。疼到半夜，一阵阵只要发昏死去。狄员外只得替他揭了膏药，用温汤洗净，只见那疮都变了扭黑的颜色，蚀有一指多深，把肉都番出朝外，渐觉疼稍可忍。

却说艾前川到得家内，那里甚么合药，拿着那狄家的四两花银，籴米称面的快活。跟去的觅汉见他第四日不肯起身，再三央请他，甚么肯动？见觅汉催得紧了，方说：“那疮是个治不好的低物件，我看你家又是个舍不得钱的人家，这疮难治，我不去了。你牵了骡子去罢。”觅汉道：“好你呀，这是说的甚么话？你不治，可也早说，怎么耽搁这几日？你怎么就知道俺主人家是个舍不得钱的？俺主人家七十的人了，只有这一个小主人家，甚么是大事？你要钱明讲，怎么耽误着人家的病哩？”艾前川道：“你要叫我治这个疮，你流水家去，与我二十两银，先与我十两，其余的十两立个帖儿，待我治好了谢我。要依我如此，你到家拿了十两银合立的帖子来，我就去。要不依我，你就不消来，我待往泰安州烧香去哩。”觅汉无可奈何，只得牵了骡子，独自回家，将艾前川的说话一一对狄员外说了。不知狄员外如何措处，其说甚长，再听后回衍说。

第六十七回

艾回子打脱主顾　陈少潭举荐良医

一膏能值几？末药岂钱多？贪心如壑是疮科，惟愿将人全产往家驮。细君心亦恨，干仆怨难磨，毁伤厨柜与炉锅，准去紫花皮袄没腾挪。

右调《南柯子》

自从艾前川去后，狄希陈那疮疼的见鬼见神，杀狼地动的叫唤，只得将膏药揭去，末药洗净。虽然痛觉少止，那疮受了那毒药的气味，扭黑的锁住了口，只往里蚀。等那艾前川到，一日即同一年，极的个狄员外眼里插柴①。等到第四日，狄员外就像卧不定的兔儿一般，走进走出，甚是心焦。等到午转时候，远远的不见艾前川，只见跟他去的那个觅汉骑了骡子回来。狄员外不见艾前川来到，问了一声，给了个闭气。觅汉把自己那怎样央他，与他那要银子立文书怎么刁蹬②的情节，一一说了。狄员外乍然听见，那痛儿子的心盛，也不免躁极了一会，随即转念，说道："罢，罢！这是用他救命哩，合他赌的气么？甚么是先与十两，后与十两，又好立张文书！我爽利就把这二十两银一总与了他。他若有本事一日治好了，也是这二十两谢礼。你去吃了饭，我设处了银子，你把咱那黄骡合那青骒骡喂上，你骑着一个，牵着一个，快些回去接了他来。就今日赶不进城去，你就在东关里宿

① 眼里插柴——急得眼里冒火。

② 刁蹬——刁难、敲诈。

了，明日早进城。我赶日西专等你到。这骡只怕乏了，留下他罢。”

狄员外合觅汉正在大门外说话，一个后街上住的陈少潭走来，狄员外迎到街心，作了揖，狄员外道：“陈老哥，你待往那去？家里坐坐吃茶。”陈少潭道：“我还有点小事儿待做哩，改日扰茶罢。你脸上忙忙的是怎么？”狄员外道：“我心里不自在。陈老哥，你就看出来了么？学生砍着胳膊，不知怎么把疮就发了。请了府里的艾回回来治，他说回家去配药，临去上了些细药面子，贴上膏药，疼的个孩子杀毛树恐①的叫唤。我从新叫他揭了膏药，把那面子药洗了，疼觉住了些，把那疮弄的扭黑，只往里蚀。他倒挨靡了今日四日，他爽利不来了。他说：‘你要叫我治这个疮，你与我二十两银，先给我十两，再立十两的帖儿与我，好了再与我那十两。’你要钱可也自家来，你一边治着一边要不迟。这是甚么事？你且高枝儿上站着勒摹哩！”陈少潭道：“他既是这们等的，你可怎处？”狄员外道：“咱用他救孩子的命哩，咱说的么？什么先十两后十两哩！我爽利一总给他二十两去。他满了心，他可来呀。前日他来，送了一两开药箱的喜钱，临去又与了他三两银配药。”陈少潭说：“咱到里头坐坐。”

狄员外让到客位，拱手坐下，叫人家去看茶。陈少潭道：“这艾满辣号是艾前川呀。狄哥，你素日合他相厚么？”狄员外道：“那哩？也是听见人说，平日不认的他。”陈少潭道：“你不认的，你就冒冒失失的请他？这外科十个倒有十一个是低人，这艾满辣是那低人之中更是最低无比的东西，你就合他打结交？他自来治人，必定使那毒药把疮治的坏了，他才合人讲钱，一五一

① 杀毛树恐——即寒毛竖孔，形容因极度恐惧或痛苦发出的呼叫声。

十的抠着要。他治坏了的疮，别人又治不好了，他‘蛇钻的窟窿蛇知道’。历城县裴大爷臁亮骨①，使手蒯了个疮，疼的穿不得靴，叫他治治，他就使上毒药，差一点儿没把裴大爷疼杀。差了两个快手鹰左脚锁了去，裴大爷没由他开口，就套夹棍。他那片嘴就像救月儿一般，说：‘老爷，这虽是伤手疮，长的去处子不好，汤汤儿就成了臁疮，叫那皮靴熏坏了，要不把那丁住的坏皮蚀的净了，这光骨头上怎么生肌？凡百的疮，疼的容易治。这疼一定是蚀净了败肉，医生能叫老爷即时就止了疼，次日就干了脓，第二日就收口，第三日就好。如再治不好，领老爷的夹打不迟。’老裴说：‘且放起他来，三日治不好，叫他死不难！’他弄上点子的药，熬了些水替他洗了，上了些面子，换上了帖膏药，那疼就似挝了去也没有这们快，可不只三日就好了！老裴说：‘你在本县身上还这们大胆，你在平人手里还不知怎么可恶哩！你只别治杀了人，犯在我手里，我可叫你活不成！赏他一两银子去罢。’他的丈母也是长了个疖子，问他要了帖膏药，他也把那起疼坏疮的膏药与了他一帖，把个老婆子也只差了一点儿没疼杀。老婆子上门来发作，他可雌着嘴笑，叫他老婆兜脸打了几个嘴巴。他说：‘我知道真个是他用来么？我当是他要给别人贴来。另拿帖膏药贴上，罢呀仔么？’只是马义斋家好哩。马义斋可别屈了他，他倒没治杀他。马义斋死了，他全家大小穿着孝，一日三遍往他铺子门口烧纸哭叫，作贱了个臭死。捏着头皮儿，只怕老裴知道他治杀了人，合他算账。论他实是有几个极好的方，手段也极去的，只是为人又歪又低。你昨日只该请南门外岳庙后的赵杏川好来，是王府的医官，为人忠诚，可是外科的那些歪憋他

① 臁（lián）亮骨——指小腿的两侧。

没有一些儿。但这外科们可也怪不的他，不肯使手段，人可也就不肯给钱。本事尽好，家里可穷。你这去要是艾满辣再勒措不来，你就请了赵杏川来，你说是我荐的。治好了，你有四五两银子谢他，他就知感不尽的，不照依那歪屄养的又歪又吃大食。”狄员外道：“他既是这们歪憋，咱不请他，咱就请赵杏川罢仔么。”陈少潭道：“你已是叫他治了会子，又与了他三四两银子买药去了，怎么又好换的？爽利叫他治罢。”狄员外道：“要是再没有别的好人，咱只得求他；既是有赵杏川这好相处的人，咱放着不合他相处，可合这歪人皮缠为甚么？万一来到，咱一错二误的管待不周，或是他再另起甚么念头，他再使出甚么低手段来，这孩子可是难搭救了。咱就像马义斋家往他铺子门口烧纸哭叫，就叫他偿了命，济的甚么事？陈老哥就央你写个字儿，封二两银子，叫他家里安排安排，咱请了赵杏川来罢。”陈少潭道：“咱改了请赵杏川，那艾前川买药的三两银子只怕倒不出来呀。”狄员外道：“那买药的三两银是咱不消提的了。”陈少潭道：“这也罢了。你取个封套合个折柬儿来，我就在这里写个字罢。”

狄员外叫人取过文房四宝。陈少潭研墨舒纸，写道：

侍教生陈治道拜上杏川赵兄门下：久违大教，渴想，渴想。有舍亲狄宾梁令郎长一疮，生盛夸赵兄妙手，舍亲敬差人骡薄礼，专迎尊驾，幸即亲临敝镇。倘得痊愈，恩有重谢，不敢有违。速速！专候。治道再叩。

将书递与狄员外看了，封口严密，封了二两书仪，差了觅汉，星飞前去迎接赵杏川前来治疮。觅汉骑着一个骡子，牵着一个骡子，飞奔而去。

却说艾前川料的狄家父子是个庄户人家，只晓得有个艾满辣是个明医，那里还晓得别有甚人。且是那三两买药的银子是个管头，怕他再往那去？单单等那觅汉回来，不怕他不先送这十两银子合那十两的文书。只见呆老婆等汉的一般，等了一日不到，已甚觉心慌。等了二日不来，看看的知道有些豁脱。等到三日不见狄家人到，艾前川自己已是又焦又悔，怎又当得个老婆走在耳朵边唧唧哝哝个不了，千声骂是“贪心的狠忘八”，万声骂是“喂不饱的狠强人”，“这们一个有体面大手段的人家，不会拿着体面去使他的钱，小见薄德的按着葫芦抠子儿。你既然是显了手段，叫人受着苦，你可还快着去治他呀！你可又勒摹不去！人受一口气，宁喂狼不喂狗的人，要是给人个好手段，别人叫他疼，你能叫他别疼，你可回家不去了，人还有想你的。你把人治的叫苦连天的，你可勒摹着人家不去，人可为着甚么想头还想你么？捎来买药的三两银子，你使了他的。他说不请你看疮了，他没有不来要这银子的。咱先讲开，我的几件绢片子，我可不许你当我的，你就别处流水刷括了给他。县上老裴张着网儿等你哩，要是嚷到他耳朵里，只怕你不死也去层皮！”翻来覆去，这老婆的舌头絮叨个不了。

这艾回子平日是个惧内的人，如今吊了一股大财，且又要倒出那三两银子去，已是一肚子闷火；再搭上一个回回婆琅珰①着个东瓜青白脸，翻撅着个赤剥紫红唇，高着个羊鼻梁，凸着两个狗颧骨，三声紧、两声慢，数说个无了无休，着极的人激出一段火性，把那柜上使手尽力一拍，嚷道：“没眼色的淡嘴贼私窠子！你劈拉着腿去坐崖头挣不的钱么？只在人那耳旁里放那狗臭屁不了！我使那叫驴鸡巴搗瞎你妈那眼好来！”

看官听说，那回回婆毒似金刚，狠如罗刹，是受老公这样骂

① 琅珰——搭拉。

的？登时竖起双眉，瞪了两眼，吼的一声，伸过手去，把一顶八钱银子新买的马尾登云方巾捋将下来，扯的粉碎，上边使那紫茄子般的拳头就抿，下边使那两只稍瓜长的大脚就踢，口里那说不出口、听不入耳的那话就骂。这艾前川既是惹发了他的性子，你爽利与他反乱一场，出出你那闷恼，却不也好？谁知见他咆哮起来，回嗔作喜，赔礼不迭。那回回婆既是开了手脚，甚么是再收救得住，声声只说："该千刀万剐的死强人，从几时敢这们欺心！我合你过你娘的甚么臭屄日子！"把一个药箱，拿起那压药铡的石狮子来一顿砸的稀烂，将一把药铡在门槛底下别成两截。走到后面，把一个做饭的小锅、一个插小豆腐的大锅，打的粉碎。又待打那盆、罐、碗、盏、缸、瓮、瓶、坛，艾回子只得跪了拉他。那回子平日是晓得些把势的人，谁知触怒了凶神，甚么把势还待使得出来，叫他就像驱羊遣狗相似。

正在那里夫妻相打，觅汉请到了赵杏川，送了书礼，许了即时收拾药料衣装，时下就要起身。觅汉想道："赵医官收拾行李，必定也还有一会工夫。艾回子既然勒摹不去，另请了别人，他前日那买药的三两银子，主人家说舍吊不问他要，我如今到他那里问他要那银来。陈爷说他怕的是那历城县裴大爷，他若不与我时，我拾他两头，拉了合他往历城县门口声冤。他总不肯全付还我，就是二两一两也好。"凶凶的走到那边。艾回子正与老婆合着气，看见那觅汉手里不曾拿着甚么书礼，又不曾牵着甚么马骡，满面怒容，料得不是甚么好的光景，勉强说道："管家，你此来是接我哩么？"觅汉道："不用你了。你说的那话，我尽都与主人家说了。主人家说，你若用心看得好了，莫说二十两半现半赊，就是预先全送也有，就是再添十两三十两也有。你把人使了毒药，叫人要死不活，你却支调来家，勒摹不去，情上恼人，赌气不叫你治，差了人往临清另请人去了。叫我来要那买药的三两银子哩。那一两原是送你开箱的喜钱，免追罢了。”艾回子道：“好管家，那一日我吃了几钟子烧酒，空心头就醉了，你又催逼着我起身，我酒醉中说了几句不中听的臭屁，谁料你就认了真，对着狄员外说。狄员外是错待了人的，可不叫他怪么？我见你去了又不回来，叫我想道，只怕是我那清早醉了，说了甚么不中听的话叫你去了，俺婆子才一五一十的学给我。俺婆子抱怨，说我把财神使脚踢。我又后悔，没要紧大清早神差鬼使的吃了这血条子，甚么脸儿见你员外？羞杀人！管家，你牵的是甚么头口？我即时就合你去，一切用的药，我都收拾停当了。”

觅汉道：“俺员外没说接你去，只说：‘你问他要了那三两买药的银子来。你若要不将来，我坐你的工价。’”艾回子道：“那银子我已尽数买过药了，那里还有银子？这是员外不耐烦我的话。你没有生口，咱走到东关春牛庙门口，我自己雇上个驴去。我尽着力量治，治好了，我也不敢望谢，只结个相识。”觅汉道：“俺往临清另请好明医去了，不用你治。你只把那银子给我拿了去。”艾前川道：“银子使了，你改日来取罢。”觅汉道：“改日取罢！你只再说不给，你试试！”艾前川道：“有银子肯不给你么？实是买药使了。要不，你拿了药去。再不，你等着使了药，另撰了钱给你。”

觅汉照着艾前川的胸膛猛割丁拾了一头，扯着就往县门口吆喝道：“你骗了人家的钱来，勒掯着不替人治疮，把人的疮使低心弄的恶发了，误了人的性命，咱往县里禀裴大爷去！”艾前川口里强着，身子往后倒退。那回回婆从里头提溜着艾前川一领紫花布表月白绫吊边的一领羊皮袄子，丢给那觅汉，说：“那银子他已使的没了，你拿了这皮袄子去。他有银子，你赎与他，他没银子赎，你怕卖不出三两银子来么？”觅汉道：“要不将银子去，员外坐我的工食哩。我要这穷嫌富不要的杭杭子做甚么？”回回婆道：“你拿了去，由他！这皮袄子是他的命，他出不去三日，情管就赎。我是恨他心狠，打脱了主顾，正合他为这个合气哩。你听着我说，你拿了他，好多着哩。”觅汉道：“既是你这娘娘子说，我就依着，破着不赎，算了我的工食，我穿着放牛看坡，也是值他的。”拿着去了。艾前川无可奈何，极的只干瞪眼，三两银子换去了五两银子的一件皮袄，家里打了够五六两银子的器皿，受了老婆的够一布袋气，受了觅汉的许多数说，受那街上围着看的人说了多少不是。

觅汉拿着皮袄回到赵杏川家，恰好赵杏川收拾完备，留觅汉吃了饭，将两个骡子撒喂了草料，觅汉把那皮袄垫在自己骑的那头骡上，同着赵杏川加鞭前进，没到日西，到了明水家里。狄员外豫备下的酒饭，又着人去请了陈少潭来相陪。

那赵杏川大大法法的个身材，紫膛色，有几个麻子，三花黑须，方面皮，寡言和色，看那模样就是个忠厚人。吃了不多两杯酒，用过了饭，同着陈少潭、狄员外去看狄希陈。解开缚胳膊的绢帕，揭了膏药，赵杏川端详了一会，说道：“这不是刀斧伤的疮么？”狄员外道：“果是刀砍的来。”赵杏川道：“起先不谨慎，把疮来坏了。叫谁看来？又叫人用了手脚，所以把疮弄的恶发了。”狄员外道：“这疮也还治的么？若治好了，恩有重谢，不敢有忘。”赵杏川道：“这又不是从里边发的毒疮，不过是皮肤受伤，只是叫人受了些苦，无妨的。这疮容易治。”寻下药吊子①，赵杏川开了药箱，攒一帖煎药，用黄酒煎服，狄希陈服下，当时

① 药吊子——即药锅。

止住了疼。又攒了一股药，煎汤把疮来洗净，敷上末药，贴上膏药。次日，揭开看，把那些败肉渐次化动，又用汤药洗净，从新上了药。次日，败肉都已化尽，又用药汤洗净，另上生肌散，另换膏药。三日以后，沿边渐渐的生出新肉，红馥馥的就如石榴子儿一般。十日以外渐渐平复。赵杏川时刻将他守住，不许他私进家去，刚得二十日就收了平口。赵杏川仍旧陪了他十日，足待了一个月。叫他服了二十剂十全大补汤，终是少年血气旺的人，调养得壮壮实实的个人。

赵杏川要辞了回家。狄员外除这一月之内，叫人往他家里送了六斗绿豆、一石麦子、一石小米、四斗大米、两千钱，不在谢礼之内，又送了十二两银、两匹棉绸、一双自己赶的绒袜、一双镶鞋、二斤棉花线、十条五柳堂大手巾。赵杏川收了那四样礼，抵死的不收那十二两银。狄员外再三固让。赵杏川道：“适间若是二三两，至多四两，我也就收的去了，送这许多，我倒不好收得。原不是甚么难治的疮，不过费了这一个月的工夫，屡蒙厚赐，太过于厚。”狄员外见他坚意不收，只得收回那十二两的原封，另送了四两贶敬。赵杏川方无可不可的收讫。狄员外又盛设送行，请了陈少潭、相栋宇、崔近塘一伙亲友奉陪，尽欢而散。后来狄员外合赵杏川结成相知，遇麦送麦，遇米送米，连年不断，比那不收的十两银过去了几倍。这些后来没要紧的事不必烦琐。

却说那个觅汉叫是常功，诈了艾前川那件皮袄，也还指望他拿银子来赎去，不敢轻动他的。等到十月，过了小雪，及至十二月，到了小寒，不见他来赎取，凡遇赶集，瞒了狄员外把这皮袄插了草标去卖。这件东西，那有钱富家的人，一来谁家没有自己的羔皮，去买这见成来历不明的物事？那没钱的穷人，谁家有这三四两银子买这件皮道袍，穿在身上，又打不得柴，耕不得地。所以每集去卖，每集都卖不去。到了次年正月初一日，常功想道：“这有幅子大袖的衣裳，那里见得只许有钱的人穿。那穷人不穿，只因没有，我既有这道袍，那见的穿他不得?”年前集上二十四个钱买了一顶黑色的羊毛毡帽，老婆亲手自做的一双明青布面沙绿丝线锁的云头鞋，将那帽戴在头上，把鞋穿在脚下，身上穿了那艾前川的紫花布面月白绫吊边的羔皮道袍。艾前川身瘦却长，常功身肥却短，穿在身上，半截拖在地中。初一五更起来，装扮齐整，先到了龙王庙叩头，祝赞龙王叫他风调雨顺。又到三官庙叩头，祝赞天官赐福，地官赦罪，水官解厄。又到莲花庵观音菩萨面前叩头，祝赞救苦救难。同班等辈之家，凡有一面相识之处，与夫狄家的亲友，只为穿了这件衣裳，要得衣锦夸耀，都去拜节。致得家家惊怪，人人笑谈，都猜不着他这件衣裳从何而得。又到狄家与狄员外、狄希陈拜年。狄员外出来见了，正在诧异，问道：“你那里这们件衣裳？古怪的紧①!”谁知这穿了道袍的人，他便不肯照平时一样行礼，一连两三拱，拱到客位里边，将狄员外拉到左手站住，说道：“讨个毡来，这新节必要拜一拜才是。”狄员外忍不住大笑，说道：“你是醉了?”叫狄周好生打发他吃饭。狄员外抽身走进家去，常功拣了头一把交椅朝南坐下，只见众人都齐齐的看了笑话。他自己也觉得没有兴头，说道：“人家‘只敬衣衫不敬人’，偏我的衣衫也没人敬了。”

狄员外到家，对了调羹合狄希陈告诉了，大笑，又说：“他却是那里得来的？我绰见里边一似有月白绫做里的。”狄周道：“他穿的是件羔儿皮袄子，还新新的没曾旧哩。从头年夏里接赵

① 紧——很。

医官来家就有了这袄子。问他，他说是买的。每日赶集去卖，没有人买，他爽利自家穿了。”狄员外道：“这事蹊跷！他那里买的？别要有甚么来历不明带累着咱，可再不只怕把赵杏川的皮袄偷了来，也是有的。”狄周道：“不相干，他背在他骑的骡上，赵医官见来。怎么听他那口气，一似鳖的艾回子的。”狄员外道：“那艾回子好寡拉①主儿，叫他鳖这们件皮袄来？这事别当小可。要从咱这觅汉们弄出事来，咱担不起。你叫了他来，咱查考他查考。”

狄周寻到他家，那里有他的踪影。寻到三官庙里，正穿着那件皮袄，嗑着瓜子，坐着板凳，听着人说书哩。狄周走到跟前，常功说道：“你来听说书哩？这书说的好，你来这里坐着。”狄周道：“员外叫你说甚么哩，你流水的去。”常功道：“我清早赶头水去与员外拜节，不瞅不睬的，又叫人说甚么的？”狄周道：“为你清早去拜节，没的待你，请你去待你待哩的。”

常功只得跟狄周到家。狄员外问道：“常功，你这穿的皮袄子是那里的？”常功道：“是我府里买的。”狄员外道：“你使了几多银钱买的？”常功道：“我使了一两银买的。”狄员外道：“那里的一两银？你买的谁的？你买这待怎么？”“头年里我去接赵医官，到了南门里头，撞见个人，拿着这皮袄卖。他说了二两，我还了他一两，我也只当合他顽顽，他就卖了。我只有六钱银子，还问赵医官借了四钱银，添上买了。”狄员外道：“你这瞎话哄我！你才认的赵医官，怎么好问他借银子？他甚么方便主儿，有四五钱银子借给你？”常功道：“谁问他借来？他见我商量，他说：‘这皮袄便宜，该买他的。’我说：‘有六钱银子，不够买的

---

① 寡拉——掠夺。

呢。'他说：'你差多少，我借给你。'我说：'我只有六钱。'他就借了四钱给我，我就买了。"狄员外道："这又是买的了？你偷的那艾回子的皮袄呢。"常功道："那里的瞎话！我偷甚么艾回子的皮袄？"狄周道："你别要合员外强了，近里艾回子捎了字与员外，说他的皮袄被他眼不见就偷了来，叫员外快快的追了还他，要不，连员外都要告着哩。员外不信，只说是为咱没请他，他刁骂你哩。谁知他说的是实。"狄员外绰着狄周的口气，说道："你且别说给他实话好来，看他再支吾甚么。你既是说了，把他的皮袄剥下，连人带袄押到府里，交给他去。"常功道："员外，你听那烂舌根的骚狗头瞎话。怎么长，怎么短，他老婆怎么给我，我不要他的。他老婆怎么说，我才拿的来了。他老婆不是证见么？说我偷他的呢！"狄员外道："这就是了。我没去叫你要，你怎么去诈他？这们可恶！我给你一两银子，你好把这皮袄脱下，我叫人送还他去。你穿着又不厮称，还叫番子手当贼拿哩！"

常功使性傍气，一边脱那皮袄，一边喃喃的说道："撞见番子手，可也要失主认赃，没的凭空就当贼拿么？这是员外舍过的财了，我的本事降了来的，干员外甚么事？他那使毒药恶发了疮，腾的声往家跑的去了，叫人再三央及着，勒摹不来，二三十的鳖银子。这不是陈大爷举荐了赵杏川来，这大哥的命都还叫他耽误杀了哩！送给他去也只是'驴撩子①上画墨线——没处显这道黑'，只怕惹的他还戻声嗓气的哩！"狄员外道："咱只将好心到人。他低心不低心，自有老天爷看着哩。狄周，你到明日拿两银子的钱给他。今日大初一的，且迟这一日。"常功将这皮袄留下，狄员外叫狄周收了。

---

① 撩子——指雄性生殖器官。

正月初十日，狄员外叫狄周到府里买纱灯，叫把这皮袄捎还艾回子，说道："那买药的三两银子，员外已是不要了，觅汉背着员外要了这皮袄去，不是见他初一日穿着，也还不知道哩。"艾回子道："我正待穿着往外去，他不由分说，夺了就跑，袖子里还有汗巾子包着三四两银子。这一向蒙军门①老爷取在标下听用，一日两遍家进衙去，有病看病，不看病合军门老爷说会话儿，通没一点空儿去要。这两日正待合军门老爷讲了，差家丁问你家要去哩。"故意的掏掏袖子，就道："汗巾包的四两银子哩？"又提起上下一看，说道："你看！穿的我这二十两银子的衣裳有皮没毛的！"

狄周见他说话不中听，气的挣挣的站着，只见一个穿青的人走来，一屁股坐在店前的凳上，袖中取出一张票来，说道："巡道行到县里，军门老爷怒你治坏了官家的疮，革退听用，追你领过的廪粮，限即日交哩。"艾回子听见，失了颜色，半日做声不出，才待要收那皮袄。狄周将那皮袄仍自抱在怀内，说道："你既是与军门老爷讲不的了，可也不怕你再差家丁去要，我还把这皮袄拿回去罢。你有三两银子去赎，你没三两银子，我把这皮袄给俺那驴穿，给俺那狗披着。你害汗病发疟子来？五黄六月里穿了皮袄往外走！他夺了你的！"狄周拿着就走，艾回子就赶，说道："管家们，怎么都不识顽，顽顽就快恼了？"那个差人也随即赶到，说道："艾老爹，你别妆这腔疑哄人，你得空子好跑，咱到县里见见大爷，就完我的事了。"艾回子道："我是一筐一担的人家么？这能有多少东西，我就走了不成？"差人道："你这回子们转眼溜睛的，有个信行么？你要不去，我就与你个没体面。"

① 军门——总兵。

一边就往腰里取绳，要往脖子上套。

狄周见那差人合他缠帐，拿着皮袄佯长来了。到下处，叫人挑着纱灯，把皮袄叠了一叠，杀①在骡上，骑着家来。见了狄员外，把那艾回子可恶的腔款学说了一遍。狄员外道："这回人可也不省事，你们可也好合他一般见识。他撒骚放屁，理他做甚么？把这件衣裳丢给他，就完事了。这可那里消缴哩？"狄周道："放着，由他！我到冬里换个蓝布边，吊上个插青布面子，做出来我穿。等他再合军门老爷讲，可再处。"

这可见小人情状，只宜恶人行起粗来，他便惧怕；若是有好到他，他便越起波澜。这艾回子就是个式样。狄员外终不失个好人。再有甚事，另有后回分解。

① 杀——捆。

第六十八回

侯道婆伙倡邪教　狄监生自控[①]妻驴

父慈子孝庭帏肃，夫义妻贤恩爱笃。积庆福来多，门中杜六婆[②]。六婆心最毒，不令家和睦。希陈富且儒，为妻自控驴。

右调《菩萨蛮》

再说明水镇上那两个道婆老侯、老张，他的丈夫儿子，没有别的一些营运，专靠定这两个老口辣指了东庄建庙、西庄铸钟，那里铸甚么菩萨的金身，那里启甚么圣诞的大醮。肯布施的，积得今生见受荣华，来世还要无穷富贵。那样悭啬不肯布施的，不惟来世就不如人，今世且要转贵为贱，转富为贫。且是那怕老公的媳妇，受嫡妻气的小老婆，若肯随心大大的布施，能致得他丈夫回心向善，不惟不作贱那媳妇，且更要惧内起来。那做妾的人肯布施，成了善果，致得那夫主见了就似见了西天活佛一般，偏他放个臭屁也香，那大老婆说的话也臭，任那小老婆放僻邪侈，无所不为，佛力护持着，赐了一根影身草，做夫主的一些也看不见。大约都是此等言语，哄那些呆呆的老婆，哄得那些呆呆老婆如拨龟相似，跟了他团团的转。

那一等自己当家、银钱方便的女人，就自由自在成几两几钱的舍与他。那一等公婆管家，丈夫拘束，银钱不得凑手，粮食不

---

① 控——牵。

② 六婆——牙婆（古时买卖人口作居间人的婆子）、媒婆、师婆（巫婆）、虔婆（贼婆）、药婆、稳婆（收生婆）称为六婆。

能抵盗，便就瞒了公婆，背了丈夫，将自己的簪环首饰，或是甚么衣裳，都抵盗了与他。至于人家的小妇，越发又多了一个大老婆碍眼，若说有光明正大的布施与他，这是确然没有这事，只是偷偷伴伴，掩掩藏藏，或偷主母的东西，或盗夫主的粮食，填这两个盗婆的溪壑。

妇女们有那堂堂正正的布施，这是不怕公婆知道，不怕丈夫拘管。那铸象铸钟的所在，建庙建醮的处所，自己的身子便也就到得那里，在那万人碑上、缘簿里边，还有个查考。这两个盗婆于十分之中也还只可克落得六七分，还有三四分安在里面。惟这瞒了公婆，背了夫主的妾妇们，你就有成百成千的东西布施了去，他"生受"也不道你一声。布施的银钱，攒着买地盖房。布施的米粮麦豆，大布袋扛到家去，噇①他一家的屁股眼子。布施的衣裳，或改与丈夫儿子穿着，或披在自己身上。

两个盗婆合成了个和合二圣一般，你倡我和，两家过得甚是快活日子。自从那一年七月十五在三官庙与素姐相识以后，看得素姐极是一个好起发、容易设骗的妈妈头主子。但只是打听得是狄员外的儿妇，这狄员外的为人还也忠厚，凡事也还与人留些体面。那狄员外的婆子相氏，好不辣燥的性子，这明水的人，谁是敢在他头上动土的？所以千思万想，无处入脚，再想等素姐回去娘家时，引他入门，也是妙着。谁知这素姐偏生不是别人家的女儿，却是那执鼓掌板道学薛先生的小姐。这个迂板老头巾家里，是叫这两个盗婆进得去的？所以两个张望，只是无门可入。

后来老狄婆子故后，这两个婆娘伙买了一盘纸，齐去吊孝。狄家照了堂客一例相待，那时又有相家大妗子合崔家三姨相陪。况且素姐叫相大妗子打得雌牙扭嘴的，就有话也便没空说得。

---

① 噇（chuáng）——毫无节制地狂吃狂喝。

过日，两个又到狄家，恰好不端不正跨进门去，劈头与狄员外撞了个满怀，待进又不好直进，待退又不好直退，那时的趑趄的光景也甚可怜。狄员外道："侯老道合张老道，有甚么事齐来下顾哩？"两个道："有句话来见见狄大嫂。"狄员外道："那孩子家合他说甚么话，有话咱大人们说。"没叫他家去，把他一顿固让，让到客位里边，与他宾主坐下，叫家人去看茶，问说："二位有话请说，是待怎么见教哩？"两个盗婆说："这二月十九日是咱这白衣庵白衣奶奶的圣诞，要建三昼夜祝圣的道场，是咱这镇上杨尚书府里奶奶为首。这白衣奶奶极有灵圣，出过布施的，祈男得男，祈女得女，再没有不感应的。俺曾会过狄大嫂，叫他舍助些甚么，生好儿好女的。"狄员外道："原来是说这个？极好，多谢挈带。"从袖中掏出一块钱来，说道："这刚才卖麻的一百二十文整钱，二位就捎了去罢，省的我又着人送。"两个接了那钱，没颜落色的去了。

过了一向，两个又走到狄家。那时狄家还该兴旺的时节，家宅六神都是保护的，有这样怪物进门，自然惊动家堂，轰传土地，使出狄员外不因不由，复又撞了个满面。狄员外问道："二位又到寒家，一定又是那位菩萨圣诞了？"两个道："这四月十八日泰山奶奶的圣诞，没的就忘记了？"狄员外道："正是，你看我就忘了。"从袖中取出一块钱来，说："这是五十文钱，拿出来待使还没使哩，且做了醮资罢。"两个道："俺还到后头请声狄大嫂，到那一日早到那里参佛。"狄员外道："二位不消合他说罢。孩子们没有主意，万一说的叫他当真要去，少女嫩妇，不成个道理。以后二位有话只合我说，再别要合孩子们说话，伤了咱的体面。"把两个道婆雌得一头灰，夹着两片淹屄跑了。

一连这们两遭，把那骗素姐的心肠吊起了一半，计无可施。幸得薛教授那老头子没了，等素姐回娘家的时候，这也有隙可乘。也一连撞了两次，谁知这薛教授的夫人更是个难捉鼻①的人，石头上踏了两个猛子，百当踏不进去。恰好薛夫人老病没了，知道素姐在娘家奔丧，这个机会万万不可错过。这两个盗婆算计素姐也还不十分着极，只是闻得白姑子起发那许多银钱，料定素姐是个肯撒漫的女人，紧走紧跟，慢走慢跟，就如那九江府吊黄鱼的渔父一样，睡里饭里，何尝有一刻放松？也又合买了一分冥钱，指了与薛夫人吊孝，走到薛家。薛如卞兄弟虽然是有正经，但是为他母亲烧纸，难道好拒绝他不成？待他到了灵前，叫孝妇孝女答礼叩谢。

这素姐见了这两个道婆，就是见了前世的亲娘也没有这般的亲热，让进密室献茶。这两个道婆见得素姐这等殷勤，他反故意做势，说道："俺忙得异常，要料理社中的女菩萨们往泰山顶上烧香，没有工夫，不扰茶罢。"素姐那里肯放，狠命的让进龙氏卧房，摆了茶果吃茶，仍要摆菜留饭。素姐叙说前年七月建斋放灯，甚感他两个的挈带。两个亦说："两次曾到府上，都撞见了员外外边截住，不放我们进内。那二月十九白衣菩萨的圣诞，建三昼夜道场，真是人山人海。只济南府城里的乡宦奶奶，举人秀才娘子，那轿马挨挤的有点缝儿么。狄大嫂，你该到那里走走好来。员外不叫俺到后边说去，给了俺百十个钱的布施，撵出俺来了。四月十八顶上奶奶的圣诞，比这白衣奶奶的圣诞更自齐整，这是哄动二十合属的人烟，天下的货物都来赶会，卖的衣服、首饰、玛瑙、珍珠，甚么是没有的。奶奶们都到庙上，自己拣着相应的买。"素姐没等他两个说了，截着说道："这们好事，你二位不该合我说声，挈带我出去走走么？"他两个道："还说哩！俺可是没到那里呀？偏生的又撞见员外，又没叫俺进去，给了俺四五

① 难捉鼻——难以摆布。

十个钱，立断出来了。员外那意思一似俺两个不是甚么好人，见了大嫂，就哄骗大嫂似的。这各人积福是各人的，替白衣奶奶打醮，就指望生好儿好女的。替顶上奶奶打醮，就指望增福增寿的哩。员外他知道甚么？”素姐怒道：“好贼老砍头的！他怕我使了他的家当，格住①你不叫见我，难为俺那贼强人杀的也拧成一股子，瞒得我住住的，不叫我知道。由他！我合俺这贼割的算账！”

说着，那两个道婆一齐都要起身，素姐道：“我难得见你二位，你再坐坐吃了饭，合我再说会话儿你去。”两个道婆说：“要没有紧要的事，俺也不肯就去，实是这十五日会友们待起身上泰山烧香，俺两个是会首，这些会友们眼罩子、蓝丝绸汗巾子，都还没做哩。生口讲着，也还没定下哩；账也都还没算清哩，这只四五日期程了，等俺烧香回来。俺也不敢再上那头去，只打听得大嫂往这头来，可俺就来合大嫂说话；还只怕这里相公嗔俺来的勤哩。”素姐道：“怎么会里不着男人作会首，倒叫你两个女人做会首呢？”两个道婆说：“这会里没有汉子们，都是女人，差不多够八十位人哩。”素姐道：“这会里的女人也有像模样的人家么？”两个道婆说：“你看大嫂说的好话呀！要是上不得台盘的，他也敢往俺这会里来么？杨尚书宅里娘儿们够五六位，北街上孟奶奶娘们，东街上洪奶奶、汪奶奶、耿奶奶，大街上张奶奶，南街上汪奶奶，后街上刘奶奶娘儿们，都是这些大人家的奶奶。那小主儿也插的上么？”素姐道：“咱这里到泰安州有多少路？”道婆道：“人说有二百九十里路。这路好走，顶不上别的路二百里走。沿路都是大庙大寺，一路的景致，满路的来往香客，香车宝马，士女才郎，看不了好处，只恨那路不长哩。”素姐问道：“那山上有景致么？”道婆道：“好大嫂，你看天下有两个泰山么？上头把普

---

① 格住——挡住、架住。

天地下的国度，龙宫海藏，佛殿仙宫，一眼看得真真的哩。要没有好处，为甚么那云南、贵州、川湖、两广的男人妇女都从几千几万里家都来烧香做甚么？且是这泰山奶奶掌管天下人的生死福禄。人要虔诚上顶烧香，从天上挂下红来，披在人的身上，笙箫细乐的往顶上迎哩；要不虔诚的，王灵官就把人当时捆住，待动的一点儿哩。心虔的人，见那奶奶就是真人的肉脸。要不虔诚，看那奶奶的脸是金面。增福赦罪，好不灵验哩。山上说不尽的景致，像那朝阳洞、三天门、黄花屿、舍身台、晒经石、无字碑、秦松、汉柏、金简、玉书，通是神仙住的所在。凡人缘法浅的，也到得那里么？”

一席话说的个素姐心痒难挠，神情飞越，问道：“那些会里去的道友，都坐的是轿、骑的是马？得用多少路费？路上有主人家没有？”两个道婆说：“这烧香，一为积福，一为看景逍遥，要死拍拍猴着顶轿，那就俗杀人罢了，都骑的通是骡马。会里雇的长驴，来回是八钱银子。要是骑自己的头口，坐八钱银子给他。起初随会是三两银子的本儿，这整三年，支生本利够十两了。雇驴下店报名，五两银子抛满使不尽的。还剩五两买人事用的哩。”素姐说：“像不是会里的人也好搭上去不？”两个道婆说：“这可看是甚么人哩。要是咱相厚的人，叫他照着众人本利找上银子，咱就合众人说着，就带挈的他去了。要是不相干的人，平白的咱就不叫他去。”素姐说：“我待跟了去看看，与奶奶烧炷香，保护我来生不照这世里不如人，受汉子气。不知你二位肯叫我去不？”两个道婆说：“得你去，俺巴不能够的哩。咱路上打伙子说说笑笑的顽不好呀？只是狄员外乔乔的，你三层大、两层小，只怕自家主不下来。”素姐说：“不怕！我待去就去，他们主不得我的事。他们也都有家里正经人跟着么？”两个道婆说：“怎么没有？有丈夫跟着的，有儿的，有女婿侄儿的，家人的，随人所便。可只是使的是各人自己的盘缠。”素姐道：“仗赖二位带挈我，着上十两银子，我也同去走走。”两个道婆说：“你要去，我好添你这一分的行装合头口，十三日同往娘娘庙烧信香演社，你可别要误了。银子也就叫人送了去，好添备着做甚么。”

素姐合两个道婆都约定去了。这是八月初十的时候。素姐一心只在烧香上面，也甚是无心替他母亲奔丧，即刻把狄希陈叫到跟前，说道：“我待往泰安州替顶上奶奶烧烧香，你合我去呀？你要合我去，我好替你扎括衣裳。”狄希陈若是个有正经的人，把那义正词严有纲纪的话拦阻他，难道他会插翅飞去不成？争奈这狄希陈少年流荡心性，便也说道：“这倒也好。有人同去么？”素姐说：“刚才老侯、老张说来，他会里女人们这十三日烧信香演社，十五日起身。叫我找入十两银子，一切搅裹都使不尽，还有五两银子分哩；要不骑雇的驴，还坐八钱银子给咱。”狄希陈道：“只怕咱爹不叫咱去，可怎么样的？”素姐道：“你去对爹说，你说下来了，我有好到你。你要说不下这事来，你浑深也过不出好日子来。”狄希陈道：“咱爹极是疼我，待我去说，只怕依了也不可知。”素姐催着狄希陈回家去说：“我立刻等着你来回话。”

狄希陈不敢稽迟，回到家去，见了他爹，把他媳妇要去随会烧香，说了详细。狄员外道：“咱常时罢了，你如今做着个监生，也算是诗礼人家了，怎好叫年小的女人随会烧香的？你就没见那随会社演会的女人们，头上戴着个青屯绢眼罩子，蓝丝绸裹着束香，捆在肩膀上面，男女混杂的沿街上跑，甚么模样？他既发心待去，咱等收完了秋，头口闲了去，收拾盘缠，你两口儿可去不迟。别要跟着那老侯婆子，他两个不是好人。他两个连往咱家来了两次，我都没叫他进去，给了他百十个钱，打发的他去了。”狄希陈即刻往素姐那里，把他爹的话对素姐说了。素姐不听便罢，听了不由怒起，即时紫胀了面皮，说道：“我只是如今就去！

我必欲去！我主意待合老侯、老张去！怎么这一点事儿我就主不的呢？你快早依随着我是你便宜！你只休要后悔！”搅的狄希陈这会子好不作难，垂首丧气，没了主意。

素姐也没等到黑，回到家去取了十两花银，次早仍回母家合龙氏说了。龙氏瞒着薛如卞兄弟，使人悄悄的唤了两个道婆来家，交与他那十两银子，要赌气不骑家里的骡子，叫他雇了驴儿，约定十三日清早到老张家取齐。分派已定，也再不与狄员外、狄希陈商量。十三日起了个早，梳光了头，搽白了粉，戴了满头珠翠，也不管甚么母亲的热孝，穿了那套顾绣裙衫，不由分说，叫小玉兰跟了，佯长出门而去。狄员外合狄希陈站在一旁干瞪着眼看，没敢言语一声。那随行逐队跟了众人烧信香演圣驾的，那百般丑态，不必细说。事完回到房中，脱剥了那首饰的衣服，怒狠狠坐在房中。

狄希陈不及防备，一脚跨到房门。素姐骂道：“我当你跌开了脑袋，跌折了双腿，走不动了，没跟了我去，叫我自己去了！谁知还有你么？你没跟了我去，怎么也烧回信香来了，也没人敢把我掐了块子去呢？”狄希陈道：“你待去，你自家去罢呀。我戴着顶方巾，跟着你沿街上演社，成个道理么？”素姐怒道：“阿！你不跟了我去，你是怕我玷辱了你的体面么？我可偏要坏你的体面哩！我十五日起身，我叫你戴着方巾，穿着道袍子，路上替我牵着驴，上山替我掌着轿，你只敢离我一步儿，我不立劈了你成两半个，我改了不姓薛！我叫你挽起那两根狗屄眉毛认我认，叫你有这们造化！你若跟着我，谁不说你：‘看这们鬼头蛤蟆眼的个小厮，有这们等个媳妇！’我只说是替你妆门面，这那里放着坏了你的面皮哩！我倒心里算计，你要跟我去呵，我把那匹蓝丝绸替你做个夹袄，剩下的替你做条夹裤，再做了绫背心子，好穿着上山朝奶奶。你倒乔起腔来了！我想来：那泰山娘娘脱不了也是做女人，赌不信那泰山爷爷要像你这们拗别扭手，那泰山奶奶也没有饶了那泰山爷爷的。王皮好来！我且‘一朝权在手，便把令来行’！”

狄希陈背地里与他爹商量，狄员外道：“他的主意定了。你待拗别的过他哩？你就强留下他，他也作蹬①的叫你不肯安生。咱说得苦么？我叫人替你收拾，你和他只得走一遭去。”狄员外叫人收拾行李，稍的米面、腊肉、糟鱼、酱瓜、豆豉之类，预先料理。

再说到了十四日早辰，龙氏合薛如卞的娘子说道：“你大姑子往泰安州烧香，你妯娌们不该置桌酒与他饯饯顶么？”连氏道：“真个么！几时起身？俺怎么通不见说起呢？”龙氏道：“你是甚么大的们，凡事该先禀你知道。他说了这两三日了，你不理论他，又说你不知道哩。”连氏即忙进房合丈夫说知此事，要与素姐饯顶。薛如卞听知素姐要去烧香，他只说是自己同狄希陈自去，还把双眉紧蹙，说道：“再没见狄大叔合这个狄姐夫没有正经，少女嫩妇的上甚么顶！你没见坐着那山轿，往上上还好，只是往下下可是倒坐着轿子，女人就合那抬轿的人紧对着脸，女人仰拍着，那脚差不多就在那轿夫肩膀上。那轿夫们，贼狗头，又极可恶，故意的趁和着那轿子，一颠一颠的，怎么怪不好看的哩！这是读书人家干的营生么？这顶我劝你替他饯不成，叫他怪些也罢。”及至听见入在老侯婆的社里，已是十三日烧过信香，薛如卞道：“这成甚么道理！”叫人快接了素姐来家，也请狄希陈说话。

素姐也还道是与他饯顶，慨然而回。狄希陈又是不敢不同来的，一同前后进门。薛如卞问道：“姐姐待往泰安州烧香去哩？

① 作蹬——作贱，吵闹。

多咱起身？合谁同去？”素姐把找银入会，十五日起身，老侯老张是会首［的话说了遍］。薛如卞道：“依我说，姐姐你去不的。这有好人家的妇女也合你随社烧香的么？狄姐夫他已是出了学，上了监生，不顾人笑话罢了，俺兄弟们正火碰碰也还要去学里去见人哩！这在家门子上沿街跑着烧信香，往泰安州路上摇旗打鼓，出头露面的，人说这狄友苏的婆子，倒也罢了。只怕说这是薛如卞合薛如兼的姐姐，他爹做了场老教官，两个兄弟掭①着面，戴着顶头巾，积泊②的个姐姐这们等！”

素姐已是大怒，还没发作，龙氏大怒道：“放的是狗臭大屁！你姐姐怎么来就叫你为不的人了？他嫁出去的人，你好哩，认他是姐姐。你要不好哩，别认他是姐姐，别叫他上门。他狄家浑深也有碗饭吃，累不着你甚么！”薛如卞道：“我说的好话，倒麻犯我起来！这不姐夫这里听着，我说的有不是么？”龙氏一声大哭：“我的皇天呵！我怎么就这们不气长！有汉子，汉子管着；等这汉子死了，那大老婆又像蚂蚍叮腿似的；巴着南墙望的大老婆没了，落在儿们的手里，还一点儿由不的我呀！皇天呵！”

薛如卞凭他哭，也没理论，让出狄希陈客位坐去了。薛如卞道：“姐姐待去烧香，料道姐夫你是不敢拦阻的。但你合他自家去不的么？怎么偏只要入在那两个老歪辣的社里去，是待怎么？”狄希陈把狄员外的话合素姐怎样发作，对着薛如卞告诉。不料素姐逼在门外头听，猛虎般跑进门来。狄希陈扑门逃去，不曾捞着，扭住薛如卞的衣领，口里骂，手里打，薛如卞把衣裳褪下，一溜风走了。素姐也没回到后去，竟往狄门来了。狄希陈知道自己有了不是，在家替素姐寻褥套，找搭连，缝衮肚，买辔头，装

---

① 掭——厚着脸皮。

② 积泊——积德。

酱斗，色色完备，单候素姐起马。

睡到次日五鼓，素姐起来梳洗完备，穿了一件白丝绸小褂，一件水红绫小夹袄，一件天蓝绫机小绸衫，白秋罗素裙，白洒线秋罗膝裤，大红连面的缎子苇鞋，脊梁背着蓝丝绸汗巾包的香，头上顶着甲马，必欲骑着社里雇的长驴。狄员外差的觅汉上前替他那驴子牵了一牵，他把那觅汉兜脖子一鞭打开吊远的，叫狄希陈与他牵了头口行走，致一街两岸的老婆、汉子，又贪着看素姐的风流，又看着狄希陈的丢丑。狄希陈也甚是害羞，只是怕那素姐如虎，说不得他那苦恼，只得与他牵了驴儿，夹在人队里行走。

偏偏的事不凑巧，走不二里多路，劈头撞见相于廷从后庄上回来。狄希陈只道他还不曾看见，连忙把只袖子把脸遮住。谁知相于廷已经看得分明，越发在路旁站住。等狄希陈走到跟前，相于廷道："狄大哥，你拿了袖子罢，看着路好牵驴子走，带着袖子，看抢了脸。"素姐看见是相于廷说他，还拿起鞭子望着相于廷指了几指，然后一群婆娘，豺狗阵一般，把那驴子乱撺乱跑。有时你前我后，有时你后我前。有的在驴子上抱着孩子，有的在驴子上墩吊鬏髻，有的偏了鞍子坠下驴来，有的跑了头口乔声怪气的叫唤，有的走不上几里说肚腹不大调和，要下驴来寻空地阿屎，有的说身上不便，要从被套内寻布子夹屄，有的要叫孩儿吃乳，叫掌鞭来牵着缰绳，有的说麻木了腿骨，叫人从镫里与他取出脚去，有的吊了丁香，叫人沿地找寻，有的忘了梳匣，叫人回家去取，跐蹬①的尘土扛天，臊气满地。这是起身光景，已是大不堪观。及至烧了香来，更不知还有多少把戏，还得一回再说这进香的结束。

① 跐蹬——扑腾。

第六十九回

招商店素姐投师　蒿里山希陈哭母

露面出头，女男混杂，轻自出闺门；招摇闹市，托宿荒郊，走镇又经村。　　长跪老妪求妙诀，贴廿两花银。敬奉师尊，嗔夫哭母，放火禁挑灯。

右调《少年游》

狄希陈戴着巾，穿着长衣，在那许多妇人之中与素姐控驴而行。富家子弟，又是娇生豢养的儿郎，那里走得惯路？走的不上二十里，只得把那道袍脱下，卷作一团，一只腋肋里夹住。又渐次双足走出泡来，疼不可忍，伸了个脖项向前，两只腿又只管坠后。素姐越把那驴子打的飞跑。那觅汉常功在狄希陈身旁空赶着个骡子，原是留候狄希陈骑坐的。常功见狄希陈走的甚是狼狈，气息奄奄，脚力不加，走向前把素姐驴子的辔首一手扯住，说道："大嫂，你大哥已是走不动了，待我替大嫂牵着驴，叫大哥骑上骡子走罢。"素姐在那常功的肩上一连两鞭，骂道："他走动走不动，累你腿事！我倒不疼，要你献浅①！你好好与我快走开去！"狄希陈只得仍旧牵着驴子往前苦挣。

内中有一个四十多年纪、穿着油绿还复过的丝夹袄紫花布氅衣的个女人，在素姐后边同走，揭起眼罩，问那常功道："前边这位嫂子是谁家的？"常功道："是大街上狄相公的娘子。"那妇

① 献浅——献殷勤。

人道："那替他牵驴的是谁？"常功道："就是狄相公。"妇人道："你看那相公牵着驴，累的这们等的，是怎么的？他就不疼么？"常功道："敢是两口儿家里合了气来，因此这是罚他的哩。"那妇人道："我就没见这个刑法。"把自己的驴打了一下，追上素姐，叫道："前边是狄嫂子呀？"素姐回过头来应道："是呀。"那妇人问道："那戴着巾替你牵驴的小伙子是谁呢？"素姐道："是俺当家的。"那妇人又问："这旁里牵着骡的也是跟你的呀？"素姐道："是俺的觅汉。"那妇人道："你放着觅汉不叫他给你牵驴，可拿着丈夫替你牵驴！我见他瘸那瘸的，已是走不动了。既是戴着顶巾子，一定是个相公呀。这使不的，你休叫他牵驴。咱来烧香是问奶奶求福，没的倒来堕业哩？"素姐道："我待来随着社里烧烧香，他合他老子拧成一股，别变着不叫我来。我烧信香演社，他跟也不跟我一跟儿，合俺那不争气的兄弟，姐夫小舅儿背地里数说我败坏了他的体面了。我如今可叫他替我牵着驴跑，闲着那骡，我叫觅汉骑。"那妇人道："狄嫂子，你听我说，这使不的。丈夫就是天哩，痴男惧妇，贤女敬夫，折堕汉子的有好人么？你听我这分上，请相公骑上骡子，叫这觅汉给你牵驴。"素姐说："也罢。要不是这位嫂子说，我足足叫你替我牵着头口走个来回哩！我还没敢问这位嫂子，你姓甚么？"那妇人道："我姓刘。俺儿是刘尚仁，县里的礼房。我在东头住，咱是一条街上人家。我虽是小家子人家，没事我也不出到街上，所以也不认的狄相公。"两个成了熟识，一路叙话不提。这狄希陈一别气跑了二十七八里路，跑的筋软骨折，得刘嫂子说了分上，骑着骡，就是那八人轿也没有这般受用，感激那刘嫂子就如生身父母也还不同。这日尽力走了一百里，宿了济南府东关周少冈的店内。

素姐虽与许多人同走，未免多是人生面不熟的。那老侯、老张又是两个会首，又少专功走来照管。偎贴了刘嫂子做了一处，又兼狄希陈是感激他的人，于是这几个的行李安放一处。老侯、老张看着正面安下圣母的大驾，一群妇女跪在地下。一个宣唱佛偈，众人齐声高叫："南无救苦救难观世音菩萨！阿弥陀佛！"齐叫一声，声闻数里。号佛已完，主人家端水洗脸，摆上菜子油炸的馓枝、毛耳朵，煮的熟红枣、软枣，四碟茶果吃茶。讲定饭钱每人二分，赶油饼、豆腐汤、大米连汤水饭管饱。众人吃完饭，漱口溺尿，铺床睡觉。

老侯、老张因素姐是个新入会的好主顾，也寻成一堆，合刘嫂子四个一处安宿。狄希陈合别家的男子另在一处宿歇。老侯、老张合素姐众人睡在炕上，成夜说的是那怎么吃斋念佛，怎么拜斗看经。这样修行的人，在阳世之间，任你堕罪作孽，那牛头不敢拿，马面不敢问，阎王正眼也不敢看他，任他拣着富贵的所在托生。素姐问道："说阴间有甚么神鹰急脚，任凭甚么强魂恶鬼，再没有拿不去的？"老侯婆道："狗！甚么神鹰急脚！要入在俺这教里，休说是甚么神鹰，你就是神虎、神龙也不敢来傍傍影儿。你待活着，千年古代的只管长生。你怕见活了，自家投到阎王那里，另托生托生新鲜。"素姐说："你这教里是怎么样的？"侯婆子道："俺这教里，凡有来入教的，先着上二十两银子，把这二十两银支生着利钱，修桥补路，养老济贫，遇着三十诸天的生辰，八金刚四菩萨的圣诞，诸神巡察的日期，建醮念经，夜聚晓散，只是如此，再没别的功课。又不忌荤酒，也不戒房事，就合俗人一般。"素姐问道："这教里师傅是谁？"老侯婆道："就是我合张师父。俺两个我是师正，他是师副。"

素姐问道："我也待入这教里，不知也许我入么？"老侯道："你这们年小小的，及时正好修行。那有了年纪的人，日子短了，修行也不中用，只是免些罪业罢了，成不得甚么正果。只是你公公难说话，你那兄弟薛相公更是毁僧谤佛的。顶上奶奶托梦给我，说为你来烧香，你那兄弟背地好不抱怨哩。”素姐道：“我的事他也管不的。俺汉子还管不的，休说娘家的兄弟呀。我只为他拦我拦，我罚他替我牵着驴跑够三十里地。要不是刘嫂子的话紧，我足足的叫他跑个来回，只管叫他跑细了腿。”老侯两个道：“可也怪不得呢。人家的汉子，你要不给他个利害，致的他怕了咱，只针鼻子点事儿，他就里头把拦住不叫咱做。为甚么我见他跑得可怜拉拉的，我只不替他说呢？后来我见他骑上骡子，原来是刘嫂子替他说了分上。”素姐道：“我五更起来梳了头，央刘嫂子做个明府，我就拜二位为师。我只一到家就送上二十两银子，一分也不敢短少。”老侯两个唯唯从命。

素姐睡到五更，他比众人更是早起，狄希陈已先伺候。素姐梳洗已完，老侯婆两个也都收拾完备。把老侯两个让到上面，两把椅子坐着，素姐在下面四双八拜，叩了一十六个响头，老侯两个端然坐受。与众人叙了师弟师兄，大家叙了年齿，行礼相见。狄希陈在旁呆呆的看，不知是甚么原故。素姐道：“我已拜了二位师父做了徒弟，我的师父就是你的师父一般，你也该过来与二位师父磕了个头儿。”老侯两个道：“要不是教中的人，这可不敢受礼。”狄希陈本待不过来磕头，只因不敢违拗了素姐，只得走到下面磕了四个头。这两个老歪辣半拉半受的罢了。素姐从此赶着老侯叫“侯师父”，老张叫“张师父”。这两个道婆当面叫素姐是“徒弟”，对着人叫是“狄家的徒弟”。赶着狄希陈当面叫“狄相公”，对着人称他“狄徒弟的女婿”。

素姐因与那些会友认了同门，又同走了许多路，渐渐熟识。也没有甚么杨尚书宅里的奶奶，都是杨尚书家的佃户客家。也没有甚么孟奶奶、耿奶奶，或原是孟家满出的奶子与或是耿家嫁出去的丫头。倒只有素姐是人家的个正气娘子。素姐甘心为伍，倒也绝无鄙薄之心。又行了一日，走了一百里路，宿在弯德地方。脱不了还是下店安驾，宣偈号佛，不必絮烦。

再说又走了数十里，经过火炉地方。这火炉街上排门挨户都是卖油炸果子的人家。大凡香客经过，各店里的过卖，都乱烘烘跑到街心，把那香头的驴子狠命的拉住，往里让吃果子，希图卖钱。那可厌的情状，就如北京东江米巷那些卖褐子毡条的陕西人一般，又像北京西瓦厂墙底下的妓者一般，往街里死活拖人。素姐一伙人刚从那里走过。一伙走塘的[①]过卖，虎也似跑将出来，不当不正的把老侯两道的驴子，许多人拉住，乱往家里争夺，都说："新出锅滚热的果子，纯香油炸的，又香又脆，请到里边用一个儿。这到店里还有老大一日哩，看饿着了身子。"老侯两道说："多谢罢。俺才从弯德吃了饭起身，还要赶早到店里报名雇轿子哩。"再三不住，只得放行，去了。

素姐初次烧香，不知但凡过客都是这等强抗[②]，抗的你吃了他的，按着数儿别钱。素姐只见各店里的人都攒拢了抗那老侯两道，只道都是认得他的，问道："这些开店的都与二位师傅相识么？怎么这等固让哩？"老侯两个顺口应道："这些人家都是俺两个的徒弟，大家这等争着请我进去，我们怎能遍到？只得都不进去罢了。"

行到泰安州教场内，有旧时下过的熟店宋魁吾家差得人在那里等候香客。看见老侯两个领了许多社友来到，宋魁吾差的人远远认得，欢天喜地的，飞跑迎将上来，拉住老侯两个的头口，说

---

① 走塘的——跑堂的。

② 强抗——强行拉客人食宿。

道："主人家差俺等了几日了，只不见来，想是十五日起身呀？路上没着雨么？你老人家这向身上安呀？"一直牵了他驴，众人跟着到了店里。宋魁吾看见，拿出店家胁肩谄笑的态度迎将出来，说些不由衷的寒温说话。洗脸吃茶，报名雇驴轿、号佛宣经，先都到天齐庙游玩参拜。回店吃了晚饭，睡到三更，大家起来梳洗完毕，烧香号佛过了，然后大众一齐吃饭。老侯两个看着一行人众各各的上了山轿，老侯两个方才上轿押后，那一路讨钱的、拨龟的、舍路灯的，都有灯火，所以沿路如同白昼一般。

素姐生在薛教授深闺之内，嫁在狄门富厚之家，起晚睡早，出入暖轿安车。如今乍跟了这一群坐不得筵席打得柴的婆娘，起了半夜，眼还不曾醒的伶俐，饱饱的吃那一肚割生割硬的大米干饭、半生半熟的咸面馍馍、不干不净的兀秃[1]素菜，坐着抖成一块半截没踏脚的柳木椅子的山轿，抬不到红门，头晕的眼花撩乱，恶心呕吐。起先吐的，不过是那半夜起来吃的那些羹馔佳肴。后来吐的，都是那焦黄的屎水，臭气熏人。抖的那光头蓬松四垂，吐的那粉面菜叶般青黄二色。老侯与众人道："这是年小的人心不虔诚，奶奶拿着了。"那刘嫂子道："我前日见他降那汉子，叫他汉子替他牵着驴跑，我就说他不是个良才。果不其然，惹的奶奶计较。咱这们些人只有这一个叫奶奶心里不受用，咱大家脸上都没光采。"老侯两个说："他既是知不道好歹，惹得奶奶心里不自在，咱没的看得上么？说不的咱大家替他告饶。"那别会里烧香的人成千成万，围的封皮不透，乱说奶奶捆住人了，乱问道："这是那里的香头？为怎么来，奶奶就下狠的计较呢？"又有的说："看这位香头还年小着哩，看身上穿的这们齐整，一定

① 兀秃——不凉不热。

是个大主子。”同会的人答应道：“这是明水狄媳妇，狄贡生娘子。这旁里跟着的不是狄相公么？”围看的人，你一言，我一语，都乱讲说。

素姐焦黄的个脸，搭拉着头，坐在地上，一来听人讲说得紧，二来下了轿子，坐在地上歇了一会，那头晕恶心渐渐止了许多。素姐听不上那屄声嗓气，“咄”的一声，喝道：“一个人晕轿子，恶心头晕的呕吐，坐着歇歇，有那些死声淘气！甚么是奶奶捆着我！我抱着你们的孩子撩在井里了么？打伙子咒念我！还不散开走哩！我没那好，挝起土来照着那淡嘴屄养的脸撒倒好来！”一边站起来道：“我且不坐轿，我待自家走糙子哩。”放开脚就往上走。众人见他走得有力，同会的人方都上轿行走。

素姐既是步行，狄希陈岂敢坐轿，紧紧跟随，在旁扶掖。素姐原是狐狸托生，泰山元是他的熟路，故是上那高山，就如履那平地的一般容易。走那周折的山径，就如走那行惯的熟路一般，不以为苦。把个狄希陈倒累得通身是汗，喘的如使乏的疲牛，渐渐后脚跟不上前脚，只是打软腿。又亏那刘嫂子道：“狄嫂子，你不害走的慌么？你合狄相公都坐会子轿，等要头晕，再下来走不迟。”果然那两顶轿歇下，素姐合狄希陈方才坐上。抬得不上十来步，狄希陈才坐得自在，素姐叫声“不好”，脸又焦黄，依旧恶心，仍是头晕。只得又叫人放下了轿，自己步行。狄希陈又只得扶了素姐行走，渐次走到顶上。

那管香税的是历城县的县丞，将逐位的香客单名点进。方到圣母殿前，殿门是封锁的；因里边有施舍的银钱袍服金银娃娃之类，所以人是进不去的。要看娘娘金面的人，都垫了甚么，从殿门格子眼里往里观看。素姐踩着狄希陈的两个肩膀，狄希陈两只手攥着素姐两只脚，倒也看得真实。也往殿里边舍了些银子。烧香已毕，各人又都到各处游观一会，方才各人上轿下山。素姐依旧不敢上轿，叫狄希陈搀了，走下山来，走到红庙。宋魁吾治了盒酒，预先在那里等候与众人接顶。这些妇女一齐下了轿子，男女混杂的，把那混账攒盒、酸薄时酒，登时吃的风卷残云，从新坐了轿回店。素姐骑着自己的骡子同行，方才也许狄希陈随众坐轿。到了店家，把这一日本店下顶的香头，在厂棚里面，男女各席，满满的坐定，摆酒唱戏，公同饯行。当中坐首席的点了一本《荆钗》，找了一出《月下斩貂蝉》，一出《独行千里》，方各散席回房。素姐问道："侯师傅，刚才唱的是甚么故事？怎么钱玉莲刚从江里捞得出来，又被关老爷杀了？关老爷杀了他罢，怎么领了两个媳妇逃走？想是怕他叫偿命么？"众人都道："正是呢，这们个好人，关老爷不保护他，倒把来杀了，可见事不公道哩！"说着，睡了觉。

明早吃了饭，收拾起身。宋魁吾送了老侯、老张每人一把伞，一把藤篾子扇，一块腌的死猪子肉，一个十二两重的小杂铜盆。都收拾了，上头口回程，还要顺路到蒿里山烧纸。这蒿里山离泰安州有六七里远，山不甚高，也是个大庙。两廊塑的是十殿阎君，那十八层地狱的苦楚无所不有。传说普天地下，凡是死的人，没有不到那里的。所以凡是香客定到那里，或是打醮超度，或是烧纸化钱。看庙的和尚道士，又巧于起发人财，置了签筒，签上写了某司某阎王位下的字样。烧纸的人预先讨了签寻到那里，看得那司里是个好所在，没有甚么受罪苦恼，那儿孙们便就喜欢。若是甚么上刀山，下苦海，碓捣，磨研的恶趣，当真就像那亡过的人在那里受苦一般，哭声震地，好不凄惨！"天象起于人心"，这般一个鬼哭神嚎的所在，你要他天晴气朗，日亮风和，怎么能勾？自然是天昏地暗，日月无光，阴风飒飒，冷气飕飕，这是自然之理。人又愈加附会起来，把这蒿里山通成当真的酆都世界。

却说那狄希陈母亲老狄婆子在世之时，又不打公骂婆，又不怨天恨地，又不虐婢凌奴，又不抛米撒面，又不调长唆短，又不偷东摸西，表里如一，心口一般，这样人死去，也是天地间妇人中的正气。若没甚么阎王，他那正气不散，必定往那正大光明的所在托生。若是果有甚么阎王，那阎王见了这般好人，一定是起敬致恭，差金童玉女导引他过那金桥，转世去了，岂有死去三四年还在那蒿里山的理？但为人子的，宁可信其有，岂可信其无？也在佛前求了一签，注的分明，却在那五阎王的司里。这五阎王在那十个阎王之中是有名的利害主儿。

狄希陈抽着这签，心中已是凄惨得紧，及至买了纸锞，提了浆酒，走到那个司里，只见塑的那泥像，一个女人，绑在一根柱上，一个使一把铁钩，把鬼妇人的舌头钩将出来，使刀就割。狄希陈见了，不由放声大哭，就像当真割他娘的舌头一般，抱住了那个受罪的泥身，把那鬼手里的钩刀都弄断了。真是哭的石人堕泪，人人伤心。同会的人也都劝道：“这不过是塑的泥像，儆戒世人的意思，你甚么认做了当真一般？闻得你母在世的时为人甚好，怎么得受这般重罪？”素姐插口道：“这倒也定不得哩。俺婆婆在世时，嘴头子可是不达时务，好枉口拔舌的说作人。别说别人，止我不知叫他数说了多少。声声口口的谤我不贤良，又说我打公骂婆，欺侮汉子。只这屈说了好人，没的不该割舌头么？”刘嫂子道：“没的家说！要冲撞了媳妇儿就割舌头，要冲撞了婆婆可该割甚么的是呢？”

众人说话，狄希陈还哭。素姐道：“你只管嚎，嚎到多咱？没的那阎王为你哭就饶了他不割舌头罢？我待走路哩，你等着你爹死了，可你再来哭不迟！”众人也都恼那素姐的不是。狄希陈也就再不敢哭了，跟了素姐出庙，骑上头口。

走了七日，八月二十一日日西的时分回到家中。他也不说请公公相见，一头钻在房里。调羹和狄周媳妇倒往房里去见他。龙氏收拾了一桌酒菜，叫巧姐与他大姑子接顶。次日仍打扮穿了色衣，戴了珠翠，叫狄希陈合小玉兰跟随同着众人往娘娘庙烧回香。家中带了二十两银暗自送与侯、张两个师傅做入会的公费。侯、张两个道：“这是随心的善愿。你的银子没有甚么低假，都分两足数么？你既入了会，以后还有甚么善事，一传你要即刻就到。若有一次失误，可惜的就前功尽弃了。可只你公公不许我们进去，怎么传到你的耳朵？”素姐道：“以后凡有该做的善事，你只到俺娘家去说，自然有人说知与我。”侯、张二人各自会意。

大凡事体，只怕起初难做。素姐自从往泰安州走了一遭，放荡了心性，又有了这两个盗婆引诱，所以凡有甚么烧香上庙的事件，素姐都做了个药中的甘草，偏生少他不得。只看后回不一而足，再看接说便知。

第七十回

狠汉贪心遭主逐　贤妻巧嘴脱夫灾

休太狠，头上老天不肯，常言细水能流永，万事俱关命。行险只图侥幸，全把寡铜相骗哄。若无智妇能词佞，敲打还追并。

右调《谒金门》

再说狄希陈那年在京坐监，旧主人家童七，名字叫童有闻，号是童山城，祖传是乌银银匠。其父童一品是个打乌银的开山祖师，使了内官监老陈公的本钱，在前门外打造乌银。别的银匠打造金银首饰之物，就是三七搀铜，四六搀铜，却也都好验看。惟这乌银生活，先把来烧得扭黑，再那里还辨得甚么成色。所以一味精铜，打了甚么古折戒指，疙瘩钮扣、台盏、杯盘之类，兑了分两，换人家细丝白银，这已叫是有利无本的生意。谁知人心不足，每两铜还要人家三钱工价，弄得铜倒贵如银子。他又生出个巧计，哄骗那些愚人：他刊了招贴说："本铺打造一应器皿首饰，俱系足色纹银，不搀分文低假，恐致后世子孙女娼男盗。四方君子，用银换去等物，不拘月日，如有毁坏者，执此贴赴铺对号无差，或另用新物照数兑换，止加工钱，如用银，仍照原数奉银，工钱不算。执帖为照。"人换了他的东西，果然有来兑换的，照了帖一一换去。所以把这个好名传开，生意大盛。起先是取老陈公的本钱，每月二分行利。一来这老陈公的本钱不重，落得好用。二来好扯了老陈公的旗号，没人敢来欺负。不敢在老陈公身上使欺心，利钱按季一交，本钱周年一算，如此有了好几年的光景。老陈公信这童一品是个好人，爽利发出一千银子本来与童一品合了伙计。本大利长，生意越发兴旺。

这童一品恐怕别人搀了他的生意，学了他的手段，不肯别招徒弟，从小只带了儿子童有莹帮助。童有莹总里排行叫是童七。这童七自十二岁跟了父亲打造生活①，学做生意，不觉一十八岁。这年娶了亲，是毛毛匠骆佳才的女儿，锦衣卫白皮靴校尉骆有我②的妹子。这童七命里合该吃着这件衣饭，不惟打造的生活高强，且做的生意甚是活动。这年秋里，恰好童一品生病死了，老陈公依旧与童七仍做生意。不料到了冬间，这老陈公也因病身亡，把这个乌银铺的本钱一千两，分在大掌家小陈公名下。这小陈公也依旧与童七开造银铺，生意也照常兴旺。当初童一品这样兴旺的生意，惟恐托人不效，只是自家动手。后来童七长大，有了父子两人，所有妇女，教他錾花③贴金而已。

童七起先袭职的时候，也还不改其父之政。后来生意盛行，撰钱容易，家中就修理起房来。既有了齐整房舍，就要摆设桌椅围屏，炉瓶盆景，名人字画之类，妆作假斯文模样，渐渐又齐整穿着起来。住了齐整房屋，穿了齐整衣裳。京师虽是帝王辇毂所在，那人的眼孔比那碟子还浅，见他有几个铜钱，大家把他抬起来，唤他都是“童爷”，唤他的婆子都是“童奶奶”。唤来唤去，两口儿通忘了自己是个银匠，俨然便以童爷、童奶奶自居。

大凡亲戚们的气运，约略相同，童七买卖兴头，谁知童奶奶的父亲骆佳才也好时运。他是个做貂鼠的匠人，连年貂鼠甚贵，

---

① 生活——指手艺。

② 我（é）。

③ 錾（zàn）花——在金银上刻花。

他凡做帽套，拣那貂鼠的脊梁至美的所在，偷大指阔的一条，积的多了，拼成帽套，用玄纻吊了里，人只看外面毛深色紫，谁知里边是千补万纳的碎皮，成二三十两的卖银，渐渐的也成了家事，扰着了一个锦衣大堂的痒痒①，把儿子骆有莪补了校尉，跟了人缉捕拿讹，也撰了许多横财，置房买地。人也都叫那骆佳才是“骆太爷”，老婆是“骆太太”，骆有莪是“骆爷”，老婆是“骆奶奶”。两家好不兴旺。

却说这样又富又贵的童爷，穿了彻底的绸帛，住了深大的华堂，便不好左手拿了吹筒，右手拿了箝子，老婆扯着风匣，儿子扇着火炉，这成甚么体段？所以倾银打造，童爷不过总其大纲，察其成数。童奶奶越发眼也是不见的。儿子小虎哥送在书馆读书，人有说他父亲是个银匠，他也不信。寄姑娘更是不消提起。俱是雇人打造，自己通不经眼。

这乌银生活，当初童一品父子手里，每一两重的生活，熔化将来，足足的有三钱银子。这雇的生人，他那管你的主顾，连那三成银子尽数扁在腰里，打的生活，一味光铜。那时运好的时候，一般有人成十成百的换去。戴坏了的，不过是兑换新货，还要另加工钱。谁知人的运气就如白昼的日光一般，由早而午，由午而夜，日头再没常常晌午的理。盛极必衰，理所必至。一般也还是先年的铜货，偏偏的嫌生道冷起来，生意比往日十分少了九分。这一分之中换了去的，十个有九个来打倒；先年换去的旧物，多有执了票只来换银，不肯换货。还要指望生意复兴，咬了牙只得换与他去。年终算账，撰得不多，渐至于扯直、折本，一年不如一年。致得陈内官要收回本钱，不开了铺。

① “扰着了”句——抓着了锦卫官的心意。

起先童七还支架子，说道："年成不好，生意不济，不如收了铺子为妙。"及至陈内官当真要收起铺来，童七也不免的慌了手脚。陈内官差了名下的几个毛食①，齐到铺中，教童七交本算账。童七那里有甚见银，支吾了些赊账，四五百两打就的首饰，二三百退回的残物，正经管头还少二百八九十两，差十一二两不到三百。毛食同了童七，拿了货账，都到陈公那里回话。陈公将打成的首饰合那残货都称兑明白，叫人收在原来箱内，其赊账与少的数目，叫童七讨了硬保，限一个月交还。童七也还不怕。果然到了一月，将家中的银凑兑完足，照数偿还，抽了保状。陈内官倒觉甚不过意，待了酒饭，用好话慰贴而散。

童七回家，买了几十斤红铜做了本钱，仍旧开那乌银的铺。运退的人，那里再得往时的生意，十日九不发市；才方发市就来打倒。虽是红铜，也用白银买的。雇人打造，也用工钱。赁房开铺，也用房价，这都算在折去的数内。更不料"福无双至，祸不单行"。九月十六是陈公公母亲的寿日，陈公公新管了东厂，好不声势。来与陈太太做生日的如山似海。这本司两院的娼妇，齐齐的出来，没有一个不来庆贺。陈公道："累你们来与太太磕头，我有件好物儿哩，赏了你们罢。"叫："儿子们，你去把那童伙计交下的乌银疙瘩儿、挑牙三事儿，你尽情取来给我。"

一个毛食去了一大会，取了两大纸包来到。陈公说："你打开包，见个数儿。"谁想那铜杭杭子原待不的久，过了三伏的霉天，久放在那皮箱里蒸着，取将开来，尽情扭黑的都发了翡翠斑点。陈公一见，甚是惊诧，道："这就是童伙计交下的么？"毛食道："可不就是他交下的怎么？"陈公公骂道："这狗屄拍的，了

① 毛食——指太监手下的差人。

不的，拿这精铜杭杭子来哄我呀！你再看看别的也是这个么！”那毛食又同了一个把那皮箱抬到陈公公面前，逐件取上来看，那有二样，都是些“尧舜与人”，绝无银气。陈公公骂道：“这狗攮的好可恶！这不是欺我么！快叫厂里人往他家里拿这狗攮的去！替我收拾下皮鞭短棍，我把这狗攮的罗拐打流了他的！”

你想这东厂的势焰，又是内官的心性，岂有松慢了的？不过传了一声说道：“叫厂里人去拿了童伙计来，老公待问他甚么哩。”谁料堂上一呼，阶前百喏。亏了还看伙计两字的体面，只去了十来个人，也还不晓的陈公主意轻重何如，所以单把童七前推后拥，两个人架着来了，也不曾抢劫他的东西，凌虐他的妻子。及至童七拿到，陈公公已请客上过坐了，差人带到班房里伺候。童七打听陈公因甚计较，百计打听不出一个信儿。“太太生日，我已送过礼，磕过头了。若是嫌我礼薄，可为甚么又盛设留我的酒饭？要是为交的货物不停当，这已是过了这半年，没的又脑后帐撅撒①了？”

却好一个拐子头②小承恩儿出来说：“叫看门的有唱插秧歌的过来叫住他，老太太待听唱哩。”童七平日与这小承恩儿相熟，叫道：“承官儿！”承恩回头看见，说道：“童先儿，你可惹下了！你交的那银器首饰，今日老公取出来赏人，都变成精铜，上头都是铜绿。叫人寻下皮鞭木棍，要打流了你的罗拐哩！”童七道：“阿！原来是为这个？倒唬我们一跳！我当着公公化给他细丝银子就是了。过了这们暑湿的天，你就是没动的元宝也要变的青黄二色哩，休说是经人汗手打造的东西，有个不变色的么？承官儿，你来，我合你说句话。”拉到个屋胳拉子里，悄悄从袖中取

① 撅撒——坏事。

② 拐子头——指太监手下的小厮。

出够一两多的一块银子递与他说："你买炒栗子、炒豆儿吃。你替我多多上覆老太太，你说童有莹在太太合老公身上也有好来，嫌留下的首饰不真，我一五一十的赔上。这老太太的寿日前后三个月不动刑，这才是老公公的孝顺，与老太太积福哩。我赔银子放不在我心里，我可捱不的打。我带着仙鹤顶上的血哩；我服了毒，老太太的好日子不怕不利市拉拉的么？你好歹对老太太说声，我等着你回话。"

承恩把那块银子看了看，说道："是好银子呀？你别又是那首饰呵。"童七道："甚么话呀！一分低的，换一钱给你。你要对着老太太说的不打我呵，我家里养活着个会花哨的腊嘴①哩，人家出我二两银，没卖给他，我送了你罢。"承恩喜道："你可别要说谎。你真个与我那腊嘴，我宁可不要这银子。"童七道："光有了顽的没有吃的也没趣，你留下银子，好大事呀？"承恩道："你等着，我替你说去。"承恩走到太太跟前，趴倒地磕了个头，说道："小的禀事。"怎么长，怎么短，把童七的话禀了一遍。太太道："这狗攮的可也可恶得紧！这精铜是拿着哄人的东西？别说老公，我也待打他哩！你合他说，我尽力替他讲，饶他的打，叫他快快的拿银子来取了他的铜杭杭子去。你叫人拿盘点心，四碗菜，再给他素子酒，叫他吃着，分付人们别要难为他，你说是太太分付来。"承恩得了这个赦诏，走到外边，看着童七故意说道："老太太的好日子，这没要紧的事，我不敢禀，还了你的银子罢。"童七道："承官儿，你不希罕银子罢了，你没的也不希罕会花哨的腊嘴么？是养活熟化的。你不给我说，罢，我把这腊嘴进给老公，老公没有不喜欢的，饶了打不消说的，只怕还不教赔银

① 腊嘴——一种鸟。

子哩。”承恩道：“你如今就把腊嘴取了来给我，我才给你说。”童七道：“他们肯放松我一步儿么？谁去取？”承恩道：“你给我件照物儿，我往你家自己取去。”

童七家里果然有两个腊嘴，一个很会哨的，一个不大会哨。主意是待与他那个不大好的，但事已急迫，无可奈何，只得与了他袖内的一个汗巾，叫承恩拿了自往他家去取。承恩飞马也似跑到他家。童七被厂里差人拿去，童奶奶着忙，门也不曾关闭。承恩走到他客位檐下，两个竹笼挂着两个腊嘴。承恩喜不自胜，端了一把椅子踩着，把两个竹笼都取将下来，拿在手里，叫了一声：“家里没人么？这是童伙计的汗巾子，老公等着要腊嘴，叫我拿着汗巾子来取哩。你留下汗巾罢，跟出来关上门。”童奶奶赶着问道：“老公差了这们些人叫他是怎么？”承恩一边跳，一边说道：“老太太寿日，请他赴席哩。”说着，走的去了。童奶奶道：“这腊嘴养活了二三年，养活的好不熟化。情管在酒席上偏拉，叫老公知道，要的去了。”说着，倒也把这害怕的心丢开去了。

承恩去不多时，只见提溜着两个笼子，从那里花哨着来了。童七道：“呀！你还留个给我顽，你怎么都拿来了？”承恩道：“我摸量着你往后没心顽了，可惜了的撩了，爽利都给了我罢。汗巾子我留在你家来了。你等等儿，我可替你禀太太去。”承恩只到后边转了转背，出来说道：“太太分付：你原不该拿着精铜哄骗老公，其情可恶，极该着实打！太太因你做伙计一场，今日又是太太喜庆的日子，等后晌太太合老公说，免你的打，叫你快着照数换了银子来。你要变了卦，换的银子迟了，太太就不管这事了。分付你们拿他的人，叫别要难为他哩。太太分付，叫人拿四碗菜，一盘点心，一素子酒，给你吃哩。”童七道：“承官儿，你哄我哩。你进去多大一会，你就禀的这们快呀？”承恩道：“你管我快不快待怎么？你只给了我腊嘴，我还嫌替你禀的迟哩。”说不了话，果不然从后面一个人托着一个盘子，就是承恩说的那些东西，一点不少，叫道：“童先儿在那里哩？太太赏你饭吃哩。”童七心里有事的人，那里吃得下去，吃了没多点子，都与众人吃了。叫承恩传说：“童银匠吃过酒饭，磕头谢太太赏哩。”

却说童七在班房里伺候到三更时候，方才做完了戏，住了杂耍。〔陈公〕送出客来，散了，回到厅上，分付打发下人。差人把童七带将过去，禀道：“拿了童银来了。”陈公道：“今日太太喜庆的日子，我且不合这狗攮的说话；这半夜三更，打的叫挝挝的也不好听。你替我带他往班房里，吊着那狗攮的，明日合他讲！”差人齐声答应，将童七带出去了。亏不尽太太预先分付叫人不要难为他，所以陈公虽然分付叫吊，差人毕竟遵奉太太的言语，陪他大家睡了。

陈公回到后边，从新又与他母亲磕头小坐，留下那唱插秧歌的老婆打着锣鼓，扭着身子唱。将吃到四更天气，方才收拾散席。太太道：“官儿，我有个分上要合你说哩。那童银，你差人拿的来了，你听我说，你只教他赔你的银子，你别要打他罢。我的生日，我许下这外宅里一个月不动刑哩。他又是咱的个旧伙计，你又是我的个孝顺儿子，听了我这个分上罢。我已对着他许过口了。”陈公道：“这可怎么处？他欺我多着哩，拿着精铜当银子来哄我，他把儿子不当瞎子待么？罢，罢。太太说了，我任他怎么，我也不打他，只教他赔银子罢。儿子还有一句话禀太太：要饶了他打，他捱着又不赔银，可怎么处理？”太太道：“你问他要个保人，限他两三个月。他要不给你银子，这就可恶了，我也就不管他。”陈公道：“也罢，也罢。就依着太太说。小厮们，计着①些儿，明日再合我提提儿，看我今日酒醉忘了。”

到了次早，陈公因他母亲过生日，告了前后三日的假。这日也还不该进朝，陪着太太吃了早饭。太太又从新嘱付了一遍。承恩把太太的话题预先跑到外边都对童七学了。陈公吃了饭，要出前厅理事。太太又再三嘱付，惟恐他忘了。陈公坐在厅上，叫带进童银来，又叫人将他所交的铜货抬到厅上。差人将童七用铁绳锁项，跪在阶前。陈公骂道：“呃！你这狗屄拍的！你睁开那屄眼看我是谁呀！你当着我吃屎的孩子哄我，领了我的细丝银子，交精铜棍棒子给我！拿着这精铜杭杭子哄人家银子兑分两也就罢了，还每两问人家要三钱工钱呀！你就不怕我，可你没的也不怕神灵么？你说有儿有女的哩，你就不怕男盗女娼，变驴变马？你填还的人家了么？我问你，你那里的门路儿寻了老太太的分上压量我？我不把这狗屄拍打个足心，我这口气怎么出的！”童七只是磕头说道：“老公在一人之下，万人之上，沧海是的大量哩，就合小的这们东西一般见识？老公可怜见，把手略抬一抬，小的就过去了。要不肯高抬贵手，也只是臭了老公席大的一块地。”陈公道：“狗屄拍的！你把我的一千两本钱使了这们些年，你只三分利钱算给我，你该还我多少，你自家定数儿。限你三日我就要！你如违了我的限，我也顾不的甚么太太、太爷的了！”童七道：“老公在上，小的有句话禀：领了老公的一千两本钱，每年算账就没交些利钱与老公？四时八节，老公生日，太太寿辰，小的就没点孝心？怎么老公又说起利钱来了？”陈公道：“呃！狗攮的！你不讲利钱，罢了。我的本钱呢？我交给你的是铜来么？”

① 计着——记着。

童七道："你看老公糊涂。要不是使铜，这银匠生活也撰钱么？每年老公也使着二百两的银子；小的送的礼，那一遭不勾好几两银子；这都是那里来的？"陈公道："狗攮的！你又合我强哩！你那加三工钱，这不是利钱么？"童七道："我说老公糊突，老公又嗔，说这加三工钱，算着有了三百六十两。雇的人不给他工食，不吃饭？老公得了总分儿，小的这们条大汉，只图替老公做干奴才，张着一家子的牙茬骨喝风罢！小的算着，这十五六年，老公你也使够有三千往外的银子。俺老子合去世的老公手里的账不算罢。小的劝老公差不多的也就罢了。"陈公道："好狗攮的呀！孩子们，你听，他这不是说连本儿都不给我了么？我要铜杭杭子做甚么！人不依好，太太说了，我家里不好打他，替我带到厂里去伺候着！我自家也不打你，发给理刑的去！"

差人答应了一声，顺着铁锁就往外拉。童七道："你漫着拉，我还有话禀老公哩。"陈公道："带到厂里去，别要理他！他是侉嘴，听他做甚么！叫掌案的先儿写个票儿，连那铜杭杭子兑个清数，连人发给理刑周百户，叫他照数替我严限的追！"

童奶奶那夜等童七不回，只道他在陈公外宅通宵畅饮，不在意下。等到次日将午不回，方叫小虎哥到陈公外宅门口打听。恰好正撞见昨日去拿腊嘴的承恩，方把太太说分上饶了打他，他不肯赔那本钱，致的老公怒了，刚才佥了票，连铜合人都发到理刑的周家追去了。虎哥回家，对童奶奶说了前后。童奶奶道："好混账杭子呀！钱是什么，拿着命不要紧哩！这理刑衙门是甚么去处，这内官子的性儿，你惹发了他，你还待收的住哩！"拿过个首帕来踅了踅头，换上了件毛青布衫，脱了白绫裙子，问对门吴嫂儿借了条漂蓝布裙子穿上，腰里扁着几百钱，雇了个驴，骑到太仆寺街四眼井旁边管东厂陈公外宅，下了头口，打发了驴钱，往门里竟闯。看门的拦住，道："呀！那里这撒野的堂客！这是甚么去处，你竟往里闯？亏我看见。你要三不知的闯进去，老公正在厅上看着人摆桌子哩，你这不做弄杀我了！"童奶奶望着那人拜了两拜，说道："我不晓的新近立了规矩，我只还当常时许我不时的走来。"看门的道："你是谁？我不认的你。"童奶奶道："我是童伙计娘子。我来替当家的还银子哩，要亲见老公，还见太太。"从腰里扯出三百黄钱，值着四钱多银子哩，递与那看门的，道："这几个钱送与爷买钟酒吃，烦爷替我禀声。"那看门的见童奶奶为人活动，又有几分姿色，不忍的拒绝，最要紧又是那三百黄钱的体面，随满口答应道："这大街上不便，奶奶请到门房，屈待略坐一会儿，我替奶奶禀去。"那看门人把钱装在兜肚里面，蹭到厅前，洒着手旁里站着。

不多一会，陈公看见，问道："你待禀甚么？"那看门的跪下，禀说："童伙计的娘子来见老公合老太太哩。"陈公说："他见我待怎么？有甚么话说？"那看门的道："不知他待禀甚么。他只说他汉子没天理，拿着老公的银子养活了他这们些年，不报老公的恩，当着太太的寿日顶撞老公，叫老公生气，他来替老公合太太磕头，认赔老公的银子。"陈公道："他就是这们说么？他说他汉子没天理，负我的恩么？"看门的道："可不是他说的怎么？"陈公道："你说这童银狗攮的，人皮包着一付狗骨头，还不如个老婆省事哩！那老婆也好个模样儿？"看门的道："俊俊儿的，风流不丑。"陈公道："你叫他进来。"

童奶奶走到阶下，磕了四个头。陈公问道："你是童银的媳妇儿么？"童奶奶道："小的就是。"陈公道："你刚才说你男子汉没天理，负了我的恩。你只这两句话就是有良心的人，我的气也就消了一半。"童奶奶绰了这个口气随道："可不小的说来？他硬着个脖子，听人句好话么！说老公待交账收铺子哩，没有银子交，算计待交那打就的首饰。小的这们再三的说：‘那货低假，良心过不去，还不的老公。咱一家子顶的天，踩的地，养活的肉身子，那一点儿不是老公的。你哄骗老公，就合哄了天的一样，神灵也不祐你。你有银就一一的还了老公，老公见咱没饭吃，自然有别的生意看顾咱，浑深舍不的冻饿着你。你要没银子，你倒是老实在老公上乞恩。只怕老公可怜你这们些年的伙计，饶了你也不可知的。如老公必欲不饶，脱不了咱家所有的，那个不是老公赏的？咱变换了来赔上。你只别拿着这假杭子哄老公。’他那里肯听这话，只说：‘没帐，没帐！咱老公家罕希这个哩，过过眼，丢在一边去了，还待出世哩么？’天也不容他！叫老公看出来了，还不认罪，还敢合老公顶嘴，这不是寻死么！”陈公道：“你的意思是待怎么？”童奶奶道：“小的的意思，这们忘恩负义的人，发到理刑那里监追，打杀也不亏他。只是小男小女都要靠着他过日子，天要诛了他，就是诛了小的一家子一般。望老公掣他回来，叫他讨个保，叫他变了产赔老公的，免发理刑追比。”陈公道：“这不难么。我看你好人的面，我知道，有处。你家去，我叫人写票子提他回来。”童奶奶千恩万谢辞了出门。陈公果然把童七从监里提出，分付道：“我看你媳妇儿是个好人，免你监追比较，铜货六百两，量赔三百两，限两个月交完。再敢抗拒，全追不饶。”

童七见把他发到周百户那里，自料家业凋零，更且性命不保，无门可救，只是等死，不料得他媳妇一片虚头奉承，轻轻脱了虎口，免了三百两文银。人说：“家有贤妻，男儿不遭横祸。”况有智妇，何虑灾患不消？但不知童七运气何如，将来怎生结束，且看后回再说。

第七十一回

陈太监周全伙计　宋主事逼死商人

逢人尽说缙绅家，满口自矜夸。干坏朝廷好事，只知一地胡拿。性有刚柔，事应轻重，出自冈叉。人品只须妥当，管他没有鸡巴！

右调《朝中措》

却说陈公这内官性儿，叫童奶奶拿着一片有理无情的话，蒯着他的痒痒，就合那猫儿叫人蒯脖子的一般，呼卢呼卢的自在，夸不尽童奶奶是个好人。不惟将童七当时提回讨保，且轻轻的饶了三百两银。童七尊敬那童奶奶，就似刘先主奉承诸葛孔明的一般。只是人心不足，与他老婆商议，叫他怎么再弄个法儿，连这三百两也都饶了才好。童奶奶道："你别要这只管的不足，那内官的性儿是拿不定的，杭好杭歹①。他恨你咬的牙顶儿疼。亏不尽我使了三百钱，那管门的其实是铺拉自家，可替咱说话？我绰着经儿，只望着他那痒处替他蒯。他一时自在起来，免了这三百两不叫咱赔，又宽了两个月限，你安知他过后不悔呢？三百两银，六个大元宝哩！他寻不出别的支节来，没及奈何的罢了。你再去缠他，或是过了他的限，他借着这个，翻过脸来说道：'我倒饶了你一半，宽限了两个月；你倒不依，好！我不饶你，还要那六百两，也不准宽限，我即时就要哩。'你可怎么样的？这不

① 杭好杭歹——时好时坏。

过了十日多了。依我说，你先拿一百两银子。我听说佛手柑到了，你买上四个好佛手柑，再买上他一斤鲜橄榄，你送了去。你说：‘我变转了一百两银子，放着等一总里交，怕零碎放在手边使了，先送了来与老公垫手儿使。’他情管喜欢你。就还了他银子，咱还合他结个相知，还叫他往后救咱头疼脑热的。这是我的主意，你再寻思。”

童七道：“奶奶主事没有差了的。只怕他内官性儿，见咱银子上的容易，按着要起来，可怎么处呢?”童奶奶道：“没帐。你替我买佛手柑合橄榄去。你推病别去，待我自家去。”童七道：“奶奶去情愿好。我近来运退了的人，说出句话来就浊杀人的，连自家过后也悔的慌。”连忙走到福建铺里，一两八钱银买了四个五指的佛手柑，又鲜又嫩，喷鼻子的清香，一钱二分称了一斤橄榄。拿到家里，都使红灯花纸包了，叫虎哥使描金篾丝圆盒端着，自己两只袖子袖着两封银子，穿着油绿绸对衿袄儿，月白秋罗裙子，沙蓝潞绸羊皮金云头鞋儿，金线五梁冠子，青遍地锦箍儿，雇上了个驴，骑到陈公外宅。还是那日看门的人。

童奶奶走到跟前，笑容可掬，连拜了数拜，说道：“那一日得不尽爷的力量，加上美言，我合老公说了话出来，寻爷谢谢儿，就寻不见爷了。”那人道：“我刚只出来，孩子说家里叫我吃晌饭哩，我刚只吃饭回来，你就去了。”童奶奶从袖中取出一个月白绫汗巾，吊着一个白绫肚，青绸绒口的合包，里边盛着四分重一付一点油的小金丁香，一付一钱一个戒指，说道：“这个汗巾里边有付小金丁香儿，两个银戒指，烦爷替我捎给奶奶，也见我感激爷的意思。”那看门的道：“前日受了奶奶的厚礼，没有甚么补报，又好收奶奶的?既是与家里的，我又不好替他辞，可是叫奶奶这们费心。奶奶这来是待怎么?”童奶奶道：“我变了几两银子，待来还老公；又寻了几个佛手柑与老公进鲜。俺家里一行好好的，拿倒地①就害不好，自己来不的。我怕几两银子极极的花费了，两个果子淹淹了，我说：‘等不的你好，我自家送去罢。’待叫这孩子来，怕他年小不妥当。”那看门的道：“老公在朝里，这几日且不得下来哩。奶奶，你见见太太不好么？我给你传声。”童奶奶道：“我得见太太，就是一样。”那看门的道：“奶奶，你跟进我来，你在宅门外听着我说话，你好绰着我的口气儿合太太说。”

果然那看门的领着童奶奶进了仪门，打大厅旁过道进去，冲着大厅软壁一座大高的宅门，门外架上吊着一个黑油大桑木梆子。那看门的把那梆子梆的声敲了一下，里边一个老婆子出来问道：“说甚么?”那看门的回说：“看门的任德前见太太禀话。”老婆子道：“进来。太太正在中厅，看着人收拾花草下窨。”任德前禀道：“童银匠的娘子儿，他不知那里打听的说太太救了他汉子的打，他敬来替太太磕头，要见太太哩。”太太道：“我在口之言，给他说声罢了，平白地替我磕甚么头？阿郎杂碎的，我见他做甚么。”任德前道：“老公前日没见他么？不阿郎杂碎的，倒好个爽利妇人，有根基的人家，这是骆校尉的妹子。”太太道：“他只怕不光为磕头，他只怕是缠我告免银子。”任德前道：“不是价。他还拿着银子来交哩。小的说：‘老公朝里没下来，谁好收你的？你且拿了家去。’他说：‘我变换了这几两银子，家里极极的，像着了饥的鹞鹰一般，放在家里就花了。一时间银子上不来，违了限，叫老公计较，这不辜负了太太的美意么？我陆续交给太太收着，交完了，可抽保状。’”太太道：“这是个有主意有

① 拿倒地——突然。

意思的女人。我当是混账老婆来。你叫他进来。”

任德前出去说道：“我说的话，奶奶，你听见来？你就跟着我这们说。”童奶奶答应了，不慌不忙走到厅内，朝上站定说道：“太太请上，小的磕头。”太太说：“你来到我家是客，不磕头罢。”童奶奶道：“替太太磕破了这头，也报不过太太的恩来哩。要不是太太救着，俺娘儿们可投奔谁？太太可是活一千岁成佛作祖的阿弥陀佛！”一边说，一边吊桶似的上去下来磕了四双八拜。太太道：“你端个小杌儿来让客坐下。”童奶奶道：“好太太呀！太太跟前敢坐，待要折罪杀呀！”太太道：“你矮坐着怕怎么？你坐着，咱娘儿们好说话。你摸在旁里只管站着，不怕我心影么？不知怎么，我乍见了你就怪喜欢的。”童奶奶道：“这是小的造化，投着太太的喜缘。”又朝上与太太磕头告坐，在那暖皮杌子上坐下，又说：“刚遇着才到的佛手柑，不大好，要了两个儿进与太太合老公尝新。”太太道：“新到的物儿贵贵的，你紧仔没钱哩，教你费这个事。”童奶奶道：“孩子外头端着哩，太太分付声，叫人端进来。”太太说：“既费了事，叫人端进来去。”还是刚才那个老妈妈子走到宅门内，击了一声云板，外边接着分付道：“把客送的盒儿端进来。”

不多一会，外边传进盒子，端到太太面前。揭开盒盖，满屋里喷鼻清香，太太说：“好鲜果子！今年比年时到的早。不知进过万岁爷没有？收到我卧房里去。”太太合童奶奶家长里短说的不了。说到赔银之事，都顺着那任德前的口气随机应变的答应。太太甚是喜欢，叫人看饭相待。

九月将尽，正是日短的时候，不觉又是日西。童奶奶说：“这是一百两银，太太替小的且收下，待完了，抽保状出去。”太太说：“你留下，我替你交与老公就是。”童奶奶要辞家去。太太叫丫头："端出我那竹丝小箱儿来。"丫头端出来开了，太太取了十个金豆，三十个银豆，递与童奶奶道："这是宫里的，你拿到家里顽去。"童奶奶道："这希奇物儿，太太赏这们些呀！"磕头不了，满口称谢。叫老妈妈送出客去。

童奶奶到家，对着童七说太太的好处。太太又对着陈公说："童银的媳妇好个人儿，识道理，知好歹，通是个不戴帽儿的汉子。昨日来交了一百两银子，送了四枝佛手柑，一些橄榄。我赏了他几个豆儿，留他吃的饭去了。"陈公道："我全是为他省事，我饶了他三百两银。后来我又悔的，轻易就饶他这们些。我心里算计，他要违了我的限可，我还不饶他。他怎么老早的就交了一百两？"太太道："他合我说来，他说变换了这几两银子，依着他汉子还要留着撰换撰换。他恐怕又花了，辜负了你的恩，宁可随有随交罢。"陈公道："好呀，这童银怎么就有这们个好媳妇儿！他要等不满限还了我的银子，我还把那些铜杭杭子赏给他，叫他拿着再哄人去。"后来果然童奶奶撺掇着，不过一月还完了陈公的三百之数，陈公果然把六百两假货还都给了他。每次还银，都是童奶奶自己去交，渐合陈太太成了相识，看门的任德前通成了一家人一般。童奶奶时常往来，送不的一个钱东西，十来个回不住。童七常往陈公宅里见陈公磕头，献小殷勤。

童七做熟了这行生意，没有改行，坐食哑本，眼看着要把死水舀干，又兼之前后赔过了陈公的银七百余两，也就极头么花①上来。后陈公赏出那铜东西来，他不胜之喜，寻思一遭，还是干那旧日的本把营生。先有这见成打就的六百两货物，从新前门外另赁了新铺，垒了炉子，安了风匣，雇了银匠，还做这乌银生

① 极头么花——形容晕头转向，没有办法。

意。童奶奶道："咱做生意，只怕老公计较。他敢说：'我收了本钱，不合他做买卖，你看他赌气还开银铺！'通像咱堵他嘴的一般。咱还合他说声才好。"童七道："咱可怎么合他说？"童奶奶道："还得我自己进去，要是亲见了老公更好，只不知得出朝不。明日庙上你买点甚么又希奇又不大使钱的甚么东西儿，我拿着进去。"童七果然十一月初一走到城隍庙上踅了一遭，买了一艾虎，使了三钱银子。这艾虎出在辽东金、伏、海、盖四卫的地方，有拳头大，通是那大虎的模样，也能作威，也能剪尾，也能呜呜的吼，好在那扁大的葫芦里头睡。一座大房，凭你摆着多少酒席，放出他来，辟的一个苍蝇星儿也没有。本地只卖的一钱银子一个。又使了三两银子买了一个会说话的八哥儿，一个绝细的金漆竹笼盛着。买到家来，过了一宿，次早把这两件奇物叫虎哥拿着，童奶奶扎刮齐整，雇了个驴，骑到陈公的外宅门首。恰好这初二日是该下厂的日子，陈公早从朝里出来，顺便看了太太才下厂去，此时正在宅里。门前伺候着无千带万的人。

童奶奶到得那里下了驴，打发了驴钱。任德前早已看见，拨开众人，引得童奶奶竟进宅门。虎哥拿着那艾虎、八哥，在宅门外伺候。童奶奶进得宅门。正见太太倚着格子框站着，陈公在厦檐底下看着小小厮拿着两个黄雀，叫他那里含旗儿哩。童奶奶先与太太磕过头，又与陈公磕头。童奶奶道："你看呀！男子汉有句话，要在老公上乞恩，怕老公没得下来，叫我来禀太太罢。谁知老公在宅里哩。"陈公道："他待禀甚么？你替他说也是一样。"童奶奶道："实禀太太和老公：小人的意思，好支虚架子儿，没等一个钱，就支十个钱架，其实禁不得磕打。昨日还了老公那点东西儿，也就刷洗了个精光。看看的抱着瓢的火势，不料老公从云端里伸下手来，待提拔哩，把那些铜杭杭子赏给了。这是俺家祖辈久惯的营生，梅洗梅洗，把那上旧的整治新了，拿着哄人，胡乱骗饭吃，还要在前门外寻点铺儿，开个小乌银铺。旧日的主顾，想已是哄的怕了，再哄那新头子。铺儿有了，一点家伙儿没有，还向老公乞恩，把那咱铺子里的卧柜、竖柜、板凳，赏借给使使。”陈公道：“你看这‘有钱买马，没钱置鞍’的事么，有本儿开铺子，倒没有厨柜了！”童奶奶道：“可说甚么来！要分外再有个钱，可敢还来缠老公哩？除了这老公赏的首饰，精手摩诃萨的，有个仾钱么？不敢望多，只再得一百两银接着手就好了，那得有来？”陈公说：“我听说你那住的房儿小小可可的，到也精致，卖了，使不的么？”童奶奶道：“还说哩！他可不每日只待卖那房子，说：‘为甚么拿着银碗讨饭吃？’小的说他：‘这房儿是老公看顾咱的，是你祖父分给咱的呀。老公看顾你一场，你合我里头住，就合爷娘分给孩儿们的屋业。孩儿们守着，爷娘心里喜欢。孩儿守不住，卖得去了，虽是分倒给你的，爷娘心里喜欢么？你诸务的没了，单只这两间房，驴粪球儿且外面光着。你再把这几间房卖了，咱可倒街卧巷的？咱自作自受的罢了，可叫人说：你看那陈公的伙计童银一家儿卖了房讨吃哩。人问：‘那个陈公？是见今坐东厂的陈公哩？这可是替老公妆幌子哩么？’”陈公道：“你说的是呀。他要不这们十分的狠，坏了生意，我也不收了本钱来。他作孽罢了，难为带累你这好人合他过苦日子。也罢，我借一百两银子给你，算你问我借的。你一年只给我十两银子的利钱，别落他的手。撰的钱，你吃、你穿的别要管他。你撰的好了，你可慢慢的陆续抽本钱还我。那铺子里的厨柜没有了，连铺子都一齐赁了与人。我另有，我叫人寻给你，你叫人来抬去使。”

童奶奶一边磕头道：“小的就这里先谢了太太合老公罢。”起来又道："得了个艾虎儿合个八哥儿，来进与太太合老公看，在外头哩。"陈公道："那里的艾虎儿呀？夏里我这们叫人寻没寻着。你是那里的八哥儿，会说话么？"童奶奶道："胡乱也说上来了。"陈公道："好呀！快叫人取进来。"童奶奶道："八哥，你问太太安。"那八哥果然道："太太安。"童奶奶又道："八哥，你问老公安。"那八哥果然就问："老公安。"童奶奶道："八哥，你问太太老公千岁。"那八哥果然说道："太太老公千岁！"陈公甚喜，说道："你也是个能人，那里寻着这宝贝儿孝顺我哩？"陈公叫人把艾虎合八哥用心收着，让童奶奶到炕房暖和，好生待饭。又合太太说："就把他先还的那一百两借与媳妇儿去，也不消问他要甚么文约儿。"又分付人查厨柜与他使，又分付叫人拿饭给跟的人吃。分派完毕，老公吃完饭，下厂去讫。

童奶奶合太太数黄道黑，直至再吃了晌饭，方才辞了太太，领了一百两银，骑着驴子，打着得胜鼓奏凯而回，对童七讲说详细。童七大喜，说道："天爷哟！那庙里没有屈死的鬼？人开口起来说银匠是贼，像奶奶这个，刘六、刘七合齐彦明也不要你，恐怕你贼过界去了！"童奶奶笑道："你叫别人也贼么，我偏着是银匠老婆才这们贼哩！"童七道："咱实得百十两银接接手才好哩，要不也就捉襟露肘的了。咱明日就着人去抬卧柜合厨去。"两口子欢天喜地，看就十一月十一日新开铺面。

时人大约势利，见他又领了陈公的本钱仍开银铺，都来与他把盏暖铺，依旧兴头。但时运退动的人就似日头没有从新又晌午的理，只有渐渐的黑将下去。况且他那精铜的物件，那个不带着两只眼睛，闻的童七大名就害头疼，那个还敢来合他交易？所以常是好几日不得发市。那北京城甚么去处？真是米珠煤玉的所在，禁的伙计闲着吃饭、铺面包着要钱？这童爷、童奶奶见这光景不大得好，也不免有些心焦，不大自在。

这童七的老子童一品与老陈公合了下半世的伙计，童七又与小陈公合了上半世的伙计，打着陈公的旗号，人都说他是陈公的伙计，谁敢惹他？甚么门单伙夫牌头小甲，没有敢扳他半个字。他过着这“靠大树草不沾霜”的日子，那晓的以外的光景。后来人都知道陈公收了本钱，先是那铺面招牌檐前的布幌都不敢写了“陈”字，“野鸡戴着皮帽——还充得甚么鹰”？所以那凡百的杂犯差徭，别人不能免的，都也不肯饶他。

支惯了架子的人，忝①着个脂大肚，穿着彻底的绸帛，开着银铺，虚名在外，尖尖的报了个“象房草豆商人”。这在诸商之中，还算最为轻省，造化好的，还能撰钱。预先领出官银，成百成千的放在家里开铺营运，撰的利钱，就够了置办草料，净落下他的本钱。把银子从春夏时候，有那要钱使的庄家，把银子散与他用了，算住了草是几分一百斤，豆是几钱一石，等秋间草豆下来的时候，平卖十个，只算他三双，这先有了四分花利。与那管草豆的官儿通同作弊，哄骗朝廷，本等只直六钱领价，开他一两。所以这草豆商人从来不称苦累。但要自己有些本事，以外还有帮手。正是单丝不线，孤掌难鸣。这都是童七所不能的。当初若自知分量，这不是累人的差役，自己告辞，也是辞得脱的；即不然，再叫童奶奶去央央陈公合广西司说说，也不是难的。他听了人的话，都说：“这差不怕，是极好的，人还求之不得哩。”就把那前边所说之话哄的他心花乱开，痴心妄想，要从此一天富贵。

谁知这造化将要低来的时候，凡事不由你计较。先是户部里

---

① 忝——同“腆”。

没有了银子，不惟不能预支，按季要你代发，代发去的又不能如数补还。那象是甚么东西？房子大的这样蠢货，他是肯忍饿的？象奴按了日子，一五一十的在那管象草料的官支领，管草料的官标准了领状，如数问商人要。这商人却推与何人？若是那真正大富的人家，虽把自己的银钱垫发，也还好贱买贵交，事也凑手。这童七翻调只是一个，童奶奶虽是个能人，这时节也就“张天师着鬼迷——无法可使”，只得在贩子手里“食店回葱”，见买见交。一遇阴天下雨，贩子不上城来，便就没处可买。象奴围住了门前乱嚷乱骂，一面把好几十文钱央他吃酒买饭，求他个且不做声，一面东跑西奔往别处铺子里回买。连那铜行的生意绝无指望，先把家中首饰，童奶奶的走珠箍儿、半铜半银的禁步七事、坠领挑排、簪环戒指，赔在那几只象的肚里，显也不显一显。渐至于吃了童爷、童奶奶的衣裳，又吃了一切器皿，以至于无物可吃，只得吃了那所房子。

童奶奶因没钱买点东西，不好空了手时常去到陈公宅里。陈太太见他意思冷落，也就日远日疏，又闻知他跌落了日子，就叫人来催讨他的本钱。象奴又逼，陈家的毛食又催，误了草料，被那管草料的官节次打了几遭，方才再三苦缠，哀辞告退。这又不是审差的时候，却再挪移与谁？

一日，又该支给草料的时节，家中上下打量，一无所有。稍停，象奴又来逼命，没钱求告，又没草料与他，必定又要禀官。再要责打，如何受得？幸而不曾领了钱粮，倒翻赔垫了千把银子，也累不着妻子。写了一张冤状，揣在怀里，袖了一根捆毡包的大带，不等象奴来到，预先走出外边躲藏。

待不多时，象奴果然来到，只说童七躲在家中，跳跶着嚷骂。将晚，没有草料，象在那里嗷嗷待哺，象奴只得回去禀那本官，差了三四个人，分头捉拿商人童七，在他那两间房内，到处搜寻，只无踪影。还道他夜深必定回来，等了半夜，那有童七的影儿？

谁知这童七怀着状、袖着绳，悄悄的走到那管象房草料户部河南司主事宋平函私宅门首，两脚登空，一魂不返。黎明时节，本宅还不曾开门，总甲往城上打卯，由门前经过，看见了这希奇之物，叫了当铺小甲，本宅四邻，眼同公看。从怀中取出冤状，方知是草料商人童有莹，因无力赔垫，被宋主事逼打难受，只得求了自尽。赔了一千三百的银子，并无领过官银，叫他妻子与他伸冤理枉。总甲同了众人叫开了宋主事的大门，说知所以，传进宅内，宋主事正在那里与一个爱妾行房，受了一惊，后来阳痿，不能再举，至于无子。这分外的事不必细说。

宋主事连忙即起来梳洗完毕，要取怀揣的冤状进看。总甲不肯发与，赏了总甲一两银子，叫书办抄了进去。宋主事一面差人报了南城察院，一面急急的上了本。旨意下部查究。堂上覆了本，议将宋主事降三级，调外用。尸着尸亲领埋。吊了前后四日，方才从宋主事的门上解卸下来。

童奶奶合虎哥、寄姐并骆校尉家的男妇都穿了孝，每日在宋主事的门前大哭，烧纸，奠酒，招魂，宋主事情愿与他买棺装裹，建醮念经，伍弄着出了殡。童奶奶还亏陈太太看常，再三与陈公说，叫且别要逼他的银子，时常还赏他的东西。虎哥已长成十五岁，出条了个好小厮。后来央了陈公，送与一个住陈公房子的福建人新进士，做了个小长班，甚是得所。进士观了政，选了户部主事，接次管差，虎哥极蒙看顾。所以童奶奶天无绝人之路，也还不至于十分狼狈。但后来过的日子，虎哥合寄姐的行藏，都不知怎么结果，且听后回再说。

第七十二回

狄员外自造生坟　薛素姐伙游远庙

自古贞娘，守定闺房，共篝灯禁步中堂。操持井臼，缉紝①衣裳。无违夫子，成列女，始流芳。谁知妖妇，不驯野性，闹穰穰②举止飞扬。狐群狗伴，串寺烧香。玷门败祖，遭戮辱，受惊惶。

右调《行香子》

狄老婆子亡后，停厝③在家，未曾出殡。狄宾梁在祖坟应葬的穴内，择了上吉的日时，鸠了匠人，造造生坟，每日自己出到坟上看了一切匠人兴作。那亲戚朋友都拿了盒酒去陪伴他管工，又携了酒肉犒劳那些夫匠，络绎不绝，直待的工完后止。

一日坟已造完，众亲朋又都出了分金，要与狄员外庆贺寿圹。狄员外恳辞不住，在坟上搭棚摆酒，款待宾客。又背净所在另搭一棚，安顿家下女人，好理料厨子置办品肴。调羹、狄周媳妇合几个丫头，还合住房子能干妇人，又请了相大妗子也到棚里照管。外边请了相栋宇、相于廷、崔近塘、薛如卞、薛如兼、薛再冬都来陪客。那日棚内约有三十桌酒席不止，真也是极忙的时候。

那日恰好是三月初三，离明水镇十里外有个玉皇宫，每年旧

---

① 紝（rèn）——纺织。

② 穰（rǎng）穰——同“嚷嚷”。

③ 停厝（cuò）——指把棺材停放待葬。

例都有会场，也有醮事。这些野猩猩妇人，没有不到那里去的。既是妇人都去，那些虚花浮浪子弟，更是不必说起。这素姐若也略略的省些人事，知道公公这日大摆喜酒，不相干的还都请他来助忙料理，你是个长房媳妇，岂可视如膜外，若罔闻名。老侯两个道婆只来说得一声，就如黄狗抢烧饼一样，也不管绊倒跌了狗牙，跟着飞跑。

相大妗子到了棚内，他眼四下一瞧，问道："外甥媳妇没来么？怎么没见他呀？"调羹倒也要与他遮盖，葫芦提①答应过去。但这等希奇古怪的事，瞒的住谁？你一嘴，我一舌，终日讲论的都是这事。偏生这一日又弄出一件事来：这侯、张两个道婆伙内，有一个程氏，原是卖棺材程思仁的女儿，叫是程大姐。其母孙氏。这孙氏少年时节有好几分的颜色，即四十以后还是个可共的半老佳人，身上做的是那不明不白的勾当，口里说的是那正大光明的言语。依着他辣燥性气，真是人看也不敢看他一眼，莫说敢勾引他。街里上人认透了他的行径，都替他起了个绰号，叫是"熟鸭子"。这程大姐渐渐长成，熟鸭子的勾当瞒的别人，怎瞒得过女儿？况这女儿生性是个不良之人。母亲既是"好者"，他就"甚焉者矣"。或是抽他母亲的头儿，或自己家另吃独食，大有风声。只怕那熟鸭子又臭又硬，是个泼恶的凶人，没人敢理论他。

这程大姐自小许与一个魏三封做媳妇。魏三封虽是个小人家儿子，长到十九岁，出落了一表人材，白白胖胖，大大长长，十八岁上中了武举第二名，军门取在标下听用。因程大姐小他四岁，魏三封到了十九岁才毕姻。程大姐虽然只得十五，却也是长大身材，人物着实的标致，倒也真是郎才女貌。谁知合卺之夕，

① 葫芦提——糊里糊涂。

这程大姐把上下衣裳牢牢系了死结，紧紧拴如坚牢。略略惹他一惹，流水使手推开，啼啼哭哭个不止。絮烦到了半夜，魏三封使起猛性，一把搂到怀中，采断了衣带，剥了裤子，露出那所以然的物事，朝了灯一看，有甚么相干是个处子，魏三封怒从心起，一手采翻，拳撞脚踢，口咬牙撕，把个程大姐打得像杀猪相似的叫唤。

惊起魏三封的母亲老魏，来到房门口敲门，问道："这半夜三更，你因甚打人家孩子？花枝一般的美人，倒也亏你下得毒手。"魏三封暂住了打，去开门放他母亲进房。程大姐得空，扯了一条裤子围在下面。魏三封一手顿将下来，叫他母亲看："有这般烂货！"老魏看道："才是十四五的妮子，如何就这们等的！你也不必打他，你只叫他招得明白，赶五更没人行的时候，送他回去便休。"魏三封又逼拷招来。程大姐受打不过，把在家与他母亲"八仙过海，各使神通"的本事，从头至尾一一供招。许多秽亵之言，不堪写在纸上。老魏同魏三封开了他的箱柜，凡是魏家下去的东西尽情留下。凡是他家陪来的物件，一件也不留。五更天气，同了程大姐送到他家门上，一片声的敲门。

老程婆子孙氏也料得魏三封已有武举头巾戴了，又要这顶绿头巾做甚，又恃女儿甚有姿色，只怕将错就错的也不可知。寻了尺把白杭细绢，拿了一只雄鸡，把大针在那鸡冠上狠搠，搠的那鸡冠就犹如程大姐的那东西一般稀烂，挤出血来，滴在白绢上面，假妆是程大姐的破身喜红，教程大姐藏在身边，头两夜断不可依从，待两三夜后，等他吃醉的时节，然后依他。断然要把两只腿紧紧夹拢，不可拍开，把那绢子垫在臀下。画定计策施行。谁知魏三封是干柴烈火，如何肯依？他的圈套眼见得败露。孙氏虽然授与了女儿的方略，这夜晚也甚不放心，两个眼跳成一块，浑身的肉颤成一堆。及至五更听得大门打得凶狠，心知是这事发作，战抖成一块，叫程思仁起去开了街门，只见程大姐蓬头燥脑，穿着一条红裤，穿了一件青布衫，带上系了那块鸡冠血染的白绢，反绑了手。魏三封自己拿了根棍子，一步一下打送到他门前，把他陪的两个柜、一张抽斗桌、一个衣架、盆架之类，几件粗细衣裳，都堆放在他门口。魏三封在门前跳达着，无般不识样的毒骂。孙氏起先还强说道："贼枉口拔舌的小强人！你自恃是个武举，嫌俺木匠玷辱了你，又争没有赔嫁，你诬枉清白女儿。我天明合你当官讲话，使稳婆验看分明。俺才交十五的个幼女，连东西南北也还不晓得，你屈枉他这个营生。"

那时天气渐次将明的时候，魏三封在街上骂，走路的站住围拢了看，四邻八舍都立在各人的门口听。孙氏昧了心，照着魏三封强嘴。魏三封自恃着一个武举，又在军门听用，又有几分本事，理又甚正，岂还容你强辩，出其不意，走向前，一把手去将孙氏捋翻倒地，照着那不该捱打的去处只管使脚乱踢。孙氏起初泼骂，后只叫："魏爷，有话你讲就是。你下狠打我，成得甚事？列位高邻只管袖手看，不肯来拉他把儿？叫他把我一顿打杀，没的不怕展污了街么？"

这些邻舍方才渐渐的走将上来，将魏三封扯的扯、拉的拉，再三苦劝。魏三封道："只叫他叫出那烂桃小科子来，剥了裤子，劈拉开腿，叫列位看个分明，我才饶他！"众人道："俺虽是没看的明白，俺也听得明白。"又对孙氏道："你自己不长进罢了，你原不该又把闺女这们等的。他'庙里猪头是有主的'。你不流水的认不是，还挺着脖子合人强哩！那邻舍事不干己，你没等的有人说说，你撒泼骂人，'茅厕里石头——又臭又硬'。人不合你一般见识罢了，这魏大哥是正头香主，指望着娶过媳妇去侍奉婆婆，生儿种女，当家理纪，不知那等的指望。及至见了这们破茬，但得已，肯送了来么？你还长三丈、阔八尺照着他。若是别人不知道的，你可合他昧着心强。他是面试的主儿，你不流水殃及他，要经了官，孩子们禁的甚么刑法，没等的套上拶子，下头就拉拉尿，口里就招不迭的哩。”孙氏道：“好列位们呀！俺有这事没这事，也瞒的过列位么？”众人道：“罢呀怎么！他既是屈了这好人了，凭你合他怎么罢，俺也不管了。”

倒是程思仁逼在门里，口里气也不出，身子也没敢探探，见众人要走了开去，只得出来，说道：“列位在上，休要合这老婆一般见识，看我在下没敢在列位上欺心，务必仗赖替俺处处。”众人又方才站住，说道：“你教俺怎么替你处？你说说你自己的主意是怎么样的。”程思仁道：“任凭魏姐夫分付甚么，我没有敢违悖的，尽着我的力量奉承。只是留下我的闺女。我还有几两棺材本儿哩，我替魏姐夫另寻一标致的妾服侍魏姐夫。”孙氏骂道：“没的放那老砍头的臭屁！俺闺女臭了么？瘸呀？瞎呀？再贴给一个！有这们个闺女，我怕没人要么？俺闺女养汉来，没帐！浑是问不的死罪！”

众人倒呵呵大笑起来，问魏三封：“魏哥，你的主意何如？”魏三封道：“我也不合他到官，我只拿出小科子来叫列位看看明白，我再把这老私科子踢给他顿脚，把这几件家伙放把火烧了，随那小私科子怎么样去！”众人道：“老程，你那主意成不的。魏大哥，你听俺众人一言，看甚么看？想他这娘儿两个也羞不着他甚么。摇旗打鼓的，魏大哥，你的体面也没有甚么好。‘好鞋不蹈臭屎’，你撩给他，凭他去罢。这没有叫你立字给他的理。叫他立个字给你，你拿着另娶清门净户人家的闺女去。这家子凭他，不许题你魏家一个字儿。这家伙也不消要他的，值几个钱的东西，烧了烟扛扛①的，叫人大惊小怪。况又风大，火火烛烛的不便。”孙氏道：“罢呀怎么！你就立字给他，只不许说俺闺女有别的甚么事，只说是嫌俺闺女没赔送，两口子不和，情愿退回另嫁。”众人道：“就只你伶俐！魏大哥这们个顶天立地的汉子，倒是个傻瓜！你立这们个帖儿，倒拴缚着他，给他个不应罪的帽子坎着！”众人推着魏三封道：“魏大哥，你家去，叫他写了帖儿送上门来，如你的意，你就依他，不如你的意，你不准他的就是。俺也就不管他了，臭哄哄的在这里做甚么。”

魏三封也就随机应变，听众人劝得回来，好生气闷。这众人里面，推出二位年高有德公正官贾秉公合李云庵替他代书了伏罪愿退的文约，送与了魏三封收执。两下开交，彼此嫁娶各不相干。文书上面写道：

立退约，程思仁。因结发，本姓孙。生一女，十五春。今嫁与，魏三封。昨日晚，方过让。嫌破罐，不成亲。来打倒，怒生嗔，踢丈母，打媒人。谋和处，仗高邻。情愿退，免公庭。凭另娶，选高门。人有话，嘴生疔。立文约，作证盟。

魏三封收了约，另娶了亲，不与程大姐相干。

这程大姐怕的是魏三封要打倒，今已打过倒，这块闷痞已经割过。再怕的是百众皆知，坏了体面，不好说嘴降人。如今已是人所皆知，不消顾忌，倒好从心所欲，不必掩掩藏藏。母女争妍，好生快活。这些街邻光棍，不怕他还似往常臭硬撒泼，踹狗尾，拿鹅头，往上平走。这旧居住不稳宝殿，搬到两隅头路南赁了房子居住。程思仁仍开材铺，孙氏、程大姐各卖鳖鸡，弄得那条街上渐又不安稳上来。这行生意毕竟有些低歹，老两口撺掇程

① 烟扛扛——形容烟气弥漫。

大姐择主嫁人。适值有一个外朗周龙皋丧了偶，要娶继室。

这周龙皋的前妻潘氏，原是做经纪潘瘸子的女儿，人材也算得个丑货，为人也算得起个不贤良。房中使着个丫头，又小又丑，他只说周龙皋合他有账，整日棰[①]楚，陆续也不知打过了几万。谁知他还满了这些棒债，偶然一日就不禁打起来，打不多百把，便把两只眼来一瞪，两只腿来一伸，跟了个无常飞跑去了！潘氏见得丫头死了，丢在家中一孔井里，泡了半日，又捞将起来，用绳挂在磨屋里面，说他自己吊死的。丫头的爹娘哥嫂赶了一阵，打家伙，骂主人。周龙皋禀了捕衙，拿去每人三十竹板，差了总甲、乡约立刻领埋回话，一条人命化在水中！

谁知人不敢奈何他的，那天老爷偏生放他不过。这潘氏，行走坐卧一饮一食，这丫头刻刻跟在面前。跟了不上一个月，这潘氏不为一些因由，好好的自己缢死，撇了一个大儿子周九万，年十七岁，两个小孩子，一个叫是雨哥，一个叫星哥，都才十岁上下。

周龙皋出了殡，恨潘氏丑陋不贤，幸而早死，赌气发恨，不论门当户对，只要寻一个人物俊俏的续弦。媒婆也上门上户说了许多，周龙皋都相看得不中意。周龙皋道："我见两隅头卖棺材的铺里一个极标致的女人，年纪约二十以下；一个有年纪的女人，也好模样。你只替我寻的像那个人儿，我才称心。"媒婆道："周大叔，你如不嫌，你娶了他如何？俺也正替他踹看着主儿哩。"周龙皋道："怎么？莫非是个寡妇？"媒婆说："周大叔，你难道不晓得这人么？要好与你老人家科，俺从八秋儿来合你说了。"周龙皋道："我就不知道哩。你说是谁？"媒婆道："这是程

① 棰（chuí）——即鞭打。

木匠的闺女，魏武举娶了去，嫌破茬，送回来的，在娘家住了两三年，不知怎么算计，又待嫁人家哩，论人倒标致，脸像斧子苗花儿似的，可是两点点脚。要不，你老人家娶了他也罢。”周龙皋道：“阿！原来是他！我每日听见人说，谁知就在这眼皮子底下。人家没娶唱的么？他要肯嫁，我就娶，这有何伤？”媒婆说：“这就不难。俺去说，情管就肯。”

周龙皋打发媒婆吃了些酒饭，催去说这门亲事。媒婆到了那里，说得周龙皋家富贵无比，满柜的金银，整箱的罗段，僮仆林立，婢女成行，进门就做主母。“周龙皋又甚是好性，前边那位娘子丑的像八怪似的，周大叔看着眼里拨不出来，要得你这们个人儿，只好手心里擎着还怕吊出来哩。”程氏问说：“不知有多大年纪？”媒婆道：“过年才交二十八，属狗儿的。这十一月初三是他的生日，每年家咱这县衙里爷们都来与他贺寿，好不为人哩。已是两考，这眼下就要上京。浑深待不的几个月就选出官儿来，你就穿袍系带是奶奶了。”孙氏道：“有撒下的孩子么？只怕没本事扎刮呀。”媒婆道：“有孩子都大了，大哥今年十七，小的两个都十来岁了，都不淘气。”孙氏道：“阿，这十七的大儿，敢是他十一岁上得的呀！”媒婆道：“你看我错说了。这大哥哥可是他大爷生的，没娘没老子，在他叔手里从小养活，赶着周大叔就叫爹叫娘的，这年根子底下也就娶亲哩。”孙氏道：“是他亲哥的儿么？”媒婆道：“可不是亲弟兄两个？只吊了周大叔哩。”孙氏道：“他既有哥，他怎么又是周大叔？不是周二叔么？”媒婆道：“爷哟，你怎么这们好拿错？”孙氏道：“实合你说，俺闺女只他自家养活的娇，散诞逍遥的惯，到了这大主子家，深宅大院的，外头的进不去，里头的出不来，奶奶做不成，把个命来鳖杀了哩。咱别要扳大头子，还是一班一辈的人家咱好展爪。”媒婆道：“狗！

人家大，脱不了也是个外郎，甚么乡宦家么？有规矩！”孙氏道：“咱长话短说，俺不扳大头子。有十七八的儿，必定有四五十了。俺花枝儿似的人，不嫁老头子。”

程大姐道：“这不在口说。我没的是黄花闺女么？我待嫁，我要亲自仔细相相，我怕他么！”媒婆道：“这说的是。你叫他本人当面锣对面鼓的，大家彼此相相极好。老头子好不雄赳的哩！别说年小的，只怕你这半伙子婆娘还照不住他！我是领过他大教的！他前边的那位娘子，是俺娘家嫂子说的媒。后来我接着往他家走，周大叔为人极喜洽，见了人好合人顽，我也没理论他。一日，咱西街上一个裁缝家不见了个鸡，裁缝老婆乔声怪声怪气的骂哩：‘偷鸡的叫驴子鸡巴合你奶！叫骆驼鸡巴合你妈！我还不叫驴子合骆驼子合哩，我只叫周龙皋使鸡巴合！’叫我说：‘怎么！俺周大叔倒利害起骆驼合驴子了。’裁缝婆子说：‘怎么你就没听见人说周赛驴么？’那一日，我又到了他那里，周大婶子往娘家去了，他又搂吼着我顽。我可心里想着那老婆的话，我说：‘拿我试他试，看怎么样着。’皇天！你见了，你也唬一跳！叫我提上裤夺门的就跑。他的性子发了，依你跑么？吃了他顿好亏，可是到如今忘不了的！这颜神镇烧的磁夜壶，通没有他使得的。”程大姐红着个脸，问道：“是怎么？”媒婆道：“夜壶嘴子小，放不下去么！”程大姐道：“这也是个疢杭杭子，谁惹他呀！”媒婆道：“你看发韶①么？我来说媒，可说这话，可是没寻思，失了言。”程大姐道：“你有何妨？我这个倒也不惧，我嫁他。你约个日子请他过来，俺两个当面相。你的话也都听不的。”媒婆道：“明日人家娶亲，必定是个好日子，就是明日，不好么？”孙氏合

① 发韶——招摇。

程大姐俱应允了。媒婆回周龙皋的一面之辞，不必细说。

到了次日午后，周龙皋换了一身新衣，同了媒婆竟到程木匠家内。恰好程木匠替人合材出去，不在家里，孙氏和程大姐将周龙皋接入里面，看得周龙皋：

头戴倭段龙王帽，身穿京韃土地袍。脚登宽绰绰毡鞋，腿绑窄溜溜绒袜。寡骨脸上落腮胡，长疤疤冒东坡丰致；鹰嘴鼻尖腾蛇口，尖缩缩赛卢杞心田。年当半百之期，产有中人之具。

周龙皋看那孙氏的形状：

面中傅粉，紫膛色的胸膛；嘴上涂朱，白玉般的牙齿。鼓澎澎一个脸弹，全不似半老佳人；饱撑撑两只奶膀，还竟是少年女子。虽是一双跷脚，也还不大半篮；应知两片骚屄，或者妙同五绝。见景生情，眉眼俱能说话；随机应变，笑谈尽是撩人。

又看那程大姐怎生打扮，何等人材，有甚年纪？只见他：

松花秃袖单衫，杏子大襟夹袄。连裙绰约，软农农莹白秋罗；绣履轻盈，短窄窄猩红春段。云鬓紧束红绒，脑背后悬五梁珠髻；雪面不施白粉，耳朵垂贯八宝金环。腰肢不住常摇，好似迎风弱柳；颈骨尽时皆颤，浑如坠雨残荷。十指春纤时掠鬓，两池秋水屡观鞋。开言喷一道香风，举步无片丝俗气。生就风尘妙选，苏小小①不数当年；习来桑濮行藏，关盼盼②有惭此日。

三人相见已毕，上下坐定。媒婆往后面端了茶来。吃茶已过，孙氏问道："娘子是多咱没了？闺女丑陋，只怕做不起续娘子哩。

---

① 苏小小——南齐时钱塘名妓，色艺冠绝一时，死后葬于西湖之畔。有诗"妾乘油壁车，郎跨青骢马；何处结同心，陵西松柏下"广为流传。

② 关盼盼——唐时徐州名妓，后为节度使张建封妾。张建造燕子楼让她居住。张死后，她十五年不嫁，后在楼上绝食而死。

你今年旬几十了?”周龙皋道：“我今年四十五岁，房中再没有人，专娶令爱过门为正，不知肯俯就不?”孙氏道：“大闺女二十五岁哩。要闺女不嫌，可就好。我也主不的他的事。”程大姐道：“要嫁人家，也不论老少，只要有缘法。”彼此你一言我一语，男贪女貌，女贪男财，一个留恋着不肯动身，一个拴缚着不肯放走。将已日西时分，孙氏料得女儿心里的勾当，把预备下的酒菜搬在桌上，暖了酒，让周龙皋坐。周龙皋道：“还没见喜事成不成，就先叨扰。”孙氏道：“看来这事没有不成的。姐夫贵客，只是不该亵渎，看长罢了。”周龙皋坐了客位，孙氏、程大姐打横相陪。媒婆端菜斟酒，来往走动。周龙皋不知真醉假醉，靠在倚背上打呼卢。天色又渐渐的黑了，足有起更天气。媒婆将周龙皋摇撼醒来，说道：“天已老咱晚了，你不吃酒，留下定礼，咱往家去罢。”周龙皋道：“你先去罢。我醉得动不得了，再在椅子上打个盹儿好走。”媒婆道：“你可同着我留下定钱。”周龙皋从袖子里掏出来了两方首帕、两股钗子、四个戒指、一对宝簪，递与媒婆手内。媒婆转递与孙氏道：“请收下定礼，以后我就不敢合你我的了。你就是程老娘，你闺女就是周大婶子了。我待家去哩，我明日到周大叔宅里去讨娶的日子罢。”孙氏道：“你稍待一会。”随往屋里取了二百黄钱递与媒婆道：“权当薄礼，等闺女娶时再谢。”

媒婆收得先行，周龙皋仍靠了椅子打盹。程大姐道：“他酒醉去不的了，你收拾个铺留他睡罢。”孙氏道：“另收拾什么铺，就叫他往你屋里睡罢。你待脱不了是他的人哩么。”程大姐先往房里收拾铺盖齐整。周龙皋方才醒转，说道：“有酒筛来，我爽利再吃他两钟好睡觉。”孙氏将酒斟在一个大钟之内，周龙皋从袖中不知摸索了点子甚么杭杭子，填在口里，使酒送下，还装着醉。孙氏合程大姐扶到房中，娘女两个替他解衣摘网①，放他在床上被内。周龙皋见孙氏出去，从新起来把程大姐搂在怀中。以至吹灯以后的事体，可以意会，不屑细说。清早起来，你欢我喜，择了吉日娶过门去。

这周龙皋年近五十，守了一个丑妇，又兼悍妒，那从见有甚么美色佳人。后来潘氏不惟妒丑，又且衰老。过了这等半生，一旦得了这等一个美人，年纪不上二十，人材可居上等，阅人颇多，久谙风花雪月之事，把一个中年老头子，弄得精空一个虚壳，刚得两年，周龙皋得了伤寒病症，调养出了汗，已经好了八分，谁知这程大姐甚不老成，晚间床上乜乜泄泄的致得周龙皋不能把持，番了前病。程大姐不瞅不睬，儿子们又不知好歹，不知几时死去。到了晚间，程氏进房方才晓得。

自周龙皋死后，这程氏拿出在娘家的旧性，无所不为。周九万不惟不能防闲，且更助纣为虐。这日玉皇宫打会，这程氏正在里边逐队。素姐跟了这一起人致出甚么好事！

这程大姐因上去庙，惹出一件事来，自己受了凌辱，别人被了株连。其说甚长，些须几句不能说尽，还得一回敷衍。

① 摘网——古时男人留发用网网住，睡时摘下。

第七十三回

众妇女合群上庙　诸恶少结党拦桥

绮窗绣户金闺里，天付娇娃住。任狂且①恶少敢相陵，有紧紧深闺护。　　冶容妖服招摇去，惹得群凶聚。摧花毁玉采香云，赤剥不存裙与裤。

右调《探春令》

程大姐自到周龙皋家，倚娇作势，折毒孩子，打骂丫头，无恶不作。及至周龙皋死后，放松了周九万，不惟不与为仇，反且修起好来，只是合那雨哥作对。遇庙烧香，逢寺拜佛，合煽了一群淫妇，就如走草的母狗一般。大约十遭素姐也有九遭在内。为头把脑，都是这侯、张两个盗婆。这些招僧串寺的婆娘，本来的骨格不好，又乘汉子没有正经，干出甚么好事？但虽是瞒了汉子作孽，毕竟也还惧怕那汉子三分。这程大姐就如没了王的蜜蜂，不怕猫的老鼠相似，还有甚么忌惮？"有夫从夫，无夫从子。"又说："家有长子，国有大臣。"你看那周家长子的嘴巴骨头，自己先坐着一屁股臭屎，还敢说那继母的过失？小雨哥、小星哥已是被他降破胆的，得他出一日，稍得安静十二个时辰，又是不管闲账的人。潘氏遗下的衣裳、金珠、首饰，尽已足用，两年来又无时无日不置办增添，叫他打扮得娇模辣样，四处招摇，逢人结拜姊妹，到处俱认亲邻，丑声四扬，不可尽述。

① 狂且——举止轻薄之人。

有一个伊秀才，名字唤作伊明，娘子是吴松江的女儿，嫁来时，有小屋一所与女儿伴作妆奁。伊秀才随将柴房出赁与人，月讨赁钱，以为娘子针线使用。这伊秀才是本镇一个坐第二把金交椅的副元帅。家里放着家人小厮，偏不叫他经管，只着落在伊秀才身上，问他比较房钱。这伊秀才又是个极柔懦的好人，在那佃房居住的人家，不肯恶言泼语，伤犯那些众人，宁可自己受那细君的鸟气。每月初一，正该交纳房钱的日子，伊秀才都是亲身按临，以便催督。伊秀才因自己不时要来，一时刮风下雨，无处存站，遂将北房一座留了尽东的一间，以为伊秀才的行馆。原来凡遇初一，该伊秀才纳闷之日，正是这伙浪婆娘作乐之时。

一日，伊秀才正在那间屋内坐等房钱。天将傍午的时节，只见一个住房的婆子同一个盛妆美貌的女人从庙上烧香回转，开进北房西两间门去。天气暄热，那两个女人都脱了上盖衣裳，穿上了小衫单裤，任意取凉。又听见似有男子笑声。因是篱笆夹的界墙，伊秀才悄地挖了一孔，暗自张看，原来是个男子，不是别人，却是本县的一个探马，认得他的面貌，不知他的姓名。搂抱了那个美妇着实亲热绸缪。那个住房的堂客也在旁边嬉笑起来。羞得个伊相公无可奈何，笑了一会，只得锁上门家去。

过了几日，伊秀才到了文会里，说起这事。一个刘有源说道："这再没有别人，定是周龙皋的婆子，程木匠的程大姐。"伊秀才道："周九万是有体面的人，岂有叫他母亲在外边干这样败家坏门的事儿不成！"众人俱说道："周九万还算得好人？"刘有源道："周九万是甚么好人？他就先自己败伦，谁是知不道的！这个你就算是稀罕，他明白就往人家去陪酒留宿，通合娼妇一般。咱后日的公酒，不然咱去叫他来，合他顽一日也可。"伊明道："这要果然，到也极妙！只是怎好就去叫他哩？"刘有源道：

"封三钱银子，预先送与程婆子收了，老程婆子就与咱接了送来。留他过夜，他就肯住下；不留他过夜，还送到老程婆子家里。常时周九万因他不回家去，也还查考他的去向，近来因他媳妇儿与程大姐时常合气，所以巴不能够他不回家去。"众会友道："我们每人再把分资加上三分，与他三钱银子，接他来，合他吃一日酒，晚间就陪陈恭度宿了。"

果然当日刘有源垫发了三钱银子，用小套封了，送与程婆子收讫，约定后日接程大姐陪酒过宿。老程婆子收了定钱，许过就去。刘有源还把老程婆子抽了个头儿。老程婆子还取笑道："这三钱银子算闺女的，还是算我的哩?"刘有源道："你娘儿两个都算。"老程婆子笑道："说是这般说，还算闺女的罢了。我也不值钱了。"刘有源回来，会友还未曾散去，说知此事，大家还笑了一会。

到了后日，刘有源使人牵了头口，着人往程婆子家里把程大姐接到席间。穿着鲜淡裙衫，不多几枝珠翠，妖娆袅娜，通是一个妙绝的名唱，不惟惯唱吴歌，更且善于昆曲；不惟色相绝伦，再且酒豪出众。常言：

席上若有一点红，斗筲①之器饮千钟；座中若无红一点，江海之量不几盏。

这一席酒大家欢畅，人人鼓舞，吃得杯盘如狗舔的一般，瓶盆似漏去的一样，大家尽兴而散。

看官！你道这般一个滥桃淫货，他的行径那个不知？明水一镇的人倒有一半是他的孤老。他却在女人面前撇清捣厥，② 倒比那真正良人更是乔腔作怪。

---

① 筲（shāo）——用竹子或木头制成的水桶。

② 撇清捣厥——故作清白。

那三月三日玉皇会，真是人山人海拥挤不透的时节，可也是男女混杂、不分良贱的所在。但俱是那些游手好闲的光棍，与那些无拘无束的婆娘结队出没，可也再没有那知书达礼的君子合那秉礼守义的妇人到那个所在去的理。每年这会，男子撩斗妇女，也有被妇女的男人采打吃亏了的，也有或是光棍势众，把妇人受了辱的，也尽多这“打了牙往自己肚里咽”的事。

玉皇庙门前一座通仙桥，这烧香的人没有不从这桥上经过的。这些少年光棍，成群打伙，或立在桥的两头，或立在桥的中段，凡有妇人走来，眼里看，手里指，口里评论，无所不至。人势众大，只好装聋作哑，你敢向那一个说话？

这一日有一个军门大厅刘佐公子，叫是刘超蔡，带领了二三十个家丁，也下到明水看会，同了无数的游闲子弟，立在桥中，但是有过来的妇女，哄的一声，打一圈围将拢来。若是丑老妪，不过经经眼便也散开放去。若是内中有分把姿色的，紧紧圈将住了，一个说道梳得好光头，有的说缠的好小脚，有的说粉搽得太多，有的说油使得太少，或褒贬甚么嘴宽，或议论甚么臀大，指触个不了。那婆娘们也只好敢怒而不敢言。看来看去，恰好正是老侯、老张这两个盗婆领了一大群婆客，手舞足蹈的从远远走来。人以类聚，物以群分。侯、张两个的素行，这是“右仰知悉”，谁不知道？岂有大家娘子、宦门妇女，有与他两个合队之理！既与他合伙，必定就是些狐群狗党的东西，不端不正。内中一个素姐，年纪不上三十，衣服甚是鲜明，相貌着实标致，行动大是风流，精光陆离，神采外露，已是叫人捉摸不定，疑贱疑娼，又疑是混账乡宦家的宠妾，或者是糊涂举人家的爱姬。人空口垂涎，也还不敢冒失下手。又钻出一个妖精程大姐来，梳了一个耀眼争光的头，扭黑的头发，后边扯了一个大长的雁尾，顶上扎了一个大高的凤头，使那血红的绒绳缚住，戴了一顶指顶大珠穿的鬏髻，横关了两枝金玉古折大簪，右边簪了一枝珠玉妆就的翠花，左边一枝赤金拔丝的丹桂，身穿出炉银春罗衫子，白春罗洒线连裙，大红高底又小又窄的弓鞋，扯了偏袖，从那里与素姐并了香肩，袅袅娜娜，像白牡丹一般冉冉而来。

走到桥中，这围住看的光棍虽与素姐面生，却尽与程大姐相熟，都说："程大姐，你来烧香哩？这一位却是那里的美人？怎么有这样天生一对？"众人哄的声都跟定了他走。素姐见得势头汹汹，倒有几分害怕，凭这些人的嘴舌，倒也忍气吞声。谁知道程大姐忘了自己的身分，又要在众人面前支瞎架子，立住骂道："那里的撒野村囚！一个良家的妇女烧香，你敢用言调戏！少挦那狗毛！"众人都道："世界反了，养汉的婆娘也敢骂人哩！"程大姐到此田地，还不见机，又骂道："好撒野奴才！你看谁是养汉婆娘！"众人也还不敢卒然动手，彼此相看，说道："这不是程木匠的闺女程大姐么？"众人道："不是他是谁？"众人道："好欺心的奴，敢如此大胆！打那奴才！挦了奴才的鬓！"

呼哨一声，许多人蜂拥将来，更兼刘超蔡的那二十个家丁，愈加凶暴。只便宜了那丑陋蓝缕的婆娘，没有去理论，多有走得脱的，其余但是略有半分姿色，或是穿戴的齐整，尽被把衣裳剥得罄净，最是素姐与程大姐吃亏得很，连两只裹脚一双绣鞋也不曾留与他，头发拔了一半，打了个七死八活。众人方才一轰散去，闪出许多精赤的妇人。也还亏不尽有烧香的妇女围成了个圈子，你脱件衣裳，我解件布裙，粗粗的遮盖了身体，又雇了人分头叫往各家报信，叫拿衣服鞋脚来迎。

狄希陈合狄员外正在坟上陪客吃酒，汤饭也还不曾上完，只见一个人慌张张跑到棚内，东西探望，只问："狄相公哩？"狄希陈也不觉的变了颜色，问道："你说甚么？"那人道："你是狄相公呀？相公娘子到了通仙桥上，被光棍们打了个臭死，把衣裳剥了个精光，裹脚合鞋都没了。快拿了衣裳裹脚鞋接他去，快走！不像模样多着哩！我且不要赏钱，改日来要罢。"这人也不及回避，当了席上许多客人高声通说，人所皆知。事不关心的人视如膜外。头一个狄员外、薛如卞、薛如兼、薛再冬、相栋宇、相于廷、崔近塘只是跺脚。狄希陈魂不附体，走头没路的瞎撞。狄员外道："你还撞甚么哩？快收拾衣裳，鞴个头口，拿着眼罩子，叫狄周媳妇子跟着快去哩！"又把他自己的鞋指了两指，说道："想着，休忘了！"狄希陈就走。薛如卞把他两个兄弟点了点头，都出席装合狄希陈说话，长吁短叹的去了。相于廷也乘空逃了席。狄员外合相栋宇、崔近塘强打精神，陪客劝酒。

狄希陈走到那里，只见那些赤膊的老婆，衣不遮体，团做一堆，幸喜无数老婆围得牢密，央及那男人不得到前。狄希陈领着狄周娘子，拿着衣裳，寻到跟前。只见素姐披着一条蓝布裙子，蹲在地下，狄希陈递衣裳鞋脚过去，顺便把狄希陈扯将过去，在右胳膊上尽力一口，把核桃大的一块肉咬的半联半落，疼得狄希陈只在地上打滚。众女人都着实诧异，问说："咬他是何缘故？"素姐说："我来上庙，他自然没跟了我来，却在家贪图嘴头子食，恋着不肯跟我，叫我吃这等大亏。"狄周媳妇袖中掏出一条绵绸汗巾，把狄希陈的胳膊咬下的那块肉按在上面，地下挝了一把细土，掩在血上，紧紧使汗巾扎住。素姐骂道："没见献浅的臭老婆，不来打发我穿衣裳，且乱轰他哩。"

素姐穿衣缠脚，别家也有渐渐来接的，或是汉子，或是儿子。那儿子自是不敢做声。凡是丈夫，没有不骂说："臭淫妇！贼□辣！整日上庙烧香，百当烧的这等才罢！你到就替我吊杀，没的活着还好见人不成!”素姐替那些妇人说道：“怎么来就该吊杀？养了汉么？要你们男人做甚么，不该着跟同来，都折了腿么?”那人们问说：“这位大嫂是谁家的?”人说：“这是狄员外的儿妇，狄相公的娘子。”人说：“这们大人家儿女，也跟着人胡走！我要做了狄相公，打不杀他，也打他个八分死!”又有人道：“狄相公倒没打他八分死，狄相公被他咬得待死的火势哩！那桥栏干底下坐着挨哼的不是么?”说着，素姐穿着已完，戴了眼罩，骑了骡子，狄希陈一只手托着胳膊，往家行走。

坟上的众客虽也事不关心，毕竟满堂不乐，也都老早的散了。狄员外看着人收拾回家，又羞又恼，只是叹气，又见狄希陈把只胳膊肿得大粗，知是素姐咬的，皇天爷娘的大哭，说：“俺家祖宗没有杀人放火，俺两口子又没坑人陷人，怎么老天爷这们狠报！我的人，你倒伸了腿，佯长不管去了，撇下叫我活受。你惹下这们羞人的事，还敢把汉子咬得这们等的。小陈子，你要不休了他去，我情知死了，离了他的眼罢!”素姐道：“你休叫唤，待休就休，快着写休书，难一难的不是人养的！我紧仔待做寡妇没法儿哩！我就回家去。写了休书快着叫人送与我来，我家里洗了手等着。”把箱柜锁了，衣架上的衣服、旧鞋、脚手都收拾在一个厨里上了锁，叫小玉兰跟着，又对狄希陈道：“是我咬了你一口，你不死便罢，你要死了，叫你老子告上状，我替你偿命。”一边说，一边走回家去。

龙氏看见素姐形容狼狈，丰采顿消，说道：“你去上庙，不该叫你女婿跟着？怎么冒冒失失的自家就去？你女婿折了腿，是害汗病在家里坐着?”素姐说：“你看么，我咬了他下子，老獾儿叨的还嗔我咬了他儿，说我惹下羞人的事了，要写休书休我哩。”龙氏道：“真个么!”素姐说：“可不是真个怎么？说他儿不休我，他就活不成，要离了我的眼哩。我先来了，我说：‘我到家等着休书罢。’叫我佯长的来了。”

薛如卞合薛如兼都在各人房里没出来。龙氏道：“呃！你弟兄两个做甚么哩，不出来看看？你姐姐休回来了。”薛如卞在屋里答应说：“休回来，咱当造化低养活着他。我摘网了，不好出去了。”龙氏又跑到薛如兼窗下说道：“呃！第二的，你姐姐休回家来了，你还不出来看看哩？”薛如兼道：“为甚么休回来？可也有个因由。”龙氏道：“就是为他上庙。他倒不着他儿跟他跟儿，吃了人这们亏，倒说你姐姐惹下了羞人的事，又嗔你姐姐咬了他儿一下子，立断着要休。你姐姐来家等着休书哩。”薛如兼道：“果真如此，俺丈人合俺大舅子还有点人气儿，要是瞎话，也只好戴着鬼脸儿走罢了。”龙氏骂道：“好贼小砍头的！你姐姐做了贼，养了汉来？你就待休了！吃亏的没的只他一个？就只他辱没了人？也不过是被人打了几下子，抢了几件衣裳去了，又没吃了人别的亏，就那里放着休！我没本事处置你哥罢了，我没的连你也没本事处治？你就替我合你丈人合你姐夫说话，你还递呈子呈着那光棍，我便罢了，你要似你哥缩着头，我不依。当初原是换亲，他既休了你姐姐，你也就把你媳妇儿休了。”薛如兼道：“俺媳妇儿又没跟着人上庙，叫光棍剥脱的上下没绺丝儿，又没咬下我肉来，没有该休的事。”龙氏道：“我那管该不该，我心里待叫你休哩！”薛如兼道：“休不休，也由不得你，也由不得我，这是俺爹俺娘与我娶的，他替爹合娘持了六年服，送的两个老人家入了土。又不打汉子降妯娌，有功无罪的人，休不的了。”龙氏道：“好货呀！不着你们，俺娘儿两个就不消过日子罢！我甚么十八儿的么！不敢见人呀！我自己合狄老头子说三句话去。”叫薛三省娘子跟着。

薛三省娘子道："好俺姐！这天多咱了，你往那里去呀？狄大爷像佛儿似的，叫他一个不合你理论，我看你可怎么出来？听我说你别要去，等明日叫俺二位哥哥们到那里问声，别冒失了。"龙氏道："你可没的说，我有儿么？你姐姐也没有兄弟。脱不了只俺娘儿两个寡妇呃！我不去叫两个哥哥哩！"望着薛三省娘子合薛三槐娘子多索了两多索，说道："你二位好嫂子，好姐姐，不拘谁劳动一位跟我跟儿。你要拦我，这一夜就鳖杀我了。"薛三省娘子朝着薛如卞的窗户问说："大哥，怎么样着？去呀不？"薛如卞道："任凭，待去就去，不待去就别去。脱不了俺是死了的。"

龙氏一把手扯着薛三省媳妇就往外走，径到狄员外家。那时太平景象，虽是掌灯的时节，大门未闭。龙氏径到狄员外住房窗下，问说："狄亲家家里哩？我说句话。"狄员外问说："是谁哩？"调羹往外看了看，说："我也不认的是谁。"龙氏道："我是小春哥他们母亲。"调羹趣到跟前，望着薛三省的娘子看道："原来是你，请到明间里坐。"龙氏道："说亲家主着，叫女婿休俺闺女是真个呀？问亲家俺闺女犯的甚么该休的罪？亲家说说叫我知道，我领了休书去。"狄员外在房里应道："要我说你闺女该休的罪过，说不尽，说不尽！如今说到天明，从天明再说到黑，也是说不了的！从今日休了也是迟的！只是看那去世的两位亲家情分，动不的这事。刚才也只是气上来，说说罢了。"龙氏道："怎么说说就罢呀？待做就做才是好汉哩！见放着我，又看去世的情分哩。"狄员外道："黑了，你家去罢。你算不得人呀！"

龙氏就待撒泼，薛三省娘子道："狄大爷满口的说没这事，你只管往前赶，我是待往家去哩！"就待往外跑。龙氏才合薛三省娘子雌没答样的往家去了。见了素姐怎样说话，后来怎般回去，这事如何结束，再看后回接续。

第七十四回

明太守不准歪状 悍婆娘捏念活经

兄弟同枝夫并穴，赤绠紫荆相结①，恩义俱关切，今古不渝如石铁。性情顿与人相别，棠棣藁砧皆绝。缞②斩仍腰绖③，咒念弟夫双泯灭。

右调《惜分飞》

龙氏从狄家回去，扬扬得意说道："你们没人肯合我去，我怎么自家也能合他说了话来！"薛如卞弟兄两个都在各人房内，依旧不曾出来。素姐问说："你去曾见谁来？说些甚话？"龙氏道："我一到大门，人就往里传说：'薛奶奶到了。'你家那老调，一手拉着裙子，连忙跑着接我，说：'薛大娘没坐轿来么，是步行了来的？'流水往里让我，就叫人擦桌子，摆果菜，要留我坐。叫我也没理他。我问：'狄亲家呢？你叫他出来，我合他说三句话。'你公公躲在里间，甚么是敢出头，只说：'天黑了，不敢见罢。有甚么话，请凭分付。'又叫老调，'快替你薛大娘行礼留坐。'我说：'小女作下甚事要写书休他？我敬来问其详细。'你公公说：'亲家听何人所言，岂有这个此理！亲家是甚等之人，

① 赤绠紫荆相结——赤绠指唐代韦固遇月下老人用赤绳系夫妻的故事；紫荆指小说中田氏兄弟因分家紫荆萎死，后同居又复活的故事。

② 缞（cuī）——丧服，用粗麻布制成。

③ 绖（dié）——丧服的麻布带子。

我敢兴这等的欺心？令小女他是想家之心，回家走走，不待住就请回来。’我说：‘既没敢有这事，我且去罢。’你公公又叫调羹死气白赖拉着，甚么是肯放，只说：‘薛大娘上门怪人？略饮三杯，足见敬意。’叫我也没理他来了。”素姐说：“好汉子就休，怎么又不敢休了！我明日就去，我看他怎么样着。”

薛如卞娘子悄悄地把薛三省媳妇叫到屋里问道：“他说的都是真个么？”薛三省媳妇道：“你听他哩！有点影儿么！到了里头，狄大爷在里间里没出来。刘姐到门外头还不认的，见了我才知道是他。他说：‘俺闺女犯的甚么该休的罪，亲家说的我知道，我就领了休书去。’狄大爷说：‘你待叫我说你闺女该休的罪过，说不尽，说不尽！从如今说到天明，从天明又说到黑，也说不了的！从今日休了，也是迟了的。只是看去世的两位亲家的分上，叫人碍手。刚才也只是气上来，说说罢了。’龙姐说：‘见放着我，又看去世的情分呢！’狄大爷说：‘黑了，你家去罢。你当不的人呀！’雌搭了一顿，不瞅不睬的来了。那头刘姐连拜也没拜，送也没送。叫我说：‘你不去。我待去哩！’他才跟着我来了哩。”连氏道：“该，该！直等的叫人这们轻慢才罢了！”那时天已二鼓，各人都收拾安歇。

次早，那侯、张两个道婆打听得素姐见在娘家，老鼠般一溜溜到龙氏房里。龙氏尚梳洗未完，素姐尚睡觉未起，在床嗳哟嗳哟的捱哼。侯、张两个道：“你觉好了？身上没大怎么疼呀？可是你这娇生惯养的，吃这砍头的们这们一场亏！咱商量这事怎么处，没的咱就罢了？”素姐道：“可怎么样着处他呢？”侯、张两个说：“像咱这们势力人家还没法儿处，叫以下的人就不街上走了！这头放着两位响丁当的秀才兄弟，那头放着狄相公这们一位贡生，锥上两张呈子，治不出他带把儿的心来哩！如今咱这县里大爷吃亏不肯打光棍，叫相公们往府里呈他去。如今周小外郎合秦省祭、逯快手、磨皮匠都往府里递呈子合状去了，咱吃这们一场亏，鼻子星儿不出点气，也见不的人，往后没的还好出去么！”素姐说：“这头俺两个兄弟已都死了，这是不消想的，那头看我那好出气的汉子哩，递呈子呈人！”侯、张两个道：“这头二位相公，你说他都死了是怎说？”龙氏接口道：“一个姐姐叫人采打得这们等的，回到这来，两个兄弟没出来探探头儿问声是怎么；背地后里已是恨说辱没了他，这不合死了的一般？一个女婿，媳妇儿往远处庙里烧香，你要是个吃人饭的，你不该跟他跟儿？昨日要是有他跟着，那光棍们敢么？不肯跟了媳妇去，可在坟上替他老子陪客哩。那亲家那老不省事，单这一日好请客么！你既知道儿媳妇待去上庙，你改日请迟了甚么！我听见人说，昨日他妗子在坟上棚里还扯那臭屄淡，说闺女不该出去上庙，该在家里替他公公助忙哩。”侯、张两个道：“这可是不省事的话！谁家公公请客教儿媳妇助忙来？”老侯说：“俺那咱过的日子，你不晓的，张嫂子是知道的。再有俺公公好客么？没有一日不两三个伙子留客吃酒的，都是俺婆婆管，忙的那白沫子汗，我坐在屋里，头也不伸一伸儿。”老张说：“我那咱也是如此。待往那去，装扮上就去，凭他塌下天来我也不管他，径走。他不说还好，他要邦邦两句闲话，我爽利两三宿不回家来！”素姐问道：“你两三宿的不回家，可在那里？”老张道：“咱是汉子？怕没处去么？脱不了咱是女人。那咱我又年小，又不大十分丑，那里着不的我？寻好几日家还找不着我的影哩。”素姐说：“您都是前生修的，良公善婆，汉子好性儿，娘家又有人做主，那像我不气长？我要似两三日不来家，不消公公、汉子说话，还不够两个兄弟嘴舌的哩。第三的兄弟，他倒望着我亲，偏偏的是个白丁，行动在他两个哥手里讨缺，可又是‘燕公老儿下西洋’①!”侯、张两个道：“你再算计，依着我不该饶他。你要不治他个淹心②，以后就再不消出去，你要出去，除非披上领甲。”龙氏道：“披上身甲是待怎么?”素姐说：“俺傻娘！娘不披上甲，怕人指破了脊梁呀!”侯、张两个说完，要待辞了回去。龙氏杀狠③的留着，赶的杂面汤，定的小菜，炒的豆腐，煎的凉粉，吃完才去。

龙氏送的侯、张两个出门，扬声说道：“呃！二位薛相公躲在屋里瞅蛋④哩么？别说是个一奶同胞的姐姐，就是同院子住的人叫人辱没了这们一顿，您也探出头来问声儿。您就一个人守着个老婆，门也不出一步，连老婆也不叫出出头儿？您大嫂罢么，是举人家的小姐。小巧姐，你也是小姐么？你就不为大姑儿，可也是你嫂子呀。”巧姐在屋里应道：“我替俺哥那胳膊还疼不过来，且有功夫为嫂子哩!”龙氏道：“你兄弟两个别要使铁箍子箍着头，谁保的住自家没点事儿。”薛如卞在屋里应道：“别的事只怕保不住，要是叫人在当街剥脱了精光采打，这可以保的没有这事。”龙氏道：“有这事也罢，没这事也罢，你弟兄两个请出来，我有话合你们商议。”

薛如卞方出到天井，薛如兼见他哥已出来，也便跨出门槛。龙氏道：“是你姐姐也较干的差了点儿，您就这们看的下去呀？昨日那吃了亏的女人们，有汉子的是汉子，没汉子的是娘家人们，都往府里告状去了。放着您这们两位大相公家，就没本事替

---

① 燕公老儿下西洋——歇后语，下句为自身难保。

② 淹心——称心。

③ 杀狠——拼命。

④ 瞅蛋——古代传说乌龟孵蛋时一动也不动，用眼瞅着龟蛋，小乌龟就能出来。后来，骂人像乌龟一样缩头不动弹，叫“瞅蛋”。

姐姐出出气呀?”薛如卞道：“这怎么出的气呀？年小的女人不守闺门，每日家上庙烧香，如今守道行文，禁的好不利害哩，说凡系女人上庙，本夫合娘家都一体连坐。且又跟着娼妇同走，叫人看着，还有甚么青红皂白，可不打打谁?”龙氏道：“罢，小孩儿家枉口拔舌，吃斋念佛的道友们，说是娼妇哩！你见谁是娼妇呀?”薛如卞道：“谁是娼妇！周龙皋的老婆，唐皮的嫂子，还待教他怎么娼呀？要没有这两人在内，那光棍们也还不敢动手。俺如今藏着，还怕人提名抖搜姓的，还敢出去照着人哩!”素姐在房中睡着，句句听得真切，高声说道：“我刚才没说么，我没有兄弟！我的兄弟害汗病、长瘤子、血山崩、天疱创，都死绝了，你又没要紧叫出他两个来，叫他撒骚放屁数落着揭挑这们一顿。可说你家里要没有生我的人，我可说永世千年的不上你那门。你那里做着朝官宰相，我羞了你纱帽展翅儿。我不希罕您递呈，夹着臭腚快走。”薛如卞高声答应道：“是!”还回房中去讫。

龙氏叫天叫地的怪哭，素姐吆喝道：“待怎么呀？没要紧的嚎丧！待他两个砍头的死了可再哭，迟了甚么!”一骨碌跳起床来，叫玉兰舀水洗脸，梳完头，也没吃饭，领着小玉兰回家。巧姐的随房小铜雀进去说道：“俺大妗子家去了。”薛如兼道：“家去罢呀怎么！俺弟兄们且利亮利亮。”巧姐道：“你好公道心肠！你弟兄们图利亮，这一去，俺哥可一定的受罪哩！受了你弟兄两个的一肚子气，必定都出到俺哥身上。”

却说素姐进了房中，狄希陈挠着个头，肿的只胳膊大粗的，倒在床上哼哼。素姐说：“这不是甚么伤筋动骨的大病，别要妆那忘八腔儿！你就是赖着我，也是枉费了你的狗心，没有叫我替你偿命的理！你与我好好儿的梳了头，替我往府里递呈子去。你要不把那伙子强人杀的呈的叫他每人打一百板，夹十夹棍，顶一千杠子，你就不消回来见我，你就缕缕道道的去了！”狄希陈道：“你看我胳膊可怜见的，怎么抬的起来？我待往前头走走，只头晕恶心，动的一步儿么！”素姐说：“你头晕恶心是攮嗓的多了，没的干胳膊事么？你是好人，听我说，你要替我出了气来，咱可好生过日子，你也不是我的汉子，你就是我的亲哥儿弟兄。我给你些银子拿着，你就寻着那赵杏川，叫他替你治治疮。”狄希陈道：“我这胳膊疼得发昏致命的，怎么去的？你叫薛大哥递不的么？”素姐骂道：“贼忘八羔子！他要肯递，我希罕你么！”狄希陈道：“他怎么就不肯递？等我合他说去。”素姐道：“你只敢去合他说！你肯递就递，你如必欲不去，我自己往府里告状。咱可讲开，我要告了状回来，你可再休想见我，咱可成了世人罢。”狄希陈道：“你管他怎么呀？你只管俺三个人有一个替你递呈子报仇罢呀怎么？”素姐道：“我只待叫你出去递呈子，不希罕小春哥，他已是死了，我没有价①兄弟了！”

恰好相于廷来看望，狄希陈让他到卧房坐的，素姐也在跟前。相于廷看问了狄希陈，又问素姐道：“嫂子，人说你打得动不得了，你这不还好好的么？又说把头发合四鬓都挦尽了，这顶上不还有头发么？人又说把小衣裳子合裹脚鞋都剥的没了，你这不还穿着好好的衣裳哩？”素姐骂道：“罢么，小砍头的，这们枉口拔舌！我怎么来，就叫人这们等的！”狄希陈道：“相贤弟，你把家里那大马鞍子借我骑到府里。”相于廷问说：“你待往府里做甚么？你这胳膊这们疼，怎么骑的头口？又扯不得辔头，又拿不的鞭子。”狄希陈道：“我说不去的，你嫂子只叫我去递呈子，呈着那些光棍们。”相于廷道：“好哥呀！你亏了合我说声！你要去

① 价——同“家”。

告个折腰状，怕丑丢不尽么？还不‘打了牙往肚子里咽’哩！守道行了文书，叫凡有妇女上庙烧香的，受了凌辱，除不准理，还要把本夫合娘家的一体问罪，女人当官货卖，男人问革前程。你躲着还不得一半，尚要撞他网里去？”素姐说：“没的家放屁！谁养了汉来？当官货卖！问革前程！说起来，他家老婆就不上庙？要是递呈子，敢仔别说是上庙，只说是往娘家去。”相于廷道：“就只你有嘴，别人没嘴么？狄大哥，你听不听在你，你紧仔胳膊疼哩，你这监生前程遮不的风，蔽不得雨，别要再惹的官打顿板子，胳膊合腿一齐疼，你才难受哩！”素姐骂道：“小砍头的！没的家臭声！你紧仔怕见去哩，你又唬虎他！”相于廷道：“这倒是大实话，不是唬虎哩。”

相于廷去后，狄希陈都都抹抹的怕见走。素姐催了他几遍，见他不肯动惮，发起恶来骂道：“死囚忘八羔子！我只当是你死了！你与我快走！你就永世千年别要进我的门槛儿！你要只进一进来，跌折双腿，叫强人割一万块子，吊在湖里泡了胖胀了，喂了鱼鳖虾蟹，生布心疔，瘟病一辈子！我自家往府里，你睁着屄眼看我有本事告状不！我告回状来，我叫十二个和尚，十二个道士，对着替你合小春子、小冬子念倒头经，超度你三个亡灵！贼没仁义的忘八羔子！”一边收拾了行李，拿着盘缠。

龙氏在家寻死撒泼，强着薛三槐两口子跟着他同到了济南府门口，寻了个客店住下。次早，寻着了个写状的赵先儿商量写状。素姐合他说是三月初三回娘家去。行在通仙桥上，被不知名一伙恶棍打抢首饰，剥脱衣裳，把丈夫的胳膊打伤，命在垂危。赵先依他口气，替他写了格眼状词，写道：

告状人，狄门薛氏，年二十又零着四。为光棍，打报大事。三月三，因回家去，通仙桥，光棍无数，走上前，将奴围住，抢

簪环，吊了鬏髻；夺了衣裳，剥去裙裤；赤着脚，不能行步。辱良家，成何法度，乞正法，多差应捕。本府老爷详状施行。

素姐跟了投文牌，手里执着状递将上去。太守将状看了一遍，又把素姐仔细观看，问道："这状是谁与你写的?"素姐道："是这衙门前一个赵先儿写的。"太守拔了一枝签，叫人拿赵先来见，问道："这薛氏的状是你写的么?"赵先道："是小人写的。"太守一面拔下四枝签，叫打二十。一面说道："这等可恶！状自有一定的体式，你割裂了，这般胡说，戏弄本府!"赵先禀道："小人是个武秀才，因无营运，要得写状度日。又想若与别人的状词写成一样，不见出众，所以另成一体。又想中式的时文，也有一定的体式，如今割裂变幻，一科不同一科，偏中得主司的尊意。所以小人把这状词的格式也变他一变。那知道老爷不好新奇，只爱那古板。望老爷姑饶一次，以后照旧写作便是。"太守说："既是个武生，姑且饶打，革退代书，不许再与人家写状。赶了出去!"随将素姐叫将上去，问道："你丈夫是甚么人?"素姐说："是个监生。"太守道："你丈夫因何不告，叫你这少妇出官?"素姐说："丈夫被光棍咬伤了胳膊，出来告不的状。"太守又问："你娘家有甚么人?"素姐说："有三个兄弟。"太守问："都做甚么事?"素姐说："两个秀才，一个白丁。"太守道："怎么你三个兄弟又都不出来替你告?"素姐道："那两个秀才兄弟可恶多着哩！他还说我玷辱他。我被光棍辱了，他还畅快哩!"太守道："你那日出来做甚，被光棍打得着?"素姐说："我回娘家去来。"太守道："我记得那通仙桥在玉皇庙前，那三月初三是玉皇庙的大会。人众拥挤的时候，你这少妇为甚不由别路？你倒是上庙烧香，这还是行好，其情可恕。你若是真回娘家去，这就可恶了!"素姐随说："我实在是上庙烧香被光棍打了，不是回娘家去。”太守道：“你虽是上庙烧香，你又可恶！你是少妇，该结了伙伴才去，你的人众，光棍自然不敢打你。你为甚么自己一个便去？”素姐说：“同去的人多多着哩，侯师傅、张师傅、周嫂子、秦嫂子、唐嫂子，一大些人哩。”太守道：“那些光棍为何不打众人，偏只打你？”素姐道：“都被打来。那一个没打？我说的这几个，打的更利害些。”太守道：“那侯师傅与张师傅是两个和尚，是道士呢？”素姐道：“是两位吃斋念佛的女人。”太守道：“你这小小年纪不守闺门，跟了人串寺寻僧，本等该奉守道的通行，拶你一拶，敲一百敲，再拿出你丈夫来问罪才是。姑念你丈夫是个监生，两个兄弟是秀才，饶你拶，快回家去。以后再要出门，犯到我手里，重处不饶！我还要行文到绣江县去处那两个为首的妖妇，拿那庙里的住持。”两边的皂隶一顿喝掇了出去。雌了一头灰，同了薛三槐夫妇败兴而反，也没面目回到狄家，一直径奔龙氏房内，没好拉气，喝神断鬼。一家除了龙氏助纣为虐，别人也都不去理他。

过得两日，果然济南府行下一张牌来，严禁妇女上庙，要将侯、张二道婆拿解究问，合家逃躲无踪。绣江县勒了严限，问地方要人。那禁止烧香的告示都是以薛氏为由。告示写道：

济南府为严禁妇女入庙烧香，以正风俗，以杜衅端事：照得有男女有别，内外宜防。所有佛刹神祠，乃僧道修焚之所。缁秃黄冠，举世比之淫魔色鬼。见有妇人，不啻如蝇集血，若蚁聚膻。所以贞姬良妇，匿迹惟恐不深，韬影尚虞不远。近有无耻妇人，不守闺门，呼朋引类，投师受戒，出入空门，致有狄监生妻薛氏在玉皇庙通仙桥上被群棍劫夺簪珥，褫剥中衣。此本妇自供如此，其中受辱隐情，尚有不忍言者。除行绣江县务擒凶棍以正罪名，再拿侯氏、张氏倡邪惑众之妇外，合行再申严禁。自示之后，凡系良人妻妾，务须洗涤肺肠，恪遵阃教。再有仍前出外浪游，致生事变，本庙住持，与夫母两族家长，连本妇，遵照守道通行，一体究罪施行，决无姑息。自悔噬脐。须至示者。

这告示贴在本镇闹集之所与各庙寺之门，都将薛氏金榜名标。不特狄、薛两家甚无颜面，就是素姐也自觉没有兴头，只恨丈夫、兄弟不肯与他出头泄愤，恨得誓不俱生。

住了几日，要回家去，出到门前布铺里面，取出二两银子递与薛三省，问他要三匹斩缞孝布，三匹期服顺昌①。薛三省惊讶，问道："这不吉之物，姐姐你要他何用？"素姐道："你只与我便是，你管他则甚？我要糊裱围屏。"薛三省只得照数与了他去。他叫玉兰拿了，回到自己房内。狄希陈还在床上哼哼唧唧的叫唤。素姐说道："我与你讲过的言语，说过的咒誓，我是死了汉子的寡妇，我这不买了孝布与你持服哩！你快快出去！你要稍一挨迟，我一顿桃棍，只当是打你的鬼魂！"狄希陈还挨着不动。素姐跑到跟前，揪着头发往床底下一拉，把个狄希陈拉的四铺子着地②，哼的一声，像倒了堵墙的一般，又待捡起个小板凳来砍打。狄希陈才往外一溜烟走了。素姐还往外赶，门槛子绊了一交，也跌了臭死，把半边身通跌的动惮不得。

狄希陈慌的挠头，自家往荣太医家取了两贴顺气和血汤来，自己煎了，走进房内，自己先尝了一口，递到素姐手中，说："你这身上不自在，我就像没有主儿的一般，我取了这药，是我亲手煎的，你勉强着吃口儿。"素姐从床上趴起来坐着，把药接在手内，照着狄希陈的脸带碗带药猛力摔将过去，淋了一脸药水，着磁瓦子把脸砍了好几道口子流血，带骂连打，把狄希陈赶

① 期服顺昌——一种布名，用来制丧服。

② 四铺子着地——即四肢着地。

的“兔子就似他儿”。

素姐将息的身子渐好起来，将两样孝布裁了两件孝袍，两条孝裙。玉兰缝直缝，素姐杀袍袖，打裙褶，一时将两套孝衣做起。又与了玉兰几十文钱，叫薛三槐称一斤麻，打了一根粗绳，一根细绳，把那孝衣、孝裙都套着穿在身上，袖了几两银子，走到莲花庵寻着白姑子。白姑子问说：“贵人少会呀！持是那个的服？”素姐说：“俺汉子合两个兄弟都死了，你也不看我看去。我自已来，你还推知不道，特故问我哩。”白姑子一连望了几声，说道：“我实是不知。我但知点信儿，我难道折了腿不成，就不去吊孝么？怎么来这们年小的三位相公，可可的都一齐没了！甚么病来？”素姐说：“都是汗病后又心上长出丁疮，连住子①都死了。”

白姑子合冰轮倒也不甚疼那薛家的兄弟，想起狄希陈那建醮干过的勾当，甚是换惶，倒放声哭了一阵。因素姐没点眼泪，两个姑子才没了兴头。素姐取出银子递到白姑子手内，说：“这是六两白银。你与我请十二位女僧，超度丈夫狄希陈，兄弟薛如卞、薛如兼，合在一处荐拔。这是我的个梯己道场，所以不好请你家去，就于明日在这庵里建起。扬幡挂榜，上边要写的明白。”白姑子只道是当真，连夜请尼姑写纸札、办斋供，脚不停地的，师徒两个足足的忙了一夜。素姐也没往家去，就在庵里宿了。

次早，十二位尼姑都一齐到了莲花庵里，写榜的写榜，铺坛的铺坛，念经的念经，吹打的吹打，扬出榜去，上面明明白白真真正正写着：

狄门薛氏荐拔亡夫狄希陈，亡弟薛如卞、薛如兼，俱因汗病

---

① 连住子——接连。

醒世姻缘传

经典书香 中国古典世情小说丛书

丁疮，相继身死，早叫超生。

薛素姐身穿重孝，手执魂幡，不止佛前参拜，且跟着姑子街上行香。

恰好薛家兄弟两个合相于廷还有几位会友望客回来，劈头撞见素姐这般行径，薛家兄弟合相于廷因有众会友在内，佯为不识。众会友幸还不认得是他，大家混过去了。众会友别去，止剩了薛、相三人，大家惊诧，不知所以，都说："魂幡上的字样不曾看的分明，却不知超度何人？"再三都揣摩不着。薛如卞道："趁他在外行香，我们走到莲华庵去，便知端的。"

将近庵门，高高悬着两首幡幢，一张文榜，上面标着三位尊名。薛如卞兄弟倒也不甚着恼，只是叹异了几声。转身回来，却好遇着素姐行香已毕。白姑子在前领醮，看见薛家兄弟立在街旁，唬得毛骨悚然，魂不附体。回入庵中，众人齐说："刚才薛家二位相公合相斋长俱在街上，这是甚么原故！"素姐道："我怎并不看见？这一定因我荐度，你们建醮虔诚，他两个的魂灵回来受享。"白姑子合众人都道："果是如此，这等显灵！"大家倍自用心，不敢怠慢。晚上醮事已完，素姐陪了众姑子荤酒谢将，完毕方回。后来白姑子知道是素姐故意咒骂，自己到薛家对了他兄弟二人指天画地，说是实不知情。薛如卞也绝不与他计较。

从古至今，悍妻恶妇凌逼汉子，败坏娘家的尽多，但从未有这般希奇古怪之事。只怕后事更要愈出愈奇，且看下回怎说。

第七十五回

狄希陈奉文赴监　薛素姐咒骂饯行

大抵人情乐唱随，冤家遇合喜分离。
未闻石上三生笑，止见房中镇日椎。
不信鸳鸯能结颈，直嫌士女有齐眉。
最是伤情将远别，一篇咒骂送行诗。

素姐替狄希陈、薛如卞、薛如兼建了超拔道场回去，悍性一些不改，只是那旺气叫那些光棍打去了一半，从此在家中大小身上，倒也没工夫十分寻趁，专心致志只在狄希陈身上用工。狄希陈被他赶逐出去，咒骂得不敢入门，只在书房内宿歇。天气渐渐的暄热，自己逍遥独处，反甚是快活，所以那被咬的疮臂也都好了。过了端午，那明水原是湖滨低湿的所在，最多的是蚊虫，若是没有蚊帐，叮咬的甚是难当，终夜休想合眼。就是小玉兰床上，也有一顶夏布帐幔。这狄希陈既是革退了的丈夫，其实不许复入房门，也便罢了，他却又要从新收用，说道他房中的蚊子无人可咬，以致他着极受饿，钻进帐去咬他，又把小玉兰也被蚊虫咬坏。叫狄希陈仍到房中睡觉，做那蚊虫的饭食，不惟不许他挂吊帐子，且把他的手扇尽行收起，咬得狄希陈身上就如生疥癞相似。这狄希陈从五月喂起，直到七月初旬，整整两月，也便作贱得不像了人的模样。

谁知人心如此算计，天意另有安排。那年成化爷登极改元，择在八月上下幸学①，凡二千里内的监生，不论举贡俊秀，俱要

---

① 幸学——指皇帝驾临国子监。

行文到监。文书行到县里，县官频催起身。礼房到了明水，狄员外管待了他的酒饭，又送了五钱银子，打发礼房去讫，急忙与他收拾行装，凑办路费，择了七月十二日起身，不必细说。

素姐只恨将狄希陈放了生去，便宜了这个仇人，苦了这些蚊子没了血食，甚是不喜，恶口凉舌无般不咒。起身之时，狄希陈进房辞他媳妇，素姐道："你若行到路上，撞见响马强人，他要割你一万刀子，割到九千九百九十九下，你也切不可扎挣。走到甚么深沟大涧的所在，忙跑几步，好失了脚吊得下去，好跌得烂酱如泥，免得半死辣活，受苦受罪。若走到悬崖峭壁底下，你却慢慢行走，等他崩坠下来压你在内，省的又买箔卷你。要过江过河，你务必人合马挤在一个船上，叫头口踢跳起来，好叫你翻江祭海。寻主人家，拣那破房烂屋住，好塌下来，砸得扁扁的。我听见那咱爹说，京里人家多有叫臭煤薰杀了的，你务必买些臭煤烧。又说街两旁都说无底的臭沟，专常吊下人去，直等淘阳沟才捞出臭骨拾来，你千万与那淹死鬼做了替身，也是你的阴骘。这几件你务必拣一件做了来，早超度了我，你又好早脱生。"素姐坐在一把椅上，逐件分付。狄希陈低着头，搭趿①着眼，侧着耳朵，端端正正的听。狄周媳妇在旁听的不耐心烦，说道："大嫂，你怎么来！他合你有那辈子冤仇，下意的这们咒他！你也不怕虚空过往神灵听见么?"又说狄希陈道："他也咒得够了。你不动罢？还等着咒么?"素姐才说："你去，你去！你只拣着相应的死就好。"狄希陈才敢与素姐作了两个揖，抽身出去。狄周媳妇道："没帐，只管去。人叫人死，人不死，天叫人死，人才死哩。"

狄希陈辞了父亲，仍带了狄周，又新雇了个厨子吕祥、小厮

---

① 搭趿——搭拉。

小选子，主仆四人，骑骡向京进发。那时虽是太平年景，道不拾遗，山崖不崩，江河不溢，人无疾病，可保无虞。只是起身之时，未免被素姐咒得利害，煞也有些心惊。谁知狄周媳妇说得一些不差，平风静浪，毫无阻滞，一直进了沙锅门国子监东路北童七的旧居。其门景房舍，宛然如旧，门上贴着国子监的封条，壁上悬着禁止喧哗的条示。狄周下了头口，问那把门的人，说是国子监助教王爷的私宅，赁的是邓公家的房。问童七的去向，那把门人说才搬来不多两月，不认得有甚童七。问了几家古老街坊，方知童七乌银铺倒了灶，报了草商被累，自缢而死，小虎哥做了户部司官的长班，寄姐还不曾许聘与人，家事只可过日，见在翰林院门口西去第五六家路南居住，门口有个卖枣儿火烧的便是他家。狄周谢了那说信的邻翁，复上了头口，竟往翰林院门口奔来。走到那西边第六门卖火烧的铺子，正待要问，只见一个妇人，身穿旧罗褂子，下穿旧白罗裙，高底砂绿潞鞋儿，年可四十光景，站在门口商量着买豆腐干儿。狄周认道："这不是童奶奶么？好意思儿，一寻一个着！"童奶奶道："狄管家呀，爷合大相公呢?"狄周道："俺爷在家没来，只俺大哥来了，头口上不是么?"又使手招狄希陈道："请下来，这就是童奶奶。"狄希陈即忙下了生口，走到跟前，让进里边，彼此叙说数年不见之情，与夫家长里短，谁在谁亡，吃茶洗面，好不亲热。寄姐长成了个大大的盘头闺女，也出来与狄希陈相见。

狄希陈见童奶奶住着一座三间房，东里间童奶奶合寄姑娘住，西里间虎哥住着。眼下又要娶亲，小小一个院子，东边一间小房，打着煤炉，是做饭的去处。狄希陈见得没处可住，就要起身往别处走。童奶奶道："你且卸了行李，权且住下，等小大哥晚上回来，叫他在这近便处寻个方便去处，咱娘儿们清早后晌也好说话儿，缝补浆洗衣裳也方便。”狄希陈果然卸了行李，打发了骡夫，与了他三钱银子的折饭。童奶奶袖了几百钱，溜到外头央卖火烧老子的儿小麻子买的金猪蹄、华猪头、薏酒、豆腐、鲜芹菜、拾的火烧，做的绿豆老米水饭，留狄希陈们吃。

狄周已在外边另寻下处，就在翰林院里边一个长班家的官房。小小的三间，两明一暗，收拾糊括的甚是干净；里间朝窗户一个磨砖火炕，窗下一张着木金漆文几，一把高背方椅，一个水磨衣架，明间当中，一张黑退光漆桌，四把金漆方椅；上面挂着一幅仇十洲画的“曹大家修史图”，一个中门，一个独院，房西头一间厨房，东头一个茅厕，甚是清雅。问那房主，就是翰林院堂上的长班，姓李，号明宇，这房是他讨的官地铺盖的，后边是他的住房。那日李明宇不在，只有李明宇的婆子李奶奶在家。双生两个小厮才够四五岁。李奶奶约有二十六七年纪，好不家怀①，就出来合狄周答话，一团和气。说了一两一月的房钱，连一应家伙在内。狄周也没违他的言语，就留了一月的房钱，一钱茶钱。

回来，狄希陈正合童奶奶坐着吃饭。狄周说：“已寻有了下处。”童奶奶惟恐他寻的远了，不大喜欢，说：“看呀！我说等俺小大哥回来合你寻近着些的，你可自家寻在那里了?”狄周说：“我肯寻的远了么？就在翰林院里头李家的房子。”童奶奶道：“这好，这好！这情管是李明宇家。他的娘子是我妹妹哩，要是那里，倒也来往方便。”狄周吃完了饭，合吕祥、小选子往那里搬行李。及赶狄周回去，李奶奶叫人房门里外都挂了帘子，厨房炉子生了火，炕上铺了席，瓮里倒了水，碗盏家伙无一不备。收拾停当，请狄希陈过去，李奶奶迎出来，陪着吃茶，问了来历。

---

① 家怀——形容非常亲切。

狄希陈说起童奶奶来，李奶奶说是他认义的姐姐，小虎哥是他的外甥。有这段姻缘更觉亲热。待不多时，虎哥来拜，戴着郎素凉帽，软屯绢道袍，镶鞋净袜，一个极俊的小伙。与狄希陈叙了寒温，又见过了他姨娘李奶奶，说狄希陈前次原住他家房子，是山东的富家，父子为人甚是忠厚。李奶奶越发敬重。李明宇晚上回来，相见拜往，不必细说。

次日，狄希陈赴礼部投过文，见过了祭酒、司业及六堂师长，打开行李，送了童奶奶两匹绵绸，一匹纺丝白绢，二斤棉花线，两双绒裤腿子。送了李明宇一双绒袜，二双绒膝裤，四条毛巾，一斤棉线。李明宇也是个四海朋友，李奶奶原是京师女人，待人亲热。狄希陈离了那夜叉，有了旺气，宾主也甚得相处得来。第三日，童奶奶送了一方肉，两只汤鸡，两盒点心来看。狄希陈叫狄周添买了许多果品，请李奶奶合童奶奶同坐。日西时分，李明宇、虎哥都各回家，都寻做一处，吃了一更多酒。后来李明宇家摆饭，童奶奶留坐，狄希陈回席，每次都是这几个人。

狄希陈在家里守着素姐，真如抱虎而眠，这就是他脱离火池地狱的时节。八月初七，伺候圣驾幸过了学，奉圣旨颁下恩典，许侍班监生超选一级。狄希陈也要赴吏部考官，投了卷子，考定府经历行头。那年明水镇发水的时候，都听见水中神灵说他是成都府经历；府分尚然未定，这经历既是不差，这成都府将来必定不爽，想："在家中受那素姐万分折挫，秦桧、曹操在地狱里受不得的苦都已受过，不如使几千两银子挖了选，若果是四川成都，离山东有好几千里地，撇他在家，另娶一房家小，买两个丫头，寻两房家人媳妇，竟往任所，岂不是拔宅飞升的快活。童奶奶虽是个女人，甚是有些见识，为人谋事极肯尽心。先年调羹的事，管的甚是妥当，不免将我的真心吐露与他，合他商确个妥当。”

一日阴雨无事，狄希陈叫吕祥办了酒菜，做山东的面饭，请过童奶奶与李奶奶来闲话。吃酒中间，狄希陈言来语去，把家中从前受罪的营生，一一告诉。童奶奶叹惜恓惶，李奶奶只说是狄希陈造言枉谤，说：“天下古今断无此事！极恶穷奇必不忍为！”童奶奶道：“妹妹，你乍合狄大叔相处，知的不真。狄大叔虽是今日才告讼咱，这事我从那一遍就知道了。咱的管家合尤厨长都合我说来，说美女似的一个人，只这们个性子哩。狄大叔，你算计的也不差，一个男子汉娶妻买妾是图生儿长女，过好日子，要像这们等的，这天长地久的日子怎么捱！没的把个命儿呜呼了哩！狄爷还壮实么？得他老人家高年长命，替你管着家，你就该做这个。”狄希陈道：“家不家我也不管，浮财我是久已不希罕的，舍了的物。地土房子没怕他抬了去不成？待一千年也是我的。好便好，不然我爽利舍了家，把爹也接了任上去，把家丢给他，凭他怎么铺腾。”童奶奶道：“这也无不可的。狄大叔自己主意。”李奶奶道：“我只信不及，谁家媳妇儿有这们凌逼男子的来！”狄希陈说：“李奶奶，你不信么？”露出左胳膊来，说道：“看看，这是镰刀砍的，差一点没丧了命！”又露出右胳膊来：“再看看，这是咬的，二位奶奶，你叫了俺那管家狄周合小选子，你背地里问他。我昨日家里起身，与其作揖，辞他，他也想的到，把那七十二般的恶死，没有一件儿不咒到我身上的。”李奶奶道：“情管你也不守法度，一定在外边养女吊妇的。”童奶奶道：“没的家说！一个男子汉，养女吊妇也是常事，就该这们下狠的凌逼么？这是前生的冤业，今生里撞成一搭了。”吃酒说话直到掌灯的时节，各自散了。

次日，又与童奶奶商量，定了主意，挖年选官，差狄周到家还得捎百数银子使用。狄周行后，狄希陈又央童奶奶替他寻妾。童奶奶仍旧叫了寻调羹的周嫂儿、马嫂儿与狄希陈四下拣选。谁知这们一个京城，要一个十全妥当的人儿也是不容易有的，不是家里父母不良，就是兄弟凶恶，或是女子本人不好。看来看去，百不中意。每次相看，都央了童奶奶袖着拜钱合两个媒婆骑着驴子，串街道，走胡同，一去就是半日。狄希陈合寄姐坐在炕上看牌，下别棋耍子。玉儿也长成了个大妮子，虎背熊腰的也不丑，站在眼前看牌，说着，三个斗嘴雌牙。狄希陈也常给小玉儿钱，门口买炒栗子合炒豆儿大家吃，或叫他到玉河桥买熟食酒菜。出去一大会子，丢寄姐合狄希陈在家，常常童奶奶相人回来，街门不关，一直径进到房中，不见玉儿，只见寄姐合狄希陈好好的坐着顽耍。他两个也不着意，童奶奶也不疑心。问玉儿去向，回说差出买甚东西，买的回来大家同吃。

一日，童奶奶又去相人，寄姐合狄希陈掷骰赌钱，成对的是赢，成单的是输，把狄希陈袖着的几十文钱，赢得净净的。狄希陈说："我钱输净了，你借与我几十文，我再合你掷。"寄姐说："哟！你甚么有德行的人，我借给你！咱不赢钱，我合你赢打瓜子①。我输了，给你一个钱。你输了，打你一瓜子。"狄希陈说："我为甚么？你输了就给个钱，我输了就捱打呀！咱都赢瓜子。"寄姐恃着手段高强，应道："罢呀怎么！"一连掷了几个对，把狄希陈的胳膊，寄姐一只手扯着，一只手伸着两个指头打。狄希陈掷了一个对么红，喜的狄希陈怪跳，说道："我可也报报仇儿！"寄姐捏着袖子，拳着胳膊，甚么是肯伸出手来。狄希陈胳肢他的脖子，拉他的胳膊，只是不肯叫打，说："你再掷一对么红，我

① 打瓜子——一种游戏。

就叫你打。”狄希陈说：“也罢呀怎么！”一掷又是一对么红。寄姐忙说：“我不依，我不依！”拿着骰子举了一举，口里默念了几句，递与狄希陈说道：“你要再掷一对四红，我可叫你打了罢。”狄希陈也把骰子举了一举，口里高声念道：“老天爷，我合寄妹妹如此如此，这般这般。一掷就是一对四红。”寄姐红着脸道：“甚么如此如此，这般这般呀？”狄希陈道：“只许你念诵，不许我念诵罢？”一边掷下，端端正正掷出一对四红。寄姐与狄希陈俱甚喜欢。寄姐道：“我不赖你的，可叫你打下子罢。”伸出白藕般的手臂，带着乌银镯子。狄希陈接在手中，说道：“怪不得不叫打，我也舍不的打呢！”放在脸上蹭了几蹭，说道：“割舍不的打，咬下子罢？”放在口里印了一印。

狄希陈一边奚落，一边把手往寄姐袖子里一伸，掏出一个桃红汗巾，吊着一个乌银脂盒，一个鸳鸯小合包，里边盛着香茶。狄希陈说：“我没打你，你把这胭脂盒子与合包给了我罢？”寄姐道：“人的东西儿，给了你罢呢！我也掏你的袖子，看有甚么，我也要！”狄希陈伸着袖子，说道：“你掏！你掏！我又没甚么可取。”寄姐道：“谁说呀？掏出来，都是我的。”伸进手去，摸着一个汗巾，寄姐在他胳膊上扭了一下，说道：“我把你这谎皮匠，你说没有，这是甚么呀？”拉出来一个月白绉纱汗巾，包着一包银子。寄姐把自己的汗巾撩到狄希陈怀里，说道：“咱就换了。”狄希陈道：“咱就换了，不许反悔。”寄姐说：“我只要汗巾，不要这包着的杭杭子！”解开汗巾结子，取出那包银来，约有八九两重，丢在狄希陈袖上。狄希陈仍把那封银子还丢在寄姐怀里，说道：“咱讲过的话，换了，换了。你光要汗巾，不要这杭杭子？你倒好性儿。我娶了你罢？”寄姐说：“你这们好性儿，我嫁了你罢呀！我只是光要汗巾子，不要这个！”狄希陈说：“我只是叫你要，不许你不要呢。”正翻缠着，童奶奶来到家里，问说：“你兄妹两个斗甚么嘴哩？”寄姐道：“我赢了他的汗巾子，他待把银子都撩给我，我希罕他的么！”童奶奶呃了一声，也没理论。

过了两日，二位媒人又有一家相应的，去到狄希陈下处商议。狄希陈说道：“我一来也拣人材，我二来也要缘法。我自家倒选中了一门可意的，只怕你两个没本事说。”两个媒人道：“你要说差不多的人，俺怎么就没本事说？你要说那大主子，他不给人家做‘七大八’，俺敢仔没本事说。”狄希陈道：“你放着眼皮子底下一门好亲戚，他不消打听我，我不消相看他，你们不上点紧儿，可遥地里瞎跑。没的我这们个人，做不的个女婿么？”

周嫂儿伶俐，马嫂儿还懵懂，说：“是谁家？我们倒不晓的。”周嫂儿道：“狄大爷说的，情管就是寄姑娘。俺见童奶奶说得话撅撅的，拣人家，挑女婿的，俺倒没理论到这上头哩。”马嫂儿道：“哎！你就没的家说！他肯替人做小，他也不肯叫你带到山东去。”狄希陈道：“要只为这两件，都不必虑。我虽是家里有，拿着我就是仇人，我岂止舍了他，我还连家都舍了哩！我是另娶的妻，我何尝是娶妾？怕我带了家去，我家里恋着什么？我这不家里取银子去了？挖了选，选出官来，我从京中上任，我是爷，他就是奶奶。要是寄姑娘给了我，我还请了童奶奶都到任上替我当家理纪的。我又没有母亲，甚么是丈母？就是我的亲娘一样。我就不做官，我在京里置产业，做生意，丁仔①要往家里火坑里闯么？我就做官不攒钱，那家里的银钱也够我过的。你去合童奶奶商议，依与不依，你就来回我的话。”周嫂儿道：“管他依不依，咱合他说声去。他就不依，没的有打罪骂罪么？丁仔缘法

① 丁仔——赶着。

凑巧，也是不可知的事。咱去来。”

二人走到童奶奶家。童奶奶问说：“狄大叔在家里哩？多咱相去？”周嫂子道：“嗔道诓着瞎走道儿；相了这们些日相不中，原来他肚子里另有主意！”童奶奶道：“甚么主意？是待等等家里人来，探探家里的口气，又怕家里不给银子？”周嫂儿道：“倒都不为这个。”蹴①在童奶奶耳边说道：“他只待替你老人家做门贵客哩。”童奶奶道：“他两个从小儿哥哥妹妹的，好做这个？他家里见放着正头妻，咱家的姑娘给人家做妾不成！且是他回山东去了，倒没的想杀我罢了哩！”周嫂儿见童奶奶拒绝的不大利害，都是些活络口气，随即将狄希陈的话说加上了许多文彩，添上一大些枝叶，把个童奶奶说的“石人点头”，那童寄姐“游鱼出听”。随问寄姐道：“姑娘，你听见来？这是你终身之事，又没了你爹爹，你兄弟又小，我终是女人家，拿不定主意，说不的要你自己几分主张。你狄哥哥又不是别人，咱说面子话呀，可就说可，不可就说不可，别要叫他心猿意马的。”寄姐道：“这事怎么在的我，只在妈的主意。要说从小儿在一搭里相处，倒也你知我见的，省的两下里打听。总之，这事只在妈的主意定了，我自己也主不的，兄弟也主不的。”童奶奶道：“咱等你兄弟来家，合他商议商议，再叫他往前门关老爷庙里求枝签再看看。”寄姐道：“合兄弟商议倒是该的。放着活人呢，可去求那泥塑的神哩！”童奶奶道：“你两个且消停这半日，等俺小大哥儿来家合他商议了，再看怎么样的。”两个道：“他盼得眼里滴血的火势，俺且到那里合他说声，再等回话。”童奶奶道：“这也是。你要不先到那里，只别把话说的太实了。”

---

① 蹴——同“凑”。

两个媒人回到狄希陈下处，劈头子道："我说这事难讲么，你只不信哩。俺想有个诀窍儿，只怕有二分意思。只是做这们费手的媒，狄大爷，你待赏多少钱哩?"狄希陈道："我要得合寄姑娘做了两口子，我疼甚么钱，该使一个的，我就给你两个。你们别要小气呀。"周嫂儿道："是了，舍得俺两个的皮脸替狄大爷做去，紧子冬里愁着没棉裤、棉袄合煤烧哩。"狄希陈道："你放心，做成了，情管叫你二位暖和。"又叫吕祥："你收拾酒饭，给两个媒妈妈子吃。"吃完辞别，约明早回话。狄希陈无时不在童家，这要做女婿的时节倒不好去的。这一夜，狄希陈翻来覆去不曾合眼，专听好音。

次早，两个媒婆齐到童家讨问下落。童奶奶合寄姐已是自己定了十分主意，说合虎哥商量不过意思而已。媒人一到，童奶奶慨然应允，又说："凡有话说，请过狄大爷来，自己当面酌议，从小守大的，同不的乍生子①新女婿。凡百往减省处做，不要妄费了钱，留着叫他两口儿过日子。"留两个吃了早饭。

狄希陈巴着南墙望信。只见两个吃得红馥馥的脸弹子，欢天喜地而来，说他两个费了多少唇舌，童奶奶作了多少腔势，方有了几分光景。又学童奶奶说道："你合狄大叔说，往时不相干来往罢了，如今既讲亲事，嫌疑之际，倒不便自己上门了，有甚话，只叫你来传罢。"狄希陈喜的跳高三尺，先与了周嫂儿、马嫂儿一两喜钱。"皇历上明日就是上吉良辰，先下一个定礼。至于过聘，或是制办，或是折干，你二位讨个明示。娶的日子，我另央人选择。"两个媒婆道："这事俺们已是问明白了。童奶奶说

① 乍生子——陌生不熟悉。

来，虽是日子累了，还有亲戚们，务必图个体面好看，插戴，下茶，衣服，头面①，茶果，财礼都要齐整，别要苟简了，叫亲戚街里上笑话。”狄希陈说：“我山东的规矩与北京不同，我不晓得该怎么样着。狄周又往家里去了，这里通没人手，只怕忙不过来。”周嫂儿道：“没人使，倒不消愁的，俺两个的老头子合俺那儿们好几个人哩，怕没人么？”狄希陈道：“这都在不的我，你还合童奶奶那头商议去。”

这两个媒人走到童家，说：“狄希陈甚是喜欢，说姑奶奶玉成了这事，他永世千年也是忘不了的。明日就下个定礼，下茶过聘，首饰衣服该怎么着，任凭姑奶奶分付了去，务必要尚齐整，别要叫亲戚们笑话。”童奶奶道：“我合姑娘商议来。他在客边又没人支使，下甚么茶？脱不了只他老老家合他舅舅、舅母，有谁笑话？咱住着窄别别的点房子，下了茶来也没处盛。衣裳首饰陆续时制办，也不在这一时，只叫他做两套妆新的上盖衣服，簪环戒指，再得几件小巧花儿，拣近着些的吉日，娶过那边去，或过三日，或过对月，再看或是一处住，或是两下里，叫他别要费那没要紧的事。”周嫂儿道：“姑奶奶，这话我都对着姑夫说来，他只说是要齐整好看，别要疼钱。”童奶奶道：“也是个不听说的孩子。他见不的我么，只传言送语的？你请了他来，我自家合他说。”周嫂儿道：“哎哟！我那样的请他来。他说：‘常时罢了，谁家没过门的新女婿，好上门上户的？’”童奶奶道：“光着屁股看大的娃娃，又支起女婿架子来了！你两个别要管他，我住会儿自家合他说去。”也与了周嫂儿两个四钱银子，管待了酒饭，打发了去了。

---

① 头面——金银首饰。

童奶奶收拾了身上，自到狄希陈下处，从外头说着道：“狄大叔，呃！你说着新女婿不往我家去了，只叫人传言送语的好么?”狄希陈道：“周嫂儿学童奶奶说：‘既是女婿，同不的往时，要避些嫌疑，不可再往那头去了。’”童奶奶道：“你说，这是甚么嘴，这们可恶！我还合他说：你在客边又没人手，脱不了是你两口儿的日子，你成精作怪的下甚么茶？过甚么聘？买两套目下妆新的衣裳，换几件小巧花儿簪环戒指，拣近些日子，你两口儿团圆了罢，没要紧费那钱待怎么?”狄希陈道：“我也说没人手，又不知道咱京里的规矩，我说都折过去了。也是周嫂说：‘童奶奶不依，务要齐整好看，怕亲戚笑话。’”童奶奶道：“你说那里影儿？这们两头架话哩！你往后，但是他的话，别要听了。凡事只往省处做，以后也不消只管与他钱。等姑娘过了门，给他几钱银子喜钱罢了。”狄希陈道：“明日送个定礼过去，再看日子送个些微聘礼合姑娘的衣服之类。”童奶奶道：“这要是我常时的日子，我一分财钱也是不要的。如今的日子不成话说了，又在儿手里过活，打发女儿出门，也得几两银子使；如今的年成又荒荒的，说不的硬话，只得把财钱也要收几两用。只是搅缠出女儿来就罢了，没的好指着女儿攒钱使呀？多也不过二十两够了。衣裳如今时下就冷了，你或者买套秋罗，再买套纻丝，里边小衣括裳，我陪上几件儿，农着①过了门，慢慢了你们可拣着心爱的做。”狄希陈打发童奶奶去了，锁上房门，小选子跟着，走到东江米巷临清店内，买了一连头机银花喜字首帕，又到安福胡同换了一对钗子，一对宝簪，四个戒指，一副手镯，又定了薛银匠到下处打造首饰。

---

① 农着——等着。

次日，周嫂儿老早的合马嫂儿都到了狄希陈下处，等送定礼。使大红毡包盛着，小选子拿了，同两个媒人一同送到童家。童奶奶收了定礼，管待了小选子合媒人酒饭，又回了定礼，赏了喜钱，又合周嫂子对了扯的舌头①，回来上复了狄希陈。后来怎生过聘，何日娶寄姐过门，狄希陈曾否选官。俱在下回，此说不尽。

① 对了扯的舌头——对证背地里说的谎话。

第七十六回
狄希陈两头娶大　薛素姐独股吞财

这个团脐，甚么东西！又不风病，非关气迷。
翁姑罔妇，夫子不妻。泼悍弥甚，凶狠穷奇。
建斋咒骂，魇镇施为。猢狲震怒，抠眼挝皮。
瞽叟毁骂：淫妇歪私！且当果报，阿鼻泥犁。

狄希陈下了定礼，叫银匠薛和同打造首饰，叫裁缝刘一福裁制衣裳，叫珠花匠邸焕穿珠结翠花，各行催趱齐备，看就十月十八日卯时亲迎新人过门。

狄希陈望眼几穿，喜得十月天时光易过，转眼到了吉期。狄希陈公服乘马，簪花披红，童寄姐穿着大红纻丝麒麟通袖袍儿，素光银带，盖着文王百子锦袱，四人大轿，十二名鼓手，迎到寓，拜天地，吃交巡酒，撒帐，牵红，都有李奶奶合骆校尉娘子照管，凡事都也井井有条。三日前，喜得用了十二两银子买了一个丫头，十二岁，生得甚是眉清目秀，齿白唇红，生性又甚伶俐，伺候与寄姐使唤，取名叫是“珍珠”。狄希陈甚是得意，以为寄姐过门，诸凡或不希罕，得这样利便丫鬟，无有不中意之理。谁知寄姐一进门来，看见珍珠，不知甚么缘故，就如仇人相见一般。就是珍珠见了寄姐，也只害怕不敢上前，只愿退后。晚间睡觉，就撵出在外间地上打铺，不许在房中宿歇。寄姐三日回门，也不带他回去。没奈何叫他端递茶水，倒马桶，铺炕叠被，寄姐别转了头，正眼也不看他。每日如此。狄希陈也不晓的是甚因由。细问寄姐，连寄姐自己也不知所为，只是一见了他，恰像与他有素仇一般，恨不能吞他下肚里去。狄希陈虽与寄姐如鱼得水，似漆投胶，万般恩爱，难以形容，倒只为这珍珠一事，放心不下。

一日，狄周从家里回来，拿了二百两银子，做的冬衣，说狄员外因调羹生了一个儿子，素姐故意在他窗外放炮仗，打狗拿鸡，要惊死那个孩子，又与调羹合气，说是孩子不是他公公骨血，是别处罗了来的。狄员外因此受气，得病不起，势甚危急，银子便是捎来，叫且不要挖选，即该回家，好图一见，如去的稍迟，家事便不可保。有相大舅的书在此。狄希陈看了他母舅的书信，大约与狄周所说相同。狄希陈即刻到童家与他丈母商议。童奶奶道："天下的事再有那件大似这个的？既亲家得了重病，姐夫就应昼夜兼行。万一尚得相见，免得终天之恨。事在不疑。"即忙收拾行李。叫狄周往骡店里顾觅长骡，托丈母将寄姐合珍珠并一切带不了的衣服俱照管回去，留下几十两银子寄姐搅用①，别的余银交寄姐收贮，等选官时好用。次早，别了寄姐，辞了童、李二位奶奶，算足了房价，带了狄周、小选子、吕祥，飞奔回去。

狄员外打发狄周行后，素姐时时殴作，狄员外常常发昏，请了相大舅保护狄员外，又请了相大妗子保护调羹。可可的这科相于廷中了乡试，自己家中又甚是匆忙，望狄希陈来到，巴的的眼中滴血。看看的狄员外病势一日重似一日。相大舅道："外甥又等他不到，姐夫的病又日渐加增，旧时只有外甥一人，不拘怎样罢了，如今又添了这个小外甥儿，这家事就该分令的了。如今不

① 搅用——平日里费用、生活费。

趁你有口气儿做了这事，万一外甥赶不到，你一口气上不来，这事后来不妥!”

谁知相大舅屋里说话，素姐逼在窗外句句听得甚真，就在窗外发作道：“我一生专恼的是这扯臭淡！俺姓狄，你姓相，怎么俺家的事用得老相来管！脱不了只俺一个儿，那里还有三窝两快！甚么是有了小外甥儿，这件事就该分令！你知道这点杂种是张三、李四、赵六、钱七的，就认做你的外甥！他们做孩子，料你替他们垫腰来，你知道这们真！家事产业都是我的，谁敢分我一点儿!”相大舅问道：“外头发话的谁呢?”素姐道：“是我呀。”相大舅道：“是外甥媳妇子么？怎么这们撒野！你公公说受了你的气，得病不起，我还不信。你原来这们放肆！你说孩子不是你公公的，你就指出来说是谁的。”素姐道：“俺这们年小的人，还不会生个孩子，没见死不残的老头子会生孩子哩!”相大舅道：“通不是人，合他说甚么话!”素姐道：“是话也罢，不是话也罢，你只公同着写个文书给我。家事房产都是我的，不相干的人一缕线也分不出我的去！调羹叫他挟拉着杂种嫁人家，我不留他在家丢丑败坏的。我看这意思也成不的了，把各门合柜上的钥匙拿来给我。”呼呼的自己跑进狄员外房里，端皮箱，抬大柜，探着身子往床里边寻钥匙。调羹气的在暗房里怪哭，哭的孩子又没了奶。狄员外在床上气得像牛一般怪喘。相大妗子解劝调羹，相大舅解劝狄员外，恨不得把狄希陈一把挝到跟前。街上一个打路庄板的瞎子走过。相大舅叫他进来，与狄希陈起课，说是“速喜”，时下就到。相大舅打发了瞎子的课钱。河道军门差官与相于廷挂扁竖旗，相大舅与相大妗子又要回自家照管，又不敢放心去了，恐怕素姐毒害调羹母子。

正在作难，恰好狄希陈从京来到，父子相逢，狄员外倒也喜了一喜。相大舅把狄员外合调羹母子俱交付了狄希陈，俱回自己家去。素姐骂狄希陈道：“只说你在京里作了孽，着立枷枷杀了！你不来家，不着我破死拉活把拦着这点子家事，邪神野鬼都要分一股子哩！你知道你又得了兄弟了？一年罗一个，十年不愁就是十个！你来了好，我只在你手里情[①]囫囵家事，有人分我一点，只合你算账！你那前生今世的娘合你那小老子，也只在你身上替我打发的离门离户。你要留着他，你就合他过，把我休了家去。”狄希陈道：“你悄悄的罢，紧仔爹不得命哩，看爹听见生气。”素姐道：“我怕他生气，我就不说了，我正待他生气哩！依着我的主意，那咱不叫他留下这祸根不好来？百当叫他桶下这羔子，恨不杀人么！”狄希陈道：“你说的是，咱慢慢商议。我依着你就是了，你也依我件儿。爹这们病重，你且是百的别要做声，有你说话的时候哩！”

狄员外床上声唤，狄希陈忙进房中。狄员外似待合狄希陈说话之意，又怕素姐偷听，将手往外指。狄希陈往外张，看素姐正在窗户台上伏着听哩！狄希陈扭了扭嘴，狄员外就束住口没言语。狄员外虽因狄希陈已回，病觉略有转头，毕竟有了年纪的人，不禁磕打。几场气，病势入了腠理[②]，不过挨日子而已。狄希陈通在狄员外房中宿卧，调羹也满月出了暗房，只是素姐时刻防闲，狄员外有话也不能分付。白日相大舅在房，素姐不肯离窗外一步；晚间相大舅回家，素姐就在外间睡觉。

一日，素姐茅厕解手，狄员外把小玉兰支调开去，说道：“调羹母子，你看我务要保全。西房稻子囤底下，马棚后头石槽

---

① 情——同“擎”。

② 腠（còu）理——指皮肤的纹理和上皮下肌肉之间的空隙，此指病人膏肓。

底下，有你过活的东西。”这几句话刚说了，素姐解手回来，见狄希陈两只眼擦得红红的，叫小玉兰又没在眼前，又见调羹也在狄员外房内抹眼。素姐把狄希陈叫到外间，再三审问：“你们背后算计甚么？好话不避人，为甚么支出小玉兰去了？您都擦着眼抹泪的，你招承就罢了，不招承，我合你成不的！”狄希陈把脚在地上跺了两跺，叫唤了两声，说道：“天爷，天爷！一个老子病的待死，连话也管着不叫说一声，要这命做甚么，你倒与我个早快性罢！”素姐道：“你看，我倒没怎么的，他反跳搭起来了！”一手将狄希陈采翻在地，拾起一个小板凳来，没头没脑的就打，亏不尽相大舅一脚跨进门来，连说：“了不的，通是反了！”他还打了好几下子。

素姐外边嚷闹，狄员外房中叫唤了几声。可怜做了一世好人，叫这恶妇送了老命，呜呼哀哉！狄希陈方狠命的挣脱了，跑到房中，合调羹与狄员外妆裹，又叫相大舅子把小孩子抱到家去，寻奶子喂养，防备素姐阴害。素姐且不披头变服，慌獐獐抬箱倒柜，翻银子，寻铜钱，又走到调羹房里抄没他的衣服，又要摔死他的孩儿。幸得调羹所有的东西，所生的孩子，都得空子运到相大舅家内收藏，给了个“乌鸦闪蛋”。相大舅主持叫也不必闭丧，排十三日同老狄婆子一同出殡。狄员外的遗命也是如此。建斋超度，开坟出丧，诸凡都也齐整，不必细说。

出过丧，谢毕了纸，素姐立逼调羹改嫁。调羹说道：“我没的恋你等好人。我还不改嫁了，离了你的眼睛。但我原是京师人，你既将军来，还要领军去。你着人送我回京，任我嫁人便罢，你要我嫁在这边，我至死不依！”素姐道：“我恨不得你离了这地，我情愿着人送你回去。但那孩子务必要留下与我。”调羹道：“你既说孩子不是你家种子，留他何用？你要留下孩子，我情愿把命留下与你!”素姐道:“你要抱了孩子去,我也依你。”狄希陈又故意的与调羹合气,撵他起身。调羹使性跑到相大舅家中存住。狄希陈推了别的事故,常到相大舅家看望娃娃,说道:“爹也病的重了,不曾替这小兄弟起个名字,每日只叫他‘娃娃’。”调羹道:“已替他起有乳名,叫是‘小翅膀’,说是与你做羽翼的意思。”

狄希陈将素姐晓得的庄田、房屋都自己留用,但是素姐不知道的,都央相大舅爷子作了明甫①,都分与了小翅膀,就央相大舅子与他收租照管。狄希陈自己立了主意,也要送调羹到京,叫狄周两口子护送,与了他三百两银子,把童奶奶买房子,就请童奶奶合调羹、寄姐同住:“我也就要推故起身,不在家中受罪。”回来对素姐面前,只说他嫁人去讫,小翅膀就半路没了。狄周果然一一从命,连媳妇子都留在京中,只说害病死了。

狄希陈打发调羹出了门,狄周媳妇又做了“调虎离山”,所以那终日受苦是不消提起,只这一日早晚的饭食通也没人照管。素姐待做,便叫小玉兰上灶做饭,做的半生半熟,龌龊的又吃不下口,不待做,买些烧饼点心,嗓在自己肚里,也不管狄希陈吃饭不曾。后来小玉兰年纪到了二十多岁,不替他寻个汉子,赌气的背主走了,越发“和尚死了老婆——大家没有”。狄希陈竟似个没有家业的穷人一般,一日三餐,一月三十日,倒有二十九日半在他母舅家过活,弄得家里通似孤魂坛一样孤恓。雇个老婆子来做饭,不是主人嫌他,便是他嫌主人,朝去暮来,朝来暮去,也不知换了多少。铁桶这般人家,只是去了两个有福之人,来了一个作孽之种,搅乱得眼看家败人亡!狄希陈把地土租了与人,

---

① 明甫——即证明人。

叫人纳租与素姐搅用，托了丧间欠人账目无钱可还，要粜稻子变钱。粜到囤底，支开了狄周，自己摸那底下，摸出八十封银子，每封五十，共是四千。托了事故，只说来的促急，不曾赴吏部给假，还得回去打点，收拾行妆，将那四千两银都打成驮子，择日起身。素姐与汉子原无恩爱，又喜欢打发他不在跟前，便于放肆，所以也巴不能够叫他远去。临行作别，脱不了没有甚么吉利好言相送，不必烦琐。

狄希陈依旧带了狄周、吕祥、小选子一同进京。寻到翰林院门口，知道童奶奶买了房子，搬到锦衣卫街背巷子居住。寻到那里，果然一所小巧房屋，甚有里外，大有规模，使了三百六十两价银。调羹母子、童奶奶娘女、小虎哥、狄周媳妇、小珍珠都在一处居住。小翅膀渐会说笑，吃的白胖一个娃娃。问小玉儿，说已嫁人去讫。一家热热闹闹，和和气气，倒似有个兴旺长进之机。

过了几日，狄希陈要在兵部洼儿开个小当铺，撰的利钱以供日用，赁了房屋，置了家伙，叫虎哥辞了长班，合狄周一同管铺掌柜，狄周娘子住在铺中做饭。后来虎哥娶了媳妇，也就住在店后掌管生意。狄希陈发一千本钱，虎哥伶俐，狄周忠诚，倒也诸凡可托。

相于廷赴京会试，就在狄希陈家安歇。狄希陈推了相于廷在京，只说合他作伴，也不回家过年。第二年，相于廷中了进士，殿试二甲，授了工部主事，狄希陈指此为名，爽利在京过活，守着娘舅、妗母，好不热闹。众人做成一股，单哄那个臭虫，瞒得素姐在家一些也没有风信。

当时狄员外未死，狄希陈在家，薛夫人在日，相大妗子未来任所，这几个人虽也无奈他何，素姐也还嫌他碍眼。引诱他的人，如侯、张两个道婆之类，自是也不便长上他门。如今这一班碍眼的冤家躲避的清清净净，他便再有甚么顾忌，任意所为，就如风狂的相似，不止于养活侯、张两个道婆在家，引类呼朋，加周龙皋老婆，白姑子之类，阵进阵出。狄员外在日所积粮食、棉花，不止供人蚕食，还拼命的布施与人，也就十去五六。向日禁止妇女上庙的守道，与那奉行出告示的太守都已升去。所以除了在家鬼混，就在庵观寺院里边打成了战场。

正月初一日，薛如卞兄弟三人来与素姐拜节，要到狄员外夫妇喜神面前一拜。那素姐那里供养甚么喜神①！两个神主丢在桌下，神主簏子②都拿来盛了东西，当器皿使用，把前边的客位借与一个远来的尼姑居住，将一座新盖的卷棚收拾接待同类之人。因墙尚未泥尽，将狄希陈进学纳监的贺轴都翻将转来，遮了那土墙。狄员外的喜神，也是翻转遮壁之数。起先相大妗子不曾往任上去的时节，老狄婆子的神像还高阁在板上，自从相大妗子行后，连狄婆子的喜神都取来做了糊墙之纸。

二月十六日是素姐的生日，这伙狐群狗党的老婆都要来与素姐上寿。老侯荐了一棚傀儡偶戏，老张荐了一个弄猢狲的丐者以为伺候奉客之用。素姐嫌那傀儡与猢狲的衣帽俱不鲜明，俱要与他制办。将狄员外与老狄婆子的衣服尽行拆毁，都与那些木偶做了衣裳，把狄希陈的衣服都裁剪小了，都照样与那猢狲做的道袍夹袄，把狄希陈原戴的方巾都改为猢狲的巾帻，对了众人取笑，说是偶人通是狄员外、狄婆子，猢狲通是狄希陈。一连演唱了数日，各与了那戏子、丐者几两银子钱，将傀儡中留了一个白须老者，一个半白头发的婆婆，当做了狄员外的夫妇，留下了那个活猴，当做狄希陈，俱着他穿了本人的衣帽，镇日数落着击打。那两个偶人虽是面目肌发宛然人形，亏不尽是木头雕的，凭你打骂

① 喜神——指亡故祖先的画像。

② 簏子——匣子。

不能动惮。那个猢狲是个山中的野兽，岂是依你打的？素姐忘记了是猴，只道当真成了自己的老公，朝鞭暮扑，打得个猴精梭天摸地的着极。这猴精日逐将那锁项的铁链磨来磨去，渐次将断。一日又提了狄希陈的名字，一边咒骂，一边毒打。那猴精把铁链尽力挣断，一跳跳在素姐肩头，啃鼻子，抠眼睛，把面孔挝得粉碎。幸得旁人再三力救，仅抠瞎了一只眼，咬落了个鼻珠，不致伤命。猴精戴了半截铁锁，一跃上了房，厨房有饭，下来偷饭吃，人来又跳在屋上去了，揭了那房上的瓦片，照了素姐住房门窗镇日飞击。龙氏因素姐受伤，自己特来看望。想是那猴精错看了，当是素姐，从房上跳在龙氏肩上，挝脸采发，又钻在腿底下，把裤子都扯的粉碎。唬的龙氏只要求死，不望求生。又亏有人救了。毕竟还寻了那原旧弄猴的花子来，方才收捕了他去。

素姐受了重伤，将养了三个多月，方才起床，弄得亏凹了一只眼，没了准头，露了一对鼻孔，自己照镜嫌丑，贴上了一块白绢，面上许多疤痕，往日那副标致模样，弄得一些也都没了，自己再也不悔，原是打的猴精着急，所以如此，倒恰像似当真吃了狄希陈的大亏一般，千恼万恨，不咒骂那猴精，只咒骂狄希陈，发恨要报仇泄恨。寻了一个过路的男瞎子，砍了一个桃木人，做成了狄希陈的模样，写了狄希陈壬申正月二十日亥时八字，又寻了狄希陈的头发七根，着里的衣服改做小衣，与桃人穿了，用新针七枚钉了前心，又用七枚钉了后心，又用十四枚分钉了左右眼睛，两个新丁钉了两耳，四个新丁钉了左右手脚，用黄纸朱砂书了符咒，做了一个小棺材，将桃人盛在里面，埋在狄希陈时常睡觉的床下，起了一坐小坟。叫素姐逢七自己到那桃人埋的所在痛哭，自然一七便觉头昏脑闷，二七没识少魂，三七寒热往来，四七增寒发热，五七倒枕椎床，六七发昏致命，七七就要“则天必命之”。素姐依法施为，先谢了他一两纹银，许过果有效验，再替他做海青一件。素姐钦此钦遵，敬心持法，逢七哭临，专等狄希陈死信。过了尽七，方才歇住。

两月之后，相旺从京中回来，以为狄希陈必定已死。谁知相旺取出狄希陈家书来，说：“狄大叔这一向甚是精神，陪着俺爷游西山碧云寺、金鱼池、高粱桥、天坛、韦公寺，镇日不在家中，吃得白胖的甚是齐整。”素姐不听便罢，听了，气得胀破胸膛，发恨要合那使魇镇的瞎子算账，说他持法不灵，要倒回那一两银子，日逐在街门等候，或是有敲路庄板的经过，即便自己跑出街上以辨是否。

等了几日，可可的那个瞎子自东至西，戳了明杖，大踏步走来。素姐把他叫住，哄他进了大门。那瞎子最是伶俐，料得是素姐与他打倒①，站住了不肯进去。素姐说他魇镇不效，瞎长瞎短的骂他，又要剥他的衣裳，准那一两银子。那瞎子故意问说：“你是谁呀？你叫我做甚么魇镇呢？”素姐说：“你妆甚么瞎忘八腔儿！你两月前头，你没替我砍桃木人，钉了针，妆在小棺材里边，埋在床底下，叫逢七上坟哭一场，到了尽七就死无疑？哄了我一两银子，还许下你一领海青！他不惟不死，连一些头疼脑热也没有，越发吃得像肥贼似的！你这瞎砍头的！你挽起眉毛认我认！我是薛家丫头，狄家媳妇，我的钱不中骗！你有银还我的银，你没银子，你说不的脱下衣裳当着！”瞎子道：“你待剥我的衣裳呀，你也挽起毛来擘开眼认我认！我是史先儿，名字是史尚行。我且问你，你叫魇镇谁来，你说我的法儿不效？”素姐道：“我合汉子不合，叫你镇魇俺汉子，叫你魇镇谁哩！”史尚行道：

① 打倒——算账。

“一个丈夫也是魇镇叫他死的么？你这不是谋杀亲夫？该问凌迟的罪名哩！你倒寻着我哩！地方呀！总甲呀！这镇上没有乡约么？薛家丫头，狄家媳妇，许了一两银子，一领海青，央我行魇镇，镇魇杀他的汉子，我不肯行这事，哄我进门来要打我，剥我的衣裳哩！地方总甲，左邻右舍听着！我史瞎子穷么穷，不合混账老婆们干这谋杀亲夫的勾当！皇天呀！”

这史先儿直着嗓子在门里头跳着嚷叫。但是来往的都站着瞧，围了许多人。素姐到此也便软了半截，恨不的掩他嘴闭，说道：“疢瞎子，不问你倒银子，你去罢，着甚么极哩！”史先道：“我去罢！你叫我干了这事，你问凌迟，我就该问斩罪哩！我不出首，这罪怎么免的？”素姐说：“我没叫你魇镇汉子。你问我讨钱，没给你，你就撒泼放刁。我不怕你！”史先说：“你没叫我魇镇汉子呀？壬申年正月二十日亥时，是那个私窠子的汉子？是那个坐崖头养万人的汉子？地方总甲，你不来么？我往县里递上首状，只怕你这镇上的地方总甲、乡约、保长都去不伶俐！”这史先只是撒泼，素姐又打发他不去，只得央了张茂实的丈母老林婆子来解劝史先，那史先依旧无所不说。林婆子又再三央浼。史先说：“我今日挣的三百多钱，也把我抢去了，还有丈三尺布的一根缠带，一领新穰青布衫，都剥了拿到家去，我怎么去呀？”素姐说：“别要听他！他甚么三百钱合缠带布衫呀！”史先瞑着两个瞎眼，伸着两只手，往前扑素姐道：“没有罢呀怎么！我只合你到官儿跟前讲去！”看的人围的越发多了。林婆子在旁撺掇着，赔了史先一吊黄钱，再三劝着，方才离门而去。

这素姐明是造了弥天之恶，天地鬼神不容，遣这猢狲、瞽者相继果报。不知后来也略知儆省不曾，且看后来何如，再等下回接说。

第七十七回

馋小厮争嘴唆人　风老婆撒极上吊

莫将饮食作寻常，一盏羊羹致国亡①。
因下壶餐来国士，忘陈醴酒去高良。
大凡美味应当共，但遇珍羞不可藏。
只为垂涎劳食指，唆人奔走又悬梁。

却说素姐做了古今的奇恶，也就犯了天下的公恶，真是亲戚畔之，路人切齿。所以狄希陈在京开当铺，娶两头大，接了调羹母子到京，与童奶奶一伙同住，众人相约只要瞒哄素姐一人。相进士家的家人相旺，原是从幼支使大的，往狄希陈下处时常走动，都只是他一人。凡他走去，童奶奶、寄姐、调羹，便是狄希陈合虎哥，都不把他当外人相待，遇酒留饮，逢饭让吃，习以为常。一日，相进士夫人央寄姐穿着一个珍珠头垫，相大妗子又叫调羹做着两件小衣裳，差了相旺去取。相旺跨进门去，天将晌午，调羹合小珍珠在厨房里边柴锅上烙青韭羊肉合子，弄得家前院后喷鼻的馨香，馋得相旺咽咽的咽唾，心里指望必定要留他吃

① 一盏羊羹致国亡——战国时中山君主宴请臣下，司马子期没有吃上羊羹，故怀恨投楚国，说楚伐中山，使其亡国。中山君出走，只有两人一直追随在他左右，中山君问他们为什么如此忠诚，二人说，因为过去他们父亲快饿死的时候，君王曾送给他们父亲用壶盛的汤饭美食（壶餐），他们父亲临终前曾说：“中山君如果遇到什么危难，你们一定要以死相报。”

这美味，五脏神已是张了一个大口在那里专等。不料童奶奶将调羹做完的衣服、寄姐将穿完的珠垫，各用包袱纸裹，交付相旺手内。相旺还要指望留他，故意问道："狄奶奶不说甚么，我且回去罢？"童奶奶道："我待留你吃饭，只怕太太家里等得紧。你且去罢，我改日留你。"把一个相旺大管家干咽一顿唾沫，心中怀恨，便从此以后在相大妗子与相进士娘子面前时时纂捏是非。亏相大妗子只以亲情为重，不以小人之言为真，不放在肚里理论。可可的差他回山东家去，想道："既是挑唆家里太太与奶奶不动，我乘机将狄大爷在京中干的勾当尽情泄露，叫这员猛熊女将御驾亲征，叫那调羹、寄姐稳坐不得龙床安稳，吃不下青韭羊肉香烘烘的合饼，岂不妙哉！"遂将狄希陈京中的细微曲折，合盘托与了素姐。

这素姐能有甚么涵养，容得这等的事？暴跳如雷，即刻就要进京，算计翻江搅海，大闹京师，狠命的央及相旺随往。相旺道："我一则尚有许多事体未完，时下且不得就去，二则我也不敢跟狄奶奶去。狄大爷一定说是我来透漏消息，请了狄奶奶去搅乱坛场。狄大爷或者不好难为得我，我家太爷少爷一顿板子稳稳脱不去的。狄奶奶，你要去自去，去到那里，千千万万只不要说是我的多嘴。如有人疑在我的身上，狄奶奶，你务必誓也与我说个，替我洗清了才好，也不枉了我为狄奶奶一场。"素姐听允，只得回到薛家与龙氏说这原故。

龙氏若是有正经的人，劝解女儿说道："你为人原不该把汉子赶尽杀绝，使他没有容身之处。他一个男子汉，有血性，又有银钱，又有一双大脚，山南海北的会走。你'此处不留他，另有留他处'。你只该自悔，不要恨人。"岂不也矬矬他的歪性。谁知这龙氏自从薛教授夫妇去世，没了两个有正经的老人家时时拘管他，便使出那今来古往、天下通行、不省事不达理、没见食面①、不知香臭的小妇性子。他先骂在前头，千没天理，万没良心，“忘了结发正头之妻，别娶囗拉没根之妇，罪不可容。更兼拐了调羹同住，法不可赦。极该就去，立逼着叫他卖了这两个淫妇，方是斩草除根。我极该合你同去，只恨你这两个兄弟一定拦我！我叫小再冬跟了你去。”主意已定，收拾行李，托人看家，算计雇短盘头口就道。

小再冬合他两个哥哥说知。薛如卞回说：“既是主意定了，俺也不好拦你。但京中比不咱这乡里，至尊坐着一位皇帝，以次阁老、尚书、侯、伯、御史坐着几千几万，容不的人撒野，但犯着些儿的，重是剐罪，轻是砍头。咱姐姐这个行持，再没有不弄下的。他自作自受没的悔。难为你初世为人，陷在柳州城里，你空直着脖子叫俺两个哥，就叫到跟前，也救不的你，且是也要拍拍自己的良心。把人凌逼的到了这们个地位，人躲出去罢了，还又要寻到那里去。”再冬说：“你说的唬杀我，我不合他去罢。”薛如卞道：“你既许过同行，怎么又好改口？你只见景生情，别要跟着姐姐胡做，得瞒就瞒，得哄就哄，侮弄着他走一遭回来就罢。你要不听俺的话，别说惹出大祸来带累杀你，相觐皇见做着工部，替他表兄出气，拿了你去，呼给你顿板子，发到兵马司，把你递解还乡，你这点命儿是不消指望的了。谨慎着就是，俺也再无别话嘱咐。”再冬起初说跟他姐姐进京，甚是扬威耀武，叫两个哥这一顿说的败兴之极，幸得人还伶俐，转想两个哥哥所说之言甚是有理，深以为然，择日登程，砍着一顶愁帽。

再说狄希陈在京住了一年有余，时常在兵部洼当铺里边料理

---

① 食面——即世面。

生意，阴天下雨在自家下处守着寄姐顽耍，再与调羹、童奶奶闲话，三头两日看望母舅、妗母，与相进士相聚，甚是快活，倒也绝无想家之心，只有得离素姐为幸。一日夜间，忽然得一梦，梦见素姐将狄希陈所住之房做了八百两银子卖与一个刘举人去了，当时拆毁翻盖。狄希陈亲眼见他将马棚后一个大长石槽着了许多人移到他处，将地掘了下去，方方的一个大池，池内都是雪白的元宝，刘举人叫人都运到自己家去。狄希陈与他争论，说："房子虽卖，这银子是我父亲所埋，亲自交付与我，你如何将银掘去？你即不肯全付交还给我，合你平分，也是应得的。"刘举人道："你的妻子既将房卖与我，上上下下，尽属于我，你如何妄争？"叫家人："挦了毛，送到县里去枷号这个光棍！"狄希陈说："我是明水镇祖旧人家，我岂是光棍？我由学校援例，钦授四川成都府经历，我的嫡亲表弟见为工部主事，我岂怕你！"转眼却不是刘举人，却是丈人薛教授在那里指点拆房。那池中元宝都是些小刺猬乱跑。尽后边跑出一只狼来，望着狄希陈扑咬。惊醒转来，恰是一梦。当即与寄姐说知，次日又与调羹告诉。调羹道："梦也虽不可信，但这梦也甚觉跷蹊。他这般为人，此事也是做得出的。你兄弟两人一生的过活全是仗赖这点东西，万一果似所梦，这就坑死人哩！"狄希陈道："若果有此事，我不在家，难道一个女人在家，谁就好买这房子？"调羹道："若论别人，果真也不好买，就买了，你也合他说的响话。若果真卖与了刘举人，这个歪憋东西，你合他缠出甚么青红皂白？你这一年半不曾回去，两个老人家的坟一定也没人拜扫，巧姐姐也没个信息，你乘此到家看看也好。若是两个老人家的喜神合神主没人供养，你搀空子请了这来也好。"狄希陈道："刘姐，你说的有理。你就替我收拾行李，我今日就合舅舅、妗母、相兄弟说声，看个日子就走。"

果然吃过饭走到相家，说其所以。相栋宇夫妇也说该去。

狄周当铺管理不得脱身。相栋宇说："你叫他跟去，他还知道事体，也可以与你做得帮手。当铺中，我又闲着无事，我时常替你照管。"狄希陈感戴不浅，辞了舅妗、表弟，别了童奶奶、调羹、寄姐，仍带了狄周、吕祥、小选子回去。

这通南北二京的大路，你过我来，你行我住，你早我晚，错过了不撞见的甚多。素姐北上，狄希陈南下，不知何处相错，竟是不曾遇着。

素姐进了顺城门，一直走到锦衣卫后洪井胡同狄希陈下处，敲开门，再冬在门外照料行李。素姐是个女人，不用人通报，一直径到后边，抬起眼夹，一窝都是生人。看见素姐进去，一个个都大惊小怪起来，问说："是那里来的，是做甚么?"素姐说："倒问我是那里来的！我做甚么！你们都是那里来的？在这里做甚么呢？那贼割一万刀子的强人在那里？不出来么！"童奶奶道："这古怪的紧！那里跑得这们一个风歪辣货来泼口骂人！"调羹在后边做甚么，没出来。童奶奶道："呃！你做什么哩？不知那里来的一个侉老婆，你来看看呀！"调羹钻出头来，素姐瞎塌了个眼，又没了鼻子，风尘黑瘦的，不似了昔日的形像。调羹倒还在厮认，素姐却甚是认得调羹，开口骂道："贼淫妇！贼囗辣骨臭肉！弄的好圈套！嫁的好人家！谁知把的汉子霸占住了！"调羹方才知是素姐，随接口说道："你别要撒野！我不是你家人，不受你的气了！这也奇的紧！我已嫁了人一年多了，你老远的又寻到我这里来！"

童奶奶是甚么人呀，斩斩眼①知道脚底板的主儿，已是知道

---

① 斩斩眼——眨眨眼。

是狄希陈的大娘子，但心里想说："从来知道素姐是个标致的人，却又怎么瞎着个眼，少个鼻子？"疑似未定，故问调羹道："外甥，你认的他么？你合他说话？"调羹道："这就是我前边狄家的儿媳妇儿，他不知怎么寻到我这里来了！"素姐道："你霸占着我的汉子，我怎么不来寻你？"童奶奶道："你这位娘子别要胡说！他是我的外甥，我是他的姨娘。他从你山东来没有投奔，就到了我家。我为他年小无靠的，劝他嫁夫着主的去了。他嫁的是个知县，往酆都县到任去了，因路远没合同去，留下叫我养活他。没的他嫁的这汉子也是你的汉子么？他霸占你的？"素姐道："我的汉子是狄希陈，是个监生，从年时到京叫淫妇们霸占一年半了。"童奶奶道："这话我不醒的①。"问调羹道："你果然见甚么狄希陈来么？"调羹道："你看么！我在京，离着山东一千里地，我见他甚么狄希陈呀！"童奶奶道："闻名不如见面。我的外甥每日说你这些好处，原来是这们个人儿！他今日出了你家门，明日就合你不相干了，你来寻不的他了！"素姐道："俺汉子寻的小老婆寄姐呢？童银的老婆呢？"童奶奶道："你又奇了！只怕你是风了！我姓骆，俺家是锦衣卫校尉，专拿走空的人②。"指着寄姐说道："这是我的儿媳妇儿，我的儿子往卫里办事没在家，你走便走，再要在这里胡说白道的，我叫了我的儿来，拿你到锦衣卫里，问你个打诈！"素姐见无对证，也就软了半截。

京中人不叫"爷"不说话的所在，山东人虽是粗浊，这明水更是粗浊之乡，再冬听见素姐在里边错了头脑，也便知道在外边察访。但是向了人低声下气，称呼他"爷"，然后问他，他自然有人和你说知所以。是不是穿了一领明青布大袖夹袄，缀了条粉

---

① 不醒的——不明白、不懂。

② 走空的人——指陌生人。

糨白绢护领，一双长脸深跟明青布鞋，沙绿绢线锁了云头琴面，哭丧着个狨脸，走到人跟前，劈头就是呃的一声："这里有个狄监生在那里住？"那京师的人听见这个声嗓，诧异的就极了。有那忠厚的，还答应他一声："不知道！"有那不忠厚的，瞪起眼来看他两眼，说："那里来的这村杭子！只怕是个骚子①，缉事的不该拿他厂卫里去么！"所以再冬空打听了半日，没打听出一点信来。素姐叫调羹合童奶奶雌了一头冷灰，只得含羞而出，依着相旺所说的去处，寻到兵部洼开当铺的所在，只见果然一个当铺，走到跟前，正见相栋宇戴着黑绉纱方巾，穿着天蓝绉纱袄子，毡鞋绫袜，坐在里边。素姐道："这不是相大舅，你外甥狄希陈呢？"相栋宇抬起头来看道："你是外甥媳妇呃。你来做甚么？"素姐说："我来寻你外甥。"相栋宇道："你是多咱来的？外甥往家去了，你没撞见么？"素姐说："他几时去的？我怎么没撞见呢？他的下处在那里？"相栋宇道："他就在我宅里住，没别的下处。"素姐说："人道他在洪井胡同娶了童银的闺女小寄姐，合调羹一堆住着。我刚才寻到那里，只见了调羹，再没见别人。那家子姓骆，又不姓童，是调羹的姨娘家。调羹嫁的是个酆都县知县，到任去了。因路远没带他去，留与他姨娘养活着哩。"相栋宇道："这事，我通深不知道，外甥也没合我说。"素姐问："这当铺是谁的？"相栋宇道："你小叔儿做个穷部属，搅缠不来，我所以合个伙计攒些利钱，帮贴你小叔做官。"素姐说："人说是你外甥开的，狄周掌柜。"相栋宇说："人的瞎话！人见外甥日逐在铺里坐着，狄周时常往来，就说的别了②。这里不是久站的，快往宅里去。"叫虎哥："你去叫顶轿子来。"

---

① 骚子——即探子。

② 别了——差了。

让素姐坐上，薛再冬跟着，到了相主事私宅。相主事娘子合大妗子接着。相栋宇恐怕说叉了话，抢着说了素姐来意：“先到了洪井胡同，正见调羹，已是嫁了酆都知县，不曾随任。又到了当铺，我才雇了轿子送他回来。”相大妗子婆媳顺了相栋宇的口气说话，一味支吾他过去，又问他的眼睛因甚瞎了，又因甚没了鼻头。他不肯说是把猢狲当了狄希陈时时毒打，只说是一个弄猴的走了猴，走到他家，他去擒捉，被猴抠了眼珠，啃了鼻子。大妗子叫人与他收拾卧房，铺设床帐，叫他安歇，又安排了再冬住的所在；严谕了众人不许说出狄希陈的半个字的行藏，瞒的铁桶相似。

素姐只是放心不下。再冬耸头耸脑的，这样一个海阔的京城，人山人海，门也是不敢出的，没处去打听风信。素姐几番要自己再往洪井胡同看他的破绽。大妗子道：“这是官衙，岂容女人出去？你既进了这门，休想再要出去，只等你小叔儿升转，才是咱们离京回去之日。”弄得个素姐就是只猛虎落在陷阱里，空只发威，不能动惮，好生难过。从素姐进衙的次日，相栋宇自己到了童家见调羹说知此事，大家倒笑了一场，只猜不着是那个滥嘴的泄了机关，致他自己寻到这里。按下这头。

再说狄希陈回到明水，竟到家门，清灰冷水，尘土满门，止有一家住房佃户看守，其余房屋尽行关锁。问素姐自己上京寻找，狄希陈不胜凄凉，只得寻到崔近塘家住歇。安了行李，吃了饭，才到丈人家去，见了薛如卞兄弟，进去见了妹妹巧姐，兄姐甚是悲酸。龙氏出来相见，说道：“你京中买了房子，另娶了家小，接了调羹同住，弃吊了俺女儿，你就再不消回来，却又回家做甚？”狄希陈再三抵赖。龙氏道：“见放着相家的小随童是个活口，你还强辩不认？你只指着你那旺跳的身子说两个誓，我就罢了。为甚么俺闺女才去，你倒回来？这不是你有心么？”薛如卞道：“没正经！家去呀！一个客经年来到家，凉水不呵一口，上落这们一顿！”薛如卞兄弟将狄希陈让到客位，再三留坐，狄希陈也没肯住下。

次日置了祭品，接了巧姐同到狄员外夫妇坟上祭扫。又开进自己门去遍寻狄员外夫妇的神主、喜神不见，再三寻找，狄员外的神主在一烂纸篓里，狄婆的神主在一个箱底下垫着架箱的腿，又找寻喜神，都在卷棚内翻过来贴着土墙。狄希陈看到此等景象，也不由不良心发现，痛哭一场。狄希陈叫人收拾房屋，从新供养起来，从崔近塘家搬回行李，在家同狄周主仆四人打光棍居住。看那马棚石槽，依然如旧。狄希陈将近两年不曾回去，多叫匠人修理房舍，也日逐没工夫，便中打听得刘举人家大兴土木，掘地拆墙，开下地去，得了一池大银，约有五千之数。狄希陈也甚是诧异，在家住了两个多月，挂念素姐在京不知如何作孽，万一与调羹、寄姐争差违碍致出事来，大有不便，千着万着，做我不着，急急收拾行李，仍往京师。狄希陈要图安逸，从德州搭了座船由水路进发。

再说素姐嫁在狄家十有余年，无拘无束，没收没管，散诞惯了野性。在家之时，遇着忧闷，或是南寺烧香，与甚么尼姑讲道。或是北寺拜佛，与甚么和尚参禅。手腕发痒，拿过狄希陈来打顿出气，嘴唇干燥，把狄希陈骂顿消闲。如今弄在相主事宅内居住，除了那宅子里边，外面是一步也没处去的。狄希陈又不在跟前，无人供他的打骂，好生气闷，时常在相主事娘子面前，央他在公婆和丈夫面前撺掇一声，他要到甚么隆福、承恩、双塔、白塔、香山碧云各处寺院游玩一番，也是不枉来京一度。相主事娘子道：“一个做官的所在，岂可容女人出去串寺寻僧？成何道理！”回绝了他，不肯与他陈说。素姐道：“别的庵观寺院，你说是有甚么和尚道士，不许我去也便犹可。我听说京城里边有一座皇姑寺，里边都是皇亲国戚家的夫人小姐在内剃度修行，内相把门，绝无男子在内，不知多少夫人、侍长都到那里游玩，这个所在，难道也不许我去走一遭？这务必要你做成。你与妗子肯陪我同行更是好事。如不肯相陪，我自己独行，事无不可。”相主事娘子又再三阻他。素姐道：“你做官的日子短，咱家里妯娌相处的日子长，你就拿出官儿娘子的脸来！你不要管他，你只替我在大舅合妗子面前尽力撺掇，相大叔面前替我圆成。”相主事娘子被他缠绕不过，只得替他在相主事面前说了前话。相主事只当戏谈，全不在意。

次日，素姐亲自见了相主事，问道：“我要到皇姑寺一看，央他婶子讲说，不知讲过不曾？”相主事道：“你见谁家见任的官放出女人上庙？咱家这们些景致，你见有绣江县知县、县丞的奶奶、亲戚出来顽耍的没有？如闷的慌了，合娘坐着说话儿消闲，或与小婶儿看牌，下别棋，挝子儿。等狄大哥来时，把你交付给他，可任你‘皇姑寺’、‘黑姑寺’，你可去。”素姐道：“有那些闲话！你不叫我去罢，做了几日官，开口起来就是做官的人家长，做官的人家短。我知道，你又寻我使那胭脂黑墨污你那眼哩！”相主事道：“还敢说！不是为污了俺的眼，肯瞎一个眼么！”素姐道：“罢，您是甚么大的们，污了您的眼就叫我瞎眼？我倒又没了鼻子，可为怎么来？”相主事道：“这又有报应。可是你前年打醮念经咒骂狄大哥合薛大哥、薛妹夫的果报。你念经咒他们叫他无眼耳鼻舌身意，你只怕这耳朵舌头身都还不停当哩！”相主事笑着往外去。

素姐为不叫他往皇姑寺去，从此敦葫芦挣马杓发作道：“您么是为做官图名图利，吃得牢食，坐着软监就罢了。我是为甚么，犯下甚么罪来，诓我在死囚牢里，一日关着，三顿饭吃，叫我不见天日？你叫我出去便罢，实要不叫我出去，我不是抹了头，一根绳子吊杀，把这点命儿交付与你，我那屈死鬼魂可也在北京城里游荡游荡。”整日发作，还只指望着相主事放他出去。谁知相主事拿定主意，只是不理，凭他撒骚放屁，只当耳边之风。

一日，合当有事。为这不放他出去，又合相主事斗了会儿嘴，也就罢了，大家收拾睡觉。素姐听得人都睡静，拿了一根束腰的丝线鸾绦，悄悄的走在相主事房门外门上槛悬空自缢。亏不尽相主事要小解，脚踏上摸着没有夜壶，知是丫头忘了，不曾提进，叫丫头开门去取。那丫头开了门，一只脚方才跨出，嗳哟的一声大喊，随说：“不好！一个人扳着门上程①打滴溜哩！”相主事道：“这可古怪！是甚么人呢?”相主事娘子道：“再没别人，就是狄大嫂。”叫丫头道：“你去摸他身上还热不热。”丫头说：“我害怕，我不敢摸呢。”相主事夫妇都连忙站起来，摸他身上还是滚热的，嗓子里正打呼卢。相主事娘子抱着往上撮，相主事叫起爹娘并那上宿的家人媳妇。喜是十四日二更天气，正是月色，看的分明。相大妗子道：“这不是没要紧么，这可是为甚么来?依着我不消救他，替陈哥除了害罢，买个材装了，送他家去。”相大舅道：“甚么话呀！快救下来，看束杀了。”相主事叫他娘子躲过，使人请薛三哥进来看着解他。使人开了宅门，从睡梦中把再冬请得进来，只问为怎么来。相栋宇道：“谁知他为甚么来！等救过他来科，你可问他是为甚么。”两个家人娘子倒替着往上

① 门上程（tīng）——即门楣。

撮，一个把绳剪断，虽然是救的快，也就吊的直眉竖眼的。解下套子，歇了一会，吐了几口痰，方才手之舞之的道："扯淡！谁叫您们救下我来！"再冬问道："姐姐，你为怎么干这们拙事？没的相大爷和相大娘有甚么难为姐姐来，你做这事？这若是救的迟了，你这不是琐碎相大哥么？你同着众人，你说说是为怎么。"素姐道："我不为怎么，我只受不的叫我坐监。"再冬道："阿弥陀佛！姐姐，你说的甚么话？不当家！姐姐，你待等姐夫呢，你耐着心等着，相大娘少你吃的？少你穿的？你怕见等，咱收拾往家去，相大娘也没有强拉着你的理。那里放着干这勾当？"

再冬只管数说，不提防素姐飕的一声，劈脸一个巴掌，括辣辣像似打了一个霹雳，把个再冬打得头晕了勾半宿。素姐骂道："小砍头的！你也待学你那两个哥的短命，管着我哩！人家拿着当贼囚似的防备，门也不叫我出出！别的寺院说有和尚哩、道士哩，不叫去罢么，一个皇姑寺，脱不了都是些尼僧，连把门的都是内官子，掐了我块肉去了？连这也不叫我去看看！我再三苦央，只是不依，我要这命待怎么！我把这点子命交付给了他，我那鬼魂，你可也禁不住我，可也凭着我悠悠荡荡的京城里顽几日才托生呀！你就有这们些瓜儿多子儿少的念诵我！"再冬道："姐姐，你倒不消哩，好便好，不好，我消不得一两银子，雇上短盘，这们长天，消不得五日，我撩下你，我自己跑到家里！"众人行说行劝，抚素姐归了卧房，拨了两个家人媳妇伺候看守。相大舅合相主事各人夫妇都回房宿歇。不知后来若何结局，曾否放素姐出去游玩，再看下回，便知端的。

第七十八回

陆好善害怕赔钱　宁承古诈财捱打

愿与好人相遇，诸般有趣，一时间急难之中，倚作善神救护。倒运伴随恶妪，强留下处，奔驰看景又赔钱，钱有数，愁无数。

右调《一落索》

却说素姐得人解救，扶进卧房。次日害胸膈胀闷，脖项生疼，不曾起来梳洗，也不曾吃饭，足足睡了一日。相主事娘子时时进去看他，相大妗子也进房看望，说道："你原是风流活动的人，把你关闭在衙舍里面，怎怪你害闷着急。外甥回家，只怕有事羁绊，又且不能就回。我与你小叔子商议，不然且送你回家，你可散心消闷。万一屈处出你病来，好意番成恶意，也叫外甥后来抱怨。"素姐道："若大妗子肯果真送我回家，真是重生父母，再长爷娘。"就在枕上把头覆将转来，在枕上一连点了几点，说道："我这里就与妗子磕头相谢，妗子千万不可食言。"相大妗子果然再三撺掇，与素姐扎括衣裳，收拾行李，雇了四名夫，买了两人小轿，做了油布重围，拨一个家人倪奇同着再冬护送，择日起身。送行致赆，这些套数不必细说。素姐辞别出门，相主事又差了一名长班陆好善送到芦沟桥上回话。

素姐刚出得门，自己在轿中说道："每日把我关闭在衙，叫我通是个'瘸和尚说法——能说不能行。'如今既是放我出门，由得我自己主张，由不得别人阻挠。我要寻一个主人家暂住两日，务要到皇姑寺一游。你如今且抬我到洪井胡同调羹那里一看，再到下处。”倪奇合陆好善道：“老爷临行不曾分付叫狄奶奶又另寻下处，只说叫小的们一直伺候狄奶奶到家，还说叫陆长班跟送到芦沟桥上，伺候得起过身，当日回话。不敢叫狄奶奶住下。且皇姑寺是宫里太后娘娘的香火院，不着皇亲国戚大老爷家的宅眷，寻常人是轻易进不去的。就是大老爷家奶奶，也还有个节令，除了正月元旦、十五元宵、二月十九观音菩萨圣诞、三月三王母蟠桃会、四月八浴佛、十八碧霞元君生日、七月十五中元、十月十五下元、十一月冬至、腊八日施粥，这几日才是放人烧香的日子。不是这节令，就是大老爷宅眷，有甚么还愿挂袍，许幡进灯的善事，问司礼监讨了小票，行给把门的太监，才放进去哩。十来岁的小厮通也不许跟到里面，好不严紧。这又不是节令，狄奶奶，且不看罢。”

素姐在轿子里发躁，说道：“我的主意已定，你就是我的娘老子，他也拗不过我！你倒不如顺着道儿撺掇，叫我玩一回，咱死心塌地的走路。陆长班知不道我的性子，倪奇你是知道的。您必欲阻拦，我只是交命给你！俺家也还有两个不长进的秀才兄弟，问你们讨起命了！”倪奇与陆长班面面相看。陆好善道：“这只在管家主张，我是不敢主的。”倪奇说：“狄奶奶必欲住下，且不就得，我只得回家且禀过再处。”素姐说：“你只敢去！你要往家一步儿，我拔下钗子来，照着嗓根头子扎杀在轿里，说是你两个欺心。”倪奇道：“狄奶奶，你忒也琐碎！待我回去禀个明白，任凭狄奶奶往那里去，俺跟着，使了小的们盘缠么？”素姐说：“这算琐碎么？你惹起我性子来，我还琐碎哩！”陆好善说倪奇道：“罢呀！看的见狄奶奶也是不依说的，依着狄奶奶罢。这城里也没有方便下人的去处，倪管家，你跟着奶奶往洪井胡同去，我先到俺家收拾收拾，请狄奶奶到我那里屈处三日罢，好叫俺老奶奶子陪着走动。”倪奇道：“狄奶奶，这们着罢?”素姐道：“你们只肯叫我住下，可凭你抬我那里去。”倪奇道：“洪井胡同谁家去？我可不认的。”再冬道：“我知道，你跟着我走。”转湾抹角走到前日那个调羹住的所在，只见双门紧闭，上加铁锁，竖贴锦衣卫封条，无处可问，败兴而回。

原来相大舅料得素姐毕竟还有这一撞，恐怕露出马脚，预先透信与他，叫他都暂回骆有莪家且避，所以无人在家。折回轿来，竟往陆长班家去。陆好善住在草帽胡同，也是自己买的房子。只见：

临街过道，三间向北厅房；里面中门，一座朝南住室。厨屋与茅厕相对，厢房同佛阁为邻。布帘画丹凤鸣阳，粉壁挂八仙过海。前行五十多岁的魔母，应是好善的尊堂；后跟三十年纪的妖娆，莫非长班的令阃。盐木樨，点过绍兴茶；折瓜钱，忙买蓟州酒。狄奶奶倒也家怀，不嫌亵渎；陆夫人兼之和气，甚喜光临。

素姐到了陆好善的门首，陆好善的母亲、媳妇欢天喜地，让到后边，把再冬、倪奇让过客位，杀鸡称肉，做饭买酒，极其款待，不必细说。

素姐说起要往皇姑寺去，正苦不是节令，无门可入。恰好陆好善门旁住着一个铜匠，姓支名一驥，一片声叫起屈来，与人相打。陆好善只道是抬素姐的轿夫彼此嚷闹，出门看去，却原来是定府虞候伊世行采着支一驥打。这伊世行从小与陆好善是同窗兄弟，一向相知。陆好善扯住伊世行的手道：“伊老哥，为甚么生气？别要动手，看小弟分上罢。一定是失误了甚么生活呀?”伊世行也就放了支一驥，与陆好善相唤，随告诉道：“老太太的大轿上四个铜环，放在大厅里，不知甚么不值钱贼狗攮的倒偷了三个去。与了他六钱银子，又与了他三分酒钱，叫他配上三个轿环，足足的整三个月了，每日诓着我跑。哥，你说咱府里到这草帽胡同，来回就是十四五里地，那咱还是十来日一遭、五六日一遭，这几日叫我一日一遭，光驴钱使了多少。昨日发神赌咒的许着今日有，哄的我来，越发躲的家去不出来了。这恼不杀人么！”

陆好善说：“支一骥，你真是可恶！不成人的狗攮的！收了银子三个多月，不给人家配出来，诓着人老远的来回跑，不打你打狗么！打下子还敢叫冤屈哩！伊老哥，看小弟分上，限他三日叫他配出来，再要扯谎，伊老哥，你打了他不算，我撵了他不给他房住。专常惹的人打骂，咱房东也不成体面。”伊世行道：“要是迟的三日，小弟也不着极。后日早辰，太太合恭顺吴太太待往皇姑寺挂幡去哩，没有轿坐，发放了小弟一顿好的。我为甚么才扇了他两巴掌来？我说太太且坐坐别的轿罢，太太又嫌别的轿坐不惯哩。新做的绢轿围，单等着钉环哩，你就一本一利倒银子还我，我也是不依的。你只连夜赶出来便罢，不然，我带到你兵马司去！”支一骥道：“我合你有仇么？家里放着现成的铜，我打给你，误不了你，明日晌午钉，后日叫太太坐就是了。”伊世行说：“你就快打，我这里守着你，我也且不家去。”陆好善道：“伊老哥往小弟家里坐去，叫他生炉子化铜。”伊世行说：“不好，我要转转儿，他溜的没了影子，这才是脖子里割瘿袋，杀人的勾当哩。”陆好善道：“这也要防备他。”随进家去取出茶来，在铜铺里与伊世行吃了，又说：“哥别往那去，小弟叫家里备着素饭哩。”伊世行再三辞谢。

说话中间，陆好善把伊世行拉到铺子外头，悄悄地问道：“太太真个后日往皇姑寺去呀？”伊世行道：“可不是真怎么！是合吴太太许的幡，也是日夜催赶完了，后日准要去哩。已差人合寺里说去了。哥有甚么分付?”陆好善道：“有事仗赖，哥来的极好，天使其便。相爷的姑表嫂子从山东来，只待往皇姑寺看看。相爷不叫他去，他恼的上了一吊。如今打发他往家去，他撒极不走，只待去走走才罢。如今见在小弟家里住着哩，哥看怎么样的带挈他进去看看，完了这件事也罢。”伊世行想了一想，说：“这事不难，禀声太太，带他去看看就是了。”陆好善道：“他衣服又不甚么齐整，又没女人们跟随，又不知怎么没有鼻子，疢头怪脑的，见了太太，叫太太重了不是，轻了不是的，不好相处。”伊世行道：“要不叫他混了进去，叫他不要言语。太太见了，只说他是吴府的人；吴太太见他，只说俺府里的人。谁待查考点名哩么！众人磕头，可叫他也混在里头趴下磕个头，溜在一边子去。万一查问，我在旁招架着。”陆好善道：“这就极好，我就谢哥的玉成。不知明日二位太太甚么时候起身?”伊世行道：“要去，明日早些往府门口卖饼折的铺子里等着，等太太轿出来，您可跟着走。脱不了吴太太是到俺府里取齐哩。”

二人商议已定。陆好善到家，对素姐道：“狄奶奶不晓得这皇姑寺的法度，差不多的人进不去。如今寻了个方法，可是叫狄奶奶屈尊些哩。”素姐道：“你只有方法叫我进去，任凭叫我做甚么，我都依着。”陆好善道：“刚才外边叫冤屈的是咱住房子的铜匠，误了定府轿环，叫伊世行打了两下子。定府徐太太合恭顺侯吴太太后日往皇姑寺挂幡，狄奶奶不嫌亵渎，混在管家娘子队里进去看看罢。却要小心才好，弄出来不当顽的!”陆好善的娘合媳妇子道：“狄奶奶乍大了，小不下去，必定弄出来。俺娘儿两个没奈何，陪他走一遭去。”陆好善依允。

次早起来梳妆吃饭，素姐换了北京鬏髻，借了陆好善娘子的蒲绿素纱衫子，雇了三匹马，包了一日的钱，骑到徐国公门首卖饼折的铺内。伊世行已着了人在那里照管。等了不多一会，吴太太已到。又等了一会，只见徐太太合吴太太两顶福建骨花大轿，重福绢金边轿围，敞着轿帘。二位太太俱穿着天蓝实地纱通袖宫袍，雪白的雕花玉带；前边开着棕棍，后边抗着大红柄洒金掌扇；跟着丫头、家人、媳妇并虞候、管家、小厮、拐子头，共有七八十个，都骑马跟随。陆好善同倪奇、小再冬直等两府随从过尽，方才扶素姐合陆家婆媳上了马，搀入伙内，跟了同行。转街过巷，相去皇姑寺不远，望见：

朱红一派雕墙，四绕青松掩映，翠绿千层华屋，周遭紫气氤氲。狮子石镇玄门，兽面金铺①绣户。禁宫阉尹，轮出司阍；光禄重臣，迭来掌膳。香烟细细，丝丝透越珠帘；花影重重，朵朵飞扬画槛。莲花座上，高擎丈六金身；贝叶堂中，娇美三千粉黛。个个皆陈妙常道行，灌花调鹤，那知蚤晚参禅；人人是鱼玄机行藏，斗草闻莺，罔识晨昏念佛。满身纱罗缎绢包缠，镇日酒肉鸡鱼豢养。惹得环珮朝来，千乘宝车珠箔卷；轮蹄晚去，万条银烛碧纱笼。名为清净道场，真是繁华世界！

两顶大轿将到寺门，震天震地的四声喝起，本寺住持老尼，率领着一伙小尼迎接。谁知那二位夫人虽是称呼太太，年纪都还在少艾之间。徐太太当中戴一尊赤金拔丝观音，右边偏戴一朵指顶大西洋珠翠叶嵌的宝花。吴太太当中戴一枝赤金拔丝丹凤口衔四颗明珠宝结，右戴一枝映红宝石妆的绛桃。各使扇遮护前行。丫鬟仆妇黑鸦鸦的跟了一阵。素姐合陆家婆媳搀在里面，就如大海洒沙一般，那里有处分别？随了两家太太登楼上阁，串殿游廓，走东过西，至南抵北，无不周历。素姐心满意足，喜不

① 金铺——门环底座为金色的。

自胜。

游玩已遍，上边管待二位贵人，下边也是一般的服事。茶果水陆具陈，汤饭荤素兼备。众人上坐，素姐三人也在席中；众人举箸，素姐三人也便动口。不费半文布施，不用一分饭钱，饱看了希奇齐整的景致，享用了丰洁甘美的羹汤，这也就是素姐的一生奇遇。

吃完了斋供，二位太太换了便服，辞了佛爷，别了众位师傅，仍自上轿回府。素姐三人落在尽后，随到分路所在，撇了众人回到陆家，甚是感激陆长班的美意。

陆长班家中叫了女厨，预先置了酒席，候素姐寺里回来，要与素姐送行，好打发他明日走路。素姐赴席中间，全无起身之意，说："明日还要到高梁桥一看，回来起身，一总重谢。"陆好善倒也素知本官的心性，倪奇也知道主人的规矩，着实撺掇他起身。谁知素姐主意拿定，不肯就行。又兼陆好善的母亲、妻子帮虎吃食，狐假虎威，陪看皇姑寺，煞实有趣，也要素姐再走一遭。陆好善心知不可，但是母亲的意思还好违背，也奉了老婆的内旨，还敢不钦此钦遵？这却没有两个太太带挈，有人管待，这却要自己"乃积乃仓，乃裹糇粮"，才好"爰方启行"。连忙打肉杀鸡，沽酒做菜，定蒸饼，买火烧，预先雇了一顶肩舆，两匹营马，以为次日游玩之用。

清早起来，尚未梳洗完备，只见相主事见陆好善第三日不去回话，心里着疑，差了家人宁承古来陆长班家察问。看了倪奇尚在未行，又知素姐住在陆长班家内，宁承古道："了不得！您也不要命哩！爷的法度，你们不晓的么！叫你送狄奶奶家去，叫你送到陆长班家里来了！陆好善，你忒也大胆，你通反了！分付叫你送到芦沟桥，当日还等着你回话，你是甚么人家，把爷的嫂子抬到家来，成三四日家住着，你命是盐换的么?”宁承古一面发放，一面就走。陆好善合倪奇尽力的把宁承古再三的苦死央回，说道：“老爷的法度，俺们是不晓得的?狄奶奶不肯走，要看皇姑寺，说声不好去，就要交命寻死撒泼的，这是好惹的么?如今又待往高粱桥去哩。宁管家，你是个明白人，我让到家里，还没人晓得的，要在个客店里住下，摇旗打鼓的好么?你瞒上不瞒下的，你就不为我，你可也为你同僚倪管家呀。没的俺两个合你有仇么?你回老爷话，只说那一日就出城去了。陆好善送去，还没回来。芦沟桥有他个母舅在那里，只怕撞见了，留他住两日，也是有的。千万仗赖！我这里替管家磕头，你进去见见狄奶奶，我另有处。”

宁承古跟着陆好善进去见了素姐。没及开言，素姐说道：“这是你爷见陆长班不回话，差你来查考撵我哩?可说我没出来，由的你爷；我出了你爷的门，由的我，由不得你爷了！没的你爷在京里做官，不叫京里有路行人罢?你到家替我拜上，你说我去还早哩！住半年也不止，三月也不止，没盘缠了你爷的，叫他休大扯淡！”宁承古道：“狄奶奶，你要不是俺爷的亲戚，可是你老人家半年三个月的住着，干俺甚事?你老人家是俺爷的表嫂，却在俺爷的个长班家里住着，俺爷可甚么体面，怎么见那长班呢?”素姐骂道：“咄！臭奴才，替我快走，别寻我挦你那贼毛！我吃他一日饭，还他一日饭钱，累不着你家的腿！”陆好善道：“狄奶奶息怒，还好合管家说，仗赖管家瞒过还好；要合老爷说了，小的担不起。这是狄奶奶补报小的么?宁管家，你只看俺两个薄面，好歹替俺遮盖。这是二两银子，宁管家，你沽一壶吃罢。你只当积了福。狄奶奶，你就收拾行李，高粱桥是往芦沟桥的顺路，你一过就看了，省的又往返五六十里路。”

陆好善再三央及宁承古，即时催了轿夫，打发素姐上了轿。素姐再三叮咛说："务必要由高粱桥经过，不可错了路头。"陆好善与轿夫打了通儿，只从顺成张翼门正路行走。抬到一座庙前，陆好善道："住下轿。狄奶奶要进去看看哩。"素姐问说："这那是高粱桥么？怎么不大齐整，灰头土脸的呢？"陆好善道："狄奶奶说的甚么话！有名的高粱桥，这们齐整，还说不齐整哩！"素姐果然下了轿，进去看了一遭。和尚送了一钟茶，素姐给了二钱香钱，出来上轿，说道："你可不早说？没甚么好看，也不齐整。亏了是顺路，不然，这不叫我瞎跑这遭子。"

不说素姐被宁承古察问一番，虽然硬着嘴强，毕竟也觉得没趣，从看了假高粱桥，一头钻进轿里，逼直的到了芦沟桥。陆好善辞了回来。

再说宁承古从陆好善家回去，得了陆好善二两银，满口替他遮瞒，说道："我到了那里，关着门，只是打不开。打了半日，陆长班的娘出来开门，问他陆长班在那里，这几日不往宅里去。他娘说：'从前日往宅里来就没回去，听见人说差他送甚么狄奶奶往芦沟桥去了。那里他舅舅家，只怕留他住两日。'"相主事也就罢了，再没搜求。

过了几日，长班伙里你一嘴，我一舌，说："陆好善大胆，把狄奶奶留在家里住了三四日，耍皇姑寺、高粱桥，沿地里风。宁管家去查才慌了，再三央及宁管家别说，才打发的狄奶奶走了。听的还送了二两银子与宁管家哩。"长班既在那里萋歃①，管家们岂有不知道的？打伙子背地里数说，拿宁承古的讹头。这宁承古若是个知进退的人，与那同僚们好讲，再劈出一半来做个东

① 萋歃（qīshà）——小声说话，耳语。

道，堵住了众人的嗓根头子，这事也就罢休。他却恶人先要做，大骂纂舌头的，血沥沥咒这管家们。既然打伙子合起气来，这些管家们的令正，谁是不知道的，七嘴八舌，动起老婆舌头，禀知了相主事的娘子，对着相主事说了。相主事大怒，当时将宁承古唤到跟前，审了口辞，说的倒也都是些实话。按倒地下，足足才丁①了二十大敲，发恨要将陆长班责革。相大妗子道："你也别要十分怪人。你那表嫂的性子，你难道不晓得的？他的主意定了，连公公、婆婆都不认的主儿，他听倪奇合陆长班的话么？你发放他几句罢了，休要打他，也别革他。他替咱管待亲戚，有甚么不是么？"相主事说："娘不知道他心里可恶。他这是堵我的嘴哩。"

正说话中间，传说已将陆长班叫到。相主事出到厅上，说道："我叫你送狄奶奶到芦沟桥上就来回话，没分付叫抬到你家去成三四日住着，我衙里出去个男人也使不的，别说是个女人！你这样欺心可恶！"陆长班只是磕头禀道："京城里一两一石米，八分一斤肉，钱半银子一只鸡，酒是贵的，小的图是甚么，让到小的家里住着？那日从宅里出去，就只是不肯走，叫寻下处住下。小的合倪管家只略拦了一句，轿里就撒泼，拔下钗子就往嗓子里扎，要交命与小的两个。倪管家说：'既狄奶奶要住下，我回家禀声爷去。'狄奶奶说：'你只前脚去，我随后就死。'小的说：'下在客店里不便，不然，让到小的家里去，有小的寡妇娘母子可以相陪。房儿也还宽快。'住了二日，小的撺掇着叫小的母亲媳妇儿伺候到皇姑寺走了走。他次日又不肯动身，又待往高梁桥去，回来才走。小的说：'高梁桥是往南的正路，狄奶奶走着就看了，省的又回来往返。'正倒着沫，宁承古来到。没等宁

① 才丁——打。

管家开口，那一顿泼骂，骂的宁管家只干瞪眼。小的说：‘宁管家，你回宅也不消对着爷学，省的爷心里不自在。你只说起身去了罢。’谁知狄奶奶这们个利害性子，好难招架呀！”相主事道：“他临行，倪奇打发你饭钱来没？”陆好善道：“小的只打发的狄奶奶离门离户的去了，这就念佛，敢要饭钱哩！”相主事道：“你那几日也约着搅计了多少银子？”陆好善道：“敢仔也费了够五六两银子。”相主事道：“为甚么费了钱又叫我不自在。”陆好善道：“费几两银子希罕么？只苦打发不动哩！”相主事问道：“他还说甚么来？”陆好善道：“倒没说甚么，就只问小的母亲合媳妇儿：‘说是你狄爷在京里娶了童银的女儿小寄姐，买的丫头，养活了他丈母一家子，见在洪井胡同住着？’小的母亲说道：“只听的儿子说狄爷在相爷宅里居住，没听见有这话。狄奶奶休听人的言语，只怕人说的不真。’狄奶奶道：‘这话是相旺回家去亲口对着我说，有不实的么？’”相主事分付陆好善起去，又说：“宁承古我已打过二十板了。”

相主事回到后边，对了父母告诉说：“素姐此番进京，因小随童回去对着他泄了机关，所以叫他来作践了这们一顿。溯本穷源，别人可恕，这小随童恨人！”相大妗子道：“要果然是他泄露，这忘八羔子也就万分可恶！临起身我还再三叮咛嘱付他，叫他别对你狄奶奶说一个字的闲话。叫他知道一点风信都是你，合你算账！他还说：‘狄奶奶的性子我岂不知道？我合狄大爷有仇么？’百当还合他说了，叫他来京里像风狗似的咬了一阵去了。”旁边一个丫头小红梅说道：“再没别人，就是他说的。那日太太合奶奶叫他去取做的小衣裳合珠垫子，回来撅着嘴说：‘罢呀怎么！每遭拿着老米饭、豆腐汤，死气百辣的揣人，锅里烙着韭黄羊肉合子，喷鼻子香，馋的人口水往下直淌，他没割舍的给我一个儿尝尝！只别叫我往山东去！我要去时，没本事挑唆了狄奶奶来叫他做一出李逵大闹师师府也不算好汉！’俺还说他：‘你这们争嘴，不害羞么?’他说：‘君子争礼，小人争嘴。情上恼人呢！’”相大妗子道：“等这馋狗头来，我合他说话！”

过了几日，狄希陈、吕祥、狄周、小选子、相旺都从河路到了张家湾，都径到了相主事家内，方知素姐已经雇了轿、差了倪奇由旱路送他回家，所以不曾与狄希陈相遇。相妗子又说素姐先到洪井胡同，寄姐合调羹不肯相认，混混了造子，来了，又撞到当铺，又怎么待往皇姑寺，没得去，上吊撒泼。又问狄希陈道：“你在家没打听出来是谁合他说的?”狄希陈望着相旺拱一拱手道：“是老随照顾我的。”相大妗子道：“好，好！相旺，你自家讨分晓！你不是害你狄大爷，你明是做弄你爷的官哩！”当时留狄希陈吃饭。狄周料理着往洪井胡同送运行李。狄希陈吃完饭，辞了相栋宇夫妇家去。

这相旺争嘴学舌，相主事紧仔算计，待要打他，只为他从家里才来，没好就打。一日，合一个小小厮司花夺喷壶，恼了，把个小司花打的鼻青眼肿，嚷到相主事跟前，追论前事，二罪并举，三十个板子，把腿打的劈拉着待了好几日。童奶奶后来知道，从新称羊肉、买韭菜，烙了一大些肉合子，叫了他去，管了他一个饱。他也妆呆不折本，案着绝不作假，攮嗓了个够。

狄希陈两次来往，都不曾遇着素姐这个凶神，倒像是时来运转。但只好事不长，乐极生变。后又不知甚么事故，且看下回衍说。

第七十九回

希陈误认武陵源　寄姐大闹葡萄架

酒后夜归更漏改，倦眼不分明。绿云鬘髻是珍珍，乘间可相亲。只道好花今得采，着肉手方伸。谁知是假竟非真，百口罪难分。

右调《武陵春》

大凡世上各样的器皿，诸般的头畜，一花一草之微，或水或山之处，与人都有一定的缘法，丝毫着不得勉强，容不得人力。即如宋朝有个邵尧夫，道号康节先生，精于数学，卜筮起课，无不奇中，后来征验，就如眼见的一般。一日，这康节先生在门前闲看，恰好有他的外甥宋承庠走过，作了揖，康节让他家坐。宋承庠道："横街口骨董店内卖着一柄匕首，与他讲定了三钱银子，外甥要急去买他，且不得闲坐。"康节沉吟了一歇，说道："这匕首其实不买也得，于你没有什么好处，买他何干？"宋承庠不听他母舅言语，使三钱银子买了回来，送与康节观看。花梨木鞘，白铜事件①，打磨的果真精致。宋承庠道："舅舅叫我不要买他，一定是起过数了。舅舅与我说知，我好提备。"康节道："匕首虽微，大数已定，岂能提备？我写在这里，你等着匕首有甚话说，你来取看。"宋承庠白话了一会，也就去了。过了一向，宋承庠特地走来，寻着邵康节，说道："前日买的匕首，忽然不知去向，

① 事件——即什件。

想是应该数尽了。”康节叫小童从书笈中寻出一幅字来，上面写道：

某年月日宋某用三钱银，大小若干件，买匕首一把。某月某日某时用修左手指甲，将中指割破流血。某年月日用剔水中丞蝇粪，致水中丞坠地跌碎。某年月日将《檀弓》一本裁坏，以致补砌；某月日时用剔牙垢，割破嘴唇下片。某年月日被人盗卖与周六秀才，得钱二百文。宜子孙。

再说一个杨司徒奉差回家，撞见两个回子，赶了百十只肥牛，往北京汤锅里送。牛群中有个才齐口的犍牛，突然跑到杨司徒轿前，跪着不走。杨司徒住了轿，叫过两个回子问他所以，说：“此牛牙口尚小，且又精壮，原何把他买去，做了杀才？”回子说道：“此牛是阜城一个富户家大牸牛生的，因他一应庄农之事俱不肯做，又会抵人，作了六两八钱银卖他到汤锅上去。”杨司徒道：“看他能跑到我轿前跪下，分明是要我救他。我与你八两银子，买他到我庄上去罢。”回子也便慨然依了。杨司徒将牛交付了随从的人，夜间买草料喂养，日间牵了他随行。到了家中，发与管庄人役，叫他好生养活调理，叫他耕田布种。谁知此牛旧性一些不改，喂他的时候，他把别的牛东一头西一头抵触开去，有草有料他独自享用。你要叫他耕一垄的地，布一升的种，打一打场，或是拽拽空车，他就半步也不肯挪动。打得他极了，他便照了人来头碰角抵，往往的伤人。管庄的禀知了杨司徒。

一日，杨司徒因别事出到庄上，忽然想起这个牛来，叫人把他牵到跟前。杨司徒道：“你这个孽畜，如此可恶！回子卖你到汤锅上去，你在我轿前央我，加上利钱赎了你来，你使我八两银子，空吃我这许多时草豆，一星活儿不肯替做，我该白养活你不成？”叫人：“替我牵去，叫他做活！再如此可恶，第一次打二百鞭；再不改，三百鞭；再要不改，打五百鞭；打五百鞭不改，剥皮杀吃。”分付已完，这牛顺驯而去。那日正在打场，将他套上碌轴，他也不似往时踢跳，跟了别的牛沿场行走。觅汉去禀知了杨司徒。司徒叹道：“畜类尚听人的好话，能感动他的良心，可见那不知好歹、丧了良心的，比畜类还是不如的！”这牛从此以后，耕地，他就领犋；拉车，他就当辕；打场，他就领头帮，足足的做了十年好活，然后善终。司徒公子叫人把他用苇席卷而埋之。

再说天下的名山名水，与你有缘，就相隔几千百里，你就没有甚么顺便，结社合队，也去看了他来。若与你没有缘法，你就在他跟前一遭一遭的走过，不是风雨，就是夜晚，不是心忙，就是身病。千方百计，通似有甚么鬼神阻挠。所以说：一饮一食，莫非前定。

睹这样琐碎事情都还有缘法相凑，何况人为万物之灵，合群聚首？若没有缘法，一刻也是相聚不得的。往往有乍然相见，便就合伙不来，这不消说起，通是没有缘法的了。便就是有缘法的，那缘法尽了，往时的情义尽付东流，还要变成了仇怨。弥子瑕与卫灵公两个，名虽叫是君臣，恩爱过于夫妇。弥子瑕吃剩的个残桃，递与卫灵公吃，不说他的亵渎，说他爱君得紧，一个桃儿好吃，自己也不肯吃了，毕竟要留与君吃。国家的法度：朝廷坐的御车，任凭甚么人，但有僭分坐的，法当砍了两脚。一夜，弥子瑕在朝宿歇，半夜里知他母亲暴病，他自己的车子不在，将灵公坐的御车竟自坐到家去。法司奏知灵公，说他矫驾君车，法当刖足。灵公说：“他只为母亲有病，回看心忙，连犯法危身也是不暇顾的，真真孝子，不可以常法论他。”后来弥子瑕有了年纪，生了胡须，尽了缘法，灵公见了他就如“芒刺在背”一般，恨不得一时致他死地，追论不该把残桃献君，又不应擅坐朝廷的车辆。可见君臣、父子、兄弟、夫妻、朋友、婢仆，无一不要缘法。

却说童家寄姐从小儿与狄希陈在一处，原为情意相投，后才结了夫妇，你恩我爱，也可以称得和好。寄姐在北京妇人之中，性格也还不甚悍戾。不知怎生原故，只一见了丫头小珍珠，就是合他有世仇一样，幸得还不十分打骂。至于衣穿饮食，绝不照管，只当个臭屎相待。童奶奶见女儿不喜欢这个丫头，便也随风倒舵不为照管。又看得这丫头明眉大眼，白净齐整，惟恐狄希陈看在眼里，扯臭淡与他女儿吃醋。调羹虽然是个好人，一个正经主人家看似眼中丁一般，旁人“添的言添不的钱”，中得甚用？狄希陈倒甚是惜玉怜香，惟恐小珍珠食不得饱、衣不得暖、饥寒忧郁成了疾病。但主人公多在外少在里，那里管得这许多详细；且是惧怕寄姐疑心迁怒，不过是背地里偷伴温存，当了寄姐，任那小珍珠少饭无衣，寒餐冷宿，口也是不敢开的。寄姐与狄希陈两个也算极其恩爱的，只为这个丫头，狄希陈心里时时暗恼，几次要发脱了他，又怕寄姐说是赌气，只得忍气吞声。寄姐又为这个丫头，时刻不肯放松，开口就带着刺，只说狄希陈背后合他有账，骂淫妇长，就带着忘八的短。说忘八臭，必定也就说淫妇的脏。

北京近边的地方，天气比南方倍加寒冷。十月将尽，也就像别处的数九天寒，一家大小人口，没有一个不穿了棉袄棉裤，还都在那煤炉热炕的所在。惟独小珍珠一人连夹袄也没有一领，两个半新不旧的布衫，一条将破未破的单裤，幸得他不像别的偎侬①孩子，冻得缩头抹瞎的。狄希陈看不上眼，合童奶奶说道：

① 偎侬——指没出息。

“天也极冷了，小珍珠还没有棉衣裳哩。”童奶奶道：“我也看拉不上，冻的赤赤哈哈的。合寄姐说了几次，他又不雌不雄①。”

正说着，恰好寄姐走到跟前。童奶奶道：“你看寻点子棉衣裳，叫这孩子穿上。刚才他姑爷说来。”寄姐道：“一家子说，只多我穿着个袄，我要把这袄脱了，就百没话说的了！”走进房去，把自家一件鹦哥绿潞绸棉袄，一件油绿绫机背心，一条紫绫棉裤，都一齐脱将下来，提溜到狄希陈跟前，说道：“这是我的，脱下来了，你给他穿去！”唬的狄希陈面如土色，失了人形。倒亏童奶奶说道：“你与他棉衣也只在你，你不与他也只在你，谁管你做甚么！你就这们等！”寄姐道：“我没为怎么，我实不害冷。这一会子家里实是没有甚么。有指布呀，有斤棉花呢？你就有布有棉花的，这一时间也做不出来。我要不脱下来叫他穿上，冻着他心上人，我穿着也不安！赌不信，要是我没棉衣裳，他待中就推看不见了！”狄希陈道：“你别要这们刁骂人。休说是咱的一个丫头，就是一个合咱不相干的人，见他这十一月的天气还穿着两个单布衫，咱心里也动个不忍的念头。没的我合他有甚么皮缠纸裹的账么？你开口只拴缚着人。”寄姐道：“你说他没有棉衣裳，我流水的脱下棉裤棉袄来，双手递到你眼前，叫你给他穿去，我也只好这们着罢了。你还待叫我怎么！”朝着小珍珠跪倒在地，连忙磕头，口里说道：“珍姐姐！珍姑娘！珍奶奶！珍太太！小寄姐不识高低，没替珍太太做出棉袄棉裤，自家就先周扎上了，我的不是！珍太太！狄太爷！可怜不见的饶了我，不似数落贼的一般罢！你家里放着一个又标致、又齐整、又明眉大眼、又高梁鼻相的个正头妻，这里又有一个描不成画不就的个小娘

① 不雌不雄——不理不睬。

子，狗搅三堆屎，你又寻将我来是待怎么？你不如趁早休了我去，我趁着这年小还有人寻，你守着那前世今生的娘可过！”童奶奶吆喝道：“别这等没要紧的拌嘴拌舌，夫妻们伤了和气！我还有个旧主腰子①，且叫他穿着，另买了布来，慢慢的与他另做不迟。”寄姐道：“我不依他穿人的旧主腰子，我也不依另做，只是叫他穿我的棉裤棉袄，只这一弄衣裳。叫我穿，他就不消穿，叫他穿，我就不消穿，没有再做的理！这十冬腊月，上下没绺丝儿的不知够多少哩！似这有两个布衫的冻不杀，不劳你闲操心！”

两口子你一句，我一句，合了一场好气。往时虽也常常反目，还不已甚。自此之后，寄姐便也改了心性，减了恩情，但是寻趁小珍珠，必定要连带着狄希陈骂成一块。白日里发起性来，狄希陈也还有处躲避；只是睡在一头，往往撒刁闲嘴，狄希陈便无处逃躲，每每被寄姐把个身上挝的一道一道的血口。

十月已过，渐次到了冬至，小珍珠依旧还是两个布衫、一条单裤，害冷躲在厨房，寄姐又碎嘴碎舌的毒骂。狄希陈看了小珍珠这个寒鸡模样，本等也是不忍，又兼有实实的几分疼爱，心如刀割一般，心生一计，差了小选子悄悄的把小珍珠的母亲叫了他来，狄希陈要与他说话。

再说小珍珠的老子姓韩名芦，是东城兵马司的挂搭皂隶。母亲戴氏，是个女篦头的，有几分夏姬的颜色，又有几分卫灵公夫人的行止。韩芦侵使了兵马的纸赎银子，追比得紧，只得卖了女儿赔补。小选子寻着戴氏，见了狄希陈，说了些闲话。狄希陈与他说道：“你的女儿不知因甚缘故，只与他主母没有缘法。虽也不曾打他，但是如今这等严寒，还不与他棉裤棉袄。我略说说，

① 主腰子——即肚兜儿。

便就合我合气。你可别说是我叫他，你只说是你自己来，看见他没有棉衣，你可慢慢的说几句。我悄地与你银子，做了棉衣送来，只说是你自家做的。”

戴氏领略了言语，狄希陈与了他二两银子，故意躲过别处，不在家中。戴氏将银子买了一盒香芋，一盒荸荠，前来看望，见了寄姐合童奶奶、调羹人等。小珍珠从厨房出来，缩着脖子，端着肩膀，紧紧的抄着胳膊，冻的个脸紫紫的，眼里吊泪。戴氏道：“你怎么来，这们个腔儿？为甚么不穿棉袄棉裤？是妆俏哩么？”小珍珠不曾言语。童奶奶道：“这向穷忙的不知是甚么，空买了棉花合布，日常没点功夫替他做出来，他自已又动不的手。”戴氏道：“既是有了棉花合布，这做是不难的，我破二日工夫，拿到家里，与他做了送来罢。”寄姐道：“哄你哩！也没棉花，也没有布，我处心不与他棉裤棉袄的穿，叫他冻冻，我心里喜欢！”戴氏道：“好奶奶，说的是甚么话！因为家里穷，怕冻饿着孩子，一来娘老子使银子，二来叫孩子图饱暖。要是这数九的天还穿着个单布衫子、破单裤，叫他在家受罢，又投托大人家待怎么？孩子做下甚么不是，管教是管教，要冻出孩子病来，我已是割吊了肉，奶奶，你不疼自家的钱么？”寄姐道：“你说的正是！我不疼钱，你倒疼割吊的肉么！”寄姐说着，佯长进屋里去了。

童奶奶收拾的酒饭让戴氏吃。戴氏道：“看着孩子受罪的一般，甚么是吃得下的。我不吃这酒饭，我流水家去看他老子，别处操兑弄点子袄来，且叫这孩子穿着再挨！”童奶奶把他那空盒子回了他一盒白老米，一盒腌菜，又与他六十文成化钱。戴氏也一点儿没收，拿着空盒子，丧着脸，撅着嘴去了。

戴氏到了家，把银子交与韩芦，走到故衣铺内，用四钱五分银买了一件明青布夹袄，三钱二分银买了一条绰蓝布夹裤，四钱八分银称了三斤棉花，四钱五分银买了一匹油绿梭布，四钱八分银买了一匹平机白布，做了一件主腰，一件背搭，夹袄夹裤从新拆洗，絮了棉套，制做停当，使包袱包着，戴氏自己挟了，来到狄希陈下处，叫小珍珠从头穿着。

童奶奶合调羹看了这一弄衣服，约也费银二两有余，岂是一个穷皂隶家拿得出来的，也都明白晓得是狄希陈的手脚。但愿瞒得过寄姐，便也罢了。但寄姐这个狐狸精，透风就过，是叫人哄骗得的？寄姐冷笑一回，说道："好方便人家！不费措处，容易拿出这们些衣裳来，既是拿出这许多衣裳来的人家，就不该又卖了女儿。叫人信不及！这哄吃屎的孩子哄不过的，来哄我老人家！你捣的是那里鬼儿？"戴氏扯脖子带脸通红的说道："混话的！买了人家孩子来，数九的天不与棉衣裳穿，我看拉不上，努筋拔力的替他做了衣裳，不自家讨愧，还说长道短的哩！我破着这个丫头，叫他活也在你，叫他死也在你，你只叫他有口气儿，我百没话说。要是折堕杀了，察院没开着门么！朝里没悬着鼓么！我自然也有话讲。我卖出的孩子，难说叫我管衣裳！这衣裳通共使了二两四五钱银子，说不得要照着数儿还我；要不给我，咱到街上与人讲讲！"寄姐的性气岂是叫人数落发作的人？你言我语，彼此相强。童奶奶合调羹做刚做柔的解劝，叫戴氏且去，说："俺家的丫头自然没有叫你管衣裳的理，等狄爷回来，叫他照数还你的银子。"戴氏也便将错就错的去了。

狄希陈后晌回家，寄姐合他嚷骂砰头，说道："你待替你娘做甚么龙袍凤袄，我又没曾拦你，为甚么弄神弄鬼做了衣裳，叫淫妇的妈拿了来，骂我这们一顿！我知道你这囚牢忘八合小淫妇蹄子有了账，待气杀我哩。狠强人！眼里有疔疮，拿着我放不在心上！我把小蹄子的臭屄使热火箸通的穿了，再使麻线缝着！我叫这杂意杂情的忘八死心塌地没的指望！”屈的狄希陈指天画地，血沥沥的赌咒，又要把珍珠的棉袄衣裳剥脱下来。调羹是他降怕了的，不敢言语。还是童奶奶说道：“罢么，姑娘，你年小不知好歹，这北京城里无故的折堕杀了丫头，是当顽的哩！你没见他妈是个刁头老婆么？”寄姐道：“没账！活打杀了小蹄子淫妇，我替他偿命，累不杀您旁人的腿事。”童奶奶道：“累不杀旁人腿事，你替人偿命，他狄姑夫少了个娘子，我没了闺女，怎么不干俺事呀？”寄姐道：“罢么！不劳你扯淡！普天地下，我没见丈母替女婿争风的。”童奶奶骂道：“没的家小妇臭声！看拉不上！我倒好意的说说，惹出你这们臭屁来了！我就洗着眼儿看你，你只别要到明日裂着大口的叫妈妈，你还不知道京城的利害哩。”调羹再三劝解，方才大家歇了嘴，不曾言语。

从此寄姐与小珍珠倍加做对，没事骂三场，半饥半饿，不与饱饭，时时刻刻防闲狄希陈合他有账。若论狄希陈的心里，见了小珍珠这个风流俊俏的模样，就是无双小姐说王仙客的一般，“恁般折挫，丰韵未全消”，却也实安着一点苟且之心。只是寄姐这般防备，如此寻衅，总有此心，也不过“赖象嗑瓜子——眼饱肚中饥”，却从那里下手？所以恃着没有实事，便敢嘴硬，指着肉身子说誓，只是寄姐不肯信他。

一日，三月十六，相栋宇的生日，狄希陈庆寿赴席，寄姐料得且不能早回。等到起更以后，等别人都睡了觉，寄姐照依小珍珠梳了一个鬏髻，带着坠子，换了一件毛青布衫，等得狄希陈外面敲门，寄姐走到厨房门槛上，背着月亮，低着头坐着门槛打盹。狄希陈走到跟前，看见穿着青、打着鬏髻，只道当真就是珍珠，悄悄地蹲将倒去，脸对着脸偎了一偎，一边问道：“娘睡了不曾？”寄姐咄的一声，口里说道：“我叫小陈哥弄的稀烂来！贼瞎眼的臭忘八！你可赖不去了！你每日说那昧心誓，你再说个誓么！”拉着狄希陈的道袍袖子，使手在狄希陈脸上东一巴掌，西一巴掌，打的个狄希陈没有地缝可钻。

寄姐手里打着，口里骂着，惊动了童奶奶、小调羹，都从新穿上衣裳，起来解劝。寄姐告诉着数说。童奶奶笑道：“你可也忒刁钻！但是听他姑夫的口气，还像似没账的一般，半夜三更，你只管打他待怎么？”再三拉巴①着，寄姐才放了手没打。及至狄希陈进了房，睡倒觉，寄姐仍把狄希陈蒯脊梁、挝胸膛、扭大腿里子、使针扎胳膊、口咬奶膀，诸般刑罚，舞旋了一夜。把小珍珠锁在尽后边一间空房之内，每日只递与他两碗稀饭，尿屎都在房里屙溺，作贱的三分似人、七分似鬼。把狄希陈的阳物每日将自己戴的一根寿字簪子，当了图书，用墨抹了，印在阳物头上，每日清早使印，临晚睡觉，仔细验明，不致磨擦，方才安静无事，如磨擦吊了，必定非刑拷打。渐渐地把个寄姐性格变成了个素姐的行藏。狄希陈受了苦恼，也就不减在素姐手里一般。

调羹心中不忍，对童奶奶道：“俺大哥家中田连阡陌，米麦盈仓，广厦高堂，呼奴使婢，那样的日子都舍吊了不顾，抛家弃业，离乡背井，来到这里住着，无非只是受不得家里的苦楚，所以另寻了咱家的姐姐图过自在日子。如今又像家里一般朝打暮骂，叫他一日十二个时辰没一个时辰的自在。汉子们的心肠，你留恋着还怕他有走滚哩，再这们逼拷他，只怕他着了极。”童奶奶倒也说调羹的言语为是，背地里劝那女儿，寄姐回道：“似这们杂情的汉子，有不如无！我这们花朵似的个人，愁没有汉子要我？还要打发他乡里住去哩！”果然就与狄希陈日夜缠帐，把个

① 拉巴——拉劝。

狄希陈缠得日减夜消，缩腮尖嘴，看看不似人形。

谁知狄希陈五行有救，寄姐经信两月不行，头晕恶心，口干舌涩，眼困神疲，手酸脚软，怕明喜暗，好睡懒行，望见大米干饭、腌菜汤、水煎肉、穿炒鸡、白面饼、枣儿、栗子、核桃、好酒，就是他的性命，见了小米粥、素菜、黑面饼、粗茶淡饭，就是他的仇人，又想吃甜酸的果品。狄希陈寻到刑部街上，买了蜜梅奉敬。听见人说四川出的蜜唧、福建的蝌蚪汤、平阴的全蝎、湖广的蕲蛇、霍山的竹狸、苏州的河豚、大同的黄鼠、固始的鹅、莱阳的鸡、天津的螃蟹、高邮的鸭蛋、云南的象鼻子、交趾的狮子腿、宝鸡县的凤肉、登州的孩儿鱼，无般不想着吃。狄希陈去寻这些东西，跑的披头散发，投奔无门，寻得来便是造化，寻不着就是遭瘟。虽是也甚琐碎，却也把狄希陈放松了一步。

童奶奶合调羹因寄姐害病，出不得房门，瞒了他把小珍珠开了锁，照常吃饭穿衣，收在童奶奶房里宿歇。不惟小珍珠感激，狄希陈也甚是顶戴。但只时光易过，寄姐这活病不久就要好来。不知小珍珠后来若何结果，再看后回接说。

第八十回

童寄姐报冤前世　小珍珠偿命今生

前生作孽易，今生受罪难。携灯如影不离般。如要分明因果，廿年间。　　主母非真相，丫头是假缘。冤家凑合岂容宽？直教丝毫不爽，也投缳。

右调《南柯子》

却说寄姐害了这个活病，只喜吃嘴，再出不得门，足足的到了十个月，生了一个白胖的小厮，方才病能脱体。满月出房，知道童奶奶放了珍珠，不惟与狄希陈合气、合小珍珠为仇，且更与母亲童奶奶絮叨，把个小珍珠琐碎的只愿寻死，不望求活。只待吐屎，不愿吃饭。

一日，寄姐合调羹闲话，说起小珍珠来。调羹说道："你的心性算是极好。就是这丫头身上，你不过是口里的寻衅，你也从无开手打他，这也是人家难有的事。但是把人致的疲了。丫头有甚么不是，你倒是量着他的罪过，打他几下子就丢开手，照常的支使他。你却赌气的又不指使，又不打他，你只骂骂刮刮，显的是你琐碎。顿断他的衣食，又显的是你不是。你可听我的言语，以后别要这等。况且丫头也不敢在你身上大胆。我看他见了你，合小鬼见阎王的一般。"寄姐道："这事真也古怪。我那一日见了他，其实他又没有甚么不是，我不知怎么见了他，我那气不知从那里来，通像合我有几世的冤仇一般。听见说给他衣裳穿，给他饭吃，我就生气。见他冻饿着我才喜欢。几遭家发了恨待要打他，到了跟前只是怕见动手。我想来必定前世里合他有甚么仇隙。每次过后，也知道自己追悔，到了其间，通身由不得我。合他为冤计仇，通似神差鬼使的一样。就是他主人家，俺从小儿在一堆，偏他说句话，我只是中听；见他个影儿，我喜他标致。人嫌他汗气，我闻的是香。人说他乜䞷①，我说是温柔。要不是心意相投的，我嫁他么？如今也不知怎么，他只开口，我只嫌说的不中听；他只来到跟前，我就嫌他可厌，他就带着香袋子，我闻的就合踹了屎的一样。来到那涎眼的，恨不得打他一顿巴掌。”调羹道：“既是自己知道这们等的，就要改了。这改常是不好，就是没了缘法也不是好。”

寄姐正好好的合调羹说话，怀里奶着孩子，小珍珠端着一铜盆水，不端不正走到面前，猛然见了寄姐，打了个寒噤，身子酥了一酥，两只手软了一软，连盆带水掉在地下，把寄姐的膝裤、高底鞋、裙子着水弄的精湿。铜盆豁浪的一声，把个孩子唬的吐了奶，跳了一跳，半日哭不出来。寄姐那副好脸当时不知收在何处，那一副急性狠心取出来甚是快当，叫喊道：“不好，唬杀孩子了！又不是你们的妈！又不是你们的奶奶！我好好的锁他在房，三茶六饭供养他罢了，趁着我害病，大家献浅，请他出来，叫他使低心用毒计，唬杀孩子，愁我不死么！”一只手把珍珠拉着，依旧送在后边空房之内，将门带上，使了吊扣了，回来取了一把铁锁锁住，自己监了厨房，革了饭食。调羹、童奶奶得空偷把两碗饭送进与他，若关得紧，便就好几日没有饭吃。童奶奶合调羹明白知道小珍珠不能逃命，只是不敢在他手里说得分上。

一日，将午的时候，寄姐不在面前，童奶奶袖了几个杠子火

① 乜䞷——即乜斜，这里有痴呆之意。

烧要从窗缝送进与他，唤了几声不见答应。童奶奶着了忙，走到前头，说道："姑娘，拿钥匙来给我！丫头像有话说了①，我们看看去。"寄姐道："话说不话说，我怕他么！"童奶奶自己走进房去，用强取了钥匙，同着调羹开了锁，门里边是闩的，再推不开。二人将门掇下，弄开了门闩。这小珍珠用自己的裹脚拧成绳子，在门背后上框上吊挂身死。摸他身上，如水冰般冷，手脚挺硬。童奶奶只叫："罢了！这小奶奶可弄下事来。却怎样的处！"童奶奶合调羹慌做一团，寄姐佯然不睬。

童奶奶差了小选子跑到兵部洼当铺里叫了狄希陈回家。狄希陈知是珍珠吊死，忙了手脚，计无所出，只是走投没路。寄姐喝道："没算计的忘八！空顶着一顶屄巾子，有点知量么！这吊杀丫头，也是人间常事，唬答得②这们等的！拿领席来卷上，铺里叫两个花子来拉巴出去就是了，不消摇旗打鼓的！"狄希陈道："你说也是呀。只怕他娘老子说话，可怎么处?"寄姐道："咱又没打杀他的人，脱不是害病死的，给他二两银子烧痛钱丢开手。他要兴词告状，你可再合他相大爷商议。再不，把这两间房卖了，另搬到背净去处住着，他还没处寻咱哩。"狄希陈道："你主的都也不差。但这们个大丫头死了，使领席卷着，从咱这门抬出去，街坊上看着也不好意思的。万一后来他娘老子知道，也疼忍不过。咱那里没丢了钱，使几钱银买个薄皮材与他装罢么。"寄姐道："凭你几百两要买杪板合材，我也不管！"狄希陈听见这话，就打倒褪。童奶奶合调羹齐声说道："席卷不成模样，还得使二两银买个材来装他装好看。"从当铺里叫了狄周回来，拿着银子走到棺材铺里，使了二两七钱银买了一口松板棺材，雇了四

① 丫头像有话说了——意为出事了。
② 唬答得——吓得。

个人扛了回家。

一个间壁紧邻留守后卫当军的刘振白，从来妒人有，笑人无，街坊邻人没有一个是应上他心的。邪着一个眼，黑麻着一个脸弹子，尖嘴薄舌的说人长短，纂人是非，挑唆人合气。狄周买了材来，可可的这个低物站在门口称豆芽菜。看见这件东西，问狄周道："你家买这个东西，是那个用的？"狄周回说："一个丫头害病死了，要发送他出去。"刘振白又问道："这丫头是山东带来的么？"狄周道："就是京里人。"刘振白道："丫头既死，该与他父母说知，省得后来说话，带累街坊不便。"狄周道："这丫头没有父母的。"刘振白道："害的是甚么病，医人是谁，曾有人调治他不曾？"狄周道："害的干血劳，吃汪太医药只是不效，毕竟医治不好，死了。"刘振白道："那时曾见韩芦的老婆拿着两个盒子，就是来看女儿，不就是这个丫头么？"狄周沉吟了一会，方才说道："韩芦女儿他已是赎回家去，这死的另是一个，不是韩芦女儿。"狄周一边说着，一边也就进家去了。

从来说道："若要人不知，除非己不为。"狄周虽是极力的支调，怎能瞒得住人？刘振白又绰号叫做"钻天"，岂是依你哄的？细微曲折都被他打听明白。心生一计，走到狄希陈门里，唤出狄周来与他说道："我有一事央你，仗赖你在狄大爷面前与我好生玉成。有几张极便宜米票，得银十两，就可买他到手，下月领米，可有五六两便宜。望狄大爷借用一时，下月领出米来，狄大爷除了十两本钱，多余的利息，我与狄大爷平分。"狄周道："论街坊情分，休说十两，若有时，就是二十两何妨？但一时手内无钱，目下起复，就该选官，手里空乏，一个钱也没有。可可的造化低，把个丫头又死了！调理、取药、买材、雇人、请阴阳洒扫，都是拿衣服首饰当的。"刘振白道："你进去替我说声。万一狄大爷合我相厚，借给我也未可知的。”狄周道：“说是我没有不说的，但有钱没钱我是知道的。”刘振白道：“你别管有无，你合狄大爷说借十两银子给我，好多着哩，便宜的不可言。没有零碎的，把收住的整封动十两也罢。再不，把当铺里撰的利钱动十两给我也可；一半银子一半钱也罢，就光是钱也好。你圆成出来，我重谢你。”狄周道：“你请厅房坐着，待我说去。若有，你也不消谢我。没时，你也别要抱怨。”刘振白道：“你说去，情管有。我拇量着不好回我的。”

狄周进去，将刘振白的来意言语一一说了。狄希陈正是心焦的时候，那里想到别处的事情，说道：“混账！没要紧！我认得他是谁，问我借银子！你说与他，你说自家正少银子使，没处借哩！”狄周就待回话，童奶奶道：“你且住。这人的来意不好。这不是借银子，这是来拿讹头，要诈几两银子的意思。你要不与他，他就有话说了。”狄希陈听说，挣挣的还没言语。寄姐道：“我打杀人了？来拿讹头！我不怕他！舅舅是锦衣卫校尉，姑表小叔儿见做着工部主事，我怕他么！随他怎么着我，我不怕！你说与他去。”调羹道：“狄周，你合他休这们说，你只好好回他。你说：‘一个紧邻，要有时极该借的，一时手里无钱，他千万的休怪。”狄周依着调羹的言，又加上了些委曲，回了刘振白的话。刘振白冷笑了一声，说道：“天下的事料不定哩！我说再没有不借与我的，谁想就不借给我哩！管家，你再进去说声，没有十两就是八两，何如？再没有，六两、五两，何如？有时，你送给我去。我也再不好上门来了。”佯长抽身出去。

狄周回了话。狄希陈也没有在意里，且忙着小珍珠入殓。钉了材盖，雇了四个人，两条穿心杠子，叫他抬出彰义门外义冢内葬埋。狄周跟着棺材，抬出大门。刘振白在前拦阻，说道：“你这抬材的花子，你得了他几个钱往枯井里跳！这是兵马司韩皂隶的女儿，他妈妈是个女待诏，专一替大老爷家太太、奶奶篦头修脚，搂腰收生。活活的打杀了，不叫他娘老子知道，偷抬出去埋了，叫他告起状来，你这四个花子躲在一边去了，可拿着俺紧邻受累。你还快快的把这材来抬进去，等他娘老子没有话说再抬出来埋也不迟。”那花子见他这等说得利害，沉沉的口棺材歇下肩，放在大门外面。刘振白道：“这凶器也不是放在当街上的，城上察院爷早晚这是必由之路，看见时，狄大爷也不便。还抬到里头去放着。”狄周道：“这是甚么东西，抬出来了，又好抬进去的?”狄希陈悄的合狄周说道：“刚才姥姥倒也说来，他果然是拿讹头。你合他说，咱与他十两银子罢。”

狄周把刘振白拉到没人的所在，合他说道：“‘远亲不如近邻’，你倒凡百事肯遮庇，倒出头的说话？刚才借银，实是没有，不是不借你。如今转向别人借十两银子给你，仗赖你把这件事完全出去。后来他娘老子有甚话说，也还要仗赖你哩。”刘振白道：“我不是为不借银子。借与我是情，不借与我是本分。要为这个，就成了嫌疑，通是个小人，还算得是君子么？狗也不是人养的了！亏了你也没借给我。谁知十两不勾①。还得二十两哩。我还有个小德行，这二十两银子也还有人借给，不劳狄大爷费心。”狄周道：“二十两也是小事，都在我。你只玉成了俺的事，银子不打紧，我就合主人家说去。”刘振白道：“你早肯替我说说好来，只迟了点子。”狄周将刘振白十两不肯、变脸要二十两的话说了一遍。狄希陈道：“咱说的么？既是惹下祸了，只得拿了银子受苦，我到家称给他去。”

① 勾——够。

狄希陈到家称银，寄姐见白豁豁的五两四锭，问是那里用的。狄希陈将刘振白拦材不叫走、十两不依、又加十两的事对寄姐说了，寄姐不听便罢，听了，遏不住的怒气，跑到大门上嚷道："'天有不测风云，人有旦夕祸福。'人家的丫头害病死了，拿讹头诈人家银子，贼没廉耻的强人！他叫走罢。不叫走——狄周，你替我请了舅爷来，见做着锦衣卫校尉，专缉访拿讹头的。一个亲外甥叫人成几十两诈了银子去，再怎么见人！再到相大爷那里叫几个长班来合他说话。"刘振白句句听知。狄希陈将银子递与狄周，叫他瞒了寄姐交与刘振白。刘振白道："刚才二十两倒也勾了，如今又添上锦衣卫校尉合工部的长班使用，还得二十两，通共得四十两才勾哩。"一边走着，自对那花子说道："你好生这里守着！你要把材挪动一步儿，你这四个人死也没处死哩！狄管家事忙不得去，我去替狄管家请几个锦衣卫真正缉事的校尉来。"说着往东去了。

狄希陈忙叫狄周将刘振白赶上，再三央他回来，许他三十两银。刘振白道："四十两不多，趁早些儿好；要再待会儿，再打出甚么叉来，又添的多了，疼的慌。"狄希陈道："银子是人挣的，你休叫家里知道，跑到当铺里再取二十两来，狠一下子给了罢。"狄周跑到当铺取了二十两银子，连家里的，共是四十两，密密的交付。刘振白收了，说道："狄大爷，你休要害怕，这银子我必定还你，实不是骗你的。花子们，抬着快走！我仔细查来，实是害病死的，没有别的违碍，埋葬了由他。有人说话，有我老刘哩。"花子道："你老人家头里说的这们利害，俺每人得了他二钱银子的钱，俺担得起这利害么？俺去再问声铺里总甲来不迟。"刘振白道："问什么总甲地方的！快抬着走，我主着，每人再给你三钱银子，凑着五钱数儿，便宜你们。"花子道："成不得！这事要犯了，察院里板子不是顽的。二十板送了命，五钱银子还勾不得买卷哩!”花子再三勒搴，刘振白又着实的说合，四个花子足足的共诈到八两文银。那先的八钱铜钱不算，分外加了酒饭，方才将棺材抬出城去葬了。

回来，叫阴阳生正在洒扫，却说韩芦两口子不知那里打听得知，领着叔叔、大爷、姑娘、妗子奔到狄希陈家，砰头打滚，撒泼骂人。戴氏拉着寄姐拾头撧脸，淫妇囗拉的臭骂，拿着黄烘烘的人屎洒了寄姐一头一脸。童奶奶合调羹躲在房里，使桌子顶了门。狄希陈躲在街上，央了刘振白进去解劝。

韩芦的男妇正待打门窗、砸家伙、抢东西，刘振白吆喝道：“了不的！那里这们红头发野人，敢在京城里撒野！亏你是兵马司皂隶，还不知道法度！有理的事，你讲。要讲不来，放着衙门你告，那里放着你打抢。我的儿子是这铺的总甲，没在家里；要是儿子在时，拿你吊在铺里！察院恼的是打抢，你还不住了手哩!”韩芦一干男妇方才束住不敢动手，扯着刘振白手，告诉小寄姐折堕他的女儿：“冬天不与棉衣，每日不与饭吃，锁在空房，如今活活打死，将尸首都不见了。”一边哭，一边说，实也惨人。刘振白道：“你说的或者也是实话。但俺当着总甲，又是紧邻，俺实实不知道怎么样折堕。你就到官，脱不得了也只问俺紧邻，俺也只从公实说。就是打杀也罢，折堕杀也罢，主人家有偿命的理么？我对别人说不信，你在兵马司里这事也见得多，有偿命的没有？你听我说，上道来讲，中间无人事不成。依着我说，叫他给你些甚么儿，忍了疼丢开手。这事又告不出甚么来，你又是官身，旷上几日役儿，官儿不自在，你又少攒了钱。吃烧饼还要赔唾沫，你合人打官司，就不使个钱儿？老韩，你公母两个想我的话说的是也不是?”韩芦道：“你老人家说的也是。依你可怎么讲?”刘振白道：“我主着叫狄大爷给你两口儿十两银，这分外的人每人五钱。你心下如何?”韩芦还没得开口，戴氏跳着哭道：“与我一百两，一千两，我也不依！我一个欢龙活虎花枝似的女儿，生生的打杀了，给我几两银子罢，死过去也没脸见我的女儿。没志气的忘八！你就快别要应承，你要没本事替女儿报仇，我舍着命合这蹄子小妇拚了命！”韩芦道：“女儿叫人打死了，没的我不痛么？可也要人讲。我看这位老爷子也是年高有德的人，你两句浊语丧的去了。你就撞倒南墙罢！”戴氏道：“贼忘八！你就请讲，你就拿着女儿卖钱使，我连你都告上。”又照着韩芦的胸膛拾头。韩芦妆着相打的模样，悄地里把戴氏胳膊上捏了一下，戴氏省了腔，渐渐的退下神去。韩芦道：“这位爷高姓?”刘振白道：“我姓刘。”韩芦道：“刘老爷好意，看讲的来讲不来。咱各自散了，干正经营生去。”刘振白道：“你家奶奶子这们等性气，咱可怎么讲?”韩芦道：“这倒不理他。咱是男子人，倒叫老婆拘管着，还成个汉子么?”戴氏道：“汉子！女儿是汉子生的么？你只前手接了银子，我后手告着你！”韩芦道：“有我做着主儿，那怕你告一千张状，还拶出你的尿来哩！”

那跟着一个韩辉，是韩芦的叔伯兄弟。一个应士前，是韩芦娘舅。一个应向才，是韩芦的表弟。应士前的儿，还有三个老婆，都是胡姑假姨之类。这班人听见刘振白许说每人与他五钱银，所以也都只愿讲和，不愿告状，都大家劝那戴氏。戴氏随机应变，说道：“要讲和息，我自己就要十两。俺汉子合众人，我都不管。”刘振白道：“你只有这个活落口气，我就好替你讲了。韩大嫂，我主给你五两，你看我的分上何如?”戴氏道：“我不告状，不告蹄子淫妇出官，这就是看了刘爷的分上。少我一分也不依！”刘振白笑道：“少一分不依，只怕少一钱少一两也就罢了。”

戴氏道："倒别这们说。试试看我依不依！"刘振白讲到其间，两下添减，讲定与韩芦十五两，戴氏足足的十两，分文不少。韩辉一伙男妇，每人一两。狄希陈唬破胆的人，只望没事，再不疼银。寄姐也收英风，藏了猛气，没了那一段的泼恶，也只指望使几钱银子按捺了这件事。轻轻易易的照数打发了银子，大家还好好的作揖走散。

过了三日，寄姐见珍珠已死，他的父母又都没有话说，以为太平无事，拔了眼中钉，甚是快活，重整精神，再添泼悍，寻衅调羹、童奶奶，嗔他那日不极力上前，以致戴氏采发呼①屎，泼口辱骂。正在琐碎，小选子进来，说道："小珍珠老子领着两个穿青的请爷说话哩。"狄希陈倒还是"林大哥木木的"，童奶奶听见，随说："不好！吃了忘八淫妇的亏，又告下来了！这是来拿人的。"狄希陈道："这事怎处，我躲着不见他罢？"童奶奶道："你一个汉子家不堵挡，没的叫他拿出老婆去罢？你出去见他，看是那里的状。一定是察院批兵马司，这事也容易销缴。"狄希陈道："他得咱这们些银子，哄着咱又告下状来。我必定补状追他的银子还咱。"童奶奶道："这是咱吃他的亏了，只好'打牙肚里咽'罢了。他说给银子，咱还不敢认哩。人命行财，这就了不的。弄假成真，当顽的哩！"狄希陈道："我乍到京里，不知衙门规矩，该怎么打发？骆大舅又差出去了，只得还请过刘振白来，好叫在里边处处。"童奶奶道："这说的也是。他得过咱这们些银子，又没干妥咱的事，他这遭也定是尽心。"

韩芦合差人见狄希陈半日不出去，在外边作威作势的嚷道："俺到看体面，不好竟进去的。你到不瞅不睬的，把我们半日不

① 呼——抹。

理，丢在外边。”狄希陈一面叫人去请刘振白，一面出去相见那差人，作揖让坐，不必细说。

坐首位的差人道：“这就是狄爷呀？”狄希陈应道：“不敢。”差人道：“童氏是狄爷甚么人？”狄希陈道：“这童氏也就是房下。”差人说道：“狄爷会顽，房下就是房下，怎么说也就是？这个‘也’字不混的人慌么？”狄希陈道：“是房下。二位老哥有甚见教？”差人道：“察院老爷要会会令正奶奶，差小弟二人敬来专请。”狄希陈道：“察院老爷怎么知道房下，为甚么要合房下相会？”差人道：“是这位老韩在察院老爷保举上奶奶贤惠慈善。所以察院老爷说道：‘这南城地方有这们等的堂客，怎么不合他会会？叫书房快写帖儿请去。’”狄希陈道：“有察院老爷的帖儿么？”差人道：“有帖儿。我取给狄爷看。”即去袜靿内取出一个牌夹，夹内取出一个连四纸蓝靛花印的边栏。上面写道：

南城察院为打死人命事，仰役即拿犯妇童氏，干证刘芳名，同原告韩芦，即日赴院亲审毋迟。年月日。差惠希仁、单完。限次日销。

狄希陈见了宪牌，方知察院拿人，呆呆的坐着。差人道：“奶奶在里边哩？俺们还自己请去。”

正说话，刘振白来到。差人惠希仁道：“还是老刘忠厚，没等俺们上门去请，自己就来了。”刘振白故意问道：“二位是那衙门公差？不得认的。”单完接口道：“是一点点子察院衙门的小衙役儿，奉察院爷的柬帖来请狄奶奶。怕没人伺候狄奶奶，叫你老人家跟跟狄奶奶哩，刘芳名是尊讳呀？”刘振白道：“这可是没要紧，怎么又带上我呢？只怕是重名的。”惠希仁道：“尊号是振白不是？要是就不差了。”刘振白道：“你看这造化低么？好好的又带上我呢！察院衙门当顽的，出生入死的所在，这是怎么说！”

韩芦道："刘爷休怪。你既做着个紧邻，每日敲打孩子，逃不过你老人家眼目，借重你老人家到跟前公道证证儿。刘爷没的合我有仇呀，合这狄奶奶有仇呢？万物只是个公道。冤有头，债有主，狄爷倒是个当家人，我怎么不告狄爷呢？童奶奶倒是狄奶奶的母亲，我怎么也没告他呢？可要天理，他二位实在没打我女儿。狄奶奶下狠的打时，他二位还着实的劝哩。刘爷，你要偏向了狄爷，俺女儿在鬼门上也不饶你。你偏向了我，狄爷罢了，那狄奶奶不是好惹的。"刘振白道："可说甚么呢？只沾着狄奶奶的点气儿，我只是发昏。那日硬抬着材要埋，我做着个紧邻，耽着干系，我说：'消停，还得他娘老子到跟前，这事才妥。'狄爷倒没言语，狄奶奶骂成一片，光棍长，光棍短，说我诈钱，一声的叫请做锦衣卫校尉的舅爷，又叫人唤相爷家长班缉访我到厂里去。这可何如？没等动惮就请紧邻了。"惠希仁道："老刘，闲话少讲，有话留着到四角台上说去。请狄奶奶出来，齐在个去处。屈尊狄奶奶这一宿儿，明日好打到，挂牌听审。"刘振白道："二位请到舍下，根菜壶酒敬一敬儿。这里吊得牙高高的，看得见的事。做官的人拔不动他，这是咱这光棍做的朋友。"惠希仁合单完齐道："混话！甚底根菜壶酒合你做朋友哩！拿出锁来，先把这刘芳名锁起来，合他顽甚么顽？进去拴出童氏来。"

单完从腰里掏出铁锁，往刘振白脖子里一丢，圪登的一声，用锁锁住。刘振白道："我不过是个证见，正犯没见影儿，倒先锁着我呢，阎王拿人，那牛头马面也还容人烧钱纸、泼浆水儿。怎么二位爷就这们执法？狄爷也还年幼，自小儿读书，没大经过事体，又是山东乡里人家，乍来到京师，见了二位爷，他实是害怕。二位爷见他不言不语的，倒像谅他大意的一般。二位爷开了我的锁，留点空儿与我，好叫我与狄爷商议商议，怎么个道理接待二位爷。没的二位爷赌个气空跑这遭罢？图个清名，等行取么？我脱不过是个证见，料的没有大罪。我也有房屋地土，浑深走不了我。你把狄大爷交给我合老韩守着，走了，只问我要。叫老韩到家，叫了他妈妈子来，里边守着狄奶奶，他也浑深不会土遁的。这皮缠了半日，各人也肚子饿了。我待让到家去，没有这理，谁家倒吃起证见的来了。老韩又是个原告苦主。说不的，狄大爷，你叫家下快着备饭，管待二位爷，咱再商议。打发二位爷个欢喜，咱明日大家可去投文听审去。”差人也便放了刘振白的锁。但不知如何款待，如何打发欢喜，怎么见官，寄姐果否吃亏，其话甚长，还得一回说了。

第八十一回

两公差愤抱不平　狄希陈代投诉状

砒霜巴豆，蛇虎妖狐，数毒恶，仍非彼类；论险阻，还是吾徒。看小小一腔方寸，多少奸谋。　恨人最是贪夫，冠虎犹吁。先自己诈收白镪，又唆人横索青蚨。那怪得当官首诉，原状刁诬。

右调《两同心》

惠希仁将刘振白的脖锁开了，说道："我倒看体面，不好说长道短的。你看这狄爷，他倒已而不登[①]的起来，可是个甚么腔儿！"

却说差人与狄希陈在厅上说话，童奶奶、寄姐、调羹都在中门背后暗听，知道票上单拿童氏一人，又听见叫人进去锁那堂客出来，童奶奶已是唬得抖战。寄姐看看的脸就合蜡渣似的黄，脚下一大洼水。调羹口虽不言，心里想道："还只说他是动了兴，原来不是动兴，却是唬的溺尿。"童奶奶等不进狄希陈来，又见他没个见识打发，叫那差人渐没体面上来，只得叫小选子请他进来，与他商议。惠希仁道："狄奶奶没曾见面，狄爷你又进去了，侯门似海的，没处寻你。狄爷你请出狄奶奶来，交付给俺们，凭你往那里去，俺们就不管你了。"

童奶奶听见差人叫寄姐出去方放狄希陈进来，心里焦躁，随

① 已而不登——即装疯卖傻。

抖了抖袖子，拉了拉衣裳，看了看鞋，不慌不忙走出厅上，朝上站下，问道："上边二位爷就是公差呀？"惠希仁、单完连忙站起，说道："俺们就是公差。"童奶奶道："请坐。"叫人端了一把椅子，朝北坐下，说道："童氏是小女。"指着狄希陈道："这就是小婿。不幸把个丫头死了。一个人的病痛，这是保得住的么？害病死了，就说是人打杀。人家拿着一大搿银子买将个丫头来，必定图好，难道是买了图打杀来？谁合他有甚么前世的冤仇不成？就是丫头有甚么不中使，也只是转卖到曹，也没个打杀的理。就不疼别家的人，也可疼自家的银子。丫头病着，请医买药，不知费了多少钱，百样治不好，死了。又没处去寻他娘老子，只得埋了。他娘老子可才领着许多的老婆汉子来到，抢东西，打家伙，把小女打了一顿好的，呼的满头满脸都是屎。说也罢，实是他家死了个人，疼忍不过，别要合他一般见识，给他几个钱，叫他暖痛去。他诓钱到手又告下来了。你又不告男人，单单的把个少女嫩妇的告上。"韩芦插口道："你给我钱！你给我多少钱？你没打杀我的女儿，你凭甚么给我钱呀？男子人实没打我的女儿，我为甚么带累着好人？察院衙门是请他赴席哩？你老人家倒是他的母亲，论理该告上你。我还说与你不相干，只单合你女儿说话。众位爷公道评评，我是个没天理的人？"童奶奶道："你且休说闲话。既告准了状，差下人来了，'官差吏差，来人不差'。这小婿混账！你可算计该怎么款待，该怎么打发，挣头科脑①，倒像待阿屎似的！叫人安桌儿，留二位爷坐，再问声二位爷，这老韩合他同坐否？要不同坐，我另待他。小女要不就该出来相见，实是叫老韩的婆子打伤了，动不的，睡着哩。二位爷上

① 挣头科脑——即呆头呆脑。

过饭，还有个薄敬，虽是穷人家，必定也要措处。奉承得二位爷喜欢，可也好叫小女仗赖。二位爷请坐，我到后边撺掇饭去。”惠希仁、单完齐口称道：“真是有智的妇人，胜似蠢劣的男子十倍。奶奶你早出来见俺们见，合俺们说两句儿，俺们也不躁。狄爷，听说你该选府经历哩？府首领也不是闲散的官，你这个模样干不的。”单完道：“怎么干不的？就请童奶奶做幕宾，情管做的风响。童奶奶请进去罢，有甚么话，俺只合童奶奶商议。狄爷当个招头儿罢了。要是狄爷这个调儿，俺也不敢取扰。既是童奶奶分付，俺们不敢相外，扰三钟。”

说完，童奶奶方抽身进去，随后端出四碟精致果品，按酒小菜，肴馔汤饭，次第上来，极其丰洁。沽得松竹居的好酒，着实相让。原来外边说话，童奶奶已差了吕祥到菜市口买办齐备。吕祥主作，调羹帮忙，所以做的甚是快当。吃的两个差人心满肚饱，刘振白合韩芦这两个帮虎吃食的，也极甚餍足。差人道：“酒饭已足。合童奶奶说声，怎么分付？”说了进去，童奶奶叫请狄希陈商议。狄希陈还怕他似前阻挡，不敢动身。惠希仁道：“俺既会过童奶奶了，狄爷只管进去无妨。”狄希陈方敢折身回去。童奶奶道：“这两个差人，咱约着送他个甚么礼儿？”狄希陈道：“我又没合人打惯官司，这样事，我通来不得。该送他多少，姥姥你主定就是了。”童奶奶道：“这拿的是妇女，要他看体面哩。少了拿不出手，每人得十五两银子给他。”狄希陈道：“姥姥见的是。咱就给他每人十五两罢。”童奶奶道：“我只问过了你，我就好打发他。你出去陪客罢。”狄希陈仍到外面陪差人坐的。

童奶奶称了二两银子，封了两封，叫吕祥故意走到客位里说道：“外边一个人要请惠爷说句话，我不认的是谁。”惠希仁道：“怎么个人？”吕祥道：“有三十多岁，穿着软屯绢道袍子。”惠希仁道："可是谁呢？只怕是同班的朋友，待我出去看看。"惠希仁起身走，吕祥也跟了出来，把惠希仁请到个背静去处，说道："奶奶叫多拜上二位爷。童氏出官，全要仗赖二位爷照管，别要失了体面，谢每位爷薄礼十五两。当着韩芦合老刘，不好拿出这们些来的，每位当面且先送一两。晚上些，请二位爷不叫他两个知道，请二位爷过来说话。叫禀的二位知道。"惠希仁道："你合奶奶说，这人命事却是批兵马司问明呈解的。韩芦递状的时节，禀的话利害，察院爷要自家审了口词，才发问哩。俺起初接了票子，指望的也不是这数儿。及至见了狄爷，俺越发指的多了。童奶奶这们个待人，俺有话说甚么？合奶奶说，除先送一两，再每人二十两罢。姑娘出官，一切前后的事都是俺两个管，只叫姑娘不算有德行失了一星儿体面。我知道了，你回奶奶话去。"惠希仁复身回去望着单完道："是吴仁宇叫出咱那比较来了，你见他见去。"单完是衙门人，省得腔的，已是知道就里，说道："哥既见过他就是了，我不消见他罢。"

吕祥回过话。童奶奶先行，小选子后边端着那一两一封的两分礼。童奶奶道："有劳二位爷，这是个薄礼，送二位爷买瓜子、炒豆儿吃。明日见官，多有仗赖。"惠希仁道："童奶奶的高情，本等不该争，不薄我们些儿？"童奶奶道："本该厚礼，穷人家办不起，望二位爷将就。我这就叩谢过二位爷罢。"惠希仁道："奶奶，你只这们待人有礼，俺们本等有话也说不出口了。"望着单完道："单老哥，这是咱两个的勾当，你怎么说？"单完道："凡事只在哥主。哥只说怎么样，兄弟没有不依的。"惠希仁道："罢，罢。见了狄爷这们老实可怜人儿的，童奶奶又这们贤达，咱结识个亲戚罢。姑娘我只在童奶奶身上情，俺明日来请姑娘见官。"彼此说通，狄希陈送出大门，拱手作别。刘振白对差人道：

"我又没得款待。远送当三杯罢。"送差人往东边去了。

见狄希陈已进门去讫，刘振白道："二位爷是怎么，通不是咱算计的话了?"惠希仁道："不好，事体决撒了。我且不合你说，俺还得安排另铺谋哩。不是可二两银就打发下来了么?"支调了刘振白回去，惠希仁合单完说知所以。单完道："罢了，死个丫头，也不为大事，这数也不少了。老狄是个妈妈头主子，那奶奶子是个'遇文王施礼乐，遇桀纣动干戈'的神光棍，拿着礼来压服人。这不是咱哥儿两个，第二个人到不得他手里。惠老嫂也就算是极有本事的，我看起来还到不的他手里。"惠希仁道："俺那个是攮包，见了他，只好递降书的罢了。到好合那单奶奶做一对的。"单完道："说起俺那个来，只好叫他合的在门后头趴着，敢照将么!"惠希仁道："咱顽是这们说，咱且说正经话。女人虽是个光棍老婆，也见过食面，有见识、有正经的人。这刘芳名狗攮的可恶。明白是诈他的钱，挑三活四的。他要果然每人再送咱二十两银，咱扶持他打这刘芳名老狗头一顿板子，韩芦问他个招回。"单完道："哥说的是，委实不公道，气的人慌呢。咱且各人回家看看，买点东西抹抹奶奶们的嘴。我家里等着哥，起更时咱往那里去。"各人分手作别。

童奶奶家里再备酒食，依数封了二十两两封银子，专等惠希仁、单完两个。至起鼓以后，惠希仁两个刚到狄家门首。正待敲门，刘振白黑影子从他门内跑到跟前，说道："二位爷，深更半夜又来做甚么？是待打背弓呀？'要吃烂肉，别要恼着火头'，怎么倒瞒起我来了?"惠希仁道："来的正好，老刘实是个趣人，省我们上门上户的。走，走，铺里坐坐去。察院老爷嗔俺违了限，正差人出来催拿原差哩。"刘振白道："怪呀！这事是我作成二位的，我倒肯走了？拿我送铺呢。"惠希仁道："我也知道你不肯走。拿你到铺里坐一夜。好挡挡差人的眼。俺这也来请童氏哩。”刘振白道：“我等着童氏同往铺里去。”单完道：“察院老爷恼的把良家妇女弄在铺里男女混杂。俺这请他母亲陪着，不拘在俺哥儿两个家里权待一夜，明日见官回话，显的俺没敢怠缓误事。”刘振白道：“我也同往二位家住一宿罢。”惠希仁咬道：“混账杭杭子！说不许男女混杂，你又待挤了去哩！别听他，拿出锁来，扣上脖子拉着走，交给铺里人，叫好生看着，走了，不是顽的！”刘振白走着，呵呵的笑道：“好意思儿，倒自己弄着自己哩！这坐一宿铺，不是好笑的事么？”惠希仁合单完道：“你交下，快着来，我先坠着①童氏，省的被得躲了。”

单完锁刘振白去远，惠希仁敲门去。狄希陈先迎出来，童奶奶也随后出见，对小选子道：“天色晚了，快着端菜来，暖上酒。”惠希仁道：“扰的多了，天色又晚，不劳赐酒罢。”童奶奶道：“没备甚么，空坐坐儿。单爷怎么没来哩？”惠希仁道：“同已是到尊府门上，偶然有件事儿，去做些甚么，不远，也就来呀。”童奶奶道：“有个薄礼，我各自封着哩，二位爷没有甚么相倍②呀？”惠希仁道：“俺两人名虽异姓，实胜同胞，说起关、张生气，提起管、鲍打罕。只愿有钱同日使，不愿没钱各自捱。等等儿，当面同送好看。”说话中间，单完也就敲门来到。童奶奶献过茶，摆上菜，叫人端上两封礼来，叫狄希陈每人一封递到手里。两个见那签上写是“菲仪二十两”，接在手里，颠着沉沉的，心里甚是喜欢，齐声说道：“要论起奶奶这们贤达，狄爷这们老实，不该收这个礼就照管姑娘个妥当才是。只是衙门中人，使了

① 坠着——盯住、盯梢。
② 相倍——“相背”，意思是互相隐瞒。

醒世姻缘传

经典书香 中国古典世情小说丛书

顶首①，买了差使，家里老婆孩儿都指着要穿衣吃饭哩，所以全不做的情，只好一半罢了。实说，俺两个起初每人指望三十两；后来见了狄爷，俺每人指望要五十两；后来，奶奶你老人家出来，俺有话还敢对着你老人家放闲屁的？咱君子不羞当面，斗胆问声奶奶，这银子足数呢？有铅丝没有？”童奶奶道：“好二位爷，甚么话！过了河拆桥还不是好人哩，没过河就拆桥？”单完道：“奶奶说的有理。显得咱哥儿两个倒是小人了。”童奶奶道：“二位爷请宽坐，多吃杯儿，明日来，只说声，我就打发小女出去。我也还请几位亲戚陪陪，我家去罢。”惠希仁道：“奶奶别要家去，请这里坐坐，有话合奶奶商议哩。狄爷姓林，木木的，合他说不的话。”童奶奶也没陪酒，旁边席外坐着。

惠希仁道：“收了咱的礼，咱是一家人了。实说，丫头是怎么死的？”童奶奶道：“实合二位爷说：丫头极好，又清气，又伶俐。先买丫头，后娶小女，不知甚么缘故，只合小女结不着喜缘，小女见了就生气。要说打他，我就敢说誓，实是一下儿也没打。要是衣服饭食，可是撙当②他来。紧仔不中他意，端着个铜盆，豁朗的一声撩在地下，一个孩子正吃着奶，唬的半日哭不出来。把他送在空屋里锁了二日，他得空子自己吊杀了。”惠希仁道：“死了合拿出去，他娘老子没到跟前么？”童奶奶道：“不知道他住处，天气又热，只得叫人抬出去了。刚只埋了回来，他娘老子可领着一大伙汉子老婆的来了家里，打打括括的，把小女采打了不算，呼的身上那屎，可是从没受的气都受勾了。又没个人合他说说。小婿是二位爷晓得的，又动不得他，只得请了刘振白来，做刚做柔的才打发去了。”惠希仁道：“丫头死了没合他说，

① 顶首——脑袋，意思为冒着风险，提着脑袋。

② 撙（zūn）当——亏待些。

这是咱家的不是。他既来到，给他点子甚么，捂住他的嘴也罢了。穷人意思，孩子死了，又没得点东西，旁里再有人挑挑，说甚么他不告状？这也是咱失了主意。”童奶奶道：“不瞒二位爷说，刘振白圆成着，他得了好几两银子去了。”惠希仁道：“得了银子又告，这们可恶！一定银子也不多？”童奶奶道：“二位爷是咱一家人，他得的银子也不算少。汉子十五两，老婆十两，跟了来打的三个汉子、四个老婆，每人都是一两，这还算少么？”惠希仁道：“这事气杀人！断个‘埋葬’，也不过十两三钱。诈了人家这们些钱，还不满心呀！”单完道：“情管刘振白管了造子事，狄爷合童奶奶没致谢他致谢，所以才挑唆他告状，这事再没走滚。”童奶奶道：“他先得了咱的银子，才替咱讲事哩。”惠希仁问道：“怎么个诈法？诈了多少？”童奶奶道：“抬出材去，他拦着不叫走，口里说着刁话。材抬出门外，又回不来了，足足的叫他诈了四十两，还替抬材的四个花子诈了八两哩。”惠希仁道：“这没天理的狗弟子孩儿①！这就可恶的紧了。韩芦诈钱告状，都是他挑唆的。他合我们说的话，可恶多着哩。这弟子孩儿，不饶他！你们在俺两个身上，情管你们打上风官司，叫这狗骨头吃场好亏。‘要人钱财，与人消灾’哩，要了人这们些钱，还替人家挑事！我们刚才到这里，他还来诈我们哩。刚才单老哥可是把他拴在铺里去了，谁想这一拴倒拴着了，明日不消来了。我们在察院门口专候着狄爷到那里，替狄奶奶递张诉状，就诉上是他挑唆韩芦告状，说他诈过银子多少两。不怕他，察院老爷极喜人说实话的。”童奶奶道：“这诉状可叫谁写？”单完道：“别的没有，要写状子的多。一个赵哑子写的极好，得五钱银给他。狄爷你早些

① 弟子孩儿——骂人话，婊子养的。

去，我合你寻他。你要自己去，他见你村村①的，多问你要钱。”童奶奶道：“这状还得小女自己递么?”惠希仁道：“姑娘且不消出去，叫狄爷递上就罢了。明日递了诉状，后日准出来，大后日出了票，咱次日就合他见，早完下事来伶俐。天也忒晚了，有灯笼借个，我们去罢。”童奶奶道：“夜深凉快，二位爷多请钟儿，我叫人点灯笼送二位爷去。”单完道：“罢，我们自己走好。都是同路，省得管家自己回来不好走。这两日好不夜紧②哩。”各人分手相别。

狄希陈到家，笑道：“天，天！俺明水人还嫌我刁钻古怪，来到北京城，显的我是傻子了。天下有这们个傻子？你们公道说说。”童奶奶道：“不傻也有些呆呆的。咱且商量个光景。倒也是有人照管了，只是衙门里边官的心性，一时的喜怒，咱怎么拿得定？姑娘又没见过官，怎么说的过这两个光棍？别要叫孩子吃了亏，疼杀我不打紧，你还要做官，只怕体面不好看呀。放着他相大爷这们个名进士，见着做部属，他不为嫂子，可也为他哥呀。他没的好问咱要钱？极该央他央，求他出个字儿。咱有这个墙壁，合他见官，可也胆壮些。要不，这肚里先害了怕，话还说的我溜哩么?”狄希陈道：“姥姥，你叫我不拘使多少银子我也依，你指与我叫我不拘寻谁的分上我也依，我可不能求俺这个兄弟。我实怕他合大妗子笑话。敢说：‘你为家里的不贤会，专替你招灾惹祸的，你躲到京里来另寻贤德的过好日子。如今贤会的越发逼的丫头吊杀了。’我受不的他这笑话。”寄姐道：“罢么，我妈！你好似这们等的，自作自受！谁叫我逼死他前世的娘来！他有不恨我的，肯替我寻分上？叫他使了这们些银子，他还疼不过哩，

① 村村——即蠢蠢。

② 夜紧——指查夜。

又叫他再寻分上使钱！不妨事，我也想来：丫头是自家吊杀的，我又没动手打杀他。就说我打杀了他，可也得检出伤来，才好叫我替他偿命。要检不出伤来，破着拶一拶，再不，再撺一二日撺，浑深也饶了我。我只当发了个昏，遭了个劫。昨日生小京哥，差一点儿没疼过去了，我只当又生个孩子。使过他的钱，一个一个的记着，我了了①官司，我往芦沟桥沙窝子上搭个棚，舍上我的身子，零碎挣了来还他，料着我也还挣了钱来。只怕我还勾了他的，我还报报娘的恩哩。”童奶奶道：“罢，怪丫头汗邪了，胡说的甚么！”寄姐道：“我见我的妈这们求他，我要这们赌赌气呢！”童奶奶道：“别胡说！这也不是甚么赌气的话。好人有做这个的么？”狄希陈道：“一个丫头生生的逼杀了，受气使钱，我哼也没敢哼声。姥姥叫央他相大叔，我说的，他合大妗子笑话，咱另寻分上，这有甚么伤着你来？就说出这们的话！”寄姐又待言语，童奶奶喝道：“罢，都不许再说闲话！三四更天了，快些睡觉，早起来。他姑爷还要往察院前写状递上哩。”方才各人闭口收拾。刚只合了眼，童奶奶合调羹已先起来，点上灯。调羹包的扁食，通开炉子，炖滚了水，待狄希陈梳洗完了才下。打发狄希陈吃完了饭，汗巾里包着银子，小选子跟着，夹着小帽、青衣裳，安排诉状。

走到南城察院门口，寻了一会，只见惠希仁合单完远远的走来，作揖谢扰，不必细说。惠希仁道：“单老哥，你陪狄爷去写状罢，我还做些别的，递状时还等我到，好大家照管照管狄爷。”单完同狄希陈专寻赵哑子，只见赵哑子住的所在，同单完合狄希陈寻到他家。赵哑子正在门前闲站，望见单完领着个戴巾的来

---

① 了了——即了结。

到，晓得是央他写状。但狄希陈见赵哑子相貌不扬，心里想道：“难道这样人心中果有甚么识见，写得出甚么动人的状来？若是写的不好，岂不误了正事？”把单完悄地拉到门外，问道：“这人果然写得状好？不致误事才好。”单完道：“这是我从小同窗的兄弟，原是大有根基的子孙。说起来，当今皇帝都还合他有亲。饱饱的一肚子才学，顺天府考了几遍童生，只是命运不好，百当没得进学。若论他本事，命运好时，连举人、进士也都中了，还在这里写状哩！因他肚里有些本事，所以朋友们赠了他一只《西江月》。我念与你听，你就见得我话不虚传。待我念来：

广读“赵钱孙李”，多描“天地玄黄”，一篇文字两三行，情愿弃儒写状。　　铺纸惯能说谎，挥毫便是刁言，常常激怒问词官，拿责代书廿板。

狄希陈道：“这便极好，无刁不成状哩。能放刁撒谎，这官司便就赢他。”二人番身进内，各在板凳上坐下。单完道：“这是山东狄爷，是吏部候选府经历，央你写张诉状，你用心给爷写写，不可潦草了。狄爷，你说与他情节。”狄希陈道：“在下原籍大明国南赡部洲山东等处承宣布政使司济南府绣江县人，家住离城四十里明水镇。家父姓狄，名宗羽，号宾梁。先母相氏，就是现任工部主事相于廷的姑娘。”单完截住话问道：“这狄爷不合相爷是姑表兄弟么？”狄希陈道：“他是舅舅之子，我是姑姑之儿，正是姑表，实不相欺。”单完道：“亏了俺没敢放肆，原来合狄爷另有叙处哩。天渐晚了，察院待击二点呀，狄爷你长话短说，叫他快写状罢。”狄希陈道：“不说个来历明白，这状怎么写？”单完道：“写状不用这个，待我替你说罢。赵兄弟，你老实听着：狄爷来京听选，娶的是咱京里的女儿。一个十五岁丫头，为没给他做衣裳赌气的，这四月十七日吊杀了。一个邻舍家刘芳名欺他是外处人，诈了他四十两，抬材的诈了八两，丫头的娘老子诈了二十五两，领来的汉子、老婆诈了七两，打发了事。刘芳名说这块肉没骨头，好尽着啃，挑唆丫头的老子韩芦不告男人，单告狄奶奶童氏一个，刘芳名就做证见。或是童氏自己诉，或是狄爷出名诉，你见的透，该怎么样就是。”赵哑子道：“这没叉路，劈头诉着刘芳名，说他诈财无餍，挑唆韩芦单告女人，因察院爷不拘妇女，所以不告上男人，好叫女人出官，尽力诈骗。就是本夫出名代诉，写上诈去银子数目。”狄希陈道：“虽是他诈了银去，只怕问官说是行财，不大稳便。”赵哑子道：“这位察院爷只喜人说实话，这上头不大追求你。情管我这状递上去，只是叫他吃了亏就是。狄爷，你要三两银子谢我。”单完道：“察院待中上堂，你快着写罢。先给你五钱银，官司果然赢了，我保着叫狄爷再给你二两。官司若平和，没账，就只这五钱拱手。”赵哑子铺开格眼，研墨掭笔，不加思索，往上就写。刚才写完，察院三声云板，冲堂开门。惠希仁忙忙的跑来问说：“状写完不曾?”单完道：“方才写了，只没得读一遍，不知说的不曾?”赵哑子道：“没帐，快赶上递罢。我写字自来不差，差了我管。”狄希陈换了青衣，单完、惠希仁拥簇着跟进投文牌去。

“一纸入公门，九牛拔不出。”官断十条路，输赢何似，胜败难期。专听下回再说。

第八十二回

童寄姐丧婢经官　刘振白失银走妾

为人知足，梦稳神清。无烦恼，菜根多味；少争竞，茅屋安宁。直睡到三竿红日，与世无营。　　口贪心攫搏如鹰，谿壑①难盈。四十金，肚肠无厌；一夹棍，神鬼多灵。子拐妾奔仍卖屋，三十才丁。

右调《两同心》

狄希陈跟了投文，将状沓在桌上，跪在丹墀，听候逐个点名发放。点到狄希陈跟前，察院看那状上写道：

告状人狄希陈，年三十一岁，山东人，告为朋诈事：陈在京候选，有十四岁使女，因嗔不与伊更换夏衣，于本月十二日暗缢身死。恶邻刘芳名，欺陈异乡孤弱，诈银四十两，唆使使女父韩芦等诈银二十五两，抬材人诈银八两，贪心无餍，唆韩芦单告陈妾童氏，希再诈财。伏乞察院老爷详状施行。

察院看了状，道："你这是诉状，准了，出去。"狄希陈准出状去，单完对惠希仁道："亏了咱哥儿两个都没敢难为狄爷，原来是工部相爷的表兄。"惠希仁道："原来如此！前日表兄陆好善往芦沟桥上送的就是狄爷的夫人狄奶奶么?"狄希陈道："那就是房下。原来陆长班是惠爷的表兄哩?"惠希仁道："相爷合察院爷是同门同年，察院爷没曾散馆的时节，没有一日不在一处的。就是

① 谿（xī）壑——山谷，此喻贪心如山谷难以填满。

如今也时常往来，书柬没有两三日不来往的。这事怎么不问相爷要个字儿？”狄希陈道：“我料着也是有理没帐的事，又去搅扰一番？合他见见罢了。”惠希仁道：“察院爷凡事虽甚精明，倒也从来没有屈了官司事；但只有个字儿恃着，稳当些。狄爷，你回家合童奶奶商议，没有多了的。我们等诉状票子出来，再合狄爷说去。”大家作别走散。

正好陆好善从庙上替相主事买了十二个椅垫，雇了一个人抗了走来，撞见惠希仁、单完两个，作揖叙了寒温。惠希仁问道：“相爷有一位表兄狄希陈，是么？”陆好善道：“果是至亲。贤弟你怎么认的？”惠希仁道：“有件事在我们察院里，正是我合单老哥的首尾。因看在相爷合哥的分上，绝没敢难为他。凭他送了我们十来两银子，俺争也没敢争。刚才撺掇着他递过诉状去了。”陆好善道：“甚么事情？我通没听见说，就是相爷也没见提起。嗔道这们几日通没见往宅里去。为的是甚么事儿？”惠希仁道：“家里吊杀了个丫头。那丫头的老子告的哩。”陆好善道：“没要紧的！既是吊杀了丫头，悄悄的送点子甚么给他娘老子罢了，叫他告甚么！”惠希仁道：“送点子甚么！诈了八九十两银子了，还告状哩！”陆好善道：“这事情管有人挑唆。”惠希仁道：“哥就神猜！可不是个紧邻刘芳名唆的怎么！诈了四十两银还不足哩！”陆好善道：“再有这人没良心，你只被他欺负下来了，他待有个收煞哩。”说过，拱手散去。

到了相主事宅内，相主事正陪客待茶。送出客去回来，陆好善交了椅垫，相主事道：“从正月里叫你买几个椅垫子使，这待中五月了，还坐着杭杭子做甚么？拿到后边去罢。”陆好善道：“狄大爷这向没来么？”相主事道：“正是呢，他这们几日通没到宅里，有甚么事么？”陆好善道：“爷没闻的呀？小的风闻得一似吊杀了个丫头，被丫头的老子在南城察院里告着哩。”相主事道：“我通不晓的。这也古怪，为甚么倒瞒着我呢？”相主事回到宅里，对着父母道：“怪道狄大哥这们几日不来。原来家里吊杀了个丫头，叫人诈了许多银子，还被丫头的老子告在南城察院里。”相栋宇道：“你看这不是怪孩子！有事可该来商议，怎么越发不上门了！”相大妗子道：“他的小见识我知道，家里遭着这们个母大虫，为受不的躲到这里，听说寻的这个，在那一个的头上垒窝儿。他家没有第二个丫头，就是小珍珠，情管不知有甚么撕挠帐，家反宅乱的把个丫头吊杀了，怕咱笑话他，没敢对咱说。这不是傻孩子，有瞒得人的？快使人请了他来去。”

相主事即时差了相旺前去，正见狄希陈递了诉状，正从南城来家，走的通身是汗，坐着吃冰拔的窝儿白酒。童奶奶合调羹没颜落色的坐着，寄姐在旁里也谷都着嘴奶小京哥。童奶奶见了相旺，问相太爷、太太、大爷、大奶奶安，相旺也回问了起居，又道：“太爷、太太问狄大爷这向甚么事忙，通没到宅里？请就过去说甚么哩。”狄希陈道：“这向有件小事，穷忙没得去，你多拜上太爷、太太合你爷，我过两日就到那里。”相旺道：“太爷合俺爷听见狄大爷有点事儿，才叫我来请狄大爷快着过去，趁早儿商议哩。”狄希陈道：“你爷知道我有点甚么事儿叫你请我？”相旺道：“知道狄大爷家吊杀了丫头，叫他老子告着哩。”狄希陈道：“你爷这也就是钻天！我没工夫合他说去，他从那里就知道了？”童奶奶道：“这天热，旺官儿，你也到前头厅上脱了衣裳，吃碗冰拔白酒，凉快会子，可合你狄大爷同走。”待了一会，打发相旺吃了酒饭。因他是好争嘴的人，敬意买的点心熟食，让他饱餐。吃毕，同狄希陈到了相主事宅内，见了母舅、妗子合相主事已毕，你问我对，说了前后始末根由，不必再为详叙。相主事道："李年兄合我极厚的同年，不问我要个字儿给他，冒冒失失的就合人打官司，这事当顽的哩！"留狄希陈吃午饭，许过临审的先一日与他出书。狄希陈辞了回家，说知所以。

寄姐那几日虽然嘴里挺硬，心里也十分害怕。一个女人被人独名告着，拿出见官，强着说破着捱一拶，捱一百撺，捱二百撺，那莹白嫩嫩的细指头，使那大粗的檀木棍子，用绳子杀将拢来，使木板东一下、西一下，撺这一二百下子，说不怕，毕竟是咬牙瞪眼的瞎话。听见相主事要出书与察院，口里支着架子，说："有理的帐，我希罕他的那书么！"不由的鼻子搉呀搉的，嘴裂呀裂的，心里喜欢，口里止不住只是待笑。倒是童奶奶说道："你胡说甚么哩！你求也没求他求，他请将你去，要给你出书，你不希罕他！你要不是至亲，你不得一百两银，你寻的出这分上来么？"寄姐方才回嗔作喜，说道："我说是这们说，谁就当真的说不希罕来？"调羹道："我是这们个直性子，希罕就说希罕，不是这们心口不一的。"

再说惠希仁、单完次日领出狄希陈诉状的票来，上面首名就是刘振白，其次才是韩芦、韩辉、戴氏这一班人。先到狄希陈家与狄希陈票子看了，二人分头去拿一干人犯，都已叫齐，伺候投文听审。

再说刘振白从那日起更天气被单完送到铺里，原来城上的差人走到本管地方，那些铺里的总甲火夫，就是小鬼见了阎罗大王也没有这等怕惧。只因单完分付了一声，说是"要紧人犯，好生看守，走了不当顽耍"！所以这铺里总甲分付花子们把这刘振白短短的一根铁索，一头扣在脖项，一头锁在个大大的石墩。又怕他使手拧开逃走了开去，将手也使铁靠子靠住，丝毫不能动转。四月将尽的天气，正是那蛇蚤、臭虫盛行的时候，不免的供备这些东西的食用。在铺里锁到次日，不见家中有一个人出头，只得央了一个坐铺的花子到家里说知。

谁知这刘振白不止在那亲戚朋友、街坊邻舍身上嘴尖薄舌、作歹使低，人人痛恨，就在自己老婆、儿子身上，没有一点情义，都是那人干不的来的刻薄营生。那日晚上，家中止知他在自己门口探望狄家的动静，等了更许，不见他进去，他儿子刘敏出来打听，只见门是开的，父亲刘振白不知去向。次日早辰，方知被差人吊在铺里。刘敏跑到那里，看见刘振白像猢狲拔橛一样，锁在一块石上。刘敏问道："这是为何被人吊在铺里?"刘振白道："你看，昨日我见狄家的小厮使手势把差人支到外头，递了话进来，狄家送了一两银子，争也没争就罢了。我道他一定有话说，后晌必定偷来讲话。我说我等着他。到起鼓以后，果不然两个差人来了，叫我撞了个满怀。他老羞变成怒的倒把我拴在铺里，这不好笑！你到家快送饭我吃，再弄点子甚么给这铺里人，好央他松放我松放儿。"刘敏应允回家。

这刘敏原来是刘振白嫡妻所生，年二十三岁，素性原不是个成材。又兼刘振白那乔腔歪性，只知道自己，余外也不晓得有甚么父母妻子，动不起生棰实砸，逐日尽是不缺。要说甚么衣服饮食之类，十分没有一二分到的妻子身上。后来又搭识上了个来历不明的歪妇，做了七大八小，新来乍到，这刘振白"饿眼见了瓜皮，就当一景"，掀上掇下，把嫡妻越发不希罕了。这嫡妻一来也是命限该尽，往日恁般折挫，偏不生气害病，晦气将到身上，偏偏的生起气来。谁知这世上倒是甚么枪刀棍棒来到身上，躲得过更好，躲不过捱他下子，倒还也不致伤人。原来这言不的、语不得的暗气，比那枪刀棍棒万分利害。所以周瑜顶天立地，官拜大都督，掌管千百万狼虎雄兵，禁不得孔明三场大气，气得个身长九尺、腰大十围的身躯，直挺挺的躺在那头大尾小四方木头匣内。这刘振白的长夫人，一个混账老婆而已，能有多大气候，禁不起几场屈气，也就跟了周都督往阴司去了。这刘敏虽生在这寡恩少义的老子手内，有一个知疼着热的亲娘母子，二人相偎相靠，你惜我怜，还好过得日子。自从母亲病死，那十来岁的孩子，自己会得甚么料理，还亏不尽有个外婆、娘舅勉强照管，不致堕折身死，长成了个大人。这刘振白素性是个狼心狗肺的人，与人也没有久长好的，占护的那个婆娘不过香亮了几日，渐渐的也就作践起来，打骂有余，衣食不足。是你正经的妻子，他没奈何，任了命受你折磨罢了。这等放野鹁鸽的东西，他原是图你的好，跟了你来，你这样待他，他岂有忠心待你？所以也是离心离德的，只恨牢笼之内无计脱身。

刘敏从铺里出来，心里想道："父子之恩，不该断绝。只是父亲不慈，致我亲娘气死，又把我不以为子，如今趁他吊在铺里，不如把他诈来的四十两银子拿了，逃到外州远府，自苦自挣，且教他老光棍过自在日子。"主意已定，回家说道："父亲从昨日后晌被差人吊在南城第三铺内，至今不曾吃饭，叫姨娘快些做了饭，再拿五钱银子，着姨娘自己送去，着我在家快些写状赶察院晚堂投上，好救父亲出来。"那婆娘信以为真，即忙做的老米干饭，煎的豆腐，炒的白菜，都使盆罐盛了，又将那四十两内称了五钱银，一同拿到铺内。刘振白道："怎么刘敏不来，你自己来到这里？"回说："他在家里写状，要赶察院晚堂投递，救你出铺哩。"刘振白还道当真，心里也还喜了一喜。吃完饭，把五钱银子分与了铺里的众人。

那婆娘回到家门，只见街门使铁锁锁住，只道刘敏出外做甚，可以就回，单单的提了盆罐，站着呆等。等不见来，站得两腿酸疼，那见有甚么刘敏的踪影。等了个不耐心烦，问对门开肥皂铺的尼炟道：“你老人家没见俺家大相公往那里去了？”尼炟回说：“我见他背着个褥套，抗着把伞，忙忙的往东去了。我见他走的忙，也没问他那去。”那婆娘心里有些着忙，端开门，只见钥匙丢在门内。进到家中，见箱柜翻成一堆，四十两银子没了影响，被褥铺盖、道袍雨伞，俱已无存，知是刘敏用计拐去。慌獐獐仍回铺里，对刘振白说知所以。刘振白是甚么主儿，听见，带着锁，抱着石墩子，离地跳有三尺高，怪骂：“蹄子□辣骨奴才！臭淫妇！没廉耻！来我跟前献勤，不在家里看守着，被他拐的财物走了！我好容易挣的东西！这坐铺是怎么来！明日见官，吉凶还不可保，你就轻意贴了你孤老！臭淫妇！还不快着遥地里寻去，还夹着臭屄站着哩！你要寻不着他，你就不消见我，你也就跟了你娘的汉子去罢！还合你过甚么日子。”那婆娘身子一边往家走，心里想道：“这刘敏又没个老婆系恋，老子又没点恩义在他身上，吃碗饭还骂的狗血喷了头，这是不消说，拿着银子跑了。他倒脱了虎口，过他好日子去了。这海大的京城，八十条大街，七千多胡同，叫我那里寻他？寻他不着，待老砍头的出来，我也断是活不成的！”再三寻思，没有别法，三十六计，走为上策：“我认识的也还有人，那里过不的日子，恋着这没情义老狗攮的！”回到家，把几件银簪、银棒，几件布绢衣裳，吊数黄钱，卷了卷，夹在胳肢窝里，仍旧锁上大门，脚下腾空，不知去向。

惠希仁两个齐完了诉状的人，同狄希陈、刘振白先走。寄姐坐着两人轿子，童奶奶合他娘家亲戚、邻舍人陪着。相主事也差了相旺到察院前看打官司。待的不多一会，察院打点开门，狄希陈一干犯证跟进投文，差人搭上票子，旁边书办一一点过名去。点到童氏跟前，有只《黄莺儿》，单道童氏的模样：

之子好红颜！翠眉峰，柳叶弯，乌绫帕罩云鬟暗。　　春纤笋鲜，金莲藕尖，轻盈移步公堂畔。怕多般，呼名娇应，嘴揾布青衫。

察院将一干人犯个个点过名去，见一人不少，本等原是爽快人物，又因接了相同年的来书，也不等挂牌，也不拘晚堂听审，头一个刘芳名，问道："童氏的丫头是因甚死的？"刘芳名道："小的是他紧邻，早晚只听见童氏打那丫头。四月十二日，见他家买进棺材去，待了一会，妆上抬了出来葬埋。丫头的父母到童氏家哭叫，童氏着人叫过小的去劝他散了，所以告状牵上小的作证。"察院问道："你是童氏的左邻还是右邻？"刘芳名道："小的是右邻。"察院道："为甚不告两邻作证，止告你一人？"刘芳名没得说。察院道："下边跪。"叫韩芦："你有甚说？"韩芦道："小的女儿卖与狄希陈为义女，今年十六岁了。狄希陈因女儿生有姿色，日逐求奸，小的女儿贞烈不从。这狄希陈的妻童氏恨他不从，日夜殴打，活活把小的女儿打死，不令小的知道，尸首都不知下落了。"察院道："他去奸你女儿，你女儿不从，做妇人的倒不喜他，倒打死他！既是女儿被他打死，你且不告官，你且诈财！"韩芦道："小的听见女儿被他打死，同了妻去看，没见尸首，小的两口子哭了一场，回家告状，并不敢诈钱。说小的诈财，谁是证见？"察院道："奴才！还敢强嘴，你是十五两，你的妻戴氏十两，你带去的三个男子、四个妇人每人一两。刘芳名亲手交付与你。刘芳名证得这等明白，你还抵赖！取夹棍上来！"韩芦道："小的实说，实有这银子。他人命行财，小的收了他银子，才好告状。小的原封未动，见放在家里。"察院分付："且饶你夹，下边跪！"叫刘芳名上来："你这奴才，这等可恶！人家的丫头死了，你欺生诈他四十两银，还与挑事，叫他的父母到跟前，又共诈银三十二两，还又唆他告状，叫他单告一个妇人，好大家诈他的钱！”刘芳名道：“小的诈他一个钱，滴了眼珠子，死绝一家人口！小的也没叫他父母告状，他父母也没有诈他的钱。只因狄希陈叫小的到跟前劝了他劝，故此告上小的作证。”察院道：“奴才强辩！韩芦自己招得分明，你还抵赖！夹起来！”两边皂隶狼虎一般跑将上来，采将下去，鹰拿寒雀一般，不由分说，套上夹棍，十二名皂隶两边背起，把个刘芳名恨不得把他娘养汉、爹做贼的事情都要说将出来，遂把那起先诈银四十两，见狄希陈软弱可欺，悔恨诈得银子不多，随心生一计，叫了他父母来，诈了他银子三十二两，他父亲谢了他五两，又教他告状，若告上男子，因老爷每次状上妇女免拘，不拘妇女，不能多诈银子，所以单告一个女人，叫他无可释脱，这是实情。

察院一一写了口词，放了夹棍，叫上韩芦同刘芳名每人三十个头号大板。又叫上应仕前、应向才、韩辉每人十五。又叫童氏上去发放道：“怎么一个丫头，你凌逼他叫他吊死？这等悍恶可恶！拿拶子拶起！”唬的童氏那平日间的硬嘴不知往那里去了，口里不叫老爷，只叫：“亲妈救我！”察院也明白是唬他一唬，说道：“本等该拶，还该一百敲，姑且饶你！”分付：“狄希陈、董氏开释宁家①；刘芳名、韩芦、韩辉、应仕前、应向才带到南城兵马司听票追赃；其余的妇人四口，姑放回家，一应纸罪俱免。”原差将一干人犯带付南城兵马司，当官取了收管回话。

兵马司将一干人都收了监，候至次日早堂，察院行下一张票去，上面写道：

南城察院为死人命事，仰南城兵马司官吏照票事理。即将发

---

① 宁家——指回家。

去后开犯人韩芦等吓诈赃银，勒限照数追完，依时值籴米，交本城粥厂煮粥赈饥。将追过银数，籴过米石，限五日内同本厂案收，一同具由报院，毋迟。计开：韩芦夫妇共诈银二十五两，刘芳名诈银四十两，韩辉诈银一两，应仕前诈银一两，应向才诈银一两，又妇人四口各诈银一两，着落各妇亲属名下追。

兵马司蒙票遵行，将韩芦等提出追比。韩芦的二十五两，用去的不多，除谢了刘芳名五两，还剩有十八两银子在家。戴氏遍向那篦头修脚的主顾奶奶家，你五钱，我一两，登时凑足了二十五两，倒还有几两多余，被兵马勒了加二的火耗，扯了个直帐。韩辉一班妇女，其银不多，都已纳完，各准讨保在外。惟这刘振白儿子拐银逃走，小老婆又背主私奔，家中再没有别人，死煞坐在监中呆等，那有鬼来探头。三日一比，比了两限。兵马道："你既家下无人，叫人押他出去，讨一个的当保人保他出去，叫他自己变产完官。"差人押他到家，街门锁闭，将门撬开进去，止剩得些破碎衣裳，粗造家伙，尽数卖了，值不上四五两银。住的倒是自己的几间房子，也还值五六十两不止，贴了招子出卖。

但这刘振白刁歪低泼，人有偶然撞见他的，若不打个醋炭①，便要头疼脑热，谁敢合他成得交易？一个侄儿，叫是刘光宇，倒是顺天府学的秀才，刘振白平日待他，即如仇敌一样，在一个皇亲家教书，推了不知，望也不来望他一望。差人押了几日，寻不出保人，变不出产业，只得带回见官。兵马也无可奈何，仍着落原差带出他来措处。家中留下的破碎物件，日逐卖了来的，只好同差人吃饭，也还不够，那得攒下上官。差人极了，只得教他将左右对门的邻舍告在兵马司里，强他买房。刘振白果然递了状。

① 醋炭——古时迷信说把烧红的炭放进醋里薰屋子，可以驱除妖邪。

及至准出状来，左邻就是狄希陈。为狄希陈的事，所以追他的赃，岂可又叫狄希陈买他的房子？况又知道狄希陈是工部相主事的表兄，相主事新经管了街道，正是兵马的本官上司，兵马还敢惹他？他的右邻是个南人，见做中城察院书办，又是兵马的亲临上司。对门是个锦衣卫指挥，虽是军政空的在家，倒也没有势焰；但兵马司也是不敢惹他的。差人持了官票，连这三家的门上脚影也不敢到，将票缴了。兵马怒道："这等可恨！朦蔽着叫我出状去，出票拘人，幸得差人伶俐，暗自销了原票。万一将票被他们看见，名字出在票上，差人拘唤，我这官儿休想还做得成！这分明是做弄我的主意！"将那押了讨保的差人合刘芳名每人十五板，再限五日不完，连原差解院。没奈遍央了合城的牙子，情愿减价成交："若是惧怯我的素行，不妨当官交价，文契着兵马用了印，我便歪憋，也没处使。"

恰好三边总督提塘报房一向都是赁房居住，时常搬移，甚是不便。新到的提塘官是个宁夏中卫的指挥，在总督上递了呈子，说："报房一向赁房，搬移不便，岁费房价，零算无几，总算不赀①，合无将旷兵月粮内动支银两，于北京相应处所买房一处，修葺坚固，不惟提塘发报得有常居，所费赁钱足当买价，凡系本部院差人进亲，即在此房安寓，省又另寻下处，以致泄漏军机。"总督深以为然，交了二百两，准他来京随便置买。经纪说合，作了五十八两官价买做报房。及至立契交价，刘振白三倒褪，只求打脱。指挥使性不买，说道："我又不曾短少他的银子，没得他的甚么便宜，为甚么强买他的？"差人发躁道："你房子卖不出去，连累我上了比较。幸得有人出了你足心足意的价钱，你又变

① 赀（zī）——计算。

卦不卖。这明白是支吾调谎，我被你贻累直到几时?”带去司里回话。

差人将那房子有出到五十八两，已是平等足价，他临期又变卦不卖，这明白是支吾延捱。兵马着恼，差人押到书房，勒他写了文契，使了本司的方印钤盖，差人交与指挥。那指挥收了文约，兑了五十八两足色官银，差了一个家人亲到兵马司当官交到刘振白手内。兵马兑了他四十四两赃银，剩了十四两交还他自己收去。差人交铺，暂候听详。押到外面，他放声哭道：“这房若是卖与别人，我要白使他几两银子，这房还要白赖他回来。如今做了总督的官房，只好罢休了!”方知他临期变卦，原是这个主意。兵马将银籴了米，运到粥厂，回了察院，文书批允释放。

狄希陈谢了相主事出书赢了官司，又齐整摆了两席酒，封了两封各五两席仪，请惠希仁、单完两个，谢他衙门照管。刘振白将剩的十四两银子，被原差要了二两，雇人叫招子找寻逃走的婆娘，又四散访缉那拐银的儿子，火上弄冰，不禁几日，弄得精空，连饭也没有得吃。气那四十两银买米煮粥倒叫别人吃去，自却忍饥。看银包内还有一钱九分凿口剩下，抖成一处，买了一张粥票，一日两餐吃粥。这刘振白诈了狄希陈四十两银，数也不少，若是他父母来打抢，你替他调停劝解，安于无事，就再挑唆他父母，又诈了许多银去，从此歇手，岂不是心满意足的营生?却要贪心无厌，用出毒计，唆他告状，不知还要诈他多少才罢。谁知天理不容，鬼神不愤。人财两空，故有尽失。察院夹打，兵马比限。可见：

万事劝人休计较，一生俱是命安排。

第八十三回

费三千援纳中书　降一级调出外用

人生饮啄，冥冥神鬼安排着，招不即来辞不脱，簿中注定，点点无容错。　　成都府里为莲幕，明明此说繇河伯。谁许夤缘求好爵，徒劳心计，空委三千璧。

右调《醉落魄》

狄希陈完了刘振白官司，使了许多银子，受了无数狨气，也便晓得这北京城里不是容易住的地方。起过复，要赴部听选。他守制的时候，正是守选点卯之时，点到起复，倒成了个资深年久，头一个便该选他。只恐果如幼年那水神的言语，选到四川成都府去，七八千里远路，过川江，下三峡，好生害怕。央了相知到吏部房里察问，知此番大选有七个府经历缺，除了山东二缺不选本省，还有南直常州、浙江金华、北直河间、真定、河南南阳，都是附近美缺。狄希陈心内喜道："这五个缺，无论地方美恶，只是不往四川成都府去，便是造化。"

那日正去吏部点卯，恰好骆校尉从湖广出差回来，带了些湖广人事，来望童奶奶合狄希陈。问知狄希陈点卯选官，正待开口说话，只见狄希陈从吏部点卯回来，叙礼留坐，整酒款待。吃酒中间，骆校尉道："依我在下的愚见，狄姑夫，你不该选这个官，这府经历不是你做的。你富家子弟，自在惯的性儿，你在明水镇上住着，人仰着头往上看你，你又不欠私债，你又早纳官粮，关门高坐，谁敢使气儿吹你？你做了这首领官，上边放着个知府、同知、通判、推官，都是你的婆婆，日合你守着鼻子抹着腮的，你都要仰着脸看他四位上司。你就都能奉承得好，四位上司，你拿得定都是好性儿？三位合你好，只一位和你话不来，就要受他的气。你住的那衙舍，一个首领的去处，有甚么宽快所在，且不是紧挨着军厅，就是紧靠着刑厅，你敢高声说句话呀，你敢放声咳嗽声？你要不先捂着人的嘴，先不敢打个人，还怕那板子响哩。家里做秀才，做监生，任他尚书阁老，只是打躬作揖，叫太宗师。你做了首领，就要叫人老爷，就要替人磕头，起来连个揖还不叫你作哩。堂上合刑厅但有些儿不自在，把笔略掉掉儿，就开坏了考语，巡抚巡按考察，大不好看的事都有了。这是那没日子过的人，别管他体面不体面，做上这个官，低三下四，求几个差委，撰几两银子养家。你姑夫要这个官，可是图名，可是图利？要是图名，这低三下四，没有甚么名。要是图利，你姑夫是少银子人家？就刚才你姑夫说的这几个缺，北直隶还近，别的也都老远的。我替你姑夫算计，你既不图利，只是为名可，你加纳个京官做。你要舍的银子，爽利加他中书，体面也好，银带鸂鶒补子，写拳头大的帖子拜人，题了钦差出去，凭他巡抚、巡按都是平处。你到绣江县去，数你头一位见任京官，况如今又开了新例，中书许加太仆少卿，你爽利再加撩给他几两银子，加了卿衔，金带黄伞，骑马开棍，这比经历何如？你要十分舍不得钱，少使几两，加纳个甚么光禄署丞，鸿胪序班，也还强是首领。只是这两行难选，且打点不到，仍要转出外头去做县丞主簿，不如这中书，纳完银就题授了，且又不外转。别的纳粟中书，也还怕人不大作兴，你姑夫见放着相大爷在京，相大爷的三百名同年都是姑夫的相知，别说别的，你只穿着锦绣，夹着鞍笼，拖着牙牌穗子，逐日合这伙子拜往赴席，好看不好看？相大爷名望又高，将来不是调吏部，定是调兵部，深深俸儿，就可以转得京堂，京中也有日子住哩。这不又有这等好靠山，这京官汤汤儿就遇着恩典，貤①封两代，去世的亲家公、亲家母都受七品的封。要肯把本身的恩典移封了爷爷、奶奶，这就是三世恩荣。你有的是银子，你山里多的是石头，或在镇上，或是城里，青云里起的牌坊，盖的两座，这也不枉了驰驰名。我说的是呀不是，你姑夫再想。”

骆校尉这一席话，把个狄希陈说得心花顿开，挝耳挠腮的乱跳，恨不得一会子就把个中书加到身上。童奶奶说到援纳京官，省得把寄姐远到外任，煞老实的撺掇。狄希陈又合他娘舅、表弟商议：“这骆校尉的言语，未尝不可。”料狄希陈的家事，又是做得起的，所以虽不能极口的赞成，也并不曾明白的拦阻。狄希陈遂定主意，不往吏部听选，打了通状，一派专纳中书，将年前驼来的四千两头，倾囊倒箧，恰好搅缠了个不多不少。纳完了银子，出了库收，咨回吏部，当日具稿画题。不三日，奉了旨意，授了武英殿中书舍人。

一伙报喜的京花子，约有二三十人，一齐赶将来家，嚷作一块，说：“狄爷是平步青云，天来大的喜事，快每人且先挂一匹大红云纻，再赏喜钱！”又嚷道：“叫快摆桌席，快叫戏子款待！”嗔狄希陈家不疾忙答应，打门窗，拷椅子，回喜变嗔，泼口大骂。唬得狄希陈越发不敢出头。众人见狄希陈不出挞帐，越发作起恶来，骂的管骂，打家伙管打家伙。又选出几个最无赖的泼皮，脱了衣裳，摘了网巾，披撒了头发，使磁瓦勒破了头皮，流得满面是血，倘卧正厅当中，声声只叫唤：“狄中书打杀报喜的

① 貤（yì）——重复。

人了！”街上几千人围着门看。童奶奶叫小选子去请骆校尉来打发他们。他知道是差人调兵，把个中门紧紧的拦住，莫说一个小选子，就是十个小选子也飞不出去。童奶奶先封出五两银来，他道轻薄没有体面，更觉打凶，开口要千两，实价定要八百两，再看人情，五百两是再不少容的了：“如不依此数，内中选一个没家业无有挂恋的，死在你家，除抢了家事，还合你打人命官司。”童奶奶添到五十两，四匹红尺头，自己出来央他，他一发越扶越醉起来。内中有做刚的，做柔的，讲到每人十两，二十七个共做二百七十两。内中两个为首的叫是“大将”，每将各偏十两，共二百九十两。狄希陈不肯出这许多，众人必欲要这些数目，依旧打嚷。

正是举家束手无策的时候，恰好不前不后，相主事喝道而来。看见门口围了许多人，听见一片声嚷骂，下了马，进到厅上。二三十个凶徒正在那里作恶。原来工部管街道的司官合五城都属他所管，逐铺的总甲接替迎送。相主事问道：“这是些甚么人，因甚如此？”这些光棍还不晓得相主事新管了街道，也不晓得是个甲科部属，只说也是赀郎混账官儿，佯佯不睬，还说：“皇帝还不打报喜的哩！尚书、阁老、六科、十三道老爷，十载寒窗，十四篇文字，这般辛苦挣得官来，我们去报个喜，还成几百两赏我们。你不动动手儿，得了这般美官，拿出五六十两银子来赏人！我们就报个‘凤仪韶舞’，他也谢我们几十两银子，难道你连个‘凤仪韶舞’也不如了！”相主事问长班：“甚么叫做‘凤仪韶舞’？”长班禀道：“是本司院里的乐官。”相主事怒道：“这样可恶！与我把住大门，不许放出一个去！着人叫本地方总甲来！”众光棍道：“你老人家少要替人生气，看气着你老人家身子，值钱多着哩！瞎了银子，可没人赔你老人家的，不可惜了？”

又有的说："呵，把着大门哩！你就作揖唱喏、杀鸡扯嗉儿的，待央及的我们出去哩么！"长班见光棍们放肆，喝道："作死的狗囚们！睁开狗眼看，这是街道工部相爷！花子们作甚么死哩！"

光棍们听见这话，大眼看小眼，挽起头发，坎上帽子，披上布衫就待往外跑。大门倒扣，怎么出得去？相主事道："叫众人过来！"这些光棍不知起初的旺气都往那里去了，齐齐跪下一院子，磕头没命，也不叫老人家休要生气，只说老爷将就饶命。相主事道："你这伙光棍都该打死！我罪不加众，你把为首的举出来，我饶你众人。不然。我都发到兵马司去，每人三十板，四个人一面连枷，枷号二月示众！"众举出一个为首的叫是帅先行。相主事道："你这伙许多人，为首的不止一个，再举一个，饶你众人。"你推我赖，又举了一个，叫是古会。相主事正发放着，恰好总甲已到。相主事道："地方容这些光棍作恶，用你总甲是做甚的！把这两个为首的帅先行、古会带到南城兵马司交付寄监，听候发票究问。其余协从，赶出去！"

这些花子跪在地下，爷爷伯伯的叫唤，捣的那狗头嘭嘭的响，只叫："狄爷可怜见，出来替小的们说说儿！小的们都是些滴了眼珠子的瞎子们，狄爷不盼的合小的们一般见识。狄爷这是喜事，后来还要入阁加宫保哩。"童奶奶也下狠的撺掇狄希陈出来，望着相主事替他们讨饶，免发到兵马司去，赏他十来两银子做个开手，放他们去罢。狄希陈方才出到厅上。众花子迎着狄希陈，只是磕头央及。狄希陈到厅作了揖。相主事道："狄大哥，你这事也奇，为甚么叫这些花子奴才胡言乱语的骂着，也不着个人合我说去？这不是我自己来，这奴才们待肯善哩？"狄希陈道："可恶多着哩！他拦着门，可也容人出得去，可合你说呀？论放肆可恶，处他是极该的。但这小人无知，饶他罢。"相主事道：

“这是甚么话！他连我还放肆起来，不是长班吆喝住，他还不知有多少屁放哩！‘报凤仪韶舞也赏几十两，没的不如凤仪韶舞么？’说我‘不要替人生气，看气坏了身子，瞎了钱没人赔你。’像这样话，不气人么？不枷杀两个，这奴才们也不怕。”众人齐道：“小的该死，只望老爷饶狗命罢！”

狄希陈受了童奶奶的指教，下狠的替他们求宽。相主事也要将错就错的做个开手，说道：“姑饶发问。”众人就如拾了几万黄金，也没有如此欢喜，先替相主事，后替狄希陈磕了千八百个头，念了八万四千声佛，往外就走。狄希陈道：“众人且站住。”家里取出十两银子来，叫这花子们买酒吃。众光棍身子不动，口里说道：“好狄爷，这个小的们断不敢领。狗还知道衔环结草哩，小的们连个狗也不如了！狄爷别要费心。”相主事笑道：“油嘴奴才！刚才说你不如‘凤仪韶舞’，如今他又不如狗了！”后边封出银来，光棍们半推半就的接到手内，谢了相主事、狄希陈，欢声如雷而散。留相主事到后边吃饭，商议谢恩、见朝、到任、见阁老一切的事体。

相主事别了回去，狄希陈忙着做圆领，定朝冠、幞头、纱帽，打银带，做皮靴，买玎珰锦绶，做执事伞扇。与寄姐做通袖袍，打光银带，穿珠翠凤冠，买节节高霞佩。收了个投充的拜帖书办，四名长班。中书科出了礼仪到任的告示，大门首贴着不许坐卧喧哗的条示，内府中书科的大红纸靛花印的封条，鸿胪寺报了名，谢恩见朝，然后到任。

恰好六七个裁缝将那许多吉服锦绣并寄姐的衣裳都已做完交进，银带、凤冠等物俱各赶完，正要逐件试过，恰好骆校尉来到。吃过了茶，骆校尉见旁边放着许多做完的衣服，问道：“衣服都成了？试过不曾？趁着裁缝在外头，试着不可体，好叫他收拾。”谁知正合着狄希陈的尊意，欣然先要把圆领穿上。骆校尉道：“这穿冠服都有一定的先后，你是不是没穿靴，没戴官帽，先穿红圆领，这通似末上开场的一般。你以后先穿上靴，方戴官帽，然后才穿圆领，你可记着，别要差了，叫人笑话。”狄希陈将圆领逐套试完，自己先脱了靴，摘了官帽，然后才脱圆领。骆校尉笑道：“这个做官的人可是好笑，怎么不脱圆领，就先脱靴，摘官帽的呀？”狄希陈道：“你说先穿靴，次戴纱帽，才穿圆领。这怎么又不是了？”骆校尉道：“我说穿是这们等的，没的脱也是这们等的来？你可先脱了圆领，拿巾来换了官帽，临了才脱靴。你就没见相大爷怎么穿么？”狄希陈道：“我只见他那带，一个囫囵圈子，我心里想：这个怎么弄在腰里？没的从头上往下套？没的从脚底下往腰里束？我只是看那带，谁还有心看他怎么穿衣裳来。我见长班把那带不知怎么捏一捏儿就开了，挂在腰里，又不知怎么捏捏儿又囫囵了。我看了好些时，我才知道这带的道理哩。”骆校尉道：“你既是不大晓的，你爽利不要手之舞之的。脱不了有四个长班，你凭那长班替你穿。这还没甚么琐碎，那穿朝服、祭服还琐碎哩。”童奶奶道：“哥可是聪明。咱家倒也没有甚么做官的，哥凡事都晓得。”骆校尉道：“咱家虽没有做官的，我可见的多。这锦衣卫堂上一年至少也见他千百伙子。”狄希陈笑道：“一个人吃川炒鸡，说极中吃。旁里一个小厮插口说道：‘鸡里炒上几十个栗子黄儿，还更中吃哩。’那人问说：‘你吃来么？’小厮道：‘我听见俺哥说。’问：‘你哥吃来么？’说：‘俺哥跟外郎。’问：‘外郎吃来么？’说：‘外郎听见官说中吃来。’”骆校尉把脸弄的通红，说道：“我倒说你是好，你姑夫倒砌[1]起我来

① 砌——即拿人寻开心开玩笑。

了。”狄希陈道：“你说是看见官儿这们穿，我说个笑话儿，怎么就是砌你？”寄姐道：“罢！人见来还好哩，还强起你连见也没见！”狄希陈道：“哥儿，你漫墩嘴①呀。凤冠霞帔、通袖袍带，你还没试试哩。你别要也倒穿了可。”寄姐道：“浑是不像你，情管倒穿不了！”狄希陈道：“且别赌说。我见人上轿都是脸朝外，倒退着进去，我没见有回头朝里钻进去转磨磨的。”寄姐道：“不干你事！我不合人一样，待是这们转转过来，怎么样着呀？”狄希陈道：“是，是。你说的有理。这天待中黑呀，舅来了这们一日，你快着撺掇拿酒来吃罢。”寄姐方才回到厨房，叫人安桌摆菜，请骆校尉吃酒。狄希陈照席，童奶奶、寄姐两头打横。吃到起更天气，骆校尉要起身回去。狄希陈合童奶奶再三相留。骆校尉道：“这天也老咱晚的，我的酒也够了，姑夫要起五更进朝谢恩哩，早些歇息，五更好早起来。这向圣上坐的朝早，宁只早去些，坐朝房里等会儿不差。”骆校尉固辞了回去。

这狄希陈从平地乍上了青天，寄姐想一想也就是七品京官的娘子，童奶奶也就是中书的丈母，大家心里都是着了喜的人，且是调羹在厨房里管待骆校尉，忙乱了半日，没得来同吃三钟酒，于是重整杯盘，再办家宴，吃一个合家欢乐。小钟不已，换了大钟。这们些年，也从来常常吃酒，没有这一遭喜欢快乐的狠。正是酒落欢肠，大家沉醉。直吃到三更将尽，方才打散。酒色两个字看来是拆不开的，一定狄希陈合寄姐睡在床上，乘着酒兴，断是又贺了贺喜。酒醉乏了的人，放倒头一觉睡去，那里还管得进朝谢恩，两个且往栩栩园捉蝴蝶耍子去了。若是童奶奶合调羹睡得轻醒，也好叫他们一声，都又是醉了酒、落了夜的人，都跟着

① 墩嘴——即说嘴。

往栩栩园顽耍。吕祥、小选子，里边主人家吃酒不睡，这下人岂有先睡的理，脱不了也是等到三四更天。主人家合家吃酒，这下人是肯干吊着下巴等的？小选子也会走到后面，成大瓶的酒、成碗的下饭，偷将出来，任意攮嗓，及至收拾睡倒，也便做了陈抟的兄弟“陈扁”。

交了五更，四个长班齐来敲门。那狄希陈的两片门扇，比那细柳营的壁门结实的多着哩。打到五更三点，敲肿了四个人的八只手不算，还敲碎了砖头、瓦片一堆。小选子从睡梦中棱棱挣挣的起来，揉着眼替长班开了门。长班道：“怎么来，就睡的这么死？不好，天待中明了，快请爷进朝！”一边鞴马，一边点灯笼，从新又打中门，及至叫醒了人，开了门，梳洗完毕，东方已大明了。长班只是跺脚，口里只说：“怎么处！这可了不得！”及至搀拥狄希陈上了马，打着飞跑，走到长安街上，那大众已是散朝出来。狄希陈道：“这误了进朝，明日补朝也不妨么？”长班道：“好爷呀，说的是甚么话！快寻人写本，上本认罪！要是爷的阴骘好，得罚半年几个月的俸儿，这就够了！这不消去了，请爷回去罢！”即忙到中书科里，叫了写本的来，只推五更进朝起早，马眼叉，跌伤了脚，误了谢恩，认罪求宽。书办照依写完了本，次早繇①会极门上去。

原来鸿胪寺当日已同科道面纠过了。将狄希陈的本上批了严旨，姑着降一级调外任用。奉了旨意，一家方才垂头丧气，都悔晚上吃酒，原是乐极生悲。相栋宇、相主事虽也着恼，还也不说甚么。倒是骆校尉来到，怨妹子，恼外甥，自己打脸咒骂，说道：“我可有酒癖，可是有馋癖！一个人五更里待进朝起早，我

---

① 繇——同“由”。

可敦着屁股噇血条子不动，这羞恼不杀人么！我这多嘴尿养的，没要紧下老实的撺掇他援例，叫人丢这们几千银子，这可怎么处！”

狄希陈像折了脖抢骨似的，搭拉着头不言语。童奶奶道：“干哥甚么事，哥这们着极！哥叫援纳京官，这没的不是好，难道是害人来不成！哥没等起更，老早的去了，这有哥甚么不是！哥去了，家里从新又吃，可就吃的没正经了。待中交四更才睡觉，睡倒可就起不来了。”骆校尉道：“他姑夫两口儿罢了，年小不知好歹。姑娘，你是个极有正经、有主意的人，可怎么也这么等的？”童奶奶道：“你可说甚么！禁的‘神差鬼使造化低’么？”狄希陈道：“这事我不依。难道骗了我这们些银子，一日官不叫我做的理！说不的倒出银子给我！”骆校尉鼻子里嗤了一声，说道：“你倒好性儿！朝廷做着你的老子，他也不依你这话！”童奶奶问道：“这降一级调外任，不知还降个甚么官儿？”骆校尉道：“从七降正八，县丞、府经历、按察司照磨。”狄希陈道：“要得降个县丞，倒也还好。我见那咱俺县里一个臧主簿来给我挂扁，那意思儿也威武。这县丞不比主簿还大么？”骆校尉道：“我说你没本事做府经历，你又有本事做县丞哩！这县丞受的气比府经历还不同哩。这磕头叫人老爷是不消说的。遇着个长厚的堂官，还许你喘口气儿。要遇着个歪憋刻薄的东西，把往衙里去的角门封锁的严严实实的，三指大的帖儿到不得你跟前，你买根菜都要从他跟前验过，闲的你口臭牙黄，一个低钱不见。端午、中秋、重阳、冬至、年节、元宵、孩儿生日娘满月，按着数儿收你的礼。你要送的礼不齐整，好么，只给你个苦差，解胖袄，解京边，解颜料，叫你冒险赔钱。再要不好，开坏你的考语，轻则戒饬，升王宫，再好还是赶逐离任。再要没天理，拿问追赃。你好歹降个按察照磨做去，三司首领，体面也就好了。先不磕头叫老爷，这是头一件好处。合府官可以平处，委署州县印儿。堂官大了，他也就不大琐碎人，为自家衙门体面，也不肯叫首领官吃了亏的，十分苦差到不了身上。穿着豸补，系着印绶，束着白鱼骨带，且假妆御史唬人。”狄希陈道：“这意思儿好呀！一似我干得的。但不知如何就可以得的？”骆校尉道：“这有何难？放着相大爷一个名进士，磕头碰脑，满路都是同年，这有甚么难处？”

于是狄希陈拿定主意，要降按察司照磨。与相主事商议，相主事慨然应允，寻了路头，有了十分可就之机。察有河南察司的个照磨见缺，说妥要将狄希陈降补。及到临期，忽然钻出一个势力比狄希陈的更大，本事比狄希陈的更强，轻轻的把一个讲定的缺，文选司顾不得相主事的情面，降补了一个建言的给事去了。又察有贵州的一个见缺，要将狄希陈降补。亏不尽相主事再三央恳，说他是北人，贵州路太遥远，不能前去。又过几日，降补的官不敢十分迟得，也不曾与相主事商议，忽然邸报后面写道：

吏部一本，为缺官事：成都府缺经历，推未任武英殿中书舍人狄希陈降补。奉圣旨“是”。

相主事见了这报，又惊又异，差相旺来与狄希陈说知。狄希陈乍闻也未免懊恼，想到那幼小年纪淹在那水中的时节，水里的神灵已豫先注定他是四川成都府经历。因是个朝廷命官，神灵倒也还肯保佑他。过了这许多年岁，费了许多机关，用了这几千银子，印板一般没腾挪，还是那水神许定的官职，注就的地方。所以狄希陈只是叹了几口冷气，细细回想将来，倒也免了着恼。如今断了妄想，死心塌地打点四川成都上任。仍要赴朝谢恩。至期一夜不曾稳睡，略略睡着，就像有人推醒他的一般。就是寄姐、童奶奶、调羹都像有根棍棒支开了两只眼睛的相似。外边吕祥、小选子刚刚交过四更，就来敲门催起。到朝门下，等了个不耐心烦，方才谢恩已毕，回到下处，伺候领凭。从新改换八品服色，退了那四名长班和那拜帖书办，另做了成都府的执事，又得延请个幕宾先生。算计童奶奶合调羹或是随任，或是留京，兵部洼的当铺怎生收拾，这都要个妥当，方可远行。又要打听往四川的路程，或是旱路，或是水路。要算计回家祭祖，又虑寄姐没处着落，且怕素姐坚决同行，不能择脱。待要不回山东，径往任所，家中的产业却也要料理个安稳。况且一个爷娘的坟墓，怎好不别而行？

狄希陈一些也自己算计不通，低了个头，倒背了个手，走过东走过西的不住。寄姐裂着嘴笑他。童奶奶道："这姑娘真是孩子气！一个心焦着极的人，你可笑他？虽说这远去，预先是神灵许过的。去了那些银子，这一定也是个定数。但是弄的手里空空的，这们远路，带着家眷走，可也要好些盘缠哩。这都不是焦心的事么，你可还笑他！"狄希陈道："佛爷，佛爷！人不知道，只是我合你老人家说的上话来，你老人家但只开口就是投机的。"童奶奶道："虽这们说，你焦的中甚用？焦出病来，才是苦恼哩。车到没恶路，天老爷自然给人铺排。既是叫咱往那们远去，自然送到咱地头。你且放宽了心，等我替你算计，情管也算计不差甚么。"但不知这个女军师如何算计，果否不差，只听下回再说。

第八十四回

童奶奶指授方略　骆舅舅举荐幕宾

笑彼乡生，目不识丁，援例坐监，乍到北京，
诸事不解，一味村行。若非丈母，心地聪明，
指与正路，说透人情，几乎躁死，极掉眼睛。
幕宾重客，不肯躬迎，呼来就见，如待编氓①。
这般村汉，玷辱冠缨，缴还纱帽，依旧深耕。

童奶奶说狄希陈道："你一个男子人，如今又戴上纱帽做官哩，一点事儿铺排不开，我可怎么放心，叫你两口儿这们远去？你愁没盘缠，我替你算计，家里也还刷括出四五百银子来，问相太爷要五百两，这不有一千两的数儿？你一切衣裳是都有的，不消另做，买上二十四尺头拿着。别样的小礼，买上两枝牙笏，四束牙箸，四副牙梳，四个牙仙，仙鹤、獬豸、麒麟、斗牛、补子，每样两副，混账犀带买上一围，倒是刘鹤家的好合香带多买上几条，这送上司希罕。像甚么洒线桌帏、坐褥、帐子、绣被、绣袍、绣裙、绣背心、敞衣、湖镜、铜炉、铜花觚②、湖绸、湖绵、眉公布、松江尺绫、湖笔、徽墨、苏州金扇、徽州白铜锁、篾丝拜匣、南京绉纱，这总里开出个单子来，都到南京买。如今兴的是你山东的山茧绸，拣真的买十来匹，留着送堂官合刑厅。犀杯也得买上四只，叫香匠做他两料安息香，两料黄香饼子。这

① 编氓——老百姓。

② 觚（gū）——古代盛酒的器皿。

就够了，多了也不好拿。领绢也往南首里买去。北京买着纱罗凉靴、天坛里的鞋，这不当头的大礼小礼都也差不多了？你到南京，再买上好玉簪、玉结、玉扣、软翠花、羊皮金，添搭在小礼里头，叫那奶奶们喜欢。你把当铺里的本钱拨五百两给相太爷，抵还他借的那五百银子。当铺里有了相太爷的五百本钱，这不就合相太爷是伙计了？有了相太爷在内照管，咱这铺子就可以照当的，叫狄管家合小大哥开着。他刘姐也不消拖拉着个孩子过江过海的跟了你去。当铺撰的利钱儿，俺娘儿们家里做伴儿过着。你一个做官的人，不时少不了人上京，有甚么使用，捎甚么东西，有个铺儿撰着活变钱，也甚方便。

"既是狄管家两口儿不跟了你去，有家小的家人，还得寻两房，使几两银子买个全灶，配给吕祥做了媳妇，到衙里好做饭吃，就是摆个酒儿也方便，你知道八九千里以外的食性是怎么样的？再买个十一二的丫头子房屋里指使。没的你两口子在屋里，清早、后晌好叫媳妇子们进去的？家里他姓薛的奶奶，依着我说，不消叫他去。我倒不是为我家的姑娘。我家的姑娘也是个数一数二的主儿，我怕他降下他去不成？可是他舅舅说的，你那官衙里头窄鳖鳖的，一定不是合堂上就合那厅里邻着，逐日吵吵闹闹、打打括括的，那会儿你'豆腐掉到灰窝里，吹不的，打不的'。你这不好不从家里过去的理，你替他薛奶奶也打条带儿，做身通袖袍儿，买两把珠子穿两枝挑牌，替他打几件甚么花儿，再买上几匹他心爱的尺头，玉簪、玉结这们小物件也买上几件，这也见的来京里住了这二三年，选了官回去的意思。你可别说不合他去，你也别说怎么路远，怎么难走，你满口只是说待合他去。他说起路远来，你说：'路那里远，不上二千里地。'他说路上难走，你说'一些也不难走，你待走旱路就坐上轿，你待走水路就坐上船’。你说‘我要不是自己敬来[1]接你，我就从京里上任，近着好些路哩’。你可叫吕祥合小选子在他跟前说，那路够一万里远，怎么险，怎么难走，川江的水怎么利害，栈道底下没底的深涧，失了脚掉下去，待半月十日到不的底哩！你可又合小厮们打热椎合气[2]，嗔他多嘴。他自然疑心，就不合你去了。你只带着吕祥、小选子，狄周还得送你到家。再带着些随身的行李。别的人合多的行李都不消到家。这们远路，断乎莫有起旱的事，必径是雇船。张家湾上了船，你从河西浒也罢，沧州也罢，你可起旱到家。叫船或是临清，或是济宁，泊住等你。狄周送你上了船回来，我替你算计的，这也何如?”狄希陈道：“天，天！你老人家早替我铺排铺排，我也不消这们纳闷。这就像刊板儿似的，一点也不消再算计，就是这们等行。”

狄希陈叫童奶奶念着，他可写。仔细开出单来，该北京买的买了，该南京买的东西，下边注一“南”字。照了单先替薛素姐打带做袍，并其余的一拢物件。再其次叫媒婆寻家人两口子，买全灶，买使女，还叫了周嫂儿、马嫂儿来，四出找寻。领了一个两口子，带着个四五岁的女儿。那汉子黄白净细了䠷子，约有二十七八年纪，说是山东临清州人，名字叫是张朴茂。其妻㛹黑的头发，白胖的俊脸，只是一双扁呼呼的大脚。娘家姓罗，女儿也是伶俐乖巧的个孩子，因是初三有新月时候生的，所以叫是勾姐。因受不的家里后娘屈气，使性子来京里投亲，不想亲戚又没投着，流落在京，情愿自己卖身。作了三两身价，写了文契。狄希陈也没叫改姓，就收做了家人。“新来媳妇三日勤”，看着两口子倒也罢了。

---

① 敬来——亲自来。

② 打热椎合气——吵架拌嘴。

次日，两个媒婆又领了个十二岁的丫头来到，那丫头才留了头，者大瓜[①]留着个顶搭，焦黄稀棱挣几根头发，扎着够枣儿大的个薄揪，新留的短发，通似六七月的栗蓬，颜色也合栗蓬一样。荞面颜色的脸儿，洼塌着鼻子，扁扁的个大嘴，两个支蒙灯碗耳朵，脚喜的还不甚大，刚只有半截稍瓜长短。穿着领借的青布衫，梭罗着地，一条借的红绢裙子，系在胳肢窝里。两个煤人合他的娘母子，外头跟着他爹。周嫂儿叫了那丫头替童奶奶磕头。那丫头把身子扭了一扭，不肯磕头。他娘说道："这孩子从小儿养活的娇，可是说的像朵花儿似的，培养了这们大，说不的着了极，只待割舍罢了。"童奶奶道："这孩子不好，我嫌丑。你还拣俊些的领了来。"寄姐道："丑俊倒也别管他，待要看娘子哩，要俊的？丑的才是家中宝哩。"他娘道："孩儿不当家那里放着丑！这要生在大人家，搽胭抹粉儿的，再穿上绸棉衣裳，戴上编地锦云髻儿，还不像个画生儿哩？"寄姐说："好画生儿！年下画了来，贴在门上。你说多少钱，我好还你。"他娘说："价钱有几等说哩，带出合不带出不同，或留在房里用，或大了嫁出去，又另一说。"童奶奶说寄姐道："俺小姑娘，你待怎么，只是要他？说他说的割碜杀[②]我了！"寄姐道："我妈，你管我怎么！丑不丑在我，你没听说俊的惹烦恼么？你说卖的实价儿，别要管我，我只是要。"他娘道："这孩子今年十二了，你一岁给我一两五钱银子罢。"寄姐道："你汗鳖了，说这们些！"他娘道："好奶奶，这十八两银子说的多么？应城伯家要这孩子做通房[③]，情愿出我二十五两银子。我不合那大勋臣们打结交。周嫂儿合马嫂

---

① 者大瓜——形容脑袋。
② 割碜杀——特别丑陋。
③ 通房——即做妾。

儿，你没见么?”周嫂儿道：“这里偏着不做房里的，你说十八两也忒多了点子。你就擦头皮儿①来。”童奶奶道：“擦头皮儿得二两银子。”寄姐道：“二两他也不肯。就给你四两。俺是京里人家，这待往任上去哩，做完了官就回来。这二位老奶奶还在家里不去，这是不带出去的。这房里只我自己一个，还闲得腥气哩。不用他做通房，使他到十七八，嫁出他去。就是这们个价儿，你卖不卖凭你。实说，我喜你这孩子丑，衬不下我去，我才要他哩。要是描眉画眼的鬼伶精儿，我不要他呀。”他娘道：“我看奶奶善静，不论钱，只管替孩子寻好主儿。奶奶，你看我容易，给六两罢。我让奶奶十二两银。”

媒婆说着，做五两银讲说停妥。叫他老子外头寻人写立文契，家里先管待媒婆合丫头娘儿们吃饭。还没吃了，丫头的老子也没写成文书，拍搭着那中门，只说：“领出孩子来罢，我不卖了!”两个媒婆慌忙出去，说道：“这们好良善人家，给的你银子又不少，你变卦是为怎么?”他老子道：“好良善人家!你这媒婆们的嘴，顺着屁股扯谎，有个半边字的实话么!亏我外头去寻人写文书；要不，这不生生的把个孩子填到火坑里来了!”寄姐道：“快叫他领了去!不卖就罢，有这们屄声嗓气的!‘王妈妈背厢儿’，快替我离门离户的!”两个媒婆对他娘说道：“你老头子不知外头听了谁说的话，这们等的。这是我们几十年的主顾。俺们住锦衣卫骆爷房子的。这是骆爷的妹子，俺们叫‘姑奶奶’哩。这狄奶奶是姑奶奶的女儿，我们叫‘姑娘’，为狄爷做了官，我们才叫‘狄奶奶’。这狄奶奶，俺们看生看长的，真是个蚂蚁儿也不肯捻杀了。蝎子螫着他老人家，还不肯害了他性命，叫人使

① 擦头皮——意思是从头说起。

箸夹到街上放了。虱子、臭虫成犋家咬他老人家，他老人家知道捻杀个儿么?”寄姐吆喝道：“罢！这老婆子没的浪声！我怎么来就有成犋的臭虫、虱子咬我！又咒骂叫蝎子螫我！叫他领着丫头夹着屁股臭走！我路上拣着好的买!”他娘领着那丫头，两个媒婆也跟了出去。寄姐道：“两个媒婆妈妈子还没吃了饭哩，打发他出去，回来把饭吃伶俐了去。”

周、马两嫂儿送他出去，待了老大会子，回来说道：“你说这人扯淡的嘴不恼人么！他寻人写文书去，不知甚么烂舌根的说咱家里怎么歪憋，怎么利害，丫头买到家里，没等长大就要收用，丫头不依，老婆、汉子齐打，紧紧儿就使绳子勒杀，勒的半死不活的，钉在材里就埋。娘老子来哭场，做美儿送到察院里打个臭死，歪撩卷儿还赖说许了银子，追的人卖房卖地、妻零子散的哩。”童奶奶道：“这不可恶，屈死人么！他说是谁说的？这只该合他对个明白，要不，往后来怎么再买丫头？他见我使的小玉儿，我全铺全盖的陪送他出去，这是谁家肯的？你两个刚才就该根问他个的实。你说：‘你听的谁说来？咱合他对去。’对出谎来，打他那嘴!”周嫂儿道：“俺两个可是没再三的问他？他秦贼似的肯说么！只说：‘给我一千两银子，我只不卖死孩子怎么!’可是气的俺没那好屎臭的唾沫，老婆、汉子一个人唠了他一脸。俺说：‘你既不卖给他孩子，你可别诓他的饭吃!’他说：‘已是写文书讲就了，谁知道俺那忘八听人的话来!’”寄姐道：“咱这左近一定有低人，看来买丫头、买灶上的，他必定还破你。已后往那头舅爷家说去，我叫那低狗攮的没处去使低去!”周嫂儿两个道：“这好，俺有相应的，往那头说去；说停当了，俺自已还不来哩，只叫舅爷家使人来说。我叫那歪砍半边头的只做梦罢了!”童奶奶叫人把那饭从新热了热，让他两个吃完，嘱咐两个上紧寻人："你狄爷的凭限窄逐，还要打家里祭过祖去，这起身也急。辛苦些儿，说不的多给你点子媒钱，就有你的。"两个媒婆作辞谢扰而去。

到了次日午后，只见骆校尉家差了个小厮林莺儿来到，说："周嫂儿说了个灶上的，倒也相应，请过姑奶奶去商议哩。"童奶奶连忙收拾了身上，雇了个驴，一溜风回到娘家。骆校尉接着，让到家里，问说："姑娘还待买个灶上的哩？"童奶奶道："孩子千乡百里的去，你知道那里的水土食性怎么样的？不寻个人做饭给他两口儿吃么？"骆校尉道："这丫头可那里着落他哩？没的放在外甥房里？"童奶奶道："算计配给吕祥儿罢。"骆校尉道："我只知道有个吕祥儿，我还不知道这吕祥儿是他狄姑夫的甚么人。"童奶奶道："是个厨子。那咱他不跟着个尤聪么？敢仔是尤聪着雷劈了，另寻了这吕祥儿，一年是三两银子的工食雇的。如今咱家有人做饭，这些时通当个自家小厮支使哩。"骆校尉道："姑娘，你凡事主意都好，你这件事替他狄姑夫主张的不好。买一个全灶，至少也得廿多两银子。他又不是咱家里人，使这们些银子替他寻了媳妇，你合他怎么算？"童奶奶道："我叫他另立张文书，坐他的工食，坐满了咱家的礼财银子，媳妇儿就属他的。坐不满银子，还是咱的人。好不好，提溜着腿子卖他娘！汉子可恶，撵出汉子去，留下老婆。"骆校尉道："你姑娘这事不好，还另算计，别要冒失了。我相那人不是个良才，矬着个把子①，两个贼眼斩呀斩的。那里一个好人的眼底下一边长着一左②毛？口里放肆，眼里没人，这人还不该带了他去，只怕还坏他狄姑夫的事哩。说寻丫头给他做媳妇儿，他晓得不晓得？"童奶奶道："这

---

① 矬着个把子——矮小。

② 左——即"撮"。

是俺娘儿们背地里商量的话，没人合他说。”骆校尉道：“要是他不晓的，爽利不消干这事。我听说昨日买的那个媳妇儿也做上饭来了，他狄姑夫到家，可本乡本土的再寻个两口子家人，也尽够用了。吕祥儿带去也得，不带去也得。”童奶奶道：“一人不敌二人智，哥说的有理。咱回了他，且不寻罢。”童奶奶坐了会子，吃了饭，走到口儿上，骑了个驴回家去了，将骆校尉的话对寄姐、狄希陈说了，止了不寻全灶。

这吕祥虽是正经主人家没合他当面说明，家里商量，窗外有耳，自然有人透漏与他知道，见寝了这事，大失所望，作孽要辞了狄希陈回去。狄希陈怕他到家再像相旺似的挑唆素姐出马，这事就要被他搅乱的稀烂，只得再三的留他。他说：“我家放着父母兄弟，我不千乡万里的跟着远去。”见狄希陈留他，他说：“必欲叫我跟去，一月给我一两银子，算上闰月。先支半年的与我，我好收拾衣裳。”狄希陈道：“就是路远，难道从三两就长到十二两么？给你六两银罢。”吕祥不肯。童奶奶道：“八九千里跟了去，十二两也不多，给他也罢。”吕祥道：“童奶奶可知道人的艰苦。要不是路远，我也不争。”就鹰撮脚跟住狄希陈，当时支了六两文银，买的缸青做道袍，并一切夹袄鞋袜之类。常对了小选子合张朴茂面前发作，说道：“寻全灶与我做媳妇儿，不知怎么算计，变了卦不给寻了。我看着这一家子的刀把子儿，都是我手里攥着哩！我只到家透出一点风信儿来，我叫到任去的到不成任，做奶奶的做不成奶奶！咱把天来翻他一翻！”小选子合张朴茂的媳妇到后边对着童奶奶合调羹说了。童奶奶道：“亏了倒底男人的见识眼力比妇人强。他舅爷说他不是好人，果真不是好人。差一点儿没吃了他的亏。但只算计的这个法儿也毒得紧，这倒叫人难防备哩。”后来童奶奶对了骆校尉告讼，骆校尉鼻子里冷笑了一声，说道：“一些也没帐！你们如今且都依随着他，临期我自然叫他学不的嘴，弄不的手段。”此在后回，这且不消早说。

一日，骆校尉到了狄希陈家，小林莺拿着个青布表蓝杭绸里子的帽套囊子。骆校尉接过帽囊，取出一顶貂皮帽套，又大又冠冕，大厚的毛，连鸭蛋也藏住了，一团宝色的紫貂，拿在手里抖了一抖，两只手挣着，自己先迎面看了一看，问狄希陈道：“姑夫，你看这顶帽套何如？”狄希陈道：“好齐整帽套！我京里也看够了几千百顶，就只见了兵部职方司老吴的一顶帽套齐整，也还不照这个前后一样，他那后边就不如迎面的。”骆校尉道：“穷舅没甚么奉敬，贺礼赆仪都只是这顶帽套，姑夫留着自己用，千万的别给了人。我实合你说：你留着自己戴，凭他谁的比不下你的去；你要给人，叫人看出破绽来，一个低钱不值。你说这帽套前后都一样，你说老吴的帽套后头不如前面的，这你就是认得货的了。老吴的帽套是三个整皮子拣一个好的做了迎面，那两旁合后边的自然就差些了。这帽套可是拣那当脊梁骨上一色的皮毛，零碎攒够了，合了缝做成的，怎么得前后面不一样？这拼凑的，你就是吕洞宾、韩湘子也认不出来，谁不说是顶一等的好帽套。你要给人，叫人看出来，一个屁也不值了。这不容易，这是好几年的工夫哩。姑夫，你到明日叫人做帽套呵，你可防备毛毛匠，别要叫他把好材料偷了去。这帽套，你姑夫至少也算我一斤银子的人事哩。”狄希陈道：“我没一点什么儿孝敬大舅，怎好收这们重礼！多谢，我自有补报。”

骆校尉又问：“一切事体都收拾了不曾？”狄希陈说：“事体都也有了眉眼。昨日给了凭科里四两银子，央他凭上多限了两个月。还没得往张家湾写船去哩。大舅，你要没勾当，拿几两银子，腾挪点工夫替我跑一遭去。”骆校尉道：“你这得个座船儿才好，使几两银子买张勘合儿，路上好走。有竟到四川的船更方便些，没有竟去的，雇到南京再雇也好。”狄希陈道：“这雇船的事，央了大舅应承去了，只当这件事也算完了。要紧的，待请个人儿，还寻不着哩。”骆校尉道：“这倒是难处的事。怎么说呢？你要是甚么大官，衙门事多，有来路，费二三百两请一个大来历的去。你这首领衙门，事也看得见，来路是看得见的。要是银子少了，请出甚么好的来？提起笔拿搦不出去，这倒不如不请了。怎么得肚儿里又有勾当，价儿不大多的，这们个人才好。也只是嫌路远哩。”狄希陈道：“说不的这一件事也仗赖大舅替我做了罢。”骆校尉道：“这事该央央相大爷。他有甚么相处的妥当人儿，举荐个儿就好。我就打听有了人，那人的肚子里的深浅，我也不知道甚么。这北京城里，头上顶着一顶方巾，身上穿着一领绢片子，夸得自家的本事通天彻地，倒吊了两三日，要点墨水儿也没有哩！我想起一个人来，他不知还在京里没，我寻他一寻去。要是这人肯去，倒是个极好的人。”狄希陈问道：“这人姓甚名谁，何方人氏？”骆校尉道：“等我寻着他合他说了，待他肯去，再与你说不迟。要是寻不见他，或是他不肯去，留着气力暖肚子不好，空说了这长话做甚么？”留骆校尉吃了酒饭，要辞了去寻访这人。

原来这人姓周名希震，字景杨，湖广道州人，一向同一个同乡郭威相处。郭威中了武进士，从守备做起，直做到广西征蛮挂印总兵，都是这周景杨做入幕之客，相处得一心一意，真是知无不言，言无不尽。后来苗子作乱，郭大将军失了一点点的机儿，两广总督是个文官大臣，有人庇护，脱然就了事，单单的把郭大将军逮了进京。郭大将军要辞谢了周景杨回去，周景杨说道：“许多年来与人共了富贵安乐，到了颠沛流离的时节，中路掉臂而去，这也就不成个须眉男子。况且他是武将，若离了我这文人，孤身到京，要个人与他做做辨本揭帖，都是没有人的。”于是连便道也不回家，跟随了郭大将军一直进京。郭大将军发在锦衣卫勘问，得了本揭做得主正辞严，理直气壮，仅仅问了“遣戍”。奉旨允了部招，正还不曾定卫。后来刑部上本将郭大将军定了四川成都卫军，拘佥起解。郭大将军心里极是难舍，怎好又烦他远往蜀中？且是一个遣戍的所在，那里还措得修仪谢他。这周景杨又要抵死合他作伴，说：“你虽是遣戍，你那大将的体面自在，借了巡抚衙门效用些时，便可起用，这必须还得用我商议才好。我何忍不全始终？”所以都彼此主意不定的时候。

原来郭大将军每在锦衣卫审讯的时候，骆校尉见这周景杨竭力的周旋，后来问知是他的幕客，着实钦服他的义气，与接谈叙话，成了相知，于是要举荐了他同狄希陈去。打听得他住在湖广道州会馆，敬意寻到他的下处。事该凑巧，可可的遇见他在家中。骆校尉圈圈套套说到跟前，他老老实实说了详细，慨然应允，绝没有扯一把、推一把的套辞。骆校尉道：“既蒙俯就，将修仪见教个明白数目。”周景杨道：“我相随了郭大将军大约有一二十年，得他的馆谷，家中也有几亩薄田，倒不必有内顾，只够我外边一年用的罢了。大家外边浓几年，令亲升转，舍亲也或是遇赦，或是起用的时候了。”骆校尉道：“这是周爷往大处看，不争束脩厚薄的意思了哩。周爷也得见教个数儿。”周景杨问道：“令亲家里便与不便哩？”骆校尉道：“往时便来，如今先丢了这一股援中书的银子，手里也就空了。”周景杨道：“我专意原是为陪舍亲，令亲倒是捎带的，八十也可，六十也可，便再五十也得，这随他便罢了。若是有我在内照顾，多撰几两银子，倒也是不难的。”又问道：“令亲在山东城里住、乡里住？”骆校尉道：“舍亲居乡住，说那乡的地名叫是明水，说也是山明水秀的所在。”周景杨道：“山水既秀胜，必定人也是灵秀的。不然，若是寻常乡里人家，便要有村气。人一村了，便就不可相处。令亲是秀才援例，还是俊秀援例？”骆校尉道：“舍亲原是府学生员援的例。如今管街道的工部主事相爷就是舍亲的表弟。”周景杨道：“既蒙下顾，小弟就是这等许了。但要说过，到成都，令亲凡事，小弟一一不敢推辞，却要许我不时到舍亲那边住的。但得令亲与舍亲同行得更妙。令亲想定是带家眷的，还是水路，还是旱路？”骆校尉道：“舍亲带有家眷，算定要从水路去，但还不曾写船。”周景杨道：“我劝舍亲必定也还带房家眷，或是附在令亲船上，或是各自雇船，我们再另商议。”骆校尉道：“舍亲冒了个富家子弟，从不曾出外，小弟极愁他，放心不下。今得周爷这们开心见诚，久在江湖走的，况且又有郭爷结了相知，小弟就放心得下了。小弟暂别，同了舍亲，另择吉日，专来拜求。”辞去，回了狄希陈的话，将周景杨的来历始末，说的那些话，并定的束脩数儿都一一说了。

狄希陈倒也喜欢，只说到那八十两束脩的去处，打了一个迟局，说道：“俺那乡里程先生这们好秀才，教着我合表弟相觐皇、两个妻弟，一年只四十两银子。别说教书使气力，只受我那气，也四十两银子，也就不容易的。这就比程先生多两倍子哩。且是程先生四十两束脩，俺三家子出，这止我一个人出哩。”骆校尉道：“怪道他问你乡里住，城里住，是秀才援例，是白丁援例，恐怕你村，你果就不在行了。你还使四十两束脩请程先生去罢怎么！相大爷怎么也不请程先生，又另使二百两银子请幕宾哩？”狄希陈道：“我是在口之言，既大舅许过他这些，咱就给他这些罢。叫他多咱来，我看他看是怎么个人，咱好留他的。”骆校尉道：“你姑夫这话柳下道儿去了①！一个幕宾先生，你叫他来看看，你当是在乡里雇觅汉哩！你去合相大爷商议，该怎么待，你就依着行罢。我如今也没工夫，等下回与你再议。”

① 柳下道儿去了——错了路。

第八十五回

狄经历脱身赴任　薛素姐被赚留家

年来躲在京师住，惟恐冤家觅聚，刻刻耽忧惧，祷祠只愿无相遇。　锦囊着着都成趣，最喜阳牵阴却拒，机深难省悟，飘然另合鸳鸯去。

右调《惜分飞》

狄希陈送了骆校尉回来，对着童奶奶众人说道："这大舅真是韶道[①]，雇个主文代笔的人，就许他这们些银子。我说叫他来我看看，说了我一顿村，又说我不在行。"童奶奶道："你呀，我同着你大舅不好白拉你的。我虽不是甚么官宦人家的妇女，我心里一像明白的。这做文官的幕宾先生，一定也就合那行兵的军师一样，凡事都要合他商议，都要替你主持哩。人没说三请诸葛亮哩？请一遭还不算，必然请他三遭，他才出来哩。你叫他来你看看罢，你当是昨日买张朴茂哩！你嗔他许的银子多了，他没说那人也没丁住你要八十两？六十两也罢，五十两也罢，他是这们说。你尊师重友的，你自然也不好十分少了。我想这里你该择一个好日，写一个全柬拜帖，下一个全柬请帖，定住那一日请，得设两席酒儿，当面得送五六两聘礼，有尺头放上一对儿，再着上两样鞋袜，越发好看些。同着你大舅去拜请。你大舅陪酒，叫他坐个独席儿，你合大舅两个坐张桌儿也

① 韶道——啰嗦。

罢了。还得叫两个小唱，席间还得说几句套话，说该扮个戏儿奉请，敝寓窄狭，且又图静扮好领教。临行先几日，还得预先给他二十两银子，好叫他收拾行李。这都看我说的是呀不是，你再到那头合相太爷说说，看是这们等的不是。你就去罢。这日子近了，这不眼看就待领凭呀？”催着狄希陈到了相主事家，说了些打点起身的正经话。

相主事道：“你是首领官，堂上是有不时批词的，你不得请个代笔的人儿？大哥你自己来的？这要出了名打发堂官喜欢，凡有差委，或署州县印，都是有的。你要头上抹下弄上两件子去丢了，你这就干不得了。”狄希陈道：“倒也寻了个人，正是为这个来合贤弟商议哩。”相主事问道：“是那里人？肚儿里可不知来的来不的？你这也不用那十分大好的，得个半瓶醋儿就罢了，讲了一年多少束脩？是谁圆成的？”狄希陈道：“是骆有莪举荐的。湖广甚么道州人。他开口说八十两也罢，就是六十、五十也罢。骆有莪主张说叫别要违他的，就给他八十。”相主事道：“这人可不知一向在那里，曾做过这个没有？可也不知怎么个人儿，好相处不好？”狄希陈道：“我还没见他哩。我说叫了他来，我先看他看。骆有莪合家里都说我村，说我该先拜他，下请柬，摆独席酒儿，还送他五六两银子聘礼，还得对尺头鞋袜之类，预先得给他二十两银子，好叫他收拾行李。我这来合贤弟商议，该怎么行？”相主事道：“这都是谁说的？”狄希陈道：“这都他童奶奶说的。我信不及，特来请教。”相主事道：“这主持的极妥当，一点不差，就照着这么行。”狄希陈道：“我只嫌这八十两忒多。他既说五十两也罢，咱就给他五十两，何如？”相主事道：“只怕好物不贱，贱物不好呀。你还没说他一向曾在那里？”狄希陈道：“他一向是广西郭总兵的幕宾。郭总兵拿了，他陪了郭总兵来京。新近郭总兵不问了成都卫的军么？”相主事道：“郭总兵就是郭威呀？一连两个本合投各衙门的揭帖，做的好多着哩，不紧不慢，辨得总督张口结舌回不上话来，没奈何叫他辨了个军罪。没的郭威这本就是他做的？他要做出这本来，这是个‘大八丈’，只怕不肯五六十两银子跟了你这们远去。他姓甚么，叫甚么名字？”狄希陈道：“骆有我说来，我记的不大真了，叫是甚么周甚么杨。”相主事道：“不消说就是他，是周景杨，名字是周希震。他希慕那杨震，所以就是景杨。他的字是四知。他可为甚么这们减价成交，跟了你八九千里地去？”狄希陈道：“他说专一是为陪郭总兵，合我去倒是捎带的。”相主事道：“这就是，我心里就明白了。八十两就别少了他的，当天神似的敬他。你说我怎么知道他？俺那房师转了京堂，秦年兄为首管事，那帐词做的极好，他说是他的个乡亲周景杨做的，说是郭总兵的幕宾。他有刻的诗儿，我所以知道他的名字，又知道他的字是四知。这人我也会他会儿。”狄希陈道：“亏不尽来合贤弟商议，差一点儿没慢待了他。等我请过了他，我将着他来会贤弟。”相主事道：“甚么话！大哥的西宾，我也是该加敬的，别说是个名士。我竭诚拜他，我也还专席请他。”后来相主事果然一一践言，不必细说。狄希陈听了相主事言语，方才心悦诚服，不敢使那三家村的村性，成了礼文，送了聘贽。

再说骆有我问狄希陈要了十两银子，叫吕祥跟随到张家湾，投了写船的店家，连郭总兵合狄希陈共写了两只四川回头座船。因郭总兵带有广西总兵府自己的勘合，填写夫马，船家希图揽带私货，支领廪给，船价不过意思而已，每只做了五两船钱。狄希陈先省了这百金开外的路费，便是周景杨“开宗明义章”功劳，且路上有何等的风力好走。将船妥当了回来，狄希陈合郭大将军甚是欢喜。狄希陈方知周景杨实该尊敬，不该是叫他来参见的人。又另摆酒专请郭大将军，周景杨作陪，也请相主事与席。因先请周景杨不曾用戏，童奶奶主意也只叫了两个小唱侑觞。郭大将军在京娶了两房家小：一位姓权，称为权奶奶；一位姓戴，称为戴奶奶。也有买的丫头。寄姐也都齐整摆酒，预先请来相会。权奶奶也都回席，彼此来往。内里先自成了通家，外边何愁不成至契？择了八月十二日，两家一齐开船。那些起身光景，具赆送行，都不必烦琐。

再说吕祥虽是如了他的意思，增了工食，且又预支了半年，他心里毕竟不曾满足，只恨不曾与他娶得全灶为妻，在人面前发狠，跟回家去白使半年的工价，还要将京中的事体务必合盘托出，挑唆素姐与他出这口怨气。

骆有莪合童奶奶都送到船上，灯下吃酒中间，骆校尉说道："第一文凭要紧，多使油纸包封，不可错失。我一向只听得说，也不曾见那文凭怎么模样，姑夫，你取出来咱看一看。"狄希陈开了一只拜匣，将凭陈出，递到骆校尉手中。骆校尉暗在桌下把狄希陈轻轻踢了一下，狄希陈会了意思。骆校尉将凭展开一看，读了一遍。读到"成都府推官狄希陈"，问道："姑夫你是经历，怎么又是推官，这不错了么？"狄希陈故意吃了一惊，说道："可不错了！这怎么处？那日领出来，我只见有我名字，我就罢了，就没看见这官衔。我想官员到任全凭的是这文凭。这文凭既写上是推官，我就执着文凭去到推官的任，他部里肯认错么？"骆校尉道："姑夫，你说的通是红头发野人！这是他凭科里书办一时间落笔错了，写了推官，你去到推官任！那推官除了进士，其次才是举人，也有监生做的么？但是他那里见有一推官做着，你去到他的任，推官做不成，经历还弄成个假的。姑夫真是大造化！

怎么神差鬼使的我就要凭看看，看出差来了。别说是到了那里，你就走少半路儿，看出差来，也是进退两难的。”狄希陈说：“如今也就难处了。咱已上了船，就是郭总爷他也不肯等咱。”骆校尉道：“这倒不难。姑夫你只管走着，留下凭，我合他说去，这说不的要递呈子另换。你到家祭祖，不还得待几日？及至那咱，这凭也换出来了，赶到家正好，也没误了你走路。”狄希陈道：“这也罢，只得又烦劳大舅的。咱留下狄周，换了凭叫他赶了去。”骆校尉道：“狄周干不的，他知道吏部是朝那些开的？管了这几年当，越发成了个乡瓜子了。还是吕祥去的。他在京师住的久，跟着你吏部里点卯听选，谁不认的他？先是他的嘴又乖滑，开口叫人爷，人有话谁不合他说句。留下吕祥罢。”狄希陈道：“可是我到家祭祖，炸饯盘摆酒，炸飞蜜果子，都要用着他哩。把个中用的人留下了！”骆校尉道：“你姑夫只这们躁人，凡事可也权个轻重。领凭倒是小事，炸飞蜜果子倒要紧了！”童奶奶道：“你大舅说的。中用的人拣着往要紧处做。留下吕祥跟了俺们回去，叫他换了凭再赶。”次日五鼓，船上作了神福，点鼓开船。童奶奶合寄姐洒泪而别。骆校尉辞了狄希陈，仍到郭大将军周景杨船上，再三嘱托，然后带了吕祥仍回京中。吕祥的一切衣服行李都已放在船上，就只拿了一个被囊回京去。骆校尉回去，次日故意说去凭科换凭，将吕祥养在家内，也常到相家走动。相主事也知道是当真。

狄希陈合郭大将军两只座船，顺风顺水，不十日，到了沧州，约就郭大将军合周景杨在临清等候。郭大将军因临清相知甚多，也得留连数日，却也两便。狄希陈雇了轿夫，狄周、小选子、张朴茂雇了牲口，带着随身的行李，由河间武定竟到明水。狄周先一程来到家里。素姐没在家中，正合一大些道友在张师傅家会茶。狄周寻到那里，说狄希陈“钦降了成都府经历，衣锦还乡，坟上祭祖，专自己回来迎接大嫂一同赴任，共享荣华。替大嫂打的银带，做的大红出水麒麟通袖袍，穿的大珍珠挑牌，还替大嫂买了许多鲜明尺头，叫大嫂好拣着自己做衣裳穿，又替大嫂买的福建大轿，做的翠蓝丝绸官伞。俺大哥也就随后到了，请大嫂流水回去开了门，好叫人打扫。”

素姐听见狄周这一场热嘴，也不免的喜欢，口里也还骂着道：“我只说你爷们歪折踝子骨，这害病都死在京里了，你们又来了！”一边骂着，不由的抬起屁股，辞了师友。他在前走，狄周在后，回家开门。狄周叫了觅汉，家前院后的打扫。素姐还问道：“你大哥真个替我买了这么些东西么？”狄周道：“这不大哥眼看就到了，我敢扯谎不成！”素姐又问道：“怎么我往京里去寻你爷儿们，你爷儿们躲出我来，及至我回来寻你，你又躲了我进去，合我掉龙尾儿似的，挑唆你相大哥送在我软监里，监起我两三个月？不是我撒极，如今待中监死我呀！”狄周道：“这大嫂可是屈杀人！大哥在京里，听见咱家人去说大嫂坏了个眼，又少了个鼻子，恼的俺大哥四五日吃不下饭去，看看至死。俺们劝着说：‘你恼也不中用，快着回去自己看看，是真是假，你可再恼不迟。’大哥说：‘你说的是。’没等收拾完行李，雇了短盘驴子，连夜往家来了。及至到了家，清灰冷火的锁着门，问了声，说大嫂往京里去了。可是哭的俺大哥言不的、语不的。那头薛老妇还刁骂俺大哥，说京里娶下小了。极的俺大哥甚么誓不说，连忙上了上坟，插补插补了屋，说：‘咱可往京里就你大嫂去。’丢盔撩甲跑到京里，进的门去，劈头子撞见大舅，问了声，说大嫂又回来了。又问了声大舅：‘你外甥媳妇儿真个坏了个眼？’大舅说：

‘也没大坏，只是吊了个眼珠子，弄的个眼眶鄙塌拉①的。’又问：‘少了个鼻子?’大舅说：‘也没少了个鼻子，那鼻梁还是全全的，只是鼻子头儿没了，露着两个指顶大一点小窟窿儿。’俺大哥拍着屁股哭哩：‘可罢了我这画生儿的人了!’大舅说：‘外甥，你好不通呀！我抠了你媳妇儿的眼，啃了你媳妇儿的鼻子来？你对着我哭！两三个月没见舅合妗子，礼也不行一个，且哭你画生儿的人哩!”素姐说：“我还问你件事，姓刘的娘儿两个，您爷儿们弄神弄鬼发付在谁家哩?”狄周道：“大舅说大嫂曾见他来。我踪着道儿寻着看他看，再那里有影儿？大妗子道：‘情管是你大嫂扯谎诈咱哩，别要理他!’”素姐说：“我听见说相旺到京，为他对着我学舌，你相大哥打他来?”狄周道：“诓着大嫂老远的来回跑，不打他打谁呀?”素姐道：“大舅、大妗子没说我上吊?”狄周运：“说来么，这岂有不说的理。”素姐问：“怎么说来？你学学我听。”狄周道：“甚么话呀？脱不了说‘不贤惠，搅家不良！自家家里作不了的孽，跑这们近远来人家作孽哩’！依着大妗子说：‘别要救了下来，除了这祸根罢!’相大哥说：‘为甚么搅下这堆臭屎！拿锨除的离门离户的好!’”素姐道：“这气不杀人！人好容易到京，出来看看儿，只是把拦着不放出来，我不吊杀罢？活八十，待杀肉吃哩么!”狄周道：“有饭没有？我吃些，还要迎回大哥去哩。今日不消等，看来是明日到。”

素姐因狄周许的他快活，也因狄希陈久别乍回，未免有情，也曾叫人发面做馍馍，秤肉杀鸡，泡米做饭。及至次日午转，狄希陈坐着大轿，打着三檐蓝伞，穿着天蓝实地纱金补行衣，本色厢边经带，甚是轩昂齐整。到了家中，与素姐行礼。素姐见了，

① 鄙塌拉——眼窝塌陷。

不由的将喜容渐渐消去，怒气勃勃生来，津津乎四六句儿骂将出来，将那察考狄周事体，一桩桩、一件件从头勘问。幸得狄周对答的说话预先迎着都对狄希陈说了，所以狄希陈回的话都与狄周一些不差，还没得勘问了。崔近塘、薛家兄弟随即来拜，亲友也就络绎不绝。看看日落西山，掌灯就寝，一宿夜景不必絮烦。

次早梳洗完毕，狄希陈将京中替素姐制办的衣妆袍带、珠翠首饰、冬夏尺头，满满的托了四大绒包。素姐乍然见了，把嘴裂了一裂，把牙雌了一雌，随即放下那脸，说道："你看你咬的我这鼻子，抠的我这眼！我可称的穿这衣服，戴这头面？我想起来，合你万世沉冤！"唬的个狄希陈口呆眼瞪，不知他那话是那里根由。

狄希陈一面收拾祭祖，一面收拾南行，口口声声只说是要合素姐同往。素姐也忽然要去，忽然中止。当不的狄希陈说不尽那路上的风光，任中的荣耀，路远不上二千，计日止消半月，哄的个素姐定了八九分的主意要行。狄希陈心里忖道："童奶奶的锦囊，素日是百发百中，休得这一遭使不着了。"小选子吵着要棉衣裳。素姐道："说不上二千地，半个月就到了，九月天往南首里走，那里放着就吵着要棉衣裳？你是待拿着压沉哩么？"小选子道："谁说只二千里地，走半个月呀？差不多够一万里地，今年还到不的哩！可不走半个月怎么！"素姐道："你那里的胡说！你爷说的倒不真了？"小选子道："俺爷说的不真，我说的真呀！俺爷是怕奶奶不去，哄奶奶哩。八千里怪难走的路哩！走水路就是川江，那江有个边儿呀，有个底儿呀！那船还要打山洞里点着火把走七八百里地，那船缉着头往下下，这叫是三峡。像这们三个去处哩。起旱就是栈道，蹋步几万丈的高山，下头看不见底的深涧，山腰里凿了窟窿，插上橛子，堂上板，人合马都要打上头走哩，这们样的路是八百里。”素姐骂道：“攮瞎咒小屄养的！你又没到，你怎么就知的这们真？”小选子道：“我没到，我可听见人说来呀。”素姐又问：“你听谁说？”选子道：“谁没说呀？京里说的善么！奶奶，你待不走哩么？”素姐道：“哎，好低心的忘八羔子！哄着我去，是待安着甚么心哩！小选子，你叫了狄周来！”选子将狄周唤到。素姐问说：“这到那里够多少路呀？”狄周道：“也够八九千里。”素姐又问：“是水路，是旱路？”狄周道：“也走旱路，也走水路。”素姐说：“我从小儿听说有八百里连云栈是那里？”狄周道：“这就是往那里去的路上。大嫂，你待不往那走哩么？”素姐恨道：“亏了这小厮！这不是跟了这低心的忘八羔子去，到那没人烟地面，不知安着甚么心算计我哩！”

狄希陈拜客回家，素姐千刀万剐咒骂，口咬牙嘶的作践，只逼拷叫他说出是甚么心来。狄希陈道：“你再打听打听，休听那忘八羔子们的瞎话。”素姐说：“真是该骂那淘瞎话、使低心的忘八羔子！”狄希陈道：“他们又没走过，不过是听人的瞎话，耳朵里就冒出脚来了。你问那走过那路的，看是不是。”素姐又未免将信将疑，也且放过一边，把那八分去的主意翻将转来，成了八分不去的主意了。狄希陈紧着备完了祭品，坟上搭了席布大棚，摆了酒席，央了本镇上几个秀才充做礼生，以便祭祖行礼。

却说素姐从替狄家做了这们几年媳妇，从不曾到坟上参见祖先，公婆出丧都推托害病不曾送葬。这番因有了这一弄齐整行头，不由的也欣然要去。梳了光头，戴了满头珠翠，雪白大圆的珠子挑牌，拔丝金凤衔着，搽着杭州官粉，用水红绢糊着那猴咬的鼻子窟窿，内衬松花色秋罗大袖衫，外穿大红绉纱麒麟袍，雪白的素板银带，裙腰里挂着七事合包，下穿百蝶绣罗裙，花膝裤，高底鞋。看了后面，依旧是个袅袅娜娜的个佳人。只是看了前面，未免是个没鼻子、少眼睛的个鬼怪。猴坐上一顶骨花大轿，张上一把三檐翠伞，前呼后拥到坟上，也只得各坟上拜了几拜。然后狄希陈冠冕红袍、象牙白带，礼生前导，一柄洒金掌扇遮在后边。礼生唱了“就位，鞠躬，兴，伏，礼毕”。然后回到棚内，谢那陪祭诸宾，盛设款待。

素姐女客棚内，崔家三姨已经去世，除了他薛家亲眷，便都是那一班吃斋念佛的道婆，每人抗了两个肩膀、两合大嘴，都在那里虎咽狼餐。侯、张两位师傅，自从收了素姐这位高徒，因他上边没有公婆拘管、下边不怕丈夫约束，所以淤济的这两个婆娘米麦盈仓，衣裳满柜，要厨房就送稻草，夹箔幛就是秫秸，怕冷炕欺了师傅的骚屄，成驴白炭、整车的木柴，往“惜薪司”上纳钱粮的一般，轮流两家供备。听见素姐要往四川随任，两人愁的就如倒了钱树一般，只苦没有个计策可以攀辕卧辙。在棚内因说起蜀道艰难，素姐有个害怕不去之意，这侯、张两个更附会得万分利害，说他两位“曾到峨眉烧香，过那山峡，坏了船，几乎落在那没有底的江中。过那八百里连云栈，折了木橛，塌了堂板，不亏观音菩萨把我们两个使手心托住，在空飘摇，十朝半月有个到底的时候么！其实这去处，但得已，不该跟了去。看是甚么显宦哩么，住着个窄鳖鳖的首领衙里，叫你腰还伸不开哩。你告讼俺说在京里闷的上吊，你这只好抹头罢。你修得已是将到好处，再得二三年工夫就到成佛作祖的地位。要是撩下了，这前功尽弃，倒恼杀俺了！”素姐说：“我也想来，已是待要不去。俺那个又说的路上怎么好走，走不上半个月就到，不过甚么江，也没有栈道。怕他哄我，我正要问声二位师傅。谁知二位师傅都是走过的，不知二位师傅那咱走了几多日子?”侯、张两个说：“日子走的倒也不多，从正月初一日起身往那走，到了来年六月十八日俺才来到家，还闰着个月，来回就只走了一年零七个月。”素姐道：“好贼蛆心搅肚的忘八羔子！使这们低心，待哄了我去，要断送我的残生！”侯、张两个道：“他也没有甚么恶意，不过说往远处去打不的光棍，用着你合他做伴儿。”素姐说：“师傅，你不知道，这天杀的有话说！那年我做了个梦，梦见我在空野去处自家一个行走，忽然烟尘扛天，回头看了看，只见无数的人马，架着鹰，牵着狗，拈弓搭箭望着我撵了来。叫我放开腿就跑，看看被他撵上，叫我趴倒地，手脚齐走。前头可是隔着一条大江，那江翻天揭地的浪头，后头人马又追的紧了，上头一大些鹰趄着。叫我急了，没了去路，铺腾的往江里一跳，唬得醒了，出了一身瓢浇的冷汗。我曾对他说了说，他心里想着，听说这条路上有江，他待算计应我的梦。我跟前又没个着己的人，有人都是他一条腿的。他抛我到江里，赌着我娘家有替我出气的兄弟哩！这明白因我修道虔诚，神灵指引，起先拿梦儆我，如今又得二位师傅开导，真是‘皇天不负好心人’，可见人只是该要学好。”

薛大官娘子连氏，薛二官娘子巧姐，还有那正经的女人，端端正正，嘿嘿无言，静听这一班邪人的胡说。散席回家，素姐恼恨狄希陈设心谋害，又是旧性复萌，日近日疏，整日寻事打嚷。幸得狄希陈白日周旋人事，晚间赴席饯行，幸的无甚工夫领他的盛爱。他既然坚意不去，这就如遇了郊天大赦一般，还不及早“鳌鱼脱钓”，更待何时？且又怕吕祥来到，作浪兴波，那时要去不能，所以也卒忙急撩甲丢盔，前去赴任。不知吕祥回来，素姐又是如何举动，此回已尽，再听下回。

第八十六回

吕厨子回家学舌　薛素姐沿路赶船

大凡妇女贵安详，切忽单身出外乡。
虽是运逢星驿马①，无非欲赶顺风樯。
奸徒唆激真难近，夫婿恩情岂易忘？
不是好人相搭救，几乎道士强同床。

吕祥跟了童奶奶、骆校尉回京，骆校尉托名呈换文凭，日逐支调吕祥住在那都城热闹的所在，又离了主人，又预支了工食，闲着身子，拿着银钱，看他在那棋盘街、江米巷、菜市口、御河桥一带地方里闲撞。骆校尉支吾了半个多月，料得狄希陈已是离了家里，方说凭已换出，算计打发吕祥回家。适值相大妗子因崔家小姑子出丧，要赶回家送殡，遣牌驰驿，就捎带了吕祥回家。

吕祥想道，狄希陈等文凭不到，断没有就去上任之理。赍凭回去，这是他莫大的功劳。借口预支的工食，因自己在京换凭，都已盘缠食尽，这要算在主人狄希陈的身上，从新另支六两。送他几站，托些事故辞回，若不如他意，他便拿出挑唆素姐的妙着，给人个绝命金丹。算计得停停当当，铁炮相似的稳当，所以沿途游衍，绝不着忙。临到家十余里外，遇见了个卖糖的邻家，问他道："你听见我主人家定在那日起身？"那卖糖的道："狄相公起身赴任，将已半月还多。"吕祥心里着忙道："岂有文凭不

① 虽是运逢星驿马——古时星相家认为：如果驿马星照命，那么说明主家远行在外，奔波劳苦。

到，便可起身之理？他只离了虎口，我的妙计便无可施，岂不是虚用了一片好心？”垂首丧气，辞了相大妗子，独自回家，知道狄希陈果真行了一十六日，急的个吕祥咬唇咂嘴，不住的跺脚，见了素姐，说道：“我不曾换的凭来，怎么就等也不等，竟自去讫？一定是约在那里等我，叫我星夜赶去。快快收拾盘缠，我就好收拾行李。”素姐道：“你爷行时，不曾叫你前赶，亦不曾说在那里等你，也没说换甚么文凭。只说你在京可恶，撵出不用你了。”吕祥道：“奶奶这说是听得谁道？爷还说回家祭祖，内外挡戗，一步也不可离我。只因我吏部里认的人多，换凭是大事，没奈何留我在京。我这如今不见拿着凭哩？我看没有凭怎么去到任！”素姐道：“你爷儿两个说的叉股子话，我这就不省①的。你拿那换的凭来我看看。”吕祥将凭递上。素姐接凭在手，当面拆了封皮，何尝有甚么文凭在内，刚刚只有一张空白湖广呈文。吕祥方道：“不消说，这是我不谨慎走泄了话，弄下的圈套防备我哩。我船上的行李，没替我留下么？”素姐问道：“没见说有甚么船上行李留下。您这都是干的甚么神通？”

吕祥道：“这爷就不是了。不带我去罢呀，哄着我京里差不多住起一个月，盘缠够三四十两银子。我船上的行李可替我留下，怎么也带了我的去了？可是扯淡！你京里另娶不另娶，可是累我腿哩。怕我泄了陶②，使人缀住我，连我的衣裳都不给了！”素姐道：“怎么是另娶不另娶？你说说我听。”吕祥道：“爷在京里另娶了奶奶，另立了家业，合奶奶不相干了。”素姐道：“是怎么另娶哩？真个么？是多咱的事？”吕祥道：“多咱的事？生的小叔叔，待中一生日呀。”素姐道：“瞎话呀！这一定是我来了以后

① 不省——不知道，不明白。

② 泄了陶——泄了底。

的事，怎么就有勾一生日的孩子？我信不及。你说娶的怎么个人儿？”吕祥道：“白净富态，比奶奶不大风流，只比奶奶多个眼合鼻子。”素姐道：“贼砍头的！我天生的没鼻子少眼来？他强似我！你说他够多大年纪了？”吕祥道：“奶奶你可琐碎，你年时没都见来么？”素姐说：“捣的甚么鬼！我那里见他去？”吕祥道：“奶奶，你年时到京，你没先到那里？你见咱家刘姨合小爷来呀。那个半伙老婆子是俺爷的丈母，那个年小的就是另娶的奶奶。那童老娘没说是他儿媳妇儿么？这都是奶奶你眼见的。奶奶临出京，你没又到了那里？他锁着门。可是相太爷恐怕奶奶再去，败露了事，叫他预先把门锁了。那房子就是爷使四五百两银子买的。听说奶奶你还到了兵部洼当铺里，那当铺也是爷开的，只吃亏了相太爷外头拦着，奶奶没好进去。后头狄周媳妇合童大妗子都在铺子后头住着，另做饭吃。”

素姐气的脸上没了血色，道像那西湖小说上面的那个骷髅相儿一般，颤多梭的问道：“狄周是多咱另娶的媳妇呀？”吕祥道：“狄周没另娶媳妇呀！”素姐道：“那一年他两口子去送姓刘的那私窠子，狄周自家回来说他媳妇子死了。他没死么？”吕祥道：“他死了甚么媳妇子！他留下他媳妇子伺候刘姨合小爷，甚么死！他寻思一窝一块的，刘妻、小爷、童老娘、奶奶、小叔叔，都一搭里同住。”素姐道：“吕祥，你当着我叫的那童老娘合那奶奶这们亲哩！”吕祥道：“你看，谁不赶着他叫老娘合奶奶，只我叫哩么！”素姐问说：“人都赶着他叫奶奶，可赶着我叫甚么呢？”吕祥道：“也没听见人叫奶奶甚么。总然是撩在脑门后头去了，还叫甚么呀？除的家倒还是爷提掇提掇，叫声‘那咱姓薛的’，或说‘那姓薛的歪私窠子’，别也没有提掇。”素姐又问：“如今那伙私窠子呢？”

吕祥要甚狄希陈的罪过，不说调羹和童奶奶都还在家，只说："如今写了两只大官船，兵部里讨的火牌勘合，一家子都往任去了。丫头、家人和家人媳妇子，也有三四十口人哩。"素姐道："他可怎么又替我做的袍，打的带，张的蓝伞，可是怎么呢？"吕祥道："奶奶，伶俐的是你，你却又糊涂了！家里放着老爷、老奶奶的祖坟，爷做官，没的不到家祭祭祖？既然要回家住几日，不买点子甚么哄奶奶，爷也得利亮起身么？"素姐道："他既一家子都去罢，可又怎么下狠的只待缠了我去呢？"吕祥道："奶奶，你问爷的心里是真是假。这是'反将计'，奶奶也不知道了？"素姐道"你且消停说罢，我这会子待中气破肚子呀！我可有甚么拘魂召将的方法，拿了这伙子人来，叫我剁搭一顿，出出我这口气！那忘恩负义的贱杂种羔子，不消说，我啃他一万口肉！狄周这翻江祭海的，拧成股子哄我，我还多啃他几口！情管爷儿们新近持了卧单，教打伙子就穿靴。吕祥你算计算计，他去了这半个多月，咱还赶的上他不？"吕祥道："怎么赶不上？我待不赶了去取我的行李，找我的工食么？"素姐道"你算计妥着，我也待去哩。"吕祥道："这有甚么难算计的事。咱不消顺着河崖上去，咱一直的起旱，径到济宁问个信儿。他的船要过去了，咱往前赶。要是船还没到，咱倒迎来。脱不了他有勘合，逢驿支领口粮廪给。只往驿里打听，就知是过去没过去了。"素姐道："咱拿出主意来，即时就走。你拣两个快骡喂上，我收拾收拾，咱即时起身。你只扶持着叫我赶上，你的衣裳、工食都在我身上。"吕祥道："还有一说，我来家把爷的机密事泄漏了，我又跟着奶奶赶了去，奶奶合爷合起气来，爷不敢寻奶奶，只寻起我来，我可怎么禁的？"素姐说："我只一到，先把你的行李合你的工食打发的你来了，我再合他们算账不迟。"吕祥道："这还得合那头老娘说声，跟个女人才好。”素姐道：“说走就走，不消和他说，除惹的他弟兄们死声淘气的，带着个老婆，还坠脚哩。你快喂头口，快吃饭，咱今日还赶王舍店宿，明日赶炒米店。你看咱拴上甲马似的走的风响。”

素姐就只随身衣服，腰里扁着几两银子，拿着个被囊。鞴了两个骡，合吕祥一个人骑着一个。刚只三日，到了济宁，寻了下处，走到天仙闸上问了闸夫，知道狄希陈合郭总兵的两只座船，从五日前支了廪给过闸南去，将次可到淮安。素姐心忙，也没得在马头所在观玩景致、柴家老店称买胭脂，吃了些饭，喂了头口，合吕祥从旱路径奔淮安驿里打听，又说是五日前两只座船，支了人夫廪给，都已应付南行。素姐这追赶兴头也未免渐渐的懒散；又见那黄河一望无际，焦黄的泥水，山大的浪头，掀天泼地而来，又未免有十来分害怕，对吕祥道：“河水凶险，差了五六日路，看来是赶他不上，也只得是凭天报应他罢。你去打听那里有甚河神庙宇，我要到庙里烧纸许愿，保护他遭风遇浪，折舵翻船，蹄子、忘八一齐的喂了丈二长的鲇鱼！”

吕祥走去问人，说是东门里就是金龙四大王的行宫，今日正有人祭赛还愿的时候，唱戏乐神，好不热闹。吕祥回了素姐的话，素姐甚是喜欢，一来要许愿心，二来就观祭赛。买了纸马金银，吕祥提了，跟着寻到金龙大王庙里。素姐在神前亲手拈香，叫吕祥宝炉化纸，素姐倒身下拜，口里祷告：“上面坐着三位河神老爷，一位是金龙四大王，那两边两位，我也不知是姓张姓李。弟子山东济南府绣江县明水镇住，原籍河南人，姓薛，名唤素姐，嫁与忘恩负义、狗肺狼心、蛆心搅肚、没仁没义、狠似庞涓、恶似秦桧，名字狄希陈，小名小陈哥为正头妻。弟子与他养娘奉爹，当家把业，早起晚眠，身上挪衣，口里攒食，叫他成了家业，熬出官来。他偷到京师，另娶了老婆，带着新老婆的丈母合他老子撇下的亲娘，坐着船往四川赴任，丢下弟子在家。弟子赶了他这一路，赶的人困马乏，百当没得赶上。河神爷有灵有圣，百叫百应，叫这伙子强人翻了船，落了水，做了鱼鳖虾蟹的口粮，弟子专来替三位河神老爷重挂袍，杀白鸡、白羊祭赛。要是扯了谎，还不上愿心，把弟子那个好眼滴了。”

那日正当有人唱戏还愿，真是人山人海。因还不曾开戏，人都闲在那里，都围了殿门听素姐祷祝。有的说：“狄希陈可恶，不该停妻娶妻。”有的说：“狄希陈虽然薄幸，为妻的也不该对着神灵咒的这般刻毒。”有的说：“这老婆瞎着个眼，少着个鼻子，嘴像朴刀似的，也断不是个贤惠的好人。看他敢对着河神老爷这们咒骂汉子，家里在汉子身上岂有好的理？不另娶个，撩他在家里待怎么？这只是我没做大王老爷，要是我做着大王老爷呵，我拿着叫他见神见鬼的通说！”素姐也只装不曾听见，凭这些人的议论。将次近午，众人祭赛过了，会首呈上戏单，阄了一本《鱼篮记》。素姐因庙中唱戏，算计要看这半日，回到下处，明日起身回家。叫吕祥问住持的道士赁了一根杌凳，好踹了观看。背脊靠了殿檐的牌栅，脸朝了南面的戏楼，甚是个相意好看的所在。吕祥站在凳旁伺候。

再说这河神的出处，居中坐的那一位，正是金龙四大王，传说原是金家的兀术四太子。左边坐的叫是柳将军，原是个船上的水手，因他在世为人耿直，不作非为，不诬谤好人，所以死后玉皇叫他做了河神。右边坐的叫是杨将军，说就是杨六郎的后身。这三位神灵，太凡官府致祭也还都用猪羊。若是民间祭祀，大者用羊，小者用白毛雄鸡。浇奠都用烧酒，每祭都要用戏。正在唱戏中间，这三位尊神之内，或是金龙大王，或是柳将军，或是杨将军，或是柳将军与杨将军两位，或是连金龙大王都在队里，附在那或是看戏的人，或是戏子，或是本庙的住持，或是还愿的祭主身上，拿了根杠子，沿场舞弄，不歇口用白碗呷那烧酒。问他甚么休咎，随口答应，都也不爽。直至戏罢送神，那被附的人倒在地上，出一通身冷汗，昏去许久，方才省转。问他所以，他一些也不能省说。这日正唱到包龙图审问蟹精的时节，素姐就像着了风的一般，腾身一跃，跳上戏台，手绰了一根大棍，左旋右转，口里呷着浇酒。人有问甚么事体，随口就应。自己说是柳将军，数说素姐平生的过恶，人人切齿。说金龙四大王与杨将军都替他说分上，央柳将军别要与妇人一般见识。柳将军说他设心太毒，咒骂亲夫，不肯轻恕。这话都从素姐口中说出。

吕祥见素姐被神灵拿倒，在那戏台底下跪下磕头，替素姐百般讨饶。求了半日，不见饶恕，心里想道："预支了半年六两工食，做了一领缸青道袍，一件蓝布夹袄，一件缸青坐马，一腰绰蓝布夹裤，通共搅计了四两多银。如今带在船上去了，只当是不曾骗得银子的一般。手中银钱又都浪费已尽，回家怎生过得？不如趁这个时候，回到下处，鞴上两个骡子，带了他的被囊，或者还有带的路费在内，走到他州外府。两个骡至贱也卖三十两银，用四五两娶一个老婆，别的做了本钱，做个生意，岂不人财两得？谅他一个女人能那里去兴词告状？时不可失，财不可舍。"走回下处，还从容吃了饭，喂了牲口，打发了饭钱，鞴了行李。主人家倒也问他那位堂客的去向，他说："堂客是我的浑家，在大王庙看戏未来，要从庙中起身。"主人也就信以为实。吕祥骑着一个，手里牵着一个，加上一鞭，欠了欠屁股，把那唐诗套上两句：

一骑红尘厨子笑，无人知是贝戎①来。

---

① 贝戎——即"贼"。

素姐在那台上吃烧酒，舞木棍，口里胡说白道。只等唱完了《鱼篮》整戏，又找了一出《十面埋伏》、《千里独行》、《五关斩将》，然后烧纸送神，素姐方才退神歇手。幸喜女人禁得摆弄，昏了不多一会，也便就省了转来。一个眼东看西看，走下台来，南寻北寻，那得还有吕祥的踪影。旁人对他说那神附的光景，与他自己口内说的那从来的过恶，素姐一些不曾记得。吕祥不见，又不记得原寻的下处是甚地方，天色渐渐晚来，算计没处投奔。旁边看的人也都渐次散去。亏不尽内中有一个好人，有名唤是韦美。这韦美详细问了他来历，说道："你且在这里殿檐底下坐了等等，或者跟你的那人就来寻找也是有的。若傍晚不来，这是拐了你的行李、头口走了。我且回家去看看，将晚我还来看你。若跟你的人毕竟不来，这是逃走无疑。这城里侧近有个尼姑庵，我且送你到那里存歇，再做区处。"

素姐在殿檐底下呆呆的坐着傻等，看着那日头往西边一步步的低去。及至收了日色，推上月轮，那住持说道："跟你的人如今不来，这是有好几分逃走的意思。韦施主又不见走来，娘子也就该算计那里投奔。天气太晚，不当稳便。"素姐一个草上飞的怪物，到了这个田地，也便束手无策，说道："刚才那位姓韦的善人，说这侧有个尼姑庵。不然，烦你送我到那边去，我自然知谢你。"住持道："我是一个道士，怎好领着个堂客往尼姑庵去，岂不起人的议论？"素姐道："你先走两步，前边引我，到那尼姑庵门口站住，我自己敲门进去。"住持道："这也却使不得。你在这庙里被神附了说话，不知经了几千的眼目。我在前走，你在后跟，掩得住谁的口嘴？"素姐说："这天色渐渐晚了，你又不肯送我尼姑庵去，我自己又不认的路径，没奈何，这庙中有甚么清净的闲房借我一间，暂住一夜，明日再寻去向。"住持道："房倒尽有，又没有铺盖，又没有床凳，怎么宿得？就只我的房里窗下是个暖炕，上面是张凉床，一男一女同房宿歇，成个甚么嫌疑？让你自己住了，我又没处存站。你还是请出外去，自己另寻妥当处。”素姐疑迟作难的时候，只见韦美提着一个大篾丝灯笼，跟了个十一二岁丫头，忙忙的来到，问说：“那个堂客去了不曾？”素姐道：“跟我的人，等不将来，正苦没有投奔。”韦美道：“快请出来，跟了我去。”住持道：“韦施主，你领那里去向，说个明白。万一有人寻找，别说是我的庙里不见了妇人，体面不好。”韦美瞪了眼骂道：“牛鼻子贼道！没处去，留在你的庙里罢？有人来找寻的，你领他去寻我便是！”

韦美提了灯笼在前，素姐居中，丫头随后，转湾抹角，行不多远，来到一个去处：

高耸耸一圈粉壁，窄小小两扇朱门。几株松对种门旁，半园竹直穿墙外。金铺敲响，小尼雏问是何人；玉烛挑明，老居士称为我侬。慨然让将进去，且看说出甚来。

老尼姑迎到廊下，让到方丈献茶。素姐低头不语。韦美将那从头彻尾的根由说得详细，不必烦琐。说素姐“是有根茎人家，丈夫见在成都到任。他的山东省会，去我们淮安不远。你可将他寄养在此，我着人找捉那逃拐的家人，再做道理。捉他不着，我差人到他家里报信，自然有人来接他。非是不留他到我家去住。他虽然少了鼻子、眼睛，也还是个少妇，不当稳便。他身边有无盘费，不必管他，我着人送菜米来，供他日用。不过仗赖你们合他做伴而已。你们若嫌没人与他做饭，我就留这个带来的使女在此伏事做饭亦可。”老尼道：“一个人的饭食能吃的多少，施主也不消送米，也不消留人伏事，放心叫他只管住着，只等得人来接他为止。”韦美辞谢了老尼，带了使女回去。老尼因看韦美的分上，十分相待，叫人炒的面筋豆腐，蒸的稻米干饭，当晚饱餐了一顿。老尼就让他到自己卧房，同榻而睡。素姐跟了侯、张两个道婆吃斋念佛，讲道看经，说因果，讲古记，合老尼通着脚，讲颂了半夜，方才睡熟，次早起来，素姐洗过了面，要梳栊梳头。老尼道："这件物事倒少，怎生是好?"只得叫小尼走到韦美家里，借了一副梳栊前来。素姐梳洗完毕，在佛前叩了首，口里喃喃喏喏的念诵。据小尼听得，都是咒骂人的言词，学与老尼，那老尼将疑将信，便也不甚快活，却也仍旧款待。

却说韦美凭着素姐说的那含含糊糊的下处，体问将去，排门挨次，查问到一个姓姚的人家，叫是姚曲周，说："昨日曾有一个，这人瞎只眼，少一个鼻头，合一个鬼蛤蟆眼、油脂腻耐的个汉子，下到我家，拴下头口，放下了两个被套，忙忙的饭也不吃，都出去，说是往城内金龙四大天王庙里还愿去了。待了许久，妇人不见回来，只有那男子来到，吃完饭，喂饱了头口，打发了我的饭钱，然后鞴了头口要走。我问他：'那位堂客怎么不见?'他说：'那是我的浑家，贪了在大王庙看戏，叫我来鞴了骡子，到那里就他起身。'"韦美道："那是甚么夫妇，原是主母、家人。昨日到大王庙还愿，那妇人被柳将军附在身上，在那里闹场。这个人乘空来到你家，拐了骡子，逃走去了。妇人没了归落，我只得送他到尼姑庵住在那哩。"姚曲周道："这却费嘴。我因你韦大爷你自己来，我不好瞒你，一五一十实对你说了。若这妇人告起状来，牵连着我，衙门受累费钱，且又误了生意，这怎生了得!"韦美说："我既然照管他在尼姑庵里，我自然叫他不必告状，断也不叫连累着你。"姚曲周道："若韦大爷耽待，我便知感不尽了!"狠命苦留韦美吃酒。韦美辞了他来，走到尼姑庵内，寻着素姐，说："曾寻着了你昨日的主人，原来是姚曲周家。他说你是他的妻子，在庙里贪看戏文，叫他回去吃饭、喂骡，牵了头口，就着你庙里起身。看来这是欺你是个孤身妇女，独脚螃蟹，自已不能行动，拐了骡子远方走开去了。你耐心且在这庵中住着，等我转往各处，替你打听个下落，设法送你回去。”素姐道：“若是如此。恩有重报，我与你认义了兄妹。”韦美道：“何消认义，我自家的姊妹也多得狠在那里。只因你流落他乡，没有投奔，既是遇着了我，落难的人，我怎好不照管你的。”说完，合老尼、素姐作别了家去，即时叫人送了一斗白米，十斤麦面，一瓶酱，一瓶醋，一瓶淮安吃的豆油，一大盒干菜、豆豉、酱瓜、酱茄之类，一百买小菜的铜钱，两担木柴，叫人送到庵中，老尼一一的收讫。素姐住在尼姑庵内，一日三餐，倒也安稳。老尼又叫他甚么打坐参禅、礼佛拜忏，却又容易过的光阴。韦美各处替他打听，只没有真实的信音，将近半月期程。后来吕祥不知可曾打听得着，素姐有无回家，这回不能说尽，再听下回接说。

第八十七回

童寄姐撒泼投河　权奶奶争风吃醋

劝君休得娶京婆，贞静无闻悍性多；
满口只图叨酒肉，浑身惟爱着绫罗；
争风撒泼捐廉耻，反目行凶犯诮诃。
权媪戴姬童寄姐，三人歪憋不差多。

狄希陈从沧州别了童寄姐，到家祭祖，原约过少则五日，多则十日，便可回来上船。童寄姐合郭总兵的两只座船到了临清，在浮桥口湾住。郭总兵日逐会通家，拜相识，赴席请人，忙了几日。寄姐单单的住在船上。起初郭总兵有事，寄姐也还不甚心焦。后来郭总兵公事完了，日逐过寄姐的船来问信，那里等的狄希陈来到。一连等了十四日，方才回到船上。买丫头，雇家人，又足足耽搁了两日，方才开船起行。因违了寄姐的限期，寄姐已是逐日"鸡借狗不是"的寻闹，说狄希陈恋着家里那瞎老婆，故意不肯起身，叫寄姐住在船上，孤清冷落，如呆老婆等汉一般。许过捎羊羔酒、响皮肉与寄姐尝，又忘记不曾捎到。怕人说是争嘴，口里不好说出，心里只是暗恼，指了别的为由，只骂狄希陈是狗叨了脑子的忘八。说那寄姐的不贤良处，也就跟的素姐七七八八①的了。一路行来，过淮安，过扬州，过高邮、仪真大马头所在，只要设个小酌，请郭总兵、周景杨过船来坐坐，回他的屡次席。只因恼着了当家小老妈

① 七七八八——相差无几，差不多。

官，动也不敢动，口也不敢开。喜得顺风顺水，不觉得到了南京。歇住了船，约了郭总兵、周景杨同进城去置买那一切礼物。住了两日，各色置买完备，然后开船起行。

寄姐将那买来送礼的物件，尽拣好的，如洒线袍裙、绣衾锦帐、玉簪玉花之类，上色鲜明尺头，满满的拣了两大皮箱。狄希陈心内想道："凭他收起，临时要用，自然取他出来。"谁知他住在船上没得事做，将那配袍的绣裙一条一条的剪将开来，嵌上皮金，缝完打摺，钉带上腰。整匹尺头都裁成了大小衣服，玉花都妆了翠叶，穿了珠子，上好的玉簪都自己戴起。狄希陈心里想道："苦哉，苦哉！你若早说如此，我在南京尚可添买。哄得我离了南京，将这有数的礼物都把我剪裁坏了，我却再往那里去买？这一到成都，堂上三厅，这样四分礼，却在那里摆布？"满腔的愁苦，口里又不敢说得，只是暗恼。

一日，寄姐又将一匹大红六云纻丝裁了一件秃袖衫，剩的裁了一腰夹裤。狄希陈忍不住道："这匹大红云纻用了九两多银子买的，是要送上司头一件的表礼。可惜如此小用！没了送上司的礼物，如何措手！况我在北京又与你做的衣裳不少，却把这整尺头都裁吊了。"寄姐把那不贤惠臭脸一放放将下来，气的像猪肝颜色一样，骂道："臭贼！不长进的忘八！你没本事挣件衣服给老婆穿，就不消揽下老婆。你既揽下老婆，不叫穿件衣裳，难道光着屁股走么？你是那混账不值钱的老婆生的，不害羞。我是好人家儿女，知道羞耻，要穿件衣裳，要戴点子首饰！你既不肯教老婆打扮，我光着屁股走就是了，羞你娘的那臭屄脸！"一面口里村卷①，一面将那做的衣裳扯的粉碎，把那玉簪、玉花都敲成

① 村卷——大骂。

烂酱往河里乱撩，骂道："咱大家不得！没见食面淫妇生的！"

狄希陈虽是被薛素姐打骂惯的，到了寄姐这个田地，未免也有些血性上来，说道："你毁坏我这许多礼物都是小事，你开口只骂我的娘，我的娘又没惹你，你又没见他的面，你只管骂他怎的！你家里没放着娘么？"寄姐道："俺母是好人家儿女，骨头尊重，生的好儿好女，不似你娘生你这们杭杭子！合我妈使天平兑兑，比你娘沉重多哩！"狄希陈道："我没见银匠贼老婆骨头尊重！俺娘生我这们七八品官的儿子，生个女儿是秀才娘子。不照依银匠贼老婆生的儿子雇与我管铺子，生的丫头子卖与我做小妇奴才！你看我这杭杭子，我清早到任，我只赶晌午，我差皂隶、快手把满城的银匠都拿到衙门来，每人二十板，刺'窃盗'字，问徒罪，打的那些银匠奴才们只望着我叫老爷饶命！我再下下狠，把银匠的老婆、银匠的丫头子都拿到衙门来，拶的尿屎一齐屙！"

寄姐性子像生菩萨似的，岂容狄希陈揭着短骂这们一顿，扯着狄希陈就撾脸碰头，揪巾子，扯衣裳，拉着齐跳黄河，口里喊道："前船、后船、梢公、外水、拦头、把舵，众人都一齐听着！山东狄希陈跑到京里赁俺房住，见我标致，半夜把我的爹杀了，把娘也杀了，图我的家财，霸占了我的身子，京里缉事的严，住不的，买了假凭，往七八千里去做假官哩！他昨日往家去，嗔他家里的老婆留他，他把家里的老婆杀了，逃走来了！他私雕假印，用的假勘合！你是甚么杭杭子，奉那里差，打着廪给、拨着人夫的走路？我是证见，列位爷们替我到官跟前出首出首，只当救我的狗命！我既是泄露了他的天机，他没有饶我的，不是推我在河里，就是使绳子勒杀我，他狠多着哩！我的一个丫头，他强奸他不依，一顿绳子勒的半死不活的，使棺材装了出去。叫邻舍家知道了，拿讹头，告到察院衙门，带累的拿出我去见官！这是我跟你一场，你封赠我的！”狄希陈道：“阿弥陀佛！神灵听着哩！”寄姐骂道：“贼昧心的忘八！我屈着你甚么来，你念佛叫神灵的？我穿你件子衣裳，你那偏心忘八就疼的慌了。只许你家中的老婆，你买这们些衣服尺头、珠翠宝石给他就罢了！我还明眉大眼高梁鼻相，趁的穿。你家里那个老婆，瞎着臭屄眼，少着鼻子，两个大窟窿看到嗓根头子，搽着个莹白的脸，抹着个通红的唇，裂到两耳根，不像个庙里的鬼哩！那里放着买这们些东西给他！那里放着守他这们一向才来！人说‘和尚死老婆，大家没’，我合那小妇臭浪蹄子，‘姑子死和尚，也是大家没’！”狄希陈道：“你说我杀了他逃出来了，怎么我又偏疼起他来了呢？”寄姐道：“我不许你强嘴！我待怎么说就怎么说！只是由的我！我只是不合你过，你齐这里住下船，写休书给我，差人送的我家去就罢了。咱‘将军不下马，各自奔前程’。你做你那猱官去！有我这们个老婆，愁嫁不出你这们个杭杭子来么！孩子我也不带了去。要不，我抱着孩子扯着你，咱娘儿三个一齐的滚到黄河里头就罢了！”狄希陈道：“呀，呀！这不扯淡！你待跳黄河，你自家跳呀，你又抱着孩子，拉着我呢！我合孩子的命贵，不跳黄河。你命不值钱，动不动就跳河跳井的！”

寄姐越发撒起泼来，把孩子一把揣在怀里，拿了根丝绸汗巾子束了束腰，一手扭着狄希陈的衣领，就往舱外头钻。狄希陈一边往后挣，一边从怀里夺孩子。张朴茂的媳妇子、新寻的家人伊留雷媳妇子、新寻的丫头小河汉、小涉淇，四个人齐齐的拉着寄姐不叫跳河，唬得小京哥乔叫唤往怀里钻。寄姐怪骂道：“臭浪淫妇们！谁希罕你们拉我？我跳了河，忘八淫妇们过自在日子倒不好么？”张朴茂老婆道：“奶奶，你消消气罢。两口子合气，是人间的常事，那里放着就要跳河？”寄姐骂道：“没志气的淫妇浪声！我是你么！叫人这们揭挑着骂，还腆着屄脸活呀！”张朴茂媳妇道：“奶奶，你骂我也罢。‘相骂没好口，相打没好手’，只许你百声叶气的骂俺爷么？”望着伊留雷媳妇子说：“你去叫一个划着小船，赶赶头里郭总爷的座船，叫他等等儿，请过权奶奶合戴奶奶来劝劝咱家奶奶。河跳不成，别要气的没了奶，饿着叔叔不是顽的！”伊留雷老婆就使了他汉子，划着那小船，赶了郭总兵的船去。

原来这一日不知是个甚么日子，合该是牛魔王的夫人翠微宫主、九子魔母合地杀星顾大嫂、孙二娘这班女将当直。郭总兵的管家卜向礼远远的望见伊留雷划船赶来，走出船头上等看。伊留雷赶到跟前，卜向礼问道：“你来得这们凶凶的是做甚么？”伊留雷道：“奶奶合爷合气，只待抱着小相公、拉着爷往河里跳，家里四五个人劝拉不住的，请权奶奶合戴奶奶过船去劝劝俺奶奶哩。”卜向礼摇着手，道：“俺这里正待请过狄奶奶来劝权奶奶合戴奶奶哩。”伊留雷道：“是怎么？”卜向礼道：“你把小船拴在船梢上，你上来自己听不的么？”

伊留雷起初来的心忙，也便听而不闻。及至卜向礼说了这句，原来郭总兵船上也嚷成一片。只听得一个说道：“没廉耻的臭小妇！你拍拍你那良心，从在船上这一个多月了，汉子在我床上睡了几遭？怎么你是女人，别人是石人、木人么？你年小，别人是七八十的老婆子么？你就把占得牢牢的！你捞了稠的去了，可也让点稀汤儿给别人呵口！没良心的淫妇，打捞的这们净！”伊留雷悄悄的问卜向礼道：“这说话的是那一位？”卜向礼说：“这是权奶奶。”又听得戴奶奶说道：“真是不知谁没廉耻，不知谁没良心！我咒也敢合你赌个。我从小儿不好吃独食，买个钱的瓜子、炒豆儿，我也高低都分个遍。不说你货物儿不济，揽不下主顾，只怨别人呢！这不他本人见在，我那一遭没催着他往你那里去？他本人怕见往你那里去，我拿猪毛绳子套了交给你去不成！这是甚么营生，也敢张着口合人说呀？碜不杀人么！”权奶奶道：“我又没霸占汉子，我倒疢！西瓦厂墙底下的淫妇才碜哩！”又听见郭总兵说道：“你两个不要嚷了。这是我的不是。原因戴家的床上宽些，睡的不甚窄狭，所以在戴家的床上多睡了几夜。这倒其实空睡的日子多，实际的日子少。在权家床上虽是睡的日子少。夜夜都是有实际的。况且我们做大将的人，全要养精蓄锐，才统领的三军，难道把这些精神力气都用到你们妇人身上？桅舱里面住的是周相公。周相公是自己的通家，相处也年久了，这也便罢。却也还有家人、家丁合船上一干人等，听了成甚道理！这也还好说是自己船上的人。狄友苏的船紧紧跟在后面，他也娶的京师妇人，好不安静，何尝像你两个这等合气？”权奶奶道：“你别要支你那臭嘴！怪道你做官不济！为甚么一个挂印总兵，被人撵的往家来了？管着大小三军，够几千几万人，全要一个至公至道才服的人。你心里喜的，你就偏向他。你心里不喜的，你就吝他。这也成个做大将军的人么？我床窄，睡不开你，把你挤下床去了几遭？你合他空睡，你当着河神指着你那肉身子赌个咒！你合我有实际来！你也指着肉身子设个誓！你那借花献佛、虚撮脚儿的营生，我不知道么！你北京城打听去，权家的丫头都伶俐，不叫人哄呀！”戴奶奶道：“你既知道是借花献佛、虚撮脚儿，你爽俐别要希罕。为甚么又没廉没耻的这们争？”权奶奶道：“你看这蹄子淫妇说话没道理！我争野汉子哩，没廉耻？”戴奶奶道：“就是自己的汉子，把这件事说在口里丢不下，廉耻也欠。”两个你一句，我一句，争骂不了。郭总兵道：“我在广西做挂印总兵，一声号令出去，那百万官兵神钦鬼服，那一个再有敢违令的？还要不时穿耳游营，割级枭首。怎么这样两个臭婆娘便就束缚不住他！”叫小厮：“把我的铺盖卷到梢舱里合周相公同榻，再不与这两个臭婆娘睡，闲出他白醭①来！”

郭总兵使性竟抽身往隔壁舱来合周相公告诉白话。这权、戴二位奶奶见主人公不在跟前，你不愤我，我不愤你，从新又合气起来。郭总兵道：“看起来倒还是那广西的苗子易治，这京师的妇人比苗子还更撒野。我们男子人又不好十分行得去。”叫过小厮党童来，说道：“分付厨上安排酒菜，差一个人划了小船到后边狄爷船上，请过狄奶奶来与二位奶奶和解和解。”党童道：“不消另又差人，狄爷的伊管家来在这里许久了，烦他顺便请声就是。”郭部兵问道：“他来此何干？适间两个嚷闹都被他听见，成甚道理！你叫他来，我自已问他。”

党童将伊留雷叫到跟前，郭总兵问道：“你几时到船上的，来此何事？”伊留雷道：“我家奶奶与爷合气，只要抱了小相公、扯了爷同跳黄河，家里两个家人媳妇、两个丫头，八只手都扯他不住，敬来请二位奶奶过去劝劝。不料二位奶奶也在这里合气，小的就不敢再开口得。”郭总兵合周景杨两个都拍手大笑。郭将军道：“我还要央你回去请你家奶奶来我船上劝劝我家这两个人，谁想你家奶奶也在那里嚷闹。你回去与你爷说，叫你爷快快的与奶奶赔礼。我一个大将军八面威风的人也还耐他们不过，只得递了降书。你爷是个书生，叫他就快些输服了罢。”周景杨道：“这目下就到九江了，我破费些甚么治两个东道，外边我们三人，里边他们堂客三人。我们虽不好与他们当面和解，与他们三个遥劝

① 白醭——霉菌，闲臭了他的意思。

一劝，你们二公各人再背后随便赔礼。到那快活的时节，都只不要忘了我老周。”

伊留雷辞了郭总兵、周相公，仍旧划了船回去。寄姐还在那里撒泼不止。张朴茂的老婆抱着京哥怪哭。寄姐坐在船板上海骂。狄希陈起先那些昂气都不知敛藏那里去了，只是满口告饶，认说自己不是，原不该还口回骂：“你只看京哥分上，不要合我一般见识。你撩在水里的衣裳，打毁的玉器，我都一件件的赔还，半点也不敢短少。”寄姐说道：“你这没心眼的忘八，狠多着哩！我是故意的待作贱你，你晓的么？你到南京，上船去买东西，你那鼻子口里也出点气儿问我声：‘这是南京地面，我待进城买甚么去哩，你待要甚么不？’问也不问声，撅撅屁股，佯长去了。我说虽是没问我，一定也替我买些甚么呀。谁知道买了两日，提起这件来是送堂上的，提起那件来是送刑厅的。我难道连个堂上合刑厅也不如了？”狄希陈道：“我心里也想来，不是着他大舅主张着纳甚么中书，丢这们些银子，弄的手里醮醮的①，我有不替你买得么？我可又想我北京替你做的衣裳可也够你穿的，到了衙门里头，又没处去，咱做官撰了钱来再做也不迟。”寄姐说：“你没钱也罢，你只替我买一件儿，或是穿的，或是戴的，难道这点银子儿也腾挪不出来？这个也别提，使二三两银子哩。你从家里钉了丁子一般，住这们一向，跑了来到船上，你把那羊羔酒捎上两瓶，也只使了你一钱六分银。把那响皮肉秤上二斤，算着使了一钱。难道你这二钱多银子的家当也没了？可也是你一点敬我的心。”狄希陈道：“这天是多咱，羊羔酒陈的过不的夏，新的又没做。这响皮肉也拿的这们远么？”寄姐道：“我的哥儿！

---

① 醮醮的——意为没有钱。

你哄老娘，是你吃的盐比老娘多？老娘见的事比你广！你揭挑说我爹是银匠，可说我那银匠爹是老公公家的伙计，羊羔酒可说放的过夏，响皮肉五荒六月里还放好几日斯挠不了，这八九月天气拿不的了？”狄希陈道：“千言万语，一总的是我不是，你只大人不见小人的过！”狄希陈满口的赔礼。小寄姐不肯放松一句，只是饶过不说跳河。两家人媳妇劝道：“奶奶罢呀，‘杀人不过头点地’，爷这们认了不是，也就该将就了。只管这们等，到几时是个休歇？”寄姐此时火气也渐觉退去，撒泼的不甚凶狠，劝着奶了奶孩子，挽了挽头，只是使性子没肯吃饭。又劝说：“这一日没吃下些饭去，可那里有奶给孩子吃呢？”千央万及的，又将错就错吃了四五碗蝴蝶面，晚上也还合狄希陈同床睡了。

按下这头。再说那壁郭大将军合周相公说了半日话，掌灯以后，周相公撺掇着还过官舱那边去了。到了权奶奶床前，正待摘网巾、脱衣裳，上床宿卧，权奶奶道：“你待怎么？快别要汗鳖似的，夹着狗屁股替我臭走！以后我这床边儿上也不许你傍傍。不敢欺，咱是咬折钉子的老婆。咱就万年没有汉子，浪一浪儿狗屄，不是人养的！”郭总兵道：“‘此处不留人，更有留人处。’这可与我不相干。我来你赶我出去，可再不许说闲话了。”一面说，一面走到戴奶奶床前。戴奶奶骂道：“你就快别要汗邪，离门离户的快走！怎么来！人脸上没有肉，可也有四两豆腐！难道叫人这们砢碜拉拉的争，我又好留你的？我就浪的荒了，使手搓也不要你！你只拣着那浪淫妇的去处去替他杀浪，我害羞！”郭总兵怒道：“可恶那里！凭我要在那里睡，便在那里睡！”就待脱袜上床。戴奶奶道：“推你不出去，死乞白赖的塞在人床上！明日只别要惹人的屄声嗓气的，我不饶你！”权奶奶怒道：“谁是屄声嗓气！我本等不要汉子，我赌气偏要合汉子睡两夜！你饶得了便宜，你还拿发着人！不许在他床上睡，过我这床上来！”郭总兵道：“我既只走来了，还敢回去傍的床边哩？”权奶奶道：“你不过来么？”郭总兵道：“是遵你的命，不过去了。”戴奶奶道：“如今这们可怜人拉拉的央及人睡觉，头里别要这们十分的拉硬弓怎么！”权奶奶雄赳赳跑起来，说道：“你待去就去，你待来，我偏不叫你合他睡！”拉着郭总兵死嚗①。戴奶奶道：“刚才我本等不待留他，我如今可偏要留他哩！”也拉着郭总兵死嚗。一个拉着郭总兵右胳膊，一个扯着郭总兵左胳膊，一个往东拉，一个往西拉，两个老婆把个郭总兵拉的像五车子争的一般。

那官舱与后舵相邻只隔得一层板壁，纸糊的不甚严密，露有簪脚粗的一条大缝，灯光之下，被那梢婆张看的分明，看是两个扯着郭总兵的手，分头争拽。梢婆在板壁那边叫道：“二位奶奶消停，放缓着！一个做武将的人，全靠着两根手臂拉弓搭箭的，你拉脱了他的骨节，你们倚靠了那个过日子呢？”权、戴二人听见梢婆说话，略略都松了一松手。郭总兵秃着头，趿着鞋，跑到隔壁舱里，也不敢来官舱里要枕头铺盖，说说笑笑，与周相公同床睡，枕了个牛皮跨箱睡了。周相公道：“今晚倒也权过了一宵，这也不是长法。狄友苏的尊宠，此时亦不知安静了不曾。我明日办个小东，替这三位奶奶做个和事老人。”郭总兵道：“你怎样和事？他们又不曾在一处相闹。你的东道却办在那个船上？我与你算计不通。你办了东道，或在我们自己船上，狄友苏的老妈不肯过来。或是办在狄友苏船上，我们的两个又不肯过去，这不反又增一番的淘气？”周景杨道：“我自有道理。不拘摆在那厢，叫他三个只听得一声说请，走来不迭。既在一处吃酒，难道不交口的

---

① 嚗——此为“拽”意。

不成？定然说话。难道日里说了话，夜来又好变脸？狄友苏娘子既要出来赴席，也一定要老公撺掇，彼此商量，才好出门。这岂不是和劝？”郭总兵道：“怎好叫你费钞？仗赖你出名，我出银子。”周景杨道：“我出了一遭东道，怕你合狄友苏两个不两次回席？两边的堂客也不好白吃我的，也是回席两遭。闷闷坐的在这船上，岂不是消闲解闷之方？”郭总兵道：“这也有理。你便为起首来。”

座船将次到了九江，周景杨开了一个鸡、鱼、酒、肉的大单，称了一两五钱银子，差了管家卜向礼上岸照单置办，叫厨子安排两桌酒，叫卜向礼先对权奶奶道：“这彭蠡湖内有座大姑山，是天下名胜第一个所在，上面极齐整的庙宇，不可错过，这也是千载奇逢。周相公办了一桌酒在上面，要请二位奶奶同狄奶奶都到上面游玩一番。”权奶奶道：“周相公在客边，为甚么费事？多拜上周相公，若是戴奶奶不去，我就去。若戴奶奶去时，我便不好去得。只多上覆周相公罢。”卜向礼又将周相公的话说与戴奶奶，那戴奶奶半推半就的腔调，合权奶奶再没二样。看来臭肘一肘，临时都是“请字儿不曾出声，去字儿连忙答应”的主顾。

晚间泊船，又差卜向礼与狄希陈说知。外面说话，寄姐舱里听得甚真，心里极其喜悦。把两个家人媳妇喜的挝耳挠腮。狄希陈道：“管家略坐片时，我到里面说知了，回你的话。”狄希陈进到舱内，对寄姐说道：“今晚可到得九江，这彭蠡湖中有一座大姑山，天下有名的胜景，周相公办下东道，请你合二位郭奶奶同到上面看看。这也是凡人不容易到的。”寄姐妆着绷脸鼻子，又忍不住待笑，口里强着说道：“看我过的那好日子哩，去游山玩水！多拜上他，我不去呀。”狄希陈道：“他是个客边，费了事请咱，怎好不去的？这船里闷了这一向，你只当上去散散心也是好的。”寄姐道：“我不去。怎么呀？吃了人的可也回回席。我为的人么？”狄希陈道：“你别管他，你只管上山，我管回席。替你回的不齐整了，凭你合我算账。”寄姐忍着笑道：“我不去呀！”二位管家娘子狠命的撺掇说道：“周相公是个客，费心请奶奶去游山，奶奶不去，倒像似怕回席的一般。怎么不去？爷回说明日去就是了，可只顾的根问。”狄希陈出去对着卜向礼道：“多拜上周相公，明日就去。只是忧周相公，心里不安。”寄姐里面说道：“管家别听他说，我不去呀。我身上有件衣裳呀，头上有根簪子呀？倒像似跟人的丫头似的！”卜向礼说：“狄奶奶说不去，我就这们回了周相公的话，省的又雇轿子。”寄姐听说，恐怕当真的打脱了，再就没敢做声。卜向礼回了周相公话，船到了大姑山下，泊住了船，叫人上山收拾两处坛场，雇了十来乘山轿，临期分头邀请。狄希陈乘着这个机会在寄姐面前献殷勤，攀说话，穿衣插戴，极其奉承。“严婆不打笑面”，寄姐到此地位，有好几分准了和息的光景。

再说权、戴两人拿腔作势，心上恨不得一时飞上山去，口里故意拿班①，指望郭总兵也要似狄希陈这般央及。谁知郭总兵才做到挂印元帅，还不曾到那怕老婆的都元帅田地，说道：“待去的，快些收拾就去。不待去的，在船上看守。两个都待去，都快些收拾。如都不待去，都在船上看守。我同周相公、狄友苏上山游玩一番，及早还要开船走路。”权奶奶道：“我本等不待去的，只怕负了周相公美意，勉强走一遭去。”戴奶奶道：“我也怕负了周相公美意，只得去走一遭。若不是周相公的体面，只怕八个大金刚还抬不动我哩！”

① 拿班——指装腔作势。

二人将次穿着完备，约同了寄姐，都是家常淡服，平素浅妆，搭扶手，安跳板，登在岸上。三人见完了礼，问了动定，依次上了肩舆，抬到山上。郭总兵、周景杨、狄希陈也随后步了上去。果然是座名山，许多景致，观之不足，玩之有余。寄姐开言，权、戴二人也不由接话。起初绷脸，渐渐开颜。看景已完，酒肴交上，内外吃到日转斜阳，方才收樽席散，前后下山，各人回自己船上。只因遣兴陶情以后，彼此怒气潜消，不止狄希陈与寄姐和好如初，权奶奶与戴奶奶也暂时歇气，轮流荐枕，挨次铺床。凡到甚么马头热闹所在，寄姐、戴奶奶、权奶奶、郭总兵、狄希陈次第回席。幸得一路无言，不致翻唇撅嘴。此系沿途光景。至于别项事情，再听下回接说。

第八十八回

薛素姐送回明水　吕厨子配死高邮

狠命追船急若梭，追着意待如何？神灵不愤起风波，托身附话，作怪兴魔，被拐一双骡。　　便宜得处莫夸多，逆旅扬州雉入罗，歪心犹自不消磨，告官下毒，重犯金科，牢洞把尸拖。

右调《青玉案》

薛素姐住在尼姑庵内，把那骂公婆、打汉子的恶性都收藏没有用处。韦美按日供柴，计时送米，恐怕吃了秃老婆的小菜，还不时送钱买办。素姐吃了韦美家的茶饭，却与老姑子浆洗衣裳，与小姑子制造僧履，淘米做饭，洗碗擦锅，好生勤力。只说做和尚的个个贪狠，原来这做姑子的女人，没了两根头发，那贪婪狠毒便也与和尚一般。这个庵里的老尼从天上掉下这个女人，吃了别人家的饭，安安静静、倒心伏计的与你做活，却该十分庆幸才是。他却要师徒几个都指靠了素姐身上，要韦美供备采粮，自家的米缸、豆瓮整日开也不开。起先送来的米一斗可吃八日，渐至斗米只吃了三日。韦美也略略查考，老尼道："这位女善人，起初时节，想也是心绪不佳，吃饭不动。如今渐渐的怀抱开了，吃了不饱，饱了就饥。韦施主，你为人为彻，这也是收束不住的事了。"

依了韦美的念头，有钱的人家，多费了几斗米，倒也不放在心上。禁不得那浑家日逐在耳边头咭咭聒聒，疑起心来。更兼韦美沿地里打听那吕祥的踪迹，没有下落，走到姑子庵内，对素姐说道："你在此住了这将近两月，拐骡的又寻找不着，天气又将冬至数九的时候，你家下又没有人寻到这边，我要备些路费，差个女人送你回去，不知你心下如何？"素姐道："若肯送我回去，又着个女人作伴，感恩非浅！我身边还有带得盘缠，算起来也还够到得家里，只仰仗差人、雇头口便好。"老尼道："你家中又没有公婆，丈夫又见在远处做官，'瞎子迷了路，你在家也是闲。'这等冷寒天气，男子人脚下缠了七八尺的裹脚、绒袜、棉鞋、羊皮外套，还冷的像良姜一般。靴底厚的脸皮，还要带上个棉眼罩，呵的口气结成大片的琉璃。你吹弹得破的薄脸，不足三寸的金莲，你禁得这般折挫？下在店家，板门指宽的大缝，窗楞纸也不糊，或是冷炕，或是冰床，你带的铺盖又不甚温厚，你受得这般苦恼？依我好劝，只是过了年，交了三月，你再回去不迟。饭食是不消计论。若韦施主供送不便，小庵中四方施主的斋供，也不少这女菩萨的一碗稀粥。"韦美道："我要送狄大娘回去，是完我一场的事，岂吝惜这吃的升斗之米？若说路上寒冷，这狄大娘你自己主意，我便不好强你。"素姐道："思家心切，寒冷我也顾他不得。路上辛苦，到底是免不得的。丈夫虽不在家，尚有家事用人料理。韦恩人，你还做主送我回去。"韦美道："既是主意已定，我连忙收拾打点便是。"

老尼见留素姐不住，年节将来，没有了人做活，没有供米，好生不喜，背地仍十分苦留，说天冷唬他不住，又说路上满路的响马，劫了行李还要吃人，女人年少标致的捉去压寨，丑老的或是杀了煮吃，或是拿去做活受苦，大约都是此等话头。幸得素姐狠似响马的人，那里还怕甚么响马，一心只是回家。韦美去买了一个被套，做了一副细布铺陈，做了棉裤、棉袄、背心、布裙之类。农隙之际，将自己的空闲头口，拨了两人，差了一个觅汉宋一成，雇了一个伴婆隋氏，当日家里办了一桌荤素酒菜，请素姐同老尼到家，送行起身。

原来这韦美的娘子是一个绝色的佳人，平素极爱洁净，见了素姐少了个鼻子，焌黑的两大窟窿，身子陪坐，把个头别转一边，就是低了不看。勉强陪了一会，止不住往外飞跑。刚到门，呼的一声，呕吐了一地，头眩恶心不住，扶进卧房睡下。素姐吃完起身，韦美的娘子也不曾出送，止有韦美合老尼送上头口。风餐水宿，不日到了明水。一路平安，无有话说。

只是素姐那日自家中起身，并不曾说与一个人知道。住房的人只见吕祥回家，当时不多一会，素姐同吕祥都不知去向，遥地里被人无所不猜，再没有想到是赶狄希陈的船只。龙氏家中求神问卜，抽签打卦。薛如卞弟兄两个又不肯四下出招子找寻，每日娘儿们家反宅乱。那日素姐忽然到了家，跟着宋一成合伴婆隋氏，衣裳不整，面带风尘，脚沾黄土。龙氏听见素姐回家，飞风跑来，相抱而哭，方知道是赶船不上，吕祥拐了骡，将身流落尼庵。幸得遇着好人，差人送回，家内着实款待那宋一成合隋氏，留住了三四日，每人与了二两盘缠，又每人是二两犒赏。轧了一百斤绵绒，四匹自织绵绸，四十根大花布手巾，着了一个觅汉鲍恩回去谢韦美看顾。素姐回到家中，两脚踹了实地，刻刻时时，心心念念，算计不出个法来把狄希陈拉到面前，口咬牙撕一顿，泄泄他的恨气。

再说吕祥自从那日撇下素姐，凭他在戏场上与河神作闹，他且回到店家吃的酒醉饭饱，屁股骑着坐骡，手里牵着看骡，一直径到扬州城里，寻了店家宿下，说他是个贩骡马的客人，赶了一群骡马，约有三十匹头口，来到离淮安三十里外，撞见山上的一伙大王，尽行劫去，被他苦死央及，拣了三头不济的骡子还他。

因没盘费，在淮安金龙大王庙里卖掉了一头骒骡，今止剩得两个，要寻主顾发脱。连住了几日，因他说得价钱不对，凡来看的，都讲不上来，去了。

一日，这吕祥合该晦气，淮安府军厅里人来了两个下关子的公差，同在一个下处，见了两个牙行，领了两个人看骡，吕祥在傍说价。一个六岁口的黑骟骡说了五十两银，一个八岁口的黄儿骡说了二十五两。那经纪把吕祥看了两眼，说道："这骡情管不是你的。不然，你怎么说的都是没捆①的价钱？"那两个差人也在傍边观看，问说："你这位客人是何方人氏，来此卖骡？"吕祥道："我是山东衮州府人，姓吴，久惯贩头口生理。这淮扬一带，我一年十二个月倒有十个月住在这里。"差人道："你说淮扬是你久住之地，总漕军门的衙门是在那厢？漂母祠韩信的钓台、琼花观、迷楼、竹西亭都在甚么所在？"吕祥道："你真是个没趣的朋友！你们是个闲人，到处里游山问水的顽耍。俺只做生意的人，'针头削铁'，有闲空工夫？吃着主人家的贵饭，住着主人家贵房，放着生意不做，且去上甚么钓台，游甚么迷楼去？"差人道："你说久在淮扬，咱且不要题那淮安，你且说你扬州的旧主人家是谁？"吕祥道："这就是我的熟主人家。"差人问那主人，店家也只得含糊答应。差人道："你这主人家别要把祸揽在身上，这人不巧。"吕祥骂道："贱瞎眼的狗头！我那里放着不巧？我不巧，我偷你娘的屄来了！"差人道："你那里放着不巧？一似在淮安府金龙大王庙做过不巧来。你是跟那瞎一个眼、少鼻子妇人的人，那妇人被金龙大王附在身上，你乘空拐了骡子逃在这里，你还强嘴？"吕祥听见这话，恨不得再生出几个口来合人折辨。怎

① 没捆——与实际相差太远。

禁的贼人胆虚，一双眼先不肯与他做主，眊眊稍稍，七大八小起来。其次，那脸上颜色又不合他一心，一会红，一会白，一会焦黄将去。再其次，他那舌头又不与他一溜，搅粘住了，分辨不出一句爽利话来。差人道："你那个瞎眼的妇人如今现在尼姑庵内住着，告了状，四散拿你。我们两个正是淮安军捕衙门的番当，缉了你这两多个月，你却逃在这里！"腰里掏出麻绳，登时把吕祥五花绑起，要带去空庙里拷打，哄动了满街人。

地方巡视人役传布了本处的番手，走来店内，见淮安差人将吕祥捆绑，问道："你二位是何衙门的差役，缉到这里？"淮安差人说道："这人是跟一个山东妇人来的。那日金龙大王庙里有人还愿，那妇人在庙烧纸，站住了看戏，被大王附在身上，在那里闹场。他回到下处，把那妇人的行李、骡子拐带来了。那妇人幸得遇了个好人，送在个尼姑庵里寄住，告了状，正在严限缉拿。他却躲在此处。"扬州捕快道："二位取出海捕的批文来。"淮安差人道："批文留在家里，不曾带来。"扬州捕快道："你既没批文，怎就擅拿平人做贼？这是假充公差，拿绳来吊起！"那吕祥跪在那扬州差人的面前哭道："二位爷爷就是我的救命星君！不是二位爷爷作主，我这孤身单客，有冤何处去诉！"扬州差人道："你且消停，我方略①了这两个，再与你说话。"一边取出铁索，要拴那两个公差。淮安差人道："我奉淮安军捕衙门来扬州府关子关人，你敢锁我，你后日再不必到我淮安！我约同了合衙门兄弟，你们但有到那里的，见一个打一个，见十个打十个！"扬州差人道："你的公文下了不曾？有甚么船票么？"淮安差人取出船票来看，说："关文已经投过，单等领人。"扬州差人道："原来

① 方略——处置解决。

真是公门兄弟，我们实是不知，千万恕罪！二位老兄此来原是下关，没有领批拿贼。既在我们地方缉获，让我们拿他罢。二位兄回去，只在淮安本衙门，也泯没不得二位老兄的功绩。我们同去拷问他便是。”带了吕祥，拴了店主人，牵了两头骡子，都到一座空庙里边。

吕祥还待支吾强辨，扬州番役把吕祥的衣服剥脱干净，馄饨捆起，一根绳拴在树的半中腰里，铁棍、皮鞭，诸刑咸备，不忍细说，打了个不数。这吕祥只得把那跟狄希陈到京听选，恼恨不与他全灶为妻，挑唆素姐赶船，被河神附在身上，乘空拐骡逃走，一一招得明白。带去江都县见了捕官，夹打了一顿，录了口词，呈在堂上，又夹打了一顿，将骡子发在马厂寄喂。吕祥送监，关行绣江县查问。查得吕祥招承的说话，一些也不差，回了关文。江都县将吕祥取出监来画供，问了三年刺配，呈详本府，转详解道。那每处夹打，说也惨人，不必烦琐。允了详，定发高邮州孟城驿摆站①。详下本县，叫了乐工，把吕祥那左小臂上大大深深的刺了两个“窃盗”字样，起了文书，抄了招稿，打了二十个送行竹板，佥了长解，押发前行，交付了驿官，打发到驿的收管。

原来这徒夫新到了驿里，先送了驿书、驿卒、牢头、禁卒常例，这下边先通了关节，然后才送那驿官的旧例。礼送得厚的，连那杀威棒也可以不打，连那铁索也可以不带，连那冷饭也可以不讨，任他赁房居住，出入自由，还可告了假回家走动。遇着查盘官点闸，驿丞雇了人替他代点，这是那第一等的囚徒。若是常例不缺，驿丞的旧例不少，只是那为数不厚，又没有甚么势要的

---

①　摆站——发配到指定的地点服劳役。

书启相托，这便些微打几下接风棍棒，上了铁索，许他总网巾，打伞络，讨饭糊口，这是第二等的囚徒。若是年少精壮，膂力刚强，拈的轻，掇的重，拖得坯，打得墙，狠命的当一个短工觅汉与那驿丞做活，这也还不十分叫他受苦，这是那第三等的囚徒。若是那一些礼物不送，又没有甚么青目书札相托，又不会替驿丞做甚么重大的活，这是不消说起，起初见面定是足足的三十个杀威大板，发在那黑暗的地狱里边，饭不许你讨碗吃在肚里，要死了伶俐，阎王偏生不来拘唤，要逃了出去，先不曾学得甚么土遁水遁的神通，真是与鬼不差，与人相异，这是那第四等、五等、六等的囚徒。

这吕祥先在京师，凡是替狄希陈买办东西，狠命克落，喜得狄希陈不大会得算账，两三年里边，他也“钟徐丘①”了好几两银。但这样人得了这样利，原得的不难，看得也便容易。这手揿来，那手撒去，也不大有甚么攒积。就是狄希陈临行，他虽然挟制预支了六两工食，做了三两多的衣服，剩下的，在京里住了一个月，又算回家狄希陈怕他唆拨，必定仍还与他银子，所以都一汤的大铺大腾的用了。来到家就跟了素姐赶船。素姐乖滑，将那大块多的银子扁在自己腰间，不过将那日逐使的零星银子交他使用。及至到了淮安，所余也是有数的。到了扬州，指了两个骡，算计要卖许多银两，主人家只管赊与他饭吃。后来犯事到官，腰里也还有七八钱银未使，被应捕搜得去了。两个骡子变价入官了。在监里的时候，讨那囚犯们的残汤卤醋救饿充饥，仅不得死。发配在路，长解耽着干系，怕他死了，讨不得收管，煞要费事，只得每日些微买碗粥汤叫他挨命。交付了驿官，他却再那里

① 钟徐丘——意为贿赂。

有个板滓送甚么常例。打的那棒疮烂见了骨头，要讨个铜钱买个膏药，也是可怜见没有的。这不消说得，稳稳的是第六等囚徒。

就是这吕祥一个。你说没有钱使，又没有分上，或者小心下气些儿，也还有人怜你。他却矮着一葫欛子毛尾，多梭的一双眼睛，不可人意的一副歪脸，他眼里还没有那个驿丞。那驿丞问道："据那抄来的招上，你也就是极可恶的人，这是真也不真？"吕祥道："我知道么？说我是真就是真，说不真就不真。"驿丞道："你这话是答应我的么？"吕祥道："我这们话儿，在北京城里不知答应多少老爷们哩，偏老爷你又嫌我答应的不好哩！"驿丞道："京里大老爷们依你这们答应，我官儿小，偏不依你这们答应！真就说真，不真就说不真，你待说不说的呢！拿下去，使大板子着实打！"吕祥道："老爷且别打，迟了甚么来？"驿丞道："快些打了罢！我性子急，慢甚么慢！"吕祥道："只怕打了揭不下来呀！"驿丞道："揭不下来，叫他烂在腿上！"不由他调嘴，尖尖的三十大敲，敲来敲去，敲的个吕祥的嘴稀软不硬叫老爷，口里屎滚尿流。打完，叫人拖在重囚牢里，白日加靠①，夜晚上柙，不许松放。

他对了那些牢头、禁子说道："我也不是无名少姓，我也不是真正偷骡。龙图阁大学士吕蒙正是我的大爷，侄儿是举人。我家里也有二三千金的产业。只是这一时'龙游浅水遭虾戏，虎落深坑被犬欺'。你只留我口气儿，你们的便宜。我昨日遇着俺家里人往淮上卖曲的，捎信到家去了，待不的一个月，情管就有人来。那时我有恩的报恩，有仇的报仇。喜欢也在你们，后悔也在你们。"说得那驿卒们欲信不可，不信不能，背后说道："天下事

① 加靠——上铐。

都不可知，看他在本官面前大意拉拉的，一定是有些根基的物件。万一叫他死了，官的嘴翻来覆去，有甚么正经。没人说话便罢，有人说话往我们身上一推。告状要起人来，这也不同小可！他既说家里人到，有恩的报恩，我们遭着这样刁恶的人，也不消十分的拘禁，轮流每日给他几碗粥吃，等到一月两月没有人来，再做话说。"所以吕祥虽是被驿丞打了三十，倒也还不受以下人的大亏。但这些禁卒怎的每日供他的饭食？做好做歹在驿丞面前周旋，将他上了锁，脚上带了脚镣，放他出街讨饭。他这个傲气，别人讨两碗，偏他一碗也讨不出来，常是一两日水米不得沾牙。兼之低心憋赖，在那同锁的囚徒里面，一味咬群，众人合了一股，大家作贱。若不是有个救星，这个狗命，料想也是难逃。谁想这等歪人，遭了这等颠沛，他那死期不到，自然钻出一个救命老官。

旧驿丞推升了扬州府的仓官，新来的驿丞姓李，山东滨州人，择了吉日，一般也出了张条红纸到任的告示，升堂画卯。头一班一个驿书参见，第二班几个马夫，第三班就是徒夫。众徒夫磕过一头，吕祥又另自磕头。李驿丞问道："这个徒夫系我山东人说话。"吕祥道："小的是济南府绣江县人。"李驿丞道："原来是同府的人。你犯了甚么事，问这里徒罪？"吕祥没的回话。众徒夫说道："他来这里做贼，刺了字。所以问的是这里徒夫。"李驿丞道："为犯别事还可，这刺字的贼徒，可容不得情。"吕祥道："小的虽是刺字，通是屈情，那里有点实情气儿。小的是个数一数二的厨子，觅给明水狄监生家里做活。狄监生选了四川成都府经历，先来家里祭祖，留下小的在京里领凭。小的领了凭回来，狄监生等不的，去了，把小的行李、工钱俱没留下。狄监生的娘子合小的往前赶船，赶到淮安没赶上，没的小的的工钱、行李不要么？赶了他两个骡，还没得卖出去，叫扬州府的番子手拿住，屈打成招，说我是贼。爷详情，这就是贼么？”李驿丞笑道：“这是拐带，那是甚么贼。你且去，看我有处。”众人带着锁，依旧讨饭去了。

这李驿丞单身上任，不曾带得家小，止跟着两个家人，紧到年跟底下，把一个会做饭上厨的家人病倒。那高邮孟城驿的驿丞，虽是散曹，颇有交际，新年有来拜节的客，多有该留他坐的，卒急寻不着个会上灶的。这吕祥乘这个机会便做了毛遂官人，对了那一个不病的家人说道：“闻说那一位管家极能做菜，如今有了贵恙，没人服侍李爷。我在下不才，这把刀的手段，也没有人比下我去的。我不惟会做饭，我且能会摆酒。我不止于会摆酒，凡一应这些拖炉油炸，我无所不会。李爷何不将我开了锁镣，把我当一个内里人使唤，本乡本土的人，不胜似使这边的生头？你若是说得李爷依了，凡厨下头一分好东西，我先敬了你，其次才孝敬李爷。”家人应允，来对李驿丞说了。李驿丞道：“他前日自己说是个数一数二有名的厨子，我也想着要用他。我但见他贼模贼样，是个凶恶不好的人，我所以不曾言语。”家人道：“他是咱同府的人，隔咱不足一百多路，他敢半点欺心，我赶到他家火底下，拿了那驴合他娘！咱如今年下见没人指使，怕他怎么？放他出来，叫他洗括洗括，当铺里查件旧棉袄、旧棉裤叫他换上，再买顶帽子、买双鞋给他。”驿丞道：“没见他怎么等的，这先使两数多银子哩。”家人道：“他要好，叫他穿着替咱做活。他要可恶不老实，呼顿板子，给他剥了衣裳，还叫他去做那徒夫。他说会炸果子。这年下正愁没甚么给人送秋风礼哩，这乌菱、荸荠、柑、橘之类，都是他这里有的。咱炸些咱家里的东西送人，人看着希罕。”李驿丞道：“也罢。你合他说妥着，讲开一年给他两数银子制衣裳，这眼下给他扎括的衣帽算上钱。”家人将言都对吕祥说了，吕祥喜不自胜。即时叫人替他开了锁镣，跟着家人见了李驿丞，又将前后的言语申说了一遍，许他一年给他一两二钱工食，吕祥也不敢争竞。果然与他从头至尾换了衣帽鞋袜，专在厨房做饭。新来媳妇，也未免有三日之勤。

将次到了十二月中旬天气，李驿丞要叫他炸果送礼，开单秤的香油、糖蜜、芝麻、白面，各色材料俱全，定了十二月十六日开手。他果然做了七八样的果品，虽也不是那上等精致的东西，也都还搪塞得过。与人送礼，自家摆桌，“老婆当军，充数而已”。到了年下，叫李驿丞开了一个大单，买了许多鸡、鱼、藕、笋、腐皮、面筋之类，一顿割切起来，把菠菜捣烂拧出汁来染的绿豆腐皮，红曲染红豆腐皮，靛花染蓝豆腐皮，棉胭脂染粉红豆腐皮，鸡蛋摊的黄煎饼，做的假肉、假鸡、假猪肠、假牌骨、假鸡蛋、假鹅头，弄了许多跷蹊古怪的物件。那个李驿丞生在滨洲涝洼地面，又住在穷乡远村的所在，乍见了这等奇怪的东西，不呵叱他一顿，逼他丢掉一边，倒着实的称起他好来。把个吕祥喜得就如做了几篇得意文字一样，满脸带着那笑。正月新年有来拜节的客人，多有不必留坐的，这李驿丞因要卖弄他的希奇肴品，狠了命款留。那高邮州的人物，生在一个今古繁华所在，又是河路马头，不知见过了多少食面，一乍见了这个奇物，筷子也不敢近他一近。李驿丞又再三的话让，说是他家的小价的妙手。吕祥见李驿丞作兴他的手段，便就十分作起势来。天是“王大”，你就做了“王二”。把两个正经管家反倒欺侮起来，开口就骂，行动就嚷，说管家是个真奴才，他是央倩的人客。那年扬州荒旱，米是极贵的价钱，他成斗的攒起盆头米来换酒换肉，日逐受用，只瞒得一个李驿丞不知。家人外边得点甚么常例，他乔做家公，挟制了要去分使。

高邮州的吏目，敛解钱粮上京，缺官巡捕。这孟城驿的旧驿丞姓陈，虽升了大使，不曾到任，候缺空闲。府堂上求了戏子分上，替他讨来高邮代捕。到任以后，吏目、驿丞原也不相上下，可以交际往来。又兼陈大使原是这驿里的旧令尹，所以李驿丞合他相处，下帖请他，叫吕祥用心做菜，不可苟简。这吕祥心怀不善，记恨初来时节被他三十板之仇，想要乘机报复，偷空出去买了几钱砒霜，凡是陈驿丞的汤饭之内都加了砒霜细末。幸加不甚多，不致暴发。待了片时，陈驿丞肚内渐渐发作起来，起初溃乱，后来搅痛，只得辞席回去。李驿丞见他病势凶恶，也就不敢固留。陈驿丞到得衙内，唇口发青，十指焌黑，知是中了毒药。喜得名胜之地多有良医，请入来诊视脉息，知是中了砒霜毒，即时杀了活羊，取了热血灌下，又绞粪清灌去，方才吐出恶物，幸得不死。

陈驿丞疑是李驿丞要谋他的巡捕，所以下此毒手。病了几日起来，州堂上递了呈子，指名呈李驿丞，说他谋害人命。州官准了呈子，差人拘审。李驿丞指天画地，血沥沥的发咒。陈驿丞道："我与你共桌而坐，同器而食，如何偏我中毒？这不是你的手脚，更是何人？"州官问道："那日酒肴是甚么人摆的？"这李驿丞忽然想悟，禀道："实禀老爷，驿丞的两个家人，那个会上灶的家人病倒，没人做饭。徒夫中一个吕祥，原是个厨子，又是驿丞同府的人，是吕祥做的。"陈驿丞道："据了此说，便与李驿丞无干。这吕祥配发到驿，大使因他是个凶恶贼徒，照例打了他三十板，定是他怀恨报仇。"州官拔了一枝签，差人即时将吕祥拿到。他也自知事不可掩，脸都没了人色。州官问道："药陈驿丞的毒药是谁下的？"吕祥平素刁佞，到这时也便支吾不来。套上夹棍，不上五六十敲，从头至尾，招得与陈驿丞所说半点不差。夹棍上又敲了一百，重责了四十大板，发驿再徒三年。将李驿丞问了一分米，因他不应擅役徒夫。李驿丞从此也就绝了照管。吕祥将养好了，仍旧带了锁镣街上讨饭。恨李驿丞撵他出来，对人面前发狠，称言务要报仇。

一日，淮安府推官查盘按临，审录囚犯，点到吕祥跟前。吕祥禀说："李驿丞卖法纵徒，雇他上灶做饭，讲过每年十二两工钱，欠下不与，因要工钱触怒，以此昼夜凌虐，命在须臾。"李驿丞站在傍边，等他禀完了话，过去跪下，把这从前以往的实话对查盘官禀了个明白。推官大怒，分付："这等恶人，还要留他在世！驿官，带出去自己处死，不消回话！"驿官谢了推官，领他到驿，发在牢内，禁住人不许与他饭吃。他还想那起初有人轮流管他吃用，不以为意，佯长跟了下狱。谁知此番奉了推官意旨，又兼他恶贯满盈，阎王催符来至，禁不得三四日，断了茶水，把一条绝歪的狗命顷刻呜呼。报了州官，将尸从牢洞里拖将出去，拉到万人坑边，猪拖狗嚼，蝇蚋蛄嘬①。这是那作恶的下场，完了这个畜生的话本。再有别人，另看下回结束。

① 嘬——咬。

第八十九回

薛素姐谤夫造反　顾大嫂代众降魔

红颜慢认是吾妻，狡毒有希奇。万狠莫堪比似，豺虎合蜂蛇。诬叛逆，谎兴师，牮刁词。官非明断，证不公平，九族诛夷。

右调《诉衷情》

再说薛素姐从淮安吃了一场大亏回来，头一个恨狄希陈，这是要食肉寝皮，其仇是不可解的。其次就恨狄周，恨他回家不该做成一路哄他。再其次又恨相大妗子不说狄希陈在京另娶，及至他自己到京，禁住了人，不许半星透露，都是相大妗子的主谋。日夜寻思，都要一个个从头报复。但狄希陈远在七八千里之外，狄周送狄希陈上了船，仍回北京管当，素姐不曾知道，只说都往四川去了，这目下怎能报复得着？心里想道："'义不主财，慈不主兵'必定要如此如此，这般这般。不怕他远在万里，可以报我之仇，泄我之恨。"夜间千思万转，定了这个主意，起了个五更，叫了个觅汉跟着头口，一直径到绣江城内县门口，寻了店房住下，访了一个极会写状的讼师，合他说道："我要在县里递张首状，央你写得详细，我送你一两纹银。"讼师说："你且将情节说来，看系何事，我好与你写。"素姐说："我是薛氏，嫁与监生狄希陈为妻。狄希陈不安本分，合家人狄周每日谋反。久在京师潜住，又娶了一个红罗女为妻，剪草为马，撒豆成兵，呼风唤雨，移斗换星，驾云喷雾，无所不为。昨日，狄希陈领着这红罗女一班反贼，都往四川成都府调兵，妆着假官，使着假勘合，回家邀我同去。我怕带累，没肯许他。这是要十灭九族的事，我待出首免罪哩。”讼师道：“这事别当顽耍，有实据才好。这要问出谎来，你不消说是诬告加三等，还要拿写状子的打哩。且问证见是谁？”素姐道：“我是他的老婆，再有我知的真么？汉子谋反，老婆出首，这也还另要见证么？”讼师本等不敢与他写这大状，只图他那许的一两银子不是等闲撰的，大了胆与他写道：

告状人薛氏，年三十七岁，本县人，告为出首免罪事：氏夫狄希陈，从幼不良，无所不为，假称坐监为名，潜住京师，另娶妖妇红罗女童氏为妻，演习邪教，剪草为马，撒豆成兵，谋为不轨。本年八月内，假充职官，伪造勘合，带领妖妇童氏、妖徒狄周，前往四川调兵，强氏同行入教。氏恐株连，不敢同往。似此反贼作乱，若不预先出首，恐被连累，后悔难追。伏乞行文剿捕，免氏并坐。上告本县老爷详状施行。被告狄希陈、狄周、童氏。

县官看状，说道：“他既潜住京师，做这些歹事，怎么往八九千里外四川去调兵？你这状一定另有个主意，不是实情。”县官看了状尾的代书名字，照名差人拘来，问道：“你怎么与这妇人写如此谎状呢？”代书道：“据小的看来，其实是谎。但他自己的妻子出首，又是谋反的事情，小的怎敢与他格住不写？”县官道：“你这也虑的是。”叫薛氏：“你有主人家么？”素姐说：“县门口郜家下。”县官差人唤了主家来到，把这个妇人保下去，好生看守伺候。准状拘审。分付该房出了信票，差了快手，拘那狄希陈的左右两邻、乡约地保，赴县察究。

差人持票下乡，左邻陈实，右邻石巨，乡约杜其思，保长宫直，一干人都已叫齐，差人缴票回话。晚堂听审，县官坐了堂，这就是头一起：先叫陈实，次叫石巨，再次叫杜其思，又次叫宫直。县官问道："怎么你明水地方有此等兴妖作怪谋反的人，两邻不举，乡约、保长不报，这是怎么说？"陈实头一个开口禀道："昨日老爷差人下乡拘唤小的们，见票上的朱语，是出首免罪事，打听差人说是薛氏出首他丈夫谋反。老爷问作反的人，一定是狄监生狄希陈么？"县官道："就是。"陈实道："这不止小的一人。这石巨是右邻，杜其思是乡约，宫直是保长，你众人都公道回老爷的话，狄希陈果真作反来？"众人齐道："这狄希陈是个监生，他父亲是狄宗羽，老爷县里有名的良民，死过才三年多了，止有这狄希陈一个儿子，也是个老实人，自来没听见他兴妖作怪，又会谋反。"素姐道："他不会兴妖作怪，没曾谋反？你们都是合他一伙的人，肯对着老爷说实话么！他昨日往四川调兵回到家里，你们那一个没合他往来通气呀？"县官道："他往四川去做甚么？"众人道："他新选了四川成都府经历，他去到任，何尝是调甚么兵？"

县官叫门子取过新《缙绅》来，看得成都府经历狄希陈，号友苏，山东绣江县人，准贡。县官又问："这妇人告这一张状，他的主意却是为何？"陈实道："这妇人的父原是个教官，两个兄弟多是有名的好秀才。偏他至不贤惠，殴公骂婆，打邻毁舍，降汉子，比凡人不同。致的丈夫逃在京里，住了这三年多。闻的另娶了一个妾姓童。昨日选了官，回家祭祖，住了半个月去了。后来一个跟狄监生的厨子吕祥，不知怎么过了舌①。合吕祥去赶狄监生，赶到淮安没赶上，被吕祥把骡子都拐去了。前日扬州府江都县没行关子到老爷县里查么？"县官想道："就是他？你们再

① 过了舌——多了嘴、告密。

说。”众人又说道：“想是没得赶上，所以递这状，指望老爷动文书提他回来的意思。”县官道：“良家妇女，怎么鼻子都是没有的？我那边凡有私奔的妇人，被人捉回，方割了鼻子哩。”众人道：“老爷说这鼻子的事，其话又长。前年他的丈夫不在家内，他买了一个猴，将他丈夫的巾帽、衣裳都改把与那猴子，妆成他的丈夫，将那猴日夜的椎打，把猴打得极了，拧断了铁锁，跑在肩上，先抠了眼，后咬了鼻子。”

再说素姐来县告状，又不曾对人说知。龙氏差了薛三省媳妇送了一盒点心与素姐吃，只见素姐中门封锁，问那外面住房的人，都说：“不知去向，风闻得像是往城里递状告人去了。”薛三省媳妇回家，对龙氏说知。龙氏料得薛如卞、薛如兼断是使不动的，只得差了薛再冬，叫他扁着吊数钱，寻到城内陪他姐姐。走了四十里，寻到县前，正见素姐在一家下客的门口凳上坐了看街。再冬备问详细，方知是出首狄希陈谋反，状已准过，差人拘唤两邻约保去了。差人拘齐了人，投文见官。这再冬若是一个有识见、达时务的人，料得姐姐告这般刁状，躲得远远的，还恐怕寻将你来。他却搀扶了素姐，跪在月台底下听审。听得乡约众人禀说被猴抠眼、咬鼻子的事，他下边高声说道：“你们众人又不是他家的家人觅汉，你们怎么知得这等真？”县官问道：“下面说话的是甚么人？”乡约禀道：“是薛氏的弟。”县官说：“采上来！”说道：“我心里疑惑，人世间那里有此等的妇人，做这样违条犯法的事？原来是你这奴才挑唆主使！状上又没你的名字，你擅入我的衙门，箝制乡约，这等大胆！选大板上来！”拔了六枝签，分付着实重打。霎时把个小再冬打的皮开肉绽。薛素姐下面叫屈声冤，只叫：“南无观音菩萨！本县城隍！泰山圣母！别要屈了好人！”县官大怒，叫人拿上来，一拶一百敲，将再冬枷号一个月示众，将素姐放拶赶出。薛素姐因手指拶烂，肿痛难忍，不能回家。又因再冬被责枷号，没人照管，只得仍在店家歇住，雇了一个人回家说信。龙氏放声哭叫，强逼薛如卞兄弟恳央县官释放薛再冬的枷号。

薛如卞兄弟到此地位，明知理亏，但只是义不容辞，怎忍坐视？即刻起身赴县，寻着了素姐，又去寻看再冬，焦黄一个齷齪脸，蓬着个头，稀烂的一只腿，枷在县前。枷上左边一条告示，上写着“枷号唆使亲姊诬告本夫谋反犯人薛再冬示众”。右边一张封条，上写“绣江县某日封”。上面一张横示“枷号一个月满放”。看见那薛如卞兄弟来到，裂着个瓢大的嘴怪哭，只说：“二位哥哥救我！”薛如卞说：“何如？我的话你再不听。你前年跟了姐姐往北京去，我那样的嘱付你来？这诬告人谋反是甚么事，你直脖子往里钻，这可甚么救你？家里有这们争气姐姐，俺躲着还不得一半。‘晏公老儿下西洋’，也救得人么？”再冬道：“这两日只怪恶心，饭通吃不下去，二位哥哥若不早救，这死只在目下。”

薛如卞、薛如兼寻了别的下处，晚间着了人看管再冬。次早，兄弟两个戴了儒巾，也没敢穿公服，止穿了青衣，具了一个禀帖，跟了投公文的进去，投上禀帖，听候点名发落。县官读禀帖道：

本县儒学廪膳生员薛如卞、附学生员薛如兼，禀为认罪乞恩事：胞姐薛氏不遵家训，诬告本夫，胞弟薛如衡擅入公门，搀越禀话，俱罪不可文。蒙老父师如天之度，仅以薄惩，薛氏赶逐免究，如衡枷号示众。在老父师三尺之法不可原，在下等一气之情不忍恝①。冒昧乞恩，谬希开网。伏乞老父师怜宥施行！

① 恝（jiá）——无动于衷。

县官看完，吩咐唤二薛生上来：“薛氏是亲姐么?”薛如卞答道：“是。”县官道：“做秀才的人，况且又是名士，齐家是第一义，怎么任他这等胡做，劝也不劝他一声？这还可以借口说是女兄，又经出嫁。至于薛再冬是二生的弟，这是可以管束的，怎么也放他出来胡做?”薛如卞一言不答，只是痛哭流涕。县官也晓得他的苦情，叫人抬进薛再冬的枷来。县官道：“我本待枷你一月，待你棒疮渐好，再打三十板放你。如今你两兄与你求饶，姑且宽恕。以后再要主使薛氏出来越理犯分，定是不饶。出去改过。”发落完毕，回到下处。薛如卞兄弟从又换了衣巾，进去谢了县官，同了素姐、再冬回家。素姐两手肿烂，左手扯不得缰绳，右手拿不得鞭子，抄了手①，就如骑木驴的一般。

回到家内，龙氏前来看望，一个爱女，拶得稀烂的八个指头，一个爱儿，打得流脓沥血的两条大腿，扯着碰头打滚的叫唤。薛如卞道：“姐姐在上，兄弟在下，俺弟兄两个腆着脸受那县官数说，声也没敢回他一声，全全的救出来了。事体可一而不可再，往后像这等的状，姐姐千万不可再告。就姐姐要告这样状，兄弟，你要千万的拦阻，千万别要撺掇。县官堂上吩咐的话，姐姐不曾听见，兄弟你是听见的。你如不怕，俺两个是再不能救你的了。”再冬道：“姐姐告上状，差人来叫两邻、乡约，我才寻到县里。干我甚事，说我挑唆姐姐告状?”薛如卞道：“差人来叫两邻、乡约，也叫你来不曾？你跟进衙门去，还搀言接语的禀话，你还要强嘴哩?”龙氏道：“多亏了大爷、二爷的分上，救出我的儿合女来，我这里磕头谢罢！念话的够了，望大爷、二爷将就！”把薛如卞、薛如兼拆辣的②一溜烟飞跑。

---

① 抄了手——缩了手。

② 拆辣的——羞辱。

素姐扎煞两只烂手，挠着个筐大的头，骑着左邻陈实的门大骂，说："我又没使长锅呼吃你娘，呼吃了你老子，抱着你家孩子撩在井里！那用你对着瞎眼的犺官证说我这们些嚼舌根的话，叫我吃这们顿亏！"上至三代宗亲，下至孙男弟女，无不恶口凉舌，脏言秽语的骂。骂得个陈实火性发了又按捺下去，按捺了又发将上来。这其间，若只有一个不贤之妻在旁挑一挑，愁那灾祸不起？谁知这陈实的妻赵氏，虽是个小人家女儿，素性柔和，又极贤惠。见陈实性起，再三委曲劝道："我们与这样恶妇为邻，就是天老爷叫我不幸！好好的，官差人叫了咱去，要不实说，致官计较。说了实话，他岂有喜咱之理？他这不贤惠、泼恶的名声，人所皆知，受了他骂，何足为辱？胜了他，那里便见得刚强？'男不与女斗'，天下皆然。你走将出去，难道好合他同打同骂不成？且你与狄大哥父往子交非止一日，你不看僧面也看佛面。你依着我说，将街门紧紧的顶上，凭他怎么骂，只当耳边风。叫他骂的牙酸口困，他自然的夹着屁股走。等狄大哥后日回来，你见了他，那样的光彩？他见了你，自然羞的没处躲。你要出去合他男女混杂斗一斗口，别要说狄大哥回来不好相见，就是旁人也说你不是。"陈实道："你说得也是。只是他越扶越醉的，我气他不过。"赵氏道："他就合心疯了的一样，为甚么好人合疯老婆一般见识？"陈实果然听了赵氏的言语，紧闭街门，饱饱的吃了他一肚的村卷。素姐骂来骂去，陈实只不出头，自也觉得没有兴趣，遂又骂到右邻石巨门口。

这石巨的媳妇张氏，天生也是个不贤惠的妇人，邻舍街坊躲着他他还要寻上门去的主顾，他依你在他门首乔声怪气的恶骂？素姐骂陈实的时候，他听见，说道："这是狄家那个少鼻没眼的老婆骂陈家哩。骂了陈家，情管就来我家门首嚷骂。"寻了一个三号不大不小不粗不细的棒槌，放在手下，准备若来毁骂，算计要将素姐一把采倒，屁股坐着头，从腰至腿，从腿至腰，着实请他一顿。他要上吊，合他同时伸头。他待跳河，合他同时伸腿。算计停当，专待素姐降临。听见素姐在陈实门首嚷骂，陈实不肯出头，这张氏气得脖子青筋暴流，合大腿一般粗细。不消一回，素姐骂到自己门前，张氏卷了卷袖，紧了紧裙，手提溜着个棒槌，往外就跑。谁知道这张氏虽不贤惠，却石巨甚有主意，将张氏双手抱住，说道："哎呀！俺男子汉没有火性，你老婆家倒有火性了。这狄家的疯老婆，是个人么？你趁的合他照！这们样的疯狗，躲着他还怕不得干净。那院里陈嫂子比你矮，陈哥比你弱么？要是中合他照，陈嫂子肯抄着手，陈哥肯关着门？凡事忍一忍就能消了百祸。你气头子上棱①两棒槌，万一棱杀了，你与他偿命，我与他偿命？你与他偿了命，我没了老婆。我与他偿了命，你没了汉子。咱为甚么？他骂了陈家，又骂咱家。他骂了咱，情管还骂杜其思合宫直家去哩。宫直合杜其思罢了，只怕宫直的老婆可不是个饶人的货。叫他两个去照一帐，咱可卖个哈哈笑儿。"张氏道："你这就是不长进脓包话！叫人骑着门子骂，说关着门子别理他！叫人听着，你可是贼呀，你可是忘八呢？"石巨道："贼也罢，忘八也罢，咱且眼下没祸。可想着那一年生不下孩子来，他公公狄大叔年夜里打着火把，沿坡里替你寻药，你也不该合他一般见识。"张氏听说这话，方消了气，拿了棒槌回进家去，纳了丈夫的劝解。

素姐又骂了个心满意足，收拾了骂本，骂到乡约杜其思门上。见一连骂了两家，没有人敢出来照将，扬扬得意，越发骂的

① 棱——打的意思。

十分利害，百分磕碜。人说不出来的，他骂的出来；人想不到的事，他情想的到。把个杜其思骂的极头麻化的，出来合他分解，被素姐不由分说，往怀里钻了一钻，一只手捋着杜其思的胡子，一只手往杜其思脸上巴掌就如雨点般下，口里骂着“贼忘八，贼强人”，喊叫：“杜乡约打良人家妇女哩！我叫俺两个秀才兄弟呈着你！列位街邻，仗赖往俺家里叫声人去！”一边骂，一边采打。幸得两手拶的稀烂，采打的不大利害。杜乡约口里说道：“你看狄大嫂！你不知礼罢了，难道我做乡约的人也不知礼？谁好打你？俺可也看狄大哥、看那头二位薛相公的体面，没有人肯打狄大嫂的理。狄大嫂你放手，休这等的。我合狄大哥父来子往，我长起狄大哥好几岁，我还是大伯人家哩。”素姐骂道：“你是人家那鸡巴大伯！膫子大伯！我那屄㞞大伯！你证着叫官拶我这们一顿，把我的心疼的兄弟枷号着打这顿板子，你还是大伯哩！”杜乡约道：“你看狄大嫂糊涂！狄大哥本等没有谋反，我没的昧着心说他谋反，叫他十灭九族了罢？你薛三哥是为他自己多说，拿上去打了枷号的。你下头别要声冤叫屈，官也不肯拶你。这该我甚么事？”素姐那里肯听，还使巴掌崩星般往杜其思的脸上打。围着看的众人不忿，齐声说道：“这位嫂子也甚是不通！杜相约就有甚么不是，你骂他不回口，打了他不回手，这也就该罢了。你赶尽杀绝的，他是你的儿么？他只好看着狄相公合二位薛相公分上罢，要不一路申，申到县里，怕没有第二顿么！”素姐放了杜其思，就待照着众人。杜其思得空子跑到家里，顶上门，还有甚么樊哙撞得开哩。众人见杜其思关进门去，都各走散。单只剩了一个素姐骂了几句，只得没瞅没睬，骂到保长宫直门口。却好宫直往捕衙点卯，不在家中。

宫直的老婆顾氏，绰号叫是“佘太君”，极高的个身量，极肥极大的个身材，极大的两只小脚，胳膊有汉子的腿粗，十个指头有小孩子的胳膊大。每常挑着一担水，或是抗着六斗七斗粮食，就如当顽的一般。专常借人家磨使，他两扇磨一齐掇着径走。素姐在他门上骂了一会，这顾氏不慌不忙，从家中走将出来，看了一看，说道："我道是谁，原来是狄大嫂！为甚事这们发怒?"素姐道："你那汉子贼强人，贼忘八！昧心丁，血汗病！证着叫官拶我这们一顿，我要合他对命!"顾氏一面说道："原来如此。这怎么怪的狄大嫂撒极。请狄大嫂进我家坐，我替狄大嫂磕头陪礼。"一手攥着素姐右手，着力一捏，捏的素姐疼的杀猪的般叫唤，使左手招了一招，顾氏乘着手势放了右手，接过左手紧紧往里捏拢，疼的素姐在地上打滚。

顾氏道："狄大嫂，你可有些虚火。让你家坐，倒不好来，就这们叫唤?"素姐住了骂，说道："你好让呀！人的两只拶烂了的手，你使力气攥人的。"顾氏道："我实知不道狄大嫂是拶了的手，我就捏着手往家里让，谁知狄大嫂这们害疼。狄大嫂，你伸出手来，我是看看。"素姐不知是哄，伸出右手。顾氏接在手，故意看道："可不拶得烂烂的！但我刚才并没肯着实捏。"学着道："我就只这们捏捏儿，没的就这们疼?"又捏的素姐只待打滚。顾氏道："狄大嫂，你不济呀，做不得女中豪杰。软脓咂血也成的么？你伸出左手来我看看。"素姐说："你还待捏我么？我不听你呀。"就待抽身回去。顾氏道："没有上门怪人的理。我高低让狄大嫂到家吃钟茶儿。"伸进两个指头，抠出素姐一根胳膊来，攥着往家竟走。素姐被他拉的就似狗含着个尿脬相似，那里一点儿流连。拉到家里，同在一根凳上坐着，拉着素姐的手，假妆亲热，带说带数落，带说闲话，带叙家常，只托是无心，掉过来一捏，转过来一捏。素姐待抽身回去，那里抽动分毫。素姐道："宫嫂子，我知道你的本事，我家去罢。"顾氏道："狄大嫂，你不再坐坐？"素姐苦辞，顾氏仍扯着素姐的手往外送。送到街上，临放手，又着实捏了一下。素姐叫唤了一顿，方才去讫。口中喃喃喏喏的骂私窠、骂淫妇不绝。顾氏一面说道："狄大嫂这是还不释然，再回来待我陪礼。"往前就赶。素姐跑，不防备绊了一交，把一只鞋跌吊一边。素姐爬起来，也没敢拾鞋，光着脚，托拉①脚绳，一溜烟飞跑。顾氏提溜着素姐的鞋往前赶，口里说道："狄大嫂，你住下，我拾了鞋送给你哩。"素姐甚么是敢住下，跑到家，顶上门，头也不出。顾氏又将素姐的一只鞋挑着回家，喜的前街后巷的人拍掌大笑。

素姐此日没敢出来，次早走到相大妗子家，相大妗子还没起来。他跪在宅门底下，只叫："相太太可怜见，还我的汉子来！大家哄他在京，替他另娶老婆，瞒着我，不叫我知道，把汉子打发的没有去向，到的致的俺不成人家！相太太杀了我了！"相大妗子听知，说道："这老婆风了，媳妇子们，还不快些让进他来哩！"管家娘子、丫头养娘出来了一大群，好劝歹劝，甚么是肯起来。口里只放刁撒泼，说瞒他另娶，养活着调羹母子，都是相大妗子主意。相大妗子也就睡不稳那龙床，起来穿上衣服，没缠脚，没梳头，出来让他进去，着实分辨。素姐越扶越醉，口里无所不说。相大妗子无可奈何，只得凭他在外作践，关了宅门进去。素姐直琐碎到午后才去。

及至次日清早，素姐仍到相家作践，再三央他不住。相大妗子差人去合薛如卞兄弟说，央来劝他姐姐回去。薛如卞兄弟是顾体面的人，料得即来解劝，也定无济于事，婉谢不肯前来。又只

① 托拉——拖拉。

得凭他作践了半日，直到日西才去，以为他此后也便不好再来。谁知次早黎明天气，又来照旧嚷骂。相大妗子发极，自己走到中门，说道："你也没理的紧！你汉子娶妾不娶妾，别说我是他妗子，我就是他娘，他'儿大不由娘'，我也管不的他。你怎么来作践我！我看外甥合姐夫、姐姐分上，不合你一般见识。你连上门来骂我三日，我七八十的老婆子，你倒会欺侮我。你既不识的我是你的妗子，我也就不认的你是我外甥媳妇。谁家有外甥媳妇三四日上门骂妗子的礼！丫头、媳妇子们，拿着棒槌鞭子，都出来替我打这泼妇！只别打他的头，只打他身上。"相妗子分付未完，豺狗阵跑出一群妇女，或执马鞭，或执短棍，或执棒槌，约有十五六个。素姐见势不好，折身夺门就跑，那些妇女就赶，拖的拖，拽的拽。素姐方才慌说："好嫂子！好姐姐！我与你们无仇无恨，您积福放我去罢！"内中做好做歹，放他出门，结了此局。后来不知何状，再看下回。

第九十回

善女人死后登仙 纯孝子病中得药

从古钟灵多不偶，闺闱却有高贤。懿徽罄竹不胜传，诸祥皆毕集，五福赐从天。 寿迈古今臻大耋，仅让舜有华年。承欢孝子且翩翩，倚庐成毁瘠，丹药寄神仙。

右调《临江山》

常言道："年年防俭，夜夜防贼。"这两句话虽是寻常俗话，却是居家要紧的至言。且说这"年年防俭"，做庄家的人恃着年岁收成，打得盆盆盒盒的粮食，看得成了粪土一般，不放在眼内。大费大用，都要出在这粮食身上。地方官又不行常平之法，偏是好年成，人越肯费，粮食又偏不值钱。一石细米，一石白麦，粜不上五六钱银。蜀秫、荞麦、黄黑豆、杂粮，不上二三钱一石。粜十数石的粮食，济不得一件正事。若是有远见的人，减使少用，将那粮食囤放收藏，遇有荒年饥岁，拿出来粜卖那贵的价钱，人人如此，家家若是，岂不是富庶之邦？这个弊病，江北之地多有如此。所以北边地方不必连年荒去，只猛然间一年不收，百姓们便就慌手慌脚，掘草根，刮树皮，人类相食，无所不至。

如今要说这晁夫人的结果，且没工夫说那别处的光景，单只说那武城县的收成。自从成化爷登基以后，真是太平有象，五谷丰登，家给人足，一连十余年都是丰收年岁。但天地运数有治有乱，有泰有否，当不得君王有道。成化爷是个仁圣之君，所以治多乱少，泰盛否衰，直到十四年上，年前十二月内一连三场大雪，从来说“腊雪培元气”，把麦根培植得根牢蒂固。到了正月，又是三场时雪。《月令广义》里边说道：“正月见三白，田公笑赫赫。”交过清明，麦苗长得一尺有余，甚是茂盛。雨雪及时，地上滋润。春耕完毕，棉花、蜀秫、谷、黍、稷、稻都按时布种，雇人锄田。交过四月，打到人腰的麦苗，一虎口①长的麦穗。农书说道：“谷三千，麦六十，便是十分的收成。”这成化十四年的麦子，一穗中连粒带屑，足足的七十有余。这些庄农人户看得麦子眼底下即有十二分收成，惟恐怕陈粮压掉了囤底，撑倒了仓墙，尽数搬将出去，减价成交，单等收那新麦。谁知到了四月二十前后，麦有七八分将熟的光景，可可的甲子日下起雨来，整日的无夜无明，倾盆如注，一连七八日不住点。刚得住，住不多一时，从新又下。农家说道：“擀火秀麦也要雨，拖泥秀谷也要晒。”只因淫雨不晴，将四乡的麦子连秸带穗弄得稀烂，臭不可当。蜀秫、棉花、黍、稷、谷、稻之类，着水浸得如浮萍蕴草。夏麦不收，秋禾绝望，富者十室九空，贫者挨门忍饥，典当衣裳，出卖儿女，看得成了个奇荒极歉的年岁。百姓们成群合伙递了灾伤呈状。

县官惟怕府道呈报上去，两院据实代题，钱粮停了征，米麦改了折，县官便没得鸟弄，捺住了呈子，只是不与申报。钱粮米麦，照旧勒了限，五日一比，比不上的，拶子夹棍一齐上。人不依好，这等的荒年，禁不起官法如炉，千方百计的损折，都将本年的粮银完足十分之数。又有本年分的漕米四千三百石，若有为民的县官，将这样灾伤申报上去，央两院题本，改了折色，百姓

① 一虎口——以拇指与食指伸开量物，为一虎口。

也还可存济。但是改折了，却问何人去要铺仓的常例，问那个要解剩的余米？所以只是要按着葫芦抠子，百姓们当不起官的比较，宁可忍饥饿死，不敢拖欠官粮。但是完得粮的，毕竟还是喘得气出的人。有那一样只愿死不愿活的真穷汉，连皮骨也都没了，他那里还有甚么漕米与你？起先比较里长、催头，后来点拿花户。拿将出去，打顿板子，两三个人连枷枷将出来。棒疮举发，又没有饭吃，十个定死五双。满眼里看见的，不是戴枷的花户，就是拖锁的良民，不是烂腿的里长，就是枷死的残骸。

晁梁在家庭之内，与晁夫人说起这惨凄的情状，母子两人着实动念算计，要将这催不完的粮米替这些穷人包了，但不知所欠多少，惟恐欠得太多，力量来不得，不能成其美事。着人到户房里查了所欠的实数，还有一千三百石未完，喜得力量还可支持，遂命晁梁次早即往县里递了一张呈子。呈道：

本县儒学廪膳生员晁梁呈为愿代完纳所欠漕米以存子遗事：窃照本县今岁水灾，亘古所无。穷民素无积贮，输纳丁粮之后，业已皮尽髓枯，所欠漕米，实难输纳。今细查欠数，尚少一千三百石有零。梁奉母命，节减家口饔飧，搜括累年藏贮，愿代穷民以完正额，伏乞尊师释缧绁而宽敲比，切感。上呈。

原来这晁梁在诸生之内，绝不出入衙门，干预公事。四时八节，与县官交际的常仪都是极重的厚礼，所以得为县官尊礼之人。那日晁梁在仪门候见，听事吏即时传禀，县官致意：“请在宾馆暂坐，候堂事一完，便出相见。”果然停不多时，县官出到宾馆迎待，也不曾叫晁梁行礼，长揖让坐。晁梁禀出替百姓完粮的缘故，县官又喜又惊，看了呈子，着实奖美，问道：“百姓们所欠的粮米不知的数多少？”晁梁道：“尚有一千三百石。”县官道：“兄既自认代完，可以几日完得？”晁梁道：“百姓们先前还有糠秕、草子得吃，今并糠秕、草子都尽，不惟皮毛无存，就是几根白骨也支不住了。若再比他们的粮米，不是作乱，定都是填了沟壑。门生奉老母之命，不得已极力搜括，为武城存下几个孑遗。这还要费力搜括，乞限二十日可完。”县官道：“二十日也不为久。既承教，学生就将美意出示晓谕，停了比较。但不可出延于二十日之外，致粮道提下米来，把这场极大的美事劳而无功。若米完了，学生必要申报上司，务求两院题本钦奖。倘明年收成，还叫百姓照数偿还。”晁梁道：“门生母子的本意，也不望求知于上司，也不望求偿于百姓，只望桑梓苟安，便是人己两利。”县官奖许不已，吃了两道茶，送出回家。县官即刻分付户房出示晓谕。告示写道：

武城县为愿代完纳所欠漕米以存孑遗事：照得本县夏遭淫雨，岁罹奇荒。本县为斯民父母，血气犹存，眼光具在，非不知吾民颠连已甚，皮骨不存。无奈下情不能上达，正供难以捐除，体恤有心，点金无术，以致不得不勒限严比，忍用桁杨①。今有儒学廪膳生员晁梁具呈前事，呈称：“本县今岁水灾，亘古所无。穷民素无积贮，输纳丁粮之后，业已皮尽髓枯，所欠漕米，实难输纳。今细查欠数，尚少一千三百石有零。梁奉母命，节减家口饔飧，搜括累年藏贮，愿代穷民以完正额。”乞要释缧绁而宽敲比等情到县。据此义举，合亟行晓谕。为此，示仰催头、花户人等知悉：既有晁生为尔等代输粮米，此后免行赴比。倘尔民良心不死，明岁收成照数还补，以无负本生好义之美。特示。

晁梁回家，将递呈代米的事回了母亲晁夫人的话。晁夫人甚是喜欢，即时传了各庄的管家进城，按了积贮的多寡，出谷碾

---

① 桁（héng）杨——古代的一种刑具。

米，以完官粮。管庄人仰体晁夫人的美意，不敢怠慢，前后十二日之期，尽将一千三百十四石五斗八升之米，陆续交完。县官差人押运赴了水次，放了收头宁家。县官择日要亲到晁家与晁夫人合晁梁挂扁。那日正是十月初一，晁夫人的寿辰。县官具了彩亭门扁，县官率了佐贰典史，都穿了吉服，亲到晁家与晁夫人挂了一面绿地金字“菩萨后身”门扁，又与晁梁挂了一面粉地青书“孝义纯儒”门扁。晁梁设酒款待。因赴乡饮，不得久坐。

这武城县各里的里老、收头，排年什季，感激晁夫人母子的恩德，攒了分资，成群打伙散在各庙里，请了僧尼道士，都与晁夫人做寿生道场①，保护他务活一百二十年纪。晁夫人又将城中每年常平出入的米谷发出来平粜济民，又叫各庄上将那漕米碾下的细糠运进城来舍与那籴不起米的贫户。

胡无翳每年凡遇晁夫人的生日，都来庆寿。这一年冬间，百姓们不惟遇此荒年，且又兼多杂病。胡无翳这几年来潜心医道，成了个极好的名医。晁夫人留他在真空寺久住几时，发出三十两银，央胡无翳到临清买地头生药，合了丸散，要舍药救人，胡无翳应允住下。也是胡无翳手段高明，又是这些病人应有救星，手到病除，一百个人吃了药，倒有九十九个好的。到了次年开春，农事将动，晁夫人又借与他们牛粮子种，劝他们复业归农。

这武城县官，福建人，姓柯，名以善，本等不是个循良，怎禁得本治行有这等一个岁星救苦难的菩萨，所以将那行过的歪事，未免有几分愧心，未行的善念，也有几分感动，深悔如此荒年，将百姓下狠的敲比。将晁夫人历年行过的善事，目下代民完纳漕米、平粜济民、舍药疗病，做文书申报了合干上司。那上司

① 寿生道场——指给活人做法事，祈求福寿。

们因连岁饥荒，富家官室拥了钱谷，把两扇牢门实逼逼的关紧，不要说眼看那百姓们饿死，就是平日莫逆的朋友，也没有肯周济分文。不要说那朋友，就是父族、母族、妻族的至亲，看他饿得丝丝凉气，冻得嗤嗤哈哈的，休想与他半升米、一绺丝的周济。上司厌恶这等薄恶的风俗，一闻有这样一个积德累仁的女范文正公，怎有心里不景仰的？大家歌舞作兴起来，要劝化众人尚义，撺掇两院会稿具题，把晁夫人母子节年的救荒善事奏上一本。成化爷批了温旨，下部议覆。

那部里房科，就是那承行的司官，也都指望晁梁去打点，方肯与他覆，好请给恩典。岂知这晁夫人的母子不过是行自己的阴德，原不图闻达的人。等了个把月，不见动静，把红本高高的搁在一个所在放着。想成化爷是那样的英明皇帝，知道天下有这等的好人，抚按如此举荐，也是心中时刻放不下的事，等那覆本上来，竟没了消耗，忽半夜里一个严旨，批将下来。那司官胆大，还不把放在心里，迟了两三日，方才淡括括的覆将上去。成化爷大怒，不依部覆，内首批出，说：

郑氏救荒活众，古义士有所不能。晁梁能承顺母志，孝义可风。郑氏进原阶三级，给与三品诰命。晁梁特授文华殿中书舍人，支俸管事。该部迟延不覆，显有需索情弊，姑不深求。堂上官罚俸三个月，司官革职为民，并承行吏书，刑部把了问。

京花子们知了这个信，星夜来到武城县报喜，晁夫人都款待打发去了。不多几日，果然吏部咨行抚院，着起送晁梁赴京授官，兼领晁夫人的诰命。武城县奉了帖文，亲自到晁梁家劝驾。晁梁具呈本县，呈称：

本县儒学廪膳生员晁梁呈为辞免本身恩遇以安愚分以便侍奉衰母事：窃生谬叨圣恩，以奉母赈荒代粮一事，给母三品诰命，授生文华殿中书舍人，支俸管事。此诚千载奇逢，人生希遘①，求且不能，宁敢矫情陈免？但生实有本怀，敢据情陈恳：生母诰封宜人郑氏，今年享寿一百四岁。生腹中失怙，四十年来，朝夕在母膝下，昼则伴食，夜则侍寝。岁考乡试，生母不忍令生独往，每每偕生以行。今因母年纪高大，行路艰难，于是甘谢功名，三次不赴科考。今着生赴京受职，一百四岁之老母在堂，偕往则老人之筋力未能，独行则游子之心胆立碎。于是万万不敢祇承恩命，啜菽饮水，舞彩承欢，享圣天子舜日尧天，过于轩冕。恳乞尊师曲体人情，善为辞脱。至于老母蒙恩纶诰，此奉旷荡皇恩，维风劝世之典，容专差生男生员晁冠赴京候领。为此具呈，须至呈者。

柯知县无奈他着实坚辞，只得据了他的原呈，具文申报。两院亦再四劝驾，不久与他具本回覆，奉了温旨，许他养母终身赴京受职。晁冠带了得用的家人，赍了许多银子，送了撰文的礼币与写诰轴中书的常礼，打点一应该用的使费，等至九月里，用了宝，连夜赶回，要十月初一日趁晁夫人寿旦迎接诰命。

却说晁夫人一百零四岁的寿辰，兴旺人家，那个不来趋奉？又恭逢这般盛典，不要说有整齐酒席款待，就是空来看看，也是平生罕见的奇逢。于是沾亲带故，平日受过赈济，平粜过米粮，城里城外的士民百姓，十分中倒来了九分九厘。原起有备下的酒席，只因来得人客太多，不能周备，只得把肴菜合成一处，每人一器，两个馒首，一大杯茶，聊且走散，另卜了日子治酒请谢。晁梁自己题了本，求自动工本为母建百岁余龄牌坊。奉了旨，雇人兴工盖造。县官亦亲自上梁，也有许多亲朋作贺。

---

① 遘（gòu）——遭遇。

这一日，晁夫人甚是喜欢，正是三月三日不暖不寒的天气，客去以后，还与春莺、晁梁夫妇、孙子晁冠闲坐叙话，交了二更，方才就寝。晁夫人睡去，梦见月光皎洁，如同白昼一般，街门旌旗鼓吹，羽盖幡幢，导引着一位戴金冠朝衣的一位天神，手捧黄袱包裹的敕书，至门下马，进堂朝南正立，叫晁夫人设香案，换衣接诏。晁夫人排完了香案，换了朝衣，跪于香案之前。天神宣诏，声音极其清亮，读的是文章说话，晁夫人不甚省记，止记诏书说道“福府洞天之主，必需积仁累德之人。尔郑氏善行难名，懿修莫状，是用特简尔为峄山①山主”云云。天神宣诏已毕，与晁夫人作贺行礼，请晁夫人自定赴职之期，晁夫人信口许他三月十五日子时辞世。晁夫人仍同了晁梁送那天神出门上马，看那天神随着仪从，腾空向东南而去。

晁夫人得此异梦，醒来正是五更。晁梁四十余年，依旧在晁夫人里间作房。晁夫人醒时，晁梁亦从梦中魇醒。晁夫人将晁梁叫起，立在床前，告诉他梦中之事。晁梁道：“儿刚才所做之梦，与娘梦见的一字无差。因梦往佛阁上安放天诏，一脚踏在空里，所以惊醒。”晁夫人道：“既是咱娘儿两个同梦，此事必然是真。我既许过他三月十五日子时辞世，这不过十来日的光景，你可凡事料理，不可临期无备，一时卒忙卒急了。”晁梁合姜氏也都哭了。晁夫人道：“怪带孩儿气，我活了一百单五岁，古往今来，普天地下，谁有似我的？你两口儿还哭，是待叫我做彭祖么？”晁梁道：“俺的心里敢仔指望叫娘做彭祖才好。”晁夫人道：“你哥虽是我的长子，淘气长孽，我六十岁没过个舒摊②日子。自从得了你，后来你又娶了媳妇，我倒散诞逍遥的过了这四五十年。

① 峄（yì）山——山名，位于山东邹城市。

② 舒摊——舒心、舒坦。

这要你哥在，他凡事把拦着，只知道剥削别人的，他也不叫我行这们些好事。你两口儿又孝顺，又凡事的安当，我也没有话嘱付你们。常平籴粜的事，千万别要住了。你看这们些年，天老爷保护着咱，那一年不救活几万人，又没跌落下原旧的本钱去。小琏哥两口儿好看他，你孤身人没有帮手，叫他替你做个羽翼，也是咱晁家的后代。况且他又是个秀才，好合你做伴读书。万一后来同住不的，好割好散①，别要叫他过不得日子。陈师娘是个苦人儿，既养活着他，休叫人下觑他，别叫他不得所。指望你再生个儿，过给你哥，你偏偏的不肯生。停在乡里这们些年，也不是事，替我出殡，带他出去罢。就是我，也别停的久了，多不过五七，且坟是停停当的，开开就好葬的了。"晁夫人欢欢喜喜的嘱付，晁梁合媳妇、春莺哭哭啼啼的听闻。

说话未了，天已渐明，晁夫人还打了个盹，方才起来，也没等晁梁料理，叫人将打就的杉木寿器抬到手边，用水布擦洗干净。做就的妆老衣服，吊上绳晒了一晒，里外衣带俱验看坚固。看着叫人做白绫孝幔、白布桌帏，又叫人买的平机孝布，叫了四五个裁缝，七手八脚忙做孝衣，叫绳匠打绳做荣冠，将一切丧仪都收拾得甚是齐备。街上不论亲戚朋友，但闻得晁夫人预备后事，就如他的娘老子将死一般，亲朋都来看望，不识认的都来探听。晁夫人又不头疼脑热，又不耳聋眼花，光梳头，净洗面，照常的接待人客，陪茶陪饭，喜喜笑笑，那像一个将要不好②的人。人都还说："'春三月，不圆梦'春梦有甚么准成。"晁梁请了僧道，在各庙里诵经建醮，祈佛保安，又忏佛求神，愿夫妻儿子各减十年阳寿，保佑母亲再活三十年。又许下桥破就修，路洼就

① 好割好散——即"好合好散"。
② 不好——此指死亡。

补，逢荒就赈，遇生就放，穿单吃素，念佛烧香，无所不许。从做梦日起，昼夜像那失奶的孩子一般，不住声唉哼，饭也不吃，黑瘦的似鬼一般。晁夫人道："晁氏门中，上自祖宗，下至儿孙，都是你一个人继祖祧①的。你是个读书人，不明理，不往明白大处想，这们糊涂？天诏叫我做峄山山神，这是往好处去，倒不喜欢，还要烦恼？"强逼着晁梁吃了两碗稀粥。

光阴迅速，转了转眼，已是三月十四日，但是亲朋，都来与晁夫人诀别。晁夫人都有好话相慰。又将箱柜里的衣服首饰酌量着都分散与人留做思念。及至日落，几个族里的妇人合女儿尹三嫂守候晁夫人升仙，其余的作了别，渐都散去。晁夫人在静室中沐浴更衣，欣然坐等。这三月十四日晚上，星月交辉，风清气爽。收拾了灵床，挂了孝帐，交过三更，晁夫人移在灵床端坐，果然东南上一阵阵香气袭人，仙乐逼耳，晁夫人闭上眼，坐化而逝。合家大小放声举哀。

晁夫人生前分付，叫他死后还把身子睡倒床上，不要说是坐化煽惑凡人，也不叫僧道建醮超度。晁梁都一一遵行。晁梁不忍，直待三日入殓，颜色如生，香气经久不散。四日成服，阖城大小，男男女女，老老幼幼，都换了素服，罢了市，都来哭临。城里城外，大小庵观寺院，成群合伙，瞒了晁梁，都替晁夫人建醮超度。县官做了祭帐，率领了佐贰学官，都来与晁夫人祭奠。晁梁请了乡宦陪候，要备酒相等，满城寻觅，要买几片猪肉，几只鸡鹅，那里有处去买？问其原故，是为晁夫人去世，屠户罢市，不肯杀猪。县中七八日没有投文告状的人。县官申报了病故命妇的文书，两院三司、守巡两道、府堂三厅、府属十八州县都

① 祧（tiāo）——继承上代。

来与晁夫人烧纸上祭。

晁梁只知道在家奔丧，那知外面合城的百姓都攒了钱，举出三四个公直老人为了领袖，买了人家一所空屋，四周筑起墙来，门口建了精致的一座牌坊，内中建了五间正殿，东西各三间配房，正殿两头各建了道房两间，厨房锅灶俱各完全。殿中做了朱红佛龛、供桌香案，塑了晁夫人的生像，凤冠霞帔，通是天神一般。求了彭状元阁老的碑文，匾书“救世活民晁淑人祠”。剩的钞子，在闹市口买了几间店屋，每月可得赁价一两五钱，去临清访了两位有德行的尼僧，来与晁夫人奉祀香火。乡民布施的粮米吃用不尽，店房的赁价与这两个尼僧置买小菜。本县乡宦奶奶们舍施袍服的，舍施幡幢的，舍施案衣的。本县两个富商：一个李照，舍了一床万喜大红宫锦帐幔。一个高瞻，舍了两根高大船桅，竖作旗竿，悬挂了二十四幅金黄布旗。墙周围种了榆树，门前两旁甬路、夹道都种了松柏。也是晁夫人阴灵保护，许多树都极茂盛，没有一株枯焦干槁了的。

晁梁举了十三日丧，暂时停闭，收拾出丧诸事，又要坟上盖创庐墓的房舍，又要雍山庄上与晁源发丧。哀毁的人，又兼了劳苦，看看骨瘦如柴，饮食减少，咳嗽吐痰，渐渐不起。择就了五月初一出丧。日子渐渐的近了，晁梁愈病愈极，愈极愈病。请了两个太医调理，不过是庸医而已，那里会治得好人？

四月初八日，晁夫人的祠堂落成开光，为首的乡民来请晁梁到那边瞻礼，晁梁方才知道乡里们有这盖祠堂的事。勉强着了巾帻，出来与乡耆相见，又只得扶了病到祠堂行礼。及至到了那边，看得金碧辉煌，十分壮丽，心里又痛又感，一面叩谢众人，一面号啕痛哭，呕了两声，吐了一洼鲜血，便觉昏沉，家人扶在驴上，搀他回去。将到家里，望见一个道人，长须白面，年可四十上下，在他大门左边坐着个棕团，看见晁梁将到，端然不动。晁梁见那道人坐在门下，不好骑了驴子竟进大门，慌忙下了头口，望着道人说："师傅稳便，不敢奉揖罢。想是待要化斋，请进里面奉屈。"道士道："贫道不为化斋，知道施主是孝子，特来送药。"晁梁听说，更加起敬，固请入内款留。道士从葫芦内取出丸药三粒，如豌豆大，碧绿的颜色："作三次用东流活水送下。"

晁梁接药在手，再三让他进去。道人说："尚有一位道友在那厢，不好撇他独自守候。"晁梁一面说道："既是师傅道友，何妨请来同吃素斋？"一面伸了头向东望，回转头来，不见道人去向，方知道士不是凡人。依法服药之后，精神日增，病势日减。夜梦见晁夫人平常梳洗，说道："我老人家的好话不听，无益之悲，致成大病。不是我央孙真人送药救治，如何是了？"再三嘱付，叫他以后保重。晁梁醒来，方知道士果是神仙，原来是母亲的显应。耸动得人越发尊奉那个祠堂。

晁梁遵了遗命，自己在城内与母亲奔丧，使儿子晁冠往雍山庄上为哥哥晁源出殡。晁夫人行了一生好事，活了差不多舜帝的年纪，方才结局。不知晁梁将来若何作为，再看后回分解。

第九十一回

狄经司受制嬖[1]妾　吴推府考察属官

纱帽笼头，假妆乔，几多蹶劣。总豪门，强宗贵族，受他别掣。笑人绕指软如绵，自夸劲节坚如铁。又谁料惯呈身变化，真两截。　　膝多绵，性少血。气难伸，腰易折。在绣阁香闺，令人羞绝。风流吃苦自家知，敲牙偷咽喉咙咽。看这班惧内大将军，无所别。

右调《满江红》

却说童寄姐自从跟了狄希陈往四川任上，当初在家，他的母亲童奶奶虽不是甚么名门大族的女妇，他却性地明白，心不糊涂，凡是寄姐有骜悍不驯的时节，再三的说他，说他不改，他常呵叱，所以寄姐也还有些忌惮。后离了他的母亲，坐在船上，一则无人管束，得以逞其骄性。二则与狄希陈朝夕坐在船上，相厮相守，易于言差语错，动辄将狄希陈打骂。三则自从为那衣裳、珠玉的事合了气，狄希陈慌了手脚，递了降书降表，越发放了胆。四则日逐与那权奶奶、戴奶奶相处，京师妇人，那不贤惠，降老公，好吃嘴，怕做活，一千一万，倒像一个娘肚里养的，越发看了不好的样式；且是因有前生夙仇，今生报复。于是待那狄希陈倒也不像是个夫主，恰像似后娶的不贤良继母待那前窝里不调贴的子女一般。一个男子汉的脸弹做了他搁巴掌的架子，些微

① 嬖（bì）——指受宠爱。

小事就是两三巴掌扇将过去。忘八乌龟做了和尚、尼姑掐素珠念阿弥陀佛的相似。家人媳妇的不是，脱不过也要把狄希陈株连在内。寻衅丫头，说不得也把狄希陈波及其中。

在船上整整坐了四个半月，除非寄姐与权、戴二奶奶会酒，或是狄希陈合郭总兵、周相公白话，这便是狄希陈松快受用的时节。除了这个机会，无往不是遭磨受难之时。就是行了房事，你也拿不住他的性子。他的龙性无常，他一时喜快，你慢了些，他说你已而不当慢条斯理的。他一时喜慢，他又说你使性棒气没好没歹的。他一时兴到，你失了奉承，说你有心刁难。他一时兴败，你不即时收兵，又说你故意琐碎。往往的半夜三更，不是揭了被罚狄希陈赤身受冻，就是使那三寸金莲一连几跺，跺下床来，不许上床同睡。常常的把狄希陈弄成外感，九味羌活汤、参苏饮、麻黄发汗散，如常修合了不断。

薛素姐固是个阎王，这童寄姐也就是个罗刹。幸得狄希陈渐渐的有了救星，离成都不远，只有了三站之地，央了便人传了信与本衙衙役。这成都是四川省会之地，财赋富足之乡，虽是个首领衙门，却有几分齐整，来了十二名皂隶、四个书办、四个门子、八名轿夫、一副执事、一顶明轿，齐齐的接到江边。望见狄希陈座船将到，各役一字排开，跪在岸上，递了手本。船上家人张朴茂分付起去，岸上人役齐声答应，狄希陈在船上甚是得意。郭总兵也不免叹道："'得志犬猫强似虎，失时鸾凤不如鸡'！我虽是个挂印总兵，这一时不见有甚么八面威风，且不如个府经历如此轩昂哩！"人役另坐了小船跟在大船后面，直到成都城外。狄希陈与周相公商议，择了二月初二日卯时到任。家眷仍在船上住歇。

初一日，狄希陈自己进城宿庙。到任以后，着人迎接家眷入衙。差人与郭总兵另寻公馆。初二日，狄希陈到过了任，向成都县借了人夫马匹，搬接家眷，又迎接郭总兵合家眷属到了公馆。风俗淳厚的地方，乡宦士民都不妄自尊大，一般都来拜贺，送贽见，送贺礼，倒比那冷淡州县更自不同。送的那油盐酱醋、米面柴薪、鸡鱼鹅鸭、鲜菜果品、猪羊牛鹿堆满衙舍。胀满了寄姐的眼睛，压倒了寄姐的口面。狄希陈又参见上司，回拜人客，不得常在衙里合他厮守，所以衙内这几日倒也安静。

过了十朝半月，狄希陈公事已完，一个新到任的首领，堂官还不晓得本事如何，又没得甚么状子批来审问，未免多得空闲在家。寄姐从此又常常的吵闹，撒泼生冤，打家伙，砸缸盆，嚷成一片，习以为常。住的衙舍与那刑厅紧紧隔壁，彼此放个屁，大家都是听见的。亏不尽那个刑厅姓吴，名以义，进士出身，与相主事同门同年，又是同省各府的乡里，狄希陈来时，相主事写了恳恳切切的书，说他姑娘止有一子，系至亲的表兄，央托吴推官加意培植。狄希陈到任参见，吴推官见了书，甚是亲热，后堂待茶，自称“小弟”，称狄希陈为“仁兄”。狄希陈辞让。吴推官道：“相年兄的至亲，便是兄弟。”极其殷勤。

再说凡事叫人青目抬举的，毕竟有几分身分叫人青目得起，抬举得来，方可青目看他，使手扶他。若是一堆臭屎屙在那里，乍然看见，掩了鼻子放开脚飞跑，还怕看在眼内污了眼睛，谁还肯去青目？若是一只死狗，你狠命的扶他上墙，那死狗的前腿定是巴不住，后腿定是上不来，你就有扛鼎拔山的气力，断抬举不起那稀烂的东西。这狄希陈虽是有了相主事这般气势的书托了刑厅，要他另眼看待，却有何难，怎禁得有这样一个奇奇怪怪的小老婆，在那刑厅的卧榻之旁，无明无夜，“昏盆打酱”，打骂不休？不要说刑厅是上司，经历是属官，就是在你爹娘隔壁，你这样肆无忌惮，也定是要责罚的了。就是有这样一个邻家，不住的打骂，也定是住不安稳，不是叫你避他，定是他情愿避你，也受不得日夜的咭聒。看了同年的体面，饶了你重处，开你个“不谨”，打发你个“冠带闲住”，难道这是屈你不成！

谁知狄希陈官星有分，另有生成造化，这刑厅的家教，就是经历的闺门。少年中了甲科，声誉货利看得是不求而至的东西，单单只重的是色，也不看看自己有上唇没下唇就要吹箫。家里放着一个生菩萨般标致、虎狼般恶毒的一个大奶奶，只因离了他的眼前，躲在京中观政，忘记了利害，不顾了法度，只图了眼下娶二位小妈妈。虽说是二雄不并栖，谁知这二雌也是并栖不得的东西。御河桥寻的下处，前后娶了这两个进门，先娶的起名“荷叶”，后娶的起名“南瓜”。娶南瓜的二日，吴推官合南瓜尚睡觉不曾走起，荷叶雄纠纠走进房内，拾起吴推官的一只趿脚鞋来，揭去棉被，先在吴推官光屁股上两下，南瓜穿衣不及，也在光屁股上两下。口里骂道：“杂情的忘八！没廉耻的蹄子小妇！知道个羞儿么？日头照着窗户，还搂着脖子鳔着腿的睡觉！老娘眼里着不下沙子的人，我这个容不的！”嚷骂个不住。南瓜是新来晚到，不知深浅，干教他打了两个，不该叫人看的所在，都叫他看了个分明，含忍了不敢言语。这吴推官若是个有勾当的男子，扭起鼻子，竖起须眉，拿出那做主人公的纲纪，使出那进士的势力，声罪致讨，重则赶逐，轻则责罚，岂不是教妇初来，杀缚他的悍性？谁知一些也不能，凭他打，任他骂，屁也挤放不出一个，雌了一口白牙茬骨只笑。

后来南瓜渐渐的熟滑，又看了荷叶的好样，嘴里也就会必溜必辣①，骂骂括括的起来。吴推官合荷叶睡觉，南瓜便去掀被子，打屁股，骂忘八淫妇。吴推官合南瓜睡觉，这荷叶是不消提起，照例施行。镇日争锋打闹，搅乱得家宅不安，四邻叫苦。

吴推官无可奈何，只得分了班，每人五日。分班之后，仍旧你争我斗，又说："你的五日都是实受，我的五日多有空闲。偏心的，该长碗大的疔疮。不公道的，该长斗大的瘤子。偏吃了东西的，烂吊了产门！"依然整日鬼吵。吴推官没有法，只得另打了宽炕，另做了阔被，三人一头同睡。吴推官将身朝里，外边的不是手臂，就是大腿，多是两三下，少是一两下，扭的生疼。将身一骨碌翻转朝外，那里边的从头上拔下簪子，不管脊梁，不论肩膀，就是几锥。弄得个吴推官不敢朝里，不敢朝外，终夜仰面朝天，或是覆身向地。有时荷叶趴在身上，南瓜就往下拉，有时南瓜趴在身上，荷叶就往下扯。整夜就像炼魔演猢狲相似，弄得眼也不合，这也算是极苦。谁知这吴推官以为至乐，每每对了同年亲友，自相夸诩不已。观政已毕，授了四川成都府推官，家乡是其便道，雇了座船，带了荷叶、南瓜一干丫鬟仆妇先到家乡祭祖辞坟，并迎接大奶奶赴任。船到家乡，上岸进宅，荷叶、南瓜也还没敢当先出头，穿着青素衣服，混在家人媳妇队内，一同站立。

吴推官与大奶奶相见行礼。吴推官道："向在京中，干了一件斗胆得罪的勾当，在奶奶上请过罪，方敢明说。"大奶奶道："你且先说明了，再请罪不迟。万一得的罪大，不是可以赔礼销缴得的，赔过礼就不便了。"吴推官道："也是人间的常事，没有甚么大得罪，容赔过礼再说，谅得奶奶定是不计较的。"吴推官

① 必溜必辣——形容说话难听。

跪下，就磕下头去。大奶奶将身躲过，说道："你既不说，我也不合你行礼。"吴推官磕头起来，说道："因念奶奶身边没人伏侍，年小丫头又不中用，空叫奶奶淘气。京中寻了两个老婆，专为伺候奶奶。但没曾讨了奶奶的明示，这是得罪。"一面叫过两人来在奶奶上磕头，指着荷叶道："这是先寻的，名字叫就荷叶。"指着南瓜道："这是后寻的，名字叫就南瓜。"大奶奶也没大老实看，将眼瞟了一瞟，说道："极好！极该做！名字又起的极好！荷叶、南瓜都是会长大叶的！"大奶奶当时沉下脸来，就不受用。一面家人媳妇、丫头过来磕头。大奶奶道："这都是奴才的奴才，替我磕甚么头！都往厨房里去，丫头伏我的丫头管，媳妇子伏我的媳妇子管，不许合我的丫头媳妇子同起同坐！"分付完，也没陪吴推官坐，抽身进房里去了。

荷叶、南瓜站在墙跟底下，又不敢进，又不敢退，又不知是恼，又不知是怕，两个脸弹子黄一造，白一造。吴推官也没颜落色，走进房去。大奶奶也不言语，也不瞅睬。雌着说话，大奶奶也不答应。只得走了出来，悄悄的叫了个旧家人媳妇，分付道："你可请问奶奶，把这两个发放在那里存站。只管这里搠①着也不是事。"媳妇要奉承家主公，走进房内问道："新来的他两个，奶奶分付叫他在那里？还倚着墙站着哩。"大奶奶道："扯淡的奴才！他京里大铺大量的也坐够了，站会子累杀你了！叫他往佛堂里去供养着？再不，叫他进神主龛去受香火？"媳妇子道："爷既做了这事，'生米成了熟饭'的勾当。奶奶，你不抬抬手可怎么样的？"大奶奶道："我一心火哩，听不上屄声！夹着屄走！"媳妇子望着吴推官摆了摆手，竟往厨房去了。

---

① 搠——即戳，站着之意。

吴推官正是无可奈何的时节，家人传进说："老爷到了，在前厅坐着哩。"这老爷原来是大奶奶的父亲，是个教官乡宦，年有六十余岁，素称盛德长者，姓傅，名善化，号劝斋。吴推官听说丈人来望，甚是喜欢，一面走进房内，合大奶奶道："爹在外面，你可分付厨下备饭留坐。"大奶奶将头一别，也不做声。出来又分付厨房，一面出外迎接，相见行礼，叙了寒温，道了喜庆。吴推官将京中娶妾委婉对丈人说了，又说："媳妇儿心中不喜，求丈人在面前劝他。"献过了茶，让到内宅叙话。荷叶、南瓜依旧在墙下站立，未敢动身。吴推官请大奶奶出来见他父亲，大奶奶回话说："身上不快，改日相见。"吴推官且让丈人坐下，说道："小婿因没人伏侍令爱，京中寻了两个人来家，过来与老爷磕头。"荷叶、南瓜齐齐走到当中，叩了四首。傅老爷立受还揖。两个依旧退立墙下。傅老爷道："两个这不是站处，避到后边去。"这两个站了半日，得了老爷的赦书，还不快跑，更待何时？走到后边房内，坐了歇息。

老爷在外间里问道："女婿大喜回家，闺女便有甚病不出相见？"大奶奶在房中应道："女婿大喜回来，你不知女儿正坎上愁帽哩！"老爷道："坎上甚么愁帽？若果有甚么该愁人的事，正该对我告讼，怎反不出来相见？"大奶奶方才走出来相见，说道："刚才见爹的两个妖精，伸眉竖眼，我多大点勾当，张跟斗，打的出他两个手掌去么？怕寻一个还照不住我，一齐寻上两个，这不坎上愁帽子么？"老爷道："我道是别有甚么愁帽子来，原来为此！女婿既然做了官，你就是夫人。做夫人的体面，自是与穷秀才娘子不同，若不寻两个妾房中伺候，细微曲折，难道都好还指使你做不成？这是尊敬你的意思，你怎么倒不喜欢，倒说是坎上愁帽？你曾见做官的那个没有三房四妾？只见做长夫人的安享荣华，免了自己劳顿，只有受用，不坎愁帽。女婿久出乍回，这等大喜，你因娶了妾，就是这等着恼，传扬出去，人就说你度量不大，容不得人。量小福亦小，做不得夫人。你听我好言，快快别要如此，好生看那两个人。你贤名从此大起，叫人说某人的媳妇，某人的闺女，如何容得妾，好生贤惠。替人做个榜样，岂不替为父母的增光？今因女婿娶妾，似这等生气着恼，一定还要家反宅乱。叫人传将出去，亮也没人牵我的头皮。外人一定说道：'他母亲是谁？这般不贤良的人，岂有会生贤惠女儿的理！'"大奶奶道："娶妾也是常事，离家不远，先差个人合我说知，待我不许你娶，你再矫诏①不迟。说也不合我说声，竟自成两三个家拉到家来，眼里没人，不叫人生气么？"吴推官道："我若没有不是，我刚才为甚么与你赔礼请罪？等爹行后，我再赔礼。"

说话中间，大奶奶渐渐消了怒气，同陪傅老爷用过酒饭。傅老爷辞回，又再三嘱付了一顿，方才送出回家。大奶奶分付："叫人收拾后层房屋东西里间与荷叶、南瓜居住。"荷叶改名马缨，南瓜改名孔桧，不许穿绸绵、戴珠翠。吴推官在京中与两个做的衣服、首饰，追出入库。轮流一递五日厨房监灶，下班直宿。做下不是的，论罪过大小，决打不饶：制伏的这两个泼货在京里那些生性不知收在那里去了。别说是争锋相嚷，连屁也不敢轻放一个。在家在船，及到了任上，好不安静。每人上宿五夜，许吴推官与他云雨一遭，其余都在大奶奶床上。

这吴推官若是安分知足的人，这也尽叫是快活的了。他却乞儿不得火向，饭饱了，便要弄起箸来，不依大奶奶的规矩，得空就要做贼。甚至大奶奶睡熟之中，悄悄的爬出被来，干那鼠窃狗

---

① 矫诏——即假传圣旨。

偷的伎俩，屡次被大奶奶当场捉获。有罪责罚的时节，这吴推官大了胆替他说分上。大奶奶不听，便合大奶奶使性子。渐至出头护短，甚至从大奶奶手中抢夺棍棒，把个大奶奶一惹惹得恶发起来，行出连坐之法：凡是马缨、孔桧两个有一人犯法，连吴推官三人同坐，打则同打，骂则同骂，法在必行，不曾饶了一次。除了吴推官上堂审事，就是大奶奶衙里问刑，弄得个刑厅衙门成了七十五司一样，人号鬼哭，好不凄惨！起先与那经历邻墙，还怕那经历衙中听见，虽也不因此收敛，心里还有些不安。及至狄希陈到了任，起初时节，寄姐怕刑厅计较，不敢十分作恶。大奶奶又怕狄经历家笑话，不肯十分逞凶。及至听来听去，一个是半斤，一个就是八两，上在天平，平平的不差分来毫去，你也说不得我头秃，我也笑不得你眼瞎，真是同调一流雷的朋友。有时吴推官衙里受罪，狄希陈那边听了赞叹。有时狄希陈衙里挨打，吴推官听了心酸。有时推官、经历一同受苦，推官与经历的奶奶同时作恶，真是那狮吼之声，山鸣谷应，你倡我随。

一日，十一月十五日，吴推官早起，要同太守各庙行香，大奶奶早起要神前参佛。夫妇梳洗已完，穿衣服已毕，那轮该上灶的孔桧挠着个头，麻胡着个脸，从后边跑出来。大奶奶道："好奴才！我已梳洗完毕，日头半天，大晌午的，你把头蓬的似筐呀大，抹得脸像鬼一般！两个奴才齐与我顶着砖，天井里跪着！"吴推官若是有识量见机的人，这一次不曾株连到你身上，你梳了头上堂，跟了行香，凭他在衙里怎生发落，岂不省了这一场的事？他却不揣，对了大奶奶说道："马缨他老早的自己梳洗，又伺候我们梳洗完备。奶奶饶他起来，也分个勤惰。"大奶奶双眉倒竖，二目圆睁，说道："我说过的，一人有罪，三人连坐。今日为你待出去行香，不曾数到你身上，你到替别人说起话来！马缨这奴才，只管他自己起来梳洗，难道不该走到后面叫一声？若是做家主的平日有家教，有规矩，奴才岂不晓得？今日是个望日，主人公要出去行香，主人婆要参神拜佛，且别挺着脚睡觉，早些起去。如今三个拧成一股，眼里没人，我可不论甚么行香不行香哩！”叫吴推官也进卧房里去跪下。吴推官不敢违拗，顺顺的走进房内，朝了眠床登时做了个半截汉子。

太守堂上打了二点，登时发了三梆，差人雪片般来请，又禀说：“太爷合两厅都上在轿上，抬到仪门下等候多时。”一替一替的打得那梆子乱响。可怪那吴推官空有须眉，绝无胆气。大奶奶不曾分付甚么，焉敢起来。倒还是大奶奶晓些道理，发放道：“既是堂上同僚们都在轿上等候，便宜你，且放起来！”吴推官跪得两腿麻木，猛然起来，心里又急着待要出去，只是怎么站立得起来？往前一抢，几乎不跌一交。待了老大一会，方才慌慌忙忙上轿赶做一伙。见了三位同僚，虽把些言语遮饰，那一肚皮的冤屈闷气，两个眼睛不肯替他藏掩。人说得好：“但要人不知，除非己不为。”这吴推官惧内行径，久已闻知于人，况这些家人那一个是肯向主人、有严紧口嘴的。门子屡请不出，家人不由得说道：“惹了奶奶，见今罚他跪在房内，不曾发放起来，怎生出得去？”

这各人的门子，听了这话，都悄悄的走在轿旁，尽对各人的本官说了。这各同僚们其实只扫自己门前雪，把灯台自己照燎。他们却瞒心昧己，不论自己，只笑他人，你一言，我一语，指东瓜，说槐树，都用言语讥诮。激得那吴推官又羞又恼，勉强忍了气，行过了香，作别回了本厅，坐堂佥押，投文领文已完，待了成都县的知县的茶，送了出去。然后本府首领经历、知事、照磨、简较、县丞、主簿、典史、驿丞、仓官、巡简，成都卫千百户镇抚，僧纲，道纪，医学，阴阳，也集了四五十员文武官员，都来参见。

庭参已毕，吴推官强自排遣，说道："我们都是个须眉男子，往往制于妇人。今日天寒雨雪，我要将各官考察一番，不是考察官评，特考某人惧内，某人不惧内，以见惧与不惧的多寡。众官都北向中立，待我逐个点名。自己也不必明白供说，各人将出公道良心，不可瞒心昧己，假做好汉。有如此的欺人，即是欺天。点到跟前，惧内的走往月台东站，不惧内的走往月台西站。本厅就是头一个惧内的人，先自就了立东向西的本位。"

一个个点到跟前，大约东边站立的十有八九，西边站立的十无一二。惟独点到狄希陈的名字，仓皇失措，走过东边不曾立定，又过西边。西边不曾立定，又走到台中朝北站下，行站不住。吴推官问道："狄经历或是就东，或是就西。不西不东，茫无定位，却是何故？"狄希陈向前禀道："老大人不曾分付明白，兼怕小老婆的人，不知应在那一方站？"吴推官笑了一回，想道："这也难处。内中还有似这等的，都在居中朝北站罢。"原来怕小老婆的止有狄希陈一个。只见临后一个光头和尚，戴着僧帽。一个道士，戴着纶巾，都穿着青绢圆领，牛角黑带，木耳皂靴，齐上来禀道："道人系僧纲、道纪，没有妻室，望老爷免考。"吴推官道："和尚、道士虽然没有老婆，难道没有徒弟？怕徒弟的也在东边站去。"只见这两个僧道红了脸，低着头，都往东边站在各官之后。看那西边，只有单单两个官站在一处：一个是府学的教官，年已八十七岁，断了弦二十二年，鳏居未续。一个是仓官，北直隶人，路远不曾带有家眷。吴推官道："据此看起来，世上但是男子，没有不惧内的人。阳消阴长的世道，君子怕小人，活人怕死鬼，丈夫怎得不怕老婆？适间本厅实因得罪了房下，羁绊住了，不得即时上堂，堂翁与两厅的僚友俱将言语讥讪本厅，难道他三个都是红头发的野人，不生在南赡部洲大明国的人？所以本厅取信不及，一则是无事，我们大家取笑一番。一则也要知知这世道果然也有不惧内的人么。看将起来，除了一位老先生断了二十多年弦的，再除了一个不带家眷的，其余各官也不下四五十位，也是六七省的人才，可见风土不一，言语不同，惟有这惧内的道理到处无异。怎么太尊与他三个如此撇清？'吾谁欺？欺天乎'？"

一个医学正科、年纪五十多岁的个老儿禀道："堂上太爷也不是个不惧内的人，夏间冲撞了大奶奶，被大奶奶一巴掌打在鼻上，打得鲜血横流，再止不住。慌忙叫了医官去治，烧了许多驴粪吹在鼻孔，暂时止了，到如今成了鼻衄的锢疾，按了日子举发，怎还讥诮得老爷？就是军厅的胡爷，也常是被奶奶打得没处逃避，蓬了头，赤着脚，出到堂上坐的。粮厅童爷的奶奶更是利害。童爷躲在堂上，奶奶也就赶出堂来便要行法教诲。书办、门子、快手、皂隶跪了满满的两丹墀，替童爷讨饶。看了众人分上，方得饶免。衙役有犯事的，童爷待要责他几下，他还禀道：'某月某日，奶奶在堂上要责罚老爷，也亏小的们再三与老爷哀告，乞念微功，姑恕这次。'童爷也只得将就罢了。老爷虽是有些惧内，又不曾被奶奶打破鼻子，又不曾被奶奶打出堂上，又不求衙役代说人情，怎么到还笑话的老爷？"吴推官道："此等的事，我如何倒不曾闻见？若知道他们这等一般，适间为甚么受他们犹气！"医官道："老爷察盘考审，多在外，少在内，以此不知。"吴推官甚是感激那个医人。后来有人要谋替他的缺，吴推官做了主，不曾被人夺去。此是后事。当时考察完毕，吴推官道："今日之事，本厅与诸公都是同调。"真是：

临行不用多嘱付，看来都是会中人。

第九十二回

义徒从厚待师母　逆妇假手杀亲儿

衰世人情薄似霜，谁将师母待如娘？
日日三餐供饮食，年年四季换衣裳。
费物周贫兼养老，用钱出殡且奔丧。
只嫌蔑义狼心妇，诈索铜钱自杀郎。

武城县有个秀才，姓陈，名六吉，取与不苟，行动有常。因他凡事执板，狷介忤俗，邑中的轻薄后生都以怪物名之。别无田产，单以教书为事，家计极是萧条。所有应得贽礼束脩，绝不与人争长竞短，挈少论多。与那生徒相与，就如父子一般。那个陈师娘更是个贤达妇人，待那徒弟就如自家儿子也没有这般疼爱。严冬雪雨的时节，恐怕学生触了寒冷，鞋上蹈了污泥，或煮上一大锅小米稀粥，或做上一大锅浑酒。遇着没有甚么的时节，买上四五文钱的生姜，煮上一大壶滚水，留那些学生吃饮。衣裳有抓破的，当时与他们补缉，有绽裂的，当时与他缝联。又不肯姑息，任从学生们顽耍荒业。先生不在，这师娘拿些生活，坐在先生公座上边，替先生权印，管得学生们牢牢的坐定读书。又怕学生们久读伤气，读了一会，许静坐歇息片时。

北方的先生肯把这样情义相待学生的，也只有陈先生一个。其实又得贤师母之力居多。先年晁源曾跟他受业。晁思孝是个浑账不识好歹的老儿，晁夫人却是这陈师娘的同调。二贤相遇，臭味自投。原是通家，只因内近相处，愈加稠密。

当初晁思孝做秀才时候，自顾不暇，那有甚么从厚的节礼到那先生。就是束脩的常例，也是三停不满二分。陈先生也绝不曾开口。后来晁思孝做了官，晁源做了公子，陈先生的年纪喜得一年长似一年。谁知先生一日一日长来，学生倒要一日一日的小去。学生小去便也罢了，又谁知学生既小，束脩也就不多。

当时的学生，“冠者五六人，童子六七人”，尽成个意思。后来那冠者五六人，有改了业的，有另从了师去的，止剩了童子六七人而已。北边的学贶①甚是荒凉，除那宦家富室每月出得一钱束脩，便是极有体面。若是以下人家，一月出五分的还叫是中等。多有每月三十文铜钱，比比皆是。于是，这陈先生的度日甚是艰难。晁源处在富贵之地，若肯略施周济，不过九牛去了一毛，有何难处？他那靡丽熏心的时节，还那里想起有这个失时没势、残年衰朽的师傅、师娘，远远的撇撩在九霄云外去了。亲受业的徒弟尚然如此，那徒弟的父亲更自不消提起。只有晁夫人是个不肯忘旧念人好处的人，凡是便人回家，不是二两就是一两，再少也是五钱，分外还有布匹鞋面、针头线脑之类。除非没有便人才罢，如有便人，再没有一遭空过。好年成时候，小米、绿豆每石不过五六钱银，寄得五钱银子，也就可以买米一石，就有好几时吃去。源源相接，得晁夫人这个救星，年来不致饥寒。晁夫人回家，与陈师娘朝夕相处，早晚送柴送米，更是不消提起。晁梁长了六岁，要延师训蒙。晁夫人重那陈先生方正孤介，又高年老成，决意请他教习晁梁。收拾了家中书舍，连陈师娘俱一处同居。也不曾讲论束脩。晁夫人没有不从厚之理。

原来陈先生有一男一女，那儿子已长成四十多岁，百伶百

---

① 学贶（kuàng）——同束脩。

俐，无所不知，“子曰”、“诗云”亦颇通晓；更有人所难及的一般好处，是教训父母，倒也不肯姑息，把爹娘推两个跟斗，时常打几下子，遇衣夺衣，遇食夺食。后又生了儿子，渐渐长大，做了帮手，越发苦的老两口子没有个地缝可钻。陈先生年渐高大，那有精神气力合他抵斗，只得要寻思退步，避他的凶锋，问晁夫人要了几两银子，在“酆都县枉死城”东买了一间松木盖的板屋，移到那坡里居住，省了这儿子的作践。陈先生的女儿嫁的是个兵房书手，家中过活，亦是浓济而已。虽料得其兄不能养母，也为母亲身边也还有攒下的几两银子，晁夫人与做的几件衣裳，用不尽的几石粮食，可以养他的余年。

谁想这陈师娘的公子比他妹子更是聪明，看得事透，认的钱真，说道：“妇人‘有夫从夫，无夫从子’。放着我如此顶天立地的长男，那里用你嫁出的女儿养活！”叫了几个人挑的管挑，运的管运，也不曾雇顶肩舆，也没有叫个驴子，把个年老的娘跟了他走到家内，致的晁夫人甚是不忍。到了儿子家中，那儿子的忤逆固也不忍详细剖说，却也没有这许多闲气说他。妈妈子吃不尽自己挣的粮食，穿不了自己挣的衣裳。那媳妇、孙子你一言，我一语，循环无端骂道：“老狗！老私窠！我只道你做了千年调，永世用不着儿孙，挣的衣裳裹在自己身上，挣得银钱扁在自己腰里，挣的粮米饱了自己脊皮！为女婿那大鸡巴合的闺女自在，多余的都贴了女婿！如今却因甚底又寻到儿子家来，三茶六饭叫人供养？吃了自在茶饭，牛眼似的睁着两个大屄窟窿，推说看不见，针也不肯拿拿！有这闲饭，拿来喂了个狗，也替人看看家，养活这废物待怎么！”把个陈师娘一气一个昏。陈师娘带去的几件衣裳，几石粮食，都被这孝子顺孙拿去准酒钱，充赌债。晓的陈师娘还有几两银子带在身边，儿子合媳妇同谋，等夜间母亲睡熟，从裤腰里掏摸。陈师娘醒来，持住不与，儿子把陈师娘按在床上，媳妇打劫。陈师娘叫唤，轰动了孙子，跑进房来，三个抢夺，压在陈师娘身上，差一些儿不曾压死。气的陈师娘哭老公也没这般痛。

看官试想，一个老婆婆，有衣有物的时节，还要打骂凌辱，如今弄得精打光的，岂还有好气相待不成？晁夫人倒也时常着人看望，时常馈送东西，儿孙媳妇每每拿出那抢夺银子的手段，凭你送一千一万，也到不得那陈师娘跟前。一日冬至，晁夫人叫人送了一大盒馄饨与陈师娘吃，看见陈师娘穿着一件破青布夹袄、一条破碎蓝布单裤，蹲在北墙根下向暖。看见是晁家的人，一头钻在房内。媳妇腾了盒子，致意了来人回去。媳妇等得汉子回来，烧滚了锅，将馄饨煮熟，母子夫妻，你一碗，我一碗，吃了个痛饱，捞了半碗破肚的面皮给陈师娘吃。陈师娘不吃肚饥，待吃气闷，一边往口里吃，一边痛哭。晁家的管家将陈师娘的形状对晁夫人说知。晁夫人待信不信，差人先去说知，要接陈师娘到家久住几日。

差人前去，恰值儿子、媳妇都不在家。陈师娘对着晁家的人告诉个备细，说："我这衣不蔽体，一分似人，七分似鬼，怎生去得?"家人到家，一一回话。晁夫人伤感了一会，叫家人媳妇拿了晁夫人自己的一件青绸棉袄、一件褐子夹袄、一条蓝绫裙、一双本色绒膝裤、一个首帕、一顶两人轿子，分付家人媳妇到了那里，别要管他儿子合媳妇阻挠，用强的妆扮了他来。家人媳妇依命而行。果然他的媳妇说道："这等身命，怎好往高门大户去得？家里放着现成棉花布匹，我又不得闲，他又眼花没本事做。待等几日，等我与他扎括上衣裳，再去不迟。"家人媳妇道："再等几日，待你扎括上衣裳，陈奶奶已是冻死，就去不成了。"家人媳妇不由他说，替他拢了拢头，勒上首帕，穿上膝裤，掏了把火拷了拷棉袄与他换上，穿上裙，簇拥着往外上轿。陈师娘道："待我收拾了这件破夹袄，回来好穿，再弄的没了，这只是光着脊梁哩！"家人媳妇道："拿着给我奶奶做铺衬去，叫俺奶奶赔陈奶奶个新袄。"家人媳妇卷了卷，夹着就走，媳妇劈手就夺。家人媳妇也没叫他夺去，夹着来了。

陈师娘进门，见了晁夫人，就是那受苦的闺女，从婆婆家来，见了亲娘哭的也没有这们痛。晁夫人慌忙让到热炕上，盖上被子坐着。春莺、晁梁媳妇姜氏、晁梁、小全哥都来拜见。晁夫人也没叫陈师娘下炕来回礼。陈师娘炕上打个问讯，说："不当家！"说话吃饭，甚是喜欢。晁夫人因里间是晁梁的卧房，不便合陈师娘同房住宿，收拾了一座小北房里间里，糊得甚是洁净，磨砖插火炕儿，摆设的桌、椅、面盆、火笼、梳匣、毡条、铺盖、脚布、手巾，但凡所用之物，无一不备。又拨了一个年小干净丫头，日里伺候，夜间暖脚。次日上身加了棉衣，下边做了棉裤。与晁夫人姑媳虽则睡不同床，却是食则共器。

住到十二月二十以后，陈师娘要辞回家去，说："年近岁除，怎好只管打搅？无妨过了节再来也可。"晁夫人道："陈师娘，你莫怪我小看，你那儿孙媳妇也是看得见的。我再接的你迟了，今年九里这们冷天，只怕你老人家就是寿长，也活不成。你往后把那家去的话高高的收起，再别要提。你住的这三间房，就是你的叶落归根的去处。有我一日，咱老妯娌两个做伴说话儿。我年纪大起你，跑在你头里，我的儿是你的徒弟，你那咱，他先生怎么教他来，养活了孤苦师娘，没的算过当么？况且你那徒弟合你那徒弟媳妇，一个孝，一个贤，我做的事，他两口儿不肯违悖我的。但只既是一锅吃饭，天长地久，伏事不周，有甚差错，师娘别要一般见识，谅谅就过去了。”陈师娘听罢，没说别的，只说：“受的恩重，来生怕报不了。”从此，陈师娘在晁夫人家住，成了家业。晁梁夫妇相待，都甚是成礼，春夏即备单夹之衣，秋冬即制棉絮之袄，没有丝毫缺略。陈师娘的女儿并儿子、孙子、媳妇都络绎往来看望，一来要遮饰自己的不孝，二来也图晁夫人的款待。

如此者日月如梭，不觉过了七个寒暑。晁夫人弃世升天，陈师娘失了老伴，虽也凄凉，却晁梁夫妇一一遵母所行，不敢怠慢。大凡奴仆待人，都看主人的意旨，主人没有轻贱人客的心，家人便不敢萌慢怠之意，所以上下都像晁夫人在世一般。

晁梁遵母遗命，五七出殡，与父亲合葬。出过殡，晁梁即在坟上起盖了小小三间草屋，在那里与爹娘庐墓①。媳妇姜氏合二奶奶春莺也出在坟上庄屋里居住，以为与晁夫人坟墓相近之意，好朝夕在坟头烧香供饭。留陈师娘在城居住，拨下仆妇养娘，嘱付他用心伺候。

六月初二日是陈师娘生日，姜氏同春莺进城与他拜寿。原来陈师娘从三年前右边手脚不能动履，梳头洗脸，都是倩人。晁夫人在日及姜氏在城，都是叫人与他收拾的干干净净，衣服时常浆洗，身上时常澡浴。老人心性渐渐的没了正经，饮食不知饥饱，都是别人与他撙节②。自从姜氏居庄，伺候的人虽然不敢欺心侮慢，只是欠了体贴。老人家自己不发意梳梳头，旁人便也不强他，自己不发意洗洗脸，旁人便也不撺掇。上下衣裳也不说与他浆洗替换，床铺也不说与他拿拿蚤虱，饮食也绝不知撙节他，凭

① 庐墓——古人于老师或父母死后，在墓旁搭盖小屋居住，守护坟墓，叫“庐墓”。

② 撙节——抑制。

他尽力吃在肚里。众人倒也记的初二是他寿辰，蒸的点心，做的肴品，算计大家享用。不料姜氏合春莺进城。及至二人到家，进入陈师娘住房门内，地下的灰尘满寸，粪土不除，两人的白鞋即时染的煢黑。看那陈师娘几根白发，蓬得满头，脸上汗出如泥，泥上又汗，弄成黑猫乌嘴，穿着汗塌透的衫裤，青夏布上雪白的铺着一层虮虱。床上齷离齷齪，差不多些像了狗窝。姜氏着恼，把那伺候的人着实骂了一顿，从新督了人扫地铺床，又与陈师娘梳头净面，上下彻底换了衣裳，叫人倒了马桶，房中点了几枝安息香，明间里又熏了些芸香、苍术。然后与陈师娘拜了寿，陪着用了酒饭，要辞回坟头庄上。又说伺候的人不知好歹，要接陈师娘同到庄上，便于照管。叫人预先收拾回去合晁梁说知，叫人扫括了卧室，差了佃户进城抬轿，迎接陈师娘出庄，依旧得所。

光阴迅速，不觉将到三年。胡无翳一为晁夫人三年周忌，特来烧纸，二为梁片云临终言语，说叫把他的肉身丘在寺后的园内，等他的后身自己回来入土。如今晁梁明白是梁片云的托化，原为报晁夫人的恩德转生为子，今为晁夫人养生送死，三年服孝已完，又有了壮子，奉祀已不乏人，尚不急早回头，重修正果，同上西天，尚自沉沦欲海，贪恋火坑，万一迷了本来，怎生是好？且要晁梁住持本寺，自家年纪虽高，精力未衰，仍要云游天下名山，亲观胜景。为此数事，所以专到山东武城县内，先在真空寺旧居卓了锡①。闻得住持说晁梁自从母亲出丧之日就在那里庐墓，至今不曾进城。胡无翳仍到他门上，果然冷落凄凉，不可名状。唤了个小厮，叫他引到庐墓的所在，晁梁二人相见，不觉悲喜交驰，设斋款待，不必絮烦。

---

① 卓了锡——僧人在某地居留称为“卓锡”。

晁梁要送他到本庄弥陀庵宿歇，胡无翳坚辞不去，要与晁梁同在那庐墓房内宿歇，可以朝夕谈心。于是，胡无翳将那梁片云的往事细细开陈，将那生死轮回从头拨转。最动人处，说晁夫人身居天府，你若肯出家修行，同在天堂，仍是母子。只这几言，说得晁梁心花顿开，一点灵机，晔晔透露。胡无翳说得已往之事，晁梁俱能一一记忆，真似经历过的一般。只因陈师娘在堂，遵奉母命尚未全得始终，又不曾与兄晁源立得后嗣，坟上墓表、诰命、华表、碑碣尚未竖立，请宽限以待，只是不敢爽信①。

过了半月，三月十五日，晁夫人三年忌辰，在坟上搭棚厂，请僧建脱服道场，也集了无数的亲友，都来劝晁梁从吉。晁梁遵国制，不敢矫情。醮事完毕，换了淡素衣裳，坟上哭了个发昏致命，然后内外至亲，各自劝了晁梁合姜氏进城。陈师娘依旧同到家内。晁梁挨门谢客，忙劫劫唤了石匠，完那坟上的工程。

却说陈师娘年纪八十一岁，渐渐老病生来，将次不起。当日晁梁做书房的所在，通着东街，晁梁叫人开出门去，要与陈师娘停柩举丧。陈师娘沉重，预先唤了他的子女诸人，都来看守。断气之后，妆老的衣裳，附身的棺椁，陈家一户人等的孝衣，灵前的孝帏孝帐，都是晁夫人在生之时备办得十分全完，盛在一个棂子卷箱之内，安置楼上。姜氏叫人抬将下来，众人照分披挂。他那儿子、孙子合那贤良媳妇，恰像晁家当得这般一样。只有他的女儿且不哭他的母亲，只是哭晁夫人不止。放了一七，晁家的亲朋眷属都为晁家体面，集了人山人海的都来送丧。葬完了，晁梁仍把这儿孙妇女让回家中，将陈师娘平日存下的衣裳、用过的铺盖都尽数叫他们分去。一个子、一个孙、一个媳妇、一个闺女，

---

① 爽信——即失信。

四个人面，倒有八个狗心，各人都爱便宜，算计要抢上分。不曾打开箱柜，四个人轰然扑在上面，你打我夺，你骂我争，采扭结成一块，声震四邻。

晁梁道："脱不了是你至亲四口，又无外人相争，何用如此？你们尽数取将出来，从公配成四分，或是议定，或是拈阄，岂不免了争竞？"陈师娘的儿子说："子承父业。父母的物件，别人不应分去，一丝一缕，都该我一人独得。"那孙子说："祖父的产业传与儿孙，有儿就有孙子。奶奶生前，你不认得他姓张姓李，你糠窝窝也没给他个吃。他死后，你有甚脸分他的衣裳？我休说往年我来这里看奶奶，那一遭是空着手来？年时我也使三个钱买了个西瓜孝顺奶奶，年下又使了两个钱买了两个柿子。你从来有个钱到奶奶口里不曾？"陈师娘的女儿又说："您们好不识羞！娘的几件衣裳，是你那一个做给他的呀？脱不过是晁大娘是晁二哥、晁二嫂做的，你们有甚么嘴脸分得去！我出嫁的女儿，无拘无束，其实应该都给了我去。"晁梁道："师姐这话也说不通，还是依我的均匀四分，拈阄为妥。"师姐道："这四分就不公道。他亏了就只一个老婆、一个儿，打哩有十个老婆、十个儿，匀成二十分罢？就不都给我，也只该配成两分。从来说'父母的家当，儿一分，女一分'的。依公道，我合俺哥平分，嫂子合侄儿在俺哥的分里分给他。"那媳妇道："这话熏人，我只当狗臭屁！嫁出的女，泼在地里的水，你分我的家当！你打听打听，有个李洪一嫂没有！你赶的我极了，只怕我贤惠不将去，我拿出李洪一嫂的手段来！"那小姑儿说："我没听见有甚么李洪一嫂，我倒只听见有个'刘二舅来吃辣面'是有的。"

你一言，我一语，争竞不了。那侄儿又照着他姑娘心口里拾头，四个人扭成一块，打的披头散发。晁梁道："呀，呀！好没要紧！我倒是取好，倒要叫我人命干连的！脱不了师娘也没穿甚么来，人所共知的。这几件破衣拉裳，都别要分，我叫人抬到师娘坟上，烧化给师娘去。”叫人：“盖上柜，还抬上楼去。列位请行，要打要骂的，请到别处打骂去。我从来没经着这们等的，我害怕。”那师哥道：“俺娘的衣裳，你做主不分，烧了罢？”晁梁道：“我做的衣服，我就做的主。”那师嫂道：“你做的衣裳，没的俺婆婆是光着屁股露着奶头来的？我记的往你家来时，衣裳穿不了，青表蓝里梭布夹袄、蓝梭布裤，接去的媳妇子还夹拉着来了，这浑深不是你晁家做的，你也做主烧了罢？俺婆婆在你家这们些年，替你家做老婆子支使，煮饭浆衣裳，缝联纳鞋底，你也给个工钱儿么？”晁梁道：“我也不合你说。惹出你这话来了，还合你说甚么话！我叫人把这几件子衣服抬到陈师哥家，凭你们怎么分去，这可与我不相干了。”那陈师姐自己跑到县里兵房内叫了汉子，在晁家大门上等着，同到陈师哥家分衣裳不题。

那陈师嫂变了脸，要向日夹来的那个破袄，又要陈师娘穿来的那个破蓝平机单裤。晁梁察问说：“当日实有这件破袄，是媳妇子赌气夹了来家，合陈师娘换下的一条破裤，都拆破做铺衬使了。”那师嫂甚么肯罢，放刁撒泼，别着晁梁足足的赔了他一千“老黄边”，才走散了。出门跟着那柜衣裳，抬到陈家，也还争夺打闹。因妹夫是县里的兵房，平日又是不肯让人的善物，又有邻舍家旁边讲议，胡乱着不知怎样的分了。这般不义之物，况又不多，能得济人甚事，不多两日，穿的穿，当的当，仍是精空。

那儿子平素与一班扛夫赌博，赢了，按着葫芦抠子问那扛夫照数的要钱。如输了时，将那随身带的猪皮样粗，象皮样黑，狗脏样臭那个丑屁股准帐。后来收了头发，出了胡须，那扛夫不要了屁股，也只要见钱。一时间没处弄钱还他，想得母亲曾向晁梁赖得有钱一千，待要好好的问他母亲要用，料得母亲断是不肯。待要算计偷盗，又不知那钱安放何处？且住着三间房屋，母亲又时刻不肯离他的卧房，无从下手。就是着了手偷得来用，定然晓得是他，知道母亲的心性见了钱就合命一般的要紧，良心也不顾，天理也不怕，这等白赖来的钱，岂是叫他偷去就肯罢了的。左思右想，料得他的钱定是放在枕下，或是放在床里褥底，心生一个巧计，说那皮狐常是盗人家的钱物，人不敢言喘。不免妆了一个皮狐，压在他的身上，压得他头昏脑闷，脚困手酸，却向他床上搜简铜钱。又想那皮狐上去压人的时节，定是先把尾巴在人脸上一扫，觉有冰冷的嘴在人嘴上一侵。又说皮狐身上甚是骚气。他却预先寻下一个狐尾，又把身上衣服使那几日前的陈尿浸透晒干了，穿在身上。他的母亲久已不合老公同睡，每日都是独寝。他却黑暗里伏在他母亲床下，等他母亲上床睡倒，将已睡着，他却悄悄的摸将出来，先把那狐尾在他娘的脸上一扫。他娘在梦中，已是打了个寒噤。趴在身上，四脚向上着力使气，压得他母亲气也不能出转。又把自己的嘴冻冷如冰，向他母亲嘴上布了收气。他母亲果然昏沉，不能动弹。却使两只手在那床里头四下捞摸，绝没一些影响。他母亲又在睡梦中着实挣歪。只得跳下床来，跷蹄蹑脚，往自己铺上去了。

他母亲方才挣醒，隔壁叫他醒来。他故意假妆睡熟。知道他母亲必定说那被狐压昧的事，醒来说道："亏不尽得娘叫我醒来，被皮狐压得好苦。因娘叫得紧，才跳下走了。上床来，觉有毛物在脸上一扫，又把冰冷的嘴亲在我的嘴上收气。"他娘道："这不古怪！我也是这等被他压了，所以叫你。我还觉的在我床上遥地里掏摸。咱这房子当时干净①，怎么忽然有这个东西？我想这还不是甚么成气的狐仙，这也还是个贼皮狐，是知道我有千钱待要偷我的。不想我那钱白日黑夜缠在我那腰里，掏摸不着。只说在你身边，故此又去压你。”儿子说：“真是如此。亏了不曾被他偷去，今夜务要仔细。”

晚间临睡，那儿子依旧妆了皮狐，又使尾巴扫脸，冷嘴侵唇，压在身上，伸进手去在被里乱摸，摸得那钱在他母亲腰里围着，钱绳又壮，极力拉扯不断，不能上去，又不能褪将下来。正无可奈何，他母亲还道是当真的皮狐，使气力叫儿子起来相救，喃干了喉咙，那得答应。想起床头有剪刀一把，拿在手中，尽气力一戳，只听的“哎哟”了一声，在床上跌了一阵，就不动了。摸了一把，满手血腥，赤着身起来，吹火点灯照见，那是甚么皮狐，却是他亲生公子。剪刀不当不正，刚刚的戮在气嗓之中，流了一床鲜血，四肢挺在床中。慌了手脚，守到天明，寻了老公回家，说此缘故，夫妻彼此埋怨了一场，使那一千钱，用了四百买了一口薄皮棺材，装在里面，扛抬埋葬，把一千钱搅缠得一文不剩，搭上了一个大儿。这真是：

万事劝人休碌碌，举头三尺有神明。
谁说天爷没有眼，能为人间报不平？

① 干净——此指没有鬼怪邪气。

第九十三回

晁孝子两口焚修　峄山神三番显圣

修行不必尽离家，只在存心念不差。
种粟将来还是粟，锄瓜应教自生瓜。
庞老庞婆同鹤驭，黄公黄母总龙沙。
试看在家成佛子，峄山亲见五云车。

晁梁庐了三年墓，在坟上建了脱服道场，谢完了吊祭亲友，谒见县官学师。坟上立了墓表、诰命碑碣、华表、牌坊、供桌、香案，又种了三四千株松柏，按了品级，立了翁仲①冥器。在坟上住了三年，不曾进城，儿子晁冠，终是少年，不能理料家事，以致诸凡阙略，从新都自己料理了一番。

二奶奶沈春莺，此时已是六十五岁，姜氏也将近五旬，都是晓得当家过日子的人了，外边再有儿子晁冠撑持了门户。晁无晏的儿子小琏哥，名唤晁中相，一向是晁夫人恩养长大，读书进学，娶妻生子，同居合爨②，又是晁冠的帮手。于是，晁梁自视以为没有内顾之忧，要算计往通州香岩寺内与胡无翳同处修行，以便葬梁片云的身子。择了吉日，制了道衣，要起身往通州进发。

妻房姜氏劝道："你做了半生孝子，不能中举中进士，显亲扬名，反把禀受父母来的身体发肤弃舍了去做和尚道士。父母虽

① 翁仲——立在墓前的石人。
② 爨（cuàn）——烧火煮饭。

亡，坟墓现在，你忍得将父母坟墓不顾而去？你虽说晁冠长成，有人奉祀，毕竟是你的儿子。你出家修行去了，你倒有儿子在家，只是父母没有了儿子。我听见你读的书上：‘逃墨必归于杨，逃杨必归于儒。’你读了孔孟的书，做了孔孟的徒弟，这孔孟就是你的先生。你相从了四五十年的先生，一旦背了他，另去拜那神佛为师，这也不是你的好处。胡师傅这许多年来，每年都来看望。你往时有娘在堂，你不便相离远去。今娘既辞世，礼尚往来，你只当去回望他，收拾些礼物，带些银钱，雇只船，由水路到他那里。一来谢他连年看望之情，二来看那事体如何，葬埋了梁和尚，完了你前生之事。不必说那为僧为道的勾当。你只把娘生前所行之事一一奉行到底，别要间断，强似修行百倍。你如必欲入这佛门一教，在家也可修行。爹娘坟上，你那庐墓的去处，扩充个所在，建个小庵，你每日在内焚修，守着爹娘，修了自己，岂不两成其便？我也在那庄上建个小佛阁儿，我修我的，你修你的，咱两个宾客相处。家事咱都不消管理，尽情托付了小全哥两口儿，把这坟上庄子留着，咱兄妹二人搅计。你爽利告了衣巾，全了终始。我的主意如此，不知你心下如何？”晁梁道：“胡无翳几次开说，说我的性灵透彻，每到半夜子时，从前想我前生之事，一一俱能记忆。至于梳洗饭后，渐又昏迷。我所以说：‘既是报了娘的大恩，还去完我的正果，葬我的前身。’你刚才一番说话，又甚是有理，我倒有了儿子，可以付托，得以出家。只是我既出家，我的爹娘依旧没了儿子，这话甚是有理。叫我在坟上修行，守着爹娘坟墓，你也各自焚修，此话更好。就依你所言，如今目下待我且往通州香岩寺内谢见了胡无翳，合他盘桓些时，一边就把梁片云的法身安了葬，回来商量创庵。”于是，收拾了行李合送胡无翳的礼物，赍带了几百银子，跟了一个庖人吴友良、家人晁鸾、晁住的儿子晁随、小厮馆童，雇了一只三号民座，主仆四人，望通州进发。

那时闸河水少，回空粮船挤塞，行了一月有余，方才到彼。晁梁将近五旬年纪，日逐守着母亲，除往东昌岁考，省城乡试，其余别处并无一步外游，这是头一次远出。船到了通州河下，先使晁鸾寻着了香岩寺，见了胡无翳，说晁梁已到，坐船见泊河下。胡无翳喜不自胜，说本夜梦见梁片云从远处云游回寺，合胡无翳行礼相拜，送胡无翳土宜，里面有一匹栗色松江纳布。不意日中便有晁梁来到。带领了许多人与晁梁搬运行李，自己连忙同众人接到船上。晁梁远远望见胡无翳来到，叫人布了跳板，上岸迎接，挽手下船，极其喜悦。看着人把行李搬在岸上，尽数发行，然后与晁梁同行回寺。分付船家暂行歇息一晚，明日寺中备饭相犒，找结船钱。

晁梁入寺安歇，梳洗更衣。胡无翳领了他到正殿参佛，及各种配殿合伽蓝、韦陀面前拈香，又到长老影身跟前拜见。晁梁方入方丈，与胡无翳行礼。家人晁鸾取出备下的礼物，恰好一匹定织改机栗色细纳的绒布。胡无翳着实惊讶。晁梁澄心定虑了一会，将那寺中房廊、屋舍、园圃、庭堂合他住过的禅房榻炕，都能想记无差。胡无翳仍把梁片云的住房扫除洁净，请晁梁居住。晁梁想起他的前生曾在山墙上面写有晁夫人的生辰在上，细观不见。原来这梁片云住室，胡无翳晓得晁梁是他的后身，有此显应，所以每年凡遇梁片云坐化的忌日，都将墙垣糊括，床炕修整，另换帐幔，重铺毡条，所以把那记下晁夫人生辰糊在下面。后来晁梁揭了许多层纸，当日的字迹宛然一些不爽，那字的笔法就与晁梁今生的笔画如出一手。

晁梁到寺半月，歇息未定，又因梁片云的殡厝浮图是奉太后敕建的，若要下葬，还得启知太后，方敢动手。谁知这梁片云肉身，经今将五十年，一些没有气味。自从晁梁到寺次日，走到龛前看了一会，便从此发出臭气，日甚一日，熏得满寺僧众无有一人不掩鼻而过之。人都晓得是梁片云的显应，要催晁梁作急与他安葬。

香岩寺自从当日长老圆寂，就是一个大徒弟，法名无边，替职住持。这无边恃着财多身壮，又结交了厂卫贵人，财势双全，贪那女色，就是个杀人不斩眼的魔君。河岸头四五十家娼妇，没有一个不是他可人。或竟接到寺中，或自往娼妇家内。他也不用避讳，任你甚么嫖客，也不敢合他争锋。他也常是请人，人也常是回席。席上都有妓者陪酒，生葱生蒜齐抿，猪肉牛肉尽吞。谁知恶贯不可满，强壮不可恃。这些婆娘相处得多了，这无边虽然不见驴头落，暗地教他骨髓枯，把个大光头见了阎君。二师兄诚庵替了大师兄的职业，做了住持。

这诚庵替职的时候，已是鱼口方消，天泡疮已是生起。他却讳疾忌医，狠命要得遮盖，一顿轻粉，把疮托得回去，不上几个月期程，杨梅疯毒一齐举发，可煞作怪，只偏偏的往一个面部上钻，钻来钻去，应了他《心经》上的谶语，先没了眼，后没了鼻，再又没了舌，不久又没了身。身既不存，那里还有甚么耳，甚么意，轻轻的又把第二的师兄超度在“离恨天①”上。

还剩下一位第三的师兄，法名古松。这古松清清气气的个模样，年纪约二十四五之间，略通文墨，写一笔姜立纲楷字，他还带些赵意。他见这两个师兄都是色中饿鬼，他笑他说道：“既是断不得色欲，便就不该做了和尚。既要吃佛家的饭食，便该守佛

① 离恨天——古时道家认为三十三天以上有离恨天。

家的戒律，何可干这二尾子营生?”后来长成了年纪，两个师兄贪色死了，轮该他做长老，他执板不肯嫖，风流又绝不得色，把自己积蓄的私财，分得两个师兄的衣钵，打叠了行李，辞了佛祖，别了罗汉，说知了韦陀，拱手了本寺土地，作谢了同行的众人，明明白白带了行装，竟回他固安原籍，蓄了头发，娶了两个老婆，买了顷把腴田，顶了本县户房的书缺，跳出伽蓝圈套外，不在如来手掌中。

这本寺的住持长老，再没有争差违碍，稳如铁炮的一般轮到胡无翳身上。这胡无翳将这寺内历年败坏的山门，重整僧纲，再兴禅教，自先五蕴皆空①，不由得众人也就六根②清净，仍旧成了个不二法门。当日替梁和尚建龛的皇太后，久已宾天③。胡无翳题知了一本，准了下葬，依了原旧规模，备了坐化禅龛，拆开砖塔，只见梁片云的肉身神色鲜明，眼光莹洁，躯壳和软，衣服未化，绝无臭气，仍是香气袭人。晁梁自己同着众人将尸抬入棺内，入在地中，建了七层宝塔，做了道场。

这晁梁在香岩寺内，将有两月光阴。胡无翳见他没有落发出家的本意，每每将言拨转，又使言语明白劝化。晁梁将姜氏所说之言明白回复了胡无翳。人的言语，说到那词严义正有理的去处，人也就不好再有别话说得，只得听他罢了。

晁梁又住了半月，辞胡无翳回家，约定：晁梁回去自己创庵停妥，明年正月灯节以后仍到寺中，暂代胡无翳住持香火。胡无翳要到庐、凤、淮、扬、苏、松、常、镇、南京、闽、浙等处游

---

① 五蕴皆空——五蕴，即色、受、想、行、识。五蕴皆空是指佛家修行的最高境界。

② 六根——佛家以眼、耳、鼻、舌、身、意为六根。

③ 宾天——帝后去世为宾天。

览二年。订期已定，再三嘱付晁梁不可爽约。晁梁将带去使剩的银子，还有三百多金，要留下与胡无翳使用。胡无翳道："本寺的养赡，还支用不了，尽有赢余，无用再有别项。"晁梁说道："既无用处，与我寄放在此，省我明岁来时，累我行李。"胡无翳方才收进房去。胡无翳仍雇了船，自己送晁梁直到家内，要指点替晁梁夫妇创庵。

晁梁到家以后，住在河路马头。木料易办，有钱的人家，物力是不消费事的，从来不枯①克人，说声雇夫鸠工，也称得"庶民子来"。仅三月之间，两处的庵都一齐创起，虽不十分壮丽，也不十分鄙俚。虽然小恰恰的规模，那胡无翳久在禅门，又兼原是苏州人氏，所以做得事事在行，件件合款。择了修行上吉的成日，胡无翳送了他夫妇各自进了本庵，然后辞了晁梁，仍回通州本寺。

晁梁把自己的庵起名南无庵，娘子住的庵起名信女庵，各自苦行焚修。春莺也常住在信女庵内念佛看经。晁梁夫妇二人从此不入城中，一切亲朋丧亡喜庆都是晁冠两口子往还。从此都断了血味，持了长斋。夫妇也常相见，只如宾客一般。另拨了人往雍山庄上料理。那雍山庄管家吴克肖，原是老管家吴学颜的儿子。吴学颜老病死了，这吴克肖老实倔强，向主奉公，与他老子无二，所以就叫他袭了父职，督理庄田。如今把他掣回坟上，要托他管理收租，以为晁梁夫妇修行支用。又叫他管理常平义仓籴粜，不得断了晁夫人几十年的善果。一切事体，渐渐的要安排有了头绪，转眼腊尽春回，过了一鸡二犬三羊四猪五马六牛七人八谷的吉日，烧过了灯，晁梁拣了十九日的良辰，辞了生母春莺，

① 枯——同"酷"。

妻房姜氏，仍带了前日的随行仆从由旱路径上通州，践那订下之约。

晁梁到了香岩寺内与胡无翳相见，甚是喜欢。住了三日，胡无翳收拾锡杖、衣钵、棕帽、蒲团、日持的经卷，跟了一名行童，将寺中紧要事件，并晁夫人所发的常平资本，并见在积聚仓粮，俱一一交付晁梁代管；又分付了合寺僧人，俱要听从晁梁的指教，不可败坏山门。晁梁也与胡无翳再三订约，必以一年为期，千万回寺。这一年之内，清明、中元二节，晁梁还要回家祭扫。十月间，因要籴粜常平粮食，便也不好回去。相约已定，亲送了胡无翳上船方回，晁梁在香岩寺替胡无翳住持之事，说也不甚要紧，且略过一边。

再说那武城合县士民从四年前与晁夫人创了祠堂，那香火之盛，不消说起。晓得晁夫人死后登仙，做了峄山圣姆，这些善男信女，平日曾受过晁夫人好处的，都成群合伙，随了香社，要往峄山与晁夫人进香。每年三月十五，是晁夫人升仙的诞日，那烧香的仪注，大约与泰山进香不甚相远。一班道友，男男女女，也不下七八十人。三月初六日，从祠堂里烧了信香，一路进发。三月十三日，宿了邹县。十四日，起了四鼓，众人齐向峄山行走。离店家不上五六里之地，只见后面鼓吹喧阗①，回头观看，灯火烛天，明亮有如白昼，旗幡绰约，羽盖翩翻，摆列的都是王者仪从，渐渐的追近前来，前导的喝令众人避路。这些香头都道是鲁王驾出祭扫，退避在道旁站定，看他驾过。仪从过尽，又是许多金甲金盔的神将，骑马摆队。武将之后，又有许多峨冠博带的文官，执笏乘马前列导引。再次又有许多女官，各执巾鸷、帽簏、

① 喧阗（tián）——热闹。

盥盆、妆奁等具，尽是乘马前行。临后方是一顶大红销金帏幔的棕辇，辇前一柄曲把红罗伞罩住，两旁四五对红罗团扇遮严，辇后又是许多骑马的侍从。香头们又猜是鲁王妃归宁父母，不敢仰视。直待大众过尽，方敢行走。看那前面的人，其行如飞，渐次不见。

末后一个戴黄巾的后生，挑着一头食箱、一头火炉茶壶之类，其担颇重，力有未胜，夹在香头队内，往前奔赶。这伙香头便与那黄巾后生问他挑向何处。黄巾后生回说："往峄山公干。"众人因问他："前面过去的是那位王妃郡主，这般严肃齐整？"黄巾后生说道："你们这伙人不是从东昌武城来的么？这过去的娘娘正是你们同县的乡里，如何竟不相识？"众人惊讶，细问他的来历。黄巾后生因说："这是峄山圣姆，是你武城县晁乡宦的夫人。他在阳世间多行好事，广结善缘，丈夫做官，只劝道洁己爱民，不要严刑峻罚。儿子为人，只劝道休要武断乡曲，克剥穷民。贵粜贱籴，存活了无数灾黎。代完漕米，存留了许多百姓：原只该六十岁的寿限，每每增添，活了一百五岁。依他丈夫结果，原该断子绝孙，只因圣姆是个善人，不应使他无子，降生一个孝子与他，使他奉母余年。如今见做着峄山圣姆，只是位列仙班，与天下名山山主颉颃①相处。因曲阜尼山偶缺了主管，天符着我峄山圣姆暂摄尼山的事。因明日是圣姆的诞辰，念你们特地的远来，怕山上没有地主，故暂回本山料理。"众人问道："你是甚人，知得如此详细？"黄巾后生道："我就是圣姆脚下的管茶博士。"众人道："果真如此，你也就是山中的神道，生受你传信与我们。"众人随把带来的楮锭纸钱即时焚化，酬谢他传信之劳。

① 颉颃（xiéháng）——不相上下。

顷刻之间，那黄巾后生不知去向。众人惊讶不已，只恨不曾扳住驾辇亲见圣姆一面。

天明日出，到了山下，寻了僧房作寓。准备次早朝见圣姆。那主僧问道："列位施主是山东武城人否？共是六十八人，果否是真？"众人惊道："你如何预先知道我们是武城县人，又知我们是六十八众？"主僧说道："今日黎明时分，小僧已待起身，觉身不快，又复睡着，梦见一黄巾力士向小僧说道：'快起来打扫处所，有娘娘东昌武城县的乡里六十八人，我领来你家安歇，照顾你的饭钱。你当小心管待，不可怠慢。'"众人更自毛骨悚然，因告讼适间所见之事，彼此诧异。山僧方才知道峄山圣姆是武城县人，有如此显应。

那峄山原是天下的胜景，烧香的男妇，游观的士女，络绎往来的甚多，传布开去，从此结道场，修庙宇，妆金身，塑神像，祈年祷雨，作福禳灾，日无虚刻。这是后事，也详说这些不尽。

次早十五，众人斋戒了一夜，沐浴更衣，到殿上烧香化纸，祷告参神，谢娘娘家乡保佑，又谢昨早途间不识娘娘驾过，有失回避，望娘娘宽宥；又望娘娘护持乡里，风调雨顺，五谷丰登。拜祝已毕，众人暂辞出殿，观看山景。回店吃了午饭，复又进殿，辞了圣姆下山。众人一步九回，好生顾恋。顺路看了孔林，谒了孔庙。

行至罡城坝上，摆渡过河，一行人众分作两船而过。登了岸，众人下了船，船上一个人，约有三十年纪，瞪着眼，朝着岸，左手拿着一个匣子篦头家伙，插着一个铁唤头①，右手擎起，举着一个酱色银包。问他不能做声，推他不能动转，竟像是被人

---

① 铁唤头——古时剃头匠的一种用具。

钉缚住的一般。船上人惊讶起来。原来这人是剃头的待诏，又兼剪绺为生，专在渡船上乘着人众拥挤之间，在人那腰间袖内遍行摸索，使那半边铜钱磨成极快的利刃，不拘棉袄夹衣，将那钱刀夹在手指缝内，凭有几层衣服，一割直透，那被盗的人茫无所知。这一日见有这许多香客在船，料得内中必有钱银可盗，故也妆扮了过渡的人，混在队内，摸得一个姓针名友杏的香头，腰间鼓鼓囊囊有些道路①，从袖中掏出兵器，使出那人所不知手段，一件夹袄，一件布衫，一层双夹裤腰，一个夹布兜肚，一割就开，探囊取物。及至众人下了船去，这个偷儿不知是何缘故，做出这般行状，哄动了众人。那针友杏看见那银包是他的原物，低下头去看自己的衣裳，从外至里，割了一条大口，摸那银包，踪迹无存，对了包内的数目，分厘不差。给还了针友杏收去，这个偷儿方才省得人事。问他所以，他说："得银之际，甚是欢喜，正待下船之时，被一个戴黄巾的后生，脑后一掌，便昏迷不知所以。"船家要捉他送官，问他"刺配"。众人都说："这分明是峄山圣姆的显灵，说我等至诚，又远来进香，你却因何将他割了绺去？所以将他捉去。但想圣姆在生之日，直是蝼蚁也不肯轻伤一个。既是不曾盗去，若再送官配刺，也定是圣姆所不忍的。不若仰体圣姆在生之日的心，放释了他去。"那船家还要搜夺他的自己银钱，留下他篦头的家伙，也都是众人说情，放他上岸去了。众人风餐露宿，夜住晓行，三月二十一日回到武城，各回家去，约定各人斋戒，明早齐到晁夫人祠堂烧回香。

那时清明已过，冬里无雪，春里缺雨，人间种的麦苗看看枯死。县官在远处请了一个道士，风风势势，大言不惭，说雷公是

① 有些道路——有些东西，有些油水。

他外甥，电母是他的侄女，四海龙王都是他亲戚朋友，在城隍庙里结坛，把菩萨的殿门用法师封条封住，庙门口贴了一副对联，说道："一日风来二日雨，清风细雨只管下。"又把城隍、土地、社伯、山神、龙王、河伯都编写了名字，挂了白牌，鬼捏诀，一日一遍点卯，诡说都着众神坛下伺候，每日要肥狗一只、烧酒五斤、大蒜一辫，狗血取来绕坛洒泼，狗肉醮了浓浓蒜汁，配着烧酒，攮在肚中，吃的酒醉，故妆作法，披了头，赤了脚，撒上一阵酒风。酒醉将过，又仗了狗肉、烧酒之力，合那轮流作法扮龙女的娼妇无所不为。越发祈得天昏地暗，沙卷风狂，米价日日添增，水泉时时枯涸。

众香头在晁夫人祠堂内烧了回香，一齐祷告，说："前日在山上时节，已向娘娘面前再三恳祈，望娘娘保佑乡里风雨调和。今一冬无雪，三春无雨，麦苗枯死，秋禾未种，米价日腾一日，眼看又是荒年。仰仗娘娘法力，早降甘霖，救济百姓。"香头祷毕出门，正值法师登坛做作。每日被那娼妇淘碌空了的身子，又是一顿早辰的烧酒，在那七层桌上左旋右转，风魔了的一般，眼花头晕，焉得不脑栽葱搠将下来？把一只小膊一条小腿都跌成了两截，头上谷都都从头发里面冒出鲜红血来，把个牛鼻子妖道跌得八分要死，二分望生，抬到道士厨房安歇养病。人又说是晁夫人显灵，这却无甚凭据。道人人等禀过了知县官，拆了坛场，逐了娼妇，停了法师的供给。

次早，众香头又齐赴晁夫人祠堂祷请。众人方才祷毕，出得门来，只见东北上起起乌云，腾腾涌起，煞时住了狂风，隐隐雷声震响，渐渐闪电流光，不一顿饭顷，丝丝细雨不住的下将起来。辰时下起，午时住了一歇，未时从新又下，直至次日子时，卯时又复下起，到了申时还未雨止。下得那雨点点入地，清风徐来，细雨不骤。春时发生的时候，雨过三日，那麦苗勃然蒸变，日长夜生，擹茎吐穗，接次种了秋苗，后边又得了几场时雨，还成了十分丰熟的年成。

后来那个祈雨的道士将养了三四个月，挣扎得起来，禀那县官索讨那悬定的赏赐，说雨是他祈的。县官也不肯自己认错，肯说自己请的法师祈祷无功？替他出了信票，敛地方上的银子谢他，务要足十两之数。乡约承了县票，挨门科敛，银钱兼收。乡约克落之余，剩下十两之数交到县中，县官交与道士。那道士得了这十两非义之财，当时称肉、打酒与庙中道士吃了将近一两，吃得个烂醉如泥。可煞作怪，当夜不知被那个偷儿挖了一个大洞，将那九两多的银钱偷了个洁净。

那法师在县上递了失盗呈词，县官着落庙中道士追捕，比较了几次。那住持道士正在抱屈无伸，四月朔日，县官赴庙行香，方才拜倒，一个在旁扯摆摺的小门子失了色，竖了眼睛附说起话来，说："妖道侮慢神祇，亵渎庙宇，我故将他跌折手足。峄山神降的时雨，他又贪冒天功，刮削民间膏血，我故使人盗去。道士容留匪人，假手打过二十，已足蔽辜，可以开释无干。将妖道即时驱逐出境！"县官不胜恐惧，再三请罪。然后小门子渐渐醒来。县官方才不敢护短，分付地方赶逐法师起身。人才知道当日的时雨原是晁夫人的感应，真是善人在世，活着为人，死了为神，的是正理。这是晁夫人生死结果，后不再说。其余别事，再听下回分解。

第九十四回

薛素姐万里亲征　狄希陈一惊致病

崎岖世路数荆门，从古行人苦载奔。
接海江流还有峡，连云栈道下无根。
腥雨驱云催瘴疠，蛮风呼浪拥江豚。
瞿塘散峡涛如吼，滟滪成堆石似蹲。
历尽险途皆不畏，夫人南至便消魂。

常说："朝里无人莫做官。"又说："朝里有人好做官。"大凡做官的人，若没有个倚靠，居在当道之中，与你弥缝其短，揄扬其长，夤缘干升，出书讨荐，凭你是个龚遂、黄霸这等的循良，也没处显你的善政。把那邋遢货荐尽了，也荐不到你跟前。把那罢软[①]东西升尽了，也升不到你身上。与一班人同资同俸，别人跑出几千里路去，你遗在大后边蹭蹬。若是有了靠山，凭你怎么做歪憋，就是吸干了百姓的骨髓，卷尽了百姓的地皮，用那酷刑尽断送了百姓的性命，因那峻罚逼逃避了百姓的身家，只管有人说好，也不管甚么公论。只管与他保荐，也不怕甚么朝廷。有了靠山做主，就似八只脚的螃蟹一般，竖了两个大钳，只管横行将去。遇见他的，恐怕他用钳夹得人痛，远远的躲避不迭。捧了那靠山的粗腿，欺侮同辈，凌轹[②]上司，放刁撒泼，无所不为。

这靠山第一是"财"，第二才数着"势"。就是"势"，也脱

---

① 罢软——软弱，没骨气。
② 凌轹（lì）——欺压、欺凌。

不过要“财”去结纳，若没了“财”，这“势”也是不中用的东西。所以这靠山也不必要甚么着己的亲戚，至契的友朋，合那居显要的父兄伯叔，但只有“财”挥将开去，不管他相知不相知，认识不认识，也不论甚么官职的崇卑，也不论甚么衙门的风宪，但只有书仪送进，便有通家侍生的帖子回将出来，就肯出书说保荐，说青目。同县的认做表弟表兄，同省的认做敝乡敝友，外省的认做年家故吏，只因使了人的几两银子，凭人在那里扯了旗号打鼓筛锣的招摇于市。何况狄希陈是相主事的亲亲嫡嫡的表兄，又见有亲亲的一个母舅，这比那东扯西拽的靠山更自不同。吴推官看了相主事同年的分上，又因与狄希陈同做“都元帅”的交情，甚加青目。一个刑厅做了主张，堂上知府也就随声附和。不时批下状词，又有周相公用心料理，都应得过上司的心，倒有了个虚名在外。成都县知县升了南京户部主事，吴推官做了主，再三又与知府讲情，申了文书，坐委狄希陈署印。狄希陈官星又好，财命正强，一个粮厅通判，狠命的夺他不过，县印毕竟着落了狄希陈。

接印到手，可可的一个纳粟监生家，有十万贯家财，娶的妻房是蜀府一个大禄仪宾的女儿吴氏，夫妇一向和美，从来不曾反目。后来监生垂涎人家娶小，吴氏窥其意向，不待监生开口，使了六十两聘礼，娶了个布政司郑门子的姐姐为妾，也有八分人材。这吴氏也不晓得妒忌，嫡庶也甚是相安。谁知这监生得福不知，饭饱弄箸。城内有一个金上舍，有个女儿金大姐，嫁与一个油商的儿子滑如玉为妻。这滑家原是个小户暴发，成了富翁。这金上舍贪他家富，与他结了姻亲。金上舍的妆奁越礼僭分，也叫算是齐整。五六年之后，这滑家被一伙强盗进院，一为劫财，二为报恨，可可的拿住了滑如玉的父子，得了他无数的金银，只是不肯饶他的性命，父子双亡。婆媳二人，彼时幸得躲在夹壁之内，不曾受伤，也不曾被辱。族里无人，只剩两个寡妇。老寡妇要替媳妇招赘一个丈夫，权当自己儿子，掌管家财，承受产业。监生家里见有娇妻美妾，巨富家资，若能牢牢保守得住，也就似个神仙八洞，谁知贪得无厌，要入赘与金大姐为夫，与那老滑婆为子。瞒了吴氏，也不令郑氏闻知。事事讲妥，期在毕姻，吉日良辰，俱已择定，被一个泄嘴的小童漏了风信，被吴氏采访了个真实不虚，监生也只得抵赖不过。吴氏再三拦阻，说道："你将三十年纪，名门大族之家，从新认一个'油博士'的老婆为母！你若是图他的家财，你自己的家财取之不尽，用之有余。你若图他的色，替你娶的新妾模样不丑，尽有姿色。若嫌不称你意，无妨凭你多娶。却是因何舍了自己的祖业，去住人家不吉房廊？弃了自家的妻妾，占人家的妇女？既是他父子二人都被人杀在那个房内，毕竟冤魂不散，厉鬼有灵。你住了他的房屋，搂了他的妻子，用着他的资财，使着他的奴婢，只怕他父子的强魂不敢去惹那恶盗，两个魂灵的怨气杀在你的身上。快快的辞脱！切切不可干这样营生！"

若监生是个有心路的人，听了吴氏这一席的言语，断该毛骨悚然，截然中止才是。谁知对牛弹琴，春风不入驴耳。口里阳为答应，背后依旧打点要做滑家的新郎。吴氏知道他不曾停止，又与他说道："你既是一心要做这事，我也不好苦苦拦你，家中房屋尽多，你不妨娶他到家。就是那老婆子，你也接他来家，用心养活，你只不要住在他家。你依我便罢，你如必不依我，我情愿一索吊死，离了你的眼睛，免得眼睁睁看了你人亡家败。"监生那个牛性那肯听他的好说。到了吉日，更了公服，披了红，簪了银花，鼓乐导引，竟到滑家成亲，唤得老滑婆娘长娘短，好生亲热。

吴氏这夜等监生不回，使人打听，方知监生已在滑家做了新郎。指望次日回来，还要用言劝谏，一连六七日，那里得有回来的音耗。夜间气上心头，一根绳悬梁自缢，不消半个时辰，吴氏登了鬼路。次早人才知觉。娘家先在成都县里告了状子。

狄希陈准过状子，与周相公商议。周相公道："这样纳粟监生，家里银钱无数，干了这等不公不法的勾当，逼死了结发正妻，他若不肯求情行贿，执了法问他抵偿，怕他逃往那里去！这是奇货可居，得他一股大大的财帛，胜是那零挪碎合的万倍。把事体张大起来，差人飞拿监生并金氏母子。"狄希陈一一从命，差了四个快手，持了票子，雪片拿人，一面着落地方搭盖棚厂，着监生移尸听检。监生自恃了自己有钱，又道不过是吊死人命，又欺侮狄希陈是个署印首领小官，不把放在心上。先着了几个赖皮帮虎吃食的生员，在文庙行香的时节，出力讲了一讲。狄希陈道："秀才不许把持衙门，卧碑有禁。况且人命大事，不听问官审理，诸兄都要出头阻挠，难道良家寡妇该他霸占？异姓数万金的家产应他吞并？结发正妻应他痛殴逼死？这样重大事情，请兄不要多管。"说得些秀才败兴而散。又使了五十两银子，央了个举人的人情。阴阳生投进书去，狄希陈拆开看了，回书许他免动刑责，事体从公勘问，不敢枉了是非。监生才晓得事件有些难处，略略着了些忙。

快手齐完了人，早辰投了拘票，点到监生跟前，还戴了儒巾，穿着青绢道袍、皂靴，摇摆过去。狄希陈怒道："那有杀人凶犯还穿了这等衣裳，侮蔑官府！"叫了剥去衣裳，扯了儒巾，说道："看出书的春元分上，饶你这三十板子！"把差人每人十五板。监生渐渐的知道害怕，只得央那快手中久惯与官府打关节的，与狄希陈讲价。狄希陈起先不肯，推说犯罪重大，情节可恨，务要问他“霸占良家妇女，吞并产业，殴死嫡妻”之罪。监生着忙，许送狄希陈五百两银。讲来讲去，讲过暗送二千，明罚三百，还要求郭总兵的书来，方准轻拟。监生无奈，只得应允。都是那关说的快手照数陆续运进经历司衙中。送了郭总兵一百两，周相公五十两，求了一封书。协差的经历司皂隶送了二十两，送了家人二十两。

上下打点停妥，然后挂牌听审。审得吴氏自缢是真，监生并无殴打之情。赘人寡妇，据人房产，有碍行止，且又因此致妻自缢。罚谷二百石备赈。追妆奁银一百两，给吴氏的尸亲。吴氏父母俱无，只有一个亲叔，又且度日贫寒，得了狄希陈如此判断，甚是知感。监生这场官事，上下通共搅计也有四千之数，脱不了都是滑家的东西。

狄希陈自从到任以来，虽也日有所入，不过是些零星散碎之物。如今得此大财，差不多够了援例干官的一半本钱，感激周相公锦囊妙计，着着的入他套中，也谢了周相公五十两。狄希陈甚是欢喜。但是，天下的财帛也是不容易担架的东西，往往的人家没有他，倒也安稳，有了他，便要生出事来，叫你不大受用。成都一个附省的大县，任你怎样清官，比那府经历强胜十倍，不止那二千之物，那一日不日进分文？宦囊也尽成了个体面，整日与寄姐算计待得署印完日，求一个稳当人情，干升一个京官，或是光禄，或是上林，携了银子到京，再开一个当铺，另买齐整大房居住。且是寄姐从到成都又生了一个儿子，叫是成哥。那时寄姐财帛锦绣，淹满了心，又没有甚么争风吃醋之事，所以在狄希陈身上渐觉不大琐碎，于是狄希陈就与神仙相似。

谁知人的愁喜悲欢，都要有个节次，不可太过。若是喜得极了，必定就有愁来。若是乐得极了，定然就有悲到：这是循环之理，一毫不容爽的。狄希陈正当快乐，那梦想中也不晓得有一个难星渐渐的要到他身命宫内。

却说薛素姐那日从淮安赶船不着，被吕祥拐了骡子，流落尼姑庵内，虽遇着好人韦美，差了觅汉送他回家，然也受了许多狼狈。一肚皮恨气，满望回到家中，诬告他谋反大逆，再没有不行文书前去提取回家之理，不料被那乡约、两邻证了一个反坐。本待要骂骂街，泄泄气，又被宫直的老婆“佘太君”挫了半生的旺气。若得作践相妗子一场，也还可杀杀水气，谁知不惟不能遂意，反差一点点没叫一伙管家娘子捞着挺顿骨拐，这样没兴一齐来的事，岂是薛老素受得的？恨得别人不中用，都积在狄希陈一人身上，梦想神交，只要算计报仇雪耻。但远在七八千里路外，怎能得他来到跟前。且是连次吃亏以后，众人又都看透了他的本事。看狄员外体面的，狄员外去世已久。看狄希陈分上的，狄希陈又不在家中。娘家的三个兄弟，两个秀才，因素姐甚不贤惠，绝其往来。小再冬受过一番连累，凡事也就推避不敢向前。至亲是个相家，人家买茄子还要饶老，他却连一个七老八十的妗母也不肯饶。所以这些左邻右舍，前里后坊，不惟不肯受他打街骂巷，且还要寻上他的门去。杂役差徭、乡约地方恼他前番的可恶，一些也不肯留情，丁一卯二的派他平出。虽是毒似龙、猛如虎的个婆客，怎禁得众人齐心作践，于是独自个也觉得难于支撑。一个女人当家，况且又不晓得当家事务，该进十个，不得五个到家。该出五个，出了十个不够。入的既是有限，莫说别处的漏卮种种皆是，只这侯、张两个师傅，各家都有十来口人，都要吃饱饭，穿暖衣，用钱买菜，还要饮杯酒儿，打斤肉吃，这宗钱粮都是派在薛素姐名下催征。

当时狄员外在日，凡事都是自己上前，田中都是自家照管。分外也还有营运。以一家之所入，供一家之所用，所以就觉有余。如今素姐管家，所入的不足往年之数，要供备许多人家的吃用。常言“大海不禁漏卮”，一个中等之产，怎能供他的挥洒？所以甚是掣襟露肘。娘家的兄弟都是守家法的人，不肯依他出头露面，游荡无依。虽然有个布铺，还不足自己的搅缠，那有供素姐的浪费？于是甚有支持不住之意，只得算计要寻到狄希陈四川任所。但只千山万水，如何去得？淮安一路的黄河，是经亲自见过的凶险。如欲不去，家中渐渐的不能度日。正在踌躇不下，恰好侯、张两个的使费，三停倒有两停是素姐出的。素姐感侯、张两个的挈带，侯、张两个道婆引诱了一班没家法、降汉子、草上跳的婆娘，也还有一班佛口蛇心、假慈悲、杀人不迷眼的男子，结了社，攒了银钱，要朝普陀，上武当，登峨嵋，游遍天下。

素姐闻有此行，喜不自胜，打点路费，收拾衣裳，妆扮行李，回去与龙氏商量，要薛三省的儿子小浓袋跟随。龙氏因路途太远，又虑蜀道很难，倒也苦苦相留，叫他不去，薛如卞兄弟却肯在旁撺掇，说道：“妇人家出嫁从夫，自是正经道理。丈夫做官，妻子随任，这是分所应为之事，却要阻他不行。理应该去。小浓袋一人不够，此行倒应三弟陪行。”素姐闻言甚悦。小再冬说道：“我从向日被县官三十大板，整整的睡了三个大月。如今疮口虽合，凡遇阴天雨雪，筋骨酸疼，我还想着再寻第二次？千山万水走到那里，姐姐怀着一肚子的大气，见了姐夫，还有轻饶素放的理？必定就是合气。姐夫常时还是没见天日的人，又且在家惧怕咱娘家有人说话，凡事忍耐就罢了。他如今做了这几年官，前呼后拥，一呼百喏的，叫人奉承惯了的性儿，你还像常时这们作践，只怕他也就不肯依。娘家人离的远，远水救不得近火，姐姐作践的姐夫极了，姐夫不敢惹姐姐，拿着我杀气，他人手又方便，书办、门子、快手、皂隶，那行人是没有的？呼我顿板子，只说是姐夫小舅子顽哩。我在天高皇帝远的去处去告了官儿么？他再要狠狠，带姐姐带我，或是下些毒药药杀，或是用根绳子勒杀，买两口材妆上。他要存心好，把材捎的回来，对着你娘儿们说俺害病死了，你娘儿们我看来也没有个人替俺出得气的。他要把心狠狠，着人抬把出去，或是寻个乱葬冈，深也罢，浅也罢，掘个坑子埋了，或是寻把柴火把两口棺材放成一堆，烧成灰骨，洒的有影无踪，那魂灵还没处寻浆水吃哩！依我说，姐姐极不该去。不依我说，请姐姐千里独行。我是不敢去的。”龙氏骂道：“贼砍头！强人割的！不得好死的！促寿！你常时叫你去，你待中收拾不迭的就跑。你明是恋着老婆，怕见出门罢了，说这们些不利市的狗屁！那小陈哥吃了狼的心肝、豹子的胆，他就敢这们等的？他做一百年官就不回来罢？”再冬道：“他回来只管回来，怕你么？”龙氏道：“我问他要人，可他说甚么？”再冬道：“他怎么没的说？他说害病死了。”龙氏道：“我问他要尸首可呢。”再冬道：“他说：‘这是一步的远？活人还走不的，带着两口材走？我已是埋了。’”龙氏道：“我告着问他要。”再冬道：“那做官的人，几个是肯替人申冤理枉的？放着活人不向，替死人翻胎？放个乡宦不向，替老婆出力？我主意定了不去，姐姐就怪我也罢。”素姐道：“我希罕你去！我那个口角叫你去来？好便好，不好时，我连小浓袋还不叫去哩！我自己走的风响，我少眼没鼻子的，我怕人算计么！”再冬道：“这就是姐姐的郊天大赦！”连忙作揖，道：“我这里谢姐姐哩。”素姐道：“希罕你那两个臭揖！磕头不知见了多少哩！”再冬既不肯行，定了小浓袋跟素姐长往。素姐回家收拾行李去讫。

薛三省媳妇再三的打把拦，说道："人有贵贱，疼儿的心都是一般。三哥害怕不敢去，可叫俺的孩子去呢！俺的孩子多大了！十四五的个奶娃娃，叫他南上天北上地的跑！我养活着几个哩？给人家为奴作婢，黑汗白流，单只挣了这点种子，我宁只是死，叫他去不成！"合龙氏一反一正的争竞。薛如卞兄弟两个都不出头管管。龙氏骂道："呃！您两个是折了腿出不来呀，是长了嗓黄言语不的？听着媳妇子这们合我强，头也不出出儿，蚊子声儿也挤不出一点儿来，这也是我养儿养女的么！"薛如卞道："他疼儿的心胜，一个十四五才出娘胎胞的孩子，叫他跟着远去，他女人们的见识，怎么不着极？咱慢慢开导给他，容他慢慢的想，合他汉子商议，他自然有个回转。是不是嚷成一片！"

薛三省媳妇方才闭了嘴，龙氏也就停了声。果然合薛三省商议。薛三省道："论起来，一个没离了娘老子的孩子，叫他这们远出，可也疼人。你现吃着他的饭，穿着他的衣，别说叫往四川去，他就叫往水里钻，火里跳，你也是说不得的。况且去的人也多着哩，不止是他一个，也不怕怎么的。三哥说的那些话，这是恋着三嫂，怕见去，说着唬唬姐姐哩。你问狄姐夫他那魂哩，敢也不敢！只怕乍听的姐姐到了，唬一跳猛哥丁唬杀了，也是有的哩。你别要拦护，叫他跟着走一遭去罢。孩子家也叫他从小儿见见广，长些见识。"媳妇子听了这席言语，方才允从。又兼小浓袋自己也愿情待去，要跟着遥地里走走，看看景致。龙氏、素姐齐替他扎刮衣裳。

过了几日，素姐领着小浓袋跟着侯、张两个道婆，一班同社的男妇，起身前进。路上小浓袋照旧叫素姐是姑娘，素姐认浓袋是亲侄，寝则同房，食则共桌。一路遇庙就进去烧香，遇景就必然观看，遇酒就尝，逢花即赏。侯、张两个的使费，三停倒有两停是素姐出的。素姐感侯、张两个的挈带，侯、张两个感素姐的周全，两相契洽。到了淮安，素姐央了侯、张两位师父，三人陪伴一处，走进城内，先到了向日寄住的尼姑庵中，寻着老尼相见，也觉的甚是亲热。素姐也送了个像模样的人事，老尼也淡薄留了素斋，陪了素姐三位同到韦美家中。适值韦美正在家内，一见老尼，又见素姐，又惊又喜，知是要各处烧香，顺便就到任所。送了韦美许多土仪之物，谢不尽他昔日看顾送回之义。韦美收了人事，叫他的细君速忙设酌款待。那韦美的细君终是怕素姐那两个扭黑的鼻孔，头也不敢抬起来看，话也怕见与他接谈。匆匆吃完了酒饭，告辞回船。韦美收拾了许多干菜、豆豉、酱瓜、盐笋、珍珠酒、六安茶之类，叫人挑着，自己送上船去。起先原是“萍水相逢”，这次成了“他乡遇故”，恋恋难舍。再三嘱付素姐，叫他一路百事小心，诸凡谨慎。又嘱侯、张两位，叫他凡百照管。又嘱素姐后日回来，千万仍来看望，不可失信。素姐跟了这伙香头，涉历这许多远路，经过多少山川，看了无数景致，那平平常常的事体固多，奇奇怪怪的事变也不少，只是没有这许多的记撰。

再说狄希陈在成都县里署印，那远方所在，及至部里选了新官，对月领凭赴任，家乡游衍，路上耽延，非是一日可到，至快也得十个月工夫。狄希陈将寄姐以下家眷，尽数接在县衙，每日三梆上堂，排衙升座，放告投文，看稿签押。黑押押的六房，恶碜碜的快手，俊生生的门子，臭哄哄的皂隶，挨肩擦背的挤满了丹墀。府经历原是个八品的官，只该束得玳瑁明角箬叶鱼骨的腰带，他说自己原是中书谪降，还要穿他的原旧服色：鸂鶒锦绣，素板银带，大云各色的圆领。坐了骨花明轿，张了三檐翠蓝的银顶绸伞，摆了成都县全副头踏，甚是轩昂。县印署得久了，渐渐的忘记了自己是个经历，只道当真做了知县。又忘记了自己是个纳粟监生，误认了自己是个三甲进士。乔腔怪态，作样妆模，好不使人可厌。只是五日京兆，人也没奈他何。

正当得意为人之际，素姐朝过了南海观音，参过了武当真武，登过了峨嵋普贤，迤逦行来，走到成都境内。依了侯、张两个的主意，倒也叫他在府城关外寻一个店家住下，使小浓袋先到衙里说明，好打点拨人夫牵抬轿马，摆了执事，差人迎接入衙，方才成个体统。素姐道："我正要出其不意，三不知撞将进去，叫他凡事躲避不及，可以与他算账。"

素姐主意已定，别人也拦他不住，只是任他所为。雇了一个人挑了行李，雇了一顶两人竹兜，素姐坐在里面。小浓袋挽轿随行。打听得狄希陈的家眷都在成都县里，素姐叫人肩了轿竟入县门。一伙把大门的皂隶拥将上来，盘诘拦阻，鸡力谷碌①，打起四川的乡谈，素姐、小浓袋一些也不能懂得。素姐、小浓袋回出那山东绣江的侉话来，那四川的皂隶一句也不能听闻。到是那两个轿夫说："这是老爷的夫人从山东绣江县来的，还有同行的许多男妇，都在船上，泊在江边。"皂隶不敢怠慢，一面开了仪门，放他抬轿进去，一面跑到衙门口速急传梆，报说："山东济南府绣江县明水村有奶奶来到，轿已到了后堂。"狄希陈不听便罢，言才入耳，魂已离身。正在吃完了饭，要上晚堂，恰好小成哥抱到跟前，望着狄希陈扑赶。狄希陈接在怀内，引着顽耍，一听了有家乡奶奶来到，把眼往上一直，把手往下一松，将小成哥丢在地下，将身往傍一倒，口中流沫，裤里流尿，不醒了人事。衙内乱成了一块。

---

① 鸡力谷碌——形容发音难懂，讲话听不明白。

素姐在衙门外等发钥匙开门，只听衙内喧说，不见发出钥去。素姐在外大嚷大骂，抱了一块石子，自己砸门。开门进来，看了众人围了狄希陈忙乱，传出叫快请明医速来救治。素姐初到，看了狄希陈这般病势，绝无怜恤之心，惟有凶狠之势。寄姐平素泼恶，未免也甚胆寒。家人媳妇、丫头、养娘吓得面无人色，抖战筛糠，正是先声夺人之魄，岳动山摇。且不知医人何时来到，狄希陈曾否救转，生死何如，素姐怎样施行，寄姐怎生管待，且听下回结束。

第九十五回

素姐泄数年积恨　希陈捱六百沉椎

世间谁似丈夫亲？为请师婆致怒嗔。
满脸哭丧仍撅嘴，双眉攒蹙且胖唇。
杀气雄威神鬼怕，棒椎尽力自家轮。
不是书门相急救，看看打死狄希陈。

狄希陈正在七死八活不知人事，医人又卒急不能前来，合家正当着急。素姐进到衙中，也绝不见有惊惶怜恤之状，一味只是嚷骂，故意妆了不知，察问寄姐是甚的人，缘何得在衙内，又察考小京哥合小成哥两个孩子是何人所生；又嗔寄姐合家人、媳妇、丫头等人不即前来参见。骂成一块，嚷作一团。正当嚷骂中间，衙门击梆传事，说已请得医官来到。素姐还嚷骂不肯回避。后见一群妇女俱各走开，只得也自避到后面。家人同了医官替狄希陈仔细诊视，医官道："这是暴惊入心。速备活猪心伺候。待药到，研为细末，将猪心切破，取热血调药，姜汤送下，自然无事。"

医官回去，送了一丸朱砂为衣的镇惊丸，约有龙眼大。如法调灌，狄希陈渐渐的眼睛转动，腹内通响，吐了许多痰涎，渐觉省得人事。看见素姐，用手伸去扯他，素姐将狄希陈的手尽力一推。狄希陈道："前向接你同行，你坚执不来，如今千山万水，独自怎生来得？不知受了多少辛苦！与甚人同路？那个跟随？忙快备饭。"

狄希陈语语温柔，薛素姐言言恶骂。童寄姐见他不是善物，未免有好几分胆怯。到是张朴茂的媳妇罗氏走到寄姐跟前，使了个眼势，把寄姐吊①到背静处所，悄悄说道："你因甚么见了他便有些馁馁的？别说他不过是一个少眼没鼻子的东西，他就是条活龙，也不过是一个。咱是一统天下的。别说合他恶照②，就是轮替着斗他生气，也管教气杀他。人不依好，你越软越欺，你越硬越怕。他打，你就合他打，他骂，你就合他骂。你要打过他，俺众人旁里站着看；他要打过你，俺众人妆着解劝，封住了他的手，你可拣着去处，尽力的打。你说：'做官的京里娶我，三媒六证，过聘下茶，没说家里还有老婆。你就是他的老婆，可已是长过天泡顽癣，缉瞎了眼，蚀掉了鼻子。《大明律》上："恶疾者出。"恶疾还有利害过天泡疮的么？你要十分安分，我合你同起同坐，姊妹称呼，咱序序年纪，谁大谁是姐姐，谁小谁是妹妹。家照旧是我当，事依旧是我管。我把好衣服与你穿，好饮饭与你吃，一月之内许汉子合你睡两三遭，这是上一等的相处。你要不十分探业③，我当臭屎似的丢着你，你穿衣，我也不管，你吃饭，我也不管，汉子不许离我一步儿，这是第二等的相处。你再要十分歪憋，我就没那好了！多的是闲房，收拾一座，请你进去住着，弄把严实些的铁锁，锁住了门，一日断不了你两碗稀粥。你有命活着，我也不嫌多，你没命死了，我也不嫌少。做官的升了时节，你死了，万事皆休。你要不死，只得送你程老④，没的留着你那活口，叫你往家去铺搭呀！'赌不信，你只依着我硬邦起

---

① 吊——同"调"。

② 恶照——恶来，恶着干。

③ 探业——老实，安分守己。

④ 程老——在路上谋害、弄死。

来，他只还敢这们等的无礼，我就不信了。”寄姐听说，满面是笑，说道：“是呀。果然‘一人不敌两人智’。是实人不依好。你说的有理。”

寄姐折身回去，素姐正在那里乔腔骂狄希陈不叫寄姐合媳妇子丫头替他磕头。狄希陈望着寄姐道：“姐姐才来，你合他行个礼儿。”寄姐没等素姐开口，抢着说道：“谁是姐姐呀？叫我奶奶的不知多少，我还不自在哩，‘姐姐，姐姐’的呢！待行个礼，过来行就是了！说呀说的，待指望叫我回他的么！”素姐正气的言语不出。狄希陈又叫家人媳妇合丫头们与奶奶磕头。罗氏承头说道：“不是年，不是节，为甚么又替奶奶磕起头来？”狄希陈道：“是家里来的奶奶呀。”罗氏道：“倒没有这们说哩！一家子一位奶奶罢了，有这们些奶奶呀？少鼻子没眼睛的都成了奶奶，叫那全鼻子全眼的可做甚么呢？‘家无二主，国无二王’。待磕的请磕，我这头磕不成！”众人见罗氏说出这话，伊留雷的老婆更是敲敲头顶脚底板儿动的主子，晓得其中主意，也就接口说道：“罢呀，一个人管的专，两个人管就乱了。”

素姐是个皇帝性儿的人，岂是肯受人这般狨气？绰过一根鞭杆，就待要照着狄希陈劈头劈脸的打去。寄姐上前，一手将鞭夺住，骂道：“了不的！那里这们个野杭杭子！新来乍到，还不知道是姓张姓李，就像疯狗似的！”寄姐不曾堤防，被素姐照着胸前一头拾来，碰了个仰拍叉，扯回鞭去，照着寄姐乱打。罗氏众人齐说：“反了！打奶奶哩！”一拥上前，把素姐抱的抱，扯的扯，封手的封手。寄姐得空，爬将起来，拿着素姐手内的鞭杆，把素姐按翻在地，使屁股坐着头，拿着鞭子从头抽打。把个素姐打的起初嘴硬，渐次嘴软，及后叫姐姐，叫亲妈，叫奶奶，无般不识的央及。

狄希陈苦劝不住，只得跪着讨饶。哄的衙门口围了成千成万的衙役潜听，东西邻着县丞主簿的衙舍，满满的爬着两墙头的女人窃看。打的素姐至极无奈，无意中打出一个屁来。原来素姐这辈子是人，那辈子原是皮狐。那皮狐的屁放将出来，不拘甚么龙虎豺狼闻见气亮，只往脑子里钻，熏的寄姐丢了鞭子，直蹶子就跑。素姐跳起来，依旧撒泼恶骂。寄姐道："你别骂，我合你好讲，你再骂，我就再打！"素姐怎么肯听，依旧狠骂。寄姐卷了卷袖，脱了裙子，拿着一根库里传更的筹，赶上前一手揪着脑后衣领，摔翻在地，骂道："我就把你这臭贼小妇一顿打死，料想也没有这里与你讨命的人！我破着不回你山东去，打死没帐！"素姐慌道："我怕你，我实不敢了！你有话，我听着！"寄姐道："我可不合你说话了。你听甚么话，且打了，可再讲。"

狄希陈跪着，打都磨子的死拉。素姐住了骂，着实苦淋淋的哀告。罗氏众人又都做好做歹的假劝，说道："他既是认了不是，又说再不敢了，奶奶你且饶他这遭，等他再敢，奶奶你再打，迟了甚么？奶奶只看俺众人的分上饶了他罢。"寄姐还没慨然应允。罗氏又说薛素姐道："俺也实不知道你当真的是个甚么人。俺们进宅来伏事的就是这现在的奶奶，俺头顶的也是这位奶奶，脚踹的也是这位奶奶。别说没曾见你，连耳朵听也没听见有你。你新来乍到的，熟话也没曾熟话，你就这们乔腔怪态的？你想你又没带了多少人来，我听说还有跟的个小厮，翻调也只你两个。你就当真的是位奶奶，'牡丹虽好，也得绿叶扶持'哩。你自家一个，就歪歪到那里去？"素姐道："奴才也跟着欺心！你这老婆们都是半路寻的，知不道有我罢了。狄周那贼奴才，可也是我手里的家人，他往那里去了？影儿也没他！"狄希陈道："狄周行了几程，拐了些银子走了，没在这里。"素姐说："狄周走了，跟你到家的张朴茂、小选子哩？他两个也不知道有我么？”狄希陈道：“这媳妇子不是张朴茂的么？”素姐道：“可又来！你汉子家里，我三茶六饭的养活了将一个月，他就没合你说家里有我？我就不能降发你那主子，我可也打的你这奴才！”跑到跟前要打罗氏。罗氏站住，动也不动。素姐伸手，罗氏使手拨拉。寄姐道：“我的媳妇子谁敢打！他要打，你也动手！”

素姐被人降怕了的人，果然缩回手去。寄姐道：“你既然知道好歹，拿个坐来，叫他坐下，我合他好讲。”对素姐道：“我有三等待你的法儿：上等，中等，下等。你待拣那一等哩？”素姐不言语。寄姐道：“你不言语，是待叫我拿下等待你呀？这个不难。老娘的性子别人没经着，你问问做官的，他经着来。惹的我用那一等，待开了头，你叫我另改，可是不能的。你快着拣一等好的认了便宜！”素姐道：“我悔不尽的‘孤军深入’，撞在你这伙子强人的网里，我待跳的呀，飞的呀？就待死，也只是干死了。我敢只望你上等待我才好。”

寄姐道：“你要叫我上等待你，这事不难。你把那刚才来到的歪憋，从此尽数收起，再别使出一点儿来，我也不说甚么先来后到，咱论年纪，姊妹称呼。你也别要多管闲事，饭来开口，拣好饭与你吃。衣来伸手，拣好衣裳与你穿；汉子十朝半月，也许合你睡。”素姐接口说：“这睡不睡我倒不放在心上，不希罕这丑营生！我要把这件事放不下，可从早里也生下孩子了！”寄姐道：“人家娶老婆，不图生孩子、留后代，是舍饭给他吃，舍衣裳给他穿哩？再说，家仍是我当，不许你乱插扛子。事还是我管，不许你乱管闲事。媳妇子丫头，由我教诲，不许轻打轻骂的。我分咐他们，赶着你叫薛奶奶。”素姐接说：“既赶着我叫薛奶奶，我听你娘家姓童，叫他们也赶着你叫童奶奶。”寄姐道：“这也可以依你的，就叫他们赶着我叫童奶奶。咱同起同坐，这是上等的相待。还有中等的相待：你不十分作孽，我也不踹践你，可也不尊敬你。你有饭吃也罢，没有饭吃也罢，衣裳你冷也罢，热也罢，与我绝不相干；凭你张跟斗，竖直立，都不与老娘相干，请你自便。这是第二等相待。还有下一等的相待：你要还像刚才这般没人样，放泼降人，有天没日头的，可说这是'山高皇帝远'的去处，咱那亲娘亲老子，就使破了咱的喉咙也叫不到跟前。拣尽后头座空房收拾的里头干干净净的，请进你去住着。你一定也不肯善变进去，我使几个人抬进你去，寻把严实些的锁儿，把门锁上。你一定还要搬门、砸窗户、刨墙、剜窟窿，我爽利把你的手脚儿搞住①。一日两碗稀粥就是你的饭食。你待活，多活几日。不待活，你少活几日。替你买薄皮子棺材的钱也还有，妆在里边，打后头开个凹口子拉把出去。脱不了他这四川乡俗好烧人，再买些柴火，烧的连骨殖也没影儿。你那跟你的小使，待要剪草除根也不是难事。不回到你山东，越发没帐。总然回到山东，你就有娘家说话，只说娘儿两个不服水土害病死了。你家就有人兴词告状，这没影子官司也打不出甚么来。何况我知道你家有个生你的娘母子，可说那下州小县没见天日的老婆，俺这北京城里的神光棍老婆眼里不作②他。你三个兄弟，一个个他也是恨你气杀老子，气杀婆婆，不理你的。一个又是俺家的女婿，他也不合你滑快。一个又是个拼头③，两句喝掇，只好捂着眼，别处流泪罢了。你也算是极孤苦的人儿，你恃着甚么敢这们行凶作恶的?"

素姐听说，放声大哭，只说："悔杀我了！天老爷！我一条

---

① 搞住——捆住、拴住。
② 不作——不放在（眼里）、看不上。
③ 拼头——没心眼儿，无能的人。

神龙，叫我离了大海。一个活虎，神差鬼使的离了深山。叫这鱼鳖虾蟹、猪狗猫兔，都来欺我呀！”寄姐道：“俺也不是鱼鳖虾蟹，也不是甚么猪儿狗儿狸猫兔子的，咱两个也算得起丁对丁、铁对铁的。张飞、胡敬德剃了胡子，都也不是善茬儿。你省的了？媳妇子丫头们，以后赶着都叫薛奶奶。我不分付，都不许欺心。快看桌儿，端菜摆饭。外头跟的人，叫人都好生照管。众人都过来与薛奶奶磕头。收拾西里间与薛奶奶住，挂帐子，铺毡条，收拾新铺盖。请下来，咱姊妹两个也行个礼儿。”

素姐擦了泪，起来走到下面。寄姐随机应变的道：“咱也不消序，一定你长起我，你是姐姐人家，你请转过左边去。”两个平磕了四个头。寄姐道：“我说你下县里人村①。礼数可也有个往还，你也该让我往左边去回个礼才是。怎么也就没个遵让？”素姐果然把寄姐让在左首，行了个礼。狄希陈也作了个揖。素姐也还了一拜。三人同桌酒饭。狄希陈让素姐居上，寄姐在东，自己在西，两旁打横。

这素姐若是个通人性的东西，乍到的时节，也略看个风势，也要试试浅深，再逞你那威风不迟。绝不看个眼色，冒冒失失的撩一撩蜂，惹的个这哄哄的一声，螫了个八活七死。既是惹了这等下贱，爽俐硬邦到底，别要跌了下巴，这也不枉了做个悍泼婆娘。谁知甚不经打，打的不多几下，口里就不住的爷爷、奶奶央及不了。不着临了那一个臭屁救了残生，还不知怎生狼狈。刚才打过，若是个当真有气性的人，我就合他一千年不开口说话。谁知被人这等狠打了一顿，又被人如此杀缚了一场，流水就递降书，疾忙就陪笑脸，说声拜就拜，说声吃酒就吃，满口说自己不

① 村——粗鲁、野蛮。

是，只说寄姐原来是个口直心快的好人。吃完酒饭，进到上房西间，看得铺陈齐整，帏帐鲜明，摆设完备，越发忘了那被打之羞。

素姐心内算计，指望这头一夜狄希陈必定进他房中宿歇，他要关了门，零敲碎打，以报宿仇。寄姐说狄希陈做官事忙，久已不在家中睡觉，打发出外边书房去了。一连三日，素姐也不曾作业。寄姐说道："你既守我法度，安静了这几日，你也一定知我本事的了，我与你扎刮衣裳。"寻出几匹尺头，与素姐另换上下内外衣裳。素姐又甚是喜欢。又过了几日，寄姐又与素姐做的大袖锦衫，通袖袍裙，洒线衫子，越发把个素姐喜的尿流屁滚，叫的好妹妹，亲妹妹，燕语莺声，听着也甚嫌可碜。寄姐也时常的给他个甜头，叫他悬想。不惟不与寄姐怀恨，反渐渐的抱着寄姐粗腿起来，望着寄姐异常亲热，寄姐凡有生活，争夺着要与寄姐去做。寄姐偶然手生了疮，死塞着争与寄姐梳头。寄姐或是头疼发热，一日脚不停留的进房看望，坐在他病床沿上，与他作伴。寄姐的尿盆马桶，争着要与他端。寄姐禁不起他小心下意，极其奉承，也就渐渐的合他成了一股。家人媳妇、丫头养娘，原无甚么正经，"马听锣声转"的，见寄姐合他相好，也都没人敢欺侮了他，倒茶端水，一般伏侍。

狄希陈托了忙冗事故，每日多在外边，少在内里。不惟素姐捞他不着，也省了寄姐多少的折磨。三朝两日，深更夜静，等得素姐睡着之时，悄悄开了宅门，进来与寄姐宿歇。睡到天色黎明，又翘蹄捻脚，偷出外边书舍，连吃饭也不进里边。收的礼物，撰的银钱，都瞒了素姐那一只单瓜，偷运进来与寄姐收藏。

日光捻指，不觉又是二十个日头，侯、张两个师父看完了成都合属的景致，才从绵州天池山回来，要进衙与素姐相见。寄姐原是京师活泼妇人，在官衙幽闭日久，恨不得有个外人来往，藉此解闷消愁，也就向狄希陈面前撺掇，叫请他进衙款待，也是个他乡故知。况也得他一路挈带，伴了自家的人来。

这狄希陈往日莫说老婆说出的言语不敢不钦此钦遵，就是老婆们放出像素姐那般的臭屁，也要至至诚诚捧着嗅他三日。这二十日之内，素姐不得空，擒捉不到跟前。寄姐因素姐新来，勉强假妆贤惠，他竟忘了自己的官衔，是提督南赡部洲大明国的都督大元帅。任凭寄姐撺掇，素姐又执意要他进来，又是万里外本家来的乡里，况且当初进香时节，泰安州路上，狄希陈也曾四双八拜认他两个为师，这个其实该请他进衙，盛款一饭，留住一宵，每人送二三两路费，不为过当。他却拿出官腔，又恨他往时凡事挑唆素姐作恶，就是昔年泰安路上，素姐罚他牵了头口步行，都是这两个婆娘主意。素姐远来寻闹，也都是他两个的鼓令。有甚好情留他进内？于是把两眉一蹙，把脸沉将下来，说道："这一个有司衙门，出锁入封，还怕人说不严谨，男子人来往，尚且不可，何况是乔妆怪粉的老婆？就是周相公进来住了这一个多月，郭总爷连次请他一会，我今日才放他出去了。这个不必放他进来，我每人送他五钱路费，差人打发他起身，这也不叫是失礼。"狄希陈是这等违背内旨，若是往时，这一位夫人却也断没有轻饶之理，如今有了两人，素姐奈着寄姐不好动手，寄姐碍着素姐不好开口。素姐怒容可掬，只说："你不叫进来便罢，只是由他。"寄姐道："你放进不放进，不与我相干。我是北京人，他是山东人，我合他无亲无故。说着你不听就罢。"

这狄希陈若是个知向背、会听话的人，也就该快些回转，也不为迟。却是顽皮心性，打着才疼，不打不怕。必要随他主意，封了两封五钱的路费，叫人送将出去，回说："有司风宪衙门，不便有妇人出入，这是每人五钱薄礼，路上一茶，就此起身，不必久等。”回将出去，那侯、张两个弄了个满面羞惭，抱愧而去。

已将日落时节，素姐恼巴巴不曾吃饭。寄姐因撺掇不听，也就不大喜欢。起鼓以后，各人收拾回房，狄希陈也就出到外面。素姐将衙门匙钥看在眼内，临睡取在身边，约得人俱睡定，悄悄的拿了一个应手棒椎，拿了匙钥，自己将衙门开将出去，寻到狄希陈的书房。灯光透出，房门未关。掀帘进去，狄希陈却才睡倒，一个蓬头小门子正在那里覆盖衣裳。素姐取出棒椎，先将门子拦肩一下。那门子“嗳呀”了一声，夺门跑出。素姐折身回去，将门栓上，又拉过一张椅来顶紧，走到床边，把狄希陈的衣裳铺盖尽行揭去，屁股坐着头，轮得棒椎圆圆的，雨点般往身上乱下。狄希陈吆喝“救人”，素姐道：“你好好的挨打便罢，如再要叫唤，我就打你致命，今日赌一个你死我生！”狄希陈当真也就不敢再喊，只说“饶命”。那门子听见打得甚是凶狠，恐怕人命干连，走到衙门口重重传梆，说道：“前日从家乡新来的那位奶奶开了衙门，寻到外边书房，拿着一个棒椎，顶了房门，如今将次把老爷打死！快些出来救援！”

寄姐听说，三魂去了九魄。也才是脱了衣裳，小成哥含着奶头，尚不曾睡着。寄姐着了忙的人，把小成哥揪了奶往旁里一推，推的小成哥怪哭。拉过一条裤子，就往身上穿，左穿穿不上，右穿穿不上，穿了半日，方才知是裤子。及至拉过袄来，又提不着袄领。伍旋了半日，方才穿了上下衣裳。下的床来，又寻不见着地的鞋。门子一替一替的传进梆来，说：“出去快救！这会子只听得打，不大听得做声了！”寄姐也没得换鞋，坎上了一顶冠子，叫一个丫头看着小成哥，自己领着两个家人媳妇，几个丫头，竟出宅门，传叫衙役回避。寄姐推那房门甚是顶得结实，不能抗动分毫。窗户又甚坚固，推撬不开。

素姐见外边有人救护，越发狠打。寄姐着极说道："事到其间，也就顾不得体面，叫衙役来弄开门罢！"传了一声，来了一大伙子，抗门的抗门，弄窗户的弄窗户，弄开了一叶隔断间木板。寄姐头一个钻进去，说道："你怎么来！下狠打世人哩么！"去夺他的棒椎。他只说寄姐要去与狄希陈回席，方才放手，说道："好妹妹！冤有头，债有主，不干你事。他太欺心，我饶他不过，今日合他对了命罢！"寄姐道："你合他对了命，俺孤儿寡妇的，怎么回呀？"看那狄希陈躺在床上，只有一口油气，丝来线去的呼吸。

外边一个上宿的书办隔窗禀道："老爷被打伤重，小人们在外边暗数，打过六百四十棒椎。快寻童便灌下，免得恶血攻心。传到外边，孟乡宦家有真正血竭①，求他须些，方可救活。"寄姐即时分付，叫人外边快寻童便，一面拿帖问孟乡宦求讨血竭。只见狄希陈一阵一阵的发昏，口里漾出鲜血。寄姐要着人抬他进去。倒还是那个书办禀道："奶奶不必把老爷抬进衙去，观其下得这等毒手，岂可还叫老爷进虎穴？里边一时堤防不及，必死毒手无疑。倒还是外边小人们看守，可保无虞，又好教人调治。奶奶要出来看望，小人们暂时回避就是。"寄姐道："这说的有理，我就没想到。你是个甚么人？叫甚么名字？"那人道："小人是值堂书办，名字吕德远。"寄姐道："外边事体就累你照管。等爷好了，另有酬你处。"

吕德远又叫暖下好酒，伺候等童便来好合成一处的灌下。不多一会，传了两碗童便进来，倒也清莹，绝无骚气，搀了一茶钟纯酒，灌下肚去。歇有一钟热茶时分，狄希陈方睁开眼睛，看见许多女人围着，开口说道："打杀我了！我如死了，好歹叫他替

① 血竭——一种中药。

我偿命！”

素姐使得乏乏的，坐在一旁，说道：“我有本事打杀人，也怕偿命么？我刚才实要照你致命去处结果了你，我想叫你忒也利亮，便宜了你，不如我零碎成顿的打，叫你活受！你这些年欺心作孽，死有余辜！我还没得报仇，养得你性子骄骄的。别说他两个你也曾拜他为师，就止于我的师父千乡万里送了我来，你连饭也不留他吃顿，每人丢给四五钱银子，撵着就走。我说着，能呀能的。我来了二十多日，我屋里你门也不踹踹，推托事故，往外头来挺尸！”寄姐道：“可是你的不是。我那样的说该让进来待他个饭，每人送二三两银子给他。别说别人的话你不听，连我的话你也不听了。要是我当时的性子，我也不饶你。”

狄希陈哼哼着说道：“我的不是！悔的迟了！”正说着，闭了眼，搭拉了头。寄姐问他是怎么。他哼哼说：“恶心，眼黑。”寄姐忙叫人问吕德远。他说：“还有不曾用完的童便，再搀热酒灌下。”果然又灌了一碗。狄希陈方又渐渐转来。却又要了血竭来到，热酒研化下去。待不一会，浑身骨节只听得对凑般响。响声已住，狄希陈说通身就似去了千百斤重担的一般，住了恶心，也不眼黑。只觉得通身受伤去处，登时发出青红肿来。问吕德远，说是：“毒伤外攻，不往里溃，可保无事，请奶奶放心回宅。小人们在老爷房内上宿，种上了火，待半夜起来再把血竭调灌一服，通常无事。”

寄姐交付与他，催促了素姐进内。吕德远又悄悄的对张朴茂说道：“新来的奶奶，观其这般狠毒，下狠手杀夫，合奶奶说知，二位相公都要万分提备，免得有失。”说与寄姐，也甚是知感。狄希陈受了如此痛殴，不知何日得痊，怎生下落，且听下回结束。

第九十六回

两道婆骗去人财　众衙役夺回官物

居家应切忌，莫与六婆亲。善缝青眼罩，惯送绿头巾。
生出无穷事，骗去许多银。领人行岔路，便己降邪神。
能使良人贱，饶教富者贫。半途要夺去，有趣这班人。

寄姐将狄希陈交付了书办吕德远合门子盛于弥，嘱付他上宿，夜间好生听着，有甚缓急，即速传梆。狄希陈渐次醒了人事，只苦浑身疼痛，不能翻身。睡到半夜，越发声唤起来，说恶心要吐。吕德远合盛于弥连忙在火盆里面顿了暖酒，将血竭调了灌下，旋即平安睡到天亮。

寄姐早起梳了头，自己抱了小成哥，叫人领了小京哥出到外面书房看望。狄希陈说："半夜依旧恶心，甚得吕德远合盛门子的力，又饮了血竭暖酒，方才止了恶心。只是浑身疼痛，不能动转。世间有如此狠人，下这等毒手，打我这样一顿！不是你急忙相救，我这命昨晚已是断送他手！"寄姐道："'没有高山，不显平地。'你每日只说是我利害，你拿出公道良心，我从来像这般打你不曾？零碎扇你两耳瓜子是有的，身上拧两把也是常事，从割舍不的拿着棒椎狠打恁样一顿。我叫人熬下粥儿了，你起来坐着吃两碗。"狄希陈说："我心里还恶影影①里的，但怕见吃饭。"

寄姐正合狄希陈说着话，只见素姐抛着头，叉着裤，跑将出

① 恶影影——心里不舒服。

来，吼说道：“你不快叫人请进二位师傅来，是待等我第二顿么？”狄希陈唉哼着道：“只怕他起过身了，那里赶去？”素姐道：“就去到天上，你也说不的要替我赶回来！要赶不回来时，你别要你那命！”狄希陈只使眼看寄姐，又不敢说叫人赶去。寄姐道：“既说叫赶他回来，你就着人赶去。你看我待怎么？”狄希陈分付：“叫差的当人往江上将昨日来的两个道妈妈子好歹赶回来，还有话说。”素姐道：“你家有这等道妈妈子么？别要轻嘴薄舌的！赶去的人称呼是二位奶奶！”

张朴茂传到外边，悄悄的分付去人，说：“昨因是不曾留这两个老婆进内，所以老爷吃了这顿好打。如再赶不回来，其祸不小，千万必须赶回才是。”差了两个快手，一个名字叫是胥感上，一个叫是毕腾云。两人承了意旨，赶到江边，恰好正在收拾起身。两个快手向前说：“衙中传出，说昨日老爷偶然有事，不曾留得二位奶奶进衙款待，心甚不安，今特差人请二位奶奶进衙，另要申敬。”侯、张两个道婆心里其实是要转来，故意又要推托，说道：“你的官府合前日到的奶奶都是俺两人的徒弟，俺教他修身了道，他公母两个才得修到这步地位，享这高爵厚禄，无限荣华。昨日俺从千乡万里，舍着命，老年入川，送他媳妇儿来到任里，做了官就不认的师傅了。你就不待俺们顿饭，你可也留俺到里边给杯空茶吃吃，叫俺同伴们看着也与俺两个增些体面。谁知一顿撵将出来，每人丢给五钱银子。你见俺们是这样行持哩？俺这是在路上，不得不收敛，没敢奢华。你还不知俺家里过的日子，十方的钱粮供着俺们吃用，百家的绸绢供着俺们的衣穿。张大嫂瞒着汉子送柴，李大娘背着公婆送炭。俺不耽着强盗的利害，俺享用着强盗的风光。他那官儿就放在俺们的眼里呀！昨日那每人五钱银子，俺极待使性子不收，看着女徒弟的体面，只得收他来了，俺们还想讨他的第二顿的小觑，翻身回去？你就是抬八人轿儿来接，俺也是不回的了！”那胥感上、毕腾云再三恳央，同伴的众人又再三撺掇，侯、张两个方才许了回去，叫众人再等他半日。两个快手一人守候，一人跑去唤了两顶肩舆小轿，簇拥两个道婆坐在里面。两快手扶了轿杠，说是老爷的师傅，将轿直进仪门，抬到宅门首下轿。

素姐亲自接了进去，彼此见礼。寄姐慢腾腾的从内出来相见。素姐怕侯、张两个叫出不好听的名来，连忙说道：“这是我的妹妹哩。”彼此也行礼相见。侯、张两个又寻狄希陈相会。寄姐还不言语，素姐道：“我为他没叫请二位师傅进来，请了他顿小小的棒椎儿，动不的，睡着觉挺尸哩！”侯、张道：“爷哟！你的家法还这等利害么！他如今做官的人了，差不多将就些他罢了，就打的他这们等的！他雌牙裂嘴的倘着，俺两个可有甚么脸在这里坐着哩？”素姐道：“狗！要不打他雌牙裂嘴的，他也还不肯叫人请您回来哩！”

寄姐分付叫人摆果碟，定小菜，整肴办饭，款待二位乡亲。素姐见寄姐叫他乡亲，慌忙说：“你不知道，这都是咱家做官的师傅哩。”寄姐道：“我心狠，干不的吃斋念佛的营生，没有师傅。”端上菜来，寄姐待陪不陪的。留完了饭，素姐让侯、张两个在衙内前后观看一回，又让他两个进自己房去，扯着手，三人坐着床沿说梯己亲密的话儿。侯婆子悄声问道：“这就是你的二房呀？眉眼上也不是个善的，你合他处的下来呀？”素姐道：“起为头他也能呀能的，后来也叫我降伏了。如今他既是伏了咱，我也就好待他。”侯婆说：“虽是也要好待，也不可太于柔软。那人不是善茬儿，‘人不中敬，吊不中弄’，只怕踹惯你的性儿，倒回来欺侮你。”素姐道：“不敢，不敢。他那魂哩！”

两个又道："你真个把做官的打的动不得么？"素姐道："我怕他腥气不打他？打够七百棒椎！是我常时也打，奈不过人们拉拉扯扯的，再没得打个心满意足的，没照依这一顿可叫我打了个足心自在。我不知他身上疼与不疼，我只知道使的我只胳膊生疼，折了般是的，抬也抬不起来。"侯婆道："人不依好，在路上我没合你说来？到了衙里，头上抹下，就给他个下马威。人是羊性，你要起为头立不住纲纪，倒底就不怎么的。你没见公鸡么？只斗败了，只是夹着尾巴溜墙根，看见还敢回头哩？"张道婆道："你打他这们一顿，他那小娘子就不疼，没说甚么？"素姐道："我也料他有话说。谁知他一声儿没做，他倒也说不该回出你二位去。"又问道："二位师傅，这回去盘缠还够呀？"侯、张两个道："咱家里算计，来回不过八九个月的期程，咱这一来，眼看就磨磨了七个月，回去就快着走，也得四五个月，就把一年的日子磨磨了，正愁没有盘缠哩。"素姐道："不消愁。二位师傅，我叫他每人送二十两盘缠。"侯、张道："不当家！他送就肯送这们些？俺又没有敬意送了你来。"素姐道："怎么！使了他卖地卖房子的钱了？脱不了是没天理打着人要的！'卖豆腐点了河滩地，汤里来，水里去'呀，怎么！"侯、张道："虽是这们说，财帛又没在你手里，他不肯，你也就'灯草拐①'了。"素姐道："他不依？不依又是一顿！"侯、张道："他在那里睡哩？俺寻着看他看去。"素姐道："雌牙裂嘴，鬼呀似的，看他待怎么！"侯、张道："恨这们没情歹意，可也不该看他去。合他一般见识待怎么？俺既进在里头，咱看看是。"

素姐要了钥匙，陪着侯、张两个要出去看狄希陈，也叫寄姐

---

① 灯草拐——不中用的意思。

同了出去。寄姐道："我叫丫头跟着您去罢。小成哥哭着待吃奶哩。"叫过小涉淇、小河汉两个跟了出去。狄希陈道："起动二位千山万水的将帮了他来。"素姐道："亏了他千山万水将了我来，你还不放进他来给他钟水喝哩！"侯、张道："狄老爷，你怎么来？身上不好么，唉唉哼哼的？俺刚才也劝俺的徒弟来，俺好善的说他来么。"狄希陈道："多谢，多谢！实亏不尽二位！这不得二位苦口劝着，一顿就结果了哩，还有这口残气儿喘么！"素姐道："你这也倒是实话，却不是哄哩。"狄希陈道："二位远来到这里，再多住几日。"侯、张道："俺各处都也烧过香，看完景了。正待开船过江，狄老爷你差的人就到了，俺又不好不进来的。已过扰的久了，俺就告辞罢。狄老爷，你做官也有好几年了，一定也就大升三级。咱家里再相会。俺也再合顶上奶奶说，好歹保护你升做极好的官。"狄希陈道："我心里只待要做个都堂，你二位得只遂了我的愿，我倾了家也补报不尽的。"侯、张道："这不难，都在俺两个身上。情要顶上奶奶肯看顾，这事难么？"素姐道："我合你说呀，二位师傅路远，出来的日子久了，没有盘缠，每人待问你借二十两银子哩，你好歹腾挪给他。"狄希陈道："我做着甚么官哩，一时就挪得出四十两银来？"素姐瞪着那"赁单爪"，说道："你说没有呀？四十两银值你的命么？就不问你要，看他两个也倒不得讨吃家去。我只看你是要财不要命的！他既说没有银，二位师傅就请行罢，我待做甚么哩。"狄希陈连忙答应道："你请二位回后头坐去，我努力刷括给二位去。"素姐道："每位除二十两银子外，每人还要两匹尺头。这们老远合我来，你不该每人做两件衣服？这也消我开口！"狄希陈说："都有，都有。我回人收拾。"素姐方才把侯、张两个让进后边，专候狄希陈的尺头银子。

素姐进去，吕德远合盛门子进门伺候。狄希陈长吁短叹，眼里满满的含着泪。吕德远禀道："老爷身上不安，正是气血伤损的时候，极要宽心排遣，不可着恼，使气血凝滞不行。"狄希陈道："两个婆娘合他有甚相干，逼我每人送二十两银、两匹尺头？这叫人怎么气得过？"吕德远道："这送与不送，只在老爷自己做主，也十分强不得老爷。"狄希陈道："凡事依我做得主，倒都没事了。我刚才略略的迟疑了一迟疑，便就发了许多狠话。他却是说得出话，便就干得出事来的主子。我流水倒口应承，方才免了眼下的奇祸。"吕德远又道："这两个妇人一向在老爷、奶奶身上果然也有好处么？"狄希陈道："神天在上，要是受下他的好处，把头割给他，咱也是甘心无怨的！不知被他多少祸害！好好的良家的妇女，引诱着串寺烧香，遇庙拜佛，布施银钱，搬运粮米，家中作恶，都是这两个婆娘的挑唆。昨夜这场奇祸一定又是这两个泼妇路上挑唆来的。叫我拿着银子贴补仇人，怎么不令人生气？"吕德远道："听老爷这般说，这两个婆娘止于新来的奶奶喜他，老爷是恼他的。果真如此，事有何难？老爷依小人的算计，不叫老爷在衙受恼，又替老爷出了昨日的怨气。"狄希陈道："你有甚么方法，便得如此的妙处？"吕德远道："老爷快叫人兑出足足的四十两银来，分为二封。再叫人寻出四匹上好的尺头，都送到奶奶面前，当面叫奶奶验看明白，分送了二人，即时打发了他出去。奶奶要银就送了他银，要尺头就送了他尺头，奶奶还有甚么不足，可以与老爷合得气呢？岂不免了老爷内里受气？小人带领几个人跟他到江岸上，将银子、尺头尽数夺他回来，还分外的羞辱他一顿，替老爷泄泄这口冤气。"狄希陈道："这事当顽耍的！叫他知道，你这分明是断送我的命了！"吕德远道："若是叫他晓得，自然是当不起的，还好算得手段？这是神鬼莫测的事，怕他甚的？都在小人身上，老爷壮了胆，只管做去。”

狄希陈还有些狐疑不决。吕德远道：“若老爷衙中银子、尺头一时不得措手，小人外边去处来。”狄希陈道：“银子、尺头倒也都有，你只好生仔细做去便了。”叫人取出银子。吕德远外面库里要了天平，高高兑了二十两两封银子，用纸浮包停当。又是每人一匹绫机丝绸、一匹绒纱、四方蜀锦汗巾，使毡包托了，送到素姐面前。素姐道：“‘莫信直中直，须防人不仁。’拿天平来，我把这银子兑兑，别要‘糟鼻子不吃酒，枉耽虚名’的。”要了天平进去，逐封兑过，银比法马都偏一针。又叫二位师傅：“你仔细验验成色，路上好使。”侯、张道：“买我甚么哩么？有差些成色的，俺也将就使了。”素姐道：“甚么话呀！我好容易要的银子哩，路上着人查着使假银子的，这倒是我害二位师傅了。”

侯、张两个将两封银子逐件验看，都是绝伦的细丝。素姐又看那汗巾，说道：“这汗巾，我却没说，是他分外的人事。他要凡事都像这等，我拿着他也当得人待。”侯、张道：“既是济助了俺的盘缠，又送了俺这们好尺头、好汗巾，俺就此告辞罢。趁着这没有风，过江那边宿去，明日好早走。为师傅的没有甚么嘱付，你是孤身人，娘家没在这里，俺两个又不在跟前，凡事随机应变，别要一头撞倒南墙。”合素姐作了别，又请寄姐相谢。

寄姐叫丫头回话说：“奶奶奶小叔叔，放不下哩，请随便行，不见罢。脱不了也是个降伏的二房，辞他待怎么！”侯、张晓得在素姐房内私下说的那话，一定被人听见，所以说出这个话来，有甚颜面相见，回话了声“拜上二奶奶”，往外就走。寄姐房内发作道：“怪塌拉骨蹄子！夹着狗吊走罢了，甚么二奶奶三奶奶！你家题主点名哩么？”侯、张也都假妆不曾听见，骂得讪讪的，走到外边，齐到狄希陈书房再三致谢，说：“来得路远，可是没捎一点甚么来送给狄老爷，叫你送这们些盘缠，又送了尺头、汗巾子，可是消受不起。俺刚才又再三再四的嘱付徒弟，这比不的在家，凡事要忍耐，两口儿好生和美着过，再休动手动脚的。丈夫是咱家做女人的天，天是好打的么？他一定也是听俺的话的。”狄希陈道：“他别人的话不听，你二位的是极肯听的么。多谢！我这又起不去，谢不的二位，我只心里知道罢。”侯、张两个又道：“俺刚才在徒弟屋里坐了会，也说了几句话，大约都是叫徒弟合人处好望和美的事。你那位娘子不知自己听差了，又不知是人学的别了意思，像着了点气的。刚才俺说辞他谢谢扰，他推奶孩子没出来。俺听的骂了二句，可也不知骂的是谁。他要是错听了怪俺们么，狄老爷，你务必替俺辨白辨白。这们待了俺，俺就不是个人，还敢放甚么狗屁不成？可是说‘树高千丈，叶落归根’。你明日做完了官，家里做乡宦，可俺止合一个徒弟相处好呀，再添上一个好呢？”狄希陈道：“合一个相处就够我受的了，不敢再劳合两个相处。”张老道说：“咱趁早出去罢。”朝着狄希陈戳了两拜，千恩万谢，到后堂依旧坐了肩舆，还是胥感上、毕腾云两个快手送去。

出了城门，望那江边，尚有一里之远，回看城门，已经数里之遥，从树林中跑出七八个人来，齐声吆喝：“快放下轿，里头坐的人出来！我们奉老爷将令，快将诈骗过成都县里的银子、尺头、蜀锦、汗巾尽数放下，饶你好好过江活命回去！若说半个‘不’字，将你上下内衣外裳剥脱罄尽，将手脚馄饨捆住，丢在江心！”侯、张两个出在轿外，跪在尘埃，只说：“可怜见万里他乡，本等借有几两银子，要做路费，将就留下一半，愿将一半奉上，尺头也都奉献。”众人道：“不消多话，快快多送上来！只饶狗命，就是便宜你了！”侯、张两个都是要钱不要命的主子，岂是轻易肯就与他。众人见他不肯爽俐，喝声下手，众人齐上，侯、张方才从腰里各人掏出一大封银来，又从轿内取出汗巾、尺头尽数交纳。众人方道："姑且饶恕！快快即刻过江，不许在此骚扰，也不许再坐轿子！快叫轿夫回去！"众人还押了侯、张两个上了船，站立看他上了那岸，空船回来，方才进回城内。

再说童寄姐打发侯、张两个去了，发作说道："真是人不依好！我说千乡万里，既是来了，这也可怜人的，你既是知道了好歹，我倒回心转意的待你，你倒引了两个贼老婆来家，数黄瓜，道茄子的，我倒是二房了！大房是怎么模样呀？我起为头能呀能的，如今叫你降伏了？我叫你奶奶来，叫你妈妈来，降伏了我！人不中敬，我说你还是敬着我些儿是你便宜，你只听着那两个贼老婆试试！来了几日，把个汉子打起这们一顿，差一点儿没打杀了。我只为叫那昏君经经那踢陟的高山，也显显俺那平地。我不做声罢了，你倒越发张智起来。那两个强盗蹄子是你的孤老么？一定有大鸡巴合的你自在，你才一个人成二三十两的贴他的银子，贴他的尺头！是做强盗打劫的财帛，叫你拿着凭空的撒？我只待喝掇夺下他的，我恼那伍浓昏君没点刚性儿，赌气的教他拿了去。你既自己说人不中敬，咱往后就别要相敬，咱看谁行的将去！下人们都听着！以后叫他薛奶奶，叫我奶奶，不许添上甚么'童'字哩，'银'字哩的！"

素姐从屋里接纽①着个眼出来，说道："我从头里听见你像生气似的，可是疼的我那心里说：'紧仔这几日他身上不大好，没大吃饭，孩子又咂着奶，为甚么又没要紧的生气？'叫我仔细听了听，你可恼的是我。你说的那话，可是你自己听的，可是有人

---

① 接纽——挤弄。

对你说的？我就是痴牛木马，可也知道人的好处，我就放出这们屁来？咱姊妹们也相处了半个多月，你没的还不知道我那为人？要是他两个，我越发誓也敢替他说个。你见他这们两个妈妈子哩，在家里可那大乡宦奶奶小姐娘子够多少人拜他做师傅的哩。可是争着接他的也挨的上去么？他掬量着这是好人，人孝敬他些甚么，他才肯收你的哩。你要是有些差池的人，你抬座银山给他，他待使正眼看看儿哩？家里住着片青云里起的楼瓦房，那楼米成仓的囤着，银子钱散在地下有个数儿？你见他穿着粗辣①衣裳，人也没跟一个哩！他不穿好的，是为积福。不跟着人，是待自己苦修。你知不道他浅深，就拿着他两个当那挑三豁四的混账人待他，这不屈了人？他两个倒只再三的嘱付，说：'你二位，我也不知道你是怎么称呼。谁是姐姐，谁是妹妹。'叫我说：'我大他十来岁多，我是姐姐。'他两个说：'真是有缘有法的，别说性儿相同，模样儿也不相上下。'我倒还说：'我拿甚么比俺的妹妹？他先全鼻子全眼的，就强似我。'这就是俺三个在屋里说的话，谁还放甚么闲屁？我料着要是你自己，可你没有听差了话的。情管不知是那个混账耳朵听的不真，学的别了，叫你生气。不论有这话没这话，只是让进他两个往屋里去私意说话，就是我的不是。妹妹，你怎么耽待我来，合我一般见识？我与妹妹陪礼。"素姐连忙就拜。寄姐道："你没有这话就罢呀，陪甚么礼？"素姐道："妹妹不叫我陪礼，你只笑笑儿，我就不陪礼了。你要不笑笑儿，我就拜你一千拜，齐如今拜到你黑，从黑拜到你天明，拜的你头晕恶心的，我只是不住。"寄姐见他那妾势腔款，不由的笑了一声，也就没理论罢了。

---

① 粗辣——普通。

掌灯以后，寄姐又开了宅门，出去看望狄希陈。那狄希陈越发浑身发出肿来，疼的只叫妈妈。寄姐说道："那两个老□辣，你合他也有账么，填还他这么些东西？就是你挣的，可你也辛苦来的，就轻意给人这们些？"狄希陈道："天爷，天爷！这话就躁杀人！咱也这们几年了，难道我的性子你还不知道？人要不挖住我的颏腮，上锅腔子燎我，我是轻易拿出一个钱来？他在旁里当着那两个老私窠子，雄纠纠的逼着问我要，若是你在跟前，我还有些拄墙，壮壮胆儿。你又不合他出来，我要打个迟局，他跳上来，我还待活哩么？他自己就够我受的了，那两个恶货都是他一伙子人，我不拿着钱买命，没的命是盐换的？"寄姐道："我一来也看不上那两个老蹄子，怕见合他出来。二来小成哥子咬着个奶头，甚么是肯放。两个老蹄子在他屋里不止挑唆叫他打你，还挑唆叫他降我哩。他说已是把我降伏了，不敢能呀能的。老蹄子说：'正该，正该。人不中敬，吊不中弄。'你说这不可恶？"狄希陈道："你自己听见么？"寄姐道："他三个屋里说话，伊留雷媳妇子合小河汉在窗户外头听的。"狄希陈道："何如？我说是他挑的。在家没的没打么，可也没有这们打的狠。以后你要不替我做个主儿，我这命儿丧在他的手里。常时在家，他才待要下毒手，娘就护在头里。娘没了，爹虽自家不到跟前，可也是我的护身符。刘姐也是救星，狄周媳妇也来劝劝。昨日就叫他尽力棱了一顿。留着我，你娘儿们还好过，别要合他拧成股子。"寄姐道："你只怪人，再不说你，那不是冷了人的心？昨日不亏我撞甚么似的撞进来，今日还有你哩？"狄希陈道："不是说你合他拧成股子打我，只是说你别要理他。我见你这一向下老实合他话的来。"寄姐道："你可怎么样着？'严婆不打笑面'的。你没见他那妾势的哩？他明白合二个老□拉一问一对的说了我，见我知道了，他刚才那一顿盖抹，说的我也就没有气了。你只以后躲着他些儿，你拿出在船上待我的性子来待他，也就没有事了。”狄希陈道：“他的龙性同不得你，一会家待要寻趁起人来，你就替他舔屁股，他说你舌头上有刺，扎了他的屁股眼子了。”狄希陈正合寄姐说着话，小选子进来说道：“送那两个老婆的人回来了。吕书办待自家禀爷甚么话哩。”寄姐就起身进回衙去。不知侯、张两个怎生送到船上，曾否渡过江去，吕德远要禀甚事，这回说不尽了，再听下回再说。

第九十七回

狄经历惹火烧身 周相公醍醐灌顶①

何物毒婆娘！恶心肠，狠似狼，火攻忍向夫身上。烧红脊梁，成了烂疮。 流脓泋血居床上，好堪伤！旁人不愤，屎尿劈头浆。

右调《黄莺儿》

寄姐进衙内去了。吕德远手里擎着个包袱，袖里袖着两封的二十两银子，来到书房。狄希陈在床上睡着，问道："你拿的甚么东西？"吕德远道："是刚才两个老婆子得去的银绸，小人着人问他要回来了。"狄希陈吃了一惊道："你怎么问他要得回来？他就肯善善的还与你不成？"吕德远道："小的们料他也定是不肯善与，也费了许些的事，才问他要得转来。小人着了快手贾为道、毕环两个，带了各个自己的子弟，共有六个人，在城外半路里边，等他轿到，喝他走出轿来，他双膝跪下哀求，用强留了他的。"狄希陈道："贾为道两个曾说出我知道不曾？"吕德远道："怎肯说是老爷晓得！这是扮了强盗劫了他的。"狄希陈道："苦哉！他岂肯轻舍了这许多银物？必定要回到县里递失盗状，缠我与他缉捕追赔。他必定还要进到衙里告诉他的苦楚。万一走漏了消息，我这残命定是难逃。你这害我不小！"吕德远道："若做出这等事来，这也是真真的害了老爷。但小人岂不能虑到这个田

① 醍醐（tíhú）灌顶——醍醐，从酥酪中提制出的油。醍醐灌顶，比喻灌输智慧，使人彻底醒悟。

地？叫他留下了银绸，将轿子都叫他回进城来，押了两个婆娘上了船，看他过了那岸，方才回报老爷。又分付了门上的军人，如有两个山东半老妇人，老爷分付不许放进城门，又分付了大门皂隶，拦阻不许放入。他除非是会插翅飞进来告诉不成！”狄希陈道：“得他过江去了不来告扰，目下倒也罢了。万一后日我回到家去，如何是处？”吕德远道：“老爷只管送了他的银绸，打发他离了门户。难道他路上的拐带走失，翻船被盗，都要老爷递甘结，保他一路的平安不成！”狄希陈道：“这也有理。夺他银子的时候，胥感上与毕腾云两个在那里？”吕德远道：“毕腾云就是毕环的叔子。众人跑出来截轿的时节，他两个故意妆了害怕，远远的跑开去了。”狄希陈道：“这事也做得周密。只是要谨言，千万不可对里边家人们说。泄漏了机关，不当耍处。”吕德远道：“小人们岂有敢泄漏的理。倒是老爷要自己谨言才好。就是童奶奶面前，也不可泄漏一字。”狄希陈道：“我岂肯自己泄漏？”吕德远道：“不然。听得管家们说老爷有些混账，不等奶奶略有些温存，恨不得将外边没有的事都与奶奶说了，叫奶奶将人恶口的咒骂。”随把那包袱里的尺头、汗巾合那两封银子，都叫盛门子收藏别处，慰劳了吕书办众人。

狄希陈足足的卧床将养了二十多日方才勉强起来，出堂理事，赴各衙门销假。吴推官打点待茶，赶开了众人，悄悄问道：“仁兄，你忒也老实。‘小杖则受，大杖则走。’你也躲闪躲闪儿，就叫人坐窝了棱这们一顿？”狄希陈道：“那日经历已是脱了衣裳睡倒了，他挤到屋里，给了个凑手不及，往那里逃避？”吴推官道：“仁兄，你只敢脱了衣裳先就睡了，这就是粗心。女人们打汉子，就乘的是这点空儿。或是哄咱先脱了衣裳睡下，或是他推说有事，比咱先要起来，这就是待打咱的苗头来了。凭他怎么哄，咱只说：‘奶奶不先睡，我敢先睡么？我倒不先起去开门，放丫头生火扫地的，敢叫奶奶先起去么？’你只别叫他先起来，别叫他后睡。咱穿着衣裳，还好跑动。他光着屁股，咱还好招架。我这不是相厚的乡亲，也不传给仁兄这个妙法。”狄希陈道：“经历那敢在衙里睡来，是在衙门外书房里睡觉。他偷了钥匙，自家开出门来，赶了人个不穿裤。”吴推官道：“我还强似仁兄。我惧的是贱荆一个结发嫡妻，怕他些儿罢了。那两个小妾，我不怕他。在京里观政，贱荆在家，两个也为了为王。后来贱荆到了，就狗鬼听提的都不敢了。那像仁兄连妾也这们怕他。”狄希陈道：“贱妾为王的时节，也是经历的妻还不曾到。昨日叫经历吃亏的，是经历的妻，不是前日那为王的妾。”吴推官大惊道：“大老嫂多咱到的？”狄希陈道：“到有一月多了。”吴推官道：“大老嫂既到了，二老嫂也减些利害么？”狄希陈道：“‘山难改，性难移’，怎么减的？”吴推官道：“苦呀！两下里齐攻，要招架哩！”狄希陈道：“招架甚么？只是死挨罢了！闻说新官有将到的信了，回到经历自己衙内，合老大人邻着墙，他怕老大人听见，或者收敛些也不可知。”吴推官道：“这个别要指望。我这衙里要是安静的，这倒也可以唬吓他，说刑厅利害，别要惹他，惹的他恼，不替人留体面。就是我也好可以特故作威，镇压他镇压。如今我衙里‘晏公老儿下西洋——己身难保的’，你唬虎他，他也不信，我也不敢作威作势的镇压。还是咱各人自家知道，好歹躲着些儿稳当。”彼此笑了一场，开门辞出。

却说成都县新选的县官姓李，名为政，湖广黄冈县人，少年新科进士，领了凭，便道回家，自黄冈起马，前来赴任. 狄希陈将素姐、寄姐合一班家眷尽数仍回本司衙门居住。狄希陈自己在县，同周相公料理交代文册，不日与新官交代明白，回到衙门，仍做那经历的本等勾当。素姐从家乡乍到了官衙，也还是那正堂的衙舍，却也宽超，如今回到自己首领衙宇，还不如在自己明水镇上家中菜园里那所书房，要掉掉屁股，也不能掉的圆泛。吴推官查盘公出，那边衙内没了招灾揽祸的本人，颇极安静。众人故把那刑厅间壁的势力压伏着，他也不免有些畏惧。这般野猴的泼性怎生受得这般闷气，立逼住狄希陈叫他在外面借了几根杉条，寻得粗绳，括得画板，扎起大高的一架秋千，素姐为首，寄姐为从，家人媳妇、丫头、养娘终日猴在那秋千架上，你上我下，我下你上，循环无端打那秋千顽耍。狄希陈再三央说："间壁就是刑厅，千万不可高起，恐那边看见，不当稳便。"寄姐众人都也听了指教，略高扬，便就留住。惟这素姐故意着实使力，两只手扳了彩绳，两只脚踹了画板，将那腰一蹲一伸，将那身一前一后，登时在半空之中，大梁之上。素姐看得那刑厅衙内甚是分明，刑厅的人看得素姐极其真实，不止一日。

吴推官查盘完毕，回到衙中，素姐也绝不回避。分明亦见吴推官戴着魂亭样绉纱巾子，穿着银红秋罗道袍，朝了墙看，素姐在上边摆弄，吴推官在下面指手画脚的笑谈。一日，吴推官做了一只《临江仙》词，说道：

隔墙送过秋千影，还教梦想神萦。而今全体露轻盈，堆鸦蝉欲颤，舞鹤蝶争轻。袅娜细腰欺弱柳，应知莲瓣难停。遥看俊貌拟倾城，只嫌来往遽，愿住少留情。

写在一个折简之上，用封简封了，上写"狄经历亲拆"，差人送了过来。

狄希陈看那"隔墙送过秋千影"，知道是为这边有人打秋千的缘故。所以写此帖来。但那词里的句读，念他不断，且那"影"字促急不能认得。曾记得衫子的"衫"字有此三撇，但怎么是“隔墙送过秋千衫”？猜道：“一定打秋千的时候，隔墙摔过个衫子到他那边，如今差人送过来了。”遍问家里这几个女人，都说并没有人摔过衫子到墙那边去。狄希陈又叫人问那送字的来人，问他要送过来的衫子。来人回说没有，方回了个衔名手本去了。心里纳闷，敬着了人往郭总兵公馆请了周景杨来到，拿出吴推官的原帖，叫他看了解说。周景杨看得是个《临江仙》词，逐句解说与他。狄希陈对后边两个婆子说了。寄姐道：“老吴看见的一定是我。若是薛家姐姐，先是没鼻少眼，怎么夸得这等齐整？”素姐道：“你秋千打得不高，他那边何尝看见有你？夸的也还是我。”

以后素姐凡打秋千，起得更高，要在吴推官面前卖弄。他那边看的女人不止一人，凭他褒贬，有的说是风流俊俏，有的说是少个眼睛。一日，吴推官又着人送了一个柬帖过来，上面写道：

金莲踏动秋千板，彩索随风转。红裙绿袄新，乍看神魂撼。细端详，却原来少一个眼。

狄希陈拆开细看，又读不能成句，只念得临了一句“细端详却原来少一个眼”。寄姐道：“这情管是个《清江引》，你照着《清江引》的字儿，你就念成句了。”

狄希陈念成了一只《清江引》，素姐把吴推官背地里恶口凉舌，无所不咒，但只依旧顽耍秋千，不肯住歇。一日，吴推官又着人送过一封口的柬套。狄希陈看那里面写道：

喜杀俺东邻娇艳，淡抹浓妆，丰韵悠扬，远远飘来粉泽香。刚好墙头来往看，不耐端详，空有红颜，面部居中止鼻梁。

右调《丑奴儿令》

狄希陈再三读不成句，寄姐也除了《清江引》别再不识牌名，又只得请了周相公讲读。周相公笑道：“里边女眷，有人少鼻头的么?”狄希陈道：“想帖上有此意么?”周相公从头讲了一遍，说道：“吴刑厅虽是个少年不羁之士，心里没有城府，外面没有形迹，终须是个上司，隔了一堵矮墙，打起秋千，彼此窥看，一连三次造了歌词，这也是甚不雅。以后还该有此顾忌才是。”狄希陈将周相公的议论说与后边，素姐连吴刑厅、周相公、狄希陈三个人骂成一块，咒的惨不可闻。还是寄姐说道：“周相公是个老成的人，他往常凡说甚事，颇有道理，这事应该听他。我们也顽够了老大一向，叫人把这秋千架子拆了也罢。”素姐道：“好妹妹！千万不可拆去！这促织匣子般的去处，没处行动，又拘着这狨官的腔儿，不叫我出外边行走，再要不许我打个秋千顽耍，这就生生闷死我了。”寄姐道：“顽耍也有个时节，难道只管顽么？也不害个厌烦？我的主意定了要拆。”

素姐虽是个恶人，却不敢在寄姐身上展爪，也便没再敢做声。等得寄姐往房中奶孩子去了，方走向狄希陈道：“这秋千，我只在你身上，情不许拆了我的。要是不依，我不敢揉那东瓜，我揉马勃，只是合你算账！咱两个都别想活！”狄希陈知道寄姐的执性，说拆定是要拆，一定拦他不住。素姐出的告示又这们利害，又是个说出来做出来的主子。搭拉着头，坎上了顶愁帽。

狄希陈还没有央及寄姐求他别拆秋千，次日刚只黎明，寄姐早起，使首帕髽了髽头，出到外面，叫张朴茂、伊留雷、小选子七手八脚，看着登时把个秋千拆卸罄净。极的个素姐在屋里又不敢当时发作，只咬的那牙各支各支的恨狄希陈。恰好狄希陈从他跟前走过。他说：“你既拆了我的秋千，外边这景致可要任我游耍。前向我进来的促急，还有海棠楼、锦官楼两个去处，我没曾到得，你送我到那边走一遭去。”狄希陈没敢答应，站了一会，素姐道：“你温鳖妆燕似的不做声，是不叫我去么？不叫我去，你可也回我声话，这长嗓黄一般不言语就罢了么？”狄希陈道：“待我到外边问声人，看这堂上三厅合首领衙里也有女人出来看景致的没有。要是曾也有人出去，我打发你出去。要是别衙里没有女人出去，这我也就不敢许了。这会子叫我怎么当时就能回话呀？”素姐道：“你这就是相家那伙子人的臭屄声！我合别人家伙穿着一条裤子哩么？别人去才许我走！我不许你打听别人，只是要凭的我！”狄希陈也没答应，抽身往外去了。

寄姐梳洗了出来。素姐道：“这府城里有海棠楼合锦官楼都是天下有名的景致，妹妹，你不出去看看？你要出去，我陪着你，你要不去，我自己出去走遭。他要拦阻我，不叫出去，我可定不饶他。妹妹，你只别管闲账，与你不相干。”寄姐道：“一个汉子，靠着他过日子的人，你不饶他，叫我别管呢！你再像那日下狠的打他，我就不依了！”素姐说：“我打听的你自从我到了，你才觉善静了些。你常时没打他呀？”寄姐道：“你叫他本人拿出良心来说说，我照依你这们狠打他来？”素姐说：“妹妹，你不知道，贼贱骨头，不狠给他顿，服不下他来。他叫出去就罢了，他要不叫我出去，只怕比那遭更还狠哩！”寄姐道：“也难说！那一遭我没提防你，叫你打着他了。这如今守着我，你看我许你打不！”寄姐也只当他是唬虎之言，又恃着自己是个护法伽蓝，也不着在意里。狄希陈外边待了一会，回到寄姐房中。寄姐道：“你叫他出去看甚么海棠楼哩么？”狄希陈道：“他只是这们难为人。一个做官的人叫老婆出去遥地里胡撞，谁家有这们事来？只嗔我不答应！”寄姐道：“你要不放他出去，你就小心着，让着他些儿。他安的心狠多着哩！”狄希陈道：“我好生躲避着他，要是他禁住我，你是百的快着搭救，再别似那一日倚儿不当的，叫他打个不数。”

从此，狄希陈便也刻刻提防，时时准备。在里边合寄姐睡觉，必定把门顶了又顶，闩了又闩。如在外边自己睡觉，必定先把房门顶关结实，然后脱衣去网，着里的小衣，遵依了吴推官的宪约，不敢脱离。素姐不得便当下手，屡次才待寻衅发作起来，不是寄姐上前拦护，就是狄希陈推着有甚官事，忙忙的跑出外面，成日家躲着。素姐越发怀恨更深。

一日是粮厅的寿日，狄希陈因夺掌了他的成都县印，恐他计较，正待寻一个枝节奉承他奉承，买转他的心来，除备了八大十二小的套礼之外，十五两重的三只爵杯，十六两重的一柄银如意，二十四两重的一把银壶，三十二两重的一面洗手盆，要与他祝寿。又求了蜀殿下的一个画卷，请周相公进衔做的前引后颂。一一都收拾停妥，妆了两大绒包，专等粮厅的消息。

狄希陈穿了吉服，在外边与周相公说话。若是在外面等粮厅开了门，送过礼见了出来，外边脱了衣服，岂不也脱了这场大灾，却神差鬼使，恐留周相公清辰早饭不甚齐整，特地自己进来，到寄姐房内，再四的嘱付。素姐见他进到寄姐房内，慌忙取了个熨斗，把炉子里的炭火都撍①在里面，站在房门口布帘里面，等得狄希陈出寄姐房来从后边一把揪住衣领，右手把一熨斗的炭火，尽数从衣领中倾在衣服之内，烧得个狄希陈就似落在滚汤地狱里的一样，声震四邻，赶拢了许多人。偏生那条角带再三揪拔不开，圆领的那个结又着忙不能解脱，乱哄哄剥脱了衣裳，把个狄希陈的脊梁，不算那零碎小疮，足足够蒲扇一块烧得胡焦稀烂。轰动了周景杨，也避不得内外，急跑进来，叫：“快拿盐来！”使水泡了浓浓的盐卤，用鸡翎醮了，扫在烧的疮上。

① 撍——塞入。

狄希陈觉得通身渗凉，略可禁受。周景杨问是素姐将火故意烧害丈夫，高声骂道："世间那有此等恶妇！天雷不诛，官法不到，留这样恶畜在世！狄友苏，你也过于无用！如此畜类，就如狼虎蛇蝎一样，见了就杀，先下手为强！受他的毒害，还要留在世上？"素姐在房骂道："贼扯淡蛮囚！你挣人家二两倒包钱使罢了，那用着你替人家管老婆！他不杀我，你替他杀了我罢！"周相公道："我就杀你，除了这世间两头蛇的大害，也是阴骘！我这不为扯淡！古人中这样事也尽多！苏东坡打陈慥①的老婆，陈芳洲打高相公的老婆，都是我们这侠气男子干的事！杀你何妨！我想狄友苏也奇得紧，何所取义把个名字起做狄希陈！却希的是那个陈？这明白要希陈季常陈慥了！陈季常有甚么好处，却要杀他？这分明是要希他怕老婆！且是取个号又叫是甚么友苏，是要与苏东坡做友么？我就是苏东坡，惯打柳氏不良恶妇！你敢出到我跟前么？"

周景杨只管自己长三丈阔八尺的发作，不提防被素姐满满的一盆连尿带屎黄呼呼劈头带脸浇了个"不亦乐乎"，还说道："我这敢到了你跟前，你敢怎么的我！"众人见泼了周相公一脸尿屎，大家乱作一团。周相公待要使手抹了脸上，又怕污了自己的手，待要不使手去抹他，那尿心烦意乱只要顺了头从上而下，流到口内。狄希陈躺在一根偏凳上面，一边唉哼害痛，一边看了周景杨止不住嗤嗤的笑。寄姐喝道："韶道呀！人为你报不平，惹得这们等的，还有甚么喜处，用着这们笑？"叫张朴茂、伊留雷请周相公到外面伺候洗括，叫媳妇子们流水烧汤，叫小选子伺候端水，房里生上火。

---

① 陈慥（zào）——字季常，苏东坡朋友，以惧内著称。

周相公沐了头面，浴了身体，拿出狄希陈内外衣裳，上下巾履，更换齐整，对了张朴茂众人说道："好利害得紧！我那里也算是妇人为政的所在，没有这等毒恶婆娘！我想，妇人至恶的也不过如高夫人、柳氏罢了，所以我一时间动了不平之气。谁知撩这等的虎尾！"周相公倒也不甚着恼，只是赞叹而已。狄希陈被人烧得要死不活，还管甚么周旋人事。周相公叫人取出礼去。央了照磨，禀知粮厅，说他偶然被了火毒，不能穿衣，代他给假送礼。粮厅点收了后边四样银器，又央照磨与他在堂上两厅跟前给假。狄希陈在衙养病，郭总兵与周相公都也时常进来看望。

抚院牌行成都府，说："省城缺毁甚多，叫作急修整坚固，听候本院不时亲到城上稽察。"堂上太守酌量了城工的多寡，分派了本府首领合成都县佐贰典史，成都卫经历知事，各照派定信地，分工管修。府三厅合成都知县各总理一面，俱各递了依准，克日兴工。惟有狄希陈把个脊梁弄得稀烂，被也不敢粘着，那里穿得衣裳？剩了这工没人料理。太守心里甚不喜欢，问是感得甚病。回说是被炭火所伤，不能穿得衣服。只得改委了税课大使代理。

一日，太守合三厅都在城上看工。都是府首领，县佐贰，就是卫首领也还风力有权，也还有皂隶可使，修得那城上颇是坚固，工完又早。那税课大使东不管军，西不管民，匠人夫役在他手下的，都没有甚么怕惧。别人每日修得一丈，他一日尽力只好六尺。别人砖灰颜料只使得八分，偏他十分也不足用。若人手方便，或分人管理，或跟随催督，再有顽梗的夫匠，不要论那该管不该管，且拿出那委官的气势，扳将倒，挺他几板，他也还知些畏惧。先是人手最不方便，几个手下的巡拦，难道且不去四下里巡绰商货，且跟到城上来闲晃不成？

太守见他的工完得甚迟，又修得不好，着实把那大使呵斥一顿，要打他跟的下人，大使磕了一顿响头才罢。迁怒到狄经历时常害病，不理官事，甚有计较之情。又说："因甚自不谨慎小心，以致被了汤火。闻说他的惧内出于寻常之外。前日署县时，将近一月，睡在衙里，不出来理事，闻得是他媳妇子打的。不知怎样的打，打得这样重，一月不起？闻说从家乡来了一个，更是利害。"吴推官道："先随了来的是妾，姓童，京里娶的。昨日新来的，是他的嫡妻。"太守问道："闻说随来的是妻，姓童，昨日来的是妾，姓薛。"吴推官道："不然，先来的是妾，童氏，京师人，晚生曾考察过来，他自己供的脚色如此。后来的是他的正妻，堂翁说他姓薛。他的姓是随时改的，到的时候姓薛，不多时改了姓潘，认做了潘丞相的女儿，潘公子的姊妹。如今又不姓潘，改了姓诸葛，认了诸葛武侯的后代。"太守笑道："吴老寅翁惯会取笑，一定又有笑话了。"吴推官笑道："不是潘公子的姊妹，如何使得好棒椎，六百下打得狄经历一月不起？他还嫌这棒椎不利害，又学了诸葛亮的火攻，烧得狄经历片衣不挂！"太守合军粮二厅一齐惊诧道："只道是他自己错误，被了汤火，怎么是被妇人烧的？见教一见教，倒也广一广异闻。"吴推官道："满满的一熨斗火，提了后边的衣领，尽数倾将下去。那时正穿着吉服，要伺候与童寅翁拜寿，一时间衣带又促急脱不下，把个脊梁尽着叫他烧，烧的比'藤甲军'可怜多着哩！"太守都道："天下怎有这般怪事！有如此恶妇！老寅翁与他是紧邻，他难道也没些忌惮，敢于这等放肆？"吴推官笑道："晚生衙内也不忌惮他，他衙里也就不忌惮晚生了。"军厅道："他衙内不顾上司住在间壁，就唱《鹦鹉记》，又唱《三国志》，绝无怕惧，可从不曾见老寅翁衙里扮出这两本戏来。"大家倒也笑了一场。

太守却灯台不照自己，说道“我们等狄经历好了出来的时候，分付叫他整起夫纲，不要这等委靡。他若毕竟殁茸不才，开坏他的考语，叫他家去，冠带闲住。官评就是吴老寅翁开起。”吴推官笑道：“还是堂翁自己开罢。晚生不好开坏他的考语。万一叫他反唇起来，也说晚生被人打破鼻子，成了鼻衄①，吹上甚么驴粪。或再说晚生被人打的躲在堂上，蓬着头，光着脚，半日不敢家去。再说甚么被人撵到堂上，央书办、门子说分上，晚生就没话答应他了。还是我不揭他的秃，他也不揭我的瞎罢。”太守还道吴推官是真话，童通判伶俐，笑道：“这个老寅翁倒是不怕他说的。只怕他说道：‘不出来大家行香，却在卧房中短站。’这便应他不得了。”同僚们又笑了一顿。但不知狄希陈何日好了脊梁，太守果否如何分付，其话尚多，此回不能详悉。

① 鼻衄（nǜ）——流鼻血。

第九十八回

周相公劝人为善　薛素姐假意乞怜

人家撞着不贤妻，是彼今生造化低。
屎去浇头真异样，火来烧背最跷蹊。
他逐他离他自做，我擀我掇我休题。
不是周生拦得甚，薛姬解出锦江西。

狄希陈在家将养火创，足足待了四十多日，不曾出来供职。一日，创好销假，军厅老胡、粮厅老童都只说了几句闲话而已，刑厅老吴取笑道："前日我再三叫你小心回避，你却不听我的好言。前日闲话，堂翁说老嫂姓薛。我说：'老嫂原初姓薛，后来改了姓潘，使的好棒椎。后来嫌棒椎不利害，又改了姓诸葛，惯使火攻。'堂翁嗔仁兄伍浓不济，专常被老嫂打的出不来，不成个人品，叫小弟和他都开坏了仁兄的考语，叫仁兄家里冠带闲住去。我说：'堂翁只管开他的劣考。我也不许他说我的头秃，我也不敢笑他的眼瞎。'他如今既合孔明认了一家，这利害不当耍的。你要是不万分谨慎，只怕再一次做'藤甲军'不难。"狄希陈道："这事老大人自己晓得罢了，以后还望老大人与经历遮护。"吴推官道："你这就是不济。咱这们个顶天立地的男子，有本事怕老婆，没本事认着么？"狄希陈道："堂上老大人既有这话，只怕当真开了劣考，这就辜负了老大人几年培植的功夫。"吴推官道："堂翁是不藏性的人，你上去销假，他当面一定就有话说。我刑厅是根本之地，我不先开劣考，他也不好异同得的。"

堂上报了二梆，狄希陈谢了茶，辞别而出。不多一会，太守上堂，狄经历过去销假。行完了礼，太守下了地屏，对狄希陈问道："脊背上的火创都已尽愈了么？世间怎得生这般恶畜！你做男子的，在父母跟前，也还要'大杖则走'，怎么袖了手，凭他这般炮烙？"狄希陈道："那日经历已经穿完了衣服，不曾防备，遂被他的毒手。"太守道："如此毒物，你守在跟前，这真是伴虎眠一般。天下没有这等恶妇尚可姑容之理！你补一张呈来，我与你断离了他去，递解了回家，与你除了这害。你心下何如？"狄希陈禀道："这是老大人可怜经历之意，叫经历还可苟延性命。只是经历后日官满还乡，他仇恨愈深，经历便就吃受不起。"太守道："他若是你的妻，他便奈何得你。我替你断离了他去，他与你是路人了，你还怕他做甚？"狄经历道："虽不与他做夫妻，却也合他同乡井，他朝夕来以强凌弱，经历便也吃受不起。"太守道："一个汉子，怕得老婆如虎一般，那里还成世界！快补呈来，不必过虑！"太守虽然分付得甚严，狄希陈并不曾敢爽俐答应。太守料得他必然变卦，差了一个直堂书办，押了狄经历勒限补呈，呈完，不拘时候，传进衙内。狄希陈央了书办稍缓片时，容我退进私衙，再为商议。书办应允，暂时且退。

狄希陈将太守所说言语，分付补呈，要将素姐断离的事体悄悄与寄姐说知。寄姐说："若果能把他离断开去，这倒也天清地宁，太平有象。只怕断离的不伶不俐，越发中了深恨。'放虎归山'，没有不伤人性命的理。又你见做着官，把个老婆拿出官去，当官断离，体面也大不好看。我这也不好主的，你自己拿定主意，或是与周相公商量，可行则行，可止则止，不可冒失。我昨日又打听出一件事来还没得向你告诉，却也不知是真是假。说咱来了以后，吕祥到了家，合他过了舌，他就合吕祥来赶咱。赶到淮安没赶上，往河神庙里许愿心咒咱，叫河神拿着通说，吕祥得空子拐着行李合骡跑了。他流落在淮安，住到冬底下才往家去。又往县里首着咱造反，往四川来调兵。县里叫的两邻、乡约审的虚了，拶了一拶，撺了一百撺，把他一个兄弟打了三十板，枷号了一个月。我也还信不及，叫我留心看他，那十个指头，可不都是活泛泛的黑疤。"狄希陈道："越发做这样事！你是听的谁说?"寄姐道："再有谁呀？是跟他来的那小厮合他们说的。"

狄希陈出到书房背静去处，叫了张朴茂、伊留雷、小选子问他那话，他们学那小浓袋的言语，与寄姐所说句句相同。狄希陈回复了寄姐说道："真有此事。我又复问了他们一番。"也留心看素姐的手指。素姐伶俐，爽俐把两只手望着狄希陈眼上一汝①，说："你看我那手待怎么？我这是长冻疮的疤痕，没的是谁拶我来？一个家大眼小眼的看呢!"狄希陈也没言语，悄悄合寄姐说道："罢，罢！咱也顾不得后来仇恨，也顾不的眼下体面，既是堂上有这们个好心，趁着这机会叫他给咱除了这害罢。"快叫人请了周相公来，合他说了太守的言语，又告讼了他乍听的新奇，说："太守见今差了书办立逼着等候呈子，如今特央周相起稿。"

周相公说的话也甚多，写不了这些烦言碎语，大约与寄姐说的相同。又说："这要断离的呈稿，我是必然不肯做的。天下第一件伤天害理的事是与人写休书，写退婚文约，合那拆散人家的事情。敝乡有一个孙举人，在兴善寺读书。一日，住持的和尚，有伽蓝托梦说：'孙尚书在寺读书，早晚在我殿前行，我们无处回避，你可在我们殿前垒一座照壁，我们可以方便。住持起初还也不信，后来一连梦了几次，住持不敢怠惰，买了砖灰，建了影

---

① 汝——伸。

壁。孙举人问知所以，甚是喜欢，便以尚书自任，随就歪憋起来。一日，住持和尚又梦见伽蓝说道：‘你把我殿前的照壁拆去不用，孙举人撺掇他的同窗休了媳妇，且他同窗的休书文稿都是他手笔改定，阴司将他官禄尽削，性命亦难保矣。’果然次年会试，在贡院门前被人挨倒在地踹得像个柿饼一般。

“又有一事，也出在敝乡一个寺里，一位陆秀才在隆恩寺读书，从本寺土地门经过，凡遇昏夜行走，那个主僧长老看见土地庙内必有两盏纱灯出来送他，非止一日。也就知他是个贵人，甚是将他敬重。后来见他在庙门经过，没有纱灯迎送，以为偶然。一连几次都是如此，主僧和他说道：‘我一向敬重你，每见你晚夜时候从土地庙经过，都有两盏纱灯迎送，所以知你是个贵人。这一连几次不见了纱灯迎送，你必定行了亏心事体，伤了阴骘，被阴司里削了官禄，以致神灵不礼。你可急急忏悔。’陆秀才再三追想，不得其故。只有一月前，也是个同窗，家中一妻一妾。其妻是个老实的人，其妾是个娼妇，买嘱了合家大小，弄成圈套，说那妻有甚么奸情。那同窗不察虚实，意思要休了他。但那娘家是个大族，又事体虽弄得大有形迹，没有显证，决杀不得。知陆秀才是有主意的人，又是同窗中的至契之友，特地与他商量。人家的家务事情，就是本家的正经家主，经了自己的耳朵眼睛，还怕听的不真，内中还有别故，看得不切，里边或有别因。你是个外姓之人，不知他家深浅长短，扯淡报那不平。本人倒说只是不曾有甚显迹，他却说道：‘合家大小，众口一词，都说是真，这也就是“国人皆曰可杀”了。你还要等甚么显证？若等得显证出来，你绿头巾已经戴破，又好换新的了！’那同窗道：‘只嫌他是大家，怕他有人出来说话，只是没有实据，对他不住。’陆秀才道：‘好好的高墙，没了瓦片，去了棘茨，墙头都爬成了熟道，还待甚么才是实据？他家没人说话便罢，若是有人说话，要我们同窗做甚？我为头领，邀众人出来鸣鼓而攻。这当忘八的事，岂是容得情的？抵死也要与他一着！’说得个同窗的主意定了八九分的规模，到家再被那娼妇激上几句，凑足了十分主意，创了一个休书的稿与陆秀才看。陆秀才还嫌他做的不甚扎实，与他改得铁案一般，竟把个媳妇休将回去。娘家的人当不起休书里面写得义正词严，连自己的娘家把这‘莫须有’的事都也信以为真。可怪那个媳妇拙口钝腮，只会短了个嘴怪哭，不会据了理合人折辩，越发说他是贼人胆虚了。陆秀才想得：‘再无别事可伤阴骘，必定为这件事，干了神怒，削了我的官禄。’再三悔过，向那同窗极力拘回，说：‘神灵计较，其事必系屈情。我系旁人，尚蒙天谴。你是本人，罪过更是难逃。’说得那同窗冷汗如流，好生惶惧，亲到丈人家再三赔礼，接了媳妇回家，毁了休书。陆秀才也自到佛前忏罪。从此那个主僧见陆秀才晚夜来住，土地依旧有纱灯迎送。陆秀才从此收敛做人，不敢丝毫坏了心术，凡事谨了又谨，慎了又慎，惟怕伤了天理。后来主僧见他两盏纱灯之外又添了两盏。后来陆秀才做到兵部尚书，加太子太傅，封妻荫子，极其显荣。

“还有浙江一个新近的故事，如今其人尚在，也不好指他的姓名，只说个秀才罢了。这秀才家中极贫，是个卫里的军余，十八岁进了学，无力娶妻，只有一寡母。母亲织卖头发网巾。浙江网巾又贱，织得十顶，刚好卖得二钱银子。这十顶网巾，至少也得一个月工夫。家中有搭半亩大的空园，秀才自己轮钯抟镢，种菜灌园，母子相依度日，禁不得性地聪明，功夫勤力，次年岁考取了案道，即时补廪。一个乡间富家庄户请他教书，他却少年老成，教法又好。庄户极其恭敬，束脩之外，往家中供送柴米，管顾衣裳。庄户凡遇有事进城，必定寻买甚么鲜品管待先生。次年科举之年，庄户道：‘先生这等用功，为人又好，今年定是高中的。我家有一小女，若不嫌我庄户人家，我愿将小女许与为妇，一些也不烦聘礼，只在我祖先祠内点一对烛，送一盒面，此便是定礼。’秀才回家，与母亲说知，母子得与富室连姻，甚是欢喜。果然拣择了吉日，央了一位媒，送了一对寿烛、一盒喜面，做了定礼。这点烛送面是他浙江的乡风，凭有甚么厚礼作定，这两件是少不得的。就如你山东风俗，夫家过聘的时节，必定办了祭礼在女家祖宗上致祭告知，这是一般的道理。秀才在庄户家做先生的时候，尚且极其尊敬，况如今做了不曾过门的娇客，这好待是不必提的。到了七月半后，庄户备了进场的衣服，出路的行李，赍的路费，收拾了自己杭船，携带的一切日用之类，无不周备。先着人往杭州寻的近便洁净下处，跟的厨子家人，又不时往秀才家供给不缺。秀才进过三场，回到家内，庄家凡百的周济，洗了耳朵，等揭晓的喜报。果然不几日间报到，秀才中了第七名。喜得个庄户废寝忘餐，夸道自己的眼力能在尘埃中识得英雄，急忙收拾金银，叫女婿家中支用。带去省中盘缠，也有好几百两。秀才赴省去后，庄户的亲戚朋友日逐家都来作贺，庆他女婿中了举人。他也就以举人丈人自任。秀才省下完事回家，见得自家的光景比旧大不相同，来提亲的，络绎不绝，都是显要之家。起初母子也还良心尚在，都回说已经定过了亲。目下正当纳聘过门的时候，不晓得的媒人仍旧还来作伐，说到一个尚书的小姐，富贵双全，才貌两胜。母子变了初心，竟许与尚书做了女婿，纳聘下礼，毁了起初与庄户的誓盟，赖说并不曾定他女儿。庄户气得只是要死，不愿做人。秀才连捷中了丁丑进士，选知县，行取御史，巡按应天，死在任上。尚书的小姐模样到也齐整，自己生不出个儿子，又不许娶个妾。但是娶进门的，至久不过一月，前后也打死了十数多人。那庄户的女儿立心等候，必定要嫁一个进士才罢。等到二十七岁，果然一个进士断了弦，娶他为继。进士做到宪长①，庄家女儿又贤，又有才，自己生了五子，个个长成。两个妾生了三子，共是八个。

“如此看来，这妻是不可休的，休书也是不可轻易与人写的。这呈稿我断然不敢奉命。况尊嫂如此悍戾，不近人情，这断不是今生业帐，必定是前世冤仇，今世寻将来报复。天意如此，你要违了天，赶他开去，越发干天之怒，今生报不尽，来世还要从头报起。倒不如今世里狠他一狠，等他报完了仇，他自然好去。”

狄希陈道：“说的甚是有理。但堂上差人立逼要呈，要断离这事，我却如何回他？”周相公道：“你的妻子，你不愿离异，也由得你。莫说是太守，凭他是谁也强不得的事。”这些周折也废了许多的时节，那个书办又来催促要呈。周相公只是拦阻，说道：“你务要听我这个言语，我看他作恶异常，这恶贯也将满的时候，叫他自己满好，因甚你去与他满贯？”一篇话说得狄希陈回头转意，不肯递呈。

寄姐见狄希陈只管与周相公讲话，请狄希陈进去，问他事体如何。狄希陈把周相公劝他的说话学与寄姐知道。寄姐说：“这周相公真是个好人，要是个小人气量的，想着那尿屎浇头，等不得有这一声，还撺掇不及的哩。这好人的话，你就该听他。”狄希陈里边说话，书办外边又催。

却说周相公与狄希陈讲论，不防备小浓袋听了个通前彻后，真实不虚，想道：“这事情一定姑娘不曾晓得，要是偷干的营生。

① 宪长——都察院左都御史的敬称。

若是姑娘知道，岂还有在衙安静之理？但我既然知了详细，怎好不合姑娘说知，好叫他作急的挽回，许口改过，这事还可止得。况且趁周相公在此，再加劝解。若果递了呈子，‘一纸入公门，九牛拔不出’。太爷的官法容得甚情？就是姑夫自己也做不的主了。”于是央了小选子传与素姐说：“浓袋待要见薛奶奶哩。”素姐走到中门边，浓袋道：“外边的事，姑娘知道呀？”素姐道：“我知道外边甚么事，你失张倒怪的？”浓袋道：“堂上太爷要呈子的事呀。”素姐道：“太爷要呈子不要，累着我的腿哩，我知道他待怎么！”浓袋道：“好姑娘呀！你还不知道么？姑夫今日上堂去销假，太爷说姑娘使棒椎打姑夫，又使火烧姑夫，一遭就睡一两个月不出去，嗔姑夫不休了姑娘。如今差了书办，立逼着问姑夫要呈子，差人拿出姑娘去当官休断，递解还乡。如今正合周相公商议，央周相公做呈子！周相公再三的劝着姑夫，不肯做呈子，姑夫也疑疑思思的，只是那书办催的紧。姑娘，你还不快着算计哩！”素姐恨道：“阿！欺心的杂种羔子！干这个么！今日可叫他死在我手里罢！我看甚么贼官替人休得我！要果然叫出我去，我当面不给那贼官个没体面，我不姓薛！”折回身就往里走。

浓袋一手把素姐扯住，说道：“好姑娘啊！如今真火烧着身哩！你还这们一笼性儿！绣江县的亏，姑娘你没吃过么？你就是个活虎，他人手众，你待跳得出去哩？”素姐道：“他是太爷罢呀，怎么休别人的老婆呀？”浓袋道：“你看姑娘好性儿么！他讲的是国法，说姑娘使棒椎打姑夫，使火烧姑夫，这是犯了法的事，待处姑娘哩！”素姐道：“凭他怎么休我，只往自家衙里来，只合这忘八羔子算账！”浓袋道：“姑娘，你出了官，他还依你进衙里来么？你停一时儿哩？”素姐道：“我只是不走，我个女人家，他好怎么的我？”浓袋道：“姑娘，你不走，你禁的使乱板子往下砍儿？”素姐道：“我路上作践那差人，他不敢不放我回来。”浓袋道：“姑娘，你只说这们躁人的话！你听！这不又是那书办催呈子哩？事情这们紧了，你还只皮缠，可说到了其间，你那本事都使不的。姑娘，你没听《水浒》，像那林冲、武松、卢俊义这们主子都打不出解子的手掌哩！你可不作践他放你回来怎么哩？”素姐道：“递呈凭他递去，我如不知道，好诓出我去；我已是知道了，凭他怎么又诓不出我去。他好进到里头拿我不成？”浓袋道：“只别叫姑夫递一呈子，要是姑夫递了呈子，太爷据了呈子，就出票子拿人了。那堂上的差人等会子等不出去，就进去自己下手，套上铁锁，拉着就跑。他顾甚么体面么？”素姐道：“我合周蛮子讲话。这是他恨我泼了他一头的屎，是他挑唆的。”浓袋道：“我刚才没说么？亏不尽他再三的拦阻。他还说了一大些不该休了老婆、不该替人写休书的古记①哩。又是他挑唆的？”素姐说：“小砍头的！我乍大了，你可叫我怎么一时间做小服低的？”浓袋道：“这事还得姑娘自己输个己，认个不是，以后还得挫挫性儿，央央姑夫合童家的姑娘，叫姑夫上堂去央央太爷，止了这事。姑娘再谢谢周相公。如此还好。要是按不住，这八九千里地往家一解，姑娘，你自作自受没的悔，我难为初世为人，俺娘老子只养活着我一个，我还想得到家么？”说着，怪哭的。

素姐唠了一口，骂道：“你妈怎么生你来这们等的！名字没的起了，偏偏的起个浓袋。这倒也不是‘浓袋’，倒是‘鼻涕’罢了！塌了天，也还有四个金刚抗着哩，那里唬答的这们等的？你去看，我合你姓童的姑娘说去。”见了寄姐，说道：“好！咱姊妹的情长，别人下这们狠罢了，咱是一路的人，你也不意的？”

① 古记——典故、故事。

寄姐故意道："你说的是那里？甚么话？我老实实不懂的。"素姐把那太守差人要呈子、待休了递解回去，反倒告诉寄姐。寄姐故意的也把那太爷扯淡、休不得别人的老婆，及那拿不出去、休了不走的那些胡话混他。谁知他被那浓袋指拔了个透心明白，心里又寻思，越害怕起来，再三的央寄姐替他收救。寄姐道："我可实不曾听他说此事，咱请进他来问他个详细。"差了小选子请狄希陈进来。

狄希陈是被他唬掉了魂的人，恐又知道小浓袋合他说了许久的话，晓得事有泄漏，祸不可测，怎么还敢进去？等狄希陈不进，又叫小选子催请。狄希陈越催越怕。里边见不进去，越发紧催。寄姐道："外头脱不了只有周相公，你没见他么？你出去同着周相公合他说去。"素姐果然自己出到外头。周相公见他出去，站起来不曾动身。狄希陈只道他出去拿他，将身只往周相公身旁藏掩，要周相公与他遮护。素姐望着周相公道："周相公，你前日也不该失口骂我，我也不该泼你那一下子。这些时悔的我像甚么是的，我这里替周相公陪礼。周相公，你真是个好人，我'有眼不识泰山'。俺那强人待下这们毒手，周相公，你要是个见小记恨人的，你八秋儿撺掇他干了这事，你还肯再三再四的劝他么？"又望着狄希陈道："小陈哥，贼强人！贼砍半边头的！谁家两口子没个言差语错呀？夫妻们有隔宿之仇么？你就下的这们狠，递呈子休我？别说着我也没犯那'七出'之条，休不动我；你就枉口拔舌，弃旧怜新的休了我去，你想想那使烧酒灌醉了我的那情肠，你没得不疼我的？贼强人！贼促寿！你就快快的别兴这个念头！我从今已后，我也不打你，我疼你。我虽是少鼻子没眼，丑了脸，没的我身上也丑了么？才四十的人，我也还会替你生孩子。等我要再打你，再不疼你，周相公是个明府，你可再递呈子也不迟。"

狄希陈唬得失了色，回不出话来。周相公说道："这事不与狄友苏相干，这是堂上太尊见狄友苏两次告假，每次就是四五十日，所以刑厅说起，知初次被你打了六七百的棒椎，今又被你使猛火烧他的背脊，因此，太尊晓得，所以说从古至今凶恶的妇人也多，从没有似你这般恶过狼虎的。所以差了人逼住狄友苏叫他补呈要拿出你去，加你的极刑，也要叫你生受，当官离断，解你回去，嘱付解子断送你的性命。我劝狄友苏，说你这般作业，天没有不报你的理，留着叫天诛你，狄友苏不必自做恶人。所以我劝他不要递呈。只是那堂上的差人逼住了，不肯歇手，无可奈何。你既自己晓得罪过，许要痛改前非，若果真如此，'人有善念，天必从之'，不特免了人间的官法，且可免了天理的雷诛。杀牛杀猪的屠子，回心转意，向善修行，放下屠刀就到西方路上。你只不要心口不一，转背就要变卦。"素姐道："我从来说一句是一句，再不变卦。我要变了卦，那猪，那狗，都不吃屎的东西，不是人生父母所养！我赌下这们咒誓，周相公，你还不信么?"周相公道："正是如此。你请进去，这事都在我身上，待我与你消缴。"素姐望了周相公拜了两拜。又望了狄希陈道："小陈哥，一向我的不是，我也同着周相公拜你两拜。"这二十多年，狄希陈从不曾经着的礼貌，连忙回礼。你可也安详些儿，着忙的人，不觉作下揖去，往前一抢，把个鼻子跌了一块油皮。素姐往后去了。

太守上了晚堂，狄希陈只得同了书办，上堂回话。太守见了，问道："想是因你写呈，又被他打坏鼻子了。"狄希陈道："这是经历自己一时之误，与他无干。"太守道："呈子完了，可递上来。"狄希陈道："薛氏嫁经历的时候，父母俱全；如今他的父母俱亡，这是有所往无所归。且自幼都是先人说的亲，由先人婚嫁，两处先人俱已不在，又不忍背了先人之意。且是机事不密，被人泄漏了消息，他却再三的悔罪，赌了誓愿，要尽改前非，自许如不悛改，任凭休弃。于是衙中众人再四的劝经历在老大人上乞恩，且姑止其事。”太守道：“他既自已悔过认罪，你又追念先人，这都是好事。”分付了书办，不必追呈，发放了狄希陈回去。周相公尚在衙中，学说了与太守问答的说话。狄希陈虽是乡间老实之人，他也会得添话说谎，又学太守说：“‘只怕他是怕一时的刑法，故意哄你，免过一时，仍要旧性不改。我差人时时在你衙前打听，如他再敢作恶，我也不必用呈，竟差人捉他出来，也不休弃，也不递解，只用布袋装盛，撩他在大江里去。’太尊又问：‘人家还有甚人在此?’我说：‘还有个小厮小浓袋。’太尊道：‘你可做下两条布袋，如有再犯，连那小浓袋也撩在江中，剪草除了他的根蒂。’”周相公晓得狄希陈后边这些说话是他造出来唬虎人的，也遂附会说道：“这太尊惯好把人撩在江中。这几日之内，据我知道，撩在江里的足有十四五个人了!”浓袋逼在门外偷听，唬的只伸舌头。小浓袋听了这话，不知学与素姐不曾，素姐也不知果否改过，只听下回再道。

第九十九回

郭将军奉旨赐环　狄经历回家致仕

人言蜀路难，只此剑门道。两人萍水缘，连舟相结好。去时尔喜我悲酸，来日此欢彼烦恼。　　悲者今建牙①，喜者结小草。首尾四年间，荣瘁不可保。要知凡事皆循环，展转何烦苦怀抱？

郭总兵失了机，上了辨本，减死问了成都卫军，在成都住了三年光景，与狄希陈来往相处，倒都像了亲眷。只是大将有了体面，又不好在那督府衙门听用，所以碌碌无所见长。一日，他际遇该来的时候，却是镇雄、乌撒两个土官知府，原系儿女亲家，因儿女夫妇不和，各家的大人彼此护短，起初言差语错，渐次争差违碍，后来至于女家要离了女婿，夫家要休了媳妇，彼此相构。兼之下人搬挑，仇恨日深，嫌疑日甚，私下动起干戈，兴起杀伐，也就管不得有甚么王法。乌蒙府的土官，也是他两家的至戚，与他们讲和不来，恐怕被他们连累，申报了抚按上司。抚按行文，再三诫谕，那里肯听。抚台怒道："你土官世受国恩，不服王化，擅自称兵，杀害百姓，这通是反民！"差了标下中军参将，领了三千员名马部官兵前去抚剿，相时而动，依抚即抚，不依抚就剿。抚院虽是恁般行去，也还是要先声恐吓他的意思，叫他就这抚局。

谁知这个参将是山西大同府人，姓梁名佐，原是行伍出身，一些也不谙事体，看得土官的力量十分是不济的，可以手到就

① 建牙——武将出镇为建牙，此为握有兵权。

擒，张大其事，要得冒功邀赏，把那抚院要抚的本心瞒住了不肯说出，恃了蛮力，硬撞进兵。谁知那土官虽偏安一隅，却是上下一心，法度严整，那三千兵马那得放在他的眼睛。且是他这合气的两家，虽然自己阋墙，他却又“外御其侮”。梁佐领了兵马，耀武扬威，排了阵势。那两家的兵马也都同来应敌，他却不伤一个官兵，他也不被官兵杀去一个，左冲右挡，左突右拦，他只费了些招架。官兵前进，土兵渐退。官兵越发道他真个不济，只是前赶。赶到一个死葫芦峪里，土兵从一个小口出去得罄净，方使灰石垒塞了个严固，等得官兵尽数进在峪内，后边一声炮响，伏兵突起，截断了归路，把梁佐领的三千兵马尽情困在峪中，四周峭壁，就都变了野雀乌鸦也不能腾空飞去。幸喜得峪中正有山果的时候，且是有水的去处，虽是苦恼，却也还可苟延。

乌蒙土官又将失利的塘报飞驰到了抚院，说梁佐的兵马全师覆没，尽困在山峪之中，虽不曾杀害，若不早发救兵，必致饿死。抚院唬得魂不附体，慌了手脚，即刻传请三司进院会议。那两司中都是些饮酒吃肉的书生，贪财好色的儒士，那有甚么长虑！却顾看那几个都司，名虽是个武官，都是几个南方纨裤子弟。也有世职，不过是世禄娇养的子孙，用人情求了几荐，推了今官，晓得甚么叫是弓马刀枪。也有武科，不过记了几篇陈腐策论，瞒了房师的眼目，推了这官，晓得甚么是六韬三略！穿了圆领，戴了纱帽，掌印的拖了印绶，夹在那两司队里，倒也尽成个家数。若教他领些兵去与那土官的兵马厮杀，这是断然没有的事。武将文臣，彼此看了几眼，不着卵窍的乱话说了几句，不冷不热的兀秃茶呷了两钟，大家走散。

抚院计无所出，退进后堂，长吁短气，一面星飞题本，一面算计调兵。旁边一个书吏禀道：“昨日这个事体原也不甚重大，可以就抚，必定是梁中军激成此事。今有成都卫问来的郭总兵，闻他在广西挂印的时节制伏得那苗子甚是怕他，所以人都称他是‘小诸葛’。若老爷行到卫里，取他上来，委他提兵去救援，许他成功之日，与他题覆原官。”抚院大喜，说道：“我到忘了。此人真是有用之器。推毂拜将，岂可叫卫官起送之理，待我即刻亲自拜求。”传出仪从伺候，要往郭总兵下处拜恳。

抚院到了门口，郭总兵坚辞不出，回说不在下处，上峨眉武当去了。抚院不信，进到他的客次，再三求见。郭总兵故意着了小帽青衣，出来相会。抚院固让，郭总兵换了方巾行衣，方才行礼。送了十两折程。讲说土官作乱，梁参将全军失利，要央郭总兵领兵救援，功成题荐。郭总兵再三推托，说：“偾①军之将，蒙朝廷待以不死，荷戈远卫，敬安余年，以全腰领，不敢胜这大任，望老恩台另选贤能，免致误事。”抚院再四央求，叫取拜毡，即时将郭总兵拜了四拜。郭总兵然后免强应承，当时回拜了抚院。抚院即日行过手本，拨标下五千员官兵，听郭总兵随征调用。又拨自己亲丁一百名，与郭总兵作为亲丁。牌行布政司支银六万两，与郭总兵为兵粮支用。又行牌过道府，预备官兵宿所，兵马粮料，书写椽房，任郭总兵在两司考用。又送了二十匹战马，四副精坚盔甲，自己的令旗、令牌都使手本交付明白。

郭总兵克期扬兵，遣了五万人马的传牌，四路并进。抚院亲自教场送行，送了蟒段四表里、金花二树、金台盏一副、赆仪一百两。又三司都在远处送行，各有赆礼。郭总兵临行问抚院道：“老恩台遣郭某此行，且把主意说与郭某知道。主意还在剿除，还是招抚?”抚院道：“军中之事，不敢遥制，只在老先生到那里时节，相机而行，便宜行事。”郭总兵道：“容郭某到彼，若梁参将与三千官兵不曾杀害，止是困在那里，这是尚有归化之心，事

① 偾（fèn）——败。

主于抚。若梁参将的官兵困在山峪中，他虽不曾杀害，以致困饿而死，情虽可恨，罪有可原，抚与剿择可而用。若是杀害了官兵，心已不臣，罪无可赦，总他摇尾乞怜，法在必剿。郭某主见如此，老恩台以为何如?”抚院大喜，以为至当：“到彼即照此行。”

郭总兵将五千兵分了四路，传令日住晚行，高竿上缚十字，每竿悬灯四盏，照得一片通红，沿途增灶，虚张五万人的声势。将近的路程，打听说梁佐的官兵尚困在山峪，内中山果甚多，秋田成熟，泉水不缺，可以久住无妨，只是前后没有出路。又走了一程，捉住了他二十名探马，郭总兵将四个为首的着了人监守在个空庙里面，不许他交往外人走漏消息。郭总兵也差了四个探子，叫那边十六个巡兵领到峪中亲见梁参将，“曾否遇害，官兵有无伤损，你还着几个人同来回我的话，就领这修当①的四个人回去”。把那十六个人都赏了酒饭，好好的都打发起身。

这二十个人被郭总兵拿住时节，自分必死，不料得只散监了四人，又好好的放了十六个人回去，又叫还来领那四个监的回家，又敢竟差四个单身探子深入打听，正不知是何主意，欢欣回去，领着四个人见了两处的土官，说了前后的来意。土官说道：“我们兄弟之邦，又是儿子姻亲，一时被小人挑激，成了嫌疑，私下两家相打，杀了自己的几个亲人，何烦官兵致讨？就是负固不伏的劲敌，官兵初到之时，也还许他一条自新之路。昨日来的那员将官，也不问个来由，也不量个深浅，带了几个不见天日的残兵，摆了一个九宫八卦的阵势，又差错摆得不全，一味的蛮闯。我们若与他一般见识，杀的他片甲不留。只为朝廷恩重，不肯负了本心。我们越退，他们越进，我们无可退了，只得请他到山峪里边暂屈尊他几日。里边无限的山桃、枣、栗、柿子、核桃

---

① 修当——指人质。

之类，可以食人。豆谷尽多，可以喂马。渴了，有水。冷了，有火。阴雨，山岩之下尽有遮避。你吃过酒饭，我着人送你到那里亲与他们相见。我这里一人也不肯伤害他们。只是可怪，你那抚院老爷发兵遣将，也拣选几个强壮的好兵，也挑选个拿得出手的好将，这也好看。兵是不消说起。不知那里弄了这等一个犹将，他在此日日乞哀，说他是抚院老爷标下的甚么中军。看他的犹腔，一定是个火头军。那有这等个犹食杭杭做得中军之理！你如今领兵来的，却又是怎么样个人？比昨日那中军也还好些么？"那四个道："此番不比那人，是原任广西挂印郭总兵老爷亲提大兵到此。"土官道："郭总兵名字叫做郭威，广西失了机，拿进京去了，怎得来此？"四人道："朝廷为他有功，免了他的死，问在我们成都卫军，抚院老爷特地聘请了来的。"土官道："若果是他，闻名倒是好的，但不知见面果是何如。"差了人送这四个人到山峪里面见梁中军合那三千兵马，人人都在，个个见存，只是弄得个人疲马瘦，箭折刀弯。见了四人，知是郭总兵提兵救援，还不敢定有无生路。四人辞了出来，仍旧又见了土官，每人赏了一个二两重的银钱，在那十六人中拨了四个送这四人回去。见了郭总兵，将那土官通前彻后的话，不敢增减一字，学说了个详细。

郭总兵知道梁佐的官兵见在，且得知这两家土官不是决意造反，也还是骑墙观望。将那四个人取了出来，分付道："来人说话，据那土官之言，不是造反，是被小人挑激生变，要得侥幸成功，这是实话，我亲提数万精兵，见今压在你的境上。我在广西镇宁，苗子们怕我用兵如神，你们岂无耳目？我岂不能一鼓荡平，张大其事，说甚么不封侯拜将？只自己良心难昧，天理不容，我所以且不进兵，先与议抚。你那土官能就我的抚局，你那身家性命，富贵功名，都在我身上保你；若不肯就抚，我大兵齐进，悔之晚矣。这事重大，不是你们下人口内可以传说得的，还是我们自己亲说方好。论理，该你们两家本官来我营中就见方是。但你那本官怎敢轻信来到我的营中，我明日自己亲到你那所在，将营扎于城外，我自己角巾私服，跟三四名从人，也不带一些兵器，亲与两家本官说话。叫你本官也不必多差人役迎接，只是你两个人迎至半路，导引前行，不可有误。如差役不迎，营门紧闭，这便是不肯就抚，我便随即进兵。”也赏了八个人酒饭，打发出营去讫。

过夜，郭总兵传令叫四更造饭，五更拔营，直逼土官城下。还是每人四盏灯笼。土官在城上了望，果如有数万人马相似。郭总兵果然便服方巾，跟了四名随从，连周相公也扮了家人在内，余外又跟八个士卒同行。土官果然差了远近探马，探得郭总兵人马在城外扎住不动，止是自己单骑微行，即忙差了仪从旗仗鼓吹细乐，迎接郭总兵进城。两个土官都在城门之内，冠带迎接。郭总兵进了察院，土官参见礼毕，郭总兵责备他只因私愤擅动干戈，又阻拒官兵。两土官再三辩说：“先是小人挑激起衅，官兵卒临，止是退避免祸，并无阻拒之情。见今俱在山中屯住，并不敢致折损一人。”要请郭总兵亲临峪口，逐个验还。大约说的都是对那四人先说的话。

郭总兵见事体原不重大，求抚是真，传下令去，叫人马退二十里下营。

郭总兵用过了饭，两个土官方信了是真，送郭总兵出城，亲到了那梁佐受困的峪口，逐名放了出来，果然一个不少。郭总兵传令，叫这三千员名官兵总归大营屯扎。两土官亲送郭总兵回营，谢了罪，又谢了招抚。郭总兵叫他回去，各将那挑激起衅的小人解赴辕门，每人打了二十五板，释放宁家，即时班师振旅，自己殿后起身。又叫两个土官不许多带人马，随后三日之内亲到省城向抚台谢罪。

这样一个极难极大的题目，他只当了一个小小的破题做了。往返不上二十日，带去的那六万两银，不曾支动分文，二十四战马、四副盔甲、一应兵马令旗等项，全璧归赵。又要回梁佐三千人马，都使手本一一交付回去，不惟一人不杀，且亦不曾捆打一人。把个抚、按两院，都、布、按三司，喜得不知怎样。也还虑那两家土官哄得官兵来后，仍要谋为不轨。果然三日之内，都单骑来省，在抚、院两司跟前服礼请罪，安然无事回去，感激郭总兵不肯自己冒功，保全了他两家千数人的生命，两百万的生灵，只是建了郭总兵的生祠供奉。

抚台把这郭总兵不动金钱，不劳兵力，轻易把两个土司就了安抚，要回了三千陷没的官兵，保举郭总兵，求皇上不次起用。不惟酬他的大功，且是资国家的捍御。又参参将梁佐违悖方略，激变土司，以致没师辱国。

先是四川抚按题上本去，说土官作乱，陷没官兵，见委遣戍总兵官郭威提兵进剿。朝廷之上也老大吃惊。就是仰仗天威，平静得来，也不知要费几百万钱粮，伤几百万士卒，调天下多少人马，迟延多少日时，劳朝廷多少忧虑。今知一钱不费，一人不杀，只把那下人两个每个打了二十五板，结了如此大局，虽朝堂之上贿赂成风的时候，也只得公道。难为兵部覆了，免戍放还，遇缺推用，特旨起了原官中府佥书，将梁佐差锦衣卫扭解来京究问。

邸报抄传，京花子报了喜，郭大将军急忙收拾起行，只是苦无路费。周相公又要跟了郭总兵进京，狄希陈又不能离脱，都是欢喜中又有这不遂心的事，正也费处。恰好直堂书办填完了进表的贤否出来，抄了送与狄希陈看。上面开那考语道：

家政纷如乱丝，妻妾毒于继母。

开那实事道：

一、本官不能齐家，致妻妾时常毒打辱骂，与刑厅相邻，致本厅住居不宁。

一、本官被妻薛氏持椎毒殴，数至六百不止，卧床四十余日不起。

一、本官被妻薛氏将炭火烧背成疮，卧床两月，旷废官职。

那时恰值周相公在座。狄希陈看那考语，不甚通晓。看那实事，略知大义。周相公接在手中，看了一遍，说道：“事也凑巧。这考语已经开坏，不日就转王官。不如早些我们合了伴，大家回去，省得丢你在此，以致举目无亲。”狄希陈又央周相公将那考语实事细细讲了一遍，回家与寄姐商量。寄姐离了童奶奶将近四年，也甚是想念。宦囊也成了个光景。“周相公已去，郭总爷与权、戴二奶奶都要相离，千乡万里，孤另另[①]在此何干？既考语已坏，总然留，总待不多时，怎如与郭总爷、权奶奶、戴奶奶、周相公同来同去，且借了他新起的势焰，路上又甚安稳。”

说得狄希陈心允意肯，次日即央周相公做了致仕文书，堂上合三厅同递。堂上批了“转申”，军粮厅批了“候府详行缴”，刑厅批了：

本官年力富强，正是服官之日，且瓜期久及，何遂不能稍需？暂病不妨调摄，仍照旧供职。此缴。

狄希陈也不曾理论，一面收拾起程，一面候那详允。恰好收拾得完，致仕的申详允下，合郭总兵仍旧写了两只座船，头上挂了郭总兵“钦命赐环”的牌额，贴了中军都督府的封条，抚院送郭总兵的夫马勘合，两家择了吉日，同时上船。抚院二司都亲到江楼与郭总兵送行。都司、参、游等官都披执了在远处候送。

---

① 孤另另——即孤零零。

却说那时逼死媳妇的监生带了四五个家人，领了十来个无行生员，赶到江边，朝了狄希陈的座船，说曾诈过他四千两银，要来倒去。若不退还，要扭他去见两院三司。起先好说，再次喧嚷，后来朝了船大骂，围了许多人，再三劝他不住。狄希陈唬得不敢出头，童寄姐气得筛糠斗战。薛素姐甚是畅快，只说："贼狠强人！诈人家这们些银子，要几两送送俺师傅，疼的慌了。可怎么来也有天理！"周相公见那班人越扶越醉，说道："你这班人也甚是无理。他若果然诈了你的银子，他做官的时候，你如何不在两院手里告他？他如今致仕还乡，你却领了人挟仇打诈。且问你，你若不是造下弥天大罪，你为甚的却将四五千金的与人？他在我们船上，我们钦命回朝，正是喜庆的时候，你却来辱骂，是何道理？"监生道："我自问狄经历退钱，不与郭老先生相干。他好退便退，不肯退时，趁两院两司都在席上送行，我到那席上声冤叫屈。"周相公道："你就去声冤叫屈，也不怕你！我闻说那时罚了你二百石谷，见在仓里备赈，交代册上都是明白开上的。断了一百两妆奁，还了尸亲，又有尸亲的活口。你挟了这些仇气，敢来报复？"周相公差了一个人，分付叫他如此如此，这般这般，叫他飞马快去。

这监生恃了那几个歪秀才的声势，那里肯听周相公的说话，只管在那江边乱嚷，越发照了船丢泥撇石，撩瓦抛砖。只是因无跳板，不得赶上船来。待了不多一会，只见七八个穿青的公差，走近前来站住，看那些人嚷骂了一会，说道："果真如此，刑厅吴爷叫来请相公们去，有话合吴爷去讲，不要在此打抢！"一个扭住了监生，两个扭住了两个为首的生员，其余的取出绳来，把那四个监生的家人都上了锁，还有四五个胁从的生员，见势不好，撒脚就跑。那江边沙滩之上，穿的又都是那低头浅跟的鞋袜，跑得甚不利便，又被捉回来了两个，一顿扯拽进城去了。

却是周相公差了郭总兵的人，持了郭总兵的名帖，说："监生强霸人家良妇，吞并人家产业，以致逼死了嫡妻。狄经历署县事时准了他的词状，问真了情节，量罚他二百石谷子备赈收仓，交盘册见在。又断了一百两妆资银子，给了尸亲。他却怀恨，领了许多无耻秀才，带了家人，来到船上打抢。”吴推官大怒，拔了八枝快手的签叫来快拿赴厅听审。吴刑厅审了口供，将监生罚他修盖了馆驿的五间大厅，将四个家人每人三大板，伙修养济院的房屋，四个秀才都发到学里，每人戒饬二十板。给了差人回帖，又勒取了监生的风火甘结，如狄经历沿途凡有盗贼水火，都要监生承管。监生这一番又约去了五六百金。

郭总兵赴席回来，作福开船，与狄希陈一路行走。素姐自从离了府门，上在船内，不怕了甚么递解，不怕使甚么布袋妆盛撩在江内，依旧放开了心，从心纵放了胆，心心念念，刻刻时时，要在狄希陈身上出这许多时的恶气。只是船中地方有限，人的眼目甚多，没有空隙下手，又要唆哄小京哥往船边感堂[①]上顽耍，要推他下江里去，又禁不起众人防备，行不得这个的低心。周相公的方略，叫狄希陈夜晚不要在自己船上宿歇，叫且与他同床，免人暗算。狄希陈月令还好，都也依他指教。素姐没处下的毒手，好生心躁。

船到了湖广，郭总兵、周相公都因好些年不曾回家料理周旋，足足住了一月。狄希陈也不曾在自己船上等候，都在周相公、郭总兵两家过日。郭总兵家中事完，周相公也料理停当，郭总兵然后同了大奶奶合家中先有的两个妾，许多家人合娘子丫头，又添写了一只官座船，同往北京上任。

又同行了几时，船到了山东境内，狄希陈要在本家住下。素姐是不消说起，恨不得一步跨到家中，干他那遂心恰意的勾当。

---

① 感堂——古代船上靠水的地方叫感堂。

寄姐又只待竟且回京，与他母亲相会。狄希陈也就自己没了主意，与周相公商量。周相公道：“他这几时的积恨，只奈了我们众人防备，所以不得下手，又兼他是孤身，所以也还有怯意。你若与他回去，他有了党羽，你没了帮扶，提防不了这许些，只怕你要落他的虎口。你不若且同了我们众人还到京师里去。脱不了你京师也有房屋，也有当铺，令弟合庶母都在京中，在京中过日，有何不可?”

周相公此言，大拂素姐之意，甚合寄姐之心。定了主意，同到京师。大家的算计，以为素姐必定不肯同去，一定留住家中。谁料他的主意，一为不曾报的狄希陈的冤仇，要的随便下手；二为前次进京，不曾叫他各处顽耍个畅快，因此两件，亦甚欢喜相从。众人见他同去，虽其芒刺在背，却好怎样当面阻他？只得要依他的行止。

狄希陈议定，叫家眷的座船只管北行，自己起旱到家上坟拜扫，单身再往北赶。素姐说道：“儿子回家上坟，媳妇理当同往。我也且不上京，同来同去。”又是大家算计的说，数说道：“两人不必同回，船上没人看守，谁回谁住，谁去谁留，议出一个回家。”素姐又虑：“回到家中，再要自己上京，便也就不容易。且怕狄希陈再似前番，京城里海洋的地方，躲在一边，没处寻找，倒是进退两难。还是合这伙人丁成一堆，此事稳当。”只得让了狄希陈自己回去，只是千算万算，总不如他的尊意，怀恨更深。狄希陈带了几个家人，小浓袋也要跟回家去。狄希陈到了明水，久不回家之人，亲朋往还，不必细说。上坟祭祖，这也是正经勾当，也不消烦琐。

相于廷后来调了兵部，转了郎中，资俸深了，升了四川副使，已经携带了家眷回家。因调羹母子在京，无人照管，又因相大舅、相大妗子都要随到任上，要将这几年与小翅膀管的庄田收贮的许多粮食，都要交还与调羹自己收管，所以同了调羹母子回到家中，调羹也就在分与他的那房内居住。相大妗子俱还照管，又得薛如兼合巧姐着实的看顾。小翅膀已经八岁，起名狄希青，请了先生读书。狄希陈又悲又喜。狄希陈与调羹商议，说："暂往京去，也只是要躲他的虎口，原也不是定了的住处。待我回去，等他定了宁贴的去处，我再定安身逃命的所在，再安排刘姐合兄弟的行藏。"住了几日，留了百十两银子与调羹计较，辞了相栋宇夫妇合相觐皇，又去辞薛如卞兄弟合巧姐。

小浓袋回家，将素姐在任里作的那业贯，都学了个不留。这龙氏把那偷开宅门打狄希陈六百多棒椎合那使熨斗盛着火炭倒在狄希陈衣领之内，此等之事，一字不提，单说狄希陈要在府堂递呈子叫太爷当官休弃，递解还乡，扯着狄希陈碰头打滚。侯、张两个道婆又寻见狄希陈告诉："送的那尺头、银子，刚只出了城，被一大些强人尽数的打劫去了，俺们专等徒弟回来照数赔俺们的，他如今又且不来家里。"要狄希陈且先赔他一半。狄希陈道："你那咱怎么不回去合我说知？我替你拿贼，追他好来。"侯、张道："那强盗们得了东西，怕俺们到官告他，一根皮鞭撵的俺没住住脚儿，上了船看着俺过了江，那贼们才散了。俺还待再过江来合你说知，社里众人又不肯家等了。"狄希陈道："我这一时自己的盘缠都没有哩，你等徒弟来家，叫了补付你罢。"狄希陈忙忙的赶船去了。不知何日赶上，何样光景，怎生结局，再看下回收煞。

第一百回

狄希陈难星退舍　薛素姐恶贯满盈

诸恶不可作，半虚空有人登纪，分毫不错。业镜高悬明照胆，事事都教着落。有余辜，来生搜索。每当狭路遇冤家，且延入深闱归绣幕，报复以强欺弱。　　夭乔蠢动皆人若，一般家赋性含灵，忍将杀却、显报当前，借红颜索命，皮刀急脚。猛翻身再求媒妁，假说是同心，还毒似穷奇梼杌相凌虐，百样诸刑拷缚。

右调《贺新郎》

狄希陈由旱路赶船直到了河西浒，还等了一日，方才郭总兵合素姐的座船才到。先与郭将军、周相公相见已毕，方回自己船上，当面说了几句套话，又说："相觐皇已升了四川副使，今已回家。"又说："侯、张两个从成都出去，路上撞着强盗，将所送的银子、尺头劫去。"又悄悄与寄姐说知："调羹母子已跟了大妗子回到家中，小翅膀起名希青，请了先生，今见上学读书，长成了好大的学生，薛妹夫也时常照管，临来又留了百十两银子与他娘儿们搅缠。我回去的促急，又没捎点甚么送巧妹妹，剩了七八十两银子，我就只留下够盘缠的，别的都留给他了。从咱往四川去了，他家里添两个外甥，都极好的两个学生。"素姐也向了家人们问他娘家的事体，又问龙氏曾合狄希陈嚷闹来没，又说："我两个师傅路上失了盗，这没的你不该赔他么？"又说做了一场官回去，问那家人送与龙氏的是甚么人事，都问了个详细，议论带骂，叨骚①了不住。

狄希陈在船上，又走了七八日，到了张家湾，泊住了船，郭总兵遣了钦取中军都督府同知的传牌，打到会同馆里，本府衙役长班来了许多人迎接。狄希陈也预先捎信到京，叫收拾房子，骆有我合狄周都也接出京来。素姐看见狄周，真是“仇人相会，分外眼睁”，说不尽那许多怪态。

骆校尉因说：“有富平的典史，被按院赶逐，没了官，他又钻到京里，改名换姓，又干那飞天过海的营生，被厂卫里缉了事件，如今奉了严旨，行五城兵马、宛、大二县合锦衣卫缉事衙门，凡有罢闲官吏，不许潜住京师。定了律文，有犯的定发边远充军。如今正在例头子上，好不严紧哩。”狄希陈听了这信，不由的进退两难。又是骆校尉算计说：“这漷县、通州都是河路马头，离京不远，尽有生意可做，可以活变的钱。通州去处更大，姑夫且在通州赁块房子住下，再看道理不迟。”狄希陈主意已定，暂住通州，就央骆校尉进城寻了一所房子，每月三两房钱，还有桌椅床帐借用，房也甚是齐整。狄希陈一边搬房，一边在船上治办酒席，请郭总兵、周相公合郭夫人并权、戴二位奶奶人等，内外送行。

待了一日，郭总兵同着周相公合家眷进京，狄希陈合家都在通州暂住。骆校尉也要辞了回去，要打发媳妇子合童奶奶的婆媳下通州来看望。狄希陈又叫狄周也跟了骆大舅回去置办下程，送郭总兵合周相公温居之敬。骆校尉去了。

再次一日，童奶奶合小虎哥娘子、骆校尉娘子，来了三顶小轿，狄周媳妇也跟了下来。素姐见了别人还倒没甚么作恶，只是

---

① 叨骚——吵吵闹闹。

见了狄周媳妇，不由怒从心起，骂道："欺心的忘八淫妇！逃去的也没逃走，死了的也没死了，我叫忘八淫妇拿着我当孩子戏弄！有日子哩，你不死，我又不死，咱慢慢弄猢狲似的咱耍着顽！你们捣的那鬼，已是都败露了，调羹那私窠子合小杂种还躲我怎么！"童奶奶故意道："这不是那一年往咱家去的那个没鼻子的媳妇儿么？怎么又来到这里？"寄姐道："这是你女婿寻下一位娘子，姓薛，大起我好几岁，我赶着他叫姐姐哩。亏他千乡万里的跟着一伙烧香的汉子老婆就寻到任上去了。"童奶奶们都也合他行了个礼。童奶奶赶着素姐叫"薛家姑娘"，骆校尉娘子合虎哥媳妇都是一样称呼。素姐本等不待下气，只是叫寄姐斗败了的鸡，不敢展翅，见景识景，叫童奶奶也跟着称呼"姥姥"，叫骆校尉媳妇是"舅娘"，小虎哥媳妇是"你妗子"。

混混了两日，打发了这伙婆娘回了家。寄姐在通州宁贴了几日，要算计回家里看看，还住几日。只是狄希陈怕寄姐去了没了降素姐的人，必定要遭他的毒手，算不出个躲避两便之方。谁知狄希陈合该这目下的日子还好，神差鬼使，素姐自己发意说："妹妹的母亲就是我的母亲，妹妹的舅娘就是我的舅娘，我要合妹妹一同回家看望看望。"狄希陈得不的这声，连忙撺掇。寄姐也只得承当。狄希陈还与了素姐二三十两银子，叫了随便买甚么使用，又收拾了许多汗巾、丝带、膝裤、首帕、蜀扇、香囊等物，叫他做人事拜见之用。那会子打发得他喜欢，也便把口来裂一裂，牙雌一雌，露了个喜态。两顶轿，雇了十来个驴，张朴茂两口子、小涉淇、小选子、小京哥、狄周媳妇、还有京里下来的两个人，一行人都往京中去了。狄希陈独自在家，散诞逍遥，游玩景致，信步出城，走到香岩寺内。

却说胡无翳托晁梁暂管了住持事务，游遍了天下的名山。到了四川眉州峨嵋山上，只见那峨嵋山周遭有数百里宽阔，庵观寺院不下千数个所在，总上来也有万把个僧人。其中好歹高低，贤愚不等，也说不尽这些和尚的千态万状，没有一个有道行的高僧可以入在胡无翳眼内的。末后寻到一个高崖幽僻之处，一个性空长老，一部落腮胡须，貌如童子，每日坐关①不出。胡无翳知道他是个高僧，就在他那庵中住了锡，沐浴更衣，竭诚到他关前求见。性空喜道："师兄来路甚远，道途不易。"就如旧相识一般，每日隔着禅关与胡无翳讲讨佛法，开陈因果，指点轮回，接引得胡无翳见性明心，灵台透彻，尽知过去未来之事。知道自己前生合梁片云都是地藏王菩萨面前的两个司香童子，因人间有还戏愿的，这两个童子贪看做戏，误了司香，所以罚在"阎浮世界"做了戏子，一个扮生，一个扮旦，幸得遭了株连之祸，入了空门，喜有善根不泯，精持佛戒，看看还成正果。又知性空长老原是佛子转生下世，来度脱善男信女，总都不是凡人。胡无翳在峨嵋山上与性空住了三个月期程，辞别回寺。性空知道他尘棼②未了，又与晁梁有约，便不相留。

狄希陈游玩香岩之日，胡无翳回不多时，偶然相遇，胡无翳相视而笑，且说："久别多时了。"让进方丈款坐，恰好晁梁也在那里。三人共坐，叙说来由。胡无翳望着晁梁说道："晁居士，你定性想来，冰是甚么，水是甚么？"晁梁定了一会，把狄希陈看了两眼，对胡无翳说道："弟已晓得水是未成的冰，冰是已成的水，本是一源，异了支派。"随着香积厨备了素供，留狄希陈

① 坐关——僧人在仅能容身的屋内修行，长日不与外界接触，为"坐关"。

② 棼（fén）——纷乱。

吃斋。胡无翳道：“檀越①一月之内，主有杀身伤命之灾，却要万分回避。”狄希陈道：“师傅未卜先知，决也不是凡人，不知可以逃躲得么？”胡无翳道：“你的冤家相守了你半生，你的该死也不止于一次。但是，这一次要在你致命处害你，只怕逃不出命来。”狄希陈再三央说：“我身边实有一个冤家，委实的时刻算计谋害。师傅既能前知，必能搭救。”胡无翳掐算了一会，说道：“喜得还有救星。小僧与檀越前世有缘，有难之日，小僧自去相救，不肯误了檀越的性命。”

狄希陈、胡无翳、晁梁三人作别则散。胡无翳对晁梁说道：“不意隔了一世，别了多年，又在此旧游之地相遇。”晁梁回光返照，真真灼灼，知这狄希陈前世是他的长兄晁源托生至此。又问胡无翳说：“他目下有杀身伤命之灾，却是那世的冤仇，这般利害？”胡无翳道：“这是他前世在你家的时候，围场上射死了个仙狐，又将他的皮张剥去，所以这仙狐誓必报仇。前世奸人的妻子，虽是被那本夫杀害，却也得了那仙狐的帮助，方能下手。转世今生，如今那仙狐也托生了女人，为了他的正室，方得便于报复。此番必然得我搭救，方可逃生，不然就也难逃性命。”胡无翳方将他生平所做之事及晁夫人留银在寺，常平籴粜的原由，告诉了晁梁一遍。晁梁问道：“据他如此为人，这般行事，必定该堕落轮回，怎生还得人身，且又托生男子？据他方才自道，又做了朝廷的命官，这个报应却是怎生的因果？”胡无翳定了一会，说道：“他三世前是个极贤极善的女子，所以叫他转世为男，福禄俱全，且享高寿。不料他迷了前生的真性，得了男身，不听父母教训，不受师友好言，杀生害命，利己损人，弃妻宠妾，奸淫

① 檀越——即“施主”。

诈伪，奉势趋时，欺贫抱富，诬良谤善，搬挑是非，忘恩负义，无所不为。所以减了他福禄，折了他的寿算。若依了起初的注定，享用岂止如此？幸得今生受了冤家的制缚，不甚凿丧了良心，转世还有人身可做，不然也就几乎往畜生一道去了。”丢下此处，再说那边。

素姐跟了寄姐进京，还到那洪井胡同房内。素姐笑道：“你们做的好严实圈套，这不是我那年来的所在么？怎么不见调羹去向呢？”童奶奶也只是支吾过去便了。素姐那乖唇蜜舌，又拿着那没疼热的东西交结得童奶奶这伙子人不惟不把他可恶，且都说起他的好处，皆说他为人也不甚十分歪憋，只是人赶的他极了，致的他恶发了，看来也不是个难说话的。依随着他，上庙就去上庙，游山就去游山，耍金鱼池，看韦公寺，风魔了个足心足意。住了二十五日方才同了寄姐回到通州。狄希陈接到家内，置酒洗泥，不必细说。

狄希陈想那胡无翳指定的晦气日期，说在一月之内，如今二十五日，灾难只在眼前，所以加倍小心，要一奉十，不敢一些触犯。谁想素姐也怕狄希陈合寄姐的防备，故妆了深情厚貌，不肯照依往时露出那不平的声色。狄希陈就如那父母爱之，喜而不忘的一般，便要手舞足蹈，心里还道胡无翳说的不灵。

又过了三日，狄希陈从茅厕里解手回来，一边系那衣带，一边看了个老鸦在房脊上朝了狄希陈怪叫，不防备素姐在里间卧房之内，将那墙上挂的撒袋取了一张弓，拈了一枝雕翎铲箭，照得狄希陈真实不差，从窗眼里面飕的一箭。只听得狄希陈“嗳哟”了一声，往前一倒，口里言语不出，只在地下滚跌。素姐喜道：“此番再无可活之理，方才报了我的冤仇！”家中大小忙了手脚，正不知怎样搭救。待要拔了箭干，又怕箭眼无法可以堵塞，血流不止，必至伤生，好生着忙。

却说那日胡无翳对晁梁道："晁居士，我暂失陪，我去救了你前世的令兄回来。"晁梁道："我也可以同去一看么？"胡无翳道："不嫌劳步，同去正好。"两个走到他们的门前，正在那里乱纷纷寻人搭救。胡无翳近前说道："管家，到里边说去，道香岩寺的胡和尚合晁相公在外面亲来送药。"狄希陈虽在发昏之际，心里也还明白，叫即忙请进。胡无翳亲手从袖中取出四川带来的一块药，咬下指顶一块，放在口中细嚼，方才一手拔箭，一手将那口嚼之药捻成头大尾尖的模样，纳在那箭眼之中，一些也不曾出血。将狄希陈扶到外客位之中，胡无翳又将血竭冲了一碗，热酒灌下。狄希陈稍稍的止了疼，定了心慌，留胡无翳、晁梁吃饭。

素姐知道狄希陈被胡无翳救得转头，在里边秃长秃短的大骂。胡无翳使指头在茶钟内醮了一醮，在桌面画了一个青肚蝎子，用指一弹，只听得素姐在后面碰头打滚的叫唤。人见从空中掉下一个大蝎，照他嘴上螫得像朱太尉一般，自己顾疼不迭，那里还会骂人。

胡无翳再三要把狄希陈接到寺中养病，说这箭疮正在软肋致命之处，必得一百日方得全好。这百日之内，最忌的劳碌气恼，饥饱忧愁，如有触犯，不可再救。晁梁也再三撺掇。狄希陈应允同往。也不曾与寄姐商议，竟将狄希陈使床抬回寺中。晁梁让他在自己房内同住。一月之外，疮口渐有平息之机。寄姐时常着人供给。胡无翳道："以后不消供送，我寺中收有他前世留下的东西，用之不尽的哩。"寄姐合狄希陈都不晓得胡无翳是那里说话。

狄希陈日渐平息，时刻与胡无翳、晁梁三人白话，将素姐从前已往的恶事，都尽情告诉与胡、晁两人知道，说："此番幸得师傅救了性命，再次如此，却难逃命。”务求胡无翳指一条逃避的生路。胡无翳道：“这是你前世种下的深仇，今世做了你的浑家，叫你无处可逃，才好报复得茁实。如要解冤释恨，除非倚仗佛法，方可忏罪消灾。”狄希陈道：“我前在家中，也曾遇了一位方外的高人，也费了许多银子，回背的不见效验。”胡无翳道：“此番管你有效。只是你要听我的指教，从此戒了杀生，持了长斋，绝了贪嗔。这都要在菩萨案下立了终身的誓愿，再虔诚持诵《金刚宝经》一万卷，自然福至祸消，冤除恨解，还叫你知道前生做过之事。”狄希陈道：“我知道师傅是个圣僧，我岂敢有不依师傅之理。师傅与我择个吉日，我就在佛前受戒，不敢有违。虔诵《金刚宝经》，务足一万卷之数，就在寺中久住，不敢私自回家。必求师傅的显应。

狄希陈也是那艰难险阻备细尝过的人，所以也肯发狠持戒，净了身体，吃了长斋，每日早起晚住，虔诵那《金刚般若波罗蜜经》。一日务足四十遍之数。诵得久了，狄希陈口内常有异香喷出，恶梦不生，心安神泰。素姐渐觉心慌眼跳，肉战魂惊，恶梦常侵，精神恍惚，饮食减少，夜晚似有人跟捉之意，不敢独行。狄希陈诵到将完之日，素姐渐渐的害起病来，及至狄希陈诵经已完，素姐越发卧床不起。

胡无翳选择了十二众有戒行的高僧，自己领斋，建七昼夜完经道场，结坛建醮，做得法事甚是森严。醮词写道：

南赡部洲大明国直隶顺天府通州香岩寺奉佛秉教沙门，伏以阴阳乃二气之先，刚柔攸系，夫妇居五伦之内，健顺靡乖。如谓反常，是为逆理。兹有山东济南府绣江县明水村信官狄希陈运际无辰，遭逢不偶，娶妻薛氏，从幼结缡①，长而合卺，素乏齐眉之敬，惟恣反目之凶。恶语咒诅，直等闺门之谑，毒椎狠殴，聊当房闼之私。渐至擅用弓刀锣镞，伤残性命，甚且诬投状牒罗钳，颠覆宗祊。明知孽报之因，定是冤愆之债。第此不共戴天之恨，奚为好逑同穴之人？于是本官忏罪投诚，悔眚讼过，虔诵《金刚般若波罗蜜经》一万卷，仰干鸿造，消灭宿愆，一切冤家，尽为解释。是直怨相报，不在夫妇之间，庶闖辟有仪，驯协阴阳之则。为此具牒，如牒奉行。

胡无翳穿了袈裟，戴了毗卢僧帽，在佛前宣牒作法。狄希陈跪在佛前，俯伏在地，听胡无翳与他诵念解冤神咒。那时已交三更时分，狄希陈似梦非梦，到了一个极森严的公署，上面坐着一位王者模样的尊神，两边侍卫森严，二个鬼卒押了狄希陈跪在阶下。王者叫简②他的纪录，一个着绿袍的判官，呈上一本文册，说他那许些过恶，大约都是胡无翳告诉晁梁的那些说话。因他在围场中伤害其外的生灵不等，将泰山圣姆名下听差的仙狐不应用箭射死，又剥了他的皮张，弃掉了他的骸骨。仙狐在冥司告过了状，见世领了小鸦儿先偿了害命之刀，转世配成夫妇，以报前世杀生害命之冤，再泄剥皮弃骨之恨。薛氏是奉天府报仇，不系私意。

王者叫拘薛氏到案。只见薛氏病瘦如柴，奄奄一息，诉：“前世偶因下班回洞，从他围场经过，被鹰犬围住，不能脱身，见了本相，躲在他马下，求他救免。他反拔出箭来照肋一箭，登时射死，又将皮张剥去，将骸骨弃毁。地主罚他转世为狐，叫我转世托生猎户。简察文薄，又说他上世的善报未尽，除减削了，也还不该轮到畜生道里。又说我孽愆不尽，还不应即转男身。叫

---

① 结缡——指女子出嫁。

② 简——查。

他转男，叫我转女，以为夫妇，以便报复前仇，六十年的冤家厮守。”王者说道：“适奉佛旨，他虔诵《金刚宝经》万卷，又有神僧胡无翳与他忏悔牒文，一切冤愆，尽行消释。”再叫判官备细简察，还有甚么冤仇，拘来发落。

只见寄姐押到跟前，说是他前世嫡妻计氏。他宠妾弃妇，逼勒计氏吊死，合该今生为他的侧室，以便照样还冤。又见小珍珠项中带了脚绳，说被童氏凌虐不过，投缳自尽，要寄姐尝命。王者叫判官察簿，检得小珍珠即狄希陈前生所宠之妾小珍哥，诬谤嫡妻计氏，致计氏怀忿缢死。今世做他的丫头，这是冤冤相报，无可偿还。尤聪、吕祥两个饿鬼，都来向狄希陈索命。察得尤聪暴殄天物，大胆欺心，天理不容，震雷击死。察得吕祥蛆心蛇眼，鼠窃狗偷，搬挑口舌，背主逃拐，又使毒药害人。二人俱合死于非命，不与狄希陈相干。又有许多人都是被狄希陈前世因私债私仇逼死，又有无数被狄希陈前世杀害的生灵，都来向狄希陈讨命。

王者都一一的发放，说：“薛氏遵奉佛旨，仗托宝经功德，速赴冥司察照，应得去处托生，不得逗留缠绕。”发放童氏：“前生虽然他也薄幸，先爱后疏，致你死于非命，既有人偿了你命，你的冤恨已消，以后和好成家，不得再为反目。”发放小珍珠：“你前世以妾欺妻，妻因你死，他今生主虐婢，婢为主亡，适得相报之平，还有甚么饶舌？吊死鬼魂，法应等候替代，既有佛旨早准许免代托生，无可再说。尤聪、吕祥生系凶人，死为刁鬼，押发酆都地狱受罪，完日贬入畜生之内。狄希陈察有善待庶母、存养庶弟、笃爱胞妹之德，延寿一纪，考福善终。”

发落已毕，狄希陈猛然省转，身子依旧俯伏菩萨面前。胡无翳也才宣了牒文，做完法事，谢佛起来。狄希陈对胡无翳说道那梦中所见之事，一一说了详细。交了五鼓，元了七昼夜的道场。

再说素姐病得一日重如一日，饮食日减，皮肉日消，半个月不能起床，不惟没了那些凶性，且得连那恶言恶语尽数变得没了。寄姐见狄希陈在香岩寺足住了十个月不曾到家，起初不以为事，自从那日狄希陈所见之后，甚是想念，不由得自已甚是疼爱起来。

道场既完，狄希陈又住了几日。胡无翳对他说道："你前世名唤晁源，这晁梁居士，是你同父异母之弟。"又将他前后一切事情，都合他说了一遍，都与他梦中所见不差。也仔细追想，若有忽迷忽悟的机关。又说："你已得了《金刚宝经》的功果，将你一切冤仇尽都解释。你只除了今生再不作恶，切忌了杀生害命，若前世的冤家，已是与你打发尽了，你可从此回去，算计往后过好日头的道理。"狄希陈道："前日被他那一暗箭，虽蒙师傅救了我的性命，得了残生，但我的真魂已是唬得离了驱壳，情愿在此与师傅、晁弟终身相处，不敢回去见了。"胡无翳道："你只管回去不妨。他如今被八个金刚逐日轮流监管，手也不能抬起，口也不能张开，与你相守，也是有限的时光，不必怕了。"狄希陈再三的谢了菩萨，叩辞了胡无翳、作别了晁梁，回到下处。素姐睡在床上，只有丝丝油气，也无那些的狠气了。寄姐也甚比昔日加了疼顾。素姐又添了半身不遂的风症。

那罢闲官吏的禁革，缉访更严。狄希陈又进不得京，住在通州，别无事干，算计还是回在本乡复理旧业。素姐已是喜欢，寄姐又肯撺掇，还雇了大船，由了河路，从德州起旱回家，收拾祖居，再整田地。薛素姐回去，病了几日，见了阎王，狄希陈以礼殡葬。寄姐扶了堂屋，做了正经奶奶，接了调羹同宅居住，请了程乐宇的儿子程雪门教训狄希青和小京哥，起名狄振先。叔侄读书，与薛家照常来往。

狄希陈原是故旧人家，宦囊也看得过，住在远村，恼不着里书什季。只欠不下官粮，其余甚么杂役差徭也轮不到他身上。又将原旧祖房拆了，尽行翻盖，也要算计将那棚后面石槽底下那埋的五千两银子掘他出来。使了十数个人，将那石槽掀起，等到夜晚人静月上之时，领了调羹、寄姐合自己至亲三口，轮钯拑镢，掘深二尺，果见两片石板，盖着两支大瓮，掀了石板，只见瓮中满满两瓮清水，那有甚么银子的踪影。

原来昔年狄希陈在京做梦，梦见素姐将房卖与了刘举人，眼见他将这石槽底下银子掘了，搬回家去。梦中刘举人还与狄希陈争持相骂。狄希陈赶了回去，打听得刘举人果然修盖宅舍，得了一窖藏金，足有五千之数。原来这帐帛的物件，看他是个死相东西，他却能无翼而飞，不胫而走。他又能乘人的衰旺，自己会得来往。想着狄希陈做梦之时，那银子已是走去之日，况且这银子又有个一定，你命里该有一斗，走遍天下，也只有得十升。狄希陈做了三四年官，回到家内，算那除盘搅以外，净数带回家的不多不少正合那石槽底下五千之数。可见人有得那横财的，都也是各人的命里注定，不能强求。调羹眼同看见，这般重大石槽底下，岂是一手一足弄的神通？这明白知是天意，埋怨得何人？

狄希陈的好处，将小翅膀分就的产业之外，又与他置添了千把东西，乡里们倒也敬他的友爱。后来狄希青、狄振先、小成哥——起名狄开先、巧姐的两个外甥——一个薛志清、一个薛志简，都是狄希陈请师教成。虽都不曾发得科第，都做了考起的秀才。

这狄希陈若不是得了他前世的良朋超度，仗了菩萨的力量，素姐还有三十年的魔障，搅害得你九祖不得升天，兄弟不能相顾，家业飘零，身命不保，怎能有这般的结果，活到八十七岁善终？所以有词为证：

交友须当交好人，好人世世可相亲。请君但看胡无翳，不恨前生拐骗银。　　相解救，说缘因，冤家忏悔脱离身。若非佛力神通大，定杀区区狄小陈。

说这晁源姻缘事故已完，其余人等，不有赘说。只劝世人竖起脊梁，扶着正念，生时相敬如宾，死去佛前并命，西周生遂念佛回向演作无量功德。

主要人物表

晁　源	纳监生，公子哥儿。
晁思孝	秀才，晁源之父。历任华亭县知县、通州知州等职。
晁夫人	又称郑氏，晁源之母，封至三品诰命。
计　氏	晁源之发妻。
施珍哥	艺人兼娼妓，晁源之妾。
晁　梁	乳名小和尚，晁源之庶弟。官封至文华殿中书舍人。
沈春莺	晁思孝之妾，晁梁生母。
晁思才	晁思孝族弟。
晁无晏	晁思孝族孙。
胡无翳	通州香岩寺主持。俗名胡君宠、胡旦。
梁片云	通州香岩寺僧人，俗名梁安期、梁生。其前世为晁梁。
邢　宸	字皋门，秀才，晁思孝之西宾。官至兵部右侍郎。
王　振	司礼监太监。
禹明吾	书办，晁源之邻居、朋友。
小鸦儿	皮匠。
唐　氏	小鸦儿之妻。
张瑞风	字寿山，武城县刑房手。晁源亡后娶珍哥为妾。
计　都	计氏之父。
海　会	道姑，俗名青梅。

吴学颜　晁家雍山庄管家。

晁住、晁凤、晁书、晁鸾、李成名等均为晁家家人。

狄希陈　号友苏，秀才，官纳至武英殿中书，降级补成都府经历。晁源转世。

狄宇羽　号宾梁，狄希陈之父。

相　氏　又称狄婆子，狄希陈之母。

薛素姐　狄希陈之妻，被晁源射杀的仙狐转世。

童寄姐　狄希陈之妾，计氏转世。

狄巧姐　狄希陈之妹。

狄希青　乳名小翅膀，秀才，狄希陈之庶弟。

刘　姐　又称调羹，狄宇羽之妾，狄希青之生母。

相栋宇　狄希陈之舅。

相妗子　狄希陈之舅母。

相于廷　进士，历任工部主事、兵部朗中、四川副使。狄希陈表弟。

薛　振　字起之，秀才，薛素姐之父。

薛夫人　薛振之妻。

薛如卞　乳名春哥，秀才，薛素姐之大弟。

薛如兼　乳名冬哥，秀才，薛素姐之二弟。

薛再冬　素姐幼弟。

龙　氏　薛振之妾，薛素姐姐弟之生母。

童有闾　又称童七，号山城，乌银铺掌柜，童寄姐之父。

童奶奶　又称骆氏，童寄姐之母。

虎　哥　童寄姐之弟。

骆有莪　锦衣卫白皮靴校尉，寄姐之舅。